驻京办主任 四

王晓方◎著

作家出版社

图书在版编目（CIP）数据

驻京办主任.4 / 王晓方著. -- 北京：作家出版社，2009.11
（2025.8重印）

ISBN 978-7-5063-5125-6

Ⅰ.①驻…　Ⅱ.①王…　Ⅲ.①长篇小说 – 中国 – 当代
Ⅳ.①I247.5

中国版本图书馆CIP数据核字（2009）第194231号

驻京办主任（四）

作　　者：王晓方
责任编辑：桑良勇
装帧设计：曹全弘
出版发行：作家出版社有限公司
社　　址：北京农展馆南里10号　　邮　　编：100125
电话传真：86-10-65067186（发行中心）
　　　　　 86-10-65004079（总编室）
E-mail:zuojia@zuojia.net.cn
http://www.zuojiachubanshe.com
印　　刷：唐山嘉德印刷有限公司
成品尺寸：148×214
字　　数：320千
印　　张：11.125
版　　次：2009年11月第1版
印　　次：2025年8月第10次印刷
ISBN　978-7-5063-5125-6
定　　价：39.80元

目　录

1

引言：似曾相识

应该说王晓方与著名作家顾怀远神交已久，因为王晓方非常喜欢顾怀远的作品，特别是顾怀远新近出版的长篇小说《驻京办主任》，颇让王晓方艳羡，甚至有些嫉妒，因为写一部类似的力作一直是王晓方梦寐以求的事情，让王晓方百思不得其解的是，每当他心中酝酿一个选题时，总是让顾怀远捷足先登，在王晓方心中，顾怀远犹如一个幽灵始终窥视着他的内心世界，他大有"既生瑜，何生亮"的慨叹！

当然王晓方一向认为顾怀远不仅是中国最勤奋的作家之一，更是少有的难得的具有批判精神的作家，王晓方不仅欣赏顾怀远的才华，更感佩他犀利的笔锋，他就像《皇帝的新装》里那个说真话的孩子，总是以童言无忌的心态道破天机，相比之下，王晓方认为自己过于浮躁，总希望通过文学获得一些虚荣，不像顾怀远一直执着于文学的彼岸，因此王晓方认为，顾怀远应该是一位生活在小说中的人，他应该每天生活在小说里，或者说他是一个以小说为生命的人，不如此，就无法解释他那些关于小说的小说。或许顾怀远从未在现实里出现过，但他却一刻也没有离开过小说，他把自己囚禁在小说里，小说已经成为他思想的监狱。

不，不是这样的，王晓方认为被囚禁在小说里的恰恰是自己，对于顾怀远来说，小说不是监狱，而恰恰"是他的世界通向另一个温柔、光明、美丽的世界的出口"，正如纳博科夫在《庶出的标志》的序言中所指出的，这部小说是以一块明亮的雨水积成的小水坑开始的。这个长方形的小水坑形状上像一个要分裂的细胞，在小说中反复出现，要么是一块墨水迹，要么是泼出来的牛奶，要么是一个脚印，而在小说的结局，则是"灵魂在空间留下的印记"。毫无疑问，顾怀远在效仿纳博科夫，试图将他的小说当成一个个细胞抛给读者,读者在阅读过程中,细胞开始分裂,他的小说就这样获得了生命。

王晓方之所以对顾怀远如此感兴趣,不仅仅缘于同为作家的敏感,更由于自己不能像顾怀远那样找到小说之狱的出口,王晓方一直试图通过研究顾怀远,找到其心灵深处通往虚构世界的秘密通道,他认为只有在这条通道上,才能遇上真实的顾怀远。

其实在王晓方的人生旅途上,曾经有两次与顾怀远擦肩而过的经历。一次是他进入政府工作之前,另一次是他从政府辞职之后,这两次与顾怀远擦肩而过,唯一不同的就是,第一次他还是个文学青年,第二次他已经是个名副其实的作家了。

记得第一次与顾怀远擦肩而过是二十年前的事,地点是大学校园。令王晓方十分不解的是,当时的顾怀远相当年轻,应该在二十岁刚过,而他已经是不惑之年了。在校园小树林里,顾怀远坐在长椅上晨读,王晓方在不远处打形意拳,他隐隐约约听到有人正在背诵赫拉克利特的那句名言:"人不能两次踏进同一条河流。"王晓方很喜欢这句名言,便收住拳脚,闻声寻了过去。透过斑驳的树叶,他发现不远处的长椅上,坐着一个年轻人正捧着一本书晨读,年轻人的样子让他感到似曾相识,总觉得在哪儿见过,他很想凑过去攀谈几句,但是发现林中小径宛如一条小溪,却怎么也走不到年轻人的身边。

这时,走过来一位漂亮女生,王晓方赶紧问:"坐在长椅上的是谁?"女生略略笑道:"连顾怀远你都不认识,他可是我们大学的著名诗人。"王晓方恍然大悟,前天还在校报上看过他写的诗,便想认识,大呼道:"是顾怀远同学吗?"

顾怀远似乎生活在另一个世界,对王晓方的喊声充耳不闻,他合上书,用欣赏美景的目光环顾四周,然后伸了个懒腰,起身而去。此时王晓方的耳畔似乎听到一个声音:"昨天的人已不是今天的人,某个古希腊人早已断言。"王晓方猛然一惊,他险些将正在读的博尔赫斯的小说忘在长椅上。

这件事发生后,王晓方未对任何人说起过,他之所以保持缄默,是因为连他自己也弄不清楚,那条校园小径是不是一条闪烁着阳光的河流。毕竟"在人的记忆中具有自然可塑的形态"。

另一次与顾怀远擦肩而过是他在政府工作期间，由于众所周知的原因，王晓方在家反省了三年。有一天他闷得无聊，便独自去了离家不远的一家书店，这家书店内部设计得很有特色，与博尔赫斯笔下的通天塔图书馆很相似，有许多六角形的回廊，"回廊的格局一成不变。除了两个边之外，六角形的四边也各有五个长书架，一共二十个，书架的高度和层高相等"，稍稍高出一般书店管理员的身高。"没有放书架的一边是一个小门厅，通向另一个一模一样的六角形。""门厅里有一面镜子，忠实地复制表象。"

王晓方走过门厅时，透过镜子发现一个比自己年龄长十来岁的人，许多人围着他签字，口口声声称他为"顾老师"，王晓方也想凑过去看个究竟，无奈"图书馆是无限的、周而复始"，而且是个球体，恰如纳博科夫笔下的时间之狱。既然时间的监狱是球形的，人就应当诗意地栖息。

这时，王晓方透过门厅的镜子听"顾老师"对众人说："从古希腊的先哲到阿拉伯哲学家，从中世纪的修道士到艾萨克·牛顿，从伽利略到麦克斯韦，都未怀疑过时光是以完美的几何图线运行的，是爱因斯坦改变了人类三千年来关于光是直线的错误认识，他认为光在条件允许时也会发生偏移，巨大物质如恒星可以使虚无的空间发生变形，人类关于时间、空间的最原始体验并不准确，大质量物体的引力扭曲时间和空间，这听起来有些不可思议，但光的确是可以弯曲的。在爱因斯坦的世界里，没有任何事情是理所当然的，然而，今天的文学却弄出了许多理所当然的规矩，作家成了小说之狱中的囚徒，这正如许多科学家愚蠢地以为只有有水的星球才可能有生命一样，以为外太空的生命也和地球上的生命一样离不开水和空气，其实这种思维之狱不仅限制了科学，也限制了文学。我想说的就是，对于小说家来说，任何常规都是思维之狱，小说的本质是虚构，我们不应该将虚构关进笼子，小说家的生命不是靠水维持的，而是靠创造！"

围观的人群响起一片掌声，王晓方被这位"顾老师"的演讲深深震撼了，他连忙问身边的店员："这位顾老师是谁？"身边的店员惊讶地问："连他你都不知道，他就是著名作家顾怀远，是我们书店请来签售的。"

此时顾怀远被人们簇拥着开始往外走,王晓方很想跟上去,然而书店像迷宫一样,到处是镜子,他拼命往前挤,不小心头碰在镜子上,一阵天旋地转之后,顾怀远早就不见了踪影。

这件事,王晓方也并未跟别人说起过,因为谁听了都会觉得太荒唐,不过从那儿以后,王晓方开始潜心研究文学、特别是顾怀远的作品,他从顾怀远的作品中不止一次地看到两千多年前的古希腊哲学家赫拉克利特的形象。每当在脑海中浮现出赫拉克利特的形象,他就会在梦中梦见顾怀远,王晓方下决心要见见顾怀远,然而一直没有机缘,因此想见见顾怀远的想法时刻困扰着王晓方,几乎成了他的一块心病……

他：突发奇想的会面

　　自从他专事写作以来，连发几部力作，特别是长篇小说《庙堂》出版后，一路畅销，名声大噪，顾怀远何许人也？各路媒体像马蜂一样嗡嗡地盯住他不放，终于发现，他曾经给大贪官贾朝轩当过秘书，于是舆论再一次哗然，贪官秘书华丽转身为反腐作家，这本身就是一部长篇小说，他平静的生活由于几部长篇小说而被打破了。不仅如此，他还被媒体推到了风口浪尖，一时间被评论界称为官场小说的代表，俨然成了名副其实的作家。

　　人们从喧哗和躁动的现实中，是无法看见月亮的另一面的，更何况月亮那惨白的光辉是从太阳那儿偷来的，他不止一次在梦中见过一个孤独的身影，借着微暗之火奋笔疾书，他知道，那就是自己，只是从未觉得那个影像华丽过，倒是寂寞中透着孤独，凄凉中有些孤傲。在他的心目中，文学就是太阳，如今的些许华丽，都是从文学这颗太阳那儿偷来的，正如太阳用他的伟大的吸力偷窃海上的潮水一样。他感激这些许的华丽，因为这里面不仅有他非同寻常的人生经历、有他与众不同的文学天才、有他异于常人的执着与勤奋，更有上天只垂青那些有准备头脑的运气。他珍惜这来之不易的运气，因为这运气中凝结着日月精华、炼狱灵魂。

　　正因为如此，他不愿意停笔，他觉得自己一停下笔，生命就会戛然而止。以作家的身份来说，他不想成为那个公正无私的堂·吉诃德，更不想像简·奥斯丁笔下的诺里斯太太那样，"喜欢靠破费别人来自充大方"，因为他从拿笔写第一部作品起，破费的就是自己炼狱般的内省。为此，他赞赏纳博科夫的说法："对于一个天才的作家来说，所谓真实生

活是不存在的:他必须创造一个真实以及它的必然结果。"纳博科夫一
再强调,"小孩子听你读故事的时候会问,这故事是真的吗? 如果不是
真的,他会缠着要你讲一个真故事。我们读书的时候最好不要采取孩
童般的执拗的态度"。"读书时幼稚地把自己同书中人物混为一体,把
他们当做生活中的真人,是最坏的读书方法。""对于一首诗或是一部小
说,请不要追究它是否真实。我们不要自欺欺人。"遗憾的是,他看到越
来越多的人不仅喜欢自欺欺人,更渴望做福楼拜笔下的"布尔乔亚"。
以至于他自己都产生了"他是个成功的庸人"的错觉。

在《庙堂》这部长篇小说中,他处心积虑地塑造了一位既诡谲圆滑
又精明干练的驻京办主任,叫"丁则成",意思是不盯则不成,一盯则
成。这位丁则成曾经是市长秘书,毫无疑问,这位丁则成的原型就是丁能
通。应该说丁则成在这部小说中笔墨并不多,但是这位驻京办主任既
左右逢源,又内有坚守的性格给人留下了深刻的印象。当他遭遇那些
"自欺欺人"的人苦苦纠缠这部小说中是否是"真人真事"时,他执拗地
对媒体说,《庙堂》表现的是人的心灵世界的精妙的微积分,不是社会现
实的加减乘除。然而却无济于事。

恰逢清江省昌山市因驻京办资不抵债而低调宣布撤销机构,昌山
市的做法立即在社会公众之中引起轩然大波,北京各大媒体更是争相
发表评论,一时间驻京办究竟是该撤还是该留,成为专家学者探讨的焦
点。他作为深谙官场潜规则的知名作家,自然不会被媒体放过,一连接
受了京城几大媒体的专访,接受专访之后,他大有意犹未尽之感,脑海
中猛然冒出一个想法,既然社会各界如此关注驻京办,何不以驻京办为
题材写一部反映驻京办生活的长篇小说呢? 要知道京城虽然有大大小
小的驻京办六万多家,可是驻京办的一举一动在人们的心目中却扑朔
迷离,一直蒙着一层神秘的面纱,驻京办绝不是普普通通的驻京机构,
根本就是鲜为人知的政治平台。在这座政治平台上都上演了什么戏,
只有驻京办主任最清楚。对了,这部长篇小说的名字就叫《驻京办主
任》,书名刚刚浮现在脑海中,他立即想到了一个人,就是东州市驻京办
主任丁能通。

丁能通可是他的老朋友了,当年肖鸿林和贾朝轩主政东州市政府

时,他们俩一个是肖鸿林的秘书,一个是贾朝轩的秘书,可以说两个人是脚前脚后当上市长秘书的,本以为当上市长秘书就走上了仕途之梯的终南捷径,没想到一场始料不及的反腐风暴致使肖鸿林、贾朝轩纷纷落马。案子一查就是两年,丁能通由于提前离开了肖鸿林,鬼使神差地当上了东州市驻京办主任,尽管受到一些牵连,但终究没有影响到政治前途,因此机关干部私下里都称丁能通是东州官场上的"不倒翁"。

然而在他看来,丁能通更像《鹿鼎记》中的韦小宝。关于这一点在丁能通给肖鸿林当秘书时就已经显现出来,丁能通永远熟悉在官场上什么是应该要的,什么是不应该要的;什么是应该做的,什么是不应该做的;什么是应该说的,什么是不应该说的;什么是做了要加以宣传的,什么是做了要加以隐秘的;什么是大肆宣扬的而不必做的,什么是大肆宣扬了而必须去做的。用金庸先生的话说:"妓院、皇宫两处,更是天下最虚伪、最奸诈的所在。韦小宝浸身于两地之中,其机巧狡黠早已远胜寻常大人。"当市长秘书时,他就时常套用金庸先生的话开丁能通的玩笑:"亦官亦商之驻京办,更是天下最奉迎、最诡道之所在。丁能通浸身其中,其机巧狡黠早已远胜寻常大人。"丁能通听了一笑了之,还断章取义地套用《鹿鼎记》第四十三回和第二十三回的两句自嘲道:"这就叫'身作红云常傍日,天生才士定多癖'。"

当年丁能通离开肖鸿林执意要去驻京办,其实他是暗中窃笑的,驻京办是个伺候人的地方,官不官、商不商的,好好的局长、区长、县长不当,却要撒家舍业地到驻京办这种三不管的地方当"太监",脑袋不是被门挤了,就是进水了。他认为,在官场上,驻京办主任是个最无聊、最微不足道、最没意思的角色,再平庸不过了,他不知道为什么有那么多人干得津津有味。

但是自从贾朝轩到中央党校青干班学习之后,他东州、北京两头飞,一到北京就住在驻京办,整天和丁能通混在一起,他终于发现,原来驻京办竟然是官场上的"世外桃源"。特别是丁能通兼任北京花园董事长之后,他更是艳羡不已。他暗中发现,尽管丁能通只长自己一两岁,却比自己有城府。丁能通本来是肖鸿林的秘书,按理说应该是肖鸿林的心腹,但却深得贾朝轩的赏识,丁能通游走于两个政治对手之间,拿

7

捏得十分有分寸，让他暗中十分钦佩。按理说这个"度"是很难把握的，常言道："伴君如伴虎"，"失之毫厘，谬以千里"，丁能通竟然能掌握得恰到好处，应付自如。

他发现丁能通很善于揣摩领导的心态，因此应对起来十拿九稳。他记得韩非子曾经感慨地说："凡说之难，在知所说之心，可以说当之。"不知对方的心，便很难采取恰当的"说"以应付。为了请教丁能通的揣摩术，他曾经特意在东三环的顺峰海鲜酒店请丁能通喝酒，借着酒劲，丁能通还真吐出几句让他心惊肉跳的真言。当时丁能通已经有七分醉意，喷着烟圈，醉眼迷离地说："怀远，按理说肖市长和贾市长是一对冤家，你我之间各为其主，说不得心里话，但是在秘书圈子里，还就你顾怀远是个可以说心里话的朋友，这两年在驻京办迎来送往地游走于人妖之间，我总结了几条在官场上自保的经验，你听听有没有道理，在官场上最要紧的就是要管住嘴巴，要知道到处都有领导的耳目和眼线，你说的每一句话，领导都可能知道，因此什么时候装傻都是安全的。我的毛病就是太聪明，这一点你比我做得好，你是大智若愚，我他妈的是大愚若智。从肖市长和贾市长的争斗中，可以看出同级的是天然敌人，高出半级最危险。怀远，你心里得有个准备，就肖市长和贾市长这种斗法，早晚两败俱伤。对我们来说，一定要有靠山，但最重要的是不能在一棵树上吊死，靠山固然很重要，但比靠山更可靠的是让自己有价值。这就是我选择当驻京办主任，而不是当局长、区长、县长的根本原因。别看驻京办这地方三不管，却是个万花筒啊，这个万花筒比天文望远镜还厉害，可以发现最隐秘的秘密，掌握了这些秘密，我就可以像韦小宝一样将大大小小的'小玄子'搞定，这就是我自己的价值，有了这个价值，无论东州的天怎么变，我都岿然不动。"

他听到这儿，倒吸一口凉气，试探地问："能通，像我们这些身不由己的人，再有价值也不可能不站在领导的立场上想问题，像你我无论如何都是老板的人。"

丁能通不以为然地说："怀远，你我虽然都是老板的人，但是千万要记住，老板却不是你我的人，一定要有这份清醒，因此，我们都可以站在领导的立场上想问题，但一定要站在自己的立场上办事情，这就像一些领导站在人民的立场上想事情,却站在自己的立场上办事情是一个道理。在官场上混,你可以不聪明,但不可以不小心,为此,千万不要寻求完美,一定要有缺点,有缺点的下属领导才放心。"

丁能通的一席酒话如醍醐灌顶,让他自叹不如。也正因为丁能通有这份诡谲,才躲过了"肖贾大案"。刚刚案发之时,不少东州机关干部私下里认为,丁能通死定了,但是他却不至于。尽管他和贾朝轩一起最先被中纪委"双规",许多人却认为他一向谨慎,即使受牵连,也不至于毁了政治前程。案子结束以后,却让许多人大跌眼镜,他低调辞职,不仅牺牲了政治生命,而且丢了公务员的饭碗。倒是丁能通尽管被"双规",却很快就放出来了,大大出乎人们的意料,最后因生活作风问题免去了市政府副秘书长的职务、留党察看一年,在新任市长夏闻天的力保之下,又堂而皇之地回到驻京办当主任去了。

命运喜欢捉弄人,官场上的事不是谁都有本事看懂看透的,他每当看到媒体称他为官场文学的代表作家时,就免不了哭笑不得。他经常自嘲地对老婆说:"别看我的政治抱负在官场上没有实现,但是在我的小说里实现了。在我的小说里,我想是谁就是谁,想当多大官就当多大官。"妻子便打趣地说:"别看你写的《市长秘书》火了,我要是写一本小说保准也能火。"他颇感兴趣地问:"什么小说?"妻子诡谲地一笑说: 9 "就叫《嫁给市长秘书》。"他哈哈大笑,望着妻子在厨房忙碌的身影,想起"肖贾大案"发生后她与自己风雨同舟的日子,不禁感慨万千。

想起丁能通与衣雪之间的悲欢离合,他除了庆幸自己有一位相濡以沫的好妻子以外,也为自己当秘书期间顶住诸多诱惑,特别是美女的诱惑而自豪。他曾经非常羡慕丁能通那个能让女孩子爱上他的缺点的长处,当丁能通为此付出沉重代价后,他又私下里庆幸自己没有这个长处。他曾经在一篇散文中写道:"太阳诱惑过我,我知道只有远离才会安全;月亮诱惑过我,我知道一旦接近并不洁白。"普鲁斯特笔下的喜欢纵欲偷欢的凡德伊小姐认为快乐之中存在某种邪魔,这种邪魔就是恶。"恶不是外在的东西,而是天生的品性",然而,"恶是一片世上少有、不同寻常、异域情调的福地洞府,住在里面有多么逍遥自在",正因为如此,许多人"闯进了一片纵欲的非人世界"。他赞同纳博科夫的观点:

"恶几乎如善一样强大。"其实哪儿有什么非人世界,正如贾雨村所云:"天地生人,除大仁大恶,余者皆无大异。若大仁者则应运而生,大恶者则应劫而生,运生世治,劫生世危。"尽管肖鸿林、贾朝轩腐败掉了,但在他看来,两个人既非大仁,也非大恶,不过是大仁大恶之外的余者而已。正如纳博科夫所言:"善恶之间是受诱惑的人。"关于这一点,在肖鸿林身上体现得尤为深刻,他对专案组反复强调:"我本来想做一个好市长,如果有可能,我就做一个最好的市长。什么是最好的市长?就是他能使人民喜欢他。"他知道他在老百姓中有极好的口碑,因此他一再强调不管我贪还是没贪,人民喜欢我,我就是最好的市长。这说明什么?这说明到死他也没能接受"贪官"这个事实,即使他为此伏法了,死掉了。其实每个人都是红与黑的结合体,正如贾雨村所言:"正不容邪,邪复妒正,两不相下,如风水雷电,地中既遇,既不能消,又不能让,必致搏击掀发。既然发泄,那邪气亦必赋之于人。假使或男或女偶禀此气而生者,上则不能为仁人君子,下亦不能为大凶大恶。置之千万人之中,其聪俊灵秀之气,则在千万人之下。"他认为,贾雨村对冷子兴讲的这番"正邪两赋论",恰恰是曹雪芹在《红楼梦》这部巨著之中所要表达的中心思想。

10

应该说,无论肖鸿林还是贾朝轩走上领导岗位之时,骨子里都是想成就一番事业的,都想使东州人民为他们骄傲,然而,他们却于不知不觉之中由红滑向了黑,可笑的是在他们的"忏悔录"中,都将责任推向了世界观、人生观和价值观,推给了资产阶级思想,其实无论是资产阶级思想还是无产阶级思想,人性之善是相同的,人性之恶也是相同的。比如在婚外情上,肖鸿林和贾朝轩就是踏进了同一条河流。

毫无疑问,肖鸿林与白丽娜之间的爱是不道德的,但却是真感情。他曾经听丁能通跟他说过,丁能通在北京陪肖鸿林查出肺癌后,肖鸿林的第一反应就是嘱咐丁能通不要告诉白丽娜。自从贾朝轩东窗事发之后,肖鸿林的心头就像压了一块巨大的石头,他最担心的是自己的政治生命,万没想到,肉体生命率先宣告了他的死刑,原本肖鸿林是想策划和老婆关兰馨离婚,来个金蝉脱壳,然后娶白丽娜,然而生命即将走到尽头了,娶白丽娜只能是个梦想了。当时主治医生要求肖鸿林住院,丁能通也苦苦相劝,然而花博会开幕在即,这或许就是肖鸿林最后一次在政治舞台上亮相了,他要以最光鲜的形象向自己奋斗终生的政治理想谢幕,向八百万东州人民谢幕,因此肖鸿林断然拒绝住院。不过丁能通深知自己老板此时此刻的心情,肖鸿林叮嘱自己千万不要告诉白丽娜,实际上他最想见到的就是白丽娜。丁能通回到驻京办悄悄将这个不幸的消息告诉白丽娜时,这个苦命的女人险些晕倒,丁能通一把扶住了她。

白丽娜在丁能通的怀里喃喃地说:"我可真傻,其实他上次来北京一下飞机我就看他脸色不好,笑声也没有以前爽朗了,显得非常疲倦,我以为他是工作累的,没休息好呢,我早该陪他去医院检查,我好糊涂啊!"说着呜呜大哭起来。

白丽娜的哭声让丁能通心中升起一股无名的恐惧感,丁能通的脸下意识地抽搐了几下,他知道,自从贾朝轩被"双规"以后,肖鸿林的灵魂一刻也没安宁过,老百姓常说"不做亏心事不怕鬼叫门",看来鬼是真的来叫门了。丁能通非常理解肖鸿林的心情,借用英国诗人豪斯曼的话来说:"我一个陌生人,在一个非我所适的世界上,真是害怕。"此时此刻,不光是肖鸿林害怕,谁又不是恐惧的宠儿呢?

肖鸿林被"双规"以后,白丽娜成了专案组的突破口,当时丁能通没有想到肖鸿林会给白丽娜留下一大笔钱,就存在北京的某家银行里。专案组找白丽娜谈话时,她由于心虚,闪烁其词,欲盖弥彰,说走了嘴,也可能是想搪塞专案组,说肖鸿林什么也没给过她,只给过她一个保险箱。她说出"保险箱"三个字,发现专案组的人眼睛都亮了起来,她立刻就后悔了。然而,为时晚矣,专案组的人紧揪住"保险箱"的问题不放,迫于压力,白丽娜终于答应领专案组人员去银行。

走进银行道道森严的铁门,一排排保险箱映入眼帘,专案组人员问白丽娜,哪个是她的,她却说记不清了,专案人员问她总该知道密码吧,白丽娜居然说忘了。

丁能通告诉他,事后白丽娜跟丁能通讲过当时的心情,肖鸿林和关兰馨早就被"双规"了,他们的儿子肖伟也逃到美国去了,肖鸿林得了癌症,看病需要一大笔钱,她打心里想把这笔钱留下,作为为肖鸿林治病的医疗费。当时丁能通听了非常感动。也正是出于这个私心，白丽娜才骗专案组记不清是哪个保险箱了，更忘了密码。然而白丽娜这点小伎俩怎么可能骗过专案组呢，专案人员早就了解到，保险箱根本没有什么密码，所谓密码实际就是指纹，于是要她一个一个摸，白丽娜万万没有想到，这里有上万个保险箱，专案人员竟然有耐心让她一个一个摸，她豁出去了，反正自己有的是时间，便漫不经心地从低档区开始摸。专案人员看穿了她的小心眼，让她先从高档区开始摸，她知道自己没有退路了，摸了十几个保险箱后突然在一个灰色保险箱前停了下来，专案人员也不催她，白丽娜沉默了好半天，终于伸出纤纤的食指触亮了绿灯，保险箱打开了，里面露出四个纸袋，专案人员取出纸袋一看，刚好是八十万美元，每袋二十万美元。肖鸿林的案子就这样被突破了。

　　但是"双规"中的肖鸿林就是不开口，他深知自己将不久于人世了，然而组织上并没有抛弃肖鸿林，安排他住院手术治疗。住院的前一天，肖鸿林收到白丽娜送给他的一只千纸鹤，粉红色的纸，叠得非常精致，肖鸿林爱不释手，他仔细欣赏把玩，仿佛这只千纸鹤就是白丽娜幻化的，仿佛有心灵感应，他觉得这只千纸鹤不一般，就小心翼翼地拆开了，拆开后他愣住了，是白丽娜写给他的一封信，这封信充满了对他的爱慕、赞扬与鼓励，白丽娜在信中说，肖鸿林是她这辈子最爱的人，希望他勇敢地面对现实。令人感动的是，这是一封曾经被泪水打湿过的情书，肖鸿林仔细数过上面的泪痕，整整二十三滴。那天晚上，肖鸿林一宿没睡，捧着白丽娜的信整整看了二十三遍，第二天本来应该做手术，可是肖鸿林故意不肯，非要向组织说清楚问题后再做，专案组只好尊重肖鸿林的意见，认真听取了他的陈述，肖鸿林竹筒倒豆子，把问题全交代了。白丽娜在信中说，只要他把问题说清楚了，他在她心目中就永远是最棒的。肖鸿林忘不了曾经携白丽娜在海南七仙岭幽会的日子，两个人在别墅里一边泡温泉一边欣赏夜晚雨林中飞来飞去的萤火虫，两个人仰望星空数星星，当时白丽娜指着牛郎星前面的一颗星起名叫君澜一号，肖鸿林逗趣地指着牛郎星后面的一颗星星起名叫君澜二号，当时白丽娜念了一首牵挂肖鸿林的诗："天上的星星数也数不清，每一颗都代表我对你的祝福；地上的花朵开也开不尽，每一朵都为我们的爱绽放。"这次白丽娜在这封信中又附上了这首情诗，肖鸿林再一次体会到"情到深处人孤独"的悲凉，爱的世界有着别人无法理解的秘密，丁能通没有想到白丽娜会在肖鸿林心目中分量那么重，当年肖鸿林坠入白丽娜的爱河，还是他为讨好老板故意拉的皮条。起初肖鸿林身陷囹圄抱定以死抗争的决心，想不到抗拒组织的堤坝竟然被白丽娜的二十三滴泪珠冲垮了。

手术做得很成功，肖鸿林被摘掉了一个肺叶，出院不久就开庭了，肖鸿林是忍着巨大的痛苦从头坚持到尾的，在最后一天的庭审中，他左胸剧痛，倒了下去，法律没有判肖鸿林死刑，但是老天爷判了肖鸿林死刑，庆幸的是肖鸿林没有死在监狱中，而是在监狱管理人员的监管下一直住在医院里，最后幸福地死在了白丽娜的怀里。在《荒凉山庄》序言和小说正文中，狄更斯绷着胡子拉碴的脸，一本正经地辩白说，"人体内的酒和罪着了火，人就完全被焚化了"。正因为如此，狄更斯笔下的老克鲁克消散了。同样，肖鸿林也这样消散了。

他一直想把肖鸿林与白丽娜之间的这段感情写到小说里，只是一直没有合适的题材，这次他突发奇想想以驻京办为题材、以丁能通为原型，创作一部长篇小说《驻京办主任》，肖鸿林与白丽娜之间的这段感情故事倒是一段不错的素材。谈到素材，他给贾朝轩当秘书时掌握了一大堆，大多是关于"跑部钱进"的。别以为"跑部钱进"真是为了"钱"，其实是为了"官"，因为"跑部钱进"更准确地说是"跑部升官"。"跑部"者大多是明修栈道，暗度陈仓。

他还记得当年贾朝轩在中央党校学习期间，通过党校同学认识了一位管干部的副部长，费尽心机请这位副部长到驻京办吃饭，并嘱咐丁能通驻京办的饭菜水平不能低于三星级酒店，丁能通着实费了一番心思准备，饭菜上来之后，不仅贾朝轩满意，这位副部长也大加赞赏。席间，他和丁能通坐陪。

酒过三巡后，这位副部长大谈读书对领导干部的重要性。贾朝轩故作谦虚地请这位副部长推荐几本书，看来这位副部长好为人师惯了，张口就推荐说："我最喜欢的是高尔基写的《钢铁是怎样炼成的》这本书，无论谁读都会终身受益的。"

13

起初大家以为这位副部长口误了，于是丁能通提示道："您说的是《钢铁是怎样炼成的》这本书吗？"

那位副部长一本正经地说："当然，高尔基的代表作。"

大家这才恍然大悟，丁能通憋着笑问："部长真有学问，您还喜欢什么书？请多给我们推荐几本！"

这位副部长用卖弄的口气说："再就是托尔斯泰的《安娜·卡拉马佐夫》，这本书真实地再现了俄国十九世纪整个社会各方面，对黑暗的沙皇专制制度进行了无情的讽刺和抨击，特别是对沙皇制度下的法庭、监狱、各政府机关及官方教会等的内幕作了最充分的暴露。同时，彻底批判和否定了土地私有制，指出土地私有制乃是农民贫苦的根源，传达了千百万贫苦农民的呼声。简直就是一部史诗性巨著，读起来引人入胜，我希望你们都读一读。朝轩，特别是你们这些青干班的学员，更应该多读点经典，还是毛主席他老人家说得对，好好学习，才能天天向上啊！"

他憋着笑，用敬佩的目光看着这位副部长，却用揶揄的口气问："部长，您读的书可真不少，这部《安娜·卡拉马佐夫》是俄文原版的吧？其实我更喜欢中国的经典，比如说四大名著，特别是贾宝玉写的《红楼梦》。"

这位副部长当时就用纠正的语气慈祥地说："年轻人，四大名著是我国文化宝库中的瑰宝，但不能张冠李戴，更不能混淆作者和主人公，《红楼梦》是曹雪芹写的，这是家喻户晓的常识，小顾啊，在学习问题上，切记：知之为知之，不知为不知，是知也。"

贾朝轩怕他多嘴捅了毛蛋，赶紧瞪了他一眼，连忙举杯敬酒。当时他非常感慨地想起纳博科夫的一句话："就让我们感激那张网吧，不要去管什么蜘蛛。"他当时觉得酒桌上的人，个个都像大蜘蛛。如今想起这些往事，都成了故事，他大有不堪回首之感。

其实京城大大小小的驻京办哪天不上演着鲜为人知的故事。这些故事是无法进入历史的，但可以进入小说，其实小说也是一种史，是比正史更真实的史。小说之所以经久不衰，恰恰是因为它能说出正史不能说、不敢说也说不出的东西。正如米兰·昆德拉所说："一部小说，若不发现一点它当时还未知的存在,那它就是一部不道德的小说。"什么是未知的存在? 他理解就是隐秘的、鲜为人知的东西,因为这些隐秘的、鲜为人知的东西才是真正的现实。这也正是巴尔扎克认为小说是一个民族的秘史的真正原因。

关于什么是小说,他参悟了很久,他认为驻京办作为特殊的政治平台,潜藏诸多隐秘的、鲜为人知的东西,如果通过小说能将这些"未知的存在"揭示出来,那么就是一种道德。然而,尽管他自认为掌握了一定的素材,但还不足以层层深入地揭开驻京办的面纱,要想将《驻京办主任》这部作品真正写成一部令人震撼的现实主义力作,必须将丁能通肚子里的干货掏出来。

他决定即刻动身去北京见丁能通,这虽然是一次突发奇想的会面,但很可能是让他在文学事业上再上一个新台阶的会面,怎么想都必须马上动身。他定了第二天上午的机票,然后跟丁能通通了电话。

丁能通不仅表示热烈欢迎,而且还开玩笑地说:"怀远,我身边可有许多你的'粉丝',你得有个思想准备,到时候我要在北京花园为你开个'粉丝'见面会。"

他也开玩笑地说:"能通,开'粉丝'见面会可以,但我有一个要求,就是所有的'粉丝'都必须是驻京办主任。"

丁能通听罢哈哈大笑地说:"没问题,刚好刚刚撤销的昌山市驻京办主任徐江也在我这儿,他可是一肚子委屈足够你写一本书的,到时候我再把省驻京办主任薪泽金叫来,包你不虚此行。"

他不解地问:"昌山市驻京办已经撤了,怎么主任还在北京?"

丁能通解释说:"还有些善后工作。"

他挂断电话,心想,自己刚刚接受完京城几家媒体的采访,谈的就是对昌山市驻京办撤离的看法,想必徐江看了专访一定百感交集,正好可以向他请教对自己专访的看法。

第二天上午,他掐着时间来到东州机场候机大厅,刚好看到政府一行人正前呼后拥地送副市长兼公安局局长邓大海,他不愿意和这些人打招呼,远远地看着邓大海在众人簇拥下走进贵宾室。望着邓大海宽大厚实的背影,一段往事袭上心头。

15

他:突发奇想的会面

　　那是丁能通离开肖鸿林就任东州市驻京办主任不到半年,丁能通就与国务院办公厅建立了关系,并先于省驻京办得知国务院领导近日内要到东州市视察,专题调研国有企业转制问题,肖鸿林得到消息后异常兴奋,他巴望着通过这次汇报能够获得国务院领导的赏识,说不定首长一高兴,自己在仕途上又能上一个新台阶。因此在省委办公厅通知之前,肖鸿林就先于市委书记王元章作了充分的准备。相比之下,王元章获得信息时已经是首长即将到东州的前一天了。王元章亲自打电话邀请肖鸿林和贾朝轩到自己办公室内的小会议室商量汇报方案。

　　他陪贾朝轩走进王元章的小会议室时,肖鸿林还没到,王元章一筹莫展地问:"朝轩,这次向国务院领导汇报你有什么好的建议呀?"

　　贾朝轩一屁股坐在沙发上,一边抽烟一边说:"听说首长喜欢推数,所以汇报材料的数据一定要经得起推敲,只要数据经得起推敲,汇报工作就算过关了。"

　　王元章感叹道:"这也是我最担心的。'数字出干部'是官场上的老毛病了,下面报上来的数据层层加水分,靠这些加了水分的数据搞决策不可能不失误,看来首长早就看出这个弊端,他根本不信我们的数据,所以才一层层地给你扒皮,弄不好就原形毕露了。"

　　贾朝轩诡谲地说:"首长可能听高调听得太多了,我们不妨报报忧、说说真话,或许效果更好一些。"

　　正说着,肖鸿林风风火火地走了进来。王元章深知肖鸿林目空一切的臭毛病,平时跋扈得经常越过自己这个市委书记拍板表态,但为了维护班子的团结,王元章还是对肖鸿林礼让三分。

　　因此,肖鸿林坐下后,王元章语重心长地说:"鸿林啊,这次国务院领导视察东州市,对于东州来说,是一次难得的机遇。省委、省政府要求我们作为一项政治任务来完成。我们务必要抓住这次机遇,你是一市之长,国企改制方面的情况比我熟悉,你看我们这次汇报的重点是什么?"

　　肖鸿林胸有成竹地说:"东州市作为全国的老工业基地,集中反映了大中型企业的一些主要矛盾,正因为我们问题比较集中,国务院领导才专门来视察东州,这也说明国务院领导同志对老工业基地改造的重视。应该说在国企改制方面,东州的亮点很多,除了将数据挤出水分以外,还应该厘清以下几个问题:……"

肖鸿林刚说到这儿,有人敲门,王元章的秘书赶紧开门,副市长兼公安局局长邓大海胳肢窝夹着黑皮包风尘仆仆地走了进来。见三位领导的秘书也在,他欲言又止。三位秘书知趣地进了王元章的办公室,但门没关。

只听见肖鸿林不耐烦地问:"大海,有事啊?"

邓大海吞吞吐吐、惴惴不安地说:"刚才,接到东汽集团保卫处报案,说他们公司保卫处昨天夜里丢了一把六四式手枪和七发子弹。这次国务院领导来东州先要视察东汽集团,事情重大,我赶紧来向三位掌柜的汇报。"

肖鸿林一听就急了:"怎么搞的,大海,这么关键的时候出这么大娄子,案子有眉目吗?"

邓大海哭丧着脸说:"就因为没有眉目,我才来找你们三位掌柜的,事情重大,国务院领导明天就到了,我想征求你们的意见,这案子是往上报还是不报?"

贾朝轩接过话头说:"绝对不能往上报,两位老板,这案子要是往上报,你们俩就死定了,首长要视察东州市时,咱们弄丢了一把枪,这枪去哪儿了,对国务院领导的安全构不构成威胁,所以一上报,即使首长不取消东州之行,省委、省政府也会建议取消,而且林白和赵长征都得跟着吃挂落,哪儿还有你们两位老板的好果子吃?"

肖鸿林当即表态说:"元章,朝轩说得对,把这个案子先压住,不许对任何人讲,等咱们过了这一关再说。"

王元章担心地说:"鸿林,责任重大啊!万一这把枪对首长的人身安全构成威胁,你我谁也担当不起这个政治责任啊!"

肖鸿林一摆手说:"哪儿有那么多万一,大海,这件事一定要压住,不许任何人走漏消息,同时要抓紧时间找枪。元章,这件事就这么定了。"

肖鸿林通过丁能通率先得到国务院领导要视察东州的消息,私下里作了充分的准备,憋足了劲想在首长面前露露脸,不成想出了这么档子事，一旦往上报，不仅自己的所有准备都要泡汤了，而且还要承担政治责任，说不定前程都没了。因此，肖鸿林极力阻止上报，王元章一是习惯了肖鸿林越俎代庖替他拍板，二是从骨子里也有侥幸心理，不希望因丢了一把枪，而使政治前途受损，也只好默许了。

　　向国务院领导汇报是在省迎宾馆国际会议厅进行的，国务院领导同志充分肯定了清江省及东州市在国企改革中取得的突出成就。下午，省市领导陪同首长视察。在东汽集团，首长察看了汽车组装车间并详细听取了公司负责人的汇报。王元章、肖鸿林和贾朝轩跟在首长身边心都提到了嗓子眼儿，三个人违背组织原则瞒报了该公司丢枪事件，一整天都惴惴不安的，好不容易等到首长离开东汽集团，才放了一半的心。

　　晚上，为欢迎国务院领导，在省迎宾馆小戏院安排了一台京剧晚会，由东州市京剧团演出。观看演出的除了国务院领导同志外，还有省市领导。演出很精彩，首长看得很高兴。演出进行到一半时，漂亮的女主持人上台说："早就听说首长京胡拉得特别好，下一个节目是《苏三起解》，请首长上台为我们露一手，大家鼓掌！"尽管首长很意外，但还是神采奕奕地走上台，接过女主持人递过来的京胡，坐在乐队群里，试了试弦，女演员一叫板，伴随着首长的京胡乐队演奏起来，全场一片掌声。

　　就在这时，邓大海悄悄地坐在肖鸿林的身后，肖鸿林的左边坐着王元章，右边坐着贾朝轩，邓大海小声说："三位老板，枪找着了，没事了。"

　　肖鸿林迫不及待地问："快说说到底是怎么回事？我这心一直揪揪着。"

　　邓大海如释重负地说："东汽集团保卫处有个工作人员被公司安排下岗了，那天他去找保卫处处长想让处长为他说说话，保卫处处长不会做工作，两个人话不投机大吵了起来，工作人员越想越气，怀恨在心，就想弄出点事给保卫处处长眼罩戴，结果就偷了把六四式手枪，后来听说国务院领导要来公司视察工作，越想越怕，就又把枪送回来了，人正在公安局呢。"

　　王元章长舒一口气说："谢天谢地，事情总算有个结果了，当时，如果上报，后果真是不堪设想啊！朝轩的主意出得好，不然我们非挨板子不可。"

贾朝轩得意地说:"那个保卫处处长应该撤了,根本不称职嘛。"

当时他就坐在贾朝轩身后,关于这件事的很多细节,是过后贾朝轩跟他说起的,无非是炫耀自己关键时刻救了王元章和肖鸿林,如果当时怂恿他们上报,说不定东州的江山已经易人了。说这话时贾朝轩露出些许后悔的神情。

机窗外,云海苍苍,他把那些棉花似的云朵看作自己思想的投影,远处云海之上,红黄相交的灵光犹如佛光抚慰着他的心灵,飞机驶出云海是湛蓝湛蓝的天空,他向下俯视,是一望无际丝绸一般的翠绿色的大海,大海上有几艘像纽扣一样小、拖着细细白线的轮船似动非动,他坐在机舱内觉得自己像个外星人,他想起英国动物学家、人类行为学家莫里斯那本惊世骇俗的著作《裸猿》,该书序言中称:"现存的猴类和猿类共有一百九十三种,其中的一百九十二种身上遍布体毛。唯一例外的物种是一种全身裸露的猿类,它自诩人类。"莫里斯就像邻家大叔,提醒有模有样的人,人类还是动物群体中的一员,虽然是最优秀的。其实人类的动物性直接体现在政治斗争之中。正如查拉图斯特拉面对太阳质问:"啊,伟大的太阳! 如果没有被你照耀的人们,你的幸福在哪里呢?"他也常常在内心质问:"啊,伟大的人类! 如果没有动物性,你的人性在哪里呢?"都说文学是人学,他出版了几部力作,也产生了一定的社会影响,但是始终没有参悟透什么是人性,他认为人性的核心就是"自我",然而,休谟在《人性论》中却认为,"自我"这东西即使有,也从未被感知到,他认为,自我无非是一簇或一组不同的知觉,以不可思议的速度彼此接替,而且处于不绝的流变和运动中。按照休谟的观点,连"自我"都无法确定,"灵魂"就更无法确定了。不过,休谟反复强调,心是由习惯决定的,他认为,人性是由心决定的,大概人性也应该由习惯决定了。什么是习惯? 就是思维定势。莫非人性就存在于思维定势之中? 那么灵魂存在于哪里?他陷在了理性之狱中不能自拔,正如他在给贾朝轩当秘书时,认为自己找到了仕途之路的终南捷径一样,其实生活中往往不是因为理性而非理性,往往是因为非理性而理性,休谟的《人性论》恰恰为非理性提供了温床。

19

　　人们的思维定势往往是因为甲、所以乙,然而在他身上却发生了"黑天鹅"事件,出现了因为甲、所以丙的结果,正如纳西姆所描绘的,"发现澳大利亚的黑天鹅以前,欧洲的所有人都确信天鹅全部是白色的,这是牢不可破的信念,因为它似乎在经验中得到了完全的证实"。然而"仅仅一次观察就可以颠覆上千年来对白天鹅的数百万次确定性观察中得出的结论,你只要看见一次黑天鹅就够了"。对于他来说,一生中遇上一次"肖贾大案"就足够了。

　　然而未来似乎很喜欢捉弄历史,让他不可思议的是,丁能通竟然遇上了三次,而且只要丁能通继续任驻京办主任,或者说只要丁能通继续留在官场,还不知要遇上多少次。在丁能通的人生中,黑天鹅越来越多,以至于出现一只白天鹅很可能成为事件。他不知道这究竟是未来在开历史的玩笑,还是历史在开未来的玩笑。他原以为自己在仕途上的未来一定是光明的,结果,光明的未来却进入了历史的黑暗,他开始为丁能通担心,丁能通躲过了"肖贾大案"、何振东腐败大案、吴东明腐败大案,难道每次他都能这么幸运吗?

　　刚想到这儿,坐在他身边的人一边翻着报纸,一边自言自语地感叹道:"撤掉一个小小的驻京办至于这么大惊小怪吗?"此人五十岁左右,肥头大耳,滚粗的脖颈,秃顶亮晶晶的,长着猿猴一般厚实的嘴唇。

　　他瞥了一眼此人看的报纸,情不自禁地接过话茬儿说:"是啊,撤掉了驻京办,却停不了进京路啊!"

　　旁边的人眨着一双小眼睛看了看他,颇感兴趣地问:"你对报上称驻京办是腐败的温床这种观点怎么看?"

　　他颇不以为然地说:"我认为滋生出驻京办这种机构的机制才是腐败的温床。"

　　秃顶一双小眼睛亮了亮,叹服道:"深刻,太深刻了! 撤掉驻京办对北京有什么好,包括企业驻京办在内,京城大大小小的驻京办有六万多家,各地通过驻京办投在北京的钱怕是每年得有几千亿吧。"

　　他觉得身边的秃顶非同寻常,看问题的视角非常独特,便附和道:"可不是,实事求是地讲,各地驻京办对拉动北京的内需起到了非常重要的作用。除了外商投资、民营企业投资外,驻京办投资已成了拉动北京内需的第三方力量,这是北京市的偏得,其他中心城市想都不敢想。"

秃顶赞同地点点头说:"既然各地驻京办为北京带来了巨大的经济利益,北京怎么可能舍得让各地驻京办撤走呢?这报上说,昌山市驻京办撤离北京城具有标志性意义,老弟,你怎么看?"

他淡然一笑地说:"老兄,正如你所说的,过于大惊小怪了。黑格尔说:'凡是现实的就是合理的,凡是合理的就是现实的',这句话被衍生为'存在就是合理的',尽管恩格斯批判黑格尔将现存的一切神圣化了,但是我们不得不承认,黑格尔这句话的确很深刻。凡是存在的,都有其存在的生存环境,环境不变,就会存在。六千五百万年前,恐龙为什么消失了?因为地球气候陡然变化,也就是环境发生了改变。因此,驻京办要寿终正寝,必须改变它存在的环境。"

秃顶认真地问:"怎么改变驻京办存在的环境?"

他深沉地说:"当然要依靠改革,也就是改变游戏规则。昌山市政府在向媒体宣布撤销驻京办时声称,驻京办之所以撤销,是因为它已经完成了历史使命。这个说法过于冠冕堂皇,我不禁要问,你昌山市管辖的县驻京办撤销了吗?区驻京办撤销了吗?各个部门的驻京办撤销了吗?如果撤销了,那么企业的驻京办也撤销了吗?即使都撤销了,不是还有省驻京办吗!一个昌山市驻京办撤销了,还有多少个省市县的驻京办呢,这就是现实。其实昌山市撤销驻京办完全是无奈之举,谁都知道驻京办亦官亦商,各地驻京办都在搞经营、做生意,最起码有个招待所,何况很多省市的驻京办都有宾馆,有的是星级的,甚至是五星级的,搞经营、做生意当然有赔有赚,昌山市驻京办之所以撤销,无非是经营不善造成的,已经资不抵债了,财政也搭不起了,因此不得不撤离。我相信说不定哪一天,昌山市的领导一换,昌山市驻京办还会卷土重来,为什么?因为驻京办的首要功能就是迎来送往,我就不信昌山市市委书记、市长坐飞机到了首都机场,会坐民航大巴车进城或者打的进城,自己找宾馆酒店,即使昌山市驻京办撤了,肯定还有相当于驻京办的机构在替代原有驻京办发挥作用。要知道有驻京办存在,大大减轻了北京市政府和各部委对口接待的任务啊。"

秃顶听了他的话频频点头,挠了挠自己的秃头说:"最起码驻京办在截访维稳方面还是不可替代的,这篇报道说,这些年各地驻京办在截访维稳方面的任务越来越重。"

他不屑地说:"截访维稳是体制强加给驻京办的,矛盾在基层得不到解决,是地方政府不作为,老百姓满怀希望进京上访,结果有关部门也不作为,给驻京办打个电话,让把人带走,长此以往老百姓的积怨会越来越深。因此截访伤了老百姓的心,并不能维稳,只能导致不稳。我们国家为什么要改革开放? 就是要为我们国家和民族的精神世界寻找一个精神出口。这个出口是什么? 就是放狼一条生路。放狼一条生路,狼就不再是狼了。人也是动物,善恶同居一室,分野只在一念之间。在莫里斯眼里,人类不过是全身裸露的猿类,人类最大的虚伪之处就是过于高看自己,无视自身的动物性,其实人类越是忽视或无视自己的动物性,就越容易做出非人性的行为。好猎人是不会在羊圈里围堵恶狼的。穷途末路之下,每个人都可能变成恶狼。这正是执政者最需要考虑的。然而,由于官本位理念作怪,有些人往往用长矛对付鱼钩,非要维护虚名而不惜把一群平善的百姓逼成暴徒,死要小团体或个人的面子,不要社会的未来。改革者的魄力和勇气在哪里? 就是给精神大厦开天窗。让整个民族,让每个人都透一口气,千万别小看这口气,如果人人都能透一口气,整个民族就能扬眉吐气,只有整个民族都扬眉吐气了,和谐社会才会真正到来。"

秃顶被他的侃侃而谈震住了,用请教的口气试探地问:"那么,老弟对'跑部钱进'怎么看?"

他不假思索地说:"舆论对'跑部钱进'备加诟病,把板子都打在驻京办身上,这非常不公平。试想一块块大大小小的蛋糕放在国家各部委局,只有争才能得到,不去争就拿不到,这就给地方找关系提供了空间。因此'跑部钱进'是机制造成的,而不是驻京办造成的。比如说,同样的项目,各个省都报了,而且差别不大,你说国家给谁? 这里面很复杂,牵涉到中央和地方的关系,中央各部门之间的关系,也牵涉预算内资金和预算外资金的关系。"

秃顶佩服地说:"老弟看问题真是一针见血,入木三分啊! 不妨我们认识一下,这是我的名片。我在东州开发区海关工作,叫周纪。"

他连忙接过名片，并谦逊地说："原来是周关长，我说怎么看着眼熟呢，对不起，我没有名片，我姓顾，叫顾怀远。"

周纪当即圆睁二目地问："莫非是写《庙堂》的顾怀远？以前给贾朝轩当过秘书？"

"不错，"他一反刚才侃侃而谈的样子，腼腆地说，"就是我。"

周纪恍然大悟地说："怪不得对驻京办如此了解，原来我身边坐着'肖贾大案'的亲历者和见证人啊！怀远，到北京有何公干呀？该不是去签售你的大作吧？"

他毫不避讳地说："不瞒你说，我这次到北京就是去东州驻京办看一位老朋友。"

周纪饶有兴趣地说："谁？该不会是驻京办主任丁能通吧？"

他听了周纪的口气似乎跟丁能通很熟悉，便略显吃惊地问："这么说，周关长也认识丁能通？"

周纪哈哈大笑道："何止认识？简直就是莫逆之交。盯则能通，不盯则不能通，丁能通这名字一听就是驻京办主任，你说是不是？"

他开玩笑说："中医讲通则不痛，痛则不通，该用潜规则的地方用显规则，肯定不通，一旦不透明的转移支付成了国家各部委办局与地方政府之间博弈的恩惠权，必然要造就大大小小的'丁能通'。其实，驻京办就是隐藏在旧机制后面的潜规则的产物，俗话说'过手三分肥'，正所谓'问此官何事最忙，冠盖遥临，酒醴笙簧皆要政；笑终岁为人作嫁，脂膏已竭，亲朋僮仆孰知恩'？"

"怀远，"周纪清了清嗓子说，"除了备受诟病的'跑部钱进'以外，驻京办还有一个更加重要的功能，这可是丁能通亲口告诉我的，就是搜集信息的功能，对不知情的人来说，搜集信息听起来冠冕堂皇，但是真正搜集起来，驻京办的人可个个都有当间谍的天赋，这里面可大有故事，都是你写小说的好素材啊。到北京后，你应该让丁能通好好给你讲一讲，不说不知道，一说吓一跳啊。"

周纪的话好像是戏言，却深深触动了他，他认为，小说家的任务不是讲故事，更不是模仿生活，而是表现人的本质和社会的本质，揭示人性当中最隐秘的东西和社会性当中最隐秘的东西，小说是对人、对社会

23

他：突发奇想的会面

进行精神实验,小说家必须潜入人的内心裂开的无底深渊和社会深处一探究竟。

这么想着,他随手拿起周纪刚看过的报纸翻看起来,报纸的头版头条是一则打击走私的报道,不知为什么,一段时间以来,清江省掀起了打击走私的热潮,省长赵长征在媒体上多次强调打击走私与反对贪腐要两手抓,而且两手都要硬,这与省委书记林白一向强调的必须努力排除各种干扰,聚精会神搞建设,必须切实做到心无旁骛,一心一意谋发展的调子不太相同,清江省的党政一把手喊的调子不太相同,这让对政治一向敏感的他备感蹊跷。

他心想,自己身边坐着东州开发区海关关长,不妨探听探听,便试探地问:"周关长,最近清江省打击走私搞得有声有色,好像大有背景,揪出什么大案要案了吗?"

周纪似有难言之隐,苦笑道:"老弟,不瞒你说,我也大为蹊跷,只觉得不是空穴来风,这次我进京,就是想借到海关总署开会之机一探究竟的。"

他失望地想,周纪是个官场老油条,不可能跟自己说真话,还是见了丁能通问个究竟吧。

此时,飞机开始倾斜,空中小姐用甜美的声音提示乘客:收起小桌板,调直座椅靠背,系好安全带。庞大的机体穿过厚厚的白云,俯身向首都机场降落。

他走出机舱时,丁能通双手插兜,笑眯眯地站在廊桥上,身边站着一个矮胖子,红脸膛、浓眉大眼、大鼻子、大耳朵,剃着板寸,长得很敦实,丁能通能到廊桥上接他,他并不惊奇,当年他给贾朝轩当秘书时,丁能通不仅可以上廊桥接或将奔驰车停在飞机底下,而且还要请贾朝轩到中央领导享受的贵宾室休息一会儿,如果丁能通没到廊桥接他,他倒觉得意外,只是身边站着的矮胖子不像是驻京办的工作人员,看派头和衣着倒像是一位相当有实力的款爷。

丁能通见他和周纪脚前脚后走出了机舱,似乎有些意外,便略显惊讶地问:"怎么,你们俩已经认识了?"

他听丁能通的口气好像早就知道周纪也在飞机上,那架势好像不是来接他的，倒像是专程来接周纪的，他不过是碰巧在廊桥上遇上了丁能通而已，心里有些不悦，但脸上并未表露出来。

周纪不见外地说："如今大作家顾怀远的名号可是名声在外，我刚好和怀远坐在一起，聊了一路了。怀远，我给你介绍一下，这位是我的铁哥儿们、东州市著名企业家、永盛集团老板王祥瑞。"

周纪一提王祥瑞的名号，他着实吃了一惊，王祥瑞是东州市近几年民营企业界响当当的人物，估计省人大代表、五一奖章获得者之类的头衔不下十几个，永盛集团不要说在东州市，就是在清江省民营企业中也是实力数得上前几位的大公司，只是一直有永盛集团靠走私香烟、汽车发家的传闻，如今清江省打击走私的势头风起云涌，这位永盛集团的老板躲在北京亲自到首都机场接东州开发区海关关长，这里面是不是有什么文章？他从官场转到文坛后，除了政治敏感性外，又多了一份作家的敏感，他一向认为真正的生活就在身边，好的作家是不会让生活从自己的身边溜走的。于是他热情地与王祥瑞握手，王祥瑞早就听说过他的名号，又是丁能通的朋友，与他寒暄得也恰到好处。

四个人嘻嘻哈哈地走出候机大厅，门前停着两辆奔驰车，周纪上车前特意问他在北京待几天，他开玩笑地说："要看丁主任的，丁主任如果好客，就住上个把月，如果不好客也许一个星期。"周纪也笑着说："我也要在北京待一个多星期，抽空让祥瑞请客，大家在一起聚一聚。"说完周纪上了王祥瑞的车，他上了丁能通的车。

他一上车就纳闷地问："能通，你怎么和王祥瑞搞到一起了？好像你们俩约好来接我和周纪的。"

丁能通一边开车一边说："不瞒你说，怀远，驻京办目前的几辆奔驰车，都是从永盛集团买的，当时梁宇市长刚接任吴东明不久，他一上任就到北京开会，我亲自开车送他去会场，当时驻京办只有两辆奔驰车，我开一辆，习涛开一辆，我开的那辆早就超期服役了，结果那天车坏在了半路，怎么也打不着火，把我急得跟热锅上的蚂蚁似的，气得梁市长打车去了会场，从那天起梁市长就下决心给驻京办进几辆新奔驰。但是我没想到会从永盛集团买车，因为我一直耳闻永盛集团是靠走私起家的，没想到梁市长亲自给我打电话，让驻京办接手几辆永盛集团的奔驰车，我怕是水货，心里不落底，便问有没有罚没证，你不知道，怀远，如果是水货，没有罚没证是上不了路的。梁市长说手续齐全，就这样我和王祥瑞认识了，人怕接触，接触后发现，这家伙不仅出手大方，而且实在，也很仗义，就成了朋友。"

他一边听丁能通说一边为丁能通担心起来，当初东州市长吴东明因贪恋女色，步了肖鸿林、贾朝轩和何振东的后尘，一时间谁来接任东州市市长成了舆论的焦点，当时省长赵长征极力推荐常务副市长林大可，认为林大可为人刚直、有魄力，可堪大任；省委书记林白坚决不同意，认为东州是副省级省会城市，还是从副省长中选一位更稳妥。两个人争执不下，上了常委会，在常委会上林白力排众议，决定向中组部推荐主抓工业的副省长梁宇就任东州市市长。这让赵长征心里很不舒服，因为梁宇是林白从昌山市副市长的位置上一手提拔上来的，就任主抓全省工业的副省长后，并未取得突出成绩，东州市是全省经济的发动机，特别是装备制造业在全省乃至全国都有举足轻重的地位，将这么一个省会级的工业大市交给一位在主抓工业经济方面政绩并不突出的副省长，赵长征不仅心里不自在，而且还认为林白有任人唯亲之嫌，毕竟梁宇是林白一手提拔起来的人。不过，梁宇就任东州市市长后，倒是如鱼得水，头三脚踢得有声有色，博得不少政声。

丁能通不夸王祥瑞还好点，这么一夸，他反倒为丁能通担心起来，这个王祥瑞连罚没证都能搞到手，而且一搞就是几辆奔驰车的，说明此人已经手眼通天，他以自己多年的从政经验判断，但凡手眼通天的私企老板，背后都有见不得人的东西，今天看王祥瑞与周纪之间的密切关系，他就十分警觉，也是"肖贾大案"的教训太深刻了，他也承认自己"一朝被蛇咬，十年怕井绳"，但是小心无大碍。

他用提醒的语气说："能通，我早有耳闻，永盛集团是靠走私起家，你跟王祥瑞这种大私枭搞得这么近，还口口声声夸他多么仗义，眼下清江省正打击走私呢，你可别引火烧身啊！"

丁能通嘿嘿笑道："怀远，你知道，我一不贪权，二不贪钱。不管什么上司，我都服务到位；不管什么朋友，我都以诚相待。我不触碰党纪国法，天又奈我何？不怕你笑话，我心中的偶像是个小人物，但却是个大英雄。"

他敏感地笑道:"该不会是宋江吧?"

丁能通哈哈大笑道:"要么你怎么成了著名作家了呢,对文学形象就是敏感。"

他揶揄道:"能通,你老兄不贪权、不贪钱的确令人佩服,可是'色'字头上一把刀,别忘了肖鸿林、贾朝轩、何振东和吴东明都栽在一个'色'字上,你老兄可是个情种,我听石存山说罗小梅可快出狱了,你和衣雪破镜重圆可不容易,毛主席说世界上最怕认真二字,让我说,世界上最宝贵也是最难做的二字就是'珍惜'!"

丁能通深有感触地说:"是啊,'珍惜'其实是一种责任,而我们的责任早就被贪欲的大海淹没了,最近我看了一遍《英国病人》的光盘,当年我在电影院看这部电影时,好像没什么感觉,可是这次看光盘,却泪流满面,特别是阿尔莫西悲痛欲绝,抱起凯瑟琳走出山洞,把她放在飞机的前座上,然后架着飞机离开,耳畔响起凯瑟琳的心声:'我的爱人,我等着你,过了多少个白天和黑夜,我走到洞外让阳光温暖我,想着我们过去的事,我们从这山洞开始,我把吉祥物挂在身上,我知道你会回来的,可我快要走了……'怀远,不瞒你说,当时我就觉得万一凯瑟琳就是衣雪,我可怎么办? 这么一想,眼泪就情不自禁地流了出来。"

他颇为感慨地说:"能通,这说明你把真正的爱找回来了,这部片子叫《英国病人》,其实,整个人类都病着呢,这个地球就是个病地球,地球为什么病了? 都是由于人病了! 人为什么病了? 因为道德大厦坍塌了,道德大厦为什么坍塌了? 因为信仰产生了危机,什么都不信的人就像一叶小舟孤独地漂荡在大海上,泰坦尼克号为什么沉没? 还不是人的盲目自信和自私自利造成的,正如英国作家哈代所说:'在孤独的大海上,人类的虚荣深不可测。'"

丁能通听了他的话后,沉思了一会儿,一脸惆怅地说:"怀远,正是由于某些领导干部深不可测的虚荣心理,搞不好东州官场又要地震了!"

他惊异地问:"这话怎么讲?"

丁能通讳莫如深地说:"这次你不来,我也要找你,我憋了一肚子话都写在日记里了,抽空你看看我的日记,看看一位驻京办主任的内心世界,相信对你的写作一定有帮助。"

他喜出望外地说:"能通,君子一言,驷马难追,这可是你主动要把日记交给我的,大丈夫吐口唾沫就是个钉,咱可不能说话不算数。"

丁能通嘻嘻笑道:"怀远,只是我有一个要求,不管你把《驻京办主任》里面的主人公写成什么奶奶样,都必须由我来写序言。"

他兴奋地说:"我当然求之不得,只是不知道为什么?"

丁能通诡谲地一笑说:"不用说,驻京办在你笔下一定写成搞腐败的温床,说不定你小说里的主人公还得在监狱里写忏悔录,当然,你把驻京办主任写成神也没人信,只能写成鬼,但其实我们是人,真正的人、真实的人、活生生的人,我作为驻京办主任的代表,总得替驻京办说几句公道话吧?"

丁能通说得虽然平静,他的心却像是被马蜂蜇了一下似的,毫无疑问,如果把北京比作一片汪洋,那么大大小小的驻京办无疑是一个个深不可测的旋涡,一个人如果整天生活在旋涡之中,会是个什么滋味。是谁把这些人推进旋涡之中的?在旋涡之中生存下去的秘诀是什么?尽管他即将创作的《驻京办主任》在脑海中尚未构思成熟,但这些深刻的问题,无疑是这部书最需要揭示的。或许丁能通的序言与自己的小说相得益彰,能够起到珠联璧合的作用。

奔驰车贪婪地吞噬着机场高速公路,光滑得像黑缎子似的柏油路面在阳光的照耀下黑亮黑亮的,路两侧排列整齐、规则笔直的白杨犹如人的欲望,高高地向天空伸展,透过车窗往林子里望去,层层交叠的林木黑森森的,就像心里阴暗之人居心叵测的灵魂。

晚上,丁能通在北京花园中餐厅为他接风洗尘。陪酒的省驻京办主任薪泽金、市驻京办副主任杨善水和主任助理兼接待处处长白丽娜,他都认识,第一次见面的两个人:一个是刚刚被撤掉的昌山市驻京办主任徐江,另一个是刚刚从主任助理提拔为副主任的习涛。丁能通一番介绍后,众人纷纷入座。

几圈推杯换盏之后,白丽娜用"粉丝"的口吻说:"怀远,不瞒你说,你出版的几本书,我每本都看了三遍,起初我以为你会写自己的经历,想尽一切办法对号入座,却怎么也对不上,后来我干脆抛弃对号入座心理认真看书,发现你写的小说和别人写的小说最大的不同就是触动灵魂,看你的书逼着读者反思人生,你是怎么做到的?"

他淡然一笑说:"我从不躲在象牙塔里写作,所谓的象牙塔早就滥了,纳博科夫称躲在象牙塔里写作的人为'坐监人','坐监人'只是本我,创作不能靠本我,要靠非我,因此纳博科夫才说'是包围本我的牢狱之墙突然崩溃而非我从外边冲进来救出了坐监人',真正的小说是非我通过记忆这个可信赖的助手帮助回忆并重建世界。"

习涛虽然久闻他的大名,却是第一次见到真人,在与吴东明的较量中,习涛成熟了许多,但是他一直困惑,像吴东明这种本来可以成为像焦裕禄一样的好干部的市长,怎么会突然腐败掉了,习涛读了他的书豁然开朗,于是接过他的话头尖锐地说:"顾哥这句象牙塔已经滥了说得太好了,我认为官场上的象牙塔就是驻京办。很多人对驻京办耿耿于怀,其实驻京办有很多它不得已的地方。"

他颇有感慨地说:"习涛和善水看问题很深刻呀,纳博科夫说,'罪犯通常是缺乏想象力的人,因为想象即使在常识最低限度上的发展也能阻止他们作恶,只要向他们灵魂的眼睛展示一幅描绘手铐的木刻'。"接着他用调侃的语气说,"其实,北京城大大小小的驻京办主任有六万多,改革开放腐败掉的驻京办主任屈指可数,与腐败掉的其他部门的贪官比算是小巫见大巫了,为什么会这样呢?按纳博科夫的说法,大概是驻京办主任们是一批颇具想象力的人。"

众人哈哈大笑后,丁能通颇为无奈地说:"驻京办主任没有想象力不行啊,没有想象力的驻京办主任必然被逼良为娼,因此驻京办主任个个都是官场上的艺术家。泽金、徐江,你们说是不是?"

薪泽金与他应该算是老朋友了,便开玩笑地说:"怀远,二加二等于四是什么?是常识,大大小小的驻京办为什么蜂拥到北京?这不是常识吗?怎么一些人突然大惊小怪起来了,生活中总是有那么一些人,祖坟不哭,哭乱坟岗子,祖坟是什么?是官本位呀!驻京办与官本位比起来顶多算个乱坟岗子,徐江,你说是不是?"

一直心事重重、沉默良久的徐江淡然一笑说:"明朝规定,各布政

29

司、府州县对本地的户口、钱粮、军需等事项,要在年底时派人到京师的户部进行核对。地方官员携带的文书要加盖印信,逐级核对无误方可通过,如发现上下统计数字不符,户部要予以驳回。这时地方官员应回到原地重新填写,盖好印信后再来核对。当时的官员出行基本靠走、通信基本靠吼,那些费尽千辛万苦、跨过万水千山赶到京城的'报表官',哪肯回籍折腾,就在来京时带有预先盖好印信的空白文书,如遇到户部驳回,就在原地重新填写,不必再回本地盖印,以免往返之劳。这就滋生了两大弊端,京官以各种借口拖延审批,以图从中取利;地方官普遍伪造公文,欺上瞒下。洪武十五年,朱元璋发现上京接受考察的官吏绝大多数身带各类加盖公章的空白公文,遇上上级驳查,立即现填重报,认为这是极其严重的弄虚作假,欺诈行为,勃然大怒,一气之下下令将全国十三个省、一百四十多个府、一千多个县的掌印官全部杀掉,将副职一律杖责一百,发往远方当兵戍守。这就是历史上著名的'空印案'。其实当时使用空印文书是潜规则,上下习以为常,明朝立国以来,没有关于使用空印文书违法的规定,各部门一直按习惯做下来,不知道这是犯罪。你们对照一下,明朝使用空印的利弊与眼下'跑部钱进'是不是有异曲同工之妙。那时的进京官员像不像大大小小的驻京办主任,当时谁也说不清'空印'是谁发明的,就像眼下我们也说不清'跑部钱进'是谁发明的一样。权力的灰色地带是潜规则的发源地,《恶书》中说,公恩不私谢,其实现在公与私之间的灰色地带越来越大,什么公事私办、私事公办、公恩私谢、私恩公谢,早就说不清楚了,灰色地带有着巨大的利益可捞,捞的风险不大,而利益巨大,你们说,多少人会捞?"

徐江看上去是个内向的人,中等身材,小鼻子却长了对肥大的鼻孔,他没想到看似内向的徐江一开口竟然侃侃而谈,他认为这次北京之行能遇上这位驻京办主任中的败军之将是缘分,为了一探徐江为什么将昌山市驻京办干黄了,他想探一探徐江在业务上的能力,于是他诡谲地问:"徐主任,你干了几年驻京办主任了?"

徐江一筹莫展地说:"一晃也有七八年了。"他不露声色地说:"这么说和能通干的时间差不多长,那么我问你,国部长的生日你知道吗?"

徐江懵懂地问:"哪位国部长?"

白丽娜嘻嘻笑道:"怎么搞的,徐主任,连京城大名鼎鼎的国部长你都不知道,我说昌山市无论抢项目还是抢资金,总是抢不上槽呢?"

他笑眯眯地接着问:"那么徐主任,关部长你总认识吧?你知道他最喜欢吃什么菜吗?"

徐江摇摇头说:"他喜欢什么菜我怎么知道?"

丁能通得意地说:"徐江,国部长的生日是六月三十日,关部长最喜欢喝茅台吃狗肉。不瞒你说,京城各大部委办局主要领导的生日、喜好,我都放在脑子里了,咱们有求于人家的多,领导的生日当然要记住了,领导的喜好就更重要了,医家讲对症下药,官家讲投其所好,这是常识嘛!对不对,老薪?"

众人听罢又是一阵哄堂大笑,徐江听了有些发窘,一副检讨的语气说:"不瞒诸位,这些天我一直在反思,京城大大小小六万多驻京办怎么偏偏就昌山市驻京办撤了,难道真的像某些媒体鼓吹的,这是驻京办即将撤出历史舞台的信号,具有标志性意义?还是因为真的由于经营不善财政填不起窟窿了,或者我们的市长真的高瞻远瞩,就想出出风头,做第一个吃螃蟹的人?今天怀远这么一问,我恍然大悟,原来原因就出在我身上,与能通比起来,我真是相形见绌啊,如果同时去西城区月坛南街三十八号争项目,我怎么可能争过丁能通。昌山市驻京办纯属是我他妈的干黄的!"

丁能通见徐江有些沮丧,便为他斟了一杯酒,诡秘地说:"徐江,干了这杯酒,我告诉你做一个合格的甚至是优秀的驻京办主任的秘诀。"

徐江将信将疑地干了杯中酒,然后迷茫地看着丁能通问:"说吧,什么秘诀?"

丁能通一本正经地说:"好好读一读怀远的小说,福楼拜曾经给他的情妇写信说,'谁要是熟读五六本书,就可成为大学问家',怀远的小说里充满了政治智慧,刚好他出版了五六本了,徐江,你回到昌山市后抽空好好读一读,反正你的工作暂时还没有着落,不妨多读几本书,我相信只要你读懂读透了怀远的书,不论你将来在什么位置上工作,都会游刃有余,而且我甚至认为,你很可能会卷土重新回北京任驻京办主任。"

他:突发奇想的会面

　　他饶有兴趣地观察着春风得意的丁能通和心灰意冷的徐江,这次到东州市驻京办,他不是来体验生活的,他从不认为生活是体验来的,他只想做个窃听者,一个像普鲁斯特笔下的主人公马塞尔一样的隔墙窃听者。贡布雷正午的美丽是通过它在人们记忆中的花香、钟鸣而认识的。同样,驻京办的丑陋是通过它在人们心目中的想象而被认识的。驻京办之所以备受诟病,是因为无人揭开它神秘的面纱,尽管大大小小的驻京办分布在北京城的大街小巷,然而在人们心目中,它仿佛建立在另一个世界,而这个世界犹如人们不喜欢来往的邻居一样神秘,人们自然认为这种神秘是龌龊的,因为凡是神神秘秘的都是见不得人的。普鲁斯特心目中的贡布雷是梦境的,但他心目中的驻京办却是梦魇的。这种感觉虽然来源于已经成为故事的"肖贾大案",却经常诱使他掉入一个深不见底、无力逃脱的混沌虚无之中,他急需一根从天而降的绳子,于是他进入回忆的状态,他的思绪回到了老驻京办——那个长满梧桐树的大军营。他极力将诸多细节拼凑起来,想象出住过的每趟平房、每个房间的样子、墙壁纸的颜色、电视机的位置以及窗外鼓噪的蝉鸣,还有早晨驻京办大门前繁忙的小吃摊,甚至此时他的口中已经有了油条和馄饨的香味。思绪回到北京花园,回到中餐厅,回到当时的包房内,仿佛记忆在时间隧道中进行了旅行。

　　他定了定神意味深长地问:"在座的各位,除了丽娜以外,不是驻京办主任,就是驻京办副主任,我想问问大家你们第一次'跑部钱进'成功的感觉。"

　　徐江皱着眉说:"怀远,不瞒你说,第一次'跑部钱进'成功之后,喜悦之余,我有一种犯罪的感觉。"

　　他不失时机地说:"这才是你为什么把昌山市驻京办干黄的真正原因。每个人都是善与恶的统一体,你每'跑部钱进'成功一次,良心就谴责你一次,你怎么可能当好驻京办主任呢?"

　　薪泽金插嘴说:"怀远,所谓善与恶也是相对的,我们也是为了地方经济的发展,只能说是舍大家为小家,驻京办只是体制配制出来的一种药液,既然是一种药,当然是给病人用的,究竟谁是病人?难道是我们驻京办主任吗?这么说不公平。"

杨善水不屑地说:"我看薪主任说的药是官本位吧,官本位是毒药,谁吃了都得成为病人。"

习涛激愤地说:"我看现有机制有一种特殊的功能,就是可以将潜藏在人体内处于休眠状态的恶这个魔体唤醒,并且派这个魔体去做他乐意做的事。"

白丽娜懵懂地问:"你是说,本来一个人是善与恶的混合体,喝了官本位的药液,就把恶分离出来了?"

他很喜欢这种探讨,他像普鲁斯特似的拿出自己的透镜以窥视的心理说:"你们所谓的药很有点像《化身博士》中的内科医生哲基尔服用的一种药液,这种药液就能分离一个人的善与恶,哲基尔喝了之后,变成了一个恶人,叫海德。用斯蒂文森的话讲,海德是一个全人类中由纯粹的恶构成的人。在小说中,海德的个子要比身材高大的哲基尔矮许多,这暗示了哲基尔具有较多的善。其实哲基尔是一个由百分之九十九的哲基尔液体和百分之一的海德液体混合而成的。我们谁又不是这样一个复合式的人呢,但是官本位机制就像审犯人时的诱供一样,会将百分之一的海德液体提取出来并且激活。"

丁能通颇有感慨地说:"怀远,你是说平时我们是哲基尔,'跑部钱进'时却变成了海德,当然不是我们要变成海德,是官本位的机制在起作用?"

他点了点头,补充道:"徐江第一次'跑部钱进'成功后的心态,很像那个老故事,也就是一个小男孩喊狼来了时的心理,纳博科夫说,一个孩子从尼安德特峡谷里跑出来大叫'狼来了',而背后果然紧跟着一只大灰狼——这不成其为文学,孩子大叫'狼来了'而背后没有狼——这才是文学,驻京办主任的处境恰恰相反,是有一条大灰狼在喊:'驻京办主任来了''驻京办主任来了',结果不是驻京办主任包围了大灰狼,就是狼群包围了驻京办主任。"

他这番话很像手术穿刺一样,让在座的每一个人后脊梁骨发凉,包房内陷入一片沉默。尽管如此,他内心仍然窃喜,今晚这顿饭给他的启示太多了,他感到自己的大脑就像一只原先插得深深的锚松动了一样,尽管他还不知道大脑中的锚松动后会发生什么,但大脑已经犹如海洋

他:突发奇想的会面

波涛汹涌起来,他仿佛看见那只锚正在慢慢地从大海中冒出来,他的耳畔甚至听到了那只锚冒出来时所发出的嘈杂的回响。他暗自决定,一定要在驻京办住一段时间,眼前这几位各怀心事的驻京办主任,足可以让他扯开蒙在驻京办这个特殊的政治舞台上的雾一样的面纱,哪怕这层薄雾宛如静谧中的沉睡,他也要为驻京办画一幅工笔画。他就像马塞尔的姑妈莱奥妮似的,尽管因瘫痪使她与世隔绝,然而,对贡布雷流传的每条小道消息,她都抱有强烈的好奇心。此时的他不仅对关于驻京办的一切秘密有强烈的好奇心,他甚至希望自己变成蛔虫,钻进这些人的肚子里,就像孙悟空钻进铁扇公主的肚子里一样,一探究竟。对于普鲁斯特来说,艺术是最本质的生活现实,然而,对于他来说,政治是最本质的现实生活。其实现实的本质是一具假面,这对经历"肖贾大案"洗礼过的他来说再清楚不过了。有时他在梦中会梦见成群结队的假面从他眼前闪过,每一个假面都是一种光闪闪的楔形,他在读《追忆似水流年》时,最羡慕马塞尔可以偷听他姑妈做梦,他心想,如果一位作家有本事潜入每个人的梦中,那么他一定是最顶级的作家。当然,普鲁斯特的确有这样的本事,因此他成了文学大师。纳博科夫认为,好小说都是好神话,他认为,每一位驻京办主任都是一部好小说,因为驻京办不仅仅被一些人认定为是滋生腐败的温床,也是滋生神话的温床。因为当大灰狼喊出"驻京办主任来了"的时候,神话就开始了,因为大灰狼是神,他让驻京办主任个个变成了魔法师。关于这一点,早在他给贾朝轩当秘书时就参悟到了,因为他亲眼目睹了丁能通从市长秘书摇身变成驻京办主任以后,制造的一个又一个奇迹。丁能通深知京城某位部长喜欢哪位画家的画、某位主任喜欢哪个朝代哪位书法家的字,有一段时间,他一直弄不明白丁能通是怎么摸清京城某些高高在上的领导们的嗜好的,后来虚心向丁能通请教才明白,原来都是通过一些类似于皮条客的古玩商打听到的。

原来无论是地方经济"跑部钱进",还是地方领导"跑部升迁",都要先弄明白东家的嗜好,凡是投其所好才有希望办成事,投其所不好不仅办不成事,可能还起反作用。就拿送字画来说,丁能通认识一位住豪华四合院的古玩商,姓那,祖上和慈禧老佛爷沾亲,此人在京城古玩商圈子里非常低调,但和许多部委办局的领导是朋友,哪位部长喜欢青瓷、哪位部长喜欢字画,他都门儿清。原来这位姓那的古玩商就像专门销赃官员收受的高档烟、高档酒的小超市老板一样,所不同的是当有买主上门时,那老板会建议买主给部长送些什么,人家不喜欢青瓷,你就不能给人家送青瓷;人家只喜欢郑板桥的竹子。你最好送竹子。于是买主会问"有货吗?"那老板便会让他第二天再来,其实他用这一天的空当到部长家取画去了,替部长卖了字画,买主再送给部长,这幅字画就可以不断地卖,那老板就像某个部长、局长的经纪人一样,既挣了中介费,又交了朋友,皆大欢喜。丁能通在京城混久了,三教九流什么朋友都有,所积累的人脉让任何一届东州班子无不将其视为财富,也正因为如此,市长梁宇一上任就给驻京办配了几辆崭新的奔驰轿车,足见对丁能通的重视。只是在首都机场,丁能通居然和王祥瑞一起来接机,接的又不光是自己,竟然是东州开发区海关关长,不免让他为丁能通捏着把汗。

他断定,丁能通一定了解清江省打击走私这股风的诱因,只是酒桌上不便多谈。他想散席后,将丁能通拽到自己的房间好好问个究竟,说不定丁能通一开口,自己又能写一部现实主义力作。想到这儿,他心里就像马塞尔尝到了蘸了茶的马德兰蛋糕一样舒服。就像耶稣所经历的苦难是为了拯救人类一样,他觉得自己因为"肖贾大案"所经历的一切心灵苦难,都是为了日后滋养小说这棵秧苗,自己天生就是文学田地里的农夫,前半生为这块田地准备养料和种子,后半生种植、护理、收割。

散席时,已经是半夜时分,他和丁能通都有了七分醉意,正是极度兴奋的状态,丁能通想拽他找个酒吧或歌厅,他始终没忘记自己进京的目的,他说,还是到我的房间喝杯茶吧。丁能通心领神会,两个人摇摇摆摆地进了电梯。

一进房间,丁能通就颇为感慨地说:"怀远,我真羡慕你可以自由自在地生活,当年我选择来驻京办无非是为了自由自在,然而事与愿违呀,想不到进入了一个梦魇般的世界,你的世界是高雅的艺术殿堂,而我的世界却是黑洞洞的电影院,我一直处于盲目的黑暗之中,耳边常常响起黑暗中的笑声。"

他沏了两杯茶,送给丁能通一杯后说:"官场中人谁不是处于盲目的黑暗之中? 人生就是从黑暗中来再到黑暗中去的过程。我们都是被上帝赶出伊甸园的亚当。千万不要羡慕我,我是一个特例,是不可复制的。你千万别把自己变成果戈里的《外套》和卡夫卡的《变形记》里的主人公,他们都苦苦挣扎想要跳出这个世界、进入人的世界,结果都绝望地死去。能通,俗话说,酒后吐真言,给我描述一下你耳边时常响起的黑暗中的笑声吧,我估计你不光听到了笑声,是不是还听到了窃窃私语呀? 你小子跟我说实话,是不是东州官场又要地震了? 我怎么觉得近来掀起的这场打私风暴不像是空穴来风啊? 最让我不解的是林白对赵长征掀起的这场史无前例的打私风暴好像并不太支持,两个人的调子不太一致呀?"

丁能通扑哧一笑说:"怀远,你小子天生就是当作家的料,脑子就像狗鼻子一样灵敏。你这趟进京,大概不仅仅想收获一部《驻京办主任》吧? 尽管你的书很受欢迎,但我也听到一些不同的声音,我身边就有人说你的作品是展腐作品。"

他不屑地呷了一口茶说:"丁能通,什么你身边的人,我看就是你说的,你记住,我的小说写的是人,每部小说中的人物都是活生生的存在,尽管故事发生在官场,但是每个人物的命运犹如一个个圆心,辐射的是人的心灵王国。我的每部作品都通过对人物内心世界的解剖,呈现给读者的是一部厚重的精神档案。通过这些精神档案,我们体悟的不仅仅是官场中人的灵魂世界,更是人的精神现实、思想困惑和心灵生态。你说我的小说是展腐作品,我看你是害怕我的小说,你小子心怀鬼胎,是不是看了以后怕半夜鬼叫门呀? 要么就是在官场上待久了,早就形成了谄媚思维,以为谄媚就是好的,批评即是坏的,这叫讳疾忌医。也难怪,谄媚不仅是习惯,而且是时尚,毛主席早就讲过'批评使人进步',其实何止使人进步,更是保证社会进步的良药。对于腐败,就是要像晒被子一样暴露在阳光之下,阳光是最好的防腐剂。面对腐败,就是要形成一种老鼠过街人人喊打的局面,只有将老鼠都赶到街上,人们才能看清老鼠的嘴脸。不把老鼠赶到街上,不让腐败暴露在阳光之下,难道还要将腐败藏着掖着不成,我看你小子这种观点是在有意无意地包庇腐败。"

丁能通嘿嘿笑道:"好了好了,大作家,千万别再上纲上线了,再上纲上线我就不是包庇腐败分子,而是成了腐败分子了。不过你刚才问我清江省为什么突然刮起了打私风暴,还真与反腐败有关。你还记得省交通厅厅长杜志忠吧,和贾朝轩很熟的,去年被判了二十年,前些日子在监狱里用眼镜片割脉自杀了。"

他吃惊地问:"怎么?杜志忠自杀了?"

由于贾朝轩任东州市常务副市长时主管全市城建交通工作,因此与时任省交通厅厅长的杜志忠很熟,他在给贾朝轩当秘书期间,杜志忠请贾朝轩吃过饭,贾朝轩也请杜志忠吃过饭,两个人关系不错,因此他对杜志忠印象很深。杜志忠是赵长征刚刚就任清江省省长时一手提拔起来的爱将,官场上没有人不知道杜志忠与赵长征的关系,杜志忠之所以深得赵长征的赏识及有幸成为赵省长的爱将,完全是靠自己的才干,他本人并没有特殊的政治背景和家庭背景,因此出身寒门的杜志忠做人做事一直低调,除勤勉做事外,从不在任何场合炫耀与赵长征的关系,有时听到别人"窃窃私语"地谈论他与赵长征的关系时,还极力否认。就这么一位在官场上极会掌握分寸,既精明干练,又不张扬的人,三年前突然以经济问题被"双规",清江官场一片哗然。两年前以受贿罪判了二十年,想不到竟然在蹲了一年监狱后自杀了。

他不敢相信这是真的,将信将疑地问:"你说的可是真的?"

丁能通吐了一个烟圈说:"薪泽金告诉我的,还能有假。已经死了半年了。"

他叹了口气说:"可惜了,杜志忠给我的印象是个很能干的官。"

丁能通大大咧咧地说:"在官场上无论你的背景有多深,都不能太能干了,否则,准遭人嫉恨,更何况杜志忠就任省交通厅厅长后,对处级干部以竞争上岗为名进行了大换血,再加上只知道做事、不懂得变通,得罪了不少人啊!据说告他贪污受贿的匿名信能装一麻袋,有些直接寄给了林白。林白就批给了刘光大,刘光大是个嫉恶如仇的人,也没跟赵长征打招呼,就把杜志忠'双规'了。谁不知道赵长征与杜志忠情同手足,赵长征一手将杜志忠从一个小处长提拔为正厅长,听到杜志忠出事的消息,心里能好受吗?结果'双规'了很长时间也没查出什么事,案子陷入了僵局。刘光大哪肯认输,加大侦察力度,结果查出杜志忠收受贿赂一百五六十万,一下子判了二十年。本来赵长征对这件事就耿耿于怀,有一次进京,在省驻京办吃饭,可能也是酒话,当着薪泽金的面就为杜志忠抱不平,声称有人想借杜志忠给他穿小鞋,看样子为杜志忠的事憋了一肚子怨气。"

　　他警觉地问:"能通,你的意思是说赵长征的这口怨气转化成了打私风暴?莫非是冲着……"

　　他还未说完,丁能通就诡谲地摆摆手说:"官场上哪个领导没有几个爱将,这就叫以其人之小鞋还治其人之大脚。"

　　他不以为然地笑道:"能通,喝了半瓶五粮液你就多了,怎么今晚满嘴跑火车呢?"

　　丁能通打哈哈地说:"谁说是半瓶,足足大半瓶,快一斤酒了。别看我喝这么多酒,怀远,我脑袋比不喝酒时还清醒,你知道为什么吗?"

　　他懵懂地问:"为什么?"

　　丁能通指了指他说:"就为你成了著名作家,我高兴!怀远,从'肖贾大案'到吴东明自杀,这期间已经倒了三批官员了,在官场上混有什么意思,就是他妈的一个工具,看过卡夫卡的《变形记》吧,可怜的格里高尔已经习惯于做全家人的使用工具,在官场上,谁不是工具?就拿我这个驻京办主任来说吧,不仅是迎来送往的工具,更是'跑部钱进'的工具;不仅是招商引资的工具,更是'截访维稳'的工具;不仅是搜集信息的工具,更是联络感情的工具。我有时真希望自己也变成一只大甲虫,可以像格里高尔一样在墙上和天花板上爬一爬,躲在沙发底下休息休息。"

　　他听了丁能通这番酒话哈哈大笑,他觉得丁能通正在赚了便宜卖乖,以自己对人的观察,如果丁能通真是一只大甲虫的话,眼下也正处于甲壳虫身份给他的有限快乐的顶峰状态,于是他嘿嘿地笑着说:"能通,别自己美化自己了,你知道萨姆沙家那个瘦高个的女杂工怎么称呼格里高尔吗?'来吧,你这个大屎壳郎',大甲虫就是他妈的屎壳郎。"

　　丁能通当即反驳道:"怀远,这你就外行了,我看过纳博科夫关于格里高尔到底变成了只什么虫子的分析,其实就是一只六条腿的甲壳虫。他还说,甲壳虫在身上的硬壳下藏着不太灵活的小翅膀,展开后可以载着它跌跌撞撞地飞上好几英里,奇怪的是,甲壳虫格里高尔从来没有发现他背上的硬壳下有翅膀。"

他怀着炫耀的心理说:"能通,其实我们都被扭曲成了甲壳虫,你之所以羡慕我,是因为我发现了自己硬壳下有翅膀,并且利用翅膀自由自在地飞了起来,尽管飞得有些跌跌撞撞,但我是凭着自己的翅膀飞起来的,还有什么比这更令人高兴的? 而你之所以抱怨,就是因为不知道自己是有翅膀的,翅膀长期不用就会退化,本来有翅膀,却任凭翅膀退化掉,那可真成了整天滚屎球的屎壳郎了! 你应该好好琢磨琢磨,你是没有发现自己的翅膀,还是翅膀已经退化掉了,这可是两个性质的问题。"

丁能通自嘲地说:"别看你我同样是甲壳虫,你在自由的天地间飞翔,我却被装进了一个黑箱子里,一点光亮都没有,怎么可能看清我到底有没有翅膀呢? 我现在只企盼在装我的黑箱子上扎一些通气孔,不然我早晚要被憋死。"

他开玩笑地说:"憋是憋不死的,别忘了卡夫卡笔下的甲壳虫是因苹果创伤溃烂化脓而死掉的,什么叫溃烂化脓? 就是腐败,甲壳虫因腐败而死!"

丁能通用手拍着茶几说:"但是甲壳虫是怎么腐败掉的,是谁在甲壳虫的后背上砸进去一个苹果,而且陷进了肉里,是他父亲,身着笔挺的制服向格里高尔扔苹果炸弹,他父亲已经退休了,并没有工作,为什么以一种顽固的态度坚持穿着制服,即使在家里也不肯脱,卡夫卡并没有告诉我们甲壳虫的父亲穿的是什么制服,然而答案恰恰在于此,因为格里高尔的父亲并不是什么真正的父亲,而是一种象征,象征什么? 象征的是陈腐的官僚体制,格里高尔后背的甲壳也是一种象征,象征的是在陈腐的官僚体制下,人们被扭曲的心灵。关于这一点,卡夫卡写得很生动,当甲壳虫从鼻孔里呼出了最后一丝微弱的气息后,卡夫卡写道:'于是,他们进去了,站在屋子中间尸体的周围。他们把手插进自己破旧衣服的口袋里,这时阳光已把房间照亮了。'纳博科夫振聋发聩地说:'这里哪个词最关键? 破旧在阳光里。'怀远,你是作家,你说说看,这是

39

怎样一种深刻？"

　　他被丁能通这番话给震住了，他万万没有想到丁能通这个整天忙着迎来送往的驻京办主任会对卡夫卡的《变形记》有如此透彻的理解，他心想，对如此伟大的作品有着如此独到见解的人，即使是甲壳虫也应该是长着翅膀的，为什么不会飞翔呢？

　　于是，他深沉地问："能通，你小子心里是不是装的不可告人的东西太多了？你也别为自己成为甲壳虫而苦恼了，能不能把我当成没穿衣裳的皇帝，像那个人群里说皇帝没穿衣裳的孩子一样，和我说几句真话？"

　　丁能通又换了一支烟，一边点烟一边说："怀远，你需要什么素材，尽管问。"

　　他单刀直入地问："王祥瑞和周纪到底是什么关系？"

　　丁能通毫不避讳地说："和陈富忠与贾朝轩之间的关系差不多，但是王祥瑞不是陈富忠，陈富忠是黑社会，王祥瑞为人要比陈富忠厚道得多。"

　　他不屑地问："怎见得？"

　　丁能通用敬佩的口气说："光希望小学、中学就建了二十多所。"

　　他一针见血地说："该不是障眼法吧？我怎么觉得这次打私风暴像是冲着永盛集团来的？"

　　丁能通未置可否地说："你说得不错，我听说省纪委组织的专案组秘密进入东州了，王祥瑞通过关系听到了风声，才躲到北京来的，想通过北京的关系斡旋一下。"

　　他不解地问："梁市长接任吴东明还不到两年吧，怎么就傍上大款了？"

　　丁能通断然否认说："梁市长一到东州就大刀阔斧地抓民生，工作干得有声有色，上次闻天书记进京开会，在饭桌上，当着我的面夸梁市长到东州是老百姓的福分，也是他任市长、市委书记这几年最合把的搭档。你想想，这样的市长怎么可能傍大款呢？"

　　关于这一点，他深有体会，但是他也深知有些人善政、勤政，但未必廉政，因此他质疑道："那么为什么他亲自打电话让驻京办接收永盛集团走私的奔驰车？"

丁能通反问道："谁说那几辆奔驰是走私车？有证据吗？那几辆奔驰车的手续非常齐全，都是合法的。你也知道在汽车销售这方面，永盛集团在清江省也算做得最大的，你说购买奔驰车不从永盛集团买，东州的哪家汽车销售公司有奔驰车可卖？"

他继续质疑道："那几辆奔驰车有罚没证，显然是水货，有罚没证也未必是合法的，要知道永盛集团并不是进出口公司，并没有进出口权。"

丁能通嘴一撇说："怀远，眼下满街跑的高档进口车有几辆不是水货？只要罚没证是公安部交通管理局发的就是合法的。"

他不放心地说："能通，你小子号称东州官场不倒翁，躲过了一劫又一劫，可别大意失荆州啊！依我看，永盛集团位于东州开发区内，周纪作为开发区海关关长，是不是把海关当成永盛集团的仓库了？不然这次省里打私，怎么将矛头悄悄指向了永盛集团？"

丁能通挥着手说："还不是因为王祥瑞养了一个败家情人，还是古人说得对，红颜祸水。王祥瑞哪点都好，做生意精明、为人爽快大方、乐善好施，可就是好色，前些年看上了清江歌舞团一个唱歌的，长着一张小娃娃脸，确实漂亮，叫张辣辣，这个女人叫辣辣，的确名如其人，被王祥瑞包养以后，整天打麻将、赌博，后来还背着王祥瑞吸毒。用王祥瑞的话讲，这个女人是无底洞，给多少钱也不够花。后来背着王祥瑞打着他的旗号到处借钱，还伪造他的签名，结果欠了两三千万的债，王祥瑞知道后气得不得了，就想甩掉这个女人，张辣辣哪儿是好甩的女人，她先央求王祥瑞给她办了张去香港定居的单程证，然后又不依不饶地要五千万定居费。王祥瑞死活不给定居费，只答应给安家费，张辣辣不干，一再威胁王祥瑞，不给五千万定居费，就将他走私汽车和香烟的事给抖搂出来。王祥瑞根本没搭理她，以为张辣辣说的是赌气的话，一日夫妻百日恩呢。可没想到，这个女人还真干了，不仅搜集了不少所谓王祥瑞走私的证据，而且还将王祥瑞在各种场合与市领导、区领导以及各委办局领导合影的照片也附在了举报信中，声称照片上的人都是王祥瑞走私的保护伞，而且好像有高人指点似的，刚好把信寄给了赵长征。张辣辣寄的举报信中，就有王祥瑞和梁宇的合影，是开发区办公大楼前的合影，我估计是梁市长视察开发区时，王祥瑞以企业家的身份找机会拍的。赵长征得到举报信后，像林白一样，报给了省纪委书记刘光大，刘光大一向以黑脸包公自居，是个嫉恶如仇的人，立即会同东州海关纪检组联合组成专案组，就这样一场史无前例的打私风暴开始了。"

丁能通跟说评书似的，讲得有声有色，他却听得后背直冒冷风，他疑惑地问："那么到底张辣辣的举报信是不是事实？"

丁能通苦笑道："谁知道，最起码要取证吧，总不能没做任何调查侦查工作，仅凭一封举报信就抓人吧。依我看，取证也难，张辣辣写的是匿名信，又躲到香港去了，总得先找到举报人核实吧。不瞒你说，以前北京花园购买国外香烟，什么万宝路、三五、大哥大，都从永盛集团进，省里这么一打私，东州市驻京办还得另辟渠道进烟。"

他不依不饶地问："专案组秘密进驻东州，应该是绝密，王祥瑞怎么得到的消息？"

丁能通淡淡一笑说："这家伙生意做得这么大，哪个部门没有几个朋友，不瞒你说，连'海里'他也有朋友，只是不知道这家伙能不能逃过这一劫。我看赵长征的架势，不达目的是不会罢休的。对了，王祥瑞这小子爱交朋友，说不定这几天要请你吃饭，估计周纪也能到，打私以来，周纪的日子不好过，大概是想让你这个旁观者出出主意，你毕竟亲历过'肖贾大案'，有经验。"

正因为他亲历过"肖贾大案"的洗礼，他才深知"斗争"二字的分量，别看同"阶级"一样，消失很久了，但是由于反腐败的需要，"斗争"悄然卷土重来。"反腐败斗争"，每当他想起这五个字，他就有一种毛骨悚然的感觉，当年"肖贾大案"异地办案，转交给了南方 K 省反贪局，K省反贪局局长兼省检察院副院长林健，亲率专案组赴东州办案，这位曾破获十几起大案要案、被誉为反腐英雄的反贪局局长一到东州就出手不凡，面对肖鸿林、贾朝轩等人错综复杂的关系网干扰，他从一块劳力士手表入手，顺藤摸瓜，娴熟地运用审讯技巧，很快突破贾朝轩的顽抗心理，一举拿下"肖贾大案"。也因此被中纪委和省委记一等功。然而，就是这么一个令贪官战栗的名字，在刚刚立功受奖不久，便东窗事发了，有着相当上升空间的大好前程竟然戛然而止。林健的案子曝光后，他一直跟踪，想弄个究竟，随着案子大白于天下，这位被媒体曾经誉为"将反腐败的崇高事业看得重于一切"的反腐英雄，竟然是带病上岗，比肖鸿林、贾朝轩还贪的腐败分子，他茫然了，他曾不止一次地在小说里发问："人有病，天知否？"纳博科夫认为"格里高尔的甲壳虫病是传染的"，但同时他也承认"昆虫具有典型的趋光性"，也正因为如此，"人们可以在靠近玻璃窗的地方看见各种小虫子：一只死蛾子，一直跛脚的蚱蜢，几个在角落里被蜘蛛网粘住的小虫子，一只嗡嗡飞着企图穿过玻璃的苍蝇。"这说明人即使变成昆虫一类的甲壳虫并不可怕，只要还有趋光性，总是会见到光明的。不管怎么说格里高尔是在虫的外壳下掩盖的人，最可怕的是像他的家庭成员一样装扮成人的虫，应该说，肖鸿林、贾朝轩是在虫的外壳掩盖下得了病的人，最后病死了；而林健之流却恰恰相反，他是那种装扮成人的虫，他们一开始就诞生在那个肉铺小伙计的篮子里，"篮子里装满了鲜红的排骨和鲜嫩的内脏——红红的生肉，肥硕的苍蝇的滋生地"。可以说，他很珍视自己的经历，他认为，经历是他的思想、他的生活和他脑海中的现实世界之本。然而经历不是艺术，他必须再次深入到他的意识深处，他的存在、他的思想、他的自我意识都不曾须臾中止过，因为无论存在、思想还是自我意识，都是他经历的一部分，但是他必须深入挖掘自己的内心才能得到，正如普鲁斯特所言："那真正艺术的崇高则在于……去重新发现、重新把握并展示在我们面前，那种业已远离我们而去的现实，这种现实随着我们所用以取代它的有条理的认识不断地增加和严密化，而离我们越来越远——这种现实就是，确实存在着我们到死也不知道什么是生活的极大危险，我指的是真正的生活，是被最后揭示出来、被弄清面目的生活……"

送走丁能通，他的心情久久不能平静，他情不自禁地走到窗前，推开窗子，霓虹灯就像久违了的妩媚女人和空气一起涌了进来，夏夜的窗外犹如一片彩色地图，他索性关掉灯，房间里空荡荡的，黑暗中，他似乎听到了贾朝轩和肖鸿林在窃窃私语，好像两个人还吸着烟，似乎两个人在谈论"神是什么"，好像他们都认可神就是权力，自从"肖贾大案"后，他时常有这样的幻觉，特别是一个人陷入思考的时候，经常听到肖鸿林和贾朝轩在谈话，而且还时常听到哗哗的流水声，仿佛两个人一边洗澡一边在谈话，他不明白为什么幻觉中的这两个人经常在澡堂子里谈话，难道地狱里允许洗桑拿浴？大概阎王爷希望他们好好洗洗，洗掉良心上的污秽，好重新投胎转世。窗外不时响起汽车鸣笛的声音，马路上道道烟光彰显着首都的繁华，然而这些嘈杂之声就像玻璃稀里哗啦的粉碎声，他的脑海中燃起一道惨淡无光的火焰，他不明白这道火焰意味着什么，难道是布莱克的过分的翅膀？他可是主张以过分的行动去抵消另一种过分，不知为什么丁能通描绘的打私风暴很像是布莱克的翅膀，这位英国诗人说："鸟飞不愁高，只要它用的是自己的翅膀。"然而，在乔伊斯笔下，斯蒂芬的脑海中，这是一句不耐烦的话，布莱克过分的翅膀一阵扑击，他听到整个空间的毁灭，斯蒂芬问，留给我们的是什么？这也正是他内心一直疑惑的，一次一次的斗争，一次一次的风暴，留给我们的是什么？好像纳博科夫回答过这个问题，他说，显而易见，只是忘却的安慰。忘却真的是一种安慰吗？斯蒂芬的口袋里有了一小把被贪婪和苦难玷污了的象征。他认为象征不过是一种形式，但很多人将象征当成了价值，象征是什么？不就是天安门前的华表吗？不对，他耳畔有一个唠唠叨叨的声音，"你还不懂得金钱的意义，钱就是权。将来你活到我这个年龄就懂了。"这分明是戴汐先生的声音，但是这句话的出处却是"只消荷包里放着钱"，这可是莎士比亚悲剧《奥德赛》中的坏蛋伊阿古教别人干坏事时说的。他对这句话似乎很熟悉，好像很多人对他说过，贾朝轩对他说过，陈富忠对他说过，甚至丁能通似乎也对他说过，这句话仿佛《圣经》，有那么多的信徒，不能不让他想起哈姆雷特的祖父，那个莎士比亚的阴魂，阴魂是不是一种象征？他无法回答，他不信奉阴魂，他只信奉灵魂。尽管灵魂是形式的形式，但"灵魂在某种意义上说就是全部存在"。

　　洗完澡之后，他躺在床上怎么也睡不着，他索性点亮床头灯，取出《尤利西斯》这本像砖头一样厚的书，这是他从东州带来的唯一一本书，据说这本书在中国能硬着头皮读完的超不过一百人，他却已经是第三遍读它了，在读书方面，他很崇尚曾国藩读书的习惯，曾国藩在每天必修的《课程十二条》中规定："一书未完，不看他书。"他以前读书有一个毛病，一本书尚未读完，便去读其他书，结果是一知半解，看到曾国藩

"一书未完,不看他书"的信条,他试着做,获益匪浅。眼下他读到布卢姆在帕迪·狄格南的葬礼上遇见一个穿着棕色雨衣的又瘦又高的年轻人,在布卢姆的意识当中,一直在追问,他是谁?接着这个人像鬼魂一样轻盈地、活生生地出现了十一次,布卢姆给这个人起了个名字叫麦金托什,然而到最后布卢姆也不知道这个人是谁,他自问自答地说:"布卢姆在自寻烦恼,却并不理解纠缠自我的谜是什么?"这个谜就是"谁是麦金托什?"。起初他以为是葬礼上死了的那个人的阴魂,但他不信奉阴魂,乔伊斯是个制谜者,他第二遍、第三遍地读,就是为了揭开这个谜。然而他读着读着,思绪却又回到了傍晚的酒桌上,他觉得如果把酒桌上的几个人按性格安排在《尤利西斯》中,杨善水很像憨厚容忍的布卢姆,他一直认为布卢姆和足智多谋的英雄奥德修斯毫无关系,习涛很像是斯蒂芬,是修养很高的人,至于白丽娜当然就是莫莉了,尽管白丽娜与杨善水不是夫妻,但似乎白丽娜对生活中肤浅的可爱事物表现出丰富的情感很像莫莉,当然莫莉的通奸行为更不能与贞洁的珀涅罗珀相提并论,至于薪泽金无论外型、气质和性格都和壮鹿马利根很像,那么抑郁的徐江就只能是海恩斯了,那么丁能通是谁?想来想去,他都觉得丁能通只能是那个穿着棕色雨衣的神秘人。

这个神秘人究竟是谁,他不相信乔伊斯没在书中给出答案,他记得纳博科夫描述过蝴蝶后翼上的"一个大的眼状斑点模仿着一滴液体,这一模仿尽善尽美,达到了不可思议的程度",在昆虫的鳞翅目领域,"当一只蝴蝶不得不扮成一片叶子时,不仅一片叶子的所有细目都得到了美妙的表现,就连被蛴螬咬破了边儿的洞的斑纹也模仿得淋漓尽致"。蝴蝶有蒙骗天敌的本领,纳博科夫通过研究蝴蝶学会了蒙骗读者,同样,乔伊斯也有这样的本领,两个人都是该死的制谜大师。他喜欢揭谜,因此他执着地在书里寻找答案,至于发现斯蒂芬在图书馆里大谈莎士比亚:"他把自己的名字藏了起来,就是那个好听的威廉,藏到剧本里,却以一个跑龙套的或是小丑的角色在这里或那里出现,就像过去的意大利画家把自己的脸画在画布的黑暗角落里一样……"他想起纳博科夫描述的那只躲在树上酷似叶子的蝴蝶,他恍然大悟,好你个穿着棕色雨衣的的人,你以为你躲在角落里,不显山不露水,就没有人认识你,

45

他:突发奇想的会面

驻京办主任 四

你这个布卢姆的创造者,你以为你写了《尤利西斯》这么伟大的作品,还能把自己藏起来吗? 不过这倒提醒了他,他决定在即将创作的《驻京办主任》中,有必要将自己潜伏在驻京办的角落里,像间谍一样破获驻京办的全部秘密。

一连几天,丁能通都忙得没露面,因为突发了一起上访事件,皇县后插镇失地农民进京上访,一下火车就去了天安门广场,丁能通接到国家有关部门的电话后,立即组织驻京办的工作人员到天安门广场截访,也不知道事情处理得怎么样了。他觉得自己闲着也是闲着,便决定搞一个小小的调查,心想,昌山市驻京办撤销时,京城媒体采访自己,自己声称,昌山市驻京办撤销只是个案,说明不了什么,不过是因经营不下去而被撤掉了,其他省市的驻京办会如雨后春笋一样拔地而起。当时他也是信口开河,觉得应该是这么一种趋势,手里并没有证据,既然这几天丁能通忙得没露面,何不借机在北京城里转一转,看看有没有新建的驻京办。他信步走出北京花园,随手招了一辆出租车。

出租车司机问:"兄弟去哪儿?"

"去后海。"他想看看撤走后的昌山市驻京办是个什么样子。

车启动后,出租车司机问:"到后海什么地方?"

他微笑着说:"昌山市驻京办。"

出租车司机疑惑地看了他一眼说:"黄了。"

他淡然一笑问:"你怎么知道?"

出租车司机用京油子的口吻说:"报纸上炒作好几天了,再说,出租车司机都是活地图,我这个人最喜欢吃风味,吃正宗的地方风味,你就得到驻京办。就拿昌山市驻京办来说,地锅焖嘎鱼、九转大肠,味道做得真地道。"

他听了出租车司机的话,哈哈大笑,心想,对于北京市民来说,驻京办的意义可能更多的是品尝各地的特色美食的餐馆或者购买各地特产的一条途径,这是否意味着驻京办已经以一种特殊的方式潜移默化地融入到北京的地方生活之中了呢? 尽管北京市民不会想到当地的税收中驻京办也是一只重要的力量,但答案仍然是肯定的。哪个城市都希望全国各省市县政府把钱花在自己的城市,然而由于北京是首都,只有这座城市能够吃到这种独食。不过,驻京办作为政府派出机构却越来越向商业机构演变,这种演变背后折射了什么深层次的问题呢?

偌大个北京城,后海一带的京味儿最足。这里不仅依然能看见北京四合院建筑群的缩影,而且依然能咀嚼到那似乎早已远去的皇家遗韵。沿海走走,一不留神就会看到碧瓦红墙。在那些高大庄严的大门外,只能看到院内高大翁郁的树木,悠悠透着神秘,从给贾朝轩当秘书时起,他不知来过多少次北京城了,但最让他流连忘返的,还是与故宫的龙脉相连的后海。

出租车穿了几个胡同,停在一处仿古建筑前,他下了车,眼前正是被每天炒得沸沸扬扬的昌山市驻京办,以前给贾朝轩当秘书时,丁能通在这里的"昌山之家"请他吃过饭,眼下早已失去了往昔"昌山之家"的喧嚣和繁华。这里虽然紧邻后海酒吧街,却是处于闹中取静的风水宝地。他在心里感叹,这么好的地方怎么可能经营不下去了呢?

院子里还停了几辆车,包括两辆奔驰、两辆凯迪拉克和两辆林肯,车窗里还摆着进京证。大门上贴了两张告示,上面是"非本单位人员谢绝入内",下面是"内部装修"。尽管这座小楼的每扇窗户都贴了封条,但他并未看到任何关于昌山市驻京办已经撤掉的字样。收发室内有一个老头,他饶有兴趣地问了几个问题,老头都一问三不知,只说他只管看东西。他有些扫兴,想到最早在首都设立驻京办的是内蒙古,那还是刚解放的时候,当初被称为"内蒙古自治政府驻北平办事处",于是他又萌生了到内蒙古驻京办吃午饭的想法。只好又打了一辆出租车直奔美术馆后街。

到了内蒙古宾馆,在蒙古包餐厅刚点了菜,手机就响了,他看了看号码,是丁能通打来的,他诡谲地一笑,心里骂道:"狡猾的狐狸终于露尾巴了。"于是他打趣地问:"能通,恭喜你又为首都的维稳做了一回贡献!"

丁能通用焦急的口吻问:"怀远,你在哪儿呢?"

他觉得丁能通的口气不太对劲儿,便收起笑容说:"在内蒙古宾馆喝奶茶、吃羊肉苞花饼呢。"

丁能通不假思索地说:"那好,我马上到,有事和你商量。"说完便挂断了手机。

　　听口气丁能通遇上了大麻烦，他顿时想到了清江省打私风暴。"会不会是专案组盯上了驻京办那几辆奔驰车？要不就是周纪和王祥瑞出事了？丁能通比韦小宝都精，按理说，不应该给自己惹上麻烦呀？"他一边品着香气扑鼻的奶茶，一边胡思乱想着。

　　大约过了二十分钟，丁能通急三火四地走进蒙古包餐厅，他向丁能通挥了挥手，丁能通走过来，一屁股坐在他对面，二话没说，自斟一杯奶茶一饮而尽，然后定了定神说："怀远，驻京办出了点事，你得帮我拿个主意。"

　　他心里咯噔一下，心想，难道真是那几辆奔驰车被专案组盯上了？便谨慎地问："出什么事了，至于把你丁能通急成这样？"

　　丁能通沮丧地说："妈的，别提了，以前北京花园的进口烟都是从永盛集团进的，眼下省里打私形势紧，我让善水停止进永盛集团的烟，这件事一直由善水主管，也是想让他捞点油水，结果断货了，这老伙计通过一个狗屁朋友认识了一个供货商，一下子进了七十万元的DAVID-OFF，也就是大哥大，你不知道，梁市长最喜欢抽这种烟，结果货到以后，善水自己留了一条，抽着味道不对，赶紧到工商局报了案，工商局会同公安局立即拘捕了供货商。在仓库内发现制造假烟的器材和烟盒。"

　　他插嘴问："既然造假者抓住了，货款就应该能追回来，你还急什么？"

　　丁能通苦着脸说："我急的是工商局为了显示自己的打假成绩，将这件事透露给了媒体，现在北京花园大堂坐着十几个记者要采访我，你是著名作家，应付媒体比我应该有经验，你给我出出主意，应该怎么解释这件事。"

　　他一听不是专案组找丁能通的麻烦，反倒如释重负地舒了一口气，不过他心里清楚，媒体绝不会放过这件事，正值昌山市驻京办撤离京城炒得沸沸扬扬之际，东州市驻京办购买了七十万元的假洋烟，这可真是"珠联璧合"的好新闻，媒体不炒才怪呢！

　　想到这儿，他揶揄道："舆论一直说驻京办是'蛀京办'——我说的是蛀虫的蛀、地方领导的行宫、滋生腐败的温床、潜规则的传播基地，媒体找证据还找不着呢,你们还准备好证据给人家送上门去了,这可真是百口莫辩啊!"

丁能通气恼地说:"行了,你就别挖苦了,我找你是让你给我出主意的,不是让你挖苦我的!"

他还是第一次看见丁能通的尿样,他笑着说:"这事你不能出面,让杨善水应付去吧,打电话告诉他,这批烟不是驻京办用烟,是为东州一家宾馆买的,王祥瑞在东州不是有五星级酒店吗,就说为东州永盛大酒店代买的,之所以求驻京办代购,是相信驻京办在北京有人脉,能买到真货。反正钱能追回来,组织上不会把你怎么样。"

丁能通略一思忖,莞尔一笑说:"怀远,你要是来做驻京办主任,绝不会比我差。"说完给王祥瑞和杨善水分别打了电话,然后如释重负地说:"我还没吃饭呢,上壶马奶子酒吧。"

他哈哈大笑地说:"你就不怕明天早晨东州市驻京办成为媒体的众矢之的?"

丁能通摇了摇头说:"媒体肯定知道你刚才的主意是屁话,但是不管是香屁还是臭屁,只要能自圆其说就是好屁。"

他嘲笑说:"不管杨善水面对记者怎么自圆其说,东州市驻京办也躲不过京城媒体的炮轰,明天早晨你就看报纸吧。"

丁能通强词夺理地问:"拜托大作家,我们驻京办买了假烟,是受害者,总得有点同情心吧?"

他不冷不热地说:"对于慷公款之慨的招待烟、招待酒,老百姓恨之入骨,谁会同情你? 他们会问,这些烟是给谁享用的? 驻京办买那么多高档烟干什么? 能买七十万的好烟,是不是也可以买一百万元的好酒? 他杨善水一抽就知道是假烟,绝非普通人办得到的,肯定抽过大哥大呀,并且常抽,我出的主意虽可自圆其说,但也有‘此地无银三百两’的负作用,怎么辩解也难逃‘腐败’二字的诟病啊!"

丁能通苦笑道:"你小子这趟来得真值,现成的小说素材。你知道我这几天为什么没露面吗?"

他手执酒壶给丁能通斟了一小碗刚刚上来的马奶子酒,不动声色地说:"不是说截访维稳去了吗? 怎么,上访者都回东州了?"

丁能通表情痛苦地饮了杯中酒说："送回去了,是我亲自送回东州的。"

他不解地问："任务完成了,怎么反倒不高兴呢？"

丁能通叹了口气说："简直是千古未闻、天下奇谈,说了你都不会信,这可真应了那句话,'身怀利器,杀心自起'呀！"

他更加不解地问："什么意思？"

丁能通苦苦一笑说："你知道皇县前插镇和后插镇不仅是千年古镇,而且这两年又发现了温泉,县政府要在后插镇征地建温泉山庄搞旅游,结果一亩地才给农民几百块钱,温泉山庄都建成了,钱还没有全部到位,一些失地农民不服,到市信访局上访,市信访局就推给了县信访局,县信访局把人接回县里后,将十几个农民都关进了县精神病院二十多天,直到这些农民签下了不再上访保证书后才被放出来。结果这些农民心里不服,一气之下要进京到天安门广场静坐讨说法,我接到通知后,费了九牛二虎之力才把他们劝回市驻京办,当着他们的面向夏书记汇报了情况,夏书记指示,让我亲自把这些农民送回东州,他会亲自处理这起上访事件。我们到东州后,夏书记将这些上访者请到了市迎宾馆,了解清楚情况后,打电话质问皇县县长怎么回事？皇县县长竟然强词夺理地说,这些上访者多次到市里、省里上访,精神偏执,有精神病,所以决定把他们送到精神病院。气得夏书记大骂,我看你们才有精神病,应该把你们送到精神病院醒醒脑。"

他惊诧地问："那精神病院不是患者也敢收？"

丁能通气哼哼地说："农民兄弟说,医生的原话是,我管你有没有病,你们县政府送来的,我就按精神病来治。你听听,这话说得让人不寒而栗啊！"

他沉默良久说："有一个成语叫色厉内荏,别看这些人外表强硬,其实内心虚弱得很,就像《尤利西斯》里说的,'脆弱,你的名字叫权杖',这些人一旦失去权杖,连魂儿都找不着,只能是行尸！"

丁能通惆怅地说："怀远,不瞒你说,我对截访维稳一直耿耿于怀,上下不作为,导致驻京办夹在中间里外不是人,结果本来是鱼钩类问题,非转化成长矛类问题不可,我宁愿驻京办退出历史舞台,也不愿意看见那些可怜的上访者被上下推诿！我是良心上不忍啊！而我们现在有些领导干部麻木得不知良心为何物啊！"

他颇有同感地说："在一个被官本位理念熏染了几千年的国度里，公仆不是常识，父母官才是常识。纳博科夫说，历史的断沟提供了这样的机会，如果不去奴役便是可笑。常识根本是不道德的，因为人类的自然品行就像魔术仪式一样毫无理智可言。这种仪式早在远古时代萌始就存在着。从最坏处说，常识是被公共化了的意念，任何事情被它触及便舒舒服服地贬值。什么时候我们的百姓从人民转化为公民了，父母官才会转化为公仆。这是一个艰苦卓绝的过程。"

丁能通蹙眉说："可是你见过自己给自己开刀的外科医生吗？这是所有问题的症结所在。就拿驻京办来说，难道仅仅地方领导喜欢驻京办吗？怕是京城的某些部门比地方上还需要、得意驻京办。对了，你怎么跑到内蒙古宾馆吃午饭来了？"

他扑哧一笑说："你小子忙得不露面，我心想闲着也是闲着，还不如考察考察驻京办的生态链呢，这里是我的第一站。"

丁能通心领神会地说："六万多家驻京办你也跑不过来呀，有两个驻京办集中的地方，你去好好看一看就可见一斑，一处是七省大院，在海淀区北三环马甸桥南路，另一处九省市驻京大厦，远一点，在万丰路道乐蒙思商务街。用不用我给你派辆车？"

他摆摆手说："不用，我这个人闲云野鹤惯了，你刚刚从东州回来，有没有什么新闻？"

丁能通疑惑地说："怀远，我听到一个信儿，让我百思不得其解。"

他笑嘻嘻地点了一支烟问："什么信儿？"

丁能通皱眉说："专案组秘密进驻东州调查走私，却高调撤走了。一场暴风骤雨戛然而止，我这次回东州，各大媒体关于打私的宣传也没有了，好像什么都没发生过似的，你说怪不怪？"

他沉思片刻，老谋深算地说："俗话说，树欲静而风不止啊！能通，以我看这里面大有文章，怕是更大的风暴会接踵而至。我问你，这次专案组到东州住在哪儿了？"

丁能通随口回答："武警宾馆啊。"

他切中要害地说："既然专案组进驻东州是绝密,你怎么知道的?很显然,专案组进驻东州之前,消息就不胫而走了。不然,永盛集团的董事长怎么会躲在北京?"

丁能通恍然大悟地说："你的意思是说,专案组进驻东州就是为了抓王祥瑞?"

他自以为是地说："不能说是抓,应该说是布控,在专案组没有拿到王祥瑞走私证据之前还不能抓,但完全可以布控监视,但是王祥瑞事先得到了消息,作了充分的应对准备,想必证据早就销毁了,许多非法资产被大规模转移,布控对象也都躲的躲、藏的藏,你想一想,擒贼先擒王,现在'王'跑了,躲在北京,专案组不知道,这样查下去会有什么结果,只能承认这次行动失败,但并不等于就这么完了,从专案组高调撤离的情况来看,专案组在唱空城计,说不定反而会有更大的行动。再说,刘光大办案,什么时候半途而废过!"

丁能通用质疑的口气说："怀远,会不会是王祥瑞、周纪在北京的斡旋起了作用了呢?要知道,王祥瑞这些年没少在北京下功夫,连'海里'的秘书也跟他称兄道弟的。"

他不屑地说："能通,官场上哪有什么友谊,只有利益和交易,更何况多行不义必自毙,依我看,正因为王祥瑞的生意有问题,他才不遗余力地巴结京城权贵,为的就是培植保护伞,可是'铁打的衙门,流水的官',谁又能保护了谁呢?不过是城头变换大王旗,各领风骚那么几年。还是张昇的词说得好:'多少六朝兴废事,尽入渔樵闲话',其实,'尽入渔樵闲话'的,又岂止是'六朝兴废事',现实中的一切无不成为老百姓茶余饭后的谈资。因此,我提醒你,能通,我们都是经历过'肖贾大案'的人,前两年你放走了东汽集团的金伟民,没惹火烧身,那是因为吴东明自杀了,夏书记又全力保你,王祥瑞可不是金伟民,赵长征也不是吴东明,无论王祥瑞今后路在何方,也犯不上你丁能通为他指点迷津,江湖有情谊,但官场无友谊,你小子这个驻京办主任当得不容易,应该学会珍惜,这是我这个旁观者以朋友的身份对你的忠告!"

丁能通大大咧咧地说："怀远,你用不着为我担心,还是那句话,老子一不贪权,二不恋财,连好色的毛病都戒了,量他天王老子也奈我不何!"

他目光如电地扫了一眼丁能通说:"我说了半天,其实就一句话,千万不要通风报信,你仔细想一想,哪起肃贪、打私、铲腐大案,通风报信者有好下场的,这叫泄露国家机密,很显然,这次专案组进驻东州扑空,就是有人给王祥瑞通风报信了,这么绝密的行动都走漏了消息,无论是赵长征,还是刘光大,都不能善罢甘休! 不信,你就走着瞧。"

丁能通毕竟是久经风浪之人,自认为什么都见过了,他夹了一片酱牛肉放在嘴里,一边嚼一边说:"怀远,话我记住了,虽然信儿可以不通,但饭不能不吃、酒不能不喝、朋友不能不交,周纪上午给我打电话,说是后天就回东州了,明天晚上想请你这位大作家吃个饭,我替你答应了,我看就去东三环顺峰吧。"

他深知丁能通有韦小宝的本事,做人颇有及时雨宋江的风范,如果再劝丁能通远离周纪,倒显得他做人小气,反正自己是个闲人,官场上无论有多大的风浪也冲不着自己了,倒不如答应,说不定这顿饭还会成为自己作品里的一段素材,于是便一口答应了。

他做了一宿的梦,反复梦见"一条狗,听到有人叫它,抬起后腿往一块没有尿味的石头上短促而迅速地撒了一泡尿"。早晨他还思忖这个梦的情景,似乎在哪部书里见过,可怎么也想不起来了,只觉得梦里叫狗的人是一个穿棕色雨衣的人,那个人是谁? 为什么和自己有那么多相似之处,他甚至觉得不是自己梦见了那个人,而是那个人梦见了自己。他不可思议地摇了摇头,起床洗漱。

到中餐厅吃早餐时,他习惯地在门口报架上拿了当天的报纸,坐下来吃饭时,他翻到第二版便看见了《东州市驻京办买那么多高档香烟干什么?》的报道,浏览之后,觉得文笔虽然犀利,但观点还是自己想到的那些陈词滥调,便换了一张报纸,发现也对此事进行了评论,题目是《东州市驻京办买假高档烟的丑闻丑到何处?》,给驻京办戴了一大堆大帽子,什么行贿发源地、"跑部钱进"的根据地、腐败接待的聚集地、官场丑闻的滋生地,等等,想到丁能通看到这些报道、评论的表情,他心里有一种莫名的窃喜,心想,昨晚自己梦见的那条狗,连撒尿都不得安生,很有点像此时此刻的丁能通,于是他一边吃一边发挥作家联想的本能,思绪

他:突发奇想的会面

像蝙蝠一样振翅盘旋起来。

晚上，周纪请客，他以为丁能通会开车接他一起去，结果临近傍晚时丁能通来电话，说是有事来不及接他了，让他打车先去。他毕竟是市长秘书出身，深知丁能通身不由己的难处，也不计较，打车直奔东三环。

走进酒店包房，周纪和王祥瑞都在，两个人热情地起身寒暄，王祥瑞在，他早就判断到了，心想，机会难得，这个人身上一定有很多故事，说不定席散后又可以创作一本好小说。不知道为什么，周纪和王祥瑞的情绪很像是听到了什么喜讯似的高涨，他断定，看这两个人的兴奋劲儿，一定是为打私专案组撤离东州而高兴，为了确认自己的判断，他试探地说："我可听说不少王总在商海中的传奇故事，什么时候王总回东州，我好好向你讨教讨教！"

周纪当即附和道："怀远，你算找对人了，祥瑞的传奇故事太多了，这小子要是开口给你讲一讲，保证你能写一部中国版的《基督山伯爵》。对了，祥瑞，东州已经风平浪静了，你到底什么时候回去？"

王祥瑞被两个人夸得美滋滋的，笑眯眯地说："出来太久了，公司好多事情都等着我回去料理，吃完这顿饭，我连夜就走。"

周纪一边点烟一边说："最晚一个航班是晚上十点钟的，你也赶不上了。"

王祥瑞微笑着说："我开车回去，大哥，保证比你先到家。"

周纪吐了一个烟圈，酸溜溜地说："你小子开宾利，下半夜就到家了，我坐明天最早的航班，也得中午到家。"

正说着，丁能通风风火火地走了进来，"怎么还不上菜，老周，我不是说不要等我嘛，怀远来一趟不容易，忙得都没时间陪他，祥瑞，赶紧上菜，咱可不能让大作家挑礼，说我们慢待他！"

王祥瑞冲服务小姐摆摆手，示意走菜，然后打趣地说："能通，东州市驻京办买了一次假烟不要紧，这个京城的驻京办都跟着一起挨骂，这人可让你得罪苦了。"

"可不，"丁能通沮丧地说，"连薪泽金都骂我们是一条臭鱼腥了一锅汤。"

丁能通说完，周纪开怀笑道："能通，这就叫'阎王好答对，小鬼难缠'啊。你这个'跑部钱进'的高手也对付不了媒体呀！"

丁能通抱怨道："都怪善水那个窝囊废，这事要是习涛出面，早就将工商局和公安局的嘴堵上了，当了这么多年驻京办副主任，也不懂得防口甚于防川的道理。"

正说着，酒菜上齐了，无非是鱼翅、鲍鱼、王八汤，大家推杯换盏一番之后，周纪颇为感叹地说："这次我是虚惊一场啊！多亏祥瑞手眼通天找了几个'海里'的大秘压住了风头，这年头无论是从政还是经商，没有朋友，真是寸步难行啊！"

这是他最想聊的话题，于是他用关切的语气问："周关长，虚惊一场是什么意思？"

丁能通插嘴道："还不是打私风暴闹的。"

他别有用心地问："难道刮着周关长和王总了不成？"

王祥瑞一副无所谓的架势说："不瞒你说，大作家，这次省里的打私风暴就是冲永盛集团来的。都怪我养了一个无情无义的婊子，人家都说是月亮惹的祸，这次打私风暴确实是婊子惹的祸。"

丁能通插嘴问："祥瑞，那个张辣辣真有那么大本事吗？"

王祥瑞撇着嘴说："不是这个婊子本事大，而是有人正需要这么封举报信，她送得正是时候。正因为如此，专案组连举报人是谁都来不及调查就一窝蜂地直扑东州，殊不知老子早就得到了消息，不瞒你们说，他们在东州的一举一动，我了如指掌，每天都有人向我汇报。想拿我当权力斗争的替罪羊。我也不是吃干饭的，别看驻京办主任在京城个个混得如鱼得水，但是能混成龙的有几个？丁大主任，我不是跟你吹，我的朋友到北京，想坐什么级别的车就坐什么级别的车，想到哪儿看看就到哪儿看看，你曾经给肖鸿林当过秘书，应该知道秘书都是领导最信得过的人，在京城，部以上领导的秘书，很多都是朋友。"

丁能通将信将疑地问："祥瑞，我可听说，梁市长的老婆在你公司有股份，有这事吗？"

王祥瑞圆睁二目说："完全是胡说八道，我就跟梁市长的老婆见过一面，一分钱的来往都没有。有些人以为人与人之间只有金钱关系，能通，咱们哥儿们认识多少年了，你帮过我，我也帮过你，我们之间有金钱

他：突发奇想的会面

关系吗？如果我们之间是君子关系，那么我和梁市长之间就是白雪之交、清水之交，没有任何铜臭关系。想借打私反腐搞垮异己，是不得人心的，要不北京也不会有那么多朋友帮我。"

丁能通借机问："王总，既然咱们是朋友了，我就问一句不该问的，这次打私风暴似乎直指永盛集团，难道永盛集团在生意上真的一点毛病都没有？"

王祥瑞一脸苦衷地说："机制上有多少毛病，我们在生意上就有多少毛病，人无完人，孰能无过？生意也是如此，总不能你让我摸着石头过河，我到了河里，你站在岸上用石头砸我吧。"

他听了王祥瑞的比喻，又想起了昨晚梦见的那块石头，他当时觉得冲石头撒尿的狗很像是丁能通，眼下他觉得那条狗很像王祥瑞，那块石头如果象征他的靠山的话，那么浇在上面的狗尿无疑就是送给靠山们的礼物，狗加上尿再加上石头，才是完整的陈腐机制，三者缺一不可。于是他打趣地说："王总，听你这么一说，可以写一部现代版的《石头记》了。"

丁能通冷哼一声说："写了也是'满纸荒唐言，一把辛酸泪'。"

他一双追根问底的慧眼，眼中闪着嘲弄人的火花问："那么《驻京办主任》写出来是什么？"

丁能通狡黠地答道："当然是'假作真时真亦假，无为有处有还无'，怀远，别看我不是优秀作家，但我是优秀读者，一个作家抓住一个好的题材不容易，我希望你不要带着有色眼镜写驻京办，将这么好的题材写成猎奇庸俗之作，要在细节上多下功夫，透过细节写思想，你喜欢纳博科夫，我也读过他的作品，我觉得他有两句话，你应该反映到这部书中，第一句话是：'拥抱全部细节吧，那些不平凡的细节！'第二句是：'风格和结构是一部书的精华，伟大的思想不过是空洞的废话。'第一句不用多解释，第二句我只同意一半。我认为风格和结构的确是一部书的精华，但伟大的思想是精华中的精华，是一部书的灵魂，否则只能是'金玉其外，败絮其中'。纳博科夫在评价狄更斯《荒凉山庄》时，也说小说中的人物是穿着衣服的思想或象征。还是米兰·昆德拉说得对，一个伟大的作家一定是伟大的思想家，当然他的思想一定是通过他的小说表现出来的。怀远,你有今天不容易,这当然与你的文学天赋和勤奋有关,但也与你经历的那场刻骨铭心的苦难有关,我想驻京办是最具官本位特色的,早晚有人要写,但是谁写也不如你写,因为只有你最懂驻京办,你明白我的意思吗?"

丁能通这一席话,让他心里很感动,想起自己在官场混了那么多年,能够称为朋友的也就算丁能通了。"肖贾大案"后,他之所以没有沉沦,而且重新站了起来,就是由于有丁能通这样的朋友时常释放给自己些许微暗之火温暖了心田。哪怕最微弱的温暖也能拯救灵魂,他顿时明白了丁能通成为官场不倒翁的内在原因,这个看似连骨髓都融入大染缸的人,其实还保留着一颗鲜红的心,这就犹如一块美玉,展示给人的却是一块石头,而将自己包装成一块石头恰恰是丁能通的过人之处。俗话说,'小隐隐于野,中隐隐于市,大隐隐于朝'。而真正能做到的又有几人? 丁能通无疑做到了,尽管他做得很辛苦。

想到这儿,他诚挚地端起酒杯说:"能通,我给你测过一回字,你还记得吗? 当时你因'肖贾大案'解除'双规'不久,心里非常苦闷,找我喝闷酒,我说我也很迷茫,每天靠研究测字打发自己,我问你要不要测一测? 你就答应了,让我测你的前程,能不能回驻京办。我让你写了一个字,你写了一个'通'字,我说你肯定能回驻京办,而且官复原职,一旦回驻京办,一生通达。你不信,结果让我言中了。这杯酒,我敬你,仍然祝你一生通达,这是我由衷的祝福,来,干!"

两个人眼中闪烁着惺惺相惜的火花,一饮而尽。

丁能通放下酒杯意味深长地说:"'肖贾大案'办了三年,怀远在家苦熬了三年,办公厅一直没给他安排工作,他每天靠研究测字打发自己,三年下来小有所获,快成半仙儿了,周哥、祥瑞,你们俩不测一测?"

他顿时听出了丁能通的弦外之音,既为丁能通重情重义而感动,又被这家伙的心计所叹服,这明明是碍于身份,不能劝两个人别回东州,回东州凶多吉少,而委婉地让他用测字来劝阻。于是他心领神会地一笑说:"测字只是游戏,当不得真。两位感兴趣可每人写一个字。"

王祥瑞当即向服务员要了纸和笔,信手写了一个"滑"字。

他看后不动声色地说:"周关长不妨写完一起说。"

57

周纪思忖片刻,随手写了一个"笼"字。

他看了一眼丁能通,然后口气为难地说:"这两个字深解起来不太吉利,大家情绪不错,我就不扫兴了,不过我倒想送你们一个字,写完你们能理解这个字的深意。"他说完用手指写了一个"走"字。

周纪看了这个字,似有所悟地说:"怀远,你的意思是不希望我们回东州?"

王祥瑞当即反驳道:"这些天压了太多事,必须回去处理,时间不早了,走之前,我敬诸位一杯!"

众人满饮杯中酒后,丁能通见王祥瑞归心似箭,最后又回敬了一圈,算是收杯。

回北京花园的路上,丁能通的心情显得有些沉重,他一边开车一边问:"怀远,他们两个写的字,有什么不能解释的?"

他苦笑了笑说:"能通,我本来应该送给他们一个'逃'字,可是我下不了手,只好委婉地写了一个'走'字。"

丁能通疑惑地问:"怎么讲?"

他叹道:"王祥瑞写了一个'滑'字,这就是滑倒、摔到的意思,这个人说话口气太大,太张扬,必然要摔跟头,或许这么一摔就爬不起来了;而周纪写了一个'笼'字,分明就是躲不开牢笼,怕是回东州要身陷囹圄啊!"

丁能通听罢长叹了口气说:"这正是我让你用测字点他们的原因,反正我们的心意尽到了,他们的命运究竟如何,也只能看他们的造化了。"

他也叹道:"可是能通,'法网恢恢,疏而不漏'啊!"

此时,车窗外下起了淅淅沥沥的小雨,好像还伴有轰轰隆隆的雷声,挡风玻璃上落满了雨点,丁能通打开雨刷,一对雨刷左右摇摆着,丁能通意味深长地说:"看来,暴风雨又要来了!"

第二天,他一觉睡到了中午,阳光直射进卧室,和《曼斯菲尔德庄园》里的范妮一样,照进卧室里的阳光,不仅不使他振奋,反而使他压抑。他不喜欢刺目的强光,他认为令人压抑的强光,"只能把本来可以悄然睡去的污垢暴露无遗"。他伸了个懒腰爬起来,走进洗手间刚要坐在马桶上,门铃响了,他只好提上裤头去开门,他先眯起一只眼从门镜往外看了一眼,原来是丁能通,便一边开门一边说:“能通,怎么早不来晚不来,我刚要拉屎你就来了?”

丁能通进门后并没有坐,而是情绪低落地说:“怀远,真让你说着了,我刚刚得到消息,周纪上飞机前被‘双规’了,王祥瑞跑了。”

他惊讶地问:“跑哪儿去了?”

丁能通叹气道:“昨晚,专案组发现王祥瑞回了东州,连夜突袭永盛集团,结果王祥瑞事先得到了消息,他逃离东州前,给我打了个电话,向我道别,说是去美国躲一躲。”

他一拍大腿说:“糊涂,能通,那个电话不能接,他刚到东州,专案组就知道了,显然他的手机被监听了,他临走前给你打电话,专案组还不以为你给他通风报信了。搞不好跳进黄河也洗不清了!”

丁能通沮丧地说:“正因为这个电话,专案组让我回东州一趟。走之前,我把任驻京办主任以来的日记交给你,或许对你创作长篇小说《驻京办主任》有用,本来你到北京后,咱们哥儿俩应该好好唠唠,可是我忙得脚打后脑勺,这样吧,我把奔驰车留给你,这是车钥匙,你不是想考察各地驻京办吗,开我的车转吧,这样方便。对了,这是我给你的大作写的序言,你再给斟酌斟酌。”

他听后心里酸溜溜的,苦笑着说:“小说还没有头绪呢,你怎么就写序了?”

“我怕没机会写了,”丁能通伤感地拍了拍他的肩膀深情地说,“怀远,我真羡慕你成了作家,起码心灵获得了自由。”说完摆了摆手,转身而去。

他捧着丁能通的日记和车钥匙,想送一送丁能通,却发现自己只穿了个裤头,他走出去,赶紧又退了回来,只好懵懵懂懂地走到窗前,强烈的阳光刺得他眯起双眼,一时间脑海中一片空白,就这么傻站着,竟恍惚地不知身在何处。

我：道破天机的日记

（丁能通足足记了三大本日记，顾怀远认真阅读后，忽略掉了与创作小说无关的内容，以下是顾怀远通过筛选作为创作素材的日记摘录，因此忽略了年月日。）

一

60　　星期一。晴。我一直有一个梦想，写一部《驻京办史》。我以为，如果司马迁再世，他一定会在《史记》中专门写一章《驻京办主任列传》。不过京城大大小小的驻京办主任有六万多人，再加上副主任，以每个驻京办两位副主任计算，大概就有十二三万人，这近二十万人的驻京办主任还只是在职的，如果加上调走的、退休的简直无法统计，从中选出代表性人物，进入司马迁的列传，我想非我莫属。首先我在驻京办主任中知名度最高；其次我在驻京办主任中业务最精。我一直以为在社会科学领域，应该有一个重要分支，叫驻京办学，专门研究迎来送往、"跑部钱进"、信息搜集、感情联络、招商引资、截访维稳等专业，应该从哲学、文化、历史、政治、经济、社会、科学、神学、生态等方方面面进行广泛的研究，之所以要建立驻京办学，进行广泛而深入的研究，是因为驻京办是改革开放中不管黑猫白猫抓住老鼠就是好猫的最早实践者。当然在驻京办学的分支学科中，尽管我对驻京办政治学、驻京办经济学、驻京办文化学、驻京办历史学、驻京办社会学、驻京办生态学、驻京办关系学，等等，我都感兴趣，但是最喜欢的还是驻京办哲学。因为只有哲学是科学不能作出解答而神学又不能满意解答的事物，是介乎神学与科学之间的东西。我喜欢处于确定性和不确定性之间的东西。而驻京办恰恰处于这两性之间，不仅机构如此，而且工作性质也如此。我知道哲学是从泰勒斯开始的，但驻京办哲学只能由我开始。因为是我最先想到这个问题的。罗素在谈到对苏格拉底前的哲学家的研究方法时，他认为应先为他们的立场设身处地，直到了解他们的思想，才可能放弃先前的偏见，采取准确的批评态度。我研究驻京办哲学的目的，也是希望那些诟病驻京办的人，别让心思在疑问中麻木了，设身处地地站在驻京办的角度想一想，了解一下驻京办为什么存在，驻京办存在的意义和贡献是什么，或许有可能放弃先前对驻京办的偏见，采取正确的批评态度，而不是一味地诟病和谩骂。我自认为自己是一个不阿谀时俗、不随波逐流的驻京办主任，也是一个言人不敢言的驻京办主任。赫拉克利特认为，人们用牺牲的血涂在身上来使自己纯洁是徒然的，这正像一个人掉进泥坑里却想用污泥来洗脚一样。我对这种陈旧的观点不能苟同，我认为，既然一个人已经掉进泥坑里了，就用污泥洗洗澡又有何妨，现在不是流行"泥疗"吗？污泥里不仅有有利于身体的矿物质，可以治病，犹如得了流感的人一旦痊愈自然产生抗体一样；而且具有美白的功效，也就是说，洗过"泥疗"的人会更干净，这就是辩证法。正如苏格拉底以前的哲学家被我们知道并受到赞叹，是因为与他们论战的敌人所散布的恶意的烟幕，使他们显得伟大一样，同样，驻京办之所以广受关注，也是因为对其嗤之以鼻的人恶意诟病，而使驻京办的重要性彰显出来，比如没有驻京办截访维稳，北京就会不稳定，还有什么比维持首都的稳定更重要的？要了解一个时代，我们就必须了解它的哲学，我们必须在某种程度上自己就是哲学家。这就是我研究驻京办哲学的初衷。希腊文明第一个有名的产儿就是荷马，我非常喜欢荷马的《奥德赛》，我从小就崇尚英雄，在十年特洛伊战争后，奥德修斯为了归家饱受漂泊之苦，奥德修斯的漂泊之苦不仅被荷马写成了史诗，也被乔伊斯演绎成了《尤利西斯》，只是乔伊斯拿他笔下那个在都柏林由于闲得无聊而闲逛一天的广告推销员布卢姆与足智多谋的奥德修斯相提并论，简直是风马牛不相及，布卢姆通奸的妻子更不能与贞洁的珀涅罗珀相提并论。不过我很喜欢这两部巨著关于漂泊的主题，一晃我在北京也漂泊了好

61

几年了,哪个驻京办主任不是漂泊者？驻京办主任是最典型的"北漂"或"京漂"。驻京办主任的妻子个个都是珀涅罗珀。荷马史诗中体现出来的命运必然性的思想,对希腊思想产生深刻的影响。我希望我的《驻京办史》和《驻京办哲学》也能对中国思想产生深刻影响。当然荷马不是一个诗人,而是一系列诗人,我也希望这两部著作不是由我一个人完成,而是由一系列驻京办主任来完成,当然这还只是一个梦想。能不能实现这个梦想取决于命运,连宙斯都要服从"运命"、"必然"与"定数"这些冥冥的存在,更何况驻京办主任了。驻京办主任最大的挑战就是随时处于自我交战的状态,"一方面被理智所驱遣,另一方面又被热情所驱遣,既有想象天堂的能力,又有创造地狱的那种顽强的自我肯定力"。我们信奉"什么都不过分"的希腊格言,正因为如此,我们才敢于过分。在希腊神话中,我们驻京办主任最喜欢酒神狄奥尼索斯,因为驻京办工作是令人陶醉的,在沉醉状态中,无论是肉体上或者是精神上,我们的想象力都能从日常顾虑的监狱里面解放出来。因此,我非常同意罗素的观点,"人类成就中最伟大的东西大部分都包含有某种沉醉的成分"。"科学可以给知识确定一个界限,但是不能给想象确定一个界限。"同样,驻京办学虽然博大精深,但又是有界限的,然而一位优秀的驻京办主任的想象力是没有界限的。泰勒斯说,万物是由水做成的。我认为驻京办是由网组成的。泰勒斯说,大地是浮在水上的。我认为驻京办是浮在网上的。泰勒斯说,磁石体内具有灵魂,因为它可以使铁移动。我认为,驻京办机构内部也有灵魂,因为它可以"跑部钱进"。因此,泰勒斯认为,"水是最好的";我认为,"网是最好的"。米利都学派认为灵魂是气,气包围万物;驻京办的魂,不是气,而是场。其实对于驻京办的场来说,更准确的元素应该是酒、色、财、气。尽管驻京办对北京城可以产生深刻的影响,但驻京办的人仍然是异乡人,永远也摆脱不了"北漂"的命运,这也是我特别钟情于《荷马史诗》的原因。我相信毕达哥拉斯的轮回学说,更敬重他的同情心,当有人在街上虐待一条狗时,他毅然决然地上前制止,"住手,不要再打它,它是一个朋友的灵魂,我一听见它的声音就知道"。受毕达哥拉斯这种精神所感动,我在大庭广众之中一眼就能认出谁是驻京办主任、谁是部长、谁是省长、谁是市长。

尽管赫拉克利特认为，万物都处于流变的状态，犹如"铁打的衙门，流水的官"，但是无论衙门怎么变、官怎么换，我仍然可以一眼就认出他们。因为条达穆斯说："绝大多数人都是坏人。"这与古代小学课本《三字经》开篇讲到的"人之初，性本善"的观点截然不同。赫拉克利特认为，人不能两次踏入同一条河流，但可以成百上千次地走进同一家驻京办，当然驻京办主任也可以成百上千次地走进同一个部、委、办、局。这好像与灵魂有关，奇怪的是赫拉克利特认为灵魂是火和水的混合物，火是高贵的而水是卑贱的。灵魂中具有的火越多，灵魂就越干燥。他认为，"干燥的灵魂是最智慧的最优秀的"。我从来没有体味过灵魂干燥的感觉，我体会最多的是我的大便时常干燥，拉不出来。当然我也没有体味过灵魂是潮湿的，倒是身上总出汗，忙起来一身臭汗，湿乎乎的。赫拉克利特认为，喝醉了酒的人，灵魂是潮湿的，既然酒神的灵魂都是湿乎乎的，驻京办主任的灵魂也没有必要弄得干燥。何况灵魂越湿越快乐。通过研究驻京办哲学，我发现巴门尼德关于一是球体，一的全体无所不在的论断很有道理。因为驻京办包围北京城，将北京城包围成了球体，这说明驻京办的全体在北京城内也无处不在，因为目前很多单位都在重复着驻京办的功能，哪个单位不迎来送往？哪个单位不招商引资？哪个单位不"跑部钱进"？哪个单位不搜集信息？哪个单位不联络感情？哪个单位不截访维稳？我认为恰恰是驻京办功能社会化了，才使得驻京办成为关注的焦点。

　　星期四。阴雨。肖市长到北京两天了，是专程拜谒郑部长的。郑部长执掌着天文数字般的财政资金的投资方向的大权，他也可以决定把资金批给这个地方或企业，也可以决定把资金批给那个地方或企业，郑部长的手指缝儿稍稍松一松或紧一紧，就可以给某个地方或企业多批或少批几千万甚至几十亿，地方或企业与郑部长关系处得好，其巨大的"操作空间"对地方或企业的合理恩惠空间也就大一些，否则就小一些。我一直认为郑部长手中的"合理恩惠空间"实际上就是"腐败空间"，但是我认为屁用不顶，因为这种"合理恩惠权"在官场上是备受崇拜的。正如普罗泰戈拉并不知道神是否存在，但他还是确信应当崇拜神一样,我们知道权就是神,更应该崇拜。其实任何神都是权的变种,总不能说,健康要比疾病好一些,就推断健康人的意见比病人的意见好一些吧。普罗泰戈拉认为"人是万物的尺度",这个"人"中既有健康的人,也有不健康的人,当然也包括郑部长和驻京办主任了。何况我一直认为,驻京办人是北京的尺度。为了使郑部长赐予东州的恩惠多一些,肖市长一直在琢磨郑部长的喜好,为此这是肖市长第五次拜谒郑部长了。前几次一直没号准郑部长的脉,部长们大多喜欢古玩字画,郑部长不喜欢;男人们大多喜欢美人佳丽,郑部长不喜欢,似乎郑部长是个没有任何爱好的人。为此,肖市长碰了好几鼻子灰了,我也没少挨骂,我坚信任何人都有阿克琉斯之踵,便让在刘凤云大姐家当保姆的金冉冉通过郑部长家的小保姆探一探郑部长的爱好,金冉冉不辱使命,终于发现郑部长的重大爱好是吃狗肉,而且只吃从瑞士进口的不超过四个月大的圣伯纳狗。我得知郑部长的这个爱好后,心情犹如哥伦布发现了新大陆,当我将这个好消息告诉肖市长后,肖市长当即批示科委成立圣伯纳肉用犬科研攻关小组,并决定在北京怀柔选址成立东州圣伯纳肉用犬研究所,实际就是以研究所做幌子,搞一个圣伯纳肉用犬基地。一晃儿狗肉基地建成两个多月了,这次肖市长进京有两个目的,一是专程给郑部长送品质最好的圣伯纳狗肉,二是带领市科技局领导考察圣伯纳肉用犬基地。毫无疑问,肖市长这次拜谒郑部长取得了意想不到的效果,郑部长答应五十亿资金尽快到位。肖市长万万没有想到,区区一条狗可以换几十亿资金,越想越觉得划算,心里一高兴,晚饭就多喝了几杯,本来想陪他出去散散步,见他有些累,就送他回了房间。他一进房间就问我最近读什么书呢?我说正在读罗素的《西方哲学史》。他纳闷地问:"怎么突然对哲学感兴趣了?"我把刚沏好的毛尖递给他腼腆地说:"不瞒老板,我一直想琢磨一部《驻京办哲学》。"肖市长颇感兴趣地说:"好啊,这个题目有琢磨头,它应该包括官场上的全部秘诀,但有一条根本秘诀,你知道是什么吗?"我笑眯眯地摇了摇头。肖市长诡谲地说:"苏格拉底早就告诉我们了,在政治上很少有诚实的人是能够长命的。在东州官场上,最诚实的人应该算是李为民了,但我丑话说在前面,像他那种自诩为民请命的人,注定是短命的,不信你就走着瞧。"说到这儿，他呷了一口茶，接着说："能通啊，你研究《驻京办哲学》，你猜我最近研究什么哲学呢？"说完，他淫邪地一笑说："告诉你吧，我最近恋上了屁股哲学，简直是其乐无穷啊！"接着他向我阐述了一通如何欣赏和享受女人屁股的理论，让我着实长了一回见识。老板认为，女人的脸蛋漂亮和屁股美白同等重要，甚至后者比前者还要重要一些，他问我，见没见过最美的女人屁股？我当然摇头不知。老板大概是酒后吐真言，他告诉我北京城最美的屁股远在天边、近在东州市驻京办，我顿时想到了一个人，就是接待处处长白丽娜，几个月前她休了一次假，有人说她专门去香港做美容手术去了，自从老板恋上白丽娜以后，这白丽娜像是被她妈又生了一次似的，妩媚动人极了，肯定是美容手术起的作用，莫非白丽娜连屁股也做了美容手术？借着老板有几分醉意，我一点一点往外套，果然老板向我透露，白丽娜为了讨老板欢心，专程休假去香港对屁股做了美容手术，足足花了五十万！我被老板说得春情激荡，问他值五十万的屁股是什么样？老板眉飞色舞地说："曲线优美，颜色诱人。"看着老板说得如此享受，让我心灵有一种酸溜溜的醋意！

星期日。风和日丽。说实在的，通过金冉冉到周永年家做保姆这件事，我得到很多启示。如果东州市驻京办在一些京城大员家里都安插一位像金冉冉这样既漂亮又有高素质的保姆，那么我们的信息工作将迎来一个洞察一切的春天。为此，我拟了一个"统战计划"，只要将这些小保姆抓在手里，就等于在领导中安装了窃听器，甚至是针孔镜头。一想到工作每天都需要创新，我的心里就热乎乎的。我认为，驻京办主任必须成为爱"见缝插针"的人。"统战计划"就是将领导家中的保姆个个都塑造成一根银针，扎在每位领导的腰眼上。

二

星期一。微风。如果我是贾宝玉，那么衣雪就是史湘云，罗小梅就是薛宝钗，金冉冉就是林黛玉。当然我这种比喻并不贴切，但我心里确实是这么想的。也正因为如此，我才和衣雪成了夫妻。因为根据红学家的最新研究成果，史湘云才是"绛珠仙子"，脂砚斋很可能是曹雪芹的妻子，脂砚斋就是史湘云。我喜欢史湘云并不是因为她是"绛珠仙子"，而是因为她身心健康、爱憎分明。连网上都流行一句话："生子当如孙仲谋，娶妻当娶史湘云。"但是男人大多不是看着碗里的，还惦记着锅里的，何况罗小梅不仅肌骨晶莹，而且善解我意，金冉冉更是天上掉下来的"林妹妹"。有多少男人没做过娶三妻四妾的美梦？驻京办主任大多常年两地分居，别看工作是"诱惑"领导，但是面对诱惑，少有不心向往之的。驻京办毕竟不是柏拉图的乌托邦，即使是在柏拉图的乌托邦，青年人到了一定的年龄，是必须见识见识种种"诱惑"的，"让他们看看恐怖的形象使他们不至于恐怖，看看坏的享乐使之不至于诱惑他们的意志。唯有当他们经得住这些考验之后，才能认为他们适宜于做卫国者"。记得刚到北京上任时，举目无亲两眼一抹黑，全凭巧舌如簧搭关系，像大蜘蛛一样到处织网，如今已经织就了天罗地网，身心疲惫，麻木之余，最大的诱惑就是寻求刺激，偷情对于一个两地分居的男人来说当然是最具刺激性的，也是最好的发泄途径，就这样我坠入了小梅的温柔乡。要不是"肖贾大案"我怕是要醉死在温柔乡里。其实真正让我警醒的是我被解除"双规"之后，石存山陪我到琼水湖畔的鲜花餐厅吃饭，罗小梅留话给我，让我再去一趟恭王府，我以为小梅会在恭王府等我，走进恭王府，觉得自己就像是被柏拉图关在洞里的囚犯，仿佛背后燃烧着一堆火，面前是一堵墙，所有参观恭王府的人都是飘飘荡荡的影子。我站在独乐峰前，感慨万千，不禁想起了《暗店街》里的一句话："飘飘无所适，不过幽幽一身影。"我突然顿悟，我要从像地牢的洞穴里逃出来，像爱德蒙·邓蒂斯一样从地牢里逃出来，怎么逃呢？我想起《基督山伯爵》中二十七号老囚徒对爱德蒙说的话："在罗马，我的书房里有将近五千本书。但把它们读了许多遍以后，我发觉，一个人只要有一百五十本精选过的书，对人类一切知识都可以齐备了，至少是够用或把应该知道的都知道了。我花了一生中的三年时间来致力于研究这一百五十本书，直到我把它们完全记在心里才罢手。"从那时起，我决定博览群书，有朝一日撰写《驻京办史》或《驻京办哲学》。人一旦有了精神追求，面对诱惑就有了推动力。如果将北京城比作一座山的话，我已经在雾里走遍了这座山,直到每一条道路、山岭和山谷一一地都已经非常熟悉了,现在该是在光天化日之下,从远处来清晰地、整体地观看这座山的时候了。那么什么是望远镜呢?我想只能是思想,而思想恰恰是驻京办主任最缺乏的。

星期五。云。肖鸿林和贾朝轩已经寂灭为尘土了,但是我每每想起他们,心情还是久久不能平静。苏格拉底说,死就是灵魂与身体的分离。然而,我却觉得,肖鸿林与贾朝轩的灵魂虽然与他们自己的身体分离了,却并没有下地狱,也没有上天堂,而是附在了我的肉体中,我能感觉到他们两个的灵魂在我心里窃窃私语,议论的话题竟然是"政声人去后"。肖鸿林扬扬自得地说:"朝轩,别看咱们俩都是贪官,贪的数目也差不多,但是东州老百姓更留恋我、更同情我,骂我的人也要比骂你的人少得多!"贾朝轩不忿地说:"那是他们眼睛瞎了,别忘了我们那届班子,最大的政绩是城市建设,而我是主管市长,没有我这个常务副市长整天为东州筹集资金,你这个一把手怕是连公务员的工资都发不出来。你不过是利用一把手的优势到处摘桃而已,你嫉妒我功高盖住了你,便拼命作秀,捞政治声望,你不懂政治,但很懂作秀,可是作秀要讲究个度,要不是你利欲熏心、好大喜功、排斥异己、专横跋扈,怎么可能死两回呢?"肖鸿林不解地问:"朝轩,明明是死了一回,怎么成了死两回了呢?"贾朝轩冷笑道:"被法律判处死刑,你死了一回;老天让你得了癌症,又死了一回。你作孽太多,尽管蒙骗了老百姓,但你蒙不过老天爷,因此你怎么都逃不过一死的。"每当我心静时,两个人就在我心中争论不休,我听着他们唇枪舌剑,受到不少启示。肖鸿林是表演型贪官,贾朝轩是实干型贪官,肖鸿林由于善于表演,尽管腐败了,但是留下了好名声,以至于生前的风流韵事都被报告文学作家称之为寻求真正的爱情;贾朝轩虽然很能干,大多被老百姓视为肖鸿林的政绩其实都是贾朝轩干的,但是由于他是二把手,只能把摘桃的机会让给一把手,再加上没有肖鸿林善于收买人心,以至于死后备遭诟病。看来政治上的伪善是可以博得名声的,但伪善需要极高的演技。我跟随肖鸿林多年,贾朝轩就任常务副市长后又主管驻京办,是我的顶头上司,我对他们的演技太熟悉了。柏拉图说,灵魂就像眼睛一样,哲学是一种洞见,乃是对真理的洞见,我通过我的眼睛洞见到原来现实是主观的,正义的本质是虚构。

　　星期日。多云。我是在罗小梅的矿上看到顾怀远刚刚出版的大作《心灵庄园》的,说句心里话,我是一宿没合眼看完的,看得我心惊肉跳。应当承认,这部书写得很现实,也很真实,顾怀远是想以一己之力澄清"肖贾大案"的真相,还原真实的肖鸿林与贾朝轩,以及东州官场的众生相,很显然,他在动笔前就下决心破釜沉舟了,不然以他的聪明不可能想不到书出版后的后果。我断定,他想以此书为界限,从此与官场分道扬镳了。然而,正如我所预料的,这部书出版后,尽管顾怀远采取了"甄士隐"的写法,仍然引起东州官场一片哗然,人们纷纷对号入座,并因此对他大加诟病。这几天来驻京办的东州官员无不谈《心灵庄园》,某位副市长到驻京办酒后吐真言,声称已经通过一位黑道人物给他递话,让他小心自己的狗爪子,再胡写就给爪子剁下来,还有某位副秘书长到驻京办出差,我宴请他,谈到《心灵庄园》时他恼羞成怒地说:"我他妈也没干他写的那些事呀,他怎么能那么写我呢? 就不怕晚上走路让人用板砖拍死?"我说:"你怎么这么糊涂,人家写的事不是你干的,你怎么还硬往头上安呢? 这不是没病找病吗? 拿小说当真事,你是不是脑袋进水了?"很显然,很多人害怕他手中那支笔,为什么? 因为他捅到了这些人的痛处,那么这些人为什么这么害怕一部小说呢? 我认为这些人都是"肖贾大案"的漏网之鱼,或害怕监督的人,怀远知道得太多了,无论怎么虚构,他们都能捕捉到自己的影子。然而,从我们驻京办全体同事的反映来看,无不认为《心灵庄园》这部小说既写出了灵魂深度,又写出了精神高度,是当下难得的现实主义力作。我一向认为怀远是中国少有的具有批判精神的作家,但是官本位的文化传统让人们养成了歌功颂德的习惯思维,批评与自我批评早就转化为表扬与自我表扬。一个民族总要有一些仰望星空的人,但是仰望星空的人一定是精神上的高贵者,从这些人身上很难找到媚骨。罗素认为,"一个有智慧的人比起一个傻瓜来,乃是万物的更好的尺度。"毫无疑问,顾怀远是个有智慧的人，只是他的智慧不够圆滑，尽管他的头是圆的，但是他的智慧并不圆滑，看来他在写《心灵庄园》之前，没有研究过柏拉图的宇宙生成论，不懂得"圆的运动是最完美的"。尽管怀远给贾朝轩当秘书时很圆滑，但是当作家还不懂得圆滑的重要性，其实无论干什么，人还是圆滑一些更安全。也许我这样理解怀远有失偏颇，或许怀远不想再做"套中人"，他想做一个真正的自己，还原"肖贾大案"的本来面目，以小说的形式记录下这段历史，尽管如此，他似乎并未达到目的，因为他太想做一尊雕像了，要知道无论你怎么雕琢自己，你也是给贪官当过秘书的人，"近朱者赤，近墨者黑"，这是常识，常识是什么？就是习惯势力。一个人想与习惯势力抗争，有点太不自量力了。尽管我的理想也是做一尊雕像，但是经过"肖贾大案"后，我豁然明白，做大理石才是最安全的。特别是在官场上，我宁愿做大理石，决不做雕像。尽管"一块大理石是一座潜在的雕像"。可以肯定地说，从现在开始，我和怀远大概就像亚历山大和亚里士多德一样，只能生活在两个不同的精神世界中了。

三

　　星期二。多云转晴。副市长何振东是主管城市建设的，却突然亲自给我打电话，让我在北京影视圈里找一些关系好的电视剧方面的专家，搞一个关于电视剧《爱情舞》的研讨会。《爱情舞》这部戏我知道，前段日子"小玉女"王端端曾经领着个漂亮的女制片人找过我，想通过我在东州找个有实力的投资人，这位娇美可人的女制片人叫艾姬，很看重《爱情舞》这部戏，自己实力有限，只能投资两百万，还差一千多万，我深知"小玉女"王端端和何振东的关系，便顺水推舟地说："端端，何副市长是主管城建的副市长，手里捏着那么多大房地产商，那么大的菩萨，你不去拜，怎么找我这个小沙弥呀？""小玉女"不屑地说："丁大哥，振东是个政客，不懂艺术，找他怕是对牛弹琴。"我推脱说："端端，这你可不懂了，政治是最高端的艺术，政治家个个都是艺术家，不信，你和小艾去见何市长，保证你不虚此行。"很显然，小艾不知道王端端还认识一位东州市有实权的副市长，心一下子动了，对"小玉女"开玩笑地说："端端,管他懂不懂艺术,只要肯帮我们找到投资人就行。时间不等人,我有预感,这部片子肯定火,听丁大哥的口气,你和这位何副市长很熟,干吗不领我去见见他,该不会是你的心上人,怕我抢了不成!"王端端听罢用小拳头捶着小艾说:"瞧你说的,我就这么小气,只是那个何振东是个大色魔,我怕把你送到狼嘴里。"艾姬也是开机心切,娇嗔地说:"指不定谁是狼呢!"那天送走两位美女,我几乎把这件事忘了,没想到她们还真去找何振东了,以至于何副市长竟然亲自给我打电话,要我在北京花园安排一场别开生面的电视剧《爱情舞》的研讨会。为什么说是别开生面呢?因为他千叮咛万嘱咐,让我事先和专家打好招呼,在研讨会上只讨论这部戏不能拍的理由,为此,让我私下里为每位专家塞一个信封。我放下电话,始终没猜明白何振东葫芦里卖的什么药。更没想到他会亲自飞北京来参加研讨会。我在北京花园国际会议厅精心布置了研讨会会场,小艾和何振东一起走进会场时面容娇俏动人,情绪高涨,很显然对《爱情舞》开拍充满了信心。我当时就预感到这姑娘着了色道,还沾沾自喜,说不定一会儿就得哭了。果然,随着研讨会的进行,专家们对这部戏横挑鼻子竖挑眼,挑得一无是处,小艾眼泪止不住地流,我当时就全明白了,一定是何振东见小艾长的漂亮,起了淫心,但得手后又懒得找麻烦,就想出这种开研讨会的形式打发小艾。研讨会开到一半时,小艾就抹着眼泪悄悄退场了,我望着小艾娇美的背影,情不自禁地想起"希腊化时代"的米南德的话:"我知道有过那么多人,他们并不是天生的无赖,却由于不幸而不得不成为无赖。"犬儒派创始人狄奥根尼决心像狗一样地生活下去,所以被称为"犬儒",今天的研讨会让我发现了自己身上的"犬性"。

　　星期日。晴空万里。难得过一个清静的大礼拜,傍晚,我开车去接冉冉,约好我们一起吃饭,然后去听音乐会。我们在萨拉伯尔吃完饭走出餐厅时,脉脉含情的黄昏已经变成了暧昧的黑夜。我开车驶往保利大厦,金冉冉像新娘子一样坐在我身边,我脑海里浮想联翩地意淫着,仿佛恶魔在暗中一边引诱我一边阻止我,心里的感觉真是既幸福又痛苦。就在这时,我的手机突然响了,是一个十分陌生的号码,我讨厌有人打扰我难得的浪漫，毫不犹豫地关了机，冉冉提醒我："哥，别是哪位领导找你，耽误了大事！"我一向是不关机的，市领导的手机号我了然于胸，就是国家各部委领导的手机号我也熟得很，早就存了手机里，不知为什么刚才的手机号不仅不熟悉，而且响得有些邪气，冉冉这么一提醒，我只好开机，刚开机，手机又响起来，还是刚才的号码，我只好接听，想不到对方得意地问："能通，你小子还能听出我是谁吗？"这声音太熟悉了，我不禁心里一紧，本能地问："袁市长，你怎么能打电话给我？"之所以这么问，是因为袁锡藩正在监狱里蹲大牢，想不到这个被判了无期徒刑的东州市原副市长，蹲了大牢还这么神通。我问他找我有什么事？他愤愤地说："老弟，有一件大事，大哥想和你商量商量。"我顿时警觉地问："什么大事？"袁锡藩怕我多心，连忙解释道："老弟，洪文山最近出版了一本大作，你知道吗？"我懵懂地问："什么大作？"袁锡藩咬牙切齿地说：《洪文山文选》，最令人气愤的是起印五十万册，靠权力向下摊派，乡以上干部人手一册，版税挣了一百多万，能通，当年'肖贾大案'洪文山可是中纪委的马前卒，典型的小人。要不是他上蹿下跳，肖鸿林也不至于判死缓，以至于得了癌症，死在监狱中；我也不至于判个无期，别看他如今是东州市委书记，要风得风、要雨得雨，老弟，你可别忘了，他可是害肖鸿林的刽子手，肖鸿林可是你的老板，常言道，忠臣不事二主，你小子怎么干也是肖鸿林的人，他洪文山不可能重用你，莫不如借机告他一状，让中纪委也对他进行一次'双规'，以解咱们哥儿们的心头之恨！"我虽然听得心惊肉跳，但还是故作感兴趣地问："怎么告？"袁锡藩迫不及待地说："我已经写好了举报信，给你寄过去，你转交给中纪委的刘凤云，保证能叫洪文山吃不了兜着走。"我听罢故作配合地答应了，心想，想不到你袁锡藩蹲着大牢害人之心还不死，寄吧，寄来我立即转给洪书记。挂断电话，冉冉问我怎么回事，我简单说了，冉冉担心地说："哥，像袁锡藩这种小人一定要提防，一个人所获得的权势越大，嫉妒他因而想害他的人就越多，伊壁鸠鲁派认为，'有智慧的人必定努力使生活默默无闻，这样才可以没有敌人'。你们洪书记大概是太张扬了。"听了冉冉的提醒，我叹道："不瞒你说，我就像是被拴在车后面的一条狗，不得不随着车子一起走。芝诺以为，'每一个人只要能把自己从世俗的欲望之中解脱出来,就有完全的自由'。他却不知世俗的欲望犹如空气,是无处不在的,斯多葛派的代表人物爱比克泰德认为,'每个人都是剧中的一个演员,神指定好了各种角色,我们的责任就是好好地演出我们的角色,不管我们的角色是什么'。驻京办主任就是一个角色,我的职责就是演好这个角色。"金冉冉莞尔一笑地说:"哥,'斯多葛主义里有一种酸葡萄的成分',他们认为真正的善是要为别人取得世俗的好东西的意志,哪怕这些世俗的好东西是虚伪的,按他们的说法,'跑部钱进'也是一种善。"我淡然一笑诡辩地说:"冉冉,还是普罗提诺的理论比较现实,'灵魂从高高在上的理智世界,又是怎样进入人体之内的呢?答案是:通过嗜欲。嗜欲有时尽管是不高尚的,却可是比较高尚的'。你觉得呢?"冉冉一时无语。

星期五。大雨。大雨下了一宿,早晨也没停。清晨我刚进办公室,杨善水就跟了进来,我知道老伙计要不是有急事,不会冒着雨一大早来见我。自从他分管"截访维稳"工作以来,就成了我的救火队长。我估计他急匆匆找我,一定是遇上了难缠之事。果然,他告诉我,昨晚从公安局领回一位上访老人,口口声声要告东州市委书记洪文山,而且上访了北京十几个部门,不仅没有人接待,连大门也没进去,情急之下见到奥迪车进出机关大门就拦车喊冤,结果被110请进了公安局,老人不依不饶地喊冤,大声质问谁是百姓的父母官?我一听就知道这位老人肯定有冤屈,连忙随杨善水去了他的办公室,边走边想,欧利根认为,太阳也能犯罪,洪文山在我心目中虽然一直是个好书记,但自从他上任以来发展观备受质疑,大搞什么楼宇经济、深耕政策,妄想将东州的大街小巷都变成金街银带,恨不得一夜之间,东州变成曼哈顿,成千上万的高楼大厦像长庄稼一样长出来,为此市长夏闻天与洪文山没少在常委会上拍桌子,可是洪文山一意孤行,只要是开发商看中的地段,不管老百姓的房子是住了二十年的还是住了不到十年的,一律拆迁,补偿又不到位,搞得市民怨声载道。毫无疑问,发展观不科学,必然导致人心向背。圣奥古斯丁在《忏悔录》中向上帝忏悔说:"我热爱自己的过错,我并不爱导致过错的原因,而是爱我这过错本身。"洪文山显然是个爱过错的人,当然他是执迷于过错,身在错中不知错。殊不知发展观不科学,表面上看是过错,导致的后果却是罪。奥古斯丁认为,公义是最高的美,但我们的百姓不通过苦难就很难得到它,甚至苦难过了也未必得到,就是因为一些领导干部将善当成了施舍。走进杨善水的办公室,椅子上坐着一位须发灰白、犹如干蒿、眼窝深陷、形销骨立的老人,脸上的皱纹没有弯的,而是直的,犹如道道裂痕。一进门,杨善水就介绍说:"胡大爷,你不是要见我们驻京办的一把手吗? 这位就是我们驻京办的一把手丁主任,有什么冤屈你老就说吧。"老人表情僵硬地看了看杨善水,又看了看我,用沙哑的声音问:"你没骗我?"我连忙自我介绍道:"大爷,我叫丁能通,是驻京办主任。"老人这才叹了口气说:"我来之前就打听过了,进京上访也是无济于事,官僚机构,罔顾民情,官官相护,古来如此。最后那些上访者都是让驻京办给截回去的。好在咱们东州市驻京办是个关注民生的驻京办,我进来时发现,你们还有民生处。东州药王庙社区居民进京上访,就是你丁主任接待的,最后问题得到了解决,你丁主任是个好官,能不能也为东州市一千七百户靠报刊亭活着的下岗职工谋一条生路,如今市委要搞楼宇经济、深耕东州,可这城市楼房不是农田里的庄稼,可以割了一茬再种一茬,眼下不光拆房子,连合理合法的报刊亭也成了违章建筑,说拆就拆,那可是王元章书记在时为解决下岗职工就业,经过拍卖竞标和市政府签了合同的,怎么好端端的就成了违章建筑了,连最起码的补偿都不给,这还讲不讲理。我一家老小就指望这个报刊亭吃饭了,再说,东州市几百万市民到哪儿去买报纸去? 这哪儿是发展,简直是发昏了。丁主任,我可是代表一千七百户报刊亭业主进京的,既然你们从公安局把我请到了驻京办,你丁主任就给拿个主意吧。"我没承想是这么棘手的问题,怪不得杨善水急匆匆地找到我,连夏市长都左右不了洪书记,我这个小小的驻京办主任又能怎样? 可是望一眼这位可怜巴巴翘首以盼的老人,恻隐之心绞得我心神不安,转念一想,能管这事的只有省委书记林白了,都是省委常委,恐怕洪文山连省长赵长征也未必放在眼里,索性我问老人有没有状子,老人用颤抖的双手从怀里拿出状子递给我,我郑重其事地向老人保证,一定将这份状子递给省委林书记,老人听罢,感激地流下了眼泪。我握着老人的手,情不自禁地想起圣奥古斯丁在《上帝之城》中的话:"让泰勒斯和他的水一道去吧,让阿那克丽美尼和空气一道去吧,斯多葛学派和火一道去吧,伊壁鸠鲁和他的原子一道去吧。"我心想,就让丁能通和他的良知一道去吧。

四

星期三。零星小雨。为了东汽集团资产重组和海外上市,陪吴东明市长"跑部钱进",忙了一整天,但收获不大。在晚宴上,吴市长说我脑袋灵光,让我动脑筋想一想,有没有"跑部钱进"的捷径,我略加思索说:"当然是吹枕边风最有效。"吴市长深受启发,他颇感兴趣地问:"你的意思是走夫人路线?"我重重地点了点头。吴市长眼睛一亮,大为慨叹道:"你还别说,京城大员们的夫人们可是一笔雄厚的政治资源,要是将这些夫人们拢在一起,为东州所用,那我们'跑部钱进'可就如虎添翼了。能通,你小子好好动动脑筋,用什么办法才能将这些夫人们拢在一起呢?"我沉思片刻,计上心来,出了一个让吴东明大加赞赏的主意,"吴市长,其实这个问题我想了很久了,最好的办法就是搞一个名副其实的夫人俱乐部。"吴市长听了为之一振,追问道:"怎么个夫人俱乐部?"我得意地说:"要想将京城大员们的夫人们拢在一起,搞一个夫人俱乐部,只有通过'做慈善'的名义,我提议市财政提供启动资金在京城搞一个东州慈善基金会,牌子就挂在北京花园,然后利用我们掌握的人脉联系京城的夫人们,让她们担任名誉理事长、理事长、常务副理事长、副理事长等职。一方面,做慈善是积德的事,夫人们不好拒绝;另一方面,以夫人们的号召力,大款们会纷纷慷慨解囊。我们既可以通过这些夫人们吸引京城甚至全国的商人向东州投资,又可以通过这些夫人们掌控她们丈夫的信息,一举两得。"吴市长听罢一拍大腿,兴奋地站起身,来回踱步,他大手一挥说:"能通,你小子这个主意出得好,就按你的主意办,另外基金会的工作人员一定要精挑细选,多选些既精明能干又英俊潇洒的小伙子,为了博这些夫人们的欢心,咱们也要施点美人计。别看这些夫人们表面上风风光光的,其实哪个不是春闺寂寞、内心孤独,即使老公在身边,夫妻生活也大多是力不从心,有其名无其实,我们就是要

74

从她们的薄弱处下手,稳扎稳打,步步为营,不愁这个夫人俱乐部不为东州创造奇迹呀!"望着兴奋的吴市长,我忽然想起鲍依休斯在他的《哲学的慰藉》中的两句话,"人因获得神性而享幸福","凡获得神性的人就变成神。因而每一位幸福的人都是一位神"。毫无疑问,今天应对吴市长我似乎获得了某种神性,我一直认为在官场上,驻京办主任是最幸福的职位,因为能胜任驻京办主任的人或多或少都有些神性。罗素认为,历史并不像哲学家所设想的那样是循环的,但是我敢肯定,只要官本位的机制"垂而不死,腐而不朽",驻京办的历史就一定是循环的。罗素认为,教皇格利高里在某种准确意义上来说,是最后一个罗马人了。我却认为,只要官本位的思维定式不变,就永远不会有最后一个驻京办主任。即使驻京办是一种有朽的机构,驻京办"跑部钱进"的精神是不朽的,对于这一点,我充满信心。

星期六。晴。难得过一个大礼拜,昨天晚上省驻京办主任薪泽金心血来潮在清江大酒店请我喝酒,说是还有南江省驻京办主任吴子虚。和吴子虚喝过几回酒,但总有点话不投机,不过碍于薪泽金的面子,只好如约前往。席间,吴子虚不停地与一位苏老板通手机,好像是商量项目款的事,薪泽金不耐烦,让吴子虚将这位苏老板叫来一起喝酒,省得你老兄不停地打电话,搞得大家都喝不好酒,吴子虚欣然应允,让苏老板到清江大酒店,声称给他介绍几个朋友。我好趣地问:"老吴,一直听说你们省驻京办要重新选址,莫非地址选好了,就要开工了,不然怎么和这位苏老板大谈项目款呢?"吴子虚毫不避讳地说:"能通,建大厦多费劲,买一栋现成的立即就能使用,和我通话的这位苏老板是搞房地产中介的,谈妥了港资建成的一座大厦,我们驻京办已经搬进去了,只是中介款还有点小麻烦。"我试探地问:"多少钱一平方米拿下的?"吴子虚油滑地说:"我吴子虚可没有你丁能通空手套白狼的本事,只能凭底气死扛市场价了。"我不屑地说:"老吴,怕是没那么简单吧,听口气,你对那位苏老板毕恭毕敬的,这么大的一栋楼,你老吴会不捞一点油水?"吴子虚顿时指天戳地地发誓说:"丁能通,天地良心,别以为你弄了个亲民驻京办的好名声,别的驻京办就都成了反腐办,告诉你,论亲民,南江省

我：道破天机的日记

驻京办也是首屈一指。"正说着，那位苏老板风度翩翩地走了进来，吴子虚连忙介绍，大家互相寒暄坐稳后，薪泽金亲自为苏老板斟了酒，一边斟酒一边有意无意问："苏老板既然能为南江省驻京办选一个好大厦，可不可以费费心也为清江大厦操操心。"苏老板装出一副无奈的口吻说："薪主任，要不是看在我那老同学的面子上，我才不干这受累不讨好的事呢。一千多万元中介费还得通过打官司的形式拿到。好辛苦。"我听得糊涂，便追问："老同学是谁，怎么合理合法的中介费还要通过打官司才能拿到。"吴子虚怕苏老板说走了嘴，连忙接过话茬说："苏老板和我们省长的儿子是老同学，是我求大公子找苏老板帮忙的。"我越听越觉得吴子虚和苏老板之间有猫儿腻，便不多问，岔开话题打趣地问："老吴，上次喝酒，你和泽金吹牛，说你高尔夫打得好，刚好是大礼拜，明天咱们三个到怀柔比一场怎么样？"薪泽金连声称好，吴子虚更是跃跃欲试，苏老板饶有兴趣地说："可不可以凑凑热闹啊！"薪泽金热情地说："当然可以了。"就这样大家约好明日一早到清江大厦集合，然后去怀柔打高尔夫球。然而第二天我开车赶到清江大厦时，吴子虚、苏老板都没有到，薪泽金不停地给吴子虚打电话，手机光响没人接，于是薪泽金又给吴子虚发了短信，也不回。薪泽金和吴子虚是多年的好友，两个人还是老乡，他一边打电话一边说："老吴说话一向稳当，今天这是怎么了？"我们等了一上午，也不见人影，我生气地说："我看这家伙满嘴跑火车，这么等也不是事，还是该忙啥忙啥去吧。"便赌气开车跑了，晚上薪泽金给我打电话，说是给吴子虚打了一天电话没人接，又试着按名片上的号码给苏老板打手机，也没人接，怎么回事呢？我想起吴子虚见了苏老板蝇营狗苟的样子随口说："大概是被'双规'了吧？"薪泽金以为我说气话，不以为然地说："净瞎说，怎么可能呢？"我不客气地说："信不信由你。你忘了他昨晚说到中世纪的主教腐败时仿效主教的口吻说：'我付出黄金，而当了主教；只要我按照自己分内的权限行事，我也不怕捞不回这笔款项。我任命一个祭司，于是我收到黄金；我安排了一个执事，于是我收到一堆白银。看吧，我付出去的黄金，现在又重返回了我的钱囊。'这家伙很羡慕中世纪主教的生活方式，我看他八成因买南江大厦贪污受贿被'双规'了。"薪泽金死活不信，结果下半夜给我打电话，沉重

76

地说："能通,真让你说着了,这小子伙同省长的儿子和苏老板侵吞南江大厦项目款被省纪委'双规'了。"我纳闷地问:"打官司是怎么回事?"薪泽金叹了口气说:"为了把国家的巨额财产从国家的口袋里掏到私人的口袋里,吴子虚要披上一个合理合法的外衣,不过是通过仲裁来洗钱。"我挂断电话,不禁为圣奥古斯丁的困惑而困惑,"犯罪的是灵魂,但如果灵魂不遗传而是重新再造,那么怎能遗传亚当的罪呢"?

星期四。微风。这几天心情一直非常沮丧,一位失地老村长代表全村失地农民进京上访,我苦口婆心劝回了东州,吴市长却打电话臭骂了我一顿,说我违背组织原则,背着他将他的电话告诉了老村长,老村长回到东州后天天给他打电话,搞得吴市长焦头烂额。其实我根本没把吴市长的电话告诉过老村长,无论我怎么解释,吴市长也不相信,还威胁我:"你那个驻京办主任我看是干到头了!"我听了这话,心里别提多窝火了。我就纳闷了,那个失地老村长是怎么得到吴市长电话的呢?也难怪老村长天天骚扰吴东明,为了搞工业开发区,八个村子的农民失去了土地,补偿标准太低,根本无法维持长远生计,家园被毁、种田无地、就业无岗,换谁都会变成一匹寻找生路的狼,但是吴东明为了要政绩,却无视农民的诉求,好端端要把这一群善良的农民逼成寻找生路的狼群,根本不懂放狼一条生路的执政智慧,这不是发展,简直是发昏。沮丧了好几天,想不到今晚习涛突然请我喝酒,席间委婉地代吴市长向我道歉,声称吴市长由于不堪其扰,给老村长的电话上了手段,原来向老村长提供吴东明电话的是县信访局局长,这位信访局局长对掠夺农民失地搞什么工业开发区非常反感,暗中帮助老村长,进京上访也是他出的主意,这无疑是一位"以民为本"的信访局局长,但是吴东明这一上手段,他必然暴露了自己,恐怕乌纱帽不保,但既然这么做了,估计他也想到了后果,我心里不禁油然而生敬佩之情。习涛是吴市长一手提拔的,今晚这顿酒无疑给我吃了颗定心丸。然而我也清楚了"手段"二字的残酷,既然吴东明给老村长的电话上了手段,能给县信访局局长的电话上手段,那么会不会也给我的电话上手段呢?这么一想,我不禁惊出一身冷汗。写《君主论》的马基雅维利认为,"手段问题能够不管目的或善或恶,按纯粹的科学方式处理。'成功'意思指达到你的目的,不管是什么目的。假若世界有一门'成功学'按恶人的成功去研究,可以和按善人的成功去研究同样研究得好——实际上更好,因为成功的罪人实例比成功的圣贤实例尤为繁多。然而,这门学问一旦建立起来,对圣贤和罪人同样有用,因为圣贤如果涉足政治,必定同罪人一样,希图成功"。这分明是在宣扬,为了成功可以不择手段,但是马基雅维利坚持认为,"文明人几乎一定是不择手段的利己主义者"。简直是谬论。我一直不理解一派胡言的《君主论》也会成为世间经典,作为一名有良知的驻京办主任,我更坚信,"民之声即神之声"。哪怕这种"神之声"是乌托邦,我也视之为信仰,因为人之所以称之为人,是因为人有信仰,而我是一个有信仰的驻京办主任。

五

78　　　星期一。阴。我特别不喜欢阴天,每逢阴天,我就像得了抑郁症一样,今天一大早,太阳就没睡醒,一直躲在乌云后面,我草草地吃了两根油条,独自开车去北京医院接杜志忠和他老婆。十多天前,他突然打电话求我,让我帮忙在北京找一位善于治疗抑郁症的好大夫,抑郁症是病,但又是个新生事物,好像得找心理医生,但据说北京城合格的心理医生与名副其实的中医一样稀少,都不会超过梁山好汉的总数。我问杜志忠,好好的怎么就抑郁了? 他苦笑着说:"不是我,是我老婆,由于工作压力大,整夜整夜的失眠,老怀疑别人在背后议论她,最近整天说活着没意思,不如死了算了,到处藏安眠药,我真担心她出事,能通,我求过省驻京办主任薪泽金,这家伙开口就让我找你,说这事只有你能办,我也是没办法,只好麻烦老弟了。"听杜志忠说得诚恳、可怜,我一口答应了。费了一番周折,在北京医院联系上一位留德的心理学博士,据说是位弗洛伊德学派的门徒。帮人帮到底,杜志忠老婆抑郁了,一定不愿意让太多人知道,他说他找过薪泽金,我估计未必,当然窗户纸没必要捅开,因此我亲自开车去机场接杜志忠,想不到他女儿也一起陪着来了,杜志忠的女儿在省电视台当记者,长得娇媚可人。我安排他老婆和医生见了面,医生让他老婆写出自己的感受,结果她在纸上画了几十个黑洞,医生认为他老婆的病很严重,不仅缺去甲肾上腺素,还缺多巴胺和血清素,其实一旦缺少其中一种化学成分,人就会得抑郁症。医生给开了许多洋药,让杜志忠放一放手头的工作,陪老婆出去旅游。杜志忠听了哭笑不得,工作怎么可能放一放呢?医生见杜志忠为难,干脆让住院治疗,这一住就是十几天。今天该出院了,我去医院接他们时,杜志忠和他女儿早就办完了出院手续,一家三口上了我的车,我见他老婆情绪略有好转,虽然还是不爱说话,但是见到我总算点了点头。将这一家三口送上飞机,回来的路上,阴沉沉的天露出了点亮光,很有点放晴的味道,我如释重负地开着车,心里有一种美滋滋的感觉。我每次帮了别人都有这种感觉。我求的那位留德医生说,"抑郁症可能是个一次性事件"。我一直不太理解这句话,想不到傍晚,薪泽金告诉我一个意想不到的事件,他说杜志忠携妻带女从北京回东州,刚下飞机就在东州机场被省纪委"双规"了,我几乎不敢相信自己的耳朵,问薪泽金是不是开玩笑,薪泽金大声说,这种事敢开玩笑吗?我将信将疑地问,为什么?他说,杜志忠的举报信太多了,连林白书记都作了批示。我一听连林白书记都作了批示了,就知道杜志忠这次是在劫难逃了!我给肖鸿林当秘书时就认识杜志忠,那时候他还只是个普通处长,听薪泽金说,杜志忠和赵长征的秘书在省委党校培训时是同学,经赵长征秘书引见认识了赵省长,并深得赵省长的赏识,一手提拔到省交通厅厅长的岗位。杜志忠走上厅长岗位后,似乎政声还不错,怎么好端端就被"双规"了呢?如果杜志忠真腐败了,会不会刮着赵长征呢?抑或林白就是冲赵长征去的?政治斗争一向是云诡波谲,杜志忠被"双规"怕是大有文章。物理学上有"惯性定律",政治学上当然也有"力"的概念;物理学上的"力"是运动在大小或方向上起变化的原因,政治学上的"力"是权势在大小或方向上起变化的原因。杜志忠被"双规"会不会影响清江官场上"力"的平衡,眼下看到的还只是"幻象",要想做到洞若观火,就要按弗兰西斯·培根说的做,这就是"我们既不应该像蜘蛛,从自己肚里抽丝结网,也不可像蚂蚁单只采集,而必须像蜜蜂一样,又采集又整理"。在官场上,论搜集信息,谁也不是驻京办主任的个儿。培根说,知识就是力量,我从来就没相信过这句话,因为在官场上,权势就是力量,当了驻京办主任后,我发现"信息"就是力量。

星期日。晴空万里。这几天一直忙"东州农民工风采展",夏书记任东州市市长时就高度重视农民工问题,就任东州市委书记后,更是把培养农民工、关心农民工、推销农民工摆到了市委、市政府重要议事日程。长期以来,东州农民工用自己吃苦耐劳、诚实守信、乐于奉献、奋发进取的精神,赢得广泛赞誉。正值全国"两会"之机,夏书记认为,在两会代表、委员中,有各界精英、各方神仙,不乏有实业、有权力、有信息的能人,此时搞"东州农民工风采展"可谓天时、地利、人和融为一体。为了造势,也是为了利用省委书记的人际优势,夏闻天特意请林白参加开幕式,林白也不负众望,还请来一位全国人大副委员长参加。今天上午十点,北京农业展览馆里掌声雷动,锣鼓喧天,全国人大副委员长、省委书记林白为开幕式剪彩,市委书记夏闻天致开幕词并宣布风采展开幕。按理说,往年全国"两会"期间,是"跑部钱进"的最佳时期,各地驻京办"闻风而动",各展绝活,北京西城区三里河周边的宾馆、酒店全部爆满,"跑项目"的地方官员一个个讳莫如深,各打各的小九九。今年只有东州驻京办按夏书记的指示,不仅没凑热闹"跑部钱进",而且利用"两会"群英荟萃之机,大张旗鼓地向社会各界"推销"东州农民工,此举不仅受到全国人大副委员长的充分肯定,更受到社会各界的广泛关注,当天就与几十家驻京企业签订了劳务合同。林白对东州的做法高度赞誉,不仅饶有兴趣地观看了综合展区、县市展区,而且还在技能展区被农民工现场技能展示深深吸引住了,连连称赞东州驻京办为东州农民工做了一件大好事,堪称东州农民工兄弟的"贴心办"。晚上夏闻天在北京花园中餐厅包房宴请林白,我和薪泽金坐陪。席间,夏闻天有意无意地问:"林书记,杜志忠一案一晃过去大半年了,怎么迟迟没有结论?"自从杜志忠被"双规"后,谣言四起,有议论称,杜志忠是被人诬陷了;也有议论称,杜志忠虽然违纪违法问题严重,但有赵长征撑腰,很可能大事化小小事化了;还有议论称,杜志忠是清江省党政一把手政治斗争的牺牲品。这些议论不可能不引起夏闻天的担心,作为省委常委,最担心的就是班子的团结问题,因此他看似有意无意地一问,实际是一种善意的提醒。林白淡然一笑说:"闻天,你的担心我理解,但我们党与腐败不共戴天,绝不会因为有上级领导赏识,就置党纪国法于不顾网开一面,任人唯亲。加上杜志忠,省交通厅连续倒了三任厅长,发人深省啊!不错,杜志忠是长征同志一手提拔的,之所以在两任厅长倒掉后,赵长征很高调安排杜志忠任交通厅厅长,就是希望他能不辜负组织对他的期望,在省交通厅筑起一道反腐倡廉的铜墙铁壁,想不到他还是步了前两任的后尘。怪不得哲学家霍布士说,'水在自由时,必然流下山岗',绝对的权力就是绝对的自由啊。眼下各地市领导的中心工作,一是市政建设,二是修路架桥,这两项都是出政绩的事,拿修路来说,全省十八个中心城市迟早都要通高速公路,但是谁先通、谁后通,就关系到各地市领导的政绩了。所以,这些地市的书记、市长都来拜访交通厅长,争取项目。我听说,杜志忠下到各地市,都是书记、市长亲自接待,住五星级酒店总统套房。杜志忠上任不久,就将老婆从高速公路管理局调任一家工程建设公司任董事长,专门从交通厅承揽工程业务,然后转包、分包,从中渔利。"夏闻天插嘴说:"林书记,这两年杜志忠可是全省廉政模范啊,在去年的全省廉政工作会议上,刘光大在会上还夸他下基层返回时,每次都要打开汽车后备箱检查一下,拒绝捎带任何礼品。杜志忠也在大会上发言,'要让廉政建设,在清江省的所有公路上,向四面八方不停地延伸,不停地飞驰……'"还没等夏闻天说完,薪泽金扑哧一笑说:"夏书记,你也不想一想,能放在后备箱里的礼品,会是什么值钱东西?送他一条钻石项链,他会放进后备箱里吗?"杜志忠是我送上飞机后,一下飞机就被"双规"了,因此,杜志忠一案一直牵动着我的心,好几次在梦中都梦见自己和杜志忠一起被"双规"了,怪不得笛卡尔认为,"梦这东西好像画家,带给我们实际事物的写照",他还认为"难保没有一个既神通广大又狡猾欺诈的恶魔,用尽它的技巧聪明来蒙骗我。假使真有这样的恶魔,说不定我所见的一切事物不过是错觉,恶魔就是利用这种错觉当作陷阱,来骗取我的信任。"毫无疑问,在每个人的心灵深处都有这么个恶魔,只是有人不经意地将恶魔的瓶盖打开了,有人还没有发现那个装恶魔的瓶子。好在我看过《一千零一夜》,深知那个恶魔的瓶子碰不得，其实我也打开过瓶盖，并像渔夫一样放出了恶魔，只不过，我又及时将恶魔骗回到瓶子里，并且紧紧盖上了瓶盖。

　　星期三。多云。自从在黑水河上拦了一道大坝搞发电以来，东州市政府甚至清江省政府不得不采取多种举措，来应对黑水河库区潜在的地质灾害。从历史到现实，地质灾害几乎与黑水河库区所在地如影随形。仅一九八二年以来，库区已经发生滑坡、崩塌、泥石流多达七十多处，规模最大的四十余处，共致死四百余人，并造成严重经济损失。黑水河蓄水后，由于干流水位每年在汛期和枯水期都有大幅度涨落，水位急剧上升或下降，很容易导致一些老的崩塌滑坡体复发，会软化土石、抬升坡脚并增加坡体负重，从而诱发滑坡的发生。特别是两岸居民迁徙到更高海拔地区之后，一些古滑坡带可能会重新复活，新的滑坡也可能会被引发。黑水河库区有的地质条件复杂程度世界罕见，数千年来人类活动所造成的破坏可观，加上前期研究大多围绕着大坝本身的安全而进行，库区地质灾害对周边居民以及环境的影响，仍然有着太多的未知数。特别是位于滑坡体中心地段的万寿县，其中心地段上建有二十万平方米的房屋，常住人口有五千多，流动人口高达三五万人，一旦滑进黑水河，后果不堪设想。因此，梁市长作为黑水河库区东州地质灾害防治指挥部总指挥，年年都要进京化缘，申请地质灾害防治资金。今年的防治资金迟迟没有划拨到位，梁市长心急如焚，他几次进京拜见国部长，国部长都让再等等。弄得梁市长如坠云里雾中，就连我这个"跑部钱进"的高手，也没把准国部长的脉。为了稳妥起见，此次进京拜见国部长，梁市长带上了民营企业家王祥瑞。这几年王祥瑞可是东州城内众口腾喧的人物，他经营的永盛集团生意做的是顺风顺水，与王祥瑞在京城砸大钱、送大礼，大规模、全方位地交结京城大员们有直接关系，王祥瑞原本是皇县农民，开矿起家，被贾宝玉称为"禄蠹"的须眉浊物肯降尊纡贵跟一个满口方言土得掉渣的乡巴佬称兄道弟，就因为他有大把大把的钞票。都说驻京办是中国肌体上的毒瘤，其实与京城太子党们、公主们、夫人们到七大姑八大姨乃至秘书司机们扯上关系的，何止驻京办主任？说句实在话，驻京办主任不过是跑龙套的。梁市长是在北京花园中餐厅宴请国部长的，为了讨国部长的欢心，我特意让北京花园总经理朱明丽高薪聘请了一个专门善做国部长家乡菜的厨子，国部长的家乡在上海农村，我通过他家的保姆打听到，国部长爱吃母亲做的上海名小吃"熏蛋"，由于他母亲已去世多年，他已经很久没吃过"熏蛋"了。因为"熏蛋"这个曾经的上海名小吃早就在上海大部分的老饭店中销声匿迹了。为了学习老上海菜，我们请的这位厨师曾经遍访上海老饭店退休的老厨师长，学习了一百多道真正的老上海名菜，其中就包括国部长爱吃的"熏蛋"。这道菜一上桌，国部长眼圈就有些湿润，我估计这道菜引起了国部长的思母之情，梁市长示意国部长品尝，国部长像品钻石似的将蛋放入口中，闭着眼咀嚼起来，我借机尝了一口，蛋入口中就有一种别样的感觉，鱼子酱迸射出的酱汁和嫩嫩的蛋黄交相在口中流转，可谓是回味无穷。这时国部长放下筷子颇为感慨地说："梁市长，自从家母过世后，十几年没有吃过'熏蛋'了，这道菜一下子把我带回了家乡啊。"王祥瑞满脸堆笑地插话说："国部长，听口气你像很多年没有回过家乡了。"国部长显得有些惭愧地说："是啊，是啊，官做到省部级，也不曾为家乡做过什么贡献，无颜见江东父老啊！"王祥瑞不失时机地说："国部长，咱为家乡把贡献做了，不就有颜见江东父老了吗。"王祥瑞特意用了一个"咱"字，一下子拉近了与国部长之间的距离。国部长长叹了一声说："对啊，为家乡做贡献需要钱啊。"王祥瑞豪爽地说："国部长，为家乡做贡献是做公益，可以捐款呀，有什么可愁的。"国部长眼睛顿时亮了起来，他佯装为难地说："村里找过我，要修一座烈士陵园，只是数目太大啊。"王祥瑞慷慨地说："国部长，一座烈士陵园能用多少钱，只要您说个数，这笔钱我捐了。"国部长欣慰地拍了拍王祥瑞的肩膀对梁市长说："老梁，企业家要是都像王老板这样心怀天下就好喽。王老板，这座烈士陵园要一百多万，既然你这么慷慨，我代表家乡父老及烈士家属敬你一杯！"王祥瑞一副受宠若惊的样子干了杯中酒，我不失时机地问："国部长，能为我们讲一讲烈士的英雄事迹吗？"国部长深沉地叹了口气说："这就要从解放前说起了，当时我父亲和我母亲都是我党的地下工作者，以假夫妻的名义一起潜伏在国民党要害部门，长期的地下对敌斗争让我父亲和我母亲产生了革命爱情，国民党军队大撤退前夕，母亲怀上了我，但是由于斗争需要，组织上决定父亲随国民党军队一起撤往台湾继续潜伏，母亲因为怀着我留了下来，回到家乡参加土改工作，不瞒你们说，我一出生就没见过我的父亲，连照片都没有，母亲说，我长得特像我父亲。一晃到了'文革'，有人说我母亲是台湾特务的家属，没完没了地批斗，最后母亲实在受不住折磨，只好向组织说明了父亲的真实身份，这件事被当作新闻登在了报纸上，结果已经升任国民党将军的父亲暴露了，被执行了死刑。这两年两岸局势越来越好，村委会派人去台湾取回了父亲的骨灰，也是想让烈士英灵魂归故里，我更想让父亲和苦苦等了他几十年的母亲合葬在一起，父亲是名副其实的烈士，村里想借我的力量筹一笔钱修个烈士陵园，好让后代不要忘本，你们知道，我为官一向两袖清风，这一百多万可把我难住了，梁市长，王老板可是为我解了围了，不然我可真无颜见家乡父老了。来，我敬你们一杯，什么也不说，全在酒里了。"国部长说完一饮而尽。梁市长见与国部长之间的"扣"解开了，非常高兴，他乘胜追击地说："国部长，马上进入雨季了，强降雨是诱发滑坡的主要原因，特别是万寿县的'老虎石'地带，关涉数万人的生命财产啊，可是每年部里拨下来的治理经费真是捉襟见肘，这次能不能多给些钱，干脆一次性解决掉这个大隐患。"国部长点上一支烟深吸一口说："老梁啊，你的心情我理解，情况不像你想象的那么简单，盘子就是那么大，在申报工程治理项目中，一些市县多报地质灾害防治项目、夸大灾害严重性，以套取中央项目资金，情况复杂呀，不过，黑水河库区的情况不属于这种情况，一直是部里最重视的，你放心，老梁，钱很快就会拨下去，这个数应该够了吧。"说着国部长伸出三个手指头，梁市长当即为国部长斟满了杯中酒，真诚地说："国部长，您就是黑水河库区老百姓的活菩萨呀！"斯宾诺莎认为"爱神者不会努力让神回爱他"，今天这一幕则让我发现，爱权者必会努力让权回爱他。莱布尼兹认为，一切事物总得有个充足的理由，这个充足的理由就是神，对于国部长来说，权就是神。不过，"在大热天里当你渴极的时候，喝点凉水可以给你无比的痛快，让你认为以前的口渴固然难受，也值得忍受，因为若不口渴，随后的快活就不会那么大"。正因为如此，我才赞同莱布尼兹的观点，"有些大善与某种恶必然密切关联着"。

就犹如偌大的北京城离不开驻京办一样，无论人们怎么看驻京办，驻京办的"小恶"都成就了地方经济发展的"大善"。

六

星期四。雨。金冉冉的博士学业应该毕业了，这丫头很长时间没和我联系了，发邮件不回，发手机短信也无音信，我担心她是不是病了，为了摸清情况，我今天去了刘凤云家。因为金冉冉一直把刘凤云当作知心大姐，两个人无话不谈，我想刘大姐一定知晓金冉冉的近况。也不知为什么，明明知晓金冉冉注定是我生命中的一场美梦，犹如贾宝玉心目中的林妹妹一样，但是在我心灵深处就是放不下她。或许是金冉冉平凡之中透着不平凡吧，这种不平凡犹如一团馨香一直笼罩着我，让我时不时有一种"天尽头，何处有香丘"的感慨。说金冉冉不平凡是因为刚认识她时，她竟然因情而有自杀的念头，后来在我的劝导下，大学毕业居然有勇气到刘凤云家做保姆，并因此获得读研究生然后去美国留学的机会，当然最让我敬佩的还是她以真爱促使我和衣雪破镜重圆，这个在我心目中一直像一朵小玫瑰似的妹妹，如今已经含苞怒放成美丽的女人了，是不是该有自己的爱情了呢？果然，刘大姐告诉我，冉冉这 85 阵子之所以没联系我，是因为热恋了，一位美国小伙子，她攻读博士学位那所大学的年轻讲师爱上了她，冉冉也深深地爱上了他，由于不好意思告诉我，而一直没和我联系，但是一直和刘大姐商量，刘大姐对冉冉的事了如指掌。我听了之后，既为冉冉祝福，心里又酸溜溜的不是滋味。刘凤云似乎看穿了我的心思，问我相爱的意义是什么？我思虑片刻，斟酌道："从我和衣雪走过的婚姻路程来看，相爱的意义在于两个人向同一个方向看，而不是互相凝视。"刘凤云听后颇有感慨地说："是啊，好女人是一种香气，既能感染家庭，也能感染社会。那些不平凡的丈夫只有不平凡的女性才能适应。我一直认为，冉冉是个不平凡的女性，估计她爱上的那位美国小伙子也一定不会平凡。"我恭维地说："大姐，其实你也是一位不平凡的女性，那么多贪官听了你的名字心惊肉跳，爱尔兰哲学家贝莱克认为'一切东西在有黄疸病的人看来都是黄的'，像你这样不平凡的女性在一切腐败分子看来都应该是大雪下的青松。"刘凤云听罢咯咯笑了,然后又绷起脸说:"你这是夸我呢,还是咒我呢?"然后又和颜悦色地说:"每个女人在未出嫁前都是一朵骄傲的玫瑰,其实真正懂得爱的女人婚后大多收起了锋芒,为自己的爱人奉献芳香。但就有一些女人不懂得这个道理,讲什么'夫贵妻荣',结果为了自己的'荣',无原则地成了丈夫的'贪内助',像杜志忠的老婆就属于这类女人。将当厅长的丈夫当成了发财致富的摇钱树,结果是丈夫锒铛入狱,她自己也因顶不住压力而畏罪自杀。"我听了这话几乎不敢相信自己的耳朵,惊讶地问:"大姐,你说什么?杜志忠的老婆自杀了,什么时候的事?"刘凤云轻蔑地一笑说:"就今天下午的事,专案组找她谈话后,她回家就吃了一瓶子安眠药。"我心情复杂地自言自语道:"大姐,杜志忠的老婆有严重的抑郁症,到北京看过病,是我给找的大夫。"刘凤云不屑地说:"她赚了那么多昧良心的钱,能不抑郁吗?"从刘凤云家出来,我心情久久不能平静,人在没有当一把手之前大多压抑着自己的欲望,当上一把手后以为老子天下第一了、可以自由了,然而,这自由是靠绝对的权力获得的。刘凤云之所以密切关注杜志忠一案,是因为清江省交通厅三任厅长都腐败了,她作为中纪委室主任,是想深挖一下前腐后继的深层次原因。听刘凤云讲,三任厅长都有一个共同点,就是权力欲望极其旺盛。比如杜志忠常常在省交通厅内部刊物《交通工作》封面上露脸,如果某张封面照片是他与主管副省长一起视察某工地,则照片上的主角一定是他,而非主管副省长,不了解内情的人,还以为杜志忠是副省长呢。洛克讲,"求自由的欲望乃是亚当堕落的第一个原因"。尽管罗素认为"我们不习惯从亚当与夏娃的故事追政治权利的老根",但洛克认为"任何政治也不许可绝对自由",因为"绝对自由观念乃是任何人为所欲为"。目前的问题,现行体制下,一把手很容易获得绝对自由。正因为如此,"人们对臭猫和狐狸有了防护,却甘心被狮子吞噬,甚至可以说以此为安全",洛克在这里言称的"狮子"是什么?其实就是官本位。

星期一。不晴不阴。昨天晚上我接到梁市长的电话,希望我努努力,将永盛牌香烟推为国宴用烟,顿时让我警觉起来,因为外界传言梁市长与永盛集团有牵连，他老婆董舒是永盛集团的挂名董事，我一直不相信这种传言，但是梁市长似乎对永盛集团过于关心了，就不能不让我想到"无风不起浪"这句俗语。同时，梁市长还嘱咐我，星期一上午接一下他老婆和一位叫"慧海"的和尚。梁市长说，慧海是东州市佛教协会副会长，这次去北京是到中国佛教协会办事，还说他老婆这次随慧海进京是到法源寺专门举行皈依仪式的，皈依仪式后，董舒就正式成为佛门俗家弟子了。还跟我大谈了一番佛教治国的道理。他说："现在社会上有良知的人越来越少了，为什么？就是人人都不知道信什么，没有信仰，人心就迷茫，迷茫就容易乱性。让我说，国家应该提倡信佛，佛教比较文明，教人如何行善积德、不做坏事，信佛的人多了，社会也就和谐了。"挂断电话，细品梁市长的话，觉得有道理，但又似乎不太对劲，至于怎么不太对劲，我也不知道。想到很长时间没去法源寺拜访智善大师了，正好可以借陪董舒和慧海去法源寺之机看望智善大师。今天上午，我亲自开车去首都机场接董舒和慧海，没想到慧海竟然是一位三十多岁的年轻人，剃着光头，穿一身和尚常穿的灰色便装，胸前挂了一块巴掌大的玉制弥勒佛，举手投足很稳重，言谈举止也很有点修为，董舒虽贵为市长夫人，但是对慧海却毕恭毕敬的。两个人上车后，慧海坐在副驾驶的位置上，我一边开车一边问："慧海师父这么年轻，出家几年了？"慧海和颜悦色地说："我毕业于中国佛教学院。"我接着问："在哪座庙里修为呀？"慧海平和地说："我在城里由俗家弟子供养。"我一听说还有不在庙里坐禅而由城里的俗家弟子供养的和尚，便好奇地问："慧海师父由多少俗家弟子供养啊？"慧海略有些得意地说："有一千多俗家弟子。"我暗暗吃惊，追问："这一千多人干什么行当的多？"慧海淡淡一笑说："大多是公职人员的老婆，有两个常年为我做斋饭的弟子，她们的老公一个是工商所所长，一个是税务所所长。"我越听越觉得新鲜，好趣地问："这两位女弟子整天伺候你？"慧海毋庸置疑说："整天伺候我，一两个月才回一次家。"我讥笑道："那她们的老公谁伺候？"慧海未回答，董舒插了一句嘴说："她们的老公巴不得让老婆供养慧海，这样才能祈求佛祖保佑。由佛祖保佑，他们才能官运亨通、心安理得呀。"梁宇的老婆文化水平不高，就像个普通的家庭妇女，不过倒蛮有观音相的。来到中国佛教协会，董舒随慧海去找师兄，接下来可能由慧海的师兄为董舒灌顶、洒圣水，举行皈依仪式，我借机去拜见智善大师。智善师父一见我便慈眉善目地说："山是金刚体，水是清净心，波涛平静处，来舟好渡津。能通，久违了！"我与智善寒暄后，求他帮我查一查中国佛学院有没有毕业过慧海这么个学僧，智善打发自己的徒弟到佛学院去查，结果根本没有这个人。智善师父双手合十提醒我说："信乃道元功德母啊！能通，'嗜欲深者天机浅'，藏起来的才是真货，露出来的未必是宝，很多人求佛保佑一个'顺'字，殊不知下坡路都是很'顺'的，坠落深渊就更'顺'了。名利、声色、饮食、衣服、赞誉、供养六大顺境为人生六大毒，沾一个就是死，六毒俱全，岂有生路？"智善师傅的话让我对慧海的身份产生了怀疑，不过我一向是不喜欢捅破窗户纸的。皈依了佛门，成了佛门俗家弟子，董舒有了一个法号叫"妙玉"，回北京花园的路上，我一边开车心里一边窃笑，心想，红学家们如果见了此"妙玉"，鼻子都得气歪了。路上接到金伟民的电话，这家伙前两年投资东汽集团，险些让地方保护主义者当作侵吞国家资产的贪污犯抓起来，幸亏时任市长吴东明自杀了，否则金伟民再难踏上内地。吴东明一死，东汽集团收归国有，金伟民虽然鸡飞蛋打，好在危机消除了，最近他在北京一直在寻找新的投资项目，刚好和北京中关村一家高科技公司谈合作事宜，说有事和我商量，问我晚上是否有空。我说晚上我请市长夫人吃饭，还有一位得道高僧，他听罢非常感兴趣，声称自己前年去了青海省玉树州囊谦县的巴麦寺，拜在桑仁活佛门下为俗家弟子，听说市长夫人也是佛门俗家弟子，非要凑凑热闹，我就答应了。看来晚上这顿饭注定要请斋宴了，这还是北京花园归属东州市驻京办以来的第一顿素宴。休谟认为：哲学里的错误只是荒谬而已，但宗教里的错误却是危险的。在这里"危险的"是个表示因果的词，佛教是讲因果的，但是我和休谟一样，是对因果关系持怀疑的怀疑论者，正因为如此，我同意休谟的观点，"所谓理性的信念这种东西是没有的"，"我们如果相信火使人温暖，或相信水让人精神振作，那无非因为不这样想我们要吃太大的苦头"。由此，"我们不得不抱有信念，但是任何信念都不会依据理性"。然而，晚上的斋宴开席后，我发现无论是"妙玉"、慧海还是金伟民，骨子里的信念都是理性的，很显然,金伟民是为讨好市长夫人而来的,而"妙玉"抓住金伟民的心理一个劲儿地劝他做"善事",口口声声只有做"善事"才能结"善果",我讨厌他们之间说话不直白,好像个个都得了道一样,便诡谲地问:"嫂子,什么事是'善事'?""妙玉"欣慰地看了我一眼,意思是夸我善解人意,然后虔诚地说:"当然是修庙了,修庙免灾啊!慧海师父正在东州西山修极乐寺,金老板虔诚向佛,何不捐点善款,这可是行善积德的善事,对你的企业、家庭都有好处。"我一听就明白了,"妙玉"和慧海唱了一晚上的双簧,目的就是让金伟民捐款修庙,金伟民似乎故意往沟里跳,颇感兴趣地问:"需要多少钱?"慧海平和地说:"还差一百万缺口,金老板要是肯帮忙,这是账号和地址。"金伟民当场拍板说没问题。我对金伟民的举动心知肚明,他是想通过讨好市长夫人,找机会重新杀回东州,谋求梁市长的支持,日后在东州东山再起。尽管我觉得金伟民有点急功近利,但拦是拦不住了,索性只好顺其自然。晚宴结束后,送走三位"菩萨",我特意给东州市旅游局局长打了个电话,问东州西山上是不是正在建极乐寺,旅游局局长说根本没有这回事,我一听全明白了。只是挂断手机后,脊梁骨直冒凉气。

星期三。晴。傍晚突然接到张辣辣的电话,说是要请我吃饭。张辣辣是王祥瑞的情妇,以前是清江歌舞团的台柱子,漂亮得像朵白牡丹,不知为什么突然离开清江歌舞团,成了王祥瑞包养的"二奶"。其实我和张辣辣接触并不多,不过是王祥瑞进京带她住在北京花园,一起吃过几次饭。现在,有很多美女一门心思想嫁入豪门做"少奶奶",男人在这些女人眼里似乎都是"金钱豹",她们是靠数男人身上的斑点决定自己的取与舍。殊不知,有斑点的不只是"金钱豹",也有斑点狗,或许"斑点狗"身上的斑点比"金钱豹"身上的斑点要多得多。起初接触张辣辣觉得就是这样一位靠数男人身上斑点寻找富贵生活的漂亮女人,王祥瑞看上她,也无非是此女子容貌如花、肌肤如雪。两个人很有点像"贾珍"和"尤二姐"的关系,一方有钱买欢,另一方贪慕虚荣。然而接触几次后发现,张辣辣不像尤二姐,似乎更像血性泼辣的尤三姐。因为张辣辣看王祥瑞的目光并不像尤三姐看柳湘莲,倒像是看无耻腐烂的贾珍,很有点以毒攻毒的味道，放浪大笑起来，还有点破罐子破摔的率真。说实话，我对张辣辣的美貌，虽然艳羡，但并不喜欢，因为她的美貌中藏着一种冷，让人有一种莫名的恐惧，正因为如此，我一直对这个美女看不太懂。张辣辣给我打电话的语气透着几分神秘，我是带着好奇心赴宴的。张辣辣在花宴仙庄定了一个小包房，搞得跟情人幽会似的。我心想，这要是让王祥瑞知道了，说不定气得非找人把我阉了不可。但我断定，张辣辣突然进京请我吃饭一定有非同寻常的事求我。王祥瑞每次进京坐的都是甲O牌照的车，这种手眼通天的人不知道掌握多少不可告人的秘密，对于驻京办主任来说，最重要的信息就是这些秘密。张辣辣天天和王祥瑞睡在一张床上，我就不相信她不知道这些秘密。果然，席间，张辣辣道破了天机。原来永盛集团十周年大庆时，在清江大剧院请清江歌舞团演了一台节目，给张辣辣的出场费高得惊人，晚上王祥瑞宴请歌舞团领导，张辣辣坐陪，晚宴后王祥瑞提出亲自开车送张辣辣，张辣辣也没多想，就同意了，结果车开出去没多久就什么也不知道了，醒来时已经在王祥瑞的床上。当时，张辣辣就什么都明白了，一定是晚宴上，王祥瑞提前在酒里下了迷药，然后有预谋地强奸了她。醒来后，张辣辣刚想哭闹，却发现电视里正在放黄片，仔细一看不是黄片，恰恰是昨天夜里王祥瑞蹂躏她的镜头。她当时就不敢哭也不敢闹了，只是用一双泪眼盯着王祥瑞问："你到底想怎样？"王祥瑞嘿嘿一笑说："辣辣，我看上你可不是一天两天了，我不想怎样，就是喜欢你，从今以后做我的女人。"但是张辣辣说，从那天起，她的噩梦就开始了，王祥瑞攻不下的关，都要由她出面，用美人计攻关，据张辣辣说，和她睡过觉的官员从京城到地方都有，最后她交给我一个包，我问包里面是什么？她说，是罪证！我好奇地问："谁的罪证？"她轻蔑地一笑，破釜沉舟地说："王祥瑞及其保护伞的罪证。"我不露声色地问："辣辣，祥瑞这几年事业做得确实顺风顺水，那是因为他为人仗义，肯帮朋友，没发现他做什么出格的事。"张辣辣冷笑道："那是你被他的虚情假意蒙蔽了，其实他是一条披着人皮的狼。丁大哥，不瞒你说，这包东西除别的证据外，还有和我睡过觉的官员的精斑。"我不解地问："妹妹，为什么给我？"张辣辣坦诚地说："丁大哥，我知道你在中纪委有朋友，而且你虽然看上去油头滑脑的,其实你是心里最有数的人。"我试探地问:"你就不怕我交给王祥瑞?"她坦然地一笑说:"丁大哥,吃完这顿饭,我就去香港定居了,我逼王祥瑞为我办了单程证,香港只是个跳板,总而言之,我就要远走高飞了,不怕王祥瑞报复我,另外来京之前,我给赵长征寄了一份,我听朋友说,赵长征最近对打击走私工作抓得很紧,我这包东西等于送给他一个大礼!"我接过张辣辣这包东西,觉得像一颗定时炸弹。分手后,我一个人开车围着三环绕圈,我不知道对这颗定时炸弹怎么办好。卢梭讲,"人生来自由,而处处都在枷锁中"。我觉得张辣辣这包东西是个潘多拉匣子,我估计王祥瑞通过张辣辣拿下的那些官员一定"自认为是旁人的主子,但依旧比旁人更是奴隶"而不自知,眼下这些人是王祥瑞的奴隶,而王祥瑞机关算尽,不承想落入一个小女人的陷阱。这可真是"螳螂捕蝉,黄雀在后"。卢梭认为,"人天生来是善的,是种种制度才把人弄恶"。其实,先进的制度引导人向善,腐朽的制度引诱人向恶。王祥瑞是善是恶都是自作自受,与我何干,我丁能通做人的原则是绝不害人,既不害所谓的好人,也不害所谓的坏人,你们自己欠的孽债自己还,何况这个世界上好与坏都是相对的。想到这儿,我从东三环上下来,在马路边找了一个有垃圾桶的地方停了车,随手将那个肮脏的包扔进了垃圾桶里。

七

　　星期二。有云。习涛告诉我,省里成立了打击走私专案组,第一个目标似乎是何超。我说不可能吧,何超是省公安厅主管打击走私的副厅长,还是省打击走私领导小组副组长,怎么可能是何超呢?习涛说,专案组成员里并没有何超,何超若没有事,他至少应该是专案组副组长,可是根本没有他。可见何超有问题。其实我也听说省里成立了打击走私专案组,但并不清楚专案组成员名单。习涛在驻京办是分管信息工作的副主任,这小子是专业特务出身,我相信他的信息不会错。但我还是好奇地问:"消息可靠吗?"习涛不避讳地说:"不瞒老兄说,消息是林白的秘书乔军告诉我的,绝对可靠。"习涛是通过他哥哥习海认识乔军的,习涛认识乔军的目的就是了解信息,当然习涛与乔军处得称兄道弟的,乔军深知习海的身份,很看重与习涛的关系。习涛告诉我,省里成立了打击走私专案组前,赵省长请了三个人开了个小会,一是省纪委书记刘光大,二是省公安厅厅长尚杰和东州海关关长陆宏章。我深知,领导主持会议,参加的人越少越重要。习涛还说乔军告诉他,刘光大在私人会上说了一句狠话:"这次打私,我打算准备一百口棺材,其中九十九口留给贪官和走私犯,一口留给我自己。"我之所以如此关注习涛说的这个信息,是因为梁宇上任东州市市长后,对驻京办的车不满意,责令我从永盛集团接收了五辆奔驰,尽管这五辆车手续齐全,但是我断定这五辆奔驰都是走私车。后来也是按照梁市长的指示,北京花园用烟基本用永盛牌香烟,这种烟其实是用大哥大的水货改装的,但梁市长认为,驻京办接待用烟都用永盛牌是对地方品牌的一种宣传。赵长征、刘光大打击走私决心这么大,我真担心刮着驻京办。另外,何超这几天就住在北京花园,据说是到公安部开会。傍晚我略尽了地主之谊,吃饭前他亲自用手机给王祥瑞打电话,我才知道王祥瑞也进京了。何超挂断手机告诉我,王祥瑞陪关部长的老母亲打了一下午麻将。关部长的老母亲是老八路,九十多岁了,其实王祥瑞陪关部长的老母亲打麻将不是什么新闻,他就是要让人知道他和关部长的老母亲熟到什么程度。王祥瑞和何超不是一般关系,我听说何超的老婆在东州开了一座一流量贩式歌厅,叫"金碧辉煌",就是王祥瑞投的资。席间王祥瑞问何超:"大哥,省里成立了一个打私专案组,你知道吗?"何超竟然摇着头问:"有这种事?"王祥瑞一是跟我熟得很,二是了解我的为人,一向为朋友保守秘密,就不避讳地说:"大哥,不瞒你说,专案组从哪些部门抽调的人员我都清楚,但是你作为省打击走私领导小组副组长,省公安厅主管打私的副厅长,对这件事一点不知道,你不觉得不太对劲吗?"何超纳罕地说:"是有点不对劲,祥瑞,你怎么看?"王祥瑞警觉地说:"大哥,反正你得加点小心,专案组成立后,并未对走私企业下手,而是先打所谓的保护伞,海关有几个小兄弟已经被'双规'了,我担心,专案组把你排除在外,会不会对你也下手?"何超哈哈大笑道:"兄弟,你过虑了,对我下手凭什么?"我插嘴问:"祥瑞,看你紧张兮兮的样子,不会担心专案组把永盛列为走私企业吧？"王祥瑞深吸一口烟说："像我这种生意，说我是走私就是走私，说我是著名企业家就是著名企业家，反正话语权不在我这儿。其实我心里很清楚，这次打私就是冲永盛集团来的，我算什么，他们的真正目标是梁市长。张辣辣那个臭婊子寄给赵长征一包东西，其中就有多张我与梁市长的照片，专案组看见我与梁市长拍的照片，一定认为我与梁市长有关了。赵长征看了那包东西也坚信我与梁市长有关，梁宇是我的保护伞。其实我的企业做得好，梁市长去视察是很正常的，外界谣传董舒在我公司是挂名董事，为我走私保驾护航，纯属无稽之谈。其实永盛集团连进出口权都没有，怎么走私？"王祥瑞看似胸无城府、口无遮拦，其实粗中有细、弦外有音，他的表白虽说看似合理，永盛集团是个规规矩矩的企业，但是我早就知道王祥瑞与有进出口权的国企公司合作，假手他人走私，进而牟取暴利。他不承认永盛集团走私，认为这场打私不过是上层的政治斗争，不过是自我安慰的一种解释，其实他一定感觉到了"山雨欲来风满楼"的氛围，不然他不会跑到北京和一个九十多岁的老太太打麻将。康德说："你可以想象在一个阴暗多云的夜晚眺望天空，但这时你本身就在空间里，你想象自己看不见云。"罗素却不理解，他说："可是我不明白，绝对空虚的空间如何能够想象。"毫无疑问，王祥瑞和何超正处于这种想象之中，康德想象自己看不见云，王祥瑞想象自己不是走私犯，何超想象自己不是保护伞，那么我呢？我是否也应该想象点什么？

星期日。阴雨绵绵。我就不喜欢这种天，好像上天是个怨妇，被什么莽汉强奸受了委屈，泪眼涟涟地哭诉个没完。每当遇上这样的天气，我就有一种大难临头的恐惧。这可能与我小时候害怕打雷有关。小时候一听到雷声便吓得瑟瑟发抖，好像老天爷带着千军万马来抓我似的，一头扎进娘的怀里连眼都不敢睁，娘说老天爷不抓小孩子，我问娘，什么样的人是恶人？娘说了一句我上学后才琢磨懂的话："恶人就是大灰狼。大灰狼是很善于披着羊皮的，就连牧羊人也未必能识别出来。"就像一些诗人专门用浪漫主义赞美雨是什么精灵一样，我却觉得阴雨绵绵的天像是老天爷的前列腺出了问题，尿不净。谁能想象得到，浪漫主义的反抗从拜伦、叔本华和尼采演变到墨索里尼与希特勒，还是达尔文的生存竞争和适者生存有道理，我从小就不懂浪漫主义，但有着对环境本能的适应能力。正如达尔文所言："在一定的环境里，同种的个体为生存下去而竞争，对环境适应最好的有最大的生存机会。"罗素认为，这机会中有几分是纯运气。我自认为自己的运气一直不错，但是何超就不行了，他参加完公安部的会议后，参加一个朋友的宴请，吃了河豚生鱼片，别人吃了都没事，他吃了以后，回到北京花园找我喝茶还好好的，茶喝到一半时，嚷嚷肚子疼、恶心，说是去洗手间，结果走了没几步就晃了起来，说话舌头也大了，喝茶时他就跟我吹，今天我朋友请我吃河豚，味道好极了，我看他的样子，一下子就联想到了河豚鱼，二话没说赶紧打120，不一会儿120就到了北京花园门前，医护人员当即断定何超吃河豚鱼中毒，大家七手八脚地将何超抬到救护车上，救护车闪着蓝灯一路呼啸着直奔北京医院，路上我听救护车的警笛一直高呼两个字："完了，完了，完了！"怎么听都是这两个字，我担心何超有危险，心急如焚。还好，经过抢救，何超脱离了危险，为了稳妥起见，医生建议何超住几天院，何超不肯，嚷嚷着回东州传达公安部会议精神，我讥笑说："你刚从阎王爷那儿游历了一圈，还是在医院好好歇几天吧。医生说，吃河豚鱼中毒，如果抢救不及时，中毒后最快十分钟内死亡，最迟四个至六个小时死亡，这次算你命大，如果再晚半个小时到医院，怕是你老兄就常驻阎王殿了。清江省公安厅有你没你照样运转，别太拿自己当回事，我看你还是听医生的，住院，身体是本钱，如果命没了，那可什么都没了。"何超听我说的有道理，只好同意了。我从北京医院出来时已经月上柳梢头了，刚要打车，手机就响了，一看屏幕上显示的是赵长征的秘书朱峰的名字，赶紧接听。我给肖鸿林当秘书时，就和朱峰处成了铁哥儿们，朱峰不仅给赵长征当秘书，还兼省政府办公厅副主任。朱峰第一句话就问我："能通，何超是不是住在北京花园？"我笑着说："是啊，何超就喜欢住北京花园，每次进京都住北京花园。"朱峰神神秘秘地问："他现在还去北京花园吗？"我说："这老兄吃河豚鱼中毒了，刚抢救过来，住在北京医院了。"朱峰"噢"了一声说："能通，我知道你跟何超是铁哥儿们，但是我提醒你，离他远一点，省纪委已经决定对他实施'双规'了。"

我听了以后，心里咯噔一下子，下意识地问："什么理由？"朱峰说了句"走私集团的保护伞"，立即挂断了电话。我懵懵懂懂地站了半天，不知道该不该将朱峰的消息告诉何超，想来想去，都觉得自己救不了何超，只好摇了摇头，打了一辆出租车。雨下了一天，才停下来，虽然空气清新，但我心里很闷，很想找个人聊聊天，便拨通了薪泽金的手机，问他忙啥呢，能不能出来坐一坐。没想到这家伙小声说："不行啊兄弟，我正在机场接刘光大呢，航班马上就要落地了。"我一听全明白了，看来刘光大是奔何超来的，何超身份特殊，想不到刘光大亲自出马了，我情不自禁地叹了口气，脑海里又回响起救护车的笛声："完了，完了，完了！"

星期一。晴。早晨我刚吃过早餐，手机就响了，是王祥瑞打来的，他说有急事和我商量，他就在北京花园停车场的奔驰车内，联想到昨天晚上刘光大亲自带专案组到了北京，王祥瑞找我一定与何超的事有关，正好我也想知道一下何超目前的处境，便答应见王祥瑞，让他到我办公室，他说不行，还是到我车里谈，正好我的车也在停车场，王祥瑞认识我的车，我走出北京花园，发现他的奔驰车就停在我的奔驰车旁边，其实两辆车是一个型号的，因为驻京办的几辆新奔驰都是从永盛集团买的。我钻进我的车内，王祥瑞鬼鬼祟祟地从自己的车内出来，一头钻进我的车内，我发现王祥瑞车里坐着一个女人，好像是何超的情妇古娟。古娟原先是省公安厅政治部的，和何超好上后辞职下海，常来往于东州和北京之间。我好奇地问："祥瑞，你车上坐的是不是古娟？"王祥瑞直言不讳地说："不错，我就是为她来找你的。丁哥，今天早晨何厅长被省纪委联合有关部门成立的打私专案组'双规'了，刘光大亲自带专案组进京抓人，何超是省公安厅主管打私的副厅长，而且是省打私领导小组副组长，连他都不能自保，很显然是冲我来的，因为张辣辣那个婊子到处散布何超是永盛集团走私的保护伞。"我不耐烦地插嘴道："这跟古娟有什么关系？"王祥瑞迫不及待地说："丁哥，何超是省公安厅副厅长，你知道有多少人想巴结他，但是苦于巴结不上，于是就有人转向巴结古娟，因为他们知道古娟和何超关系不一般，这些人给何超送钱送不上，就通过古娟送，结果古娟拿到钱根本没让何超知道，背着何厅长拿去炒股票，

我：道破天机的日记

结果都赔进去了。"我插嘴问："她大概收了多少?"王祥瑞伸出五根指头说："五百万。但是专案组并不认为何超不知道,他们一定认为何超收了这五百万,早晨我去北京医院想看看何超,结果我亲眼目睹了何超被专案组塞进了车里,我吓得开车直接去酒店找古娟,只要专案组找不到古娟,他们就拿何厅长没办法。丁哥,我暂时回不了东州了,得藏在北京找关系,给赵长征、刘光大这些人施加点压力,古娟就拜托给你了,你找一个隐蔽点的地方把她藏起来,我劝这娘们儿远走高飞,可她一舍不得自己的孩子,二舍不下即将到手的单程证,坚决不离开北京。"我轻蔑地问："难道她就不怕抓进去鸡飞蛋打?"王祥瑞苦笑着说："起初还自称自己是搞公安的出身不怕,后来我说,你就不怕何超挺不住? 她这才同意躲一躲。丁哥,你有什么好地方让她躲一躲吗?"我想了想,觉得找个地方让古娟躲一躲并不犯什么毛病,便拿出手机拨通了怀柔喇叭沟门百鹿园谢老板的电话,我简单和谢老板说明了情况,谢老板很热情,一口答应了。这时后车门开了,古娟不耐烦地开门坐了进来,"你们商量

得怎么样了,不就是找个地方让我躲一躲吗,怎么还没商量出个地方?"古娟虽然有几分姿色,但怎么说都是离过婚的半老徐娘了,我真不知道她是用什么办法让英俊潇洒的何超拜倒在她的石榴裙下的。见古娟对我和王祥瑞有些警觉,我便简单介绍了百鹿园的情况,古娟一听地方不错,便同意了,为了稳妥起见,只好由我亲自送古娟去百鹿园,幸好今天没有市领导进京。路上我一边开车,一边思考一个问题,为什么那么多人赞赏黑格尔关于"现实的就是合理的,合理的就是现实的"观点? 很显然这种观点可以为一切不法行为开脱,"凡存在的事物都是正当的",毫无疑问,驻京办是存在的事物,当然是正当的,那么古娟与何超、张辣辣与王祥瑞之间的关系正当在哪儿,为什么也存在着,还有备受人们诟病的"跑部钱进""截访维稳"正当在哪儿? 为什么也存在着? 黑格尔如果活到今天,一定会为自己的臭理论沾沾自喜。让我奇怪的是,古娟似乎并未因何超出事而表现出任何不安,非常平静地坐在副驾驶的位置上目视前方。我试探地问："古娟,你估计老何的事大不大?"古娟不以为然地说："大不大都无所谓,钱是我收的,老何根本不知道,我现在就等单程证了,单程证一到手,我就远走高飞了,只要他们抓不到我,就

奈何不了老何。"我好奇地问："古娟,我听说单程证没有个百八十万办不下来,你是怎么办的?"古娟得意地说:"有百八十万,没有接洽的人也别想办。正所谓朝中有人好办事,你是驻京办主任,最懂这个了,其实有接洽的人办起来也没什么,不过,要从基层派出所开始办起,如果你要想办,就要为你做一套文件,说你和香港什么人结婚,其实这个人在香港根本不存在,但不管这些文件是真是假,只要确保一路上去都有人签字盖章就行了。"听了古娟的话,我更坚信黑格尔的观点,"没有任何事物是完全假的,而我们能够认识的任何事物也不是完全真的"。我们必须学会能够多少有些错误地去认识真理。

八

　　星期五。雷阵雨。罗素说:"拜伦描绘了一个和'查拉图斯特拉'不无相似的贤人——'海盗',他在和部下们的交往上,更掌握他们的灵魂用那制人的手段领导卑劣的人心,使之寒栗昏乱。"其实哪位领导不是这样的"贤人"?哪个贪官不是这样的"海盗"?我做了这么多年的驻京办主任,其实每天都在与大大小小的"海盗"打交道,在我看来,如果将北京视为大海,驻京办就是地方政府的"海盗船",既然是船,就难免遇上风浪,有的甚至因风浪而沉没,但我无论如何也没想到第一个沉没的会是昌山市驻京办。徐江打电话请我到昌山市驻京办喝酒时的口气,我听着有几分伤感,一再追问之下,他才交了实底,说是请薪泽金和我等几个驻京办主任喝的是告别酒,昌山市政府已经决定撤销市驻京办,徐江的工作待定。听到这个消息,我推掉所有的应酬,驱车直奔后海。昌山市驻京办虽然紧邻后海酒吧街,却是个闹中取静的地方,我把车停在"昌山之家"门前时,发现薪泽金已经到了,挨着他的车停了十几辆奔驰,我扫了一眼车牌子,发现大多是清江省各市驻京办的车,估计都是徐江请来的。果然,一进"昌山之家"二楼包房,清江省十几个市的驻京办主任几乎都到了,而且酒菜已经上桌了,就等我开席了。我进门时薪泽金正用埋怨的语气说:"怎么搞的,徐江,好好的昌山市驻京办说撤就撤了呢?"众人也七嘴八舌地埋怨。我不客气地接过话茬讥道:"这

我：道破天机的日记

你们还不懂,昌山市市长想做第一个吃螃蟹的人,出出风头呗!"薪泽金质疑道:"没这么简单吧,徐江,你给大家交个底。"徐江叹了口气,端起酒杯说:"这些年承蒙各位关照,我先敬大家一杯!"众人响应,无不一饮而尽。接着徐江意味深长地说:"各位都是驻京办主任,最了解我们每天扮演的是什么角色。撤掉了也好,省得整天让媒体舆论诟病成'蛀京办''腐败办',其实只要决策不透明、不科学,只要转移支付的弹性空间存在,只要地方政府有'跑步进京'的动力,驻京办就不能退出历史舞台。别看昌山市驻京办撤了,不过是障眼法而已,撤掉了驻京办撤不了进京路,这几年驻京办聚焦了太多关注的目光,不仅对'跑部钱进'不利,对搜集信息、联络感情、跑京见官更不利,撤掉了驻京办换一个招牌,也许更有利于进京织网。"我听徐江话里有话,便追问道:"徐江,你别逗大家玩,赶紧把话说清楚,敢情大张旗鼓地撤是为了悄无声息地进啊!"众人也附和道:"原来是明修栈道、暗度陈仓啊,快说说昌山市玩什么猫腻?"徐江连忙摆手说:"这可是市委市政府的绝密,不便透露,不便透露。"薪泽金没好气地问:"那你小子给我打电话像泄了气的皮球似的,伤感什么?"徐江无奈地说:"不管昌山市驻京办换什么招牌,都没我什么事,我和诸位在北京相处这么多年,实在舍不得大家呀!今天请大家来,就是想喝杯告别酒,徐江在这里感谢诸位多年的关照,日后我徐江进京叨扰诸位,念在咱们同在京城'跑部钱进'的份儿上,还请行个方便!"滨海市驻京办主任挑礼道:"说什么话,罚酒!"众人一哄而起。酒喝到半夜才散,薪泽金让司机开车先走了,一头钻进我的车里,在路上,他向我透露,杜志忠全招供了,过几天就宣判了。前几天他回省里办事,顺便到赵长征办公室坐了坐,赵省长反复强调驻京办和交通厅都是火山口,叮嘱他慎独,别做第二个杜志忠,谈到杜志忠时,赵长征眼睛都湿润了。可见赵长征与杜志忠感情之深。同时薪泽金还向我透露,何超向专案组招供,他老婆开饭店,王祥瑞提供过三百万资金;他儿子大学毕业后,在澳大利亚开公司,王祥瑞提供过五十万美元。接着薪泽金嘱咐说:"能通,我知道你和王祥瑞是铁哥儿们,但是天网恢恢,王祥瑞可正处在风口浪尖上,随时都可能船毁人亡,你小子可别在这个时候上了贼船。最近专案组'双规'了不少人,海关的占了一半,显然是在搜集永盛集团走私的证据,然后最后收网,让我看赵长征和刘光大是下决心将永盛集团走私办成铁案,不知要有多少人一朝身陷囹圄,湮没平生风华啊!我离开赵长征办公室时,他送了我一幅条幅,是他亲笔书写的,你知道写的是什么吗?"我好奇地问:"是什么?"他感慨道:"一饭膏粱颇不薄,惭愧万家百姓心。"我反复琢磨赵长征这两句话,很有点哲学上讲的"炽情"。

星期六。雨过天晴。想不到石存山也被抽到了打私专案组,而且派了一个不十分情愿干的活——"抓鸡队队长"。我早就知道王祥瑞在东州开了一家规模最大、档次最豪华的洗浴中心——黄金会馆,里面专设了一个贵宾区,是专供有身份的贵宾享受的,王祥瑞多次邀请我去享受享受,都被我婉言拒绝了,因为我有预感,里面的贵宾区很可能是陷阱和深渊,如今应验了我的判断,专案组下决心查清在那里享受过的官员都有谁。因为省纪委曾经接过许多举报信,一些官员在黄金会馆宿娼,东州人谁不知道黄金会馆夜夜笙歌,纸醉金迷,骄奢淫逸,风流腌臜,是一些忘乎所以的温柔乡。不仅省市官员,就是一些京城大员也以过大礼拜的名义到东州,专门享受黄金会馆的特殊服务。王祥瑞的黄金会馆在一些官员眼里早就成了《红楼梦》里的宁国府,以至于一些省市官员以到过黄金会馆贵宾区为身份的象征。当初王祥瑞物色"鸡头"时,不惜高价将北京城所有大型洗浴中心和歌舞厅、夜总会的"妈咪"请到北京花园开招聘会,终于以重金吸引了一群百里挑一的绝色佳丽,有本事将这群佳丽带到黄金会馆的"妈咪"是一个叫陈红的女孩,在北京一家叫好莱坞的夜总会当"鸡头"。这次石存山进京就是来寻找这个陈小姐的,因为清江省打私行动刚开始,黄金会馆的绝色佳丽们就蒸发了,如今的黄金会馆尽管照常营业,但是极其规范,没有任何乌七八糟的东西,也不见了那些迷色成瘾的官员的身影。然而刘光大对专案组的要求是,既查走私,也查腐败。要查清哪些官员在黄金会馆接受过王祥瑞安排的特殊服务,就必须先找出为这些官员提供特殊服务的小姐。经过具体小姐的认证才是铁证,才能让那些被举报但矢口否认的官员俯首伏罪。石存山就是在这种情况下接受任务的。当时石存山接受任务时,一肚子不痛快,刘光大亲

我:道破天机的日记

自找他谈话,告诫他别小看"抓鸡"行动,这可是严肃的政治任务。石存山理解了这次行动的政治意义后,用了两天时间就锁定了陈红的下落,毕竟石存山是东州市刑警支队支队长,破过太多的大案要案,寻几个小姐对他来说,不过是小菜一碟。石存山率两位同事进京后直奔一家大型洗浴中心,这位叫陈红的小姐就躲在这家洗浴中心当卖淫女,不费吹灰之力,石存山就将这位陈小姐带到了北京花园。陈小姐毕竟是风月场中人,又在黄金会馆混了多年,见过不少大人物、大场面,在石存山面前,远比那些腐败官员沉着冷静,但是陈小姐面对的毕竟是久经沙场、见过无数顽劣的刑侦高手,一两个回合,陈小姐就招架不住了,不仅供出了自己管辖的那些绝色佳丽的名字、去向、联系方式,还供出了一些常去黄金会馆贵宾区享受的官员的名字,让我没有想到的是,在这些官员中,竟然还有国部长、郑部长、关部长等京城大员。在机场临别时,石存山问我,最近见过王祥瑞吗?我不假思索地告诉他,没见过。他以刑警支队支队长老辣的眼光盯着我说:"能通,你回答得太快,说明你见过。"我淡然一笑说:"你小子什

么时候变成了怀疑主义者。"石存山善意地提醒道:"能通,我知道你跟王祥瑞的关系,但是眼下千万要离他远一点,这家伙现在是一颗定时炸弹。"我不屑地说:"基督教倡导我们的永生在于认识神,而官本位体制倡导我们的永生在于认识权,还是叔本华说得好,'当我们戳穿面纱时,我们看到的不是神而是撒旦',你不觉得以你刑警支队支队长的身份进京'抓鸡'太荒唐了吗?这些女孩子是什么?王祥瑞这颗定时炸弹的弹片吗?"石存山反驳道:"别以为叔本华披着哲学家的外衣,就以为他说的话就是真理,一个因吵了他的清静,就大动肝火将上了年纪的女裁缝扔下楼去的家伙,能是个什么好东西。要么罗素怎么说,'很难相信,一个深信禁欲主义和知命忍从是美德的人,会从来也不曾打算在实践中体现自己的信念'。"我揶揄道:"罗素这句话不像是在说叔本华,倒像是在说那些道貌岸然的官员。要知道罪恶中也有令人激动的东西,这些东西往往以善的形式出现。正因为如此,我才不明白王祥瑞年年被评为优秀企业家,他为慈善事业捐过那么多钱,怕是光希望小学就捐过二十多所,难道都是用走私的钱建的?他头上有那么多光环都是谁给的?那些在他头上戴光环的人不是三岁孩子,难道那些光环是小孩子玩的肥皂泡?怪不得叔本华说,目的是无

益的,'就像我们把肥皂泡尽量吹得久、吹得大,固然我们完全知道它总归是要破裂的'。现在那些将王祥瑞当作肥皂泡吹着玩的人,发现肥皂泡就要吹裂了,不能再吹了,索性想用手指戳破它,我怎么觉得像巴尔扎克笔下的拉斯蒂涅埋葬自己最后一滴眼泪呢。"我的话可能有些偏激,石存山拍了拍我的肩膀语重心长地说:"能通,我劝你好好读一读海明威的《老人与海》。王祥瑞不是老人打到的那条比船还大的马林鱼,而是老人在归航途中遇上的那群鲨鱼中的一条。"石存山说完走进候机大厅,我脑海里却浮现出一幅巨大的马林鱼骨架……

　　星期四。多云。我万万没有想到慧海和尚会以诈骗嫌疑人的身份被北京市公安局刑事拘留了,消息是梁市长亲自打电话告诉我的,前天晚上他打电话给我,是让我配合董舒把人捞出来。梁市长告诉我,董舒和一位老将军的干儿子一起进京,让我到首都机场接机。关于太子党,我在北京见多了,很多大领导的子女都是我的朋友,没听说过还有什么干太子,便警觉地问:"梁市长,哪位老将军的干儿子?"梁市长说出老将军的名字吓了我一跳,竟然是位开国将军,老人家已经过世了。这位自称是老将军干儿子的人叫战建忠,据梁市长介绍,战建忠在总参二部工作,还挂少将军衔。我问梁市长,你们是怎么认识的?梁市长说是通过书画展认识的,梁宇一向酷爱书法,出过《梁宇书法集》,据说梁市长的字市场价已经可以卖到每平方尺二千五百元,梁市长称,战建忠在东州举办个人书法展,他的字清秀雅淡,又极具风骨,两个人一见如故。让我百思不得其解的是,为什么梁市长对慧海和尚的事如此上心,难道仅仅因为董舒是佛门俗家弟子吗?我怕梁市长上当,决定见了战建忠后试一试他的真伪。我是昨天上午将董舒和战建忠接到北京花园的,在战建忠的房间,我故意坐下来跟他聊了起来,我问他怎么将慧海捞出来?他从容地说,北京市公安局一位副局长曾经是他的战友,只要钱到位,再加上他的面子,人肯定能放出来。我问他需要多少钱?他毫不犹豫地说:"这么大个事,怎么也得这个数吧。"说着他伸出两个手指头,我知道他是指两百万,便问:"钱到账了吗?"他摇摇头说:"梁市长说这两天就打过来。"我对战建忠的身份更怀疑了,婉转地将话题引到了老将军身上，一提到老将军，战建忠眉飞色舞地讲起了老将军家的家史，还真说了一些鲜为人知的家事，只是语气像背评书一样，好像在人前讲过无数遍了，我听了以后，觉得并无什么明显破绽。讲完老将军家的家史，战建忠递给我一支烟，亲自给我点上火，轻轻一笑说："丁主任，对我盘问了这么长时间，是不是怀疑我这个少将是假的？"战建忠竟然单刀捅破了窗户纸，搞得我有些手足无措，我支吾着说："战先生多心了，我只是好奇，随便问问。"战建忠面容诚恳地拍了拍我的肩膀说："这样吧，丁主任，为了打消你的顾虑，我给你看几样东西。"说着他从皮箱里取出三样东西摆在我的面前，这三样东西是与老将军的合影，少将工作证，一把精致的军用手枪和子弹。他不拿这三样东西还好，我看了这三样东西的第一个感觉是此地无银三百两，我装出一副有眼不识泰山的样子离开了他的房间，随后来到董舒的房间。一进屋我就提醒她，我怀疑战建忠的身份是假的，董舒直笑我，说怎么可能呢，梁宇看人最准了，不会走眼的。我提示说："嫂子，两百万不是个小数目，小心无大碍，还是让我先了解一下真伪吧。"董舒见我这么认真只好同意了，我便给习涛打了电话，让他给他哥习海打个电话，了解一下总参二部有没有个叫战建忠的少将，过了半个小时，习涛给我发了个短信："我哥说根本没有此人。"我把短信给董舒看了，告诉他习海是中央警卫局的处长，真正的少将，经他了解，总参二部根本没有叫战建忠的少将。董舒一听就急了，赶紧给梁宇打电话，让他先别往战建忠的账号打钱，梁宇也意识到自己打鹰的却让鹰啄了眼了，便气愤地说："能通，打 110，赶紧抓这个诈骗犯。妈的，骗到老子头上来了！"我赶紧劝道："梁市长，这种人翻船是早晚的事，如果我们打 110 报警，告他什么都得牵连到你和嫂子，还是放他一马，救慧海要紧。"梁市长顿时醒悟，连忙说："对对对，能通，依你看，慧海怎么救？"我不慌不忙地说："梁市长，我在北京混了这么多年，北京市公安局也交了一些朋友，我先打听打听情况再想对策怎么样？"梁宇一听，只好作罢，叮嘱道："能通，慧海的事就拜托你了，这是私事，事成之后，我和你嫂子不会忘了你的好！"我赶紧说："梁市长言重了！"挂断手机，我心想，怪不得尼采指责约翰·斯图亚特·穆勒是个蠢蛋，认为正是由于穆勒"把人与人的全部交道建立在相互效劳上，于是每一件行动仿佛都成了对于给我们所做的事情的现钱报酬。其中的假定卑鄙到极点：认为我的行动与你的行动之间在价值上有某种相当是理所当然的"。不过我尚未意识到梁市长声称会和他老婆一起记住我的好的深刻含义，因为我尚未把救慧海这件事当作"相互效劳"，更不敢奢望这种"相互效劳"是"理所当然"的，因为在我脑海里，市长交办的事都是工作，不论因公还是因私。第二天，我就放下手头的一切工作，全力以赴跑慧海的事，结果我得到两个让我震惊的消息，一是慧海是个假和尚，他的真名叫董军，是董舒的亲弟弟，梁市长名正言顺的小舅子，我这才对梁市长如此关心慧海，派董舒亲自进京营救，以至于上了假将军战建忠的当恍然大悟；二是慧海昨天就被清江省纪委打私专案组带走了。这第二个消息让我惊得目瞪口呆，我怎么也想不明白，慧海与走私有什么关系，莫非王祥瑞也向"极乐寺"捐款了，如果这个判断是真的，那么专案组带走慧海显然是冲梁宇去的，想到这儿，我还真是不知道怎么见董舒好了……

九

　　星期一。微晴。几天前在首都机场遇上了王祥瑞，我以为这家伙躲起来了呢，想不到还这么肆无忌惮，竟然敢大摇大摆地到机场接人，我问他接谁，他说接周纪，我一听接周纪心里就咯噔一下。因为周纪是东州开发区海关关长，当年周纪谋到这个肥缺，还多亏了我。那还是我给肖鸿林当秘书时，肖鸿林常对我说："能通，咱们不仅要上面有人，下面也要有人，俗话说，'基础不牢，地动山摇'啊，你平时留点心，那些虽然在基层挣扎，但堪为重用的人，你要多接触，要笼络到跟前，必要的我也见一见，下面筹备一大批为我所用的力量，圈子才能安全、牢固啊。"正是在肖鸿林这种观念灌输下，我才注意到了时任派出所副所长的周纪。我记得当时是我一位大学同学请客，周纪也到了，他是我大学同学的中学同学，周纪一表人才，见了我规规矩矩、毕恭毕敬，很显然，在周纪的仕途生涯中还未接触过我这种身份的人，怕是见过的最大的官就是区公安局局长了。我同学说，周纪在读清江大学研究生。我私下里问："周纪是哪个大学毕业的？"我同学笑着说："他是警校毕业的，学历属于中专。"我不解地问："那也没有读研究生的资格呀。"我这位大学同学一直在清江大学研究生部工作，便得意地说："这不是有我嘛，本科证我已经帮他拿到了，研究生证也不是什么难事。"我问他为什么这么帮周纪，他说周纪为人很仗义，值得一交。就这样我和周纪慢慢熟悉起来，周纪比我小一岁，平时哥长哥短地叫着，时间一长就成了铁哥儿们。在我的努力下，他很快由副所长升任所长。后来他拿到研究生证后，我又通过副市长兼市公安局局长邓大海将他调任市公安局户政处副处长。有一天肖鸿林心血来潮问我："让你在下面笼络些人，有没有值得让我见一见的。"我就鼎力推荐周纪，肖鸿林当即让我给周纪打电话，让他到办公室来一趟。我就给周纪打了电话，周纪听后受宠若惊，不到二十分钟就赶到了，见到肖鸿林时，紧张得说话都带颤音，嘴唇都是抖的，为了平复周纪激动的心情，肖鸿林扔给他一支大哥大香烟，自己也掏出一支，周纪赶紧从口袋里掏出打火机，用颤抖的手给肖鸿林点上火。肖鸿林平易近人地让他坐，和蔼可亲地问他从警几年了，爱人在哪儿工作。周纪腼腆地介绍了自己从片警到市公安局户政处副处长的奋斗历程，最后不好意思地说，自己的老婆是工厂的工人，刚刚下岗回家了。肖鸿林为了收买人心，当即指示我给市建委主任打电话，让市建委主任在系统内解决公务员，我打通市建委主任电话后，肖鸿林亲自跟市建委主任通了电话，周纪听后感激涕零，就剩下给肖鸿林磕头了。也是赶上了肖鸿林那天心情好，问周纪在事业上有什么想法，周纪得寸进尺地说，自己本不喜欢公安工作，喜欢海关工作，上中学时就梦想穿上海关制服。肖鸿林轻轻一笑说："这有什么难的，这事我来安排，你就等着到海关上班吧。"结果没多久，周纪就被调任东州开发区海关关长，周纪到开发区海关后，为了不辜负肖鸿林的期望，工作干得有声有色，只是"肖贾大案"后，周纪虽未被案子刮着碰着，但是目睹肖鸿林的悲惨结局，他心灰意冷，每次进京见到我，都抱怨官场没什么意思，还不如王祥瑞活得潇洒滋润。我知道"肖贾大案"后，他与王祥瑞打得火热，便提示他别鬼迷心窍，小心走火入魔。他却说我是"一朝被蛇咬，十年怕井绳"。后来我回东州，他约我到家里做客，客厅地板上铺了一张连着头的整张虎皮，我问他从哪儿弄的虎皮？他毫不避讳地说，是王祥瑞送的。我提醒说,铺在客厅太张扬了。他不以为然地说,虎皮辟邪!由于周纪与我的特殊关系,他每次进京都给我打电话,这次进京竟然没告诉我,而仅仅告诉了王祥瑞,便意识到怕是与清江省的打私风暴有关,只是我接的人和他坐同一个航班,不见面也得见面了。王祥瑞见了我,知道我可以进廊桥里接人,便求我带他一起进去,我只好找首都机场副总经理的秘书给他办了一张临时通行证挂在脖子上,他问我接谁,我说你可能听说过,就是曾经给贾朝轩做过秘书的著名作家顾怀远。王祥瑞连忙说:"大名鼎鼎,顾怀远进京干什么?"我讥笑道:"祥瑞,顾怀远如今只是个作家,又不是专案组的,你紧张什么?"王祥瑞尴尬地说:"我只是觉得他如今的身份,不过是个作家,还劳你这个东州市政府副秘书长、市驻京办主任亲自到廊桥上接,是不是有点小题大做了!"我看了一眼王祥瑞没搭理他,功利主义认为,"每个人的主要活动都是由限于算计快乐和痛苦的欲望决定的"。在王祥瑞的脑海里,算计已经成了一种习惯,说一千道一万,都是由于利己心导致人们的欲望彼此冲突,顾怀远这次进京是因为昌山市驻京办撤销引起媒体关注,怀远突发奇想要写一本叫《驻京办主任》的长篇小说,想从我这里掏弄点素材,说句心里话,我真羡慕这小子躲开了官场上的是是非非,但是前些日子在报纸上看到一篇采访他的文章,题目竟然是《贪官秘书华丽转身为反腐作家》,语气很有些落井下石的味道,许多话都不像是出自他的口,大有断章取义、添油加醋之嫌,怕是顾怀远着了媒体的道儿,估计这小子成了公众人物后,少不了狗仔队的骚扰,如此看来,他的日子也未必平静,官场腐败,媒体浮躁,那么文坛呢,看看作家们怀着谄媚心理写的那些陈词滥调,怕是已经腐朽了吧!

星期日。雷阵雨。晚饭后,习涛请我去酒吧,说是有重要信息向我透露,我一直让他密切关注打私专案组的动向,有什么风吹草动一定要向我通报,目前在驻京办领导班子中,习涛是我最信得过的人,这也是经过吴东明事件考验过的。这小子毕竟是专业特务出身,搞情报我只能望尘莫及。我坐他的车一起去了后海的酒吧一条街,找了一家小酒吧坐下,要了一打百威啤酒,互相吹了一瓶后,习涛俯身小声说:"头儿,昨天晚上专案组突然袭击了永盛集团,你猜结果怎么样?"我吃惊地问:"怎么样?"习涛环视了一下四周神秘地说:"布控对象全部出境!"我不解地说:"扯淡!王祥瑞一直躲在北京城里,怎么就全部出境了呢?"习涛诡秘地一笑说:"头儿,别看你跟王祥瑞是哥儿们,但是并不了解这家伙的底细,就是专案组也让他给耍了。"我好奇地问:"怎么回事?"习涛低声说:"这家伙有两本私人护照,而且两本都是真的。"我顿时明白了,"你是说,在北京期间,他用真名真身份的护照出境,又偷偷地用假名假身份的护照潜回北京?"习涛点了点头说:"你说这家伙是不是诡道得很,简直就是条狐狸。"我不解地问:"习涛,以王祥瑞的智商,他早就预测到,这次打私风暴是冲他来的,他一定不会让专案组轻易抓到的,但他也不会轻易罢手,自己多年苦心经营起来的生意,怎么可能让布控对象全部潜逃呢?"习涛微微一笑说:"头儿,人们常说打草惊蛇,现在是草未打,蛇已惊,起初专案组还以为他们布控的对象花天酒地惯了,昨天晚上正好是星期六,一定是沉溺在声色犬马之中寻欢作乐去了。殊不知,在专案组内部,王祥瑞早就安插了内线,专案组的一举一动王祥瑞都了如指掌。"我半开玩笑半试探地问:"习涛,是不是你小子也在专案组安插了内线,要么怎么对专案组的动态这么清楚呢?"习涛诡谲地说:"头儿,你不是一直要求驻京办的信息工作要像孙猴子一样,只有钻到铁扇公主的肚子里才能摸清情况吗?我这个做副手的,必须善于领会一把手的意图,才能配合好工作,你说是不是?"我用手指点了点习涛,笑着说:"简直是个滑头。我还是不明白,草未打,蛇是怎么惊的!"习涛抿了一口啤酒说:"这件事的确很蹊跷,专案组行动前,赵长征和刘光大,还有东州海关关长陆宏章、省公安厅厅长尚杰,分别做了战前动员和部署,会议是在草河口迎宾馆举行的。快散会时,市委副书记周永年突然反映了个问题,说是昨天,东州市委办公厅秘书处接到一个神秘电话,打电话的人自称是省纪委办公厅的,通知打私专案组要突袭永盛集团,让东州市委、市政府作好配合,秘书处的值班人员就分别向两院厅领导作了汇报,两院厅领导又分别向闻天同志和梁宇同志作了汇报,周永年说:'我得到消息后,觉得不太对劲,就与省纪委办公厅核实了一下,省纪委办公厅根本没有下达这种通知,便立即派市公安局追查这个电话,竟然是在省委附近的公用电话亭打出来的,所以无法查出打电话的人究竟是谁。'"我一听就插嘴说:"这还用问,这就是王祥瑞的内线,故意扰乱专案组的行动,你不是绝密行动吗,我让东州人都知道,搞得满城风雨,看你们还怎么突袭。很显然,这第一次较量还未开始,王祥瑞就赢了。"习涛遗憾地说:"要么怎么说,草未打,蛇已惊呢!突袭行动失败后,赵长征和刘光大非常恼火,命令尚杰查一查公安出入境方面,看看这些人是不是出境了,这一查不要紧,查出布控对象全部出境!俗话说,擒贼先擒王,现在'王'跑了,案子还怎么查?"我情不自禁地问:"这么说专案组撤了?"习涛肯定地说:"撤了!"说实在的,我既为王祥瑞躲过一劫松了口气,又为他前途未卜担起心来,蹙眉说:"一场暴风雨戛然而止,专案组会迅速清查内线的,我这句话放在这儿,深挖内奸之后,会是一场更大的暴风雨。"习涛敏锐地说:"怕也未必那么简单,初战失利,已经搞得满城风雨,王祥瑞不是省油的灯,这么多年,他在北京培植了一个庞大的关系网,而且隐藏在深处,这次打草惊蛇之后,王祥瑞不仅会销毁走私的证据,而且还会大规模地转移非法资产,对于王祥瑞来说,无论以什么方式躲过此劫都是赢家,因此,我认为鹿死谁手犹未可知啊!"习涛的话让我陷入沉思,罗素认为,"财富只是权力的一个形式",其实财富和权力一直是一对孪生兄弟,说白了就是中国人常挂在 107 嘴上的"富贵",从古到今,"富贵"都是相伴而生,唯独在今天的中国出现了富与贵分家的情况,无论是富而不贵之人,还是贵而不富之人,心理都是不平衡的,于是"富"与"贵"开始通奸,这就产生了"腐败"这个私生子。想来想去,还是做驻京办主任好,既富且贵,而且逍遥,如此说来,驻京办还真是官场上的"世外桃源"。

星期三。晴。很长时间没与周永年见面了,东州官场都知道我与周永年关系特殊,表面上我们是上下级关系,私下里的感情却像兄弟。尽管他从未喊过我兄弟,但是我心里有数。周永年难得回家休一次假,平时都是借进京开会之机回家看一看,但是这次进京却是专门回家休假的,好像是夏闻天进京专程看望刘凤云时,听到了刘凤云抱怨,他们家的老大,也就是那个傻儿子,快不记得爸爸长得什么样子了,夏闻天知道刘凤云在挑礼，只好逼周永年回家休几天，其实这些话，刘凤云也对我说过。周永年每次进京都要见一见我，这次也不例外，他一回来就给我打电话，说是很长时间没见面了，让我到家里陪他喝几杯。其实他是怕我在驻京办这个大染缸里熏坏了，借喝酒想敲打我。每次见面他都用兄长的口气教训我一番，不过仗着他是市委副书记，说啥我都得听着。我进他们家门时，刘凤云和保姆一起炒了一桌子菜，周永年正站在酒柜前选酒。见我来了，便兴奋地问："能通，喝红的还是喝白的？"我开玩笑地说："咱们是共产党人，当然得喝红的了。"于是周永年拿了一瓶长城干红亲自用螺旋起子打开，分别给桌子上的三个高脚杯满上，说："行啊，能通，在大染缸里天天干一些'跑部钱进'的勾当，还没忘记自己是共产党人，不容易呀！为这就值得干一杯！"我空着肚子陪他干了一杯，他放下杯不客气地说："我听说你小子跟王祥瑞打得火热，不会为走私犯充当保护伞吧？"我佯装糊涂地说："周书记，我记得你亲自给他颁发过优秀企业家的证书，他可是东州市荣誉市民、东州市政协常委、省政协委员，捐建过那么多希望小学、医院、图书馆、养老院，哪个省市领导没给他颁过荣誉证书，怎么就成了走私犯了呢？"周永年义正词严地说："你小子这话是什么意思？想为走私犯开脱吗？我告诉你，王祥瑞为了掩盖走私的罪恶勾当，当然要笼络人心、沽名钓誉、给自己贪得无厌的本性披上一张羊皮，他装出一副伪善模样，拿出不义之财中的极少部分，捐款公益事业，并大吹大擂，广而告之，给人以乐善好施的假象。其实他捐出的那点钱不过是走私款的九牛一毛，而且不是白花的，回报他的远不是数字所能体现的，他头上的一顶顶光彩夺目的桂冠就是例证，他一方面用光环遮丑，另一方面用金钱笼络官员下水，编织巨大的关系网，目的只有一个，捞取政治资本，为攫取更多的财富充当保护伞。"我不怀好意地反驳道："周书记，不光你给王祥瑞颁过证书，林白、赵长征、刘光大都给王祥瑞颁过证书，如果王祥瑞靠乐善好施的假象骗取一顶顶光彩夺目的桂冠是为了给自己的罪恶遮丑的话，那么你们这些曾经给走私犯的头顶上戴过桂冠的省市领导就没有一点责任吗？"我说完估计周永年得拍桌子，没想到他一言未发，只是黑着脸点了一支烟，沉思良久才说："能通，你的话虽然刺耳，却值得深思啊！这说明你一直在思考这件事。是啊,改革开放三十年了,倒下去的企业家不计其数啊,哪个倒下去的企业家不是一脑袋的桂冠,哪一顶桂冠不是我们这些人给戴上的,为什么这些人戴不住这些桂冠呢?光彩夺目的背后总是隐藏着见不得人的东西,这个问题的确值得深思啊!"这时,刘凤云端着一盘子炒得喷香的土豆丝走过来插嘴说:"让我说体制陈旧导致发展观不科学,发展观不科学导致政绩观急功近利,急功近利的政绩观让你们这些手握重权的人急于求成,急于求成就难免饥不择食,最后,扶植起来的企业家和豆腐渣工程一样不堪一击。"周永年长叹道:"凤云,你说得有道理,柏格森认为,一切愚蠢的错误都可以看作理智的破产和直觉的胜利。他认为,本能是好孩子,理智是坏孩子,本能的最佳状态就是直觉,理智让我们过于工于心计,工于心计不过是官本位的遗毒,但是在官场上它却成了许多人的思维习惯,改革开放的目的就是冲破这种思维之狱。"我不失时机地说:"周书记,就依法治国来说,纪委牵头打击走私是不是也是一种思维之狱呢?"周永年充满信心地说:"能通,我很喜欢柏格森的一句话,他说,'生命像是一个这样的炮弹:它炸成碎片,各碎片又是一些炸弹。'只要生命的炮弹不断地炸响,什么样的思维之狱都将炸开。这只是个时间问题。"我本来是想借机问一问周永年,外界传言赵长征打私,不过是一场意在向林白发难的政治斗争,这种传言是不是真的?但是几次想开口问都咽了回去,因为周永年是个最讲原则的人,最讨厌捕风捉影。不过,今天晚上与周永年的谈话,是我们相识以来探讨问题最深入的一次,没想到一向以理论水平高而自居的周永年,面对我提出的尖锐问题,也沉思良久,这说明周永年不仅讲原则,更讲求是。"莎士比亚说生命不过是一个行走的影子,雪莱说生命像是一个多彩玻璃的圆屋顶,柏格森说,生命是一个炮弹,它炸裂的各部分又是一些炮弹。"周永年喜欢柏格森的比喻,说实在的,我也喜欢。

十

星期一。天气闷热。以前驻京办接待用烟一直用永盛牌香烟,这也是梁市长的意思,梁市长不仅希望通过驻京办这个窗口推广地方品牌,更希望将东州产的烟、酒等产品推广到国宴上去。但是自从清江省掀起打私风暴后,我叮嘱杨善水接待用烟暂停使用永盛牌,杨善水告诉我不停也不行了,永盛集团已经不能正常运转,已经停止生产永盛牌香烟,想进货也进不到了。杨善水问我,不用永盛牌香烟,用什么品牌?我不耐烦地说:"你是主管副主任,你看着办吧。"就这么一句话,杨善水捅了一个大马蜂窝。他通过一个朋友的介绍,认识了一位供货商,说是有正宗进口的大哥大,结果一下进了七十万的货,杨善水平时不抽大哥大,只抽三五,他知道梁市长最爱抽大哥大,也是占小便宜,私自拿了两条,一抽竟然是三五牌香烟的味道,他就知道上当了,没跟我商量就向工商局举报了,工商局会同公安局一举查封了供货商的仓库,发现里面有十几种外国烟的商标,仓库内堆满了尚未贴标的白烟盒。这件事被媒体曝光后,东州驻京办几乎成了众矢之的。更令我闹心的是,假烟被媒体曝光以后,省纪委的人突然进京将杨善水带走了,我心想,看来省纪委是想通过假烟案抓腐败的典型,东州市驻京办一年光用在招待上的费用就三四千万,莫非刘光大要拿东州市驻京办开刀,杀一儆百?我惴惴不安地胡思乱想了三天,杨善水居然安然无恙地回来了。我赶紧为他摆酒压惊,实际上骨子里是想问问他省纪委找他的意图是什么?是不是刘光大想用咱们买假烟的事杀一儆百呀?杨善水竟然晃着脑袋说,不是。我急切地问:"那为什么?"他竟然说找他的是打私专案组。我一听心里就紧张起来,追问道:"莫非那批假烟是走私烟?"杨善水点点头说:"不仅是走私烟,而且是永盛集团的走私烟。永盛集团走私进来的香烟都是没贴标的白烟盒,以前是贴永盛的牌子,他们是想创自己的牌子,打私风暴掀起后,永盛牌子的烟暂停了,专案组也以为永盛集团迫于打私风暴收手了呢,没想到他们顶风作案,贴上洋商标继续卖。"以前东州市烟草专卖局宋局长说过,近些年国内洋烟遍地,通过正常渠道进来的,仅占其中的百分之一,百分之九十九都是走私进来的。我问宋局长,这些烟都是怎么走私进来的?宋局长说无非是借转口贸易,让香烟进入保税区、保税库,然后以走柜不走货的办法搞假出口,或者是伪报品名,或者是"洗空柜",也就是申报为空集装箱进港,实集装箱在报联检之前就已掉包。我问宋局长,假转口也好、伪报品名或"洗空柜"

也好，大规模的走私香烟必须疏通海关、外代、理货、码头、保税仓库以及运输车队等多个单位，以及这些单位重要岗位的人员，这可是一个巨大的"系统工程"，走私犯有这么大能量？当时宋局长直言不讳地说："东州不仅有这么大能量的走私犯，而且玩得天衣无缝。"我问他是谁？宋局长摇了摇头，无奈地笑了。看来宋局长也是为了明哲保身啊！我问杨善水，专案组是怎么知道我们驻京办买的假烟是走私烟，而且是永盛集团的走私烟？杨善水苦笑道："那个供货商实际上就是王祥瑞的马仔。据这位马仔交代，王祥瑞很聪明，他从不让永盛集团介入香烟走私，第一线公司都是国企或保税区内企业。永盛集团走私香烟的主要方式是利用其他公司的名义，假转口真走私，进出口的单证全是永盛集团一手制作的。"我早就耳闻王祥瑞靠走私起家，但没想到他做得这么诡秘，便自言自语道："假转口真走私，调查的难度非常大，怪不得专案组对王祥瑞迟迟没有通缉。"杨善水若有所思地说："专案组领导态度非常坚决，他们认为王祥瑞走私香烟的事实不容置疑，无论调查难度多大，都要查出个水落石出。上次专案组突袭永盛集团，发现王祥瑞的保险柜中有一个黄色纸袋，纸袋里面有十多页表格式的发货报告，内容涉及香烟、汽车等货物。我听专案组人员说，这是一份走私活动的重要书证，上面记载了今年上半年运输香烟和汽车的轮船航次，还有进口香烟多达三十万箱的发烟报告。"我一听"汽车"两个字，心里就咯噔一下，因为驻京办按梁市长批示从永盛集团买了五辆奔驰 600 型轿车，如果永盛集团是走私集团，这五辆车也必是水货，便试探地问："善水，专案组没问你汽车的事？"杨善水迟疑地说："问了，不过我说从永盛集团购车的事不是我经手的，不太清楚。他们就问这件事谁经手的，谁清楚，没办法，我只好实话实说，这件事是你经手的，只有你能说清楚。"听了杨善水这番话，我心里顿时紧张起来，但脸上并未露出声色，我无法责怪杨善水在关键时刻推卸责任，推过揽功是官场人的本性，杨善水窝在驻京办当副主任十几年了，他骨子里巴不得我出点什么事给他倒位置呢，在官场上，过于注重权谋的人其实是最怕失去的人，正因为他不自信才处处算计，当别人都谋时，不谋恰恰是最大的谋。正如威廉·詹姆士所言："假如相信真理和避免错误同等重要，那么面临二者择一时，我最好随意相信各种可能性中的一个,因为这样我便有对半的机会相信真理,可是如果悬置不决,丝毫机会也没有。"既然专案组找了杨善水,我断定我也躲不过去,在京城驻京办主任中,我自认为是打擦边球的高手,打擦边球也是为了避免错误,因此我永远都有机会。只是专案组初战失利后,王祥瑞一直以为自己赢了第一回合,再加上这段时间他躲在北京城,像个大蜘蛛似的启动多年苦心经营的关系网,一直对摆平这一劫信心十足。但是从杨善水反映的情况看,专案组一刻也没停止对永盛集团的调查取证,我有个预感,一旦专案组再出手,必然大兵压境,不仅永盛集团要灰飞烟灭,就连王祥瑞苦心经营的关系网也在劫难逃!

星期三。无风,闷热。周纪进京后,一直没露面,上午突然打电话给我,晚上安排在东三环顺峰海鲜酒店请顾怀远和我吃饭,我知道虽然周纪请客,但是买单的一定是王祥瑞。毫无疑问,周纪进京是到海关总署斡旋关系的,他和王祥瑞是一条绳上的两个蚂蚱,能不能躲过眼前这场劫难,只能同舟共济了。突然请我和顾怀远吃饭,大概是屁眼夹黄豆有底了,关于这一点从打电话的口气就能听出来。然而,我却没有这么乐观,从杨善水因假烟案被专案组带走这件事来看,专案组采取了迂回出击的战略,越是平静得看似什么事也没有发生,越有可能刮一场特大风暴,关于这一点在我开车去顺峰的路上,进一步得到了印证。本来我应该开车接他,但是徐江离京,我不能不到机场送一送,从机场回来的路上,刚下机场高速公路时,手机就响了,我一看显示的号码是百鹿园谢老板的,便赶紧接听,没想到谢老板告诉我一个令人吃惊的消息,他说古娟刚刚被专案组带走了,我不解地问:"怎么可能呢?她躲在山沟里,没人知道的,专案组怎么会发现呢?"谢老板无奈地说:"她想儿子想得快发疯了,就背着我给儿子打电话,你想一想,古娟是专案组的重点监控对象,一打手机,自然就被找到了。能通,你让我关照的朋友,我没有关照好,实在对不起。"我心情复杂地说:"谢老板,她命该如此,怪不得你!"我又说了几句感谢的话,只好挂断手机。这可真是树欲静而风不止呀,古娟被抓,说明专案组一直采取外围突破战略,扫清外围之后,当然就剩下收网了,然而专案组给人的感觉很像是偃旗息鼓了,明显是想麻痹王祥瑞等核心人物,等他们放松警惕,以为关系网起了作用、专案组不了了之的时候,一举收网,到时候,清江官场上的大地震才真正开始。我越想越觉得可怕,以我与周纪之间的感情,我从心里不希望他出事,我应该借今晚这顿酒点点他,希望他暂时不要回到东州,甚至永远不要回东州。然而这话又不能明说,因为明说就成了同谋,特别是古娟被抓,是否告诉王祥瑞,我走进顺峰酒店时也没有拿定主意。心想,只好见机行事了。果然,在酒桌上,无论是王祥瑞还是周纪,两个人都是一副柳暗花明的表情,着实让我为他们捏了把汗。顾怀远为了挖掘创作素材,席间不停地旁敲侧击,想从王祥瑞嘴里问出点干货来,后来干脆直截了当地问:"王总,既然你也承认省里发起的这次打私风暴是冲永盛集团来的,那么永盛集团到底有没有毛病呢? 你不是说永盛集团没有进出口权吗?"王祥瑞理直气壮地回答:"没错,我的公司的确没有进出口权,但是专案组可以去查,看看我的公司在哪个海关有过任何一笔进出口生意? 我是让别人的公司去进货,只是由永盛集团出钱罢了,让一些有进出口权的国企去做,海关报关的事情都由他们去做,与永盛集团无关,永盛集团主要是做一些转口的生意。"王祥瑞这句话道破了天机,我断定有多家国有或国有控股企业,也参与了走私犯罪活动。专案组要是掌握了这些企业,一定会成为案件向纵深发展的重要线索。王祥瑞如此理直气壮,八成是毁掉了走私的证据。顾怀远不失时机地打破沙锅问到底,"王总,能不能讲得细点,让我们也长长见识"。大概是王祥瑞的确觉得这段时间在北京斡旋,已经摆平了赵长征,显得特别的兴奋,因为刚开席时周纪一直说找到了"海里"的几个大人物,前一段清江省打私搞得风起云涌,这段时间突然风平浪静了,就是那几个大秘起了作用,我说不好哪几个大秘拿了王祥瑞的好处,到底办没办事,我只知道海面上风平浪静,恰恰是风暴来临前的征兆,古娟被抓就说明了这一点。在我犹豫是否将古娟被抓一事告诉王祥瑞的时候,王祥瑞眉飞色舞地说:"就拿香烟来说,英美烟草公司卖给菲律宾是一块二,卖给大陆是八毛,卖给日本、新加坡等国的价钱都不一样,我就想了一个主意,让他卖给大陆的烟不让他先印好是卖给大陆的牌子,如果我要一百个货柜运到东州开发区,对于他们的代理来说,这烟已经销往大

113

陆了,他就不管我怎么做了。但是我要在大陆卖,我就要缴税,一包烟要缴两包的税,不仅没赚头,还要倒搭,所以要转口出去,因为英美烟草公司卖给菲律宾是一块二,我如果不在大陆卖,而是转口出去卖给菲律宾是一块一,我就可以赚两毛,菲律宾的客户找我买,我就装船给他。”顾怀远颇感兴趣地问:“难道不经过海关监管吗?”王祥瑞呷了一口茶说:“当然要经过海关监管了,海关监管验货后,我将船开到公海上,在公海卖给菲律宾的客商,至于菲律宾的客商怎么做,我就管不着了。当然我也可以用这个方法卖给日本、韩国,总之,要看差价合不合算。别人买了我的货,他也可以在公海就卖掉了,拨给小船,根本没有运到菲律宾,这种可能不是没有,不过这就不关我的事了。”顾怀远不依不饶地问:“王总,你的货到东州后存到哪儿呢?”王祥瑞毫不避讳地说:“先放在开发区保税仓,保税仓是由海关监管的,里面的货不能够拖到外边来,要在保税仓的码头再装货柜,通过海关验货。验货后贴上封条,货柜再吊上船,船才可以开出去。专案组发现我有那么多香烟转口销往菲律宾,他们就到菲律宾去查,菲律宾海关说,这些烟根本没到菲律宾,他们就说永盛集团走私,没有转口就是证据吗?”王祥瑞这番话如果让专案组听到,简直是不打自招。很显然海关监管人员出了问题。张辣辣在北京请我吃饭时早就说过,她在举报信中已经举报了王祥瑞的走私手法是“走柜不走货”,我还特意问她,你是怎么知道的,这么机密的事即使你是王祥瑞睡过的女人,他也未必肯告诉你吧。张辣辣得意地说:“亏你还是驻京办主任,只要到堆场看一看傻子都能看明白。运输重柜集装箱的卡车驶进码头,车架不会怎么起伏;而运送空柜集装箱的卡车在不平的场地上驶过会跳动,发出‘咣当、咣当’的响声。另外,空箱吊装时,其摇晃程度比普通重箱要大得多。装上船后,由于重量不同,船身的吃水差别很大。”我听后倒吸口凉气,想不到张辣辣如此工于心计,铁了心要置王祥瑞于死地,我当时想,王祥瑞怕是在劫难逃。上次石存山进京“抓鸡”,还向我透露一个他们取证过程中的细节,这个细节也就他这个办案多年的刑警支队支队长能够捕捉到,他跟我讲时颇为得意。当时为了拿到王祥瑞走私香烟的证据,他带人去理货公司,调出单船档案,包括理货证明、配载图、标明各集装箱在船上的具体位置的图纸,也叫 BAY 位图,一丝不苟地逐一检查,一连查了几遍也没找到蛛丝马迹。全部理货单证,单单相符,与向海关申报的内容完全一致。按理说,少数档案袋中缺少必要的单证也是正常的,但是这些档案太过完美了,这反倒引起了石存山的怀疑。俗话说,再狡猾的狐狸也斗不过好猎手,石存山经过反复核对,竟然奇迹般地发现在一条船两航次的单船档案中,各发现一张由轮船大副签署的 BAY 位图,右上角有一行用铅笔写的小字:"40 * 40E" 和 "37 * 40E" 这一行小字,要不是老刑侦,谁也不会留意的,吃码头饭的人都知道,E 代表的恰恰是空箱。有了这个破绽,顺藤摸瓜,何愁拿不到王祥瑞走私的证据。我见王祥瑞口无遮拦,根本没意识到大祸临头了,很想点一点这家伙,更想提示一下周纪绝不能回东州,因为不仅王祥瑞饭后要连夜开车回东州,周纪明天早晨也要坐第一班飞机回东州,就目前的形势,这两个人回去很可能自投罗网。想起顾怀远在三年"肖贾大案"期间,一直靠测字打发时间,便想用测字的方式点一点这两个家伙,我这么一提议,怀远还真心领神会,只是他说得太过婉转,那两个家伙归心似箭,根本听不进去。我只能暗自慨叹,人之所以作茧自缚,大多缘于权能陶醉,周纪是如此,王祥瑞更是如此,因为权力和财富永远是一对孪生兄弟。正如约翰·杜威所言,权能陶醉是"当代最大的危险,任何一种科学,不论多么无意地助长这种陶醉,就等于增大社会巨祸的危险"。毫无疑问,在中国助长权能陶醉的哲学只能是官本位哲学。 115

星期四。小雨。我真没有想到王祥瑞会逃掉,而且逃出了国门。他逃之前用他小舅子的手机给我打了个电话,当时正是黎明之前,他开车刚刚驶入东州市区,当时他接到他小舅子的一个电话,嘱咐他千万别回公司,那里已经被武警包围了。他于是让他小舅子开一辆外地牌照的普通轿车,到市公安局附近接他,王祥瑞一向这诡道,他认为此时此刻,只有市公安局是最安全的了,于是王祥瑞把宾利车交给司机,钻进他小舅子开的佳美轿车内直奔高速公路。我接到他打给我的电话时,他已经坐上小舅子开的车往北京方向返,他给我打电话的目的是想通过我订两张当天出境的飞机票,一张是到菲律宾的,另一张是到澳大利亚的。我一猜他就是想拿菲律宾的机票过境,然后坐澳大利亚的飞机走。我猜这小子想逃,断定专案组星夜突袭,一定和古娟一样,是通过手机捕捉到了他回东州的信息。但是非常时期,我不能帮他订这两张机票,更没有问他为什么刚回东州就往北京返,大家心知肚明,王祥瑞也没解释,但碍于面子只好说这个时候我上哪儿给你定票去,这样吧,买机票的事白丽娜最在行,你给她打个电话,她一定有办法。就这样,我就挂断了电话。一整天我也没敢问白丽娜,王祥瑞是否找她订过出境的飞机票,只是熬到傍晚下班时,习涛走进我的办公室向我透露,周纪被"双规"了,我赶紧问王祥瑞的去向,习涛告诉我,王祥瑞失踪了,估计已经逃到境外了。我质疑道:"失踪不等于已经逃到境外了。"习涛诡秘地说:"据专案组掌握的情况,王祥瑞有可能去了菲律宾,也可能逃到了澳大利亚。"我才断定,王祥瑞还是找了白丽娜。更令我不安的是,王祥瑞出逃前给我打了电话,这个电话是瞒不过专案组的,尽管这个电话接的有些被动,让王祥瑞找白丽娜买票完全是推脱之词,但是毕竟是我的推脱之词帮了王祥瑞。罗素认为,"从道德上讲,一个哲学家除了大公无私地探求真理而外,若利用他的专业技能做其他任何事情,便算是犯了一种变节罪"。应该说,我不仅是驻京办主任,更是《驻京办哲学》的创始人,因为自从当上驻京办主任那天起,我就从未停止过对《驻京办哲学》的思考,作为一门哲学的创始人,我毫无疑问地犯了罗素所说的"变节罪",我不知道我为这种"变节罪"会付出什么代价,但有一点是肯定的,专案组找我谈话这一关,我是无论如何也躲不过去了。

你：触目惊心的解读

一

你要真想写一部《驻京办史》的话，用正史的写法肯定不行，很多事是登不上台面的，是见不得阳光的，你如果想写的话，也只能采取小说这种野史的形式，还得像《石头记》一样，搞它个"甄士隐"。当然如果司马迁再世的话，或许真能在《史记》中加上一个《驻京办主任列传》，司马迁有这个勇气，但是你别忘了司马迁受了宫刑，已经后继无人，其实你这三大本日记，略加修改就是一部名副其实的《驻京办史》，如果出版，将成为中国史学上一件大事，轰动九州，但是这种书是无论如何也出版不得的，先不说史论，仅就史实就已经触目惊心了，如果稍加评论，怕是老兄要成为众矢之的。如此说来，还是用小说这种野史的形式好，用小说这种形式也不能属真姓名，最好用假语村言来敷衍出来，才是万全之策。《红楼梦》开篇有言："却说那女娲氏炼石补天之时，于大荒山无稽崖炼成高十二丈、见方二十四丈大的顽石三万六千五百零一块。那娲皇只用了三万六千五百块，单单剩下一块未用，弃在青埂峰下。"这段话纯属讹传，还说什么"此石历经锻炼之后，灵性已通，自去自来，可大可小"。娲皇所炼之石自然是块块皆有灵性，哪怕是剩下的也块块"自去自来，可大可小"，其实娲皇炼就的补天之石虽用去了三万六千五百块，但未派上用场的那一块像佛祖的灵骨一样化作了六万多块，这才是真相。而且并非弃之不用，而是以备不时之需，这叫未雨绸缪。当然娲皇补天之后，天没有再出现异常，这些灵石一直没派上用场。再者说,这些灵异之石何须什么僧道点化,自然都投胎转世,到人间游历去了。眼下京城大大小小的驻京办主任刚好六万多,这不能不让人往娲皇补天弃之不用的六万多块石头上想。想必眼下京城像你这样的日记大概有六万多份,你作为驻京办主任记了三大本日记,别的驻京办主任当然也要记下几大本日记,如果以每位驻京办主任三本日记算,像你这种日记,京城就有近二十万本,如果将这些日记之精华整理成书,怕是要惊天地、泣鬼神啊! 能通,你说是不是? 其实驻京办主任就属于贾雨村所说的"余者",但是舆论却不这么看,好像驻京办主任个个是正气不足,邪气有余似的,也难怪,你们驻京办主任个个都像大蜘蛛一样,专门在"花柳繁华地,温柔富贵乡"里织网,就像那贾宝玉一样,周岁时,他爹将世上所有的东西摆了无数叫他抓,"谁知他一概不取,伸手只抓些脂粉钗环抓来玩弄",怎能不让他爹当作将来的酒色之徒? 你们驻京办主任怕是为了投其所好,不仅摸透了地方领导的隐私爱好,大概京城大员们的小辫子,你们也一抓一大把了吧。能通,你的《驻京办哲学》虽然有点新意,但也没能摆脱"正邪两赋论"的范畴。你所说的哲学更像是关系学,或者称为《驻京办关系哲学》更准确一些。你说哲学是介乎神学与科学之间的东西,那就是说,哲学有神学的成分,也有科学的内容。从神学的角度讲,驻京办哲学离不开权力崇拜,权才是你们要拜的神;从科学的角度讲,驻京办更像是个万花筒。这世上的人,还有比驻京办主任更了解这个花花世界的吗? 你想成为《驻京办哲学》的开创者,勇气可嘉,但是你想通过《驻京办哲学》为驻京办正名怕是枉费心机,正如你自己所说的你已经掉进泥坑里了,还以为走进了宁、荣二府,殊不知"如今的这荣、宁两府,也都萧索了,不比先时的光景"了,也就是说驻京办退出历史舞台是迟早的事。你可能会说,"百足之虫,死而不僵",驻京办退出历史舞台谈何容易? 你读一读《石头记》会有所领悟,就像冷子兴向贾雨村演说荣国府一样,驻京办也是"外面的架子虽没很倒,内囊却也尽上来了",就像荣府的儿孙一代不如一代一样,驻京办也会一年不如一年的,昌山市驻京办撤出北京就是一个信号。所以,你所说的"泥疗"或许能治皮肤病,但治不了心灵病。所谓辩证法是由巴门尼德的弟子芝诺首先系统地加以使用的,其实就是以问答求知识的方法,也就是辩论之法。苏格拉底最善此道，他认为，"最容易最高贵的办法并不是让别人说话，而是要改正你自己"，但是驻京办有苦说不出的就是"截访维稳"，不是你们不让上访者说话，而是命令你们截访的人不让上访者说话，你们的问题是你们也没有勇气让命令你们截访的人改正自己，因此你们丧失了唯一有机会让人们赞叹你们的机会，这不是辩证法，这是顺生论。你说驻京办之所以广受关注，是因为对其嗤之以鼻的人恶意诉病，而使驻京办的重要性彰显出来，这是诡辩。驻京办为什么在人们眼中一直是"孽根祸胎"？那是因为驻京办主任个个是京城里的"混世魔王"，你们哪一个没有贾宝玉"内帏厮混"的本事？贾雨村言称，"正不容邪，邪复妒正，两不相下"，你们却是正邪相容，相辅相成，该正则正，该邪则邪，亦正亦邪，成也成不了公侯，败也败不成贼寇，就是"混世魔王"，正应了贾雨村所言："八成也是这一派人物。"你形容自己是"北漂"很恰当，崇尚奥德修斯那样的英雄也无可厚非，但是如果你妄想使《驻京办史》和《驻京办哲学》成为荷马史诗的巨著，未免野心太大了，有这样的野心为什么不用在仕途之路上？还将驻京办主任的妻子个个比作珀涅罗珀，还个个都是脂砚斋，简直是风马牛不相及。你说你的衣雪在你心目中是珀涅罗珀，还是脂砚斋？面对这样的问题，你一定会沾沾自喜，莫非你心目中还有个曹雪芹的梦？从你日记的水平来看，你还真有些文采，但是你无论如何也完不成你心目中的《驻京办史》和《驻京办哲学》，你知道为什么吗？你虽然和曹雪芹一样，阅尽京华烟云，但是你还有政治抱负，你还可以在政治上大展宏图，不像曹雪芹只能将理想和抱负融入到《红楼梦》中。你不要不服气，告诉你，驻京办早晚有一天会像贾家一样，尽管有"沐皇恩贾家延世泽"的假象，也只能是回光返照而已。你说句实话，眼下驻京办的繁盛像不像贾家？正如宁、荣二公在《红楼梦》第五回书中嘱警幻仙姑所说："吾家自国朝定鼎以来，功名奕世，富贵流传，已历百年，奈运终数尽不可挽回，我等之孙虽多，竟无可以继业者。"一个曾为皇亲国戚的贾府破败了，一个个驻京办也迟早要退出历史舞台。这才是必须服从的"运命"、"必然"与"定数"！在希腊神话中，你喜欢狄奥尼索斯，并因此而喜欢沉醉的状态，你这是一种托词，你真喜欢酒神吗？你是离不开酒，因为你的工作环境离不开酒，你只能整天泡在酒缸里，当然你不是醉生梦死的人，但是你的同类不乏醉生梦死者。你的精神世界一定很痛苦，因为你身体里的两个灵魂时时处在交战状态，这说明你的良心未泯，这也是你屡经腐败大案的洗礼，仍然能脱得了干系的主要原因。你说，泰勒斯认为水是好的，可是你忘了水在贾宝玉眼中代表什么吗？他说："女儿是水做的骨肉，男子是泥做的骨肉。我见了女儿便清爽，见了男子便觉得浊臭逼人。"你不要以为贾宝玉口中的女儿就是女儿，女儿是母性的，有了母性就有了万物，人们常说，大地是母亲、江河是母亲、故乡是母亲，这说明曹雪芹是懂哲学的。老子不是说"上善若水"吗，可你偏偏说"网是最好的"。什么是邪？这就是邪！你将米利都学派认为灵魂是气的观点演绎为驻京办的魂是"场"，倒是蛮深刻的，而且认为"场"是由酒色财气四种元素组成的，你能这么深刻地理解"场"，这说明"场"对你的影响是刻骨铭心的。"场"其实也是圈子，就像北京城的一环、二环、三环、四环、五环、六环一样，这些"环"像涟漪一样向全中国辐射，形成了哲学上讲的流变状态。赫拉克利特认为，万物处于流变状态。但是，圈子犹如一潭死水。俗话说，流水不腐，户枢不蠹。圈子有圈子里的规则，这些规则往往是看不见摸不着的，但却根深蒂固、亘古不变。套用条达穆斯的话讲，绝大部分是腐水，不知道赫拉克利特踏进这种腐水中会得出什么结论，但有一点是肯定的，绝不会得出人不能两次踏进同一潭腐水的慨叹！你看看宁荣二府像不像这样的圈子，像不像这种圈子里的腐水，生活在这种圈子里，只能上演"悲金悼玉的'红楼梦'"，其结果只能是"终身误""枉凝眉""恨无常""分骨肉""乐中悲""世难容""喜冤家""虚花悟""聪明累""留余庆""晚韶华""好事终"，到头来还是"飞鸟各投林"。至于赫拉克利特认为灵魂是火与水的混合物，怕是与中国人的传统观念相冲突，因为中国人一向认为水火不相容的，但是驻京办主任们似乎很善于导演水与火的缠绵，让不相容的火与水交融在一起，正如黑与白相混淆一样，哪怕导致水深火热的后果。你可能认为这是危言耸听，但是你不能否认，社会很多地方都已经驻京办化了，或许这正是驻京办主任们都希望的，常言说得好，"水至清则无鱼，浑水才能摸鱼"，你们都是摸鱼的高手，正所谓"世事洞明皆学问，人情练达即文章"，这正应了罗素的"目的论"，只可惜这目的是既得的目的，与人民却是"狼来了"！不知道你想过没想过，这样的目的，对"羊"来说会做出什么样的反应？

至于你和肖鸿林"跑部钱进"的故事很有代表性，用一个成语概括你们的行为，就是无所不用其极。当然无所不用其极不光你们擅长，像郑部长这种掌握"合理恩惠权"的人也是无所不用其极的，正因为如此，"合理恩惠权"才转化为"合理腐败权"，但是恰恰因为这种权力是合理的，人们深恶痛绝之余，更多的是顶礼膜拜，不然你小子也不会想出用小保姆刺探领导隐私这种诡计，也难怪肖鸿林骂你，学无止境，看来你的"跑部钱进"经并未研究到家。其实你看一看《红楼梦》第四回"薄命女偏遇薄命郎，葫芦僧判断葫芦案"就一清二楚了。薛蟠倚财仗势，打死人命，归在应天府案下审理，然而薛蟠打死人竟白白地走了。贾雨村大怒，发签差众人立刻将凶犯家属拿来拷问。案旁站着一个门子，使眼色不叫他发签。"雨村心下狐疑，只得停了手。退堂至密室，令从人退去，只留守这门子一人伏侍。"一番窃窃私语之后，"雨村大惊，方想起往事。原来这门子本是葫芦庙里一个小沙弥，因被火之后无处安身，想这件生意倒还轻省，耐不得寺院凄凉，遂趁年纪轻，蓄了发，充当门子"。贾雨村也没想到这门子竟然是故人。"雨村道：'方才何故不令发签？' 门子道：'老爷荣任到此，难道就没抄一张本省的护官符来不成？' 雨村忙问：'何为护官符？' 门子道：'如今凡做地方官的，都有一个私单，上面写的是本省最有权势极富贵的大乡绅名姓，各省皆然。倘若不知，一时触犯了这样的人家，不但官爵，只怕连性命也难保呢！所以叫作护官符。方才所说的这薛家，老爷如何惹得他！他这件官司并无难断之处，从前的官府都因碍着情分脸面所以如此。'一面说，一面从顺袋中取出一张抄的'护官符'来，递予雨村看时，上面皆是本地大族名宦之家的俗谚口碑。"你对《红楼梦》这段描写是不是很熟悉？门子和贾雨村之间的谈话，像不像你与肖鸿林之间的谈话？你一定觉得你的角色很像那个门子，但是你的业务却没有门子研究的精，是不是有点自叹不如？当然你小子手里一定有类似的私单，只是京城的官员太多了，要比贾雨村时代不知多出多少倍，你手里的私单没有门子手里的私单记得全。而且

121

门子的私单也只记了些"俗谚口碑",简单得很,你的私单记起来要比门子的私单复杂得多,什么秉性癖好,隐私小辫子要一应俱全,这也是驻京办信息工作的核心,这样的工作难度大,要求每个驻京办工作人员都要有007的头脑,这也是你最近竭力将习涛推到驻京办主管信息工作的副主任岗位上的重要原因吧,习涛毕竟是专职特务出身。能通,大大小小的驻京办是怎样的一张网,你想过吗? 难道不是一张地地道道的特务网吗? 你可能会嘿嘿笑道:"不过是一张特殊业务网。"就是这张特殊业务网,使得郑部长狗肉穿肠过,恩惠指缝流啊! 应该说尽管你手里的私单没有门子的齐全,但是你每天都在填充新内容,日日都在不断完善,工作还算是出色的。也正因为如此,你出色地拿下了郑部长,尽管建狗肉场花的是纳税人的钱,但是相比五十亿项目款,建一个狗肉场简直是小巫见大巫了。看来你的驻京办哲学还是很有实践指导意义的,难怪肖鸿林对你大加赞赏,以至于酒后失言跟你大谈屁股哲学,准确地说应该是美女屁股哲学。你在回忆中记录肖鸿林谈白丽娜的屁股是全京城最美丽的屁股时,肖鸿林淫邪地一笑,不知道你面对肖鸿林这淫邪的一笑,想到了什么? 难道你就没有一点点责任? 肖鸿林与白丽娜的"爱情",还不是你丁能通拉的皮条! 你就像警幻仙姑将一位叫可卿的仙姬领到宝玉面前一样,使肖鸿林如愿以偿地成了名副其实的"天下第一淫人"! 淫出个京城最美的屁股,也是最贵的屁股。你在意淫这种屁股的时候,脑袋里想的最多的词一定是"香艳",但是你别忘了无论谁的嘴脸面对这种香艳的屁股都是浊臭的,肖鸿林已经病入膏肓,并不觉得什么,难道你也不觉得自己污秽不堪吗? 否则,你心里为什么酸溜溜的? 你在日记中并未明确五十万美人屁股的钱来自何处,即使你不写,大概对这钱的出处也心中有数吧,只是你知道了这么多领导的隐私,想没想过后果? 反正"葫芦庙内沙弥新门子所为",贾雨村总觉得把柄攥在了门子手里,一想起心中就不大乐意,"后来到底寻了他一个不是,远远的充发了才罢"。这个结果对门子来说,实属万幸,这也是贾雨村对官道尚并未娴熟,否则门子肯定要步冯渊的后尘。你在官场混迹多年,想必看过太多的荣辱兴衰,就没有想过自己未来会是一个什么命运? 好在肖鸿林已经"呼喇喇似大厦倾",否则你们之间还不知道要发生多少"太虚幻境"。只是梦见"太虚幻境"的不止贾宝玉一个人，还有不明不白的"甄士隐"，一句"假亦真时真亦假，无为有处有还无"，隐藏了多少秘密？能通，千万要记住这句话："机关算尽太聪明，反算了卿卿性命"。但是你也身不由己，正如你利用小保姆实施"扎腰眼计划"一样，你不过也是被肖鸿林、贾朝轩之流利用而已，你不是没有想象力，而是想象太丰富了，人都说人生如梦，你小子千万别得了梦游症，要知道北京乃第一繁华之地，醉生者必要梦见死，梦游者就怕撞上鬼！

二

丁能通，你小子天生就是个情种，别忘了贾宝玉喜欢女孩子，被红学家们誉为反封建；你小子吃着碗里的，还惦记着锅里的，纯属受了资产阶级思想的侵蚀！看看那些腐败掉的官员，哪个不是石榴裙下的粪土？你真让人担心，兄弟，柏拉图通过各种"诱惑"锻炼青年人的方法毕竟是乌托邦式的，"诱惑"不是流感，打上疫苗就能抵抗，按照柏拉图的观点，扫黄打非也不用搞了，人们多看黄碟就行了，越看对黄赌毒的抵抗力就越强，纯属无稽之谈。按理说，你在驻京办经受的"诱惑"也不少了，按照柏拉图的观点，你的抵抗力应该最强了，怎么满脑子还做三妻四妾的淫梦呢？可见这与你的生存环境有关，你周围除了偷鸡摸狗的贾琏，就是混不讲理的薛蟠，无耻下流的贾珍贾蓉父子，再就是百无一用的贾政，霉朽恶臭的贾赦，俗话说，近墨者黑，常在河边走怎能不湿鞋，因此，你才左手罗小梅，右手金冉冉，好在你心里还有衣雪。刚到北京时，你还经常到恭王府去转一转，无非是提醒自己别因为"贪"而跌入万劫不复的深渊，这也是你能在"肖贾大案"中仅湿了湿鞋底的根本原因。如今"肖贾大案"已经尘埃落定很久了，你好像很长时间不去恭王府了吧？去，大概也只是摸一摸康熙皇帝的福字碑，看得出来，你脑子里始终也没有摆脱掉集"富贵"于一身的梦想，借用贾宝玉见了秦钟的心里话劝劝你，"绫锦纱罗，也不过裹了我这枯株朽木；羊羔美酒，也不过填了我这粪窟泥沟。'富贵'二字，真真把人荼毒了"。你不一向认为驻京办主任集"富贵"于一身吗？却不觉得这"富贵"二字，"真真把人茶毒了"？初到北京时,你就梦想成为大蜘蛛了,尽管"侯门深似海",但是你身上很有点刘姥姥勇闯荣国府的本事,刘姥姥是沾点亲就往上靠,你是不沾亲也要往上靠;刘姥姥是"谋事在人,成事在天","靠菩萨的保佑,有些机会,也未可知";你是事在人为,不靠菩萨保佑,而是直接送菩萨;刘姥姥相信"瘦死的骆驼比马大","凭她怎样,你老拔一根寒毛比我们的腿还壮呢";你相信当官不打送礼的,送人家什么珍贵的礼物,与人家手中"合理恩惠权"相比都是汗毛,要用汗毛换腰,唯一的办法就是找准腰眼,然后用汗毛扎。应该说,你已经成了捅腰眼的高手,怕是京城有的部长让你捅得"腰间盘突出"了吧? 你所谓的"天罗地网"就是用捅腰眼的汗毛织就的吧? 难怪罗小梅劝你再去恭王府,你背后仿佛燃烧着一堆火,面前仿佛是一座墙,或许你耳畔还听到了南北九宫之调,那些眼前晃荡的影子是不是打扮成了生旦净末丑的装扮? 果如此,你不是在游恭王府,而是患了梦游症,误入了"太虚幻境"。这罗小梅哪儿是什么薛宝钗,简直就是警幻仙姑,她先是引你试云雨情,你险些因此误入歧途,她也只能叹"春恨秋悲皆自惹,花容月貌为谁妍"。也只好引你入迷津,一切自悟罢了。你引的《基督山伯爵》中二十七号老囚徒的那段话,是这本书中最精彩的段子,你能被这位老者的话吸引住,说明你觉得自己在驻京办的经历其传奇性可与爱德蒙的经历相媲美,只是两者性质截然不同,爱德蒙是向邪恶复仇,你是在向腐败诌媚,如果你果真有一天动笔写《驻京办史》或《驻京办哲学》,怕是要到驻京办苟延残喘之时,到那时,你先请个"张太医",像给秦可卿号脉一样,"论病细穷源",然后再动笔,因为毕竟当局者迷,旁观者清。当然最有资格做"张太医"的莫过于写过《驻京办主任》的人。

再说,肖鸿林和贾朝轩死了这么久了,你心里还像闹鬼似的,这不是凤姐点戏——《还魂》吗? 两个人生前明争暗斗,互骂"知人知面不知心",像凤姐对付贾瑞一样,将对方视为禽兽,无不暗下决心,"几时叫他死在我手里,他才知道我的手段!"如此半斤对八两,常言道,二虎相争,必有一伤。这两个人互下死手,只能两败俱死了! 腐败大多是由窝里斗暴露的,你见有几起腐败案是靠正常监督途径揭露的?"政治"一词永远与"斗争"一词连在一起,不"斗争"就不叫"政治"了。说来说去,一是肖鸿林小肚鸡肠,没有政治家的胸怀,不过是个拉大旗做虎皮的小男人。二是贾朝轩焦大心理作怪,在一把手面前不守二把手的规矩,肖鸿林当然要照着凤姐在车上对贾蓉说的做,"还不早些打发了没王法的东西! 留在家里,岂不是害!"肖鸿林也不过是过高地估计了自己,贾朝轩想打发就能打发的? 便像凤姐捉弄贾瑞一样开始反击,肖鸿林更是老道,经常托梦送给贾朝轩一面"风月宝鉴",其实两人都应该用背面照一照,虽然都是骷髅,或许真能治病。然而贾朝轩偏偏经不住诱惑,非看正面,可不就一命呜呼了! 可是临死偏要抓个垫背的,当然是肖鸿林最合适,结果,两个人都被阎王爷派来的小鬼拿铁锁套住,拉了就走。想不到下了地狱也不消停,还在争你长我短,只是这两个人在地狱里说什么,你丁能通为什么听得那么清楚? 是不是心里也有鬼,才像萨满师一样能通灵? 你既然认为哲学是一种洞见,可曾从"肖贾大案"中洞见了"盛筵必散"的俗语,别看如今的驻京办仍然"烈火烹油,鲜花着锦之盛",不过是假象,还是秦可卿临死前托梦给王熙凤说的好,"'月满则亏,水满则溢'。又道是'登高必跌重'","'否极泰来',荣辱自古周而复始,岂人力所能常保的?"这些话决不是危言耸听,早晚有一天,驻京办会应了秦可卿对凤姐的临别赠语:"三春去后诸芳尽,各自需寻各自门",既然这个结果是迟早的事,何不早做谋划,"亦可以常运保全了",125省得像肖鸿林、贾朝轩"痴迷的枉送了性命"。你说正义的本质是虚构,那也就是说非正义的本质是真实,看来你笃信柏拉图,相信灵魂是眼睛,这么说你应该将真实看得很清楚,可曾想过正义与非正义经过一番较量后,"好一似食尽鸟投林,落了片白茫茫大地真干净"!

想不到你会在罗小梅的矿上看《心灵庄园》,这罗小梅还真是个"狐媚子",只是不知道你在《心灵庄园》里是否找到了罗小梅的原型,谅你也对不上号。因为像罗小梅这样的"狐媚子",能将矿山变成"黛山",能将矿洞变成"林子洞",当然也能将自己由"狐媚子"变成"耗子精"。正因为如此,你才让人担心,因为"小耗子们回报:'各处打听了,唯有山下庙里米最多。'"这庙里是指什么? 不就是庙堂吗! 范仲淹在《岳阳楼记》中有云,"居庙堂之高则忧其民",而"老耗子"们心中只有"米",没有"民"。"老耗子"们是什么? 不言自明吧。在《心灵庄园》这部长篇

你:触目惊心的解读

小说中，讲述了"老耗子"们遣"小耗子"们到庙里偷米的全过程，一些人看了不对号入座才怪呢！为什么？做贼心虚啊！自从这部长篇小说出版以后，京城大大小小的驻京办就成了政治俱乐部，议论的话题无不是对号入座。正如北静王邀请贾宝玉到他的府邸里面做客："小王不才，却多蒙海上众名士凡至都者，未有不另垂青目，是以寒第高人颇聚，令郎常去谈会谈会，则学问可以日进矣。"从这篇日记可以看出，你是没少到"寒第"参加"海上众名士"的聚会，这种聚会怕是不像"北静王"不怕"官俗国体所缚"，而是像小耗子偷米一样蝇营狗苟吧？那位酒后吐真言的副市长像不像一只"老耗子"，好在那位在驻京办扬言玩板砖的副秘书长，你骂了一句他脑袋进水了，这说明你与他们不是一路人，这种人不仅是脑袋进水了，而且是水都沤臭了，用贾宝玉的话讲叫"浊臭逼人"，都是些名副其实的"禄蠹"。你不觉得自己"跑部钱进"时就像是被"老耗子"差遣的一只小耗子，去庙堂偷米？当然你已经练就了一身本领，你派金冉冉去刘凤云家当保姆这件事，与小耗子摇身一变，竟变成一个标致的美人有什么区别？只是你要小心，那些对号入座的人"哪一个是好缠的？错一点儿他们就笑话打趣，偏一点儿他们就指桑骂槐的抱怨，'坐山观虎斗''借刀杀人''引风吹火''站干岸儿''推倒了油瓶不扶'，都是全挂子的本事"。北京城可是个名副其实的大观园，但大观园是贾政的，不是你的，你看看贾政身边那些奴颜卑膝的清客，你混在这些人中，胸中还能有大丘壑吗？千万不要用"仰望星空"几个字夸奖人，因为仰望星空也看不见几颗星星了，人们心目中的繁星似锦，早就被灯红酒绿遮蔽了，还是你说得对，近朱者赤，近墨者黑，但是何谓朱？何谓墨？怕是没有几个人能辨别得清了。这从"肖贾大案"移交 K 省检察院异地办案这件事就足以说明这一点。难道你忘了吗？K 省检察院副检察长兼反贪局长，那个看上去一身正气、英俊潇洒的专案组组长，当时办案时是何等正义凛然，找你谈话时，你是不是像卡夫卡《审判》中的 K 一样，没罪也觉得自己像个罪人？就想配合组织搞清自己的问题，即使没问题，也要找出问题，否则就觉得对不起组织。找你谈话时，你是不是情不自禁地审视了自己的一生？"连最小的细节也不放过"，不光你如此，当时哪个被告见了这位化身正义的反贪局局长不像得了瘟疫一样。这位大义凛然的反贪局局长在办完"肖贾大案"后荣立一等功，就在各大媒体盛赞这位"反腐英雄"之际，他却因贪污受贿、持巨资向K省省委常委、组织部部长买官而东窗事发了，一时间舆论哗然。这件事太让人目瞪口呆了，能通，你曾说，鱼只有躲在水里最安全，如今你又躲在了大理石里，难道躲在石头里就能躲开灯红酒绿吗？要知道《石头记》就是《红楼梦》，石头也是大观园，就不怕游园惊梦？

三

你接到何振东的电话有什么大惊小怪的，王端端和何振东是怎么勾搭上的？还不是你通过她妹妹王庄庄给何振东拉的皮条，这次王端端领着美女制片人艾姬见你，你又一推六二五将艾姬推给了何振东，无形中又做了一回皮条客，何振东如果知道是你将小艾推到他怀里的，暗中是不是还得感激你？怪不得人称你是官场不倒翁呢，举手投足间就让何副市长欢了一次心，官场上这把无形剑让你舞得真是如影随形。贾政率众清客在大观园题匾对时，有清客提到"泻玉"二字，此二字来自欧阳公的《醉翁亭记》，"泻于两峰之间"，你是"机上心来"，为何振东"泻火"呀！"旧诗云：'红杏梢头挂酒旗'"，东州官场谁不知道，何振东是家里红旗不倒，外面彩旗飘飘，东州电视台著名主持人苏红袖就是他的"首席情妇"，要不是他日后东窗事发，八百万东州人加在一起的智慧也想不到，何振东竟然运用攻读MBA时学到的现代企业管理知识在情妇中选出CEO来管理情妇队伍，人们都听过有首席科学家、首席经济学家，有谁听说过"首席情妇"？如果世界有此类"大奖"，何振东一定独占鳌头！你说政治家个个都是艺术家，简直是在亵渎艺术，你是不是将从政之人都视为艺术家了？别看你整天混迹于古玩商、收藏家之中，没少与古玩字画打交道，你不过是为附庸风雅的政客们寻找腐败的另一条途径，难道你忘了，"肖贾大案"爆发后，东州市一位公安局副局长也随着东窗事发了，光古玩字画从他家就拉走七八卡车，办案人员称，都可以开一个博物馆了，你觉得这样的人懂艺术吗？如果这也叫懂艺术，那么贪婪岂不成了艺术创作的灵感？王熙凤曾在馒头庵对老尼静

你：触目惊心的解读

虚说:"你是素日知道我的,从来不信什么阴司地狱报应的,凭是什么事,我说要行就行。"你听听像不像何振东说的话?到头来怎么样?还不是"机关算尽太聪明,反误了卿卿性命"。眼下很多专家最值得怀疑了,为什么网络上称这些人为"砖家"?还不是因为造假!有两则短信很深刻,还是你发过来的:"早晨掀开黑心棉的被子,用致癌的牙膏刷牙,喝杯过了期的碘超标的还掺了三聚氰胺的牛奶,吃根柴油炸的洗衣粉油条,外加一个苏丹红咸蛋。中午,在餐厅点一盘用地沟油炒的避孕药喂的黄鳝,加一碟敌敌畏喷过的白菜,盛两碗陈化粮煮的米饭,晚上蒸一盘瘦肉精养大的死猪肉做的腊肉,沾上点毛发勾兑的毒酱油,夹两片大粪水浸泡的臭豆腐,还有用福尔马林泡过的凉拌海蜇皮,抓两个添加了漂白粉和吊白块的大馒头,还喝上两杯富含甲醛的茅台,再看看中国足球,这就是一个中国人彪悍的一天!"怪不得连一只蚊子进城都抱怨:"食品安全太成问题了,上哪儿能吃到放心奶啊!"原来它刚才见到一个小姐双乳高挺,遂一头扎入猛咬,发现嘴里都是硅胶。这不是开玩笑,黑色幽默也并不可笑,因为这无疑是一种绞刑架下的幽默。殊不知"把真事做假,把假事做真"已经成了一些官员升迁的秘诀。袁锡藩任东州市副市长时,不是也常说,"不懂得如何说谎的人,就不懂得如何升迁"吗,记得还是你说的,你给肖鸿林当秘书期间,陪他到清江省有名的贫困县万寿县调研,当时肖鸿林还只是市长助理,袁锡藩是万寿县县委书记,在全县乡以上干部大会上,他慷慨激昂地号召大家以焦裕禄为榜样,真抓实干,说到动情处眼睛里闪着泪花,发誓为了万寿县早日脱贫致富,愿意累死在万寿县。结果晚上在县宾馆宴请时,就求肖鸿林想办法给他换个地方,声称这个县太穷了,他笑着送给肖鸿林一块尊皇手表,你当时觉得他脸上笑出来的皱纹里都藏着谎言。你说袁锡藩、何振东之流并不是天生的无赖,却由于不幸而不得不成为无赖,当然这不幸是指腐败了,是指历史特别长、影响特别广、根子特别深、生命力特别旺盛的官本位文化,但是这并不是他们成为"无赖"的理由。说到官本位文化,《红楼梦》中人人都生活在其中,但有一位泼皮虽也生在其中却颇有义侠之名,他就是"醉金刚倪二",在第二十四回中,倪二一出场就带着几分无赖相:"这倪二是个泼皮,专放重利债,在赌场吃饭,专爱喝酒打架。此时正从欠钱人家索债归来，已在醉乡，不料贾芸碰了他，就要动的。"就是这样一个"无赖"，脂砚斋却将倪二与冯子英、柳湘莲和蒋玉菡并称"红楼四侠"。连倪二这种生长在官本位文化中的人，都"尚侠义"，如今像袁锡藩、何振东这些受过公仆教育的人，怎么就连个泼皮倪二都不如了呢？怎么就和曹雪芹笔下那些为官作宰的须眉浊物一个样了呢？你不是没有想过这个问题，你和金冉冉的对话就说明了这一点。不过你最后的结论是"嗜欲"，不仅并不高明，而且还有开脱之嫌。你自嘲自己像一条拴在车后面的狗，透出你对官本位的无奈。好在你身边不缺红颜知己，金冉冉不是一般的红颜知己，你把金冉冉比作薛宝钗、林黛玉、史湘云都不准确，其实金冉冉很像敢爱敢恨的小红，这么说你可能不认同，以为把你比成了被高鹗荼毒歪曲的贾芸，其实贾芸认贾宝玉为干爹，凤姐要收小红为干女儿都是伏笔，后来贾家落难狱神庙，昔日屈从卑微的芸、红，冒险救助，不仅彰显了品格的高贵，而且给予宝玉、凤姐等人甘露般的慰藉。应该说在这一点上，你丁能通很像贾芸。贾芸为了"跑项目"三番五次找贾琏、凤姐，用尽心机，难道不像你丁能通"跑部钱进"吗？其实论揣摩领导心思，你也很像茗烟，"园中那些女孩子，正是混沌世界天真烂漫之时，坐卧不避，嬉笑无心，哪里知宝玉此时的心事？那宝玉不自在，便赖在园内，只想外头鬼混，却痴痴的又说不出什么滋味来"。其实就是犯了和少年维特一样的烦恼，茗烟看在眼里，"左思右想是宝玉玩烦了"，"因想与他开心"，"只有一件不曾见过。想毕走到书坊内，把那古今小说，并那飞燕、合德、则天、玉环的'外传'，与那传奇角本，买了许多，孝敬宝玉，宝玉一看，如得珍宝"。这与你为了讨领导欢心投其所好有什么区别？你为了讨省市领导欢心，手里掌握的一流按摩女怕是有一个连了吧；你为了讨领导夫人们的欢心，北京城里能逛的地方都逛了。正如你的名字，不盯则已，一盯？能通。你说你的职责就是演好角色，应该说你是天底下最优秀的演员。林黛玉讲，"无立足境，方是干净"，很有点辩证法的味道，驻京办是个大染缸，是"无立足境"，都说近墨者黑，荷花却出污泥而不染，应该是个"无立足境，方是干净"的典范。别以为你就是荷花，你是荷塘，荷花在荷塘中，至于你是做污泥、池水，还是荷花全凭你，不过你更像藏在泥里的藕，别看浑身沾满了泥,其实洗一洗还是白色的。你稳住袁锡藩,想将袁锡藩的诬告信骗到手,然后交给洪文山就足以说明这一点。你知道洪文山是个好官,只是太急功近利了。好在还能写《洪文山文选》,总比那些不知笔为何物的领导强百倍。有一个叫王晓方的作家,出版了一部颇具特色的长篇小说《公务员笔记》,里面有一篇《钢笔如是说》,开头是这么说的:"人民的公仆们,如果不会用钢笔思想,那么脑袋长在脖子上还有什么意义?要知道打天下靠枪杆子,坐天下靠笔杆子,然而你们似乎忘记了笔杆子的用途。我告诉你们我从来都是思想的化身,而不是用来画圈的。西方有一位伟大的思想家说,人的全部尊严就在于思想,要知道思想发端于笔,我就是你们的尊严。然而你们似乎把我忘记了,以为思想来源于权力,以为权力才是你们的尊严。告诉你们,丢掉了手中的笔,即使得到权力,也会迷失方向,坠入深渊。"写的多么发人深省,肖鸿林、贾朝轩、袁锡藩、何振东哪个不是只会用笔画圈,忘却了笔是思想的化身。他们以为权力就是真理,权力中心就是真理中心,最后无不迷失方向,坠入深渊。不过有一点值得质疑,就是《洪文山文选》有多少篇是他自己写的,抑或一篇也不是他写的,都是秘书代写的,果真如此,问题就大了。估计让秘书代笔的多,自己动笔的少,正因为如此,东州市的发展才出现偏移,不然不会导致那么多进京上访事件。你有胆量接下那位老人的上访信,并且承诺一定交给省委书记林白,这说明你的确是可以洗白的藕。只是你手下那位杨副主任很像贾宝玉的同父异母兄弟贾环,你应该多加小心。金冉冉说的对,一个人所获得的权势越大,嫉妒他因而想害他的人数就越多。其实这种人不用多,有一个就够受的,钱学礼、黄梦然不就是最好的例证吗?从这件上访事件来看,杨善水的做法很有点像贾环因嫉妒宝玉,"故作失手,将那一盏油汪汪的蜡烛,向宝玉脸上只一推",害得"宝玉左边脸上起了一溜燎泡",你也不想一想,你将这封上访信交到省委书记林白手上,一旦让洪文山知道,后果是什么?这封上访信无疑是贾环推倒的蜡烛。如果你只是像宝玉一样被烫伤了,还算轻的,一旦洪文山动怒,怕是犹如马道婆"铰了五个青面鬼",那可就有性命之忧了。当然是指你的政治生命。要知道杨善水也是个颇有心计的人,你忘了他是怎么当上驻京办副主任的了,当年他

130

还只是驻京办的接待处副处长,那时驻京办还在八里庄的大军营里,最好的房间是八栋的八号房,虽然是豪华套,但市领导进京也很少住在那儿,只有时任市委书记的王元章除外,有一次王元章亲自进京"跑部钱进",住在了八栋八号房,结果没住上一天,抽水马桶就堵了,杨善水得知后,二话没说,在没有任何工具的情况下,用双手疏通马桶,当时王书记看在眼里,记在了心里,回东州不久便提拔杨善水为接待处处长,一年后又提拔为驻京办副主任。如此有心计的人,早就抓住了你的恻隐之心,说不定你还没将老人的状子递到省委书记林白手里,杨善水早就将小报告打到洪文山的耳朵里了。要知道洪文山可是眼睛里不糅沙子的主儿。有一个传说不知是真是假,那还是他就任省纪委副书记之前,在东州市鼓楼区当区长,当时他隔三岔五就去省迎宾馆打网球,有一次中央领导住进了省迎宾馆,他未经批准就擅自闯进中央领导住的区域打网球,被中央警卫局人员阻拦,洪文山竟然与警卫人员大吵了起来,此事惊动了省委领导,立即打电话严厉斥责他,要求他立即离开。当然这只是个传说,不过无风不起浪,这件事如果是真的话,你想一想,这个人的胆子得有多大,当时还只是个区长,现在可是省委常委、东州市委书记,你就敢保证他能买林白的账?即使那一千七百户失去报刊亭的业主因你递给林白一封上访信,问题得到圆满解决,那些成千上万户失去楼房的业主也找到你,怎么办?要知道你也只是块还算能洗净的藕,毕竟不是"能使妖魔胆尽摧,身如束帛气如雷。一声震得万人恐,回首相看已化灰"的"爆竹"——你和你的良知真能一块去?这还真让人有些怀疑。

四

吴市长说你脑袋灵光,你确实灵光得很,灵光得将小保姆安插在吴东明家里,颇有点潜伏的味道,那个辛翠莲一点也没有辜负你的希望,不仅将吴东明拉进了温柔乡,而且成了名副其实的孩子他娘。也难怪,官当到吴东明这份儿上大概除了睡觉,别的都有人代劳。无论如何睡觉都得亲自睡,特别是和女人睡觉。只是辛翠莲并不是一个懂得睡觉

131

你:触目惊心的解读

驻京办主任 四

的女人,她的梦想是成为吴东明的夫人,果真如愿,你的夫人俱乐部就又多了一位副理事长。花花绿绿的北京城,水深如海,北京花园也不过是近百座五星级酒店中的一座而已,但是夫人俱乐部的创意要真是做实了,怕是你这个驻京办主任真是要风得风,要雨得雨了。只要你解懂了夫人们的风情,你丁能通怕是真要手眼通天了。还是贾宝玉寄名的干娘马道婆说得好:"大凡王公卿相人家的子弟,只一生长下来,暗里就有多少促狭鬼跟着他,得空就拧他一下,或吃饭时打下他的饭碗来,或走着推他一跤,所以往往的那些大家子孙多有些长不大的。"吴东明哪是让你笼络夫人们做慈善,分明是让你引诱夫人们做促狭鬼,跟在她们的丈夫后面得空就"邪祟"他们一下。只是你也不想一想,你有了这等本事,吴东明会容你?你曾说,年初在市委常委会上,吴东明与夏闻天曾有一次激烈的争论,两个人分歧的焦点是在东州的发展规划上,吴东明完全按纸上谈兵的规划,把东州搞得美轮美奂,以作为自己晋身的台阶。他提出二十年内把东州建成汽车、金融、工商、冶金、建筑、航天、石

化、生物、港口、高科技等十大国际中心。这种想法深得省长赵长征的支持。但是吴东明喜欢大开大阖,大兴土木,为了将黑水河南建成所谓类似上海的浦东,不惜强迁老百姓的房屋,致使大量农民失地,为达目标不择手段。夏闻天作为经济专家,对吴东明不科学的发展观了然于胸,坚决反对大兴土木建高楼,建超高建筑,他提出:环保、地质、成本、效益都要顾及,反对搞超级国际中心,主张法治、社会道德、教育、文化和经济建设同步,结果两个人话不投机,发生了激烈的争执,以至于波及到了廉洁自律的问题。夏闻天当场公布了自己和妻子的经济收入、拥有财产和子女的情况,声称自己的亲属绝无参与土地开发、工程承包、金融证券活动的,叫板吴东明敢不敢公布,吴东明指责夏闻天是出风头,故意给省委压力,常委会不欢而散。吴东明连夏闻天都不放在眼里,你丁能通在他面前耍小聪明,就不怕像金钏儿一样遇上王夫人,挨个嘴巴不要紧,就怕赶出荣国府,要知道你丁能通打死都舍不得驻京办主任这个位置的,然而,你骨子里亲近夏闻天,表面上又顺从迎合吴东明,"双悬日月照乾坤"的诡谲局面,真够你应酬的,只是千万要提防身边的"贾环",要知道夫人们之间更是明是一把火,暗是一盆冰,这冰火

两重天也够你小子煎熬的。

其实吴子虚和苏老板被突然"双规"这件事没什么稀奇的，凡是有"双规"经历的人都能判断出来，要不是"肖贾大案"被"双规"过，你也没有这个预见力。薪泽金之所以不信你的话，是因为他没被"双规"过，他要是也被"双规"过，说不定比你还有预见力呢。当年一个"肖贾大案"，东州官场处以上干部有一千多人被"双规"，其中局级以上干部有两百多人，他们被"双规"后，一个最明显的特征就是手机响没人接，其实那些手机都有人监控的。当年你被"双规"后，手机不是也被没收了吗，据说许多关心你的朋友，快把你的手机打爆了，可就是无人接听，其实手机上显示的号码早就被专案组记下来作为破案的线索了。世人都将驻京办这个特殊的政治机构看作"孽根祸胎"，其实这是"王子犯法与庶民同罪"的官本位遗毒所造成的欺软怕硬的思维定式使然，法律最高只能管到王子，王子他爹爱怎么犯法就怎么犯法，谁也管不着，实际情况是，法拿王子也无济于事，只能收拾庶民。在京城大大小小的机构中，属于庶民的机构只有驻京办了，官本位早就成了人们欺软怕硬的心理习惯，反正怎么攻击驻京办也不会引火烧身，于是各种嘴脸都以正义的姿态口诛笔伐驻京办，视之为"孽根祸胎"，柿子找软的捏，反正驻京办已经被骂成滚刀肉了，这就叫虱子多了不怕咬，债多了不愁还。你曾经说过恭王府很像是大观园，你这个比喻很形象。别看大观园里的日常生活似一条富贵河温柔地流淌，其实头顶上双悬的日月一直在明争暗斗。想那南江大厦犹如一枚戳在京城里的权力之印，省长之子插手南江大厦就注定了吴子虚替罪羊的命运，那苏老板也不过是省长公子的替身而已，只是此事刚刚交易成功，就东窗事发了，说明吴子虚身边不乏告密者，常言道若要人不知，除非己莫为。宝玉如果不与琪官互换汗巾，也不会引来父亲的一顿痛打，只是汗巾是系内裤的，穿上外面大衣服，也看不出来，忠顺王府的长府官，一语道破天机，宝玉不觉轰去魂魄，目瞪口呆，很显然，那天宝玉去冯紫英家喝酒，在唱曲的小厮中有忠顺王府的特务，这就是政治的狰狞。想那吴子虚身边不仅有贾环之类的人物适时火上浇油，更有像混在冯府中佯装唱曲的小厮一样的人充当特务，其实"琪官"不是一个普通的戏子，否则忠顺王与北静王也不会争起来，无论是"蒋玉菡"，还是"紫檀堡"都暗喻的是"权力之印"，那南江大厦当然也不是一般的大厦，因为南江大厦怎么看其外形都觉得像一枚玉玺。吴子虚被省长公子当枪使了，偌大个把柄怎么可能躲过别人的耳目，何况省委书记的监督之剑是直插过去的，根本不走偏锋，吴子虚不被"双规"才怪呢！这件事虽然被你提前看破了，但是你也别高兴得太早了，从你的日记来看，你的处境并不比吴子虚好，身边也是杀机四伏，即使你干净得像宁府门前的两只石狮子，也架不住整个宁国府臭气熏天，你即使是天上降下来的陨石，或者是"通天宝玉"，也架不住整天被人间烟火熏着，要只是人间烟火还好一点，就怕天天被鸡粪熏着，那可就奇臭无比了。你身边不可能没有鸡粪，鸡粪是什么？或许就是身边"许多唱曲的小厮们"。连怡红院里的丫头之间都你踩我踏的，何况当今偌大个官场。驻京办又是个伺候人的是非之地，正如晴雯奚落袭人一样，"因为你服侍的好，为什么昨儿才挨窝心脚啊！我们不会服侍的，明日还不知犯什么罪呢？"你听听，别自以为自己是个会服侍的，你以为自己是天下第一驻京办主任呢？在那么个是非窝里，当一个主不主，奴不奴的小官，还以为"你们鬼鬼祟祟干的那些事"能瞒得过去？你听听外界都称驻京办为什么？"蛀京办""行宫""腐败办"，好像"蛀京的"只有驻京办一种机构，"行宫"成了地方官的专利，"腐败"好像只有驻京办在搞，你作为驻京办主任可能觉得不公平，但是恰恰是由于有些部委在转移支付上不公平，才产生了驻京办，改革就是要摆平一切不公平，只是有一点，真要是天下事事都公平了，驻京办"将来横竖有散的日子"！你可能不愿意拿《红楼梦》说事，以为真如作者所言是"满纸荒唐言"，那你就大错特错了，其实《红楼梦》里的每个字都不荒唐，不仅不荒唐，而且真实得让人不敢睁眼睛。

难道老村长得到了市长吴东明的电话，反映农民失地的痛苦却被吴市长上了手段，不是活生生的现实吗？那个为农民失地而愤愤不平的县信访局局长因私自将吴市长的电话告诉了老村长而丢官罢职，不是活生生的现实吗？你被吴市长怀疑将他的电话号码私自告诉了进京上访的老村长而被骂得狗血喷头，险些丢了乌纱帽，不是活生生的现实吗？当然你丁能通无论多么精明诡道，面对这样的现实也是无可奈何的,尽管你还怀揣着一颗滚烫的良心,怕是也没有勇气学一学那位县信访局局长吧。吴东明将自己的手机号码、电话号码当作机密,唯恐老百姓知道,甚至局以上干部也未必全知道;可这位县信访局局长的手机号码是公开的,自从上任那天起,就在局公示牌上公示着,凡是到县信访办上访过的老百姓,没有不知道他的手机号的,而且人家的手机无论白天黑夜从不关机。就拿这次农民失地来说吧,以老村长为首的上访群众因为失地的事,晚上睡不着觉,只好向他诉苦,电话一打就是一个多小时。人家信访局局长不仅认真倾听,真心实意开导,而且帮着出主意想办法。这位一向变"上访"为"下访"的信访局局长向来以"息访"著称,这次实在气不过,自己是个芝麻大的小官,怎么可能与吴东明抗衡?上任县信访局局长几年来,还是第一次鼓动农民进京上访,并公然将吴东明的手机、电话号码告诉了老村长,这位县信访局局长一生没有什么英雄壮举,这次公然抗上,就算是最屎性的壮举了!吴东明得知县信访局局长的壮举后,亲自带队去万寿县兴师问罪。当时,吴东明气愤地质问:"你是党的信访局局长,还是老百姓的信访局局长?"县信访局局长厉声讥笑道:"怪不得你置老百姓的利益于不顾,为了个人政绩和小团体的利益,不惜拿'党的利益'做护身符,我来问你,党的根基是什么?党的宗旨是什么?党的血脉是什么?别忘了'天下稍安,尤须兢慎,若便骄逸,必致丧败'。"这话说得掷地有声,然而对于吴东明这种丧失信仰的人,无异于对牛弹琴。吴东明不是什么都不信,就像贾府的人崇拜皇权以及延伸出来的神权一样,吴东明也崇拜权力,有政治野心的人哪个不崇拜权力?只是这种实用型信仰不是为了自己皈依神灵,消除自身的污浊原罪,而是希望神灵为己所用,只要有用就信,无用就不信。马道婆的魔魇法管用,赵姨娘毫不犹豫地信了,同理可证,不管是什么手段,只要管用,吴东明都信。如此说来,你丁能通的一举一动都在吴东明的掌控之中,就像你千方百计掌控京城大员们的隐私爱好一样,其实吴东明骂你个狗血喷头,就犹如贾政暴打宝玉一样,不是真的要打死宝玉,真想要宝玉的命,三四十下中的一下就打死了,同样吴东明骂你不过是让你小心点,别站错了队伍而已。因为他深知你背后站着夏闻天,骂你不过是敲山震虎而已。

你::触目惊心的解读

五

　　要不是读你的日记,还真不知道杜志忠是这么被"双规"的。一直认为杜志忠的官声不错,没想到也成了腐败的牺牲品。记得杜志忠刚当上省交通厅厅长时,《清江日报》就长篇报道了杜志忠深入清江省革命老区为老百姓修建连心桥的事迹,据说受益的北辛店村地处黑水河交汇处,历史上本无大桥,只有一条小堤坝,每年都有村民命丧在洪水中。北辛店村是全省著名的八路村,战争年代有几百人为国捐躯,全村出过七八个将军,那年黑水河发洪水,刚好冲毁了小堤坝,杜志忠得知后,亲自到北辛店村查看灾情,并当即拍板:建桥!没过几个月,大桥就通车了,北辛店村的老百姓对杜志忠感恩戴德,在大桥旁为他立了一块功德碑。杜志忠非让老百姓拆碑不可,还苦口婆心地说,要立就给党立碑。这位在北辛店老百姓心目中犹如活菩萨的交通厅厅长会是大贪官?简直匪夷所思。不过他老婆得了抑郁症,进京不住省驻京办,却住市驻京办,不找省驻京办主任,却找你这个市驻京办主任,一方面说明你丁能通神通广大,另一方面也说明杜志忠不愿意让人们知道他老婆得了抑郁症,他老婆为什么抑郁了?留德医生让她写出自己的感受,她却在纸上画了十几个黑洞,你不觉得很说明问题吗?留德医生说,"抑郁可能是一次性事件",也有人认为抑郁是一种火,你可能以为是心火,但是在官场上,点燃心火的往往是政治之火。官场之道在于跟人,跟定一个人是可取的,但是地球人都知道你跟定了那个人,就像王熙凤眼里只有一个贾母,拍马屁时只照着她来,贾母听了合不拢嘴,邢夫人大约只会在嘴边挂一抹冷笑了。连婆婆姑妈都不放在眼里,对底下人就更不在话下了,暗中有那么多虎视眈眈嫉恨的眼睛,凤姐却只把幸福押在了贾母一个人的宠爱中,这种宠爱原本就是一柄双刃剑,凤姐又是个不懂得收敛的人,凤姐的结局可想而知。想一想杜志忠的结局,与凤姐的悲剧极其相似。清江省谁不知道杜志忠是赵长征一手提拔起来的,外界一直称两个人情同父子,也是赵长征过于信任杜志忠了,之所以将杜志忠安排在交通厅厅长的位置上,是因为前面两位交通厅厅长连续腐败掉了,赵长征是指望杜志忠到了省交通厅后挑出所有的烂苹果,却不曾想装苹果的筐出了问题。再加上杜志忠仗着省长给撑腰,一上任就大刀阔斧地蛮干,得罪了不少人,这些人哪个不躲到暗处伺机打冷拳?老子曰,宠为下,得之若惊,失之若惊。更何况党政一把手一向是"双悬日月照乾坤"的,你不是曾经将省委书记比喻为"日",把省长比喻为"月"吗?不管这个比喻贴切不贴切,谁都知道旭日东升要比"月上柳梢头"壮观,你小子深谙此理,才明里唯梁宇马首是瞻,暗里却对夏闻天忠心耿耿,弄得自己跟薛宝钗似的,跟谁都保持不远不近的距离,善于将温度均匀地分给每个人,虽不得"日月"宠溺,却也避免爬得高摔得狠,这也是你小子成为官场"不倒翁"的秘诀之一吧。以至于,在后来的艰难岁月里,贾宝玉无法再把爱情当作一宗哲学来做,而你在纸醉金迷中,却可以将驻京办哲学进行到底。正因为如此,在"接二连三,牵五挂四"的政治大火里,你百炼成钢,而贾府却归于毁灭。刘姥姥二进大观园时,突然火起东南,贾母遥望火光闪闪,暗示最先出事的,将是东南金陵的甄家。如今杜志忠的老婆虽然患病的症状是抑郁,却是心头火起,夜路走多了就难免撞上鬼,一个人一旦内心鬼祟起来,不抑郁才怪呢!你曾经说过,在《红楼梦》中,你最佩服的是刘姥姥,有一身对付俗人眉高眼低的本领,看似滑稽可笑,却于谦卑中不失尊严。其实刘姥姥是用本能展现她生命的力度与广度,你大概被她迫于生计的本能所感动,那么你在灯红酒绿中油滑得还有这种本能吗?

"东州农民工风采展"创意虽然不错,但你不觉得有点像贾母领着刘姥姥逛大观园的味道?以民为本不是做民生秀,夏闻天作为东州老百姓的公仆,总不能将所有的在城市化进程中失去了土地的农民都送到北京城吧?别以为北京城真像刘姥姥说的:"这长安城中,遍地都是钱,只可惜没人会去拿罢了。"刘姥姥无疑是一个特别"会去拿"的人,但有几个像刘姥姥那么幸运的,正好赶上贾母想找个新鲜人陪她说话解闷,这种机会无异于买彩票中奖了。陪在贾母身边又是吃又是喝又是玩儿,走的时候还得了一百多两银子附带一大车东西,这无异于将自家产的蔬菜水果卖了个超值的好价钱。怕是你丁能通也没有刘姥姥这份幸运吧。不过,刘姥姥说京城里遍地都是钱倒是真的,不然各地大大小

你:触目惊心的解读

小的驻京办不会宁可让舆论骂做"蛀京办""腐败办"也不肯撤。只可惜哪个驻京办主任"跑部钱进"没有一本辛酸账？一个个精得跟猴儿似的驻京办主任，应该算是最会到京城里去拿的人，尚且都有侯门公府碰壁灰心的辛酸史，更何况纯朴善良的农民工，他们可不是个个都有刘姥姥装傻充愣逗人开心的本事，更不是个个都有刘姥姥能说会道的口才，尽管北京城犹如大观园，农民工进京就像走进画里一样，按刘姥姥的话讲，"谁知今儿进这园里一瞧，竟比画儿还强十倍"，但是一些黑了心肝的老板却不是个个心肝都像画一样美，不仅欠薪，农民工的其他权益也是能侵则侵，进京打工毕竟不是"首都一日游"，夏闻天作为东州市委书记，还是应该将东州建设得让北京人都羡慕，让农民工生活在东州比生活在北京不知幸福多少倍，这才是真正的以民为本。

关于杜志忠一案的确引起舆论一片猜疑，谁都不是一生下来就想做贪官的，更何况杜志忠是个政绩突出的贪官。杜志忠案发后，为什么那么多人为他鸣不平？原因很复杂，但是政企不分的垄断性机制是造成的原因，不能有效遏制某一职务长期存在的腐败现象也是原因，杜志忠曾经是省里树立起来的廉政模范，这说明他上任之初是很想与贪腐抗衡的，但是在官本位造就的贪腐文化氛围里，哪个贪官不是被潜移默化地拉下水的？体制纵容下的腐败是防不胜防的。林白作为省委书记，既然知道"水在自由时，必然流下山岗"，为什么不"筑坝修渠"，深化体制改革？叫一个人去筑反腐倡廉的铜墙铁壁，无异于推卸责任。如今将一名本来可以避免腐败的干部逼到了深渊里，怎么可以将责任都推到杜志忠一个人身上？难道你这个管干部的省委书记就一点责任没有？一点愧都没有？杜志忠没有三头六臂，他一个人深入虎穴，其结果可想而知。"虎穴"是什么？还不是陈旧机制下的贪腐文化。杜志忠一上任就被贪腐文化包围了，他面临的结果只有一个，就是步前两任厅长的后尘。其实杜志忠走过的路很有点像"怀才渴遇"的贾雨村，都有着"天上一轮才捧出，人间万姓仰头看"的人生理想，只是"玉在椟中求善价，钗于奁内待时飞"而已，就像贾雨村一次在小酒馆偶遇朋友冷子兴一样，杜志忠在省委党校学习时，幸与赵长征的秘书朱峰一个班，就像冷子兴提醒贾雨村有一门可以攀附的富"亲戚"在京都，"便忙献计，令雨村央烦林如海,转向都中去烦贾政"一样,朱峰干脆直接将杜志忠引见给了赵长征。当年你不也是攀上肖鸿林那棵大树,才有了驻京办主任这份"富贵"。其实在此之前,贾雨村丢了一次官,原本正直的贾雨村在那次丢官之后受到了教育,特别是复官后经门子点拨,他开始向官场潜规则低头,因为如果不低头,或许连头都保不住。贾雨村这种人一旦被腐蚀,做起坏事来,比门子这种没有什么"技术含量"的人更隐蔽,更能掩饰自己的"恶"。或许杜志忠苦心修建的连心桥就是为了掩饰这种"恶"。他一方面下到各地市住五星级酒店总统套,另一方面每次从基层回来,都要打开汽车后备箱展览一下,告诉人们他从来都拒绝捎带任何礼品。这种双重脸谱像极了贾雨村。贾雨村就可以同时取悦于正经乏味的贾政和荒淫无耻的贾珍。正如林之孝所言:"如今东府大爷和他更好,老爷又喜欢他,时常往来,哪个不知?"而且他与贾赦的关系也非同寻常,为了给贾赦献古董扇子,贾雨村坑害石呆子的做法很有点像现在地方官强拆民房,"讹他拖欠了官银,拿他到衙门里去,说所欠官银,变卖家产赔补,把这把扇子抄了来,作了官价送了来"。也难怪,古往今来官场上的潜规则大同小异。按照林白的说法,杜志忠的做法是干脆将老婆调到工程建设公司当董事长,一个当厅长,一个当董事长,交通厅岂不成了家天下?正如贾琏预测贾雨村的前程时说:"他那官也未必保得长。"你也断言,在每个人的心灵深处,都藏着个恶魔瓶子,只是有的人还没有发现那个装恶魔的瓶子,但是杜志忠不仅发现了,而且还打开了瓶盖。是他自己打开瓶盖的吗?恐怕你也未必这么认为。

　　关于为黑水河大坝"跑部钱进"这一段日记,完全可以写入你的《驻京办史》,太经典了。如果司马迁活着,一定会写入《史记》,既可以写成《国部长列传》,也可以写成《梁市长列传》,当然最准确的还是《驻京办主任列传》。或者干脆就叫《丁能通列传》。你一句"跑龙套的"道破了天机。谁不是跑龙套的?在这个事件中,你似乎是为梁市长跑龙套,梁市长似乎是在为东州跑龙套,其实你们都是在为国部长跑龙套,而国部长似乎又在为家乡跑龙套,在这里王祥瑞似乎是个冤大头,谁都可以指使他跑龙套,但是他压大钱、送大礼的目的是什么?还不是最终让贾宝玉称为"禄蠹"的须眉浊物降尊纡贵为他跑龙套,王祥瑞是一个包庙者,

你:触目惊心的解读

一旦"禄蠹"们拿了他的钞票就等于同意将庙包给了他，"禄蠹"也就成了他聘请的庙里的主持。一旦国部长、梁市长，还有你丁能通都成了王祥瑞包的庙里的主持、和尚，就相当于在黑水河上建起了一座大坝，什么样的地质灾害、生态危机和环境污染都可能引发！更何况黑水河地区目前仍处在新构造运动带来的变化之中：西部继续上升，东部却在沉降；虽然成就了瑰丽的风光，但也同样埋下巨大的地质隐患。你说与京城公子党们、公仆们、夫人们及七大姑八大姨乃至秘书、司机们扯上关系的不止驻京办主任，还有王祥瑞这些企图包庙的人，语气里有着明显的自卑与不屑。还自嘲自己是个跑龙套的，好像王祥瑞成了主角。其实你并没有看到问题的实质，问题的实质是主角都成了庙里被供奉的泥塑。你没发现，凡是标榜自己是无神论者的人，却往往是泥塑的崇拜者。说白了谁不想成为人民的大救星，只有成了人民的大救星，才会被如醉如痴地崇拜，而只有被崇拜才会成为神。一旦成了神都会被请进庙里供奉，国部长是做梦都想被供奉的，但是他从小是吃"熏蛋"长大的，不是吃子弹长大的，怕是死后无法被供奉的，但是为家乡捐一座烈士陵园后，自己死后或许就可以借父母的光，因为从人性的角度讲，活着不能一家团圆，死后总要讲一点人道主义，家乡人念及国部长为家乡人做的贡献，是无论如何都会让国部长与父母团圆的。各地驻京办主任"跑部钱进"时，国部长没少变通，脑子里这点灵光还是有的。只是国部长忽略了现实生活中不可预知性，生活中的很多事情并不是按照计划发生的。就像黑水河的滑坡和崩塌，哪次是专家预测出来的？专家大多都是马后炮，经验和数据只能代表过去，对于未来的不可预知性，并不存在什么专家。如果谁自称专家，八成是曹雪芹笔下的胡庸医。更何况现代科学大战的最高技巧就是拆零，问题被分解成无数个细小的部分，所谓专家不过是这些细小部分的专家，没有哪位专家可以突破思维之狱，将这些细小的部分重新组装起来，正是这些犹如盲人摸象一般的专家无视总体，还用复杂的数学模型伪装自己，根本无视数学以及其他任何一门学科都不是总体的事实，用已知和重复发生的事物当作真理，其结果只能自食自欺欺人的恶果。你们在谈话中，谈到黑水河库区最危险的"老虎石"地段，一旦发生不测，数万人的生命很可能瞬间滑入黑水河，其实站在黑水河干流上仰望"老虎石"，只见整个滑坡体自低向高处，呈扇形扩张，陡峭而庞大，犹如一张巨大的"老虎口"，然而国部长想的不是"老虎石"地段的复杂性，而是他手中掌控的"盘子"的复杂性，尽管如此，梁宇还口口声声称国部长是黑水河库区的"活菩萨"，大概国部长很受用这三个字，既然是菩萨就要接受供奉，而菩萨是救苦救难的，被称为"活菩萨"不就等于大救星吗，这种不是神胜似神的感觉大概就是诱惑那么多人削尖脑袋往上爬的真正动力吧。其实国部长的做派很像一个人，你大概能猜到，对，就是荣宁二府里玉字辈唯一袭职的人，并且身兼族长之衔的贾珍。你看贾珍接受乌庄头缴租时，针对乌庄头对皇家和贾府关系的幼稚想象，贾珍说了句歇后语："黄柏木作了磬槌子——外头体面里头苦。"他的口气与国部长所说的"情况不像你想象的那么简单，盘子就那么大，在申报工程治理项目中，一些市县多报地质灾害防治项目、夸大灾害严重性，以套取中央项目资金，情况复杂呀！"多么相像。接下来，贾珍负暄发放，与各部委转移支付有异曲同工之妙。"贾珍看着收拾完供器，趿着鞋，披着猞猁狲大裘，命人在厅柱下石矶上太阳中，铺了一个大狼皮褥子负暄，闲看各子弟们来领取年物。"这情景与"跑部钱进"是不是也有异曲同工之妙。那"年物"像不像被掌握的资金？怪不得你常说："同样的项目，各个省都报了，而且差别不大的话，你说该给谁？能多要好几千万，回去就有面子，'大猫儿'也高兴，有了钱就能办实事啊！"你竟然称梁宇为"大猫儿"。那么谁是"耗子"？当然你也有像贾芹一样碰一鼻子灰的时候，贾芹之所以碰一鼻子灰是因为已经获得管理家庙的肥差，还吃着碗里的惦记着锅里的，幸好贾珍掌握情况，因此将贾芹骂一顿撵走。梁宇几次进京拜访国部长都吃了软钉子，是你这个驻京办主任没有把好脉。也难怪你没有把准脉，一般人也会认为"跑部钱进"的最有效的办法就是发射糖衣炮弹，可是国部长偏偏喜欢"熏蛋"，幸亏你小子是个研究"蛋"的专家，你曾经说过，你最爱吃皮蛋，最爱喝皮蛋瘦肉粥，其实你哪里是爱吃皮蛋，你是想通过吃皮蛋提醒自己，"要留清白在人间"。别看皮蛋在蛋类中变黑了，是蛋类中的异类，但是并不是因为皮蛋是黑的人们就不喜欢吃，相反，很多人对皮蛋情有独钟。毕竟皮蛋与熏蛋不同，皮蛋是被强碱性的生

你：触目惊心的解读

石灰烧黑的,而熏蛋是被烟熏黑的,皮蛋让人想起明代于谦的《石灰吟》:"千锤万凿出深山,烈火焚烧若等闲。粉身碎骨浑不怕,要留清白在人间。"石灰看似寻常,却蕴藏着高尚的品格。它要经过"千锤万凿"才能自深山采取,经过"烈火焚烧"变成石灰,虽已"粉身碎骨",却欣然以自己的清白,来服务于人们的生活。诗言志,大概只有自身高洁的人,才能独具慧眼,在寻常之物中发现其中的不寻常。而熏蛋只能让人想到一个成语:利欲熏心。你知道自己没有石灰的品格,在驻京办工作也不可能像石灰一样洁白,否则也不可能胜任这项特殊的工作,必须像地下工作者一样潜伏下来,就像缸内被料液腌渍的鸭蛋一样,即使取蛋在灯光下透视,也是黑的。但这种黑是弥足珍贵的,这是被生石灰烧出来的黑,恰似生石灰被烈火焚烧出来的白,这才是你追求的境界。然而这也是人生最难达到的境界,因为蛋变黑了可以吃,人变黑了大概就没救了,要不那些病入膏肓的人舌苔怎么都是黑的呢。能通,《大话西游》中有句话:"人是人他妈生的,妖是妖他妈生的,妖一旦有了仁爱之心,就不再是妖,是人妖。"同样,鸡蛋是鸡妈妈生的,鸭蛋是鸭妈妈生的,蛋一旦遇上石灰,就不再是蛋,而是皮蛋。如此说来,皮蛋黑的还真有点哲理,这就是白到了极点就黑到了极点。身为驻京办主任不能出污泥而不染,也只能效仿皮蛋黑又香了。

六

你从认识金冉冉那天起,就没安好心眼吧？为什么现在还对人家心怀不轨？金冉冉那次宫外孕,闹得东州市驻京办沸沸扬扬的,连在中央党校学习的贾朝轩都耳闻了,据说你还被刘凤云臭骂了一顿,后来你陪贾朝轩下棋时,贾朝轩问过你,有没有这回事,你好像有一百个委屈,不仅讲了认识金冉冉的故事,还讲了让金冉冉到刘凤云家做保姆的意图。大有欲盖弥彰的意味,贾朝轩压根儿就不相信你和金冉冉之间像你说的那么干净。别看你对金冉冉没安好心眼,但金冉冉对你还真有点"铿锵玫瑰"的仗义。之所以将金冉冉比作"铿锵玫瑰",是因为她很像《红楼梦》中的探春。先从长相上说,你在日记中就曾引用曹雪芹赞探春的笔墨形容金冉冉,你说刚见金冉冉时,给你的印象是"削肩细腰,长挑身材,鸭蛋脸面,俊眼修眉,顾盼神飞,文采精华,见之忘俗"。"俊眼修眉"倒还罢了,再加上"顾盼神飞,文采精华",怎么能不让人"见之忘俗"!不过别看你在官场上混了这么多年,见了美女也只是个情种,却忽视了金冉冉身上的政治才干。金冉冉为什么远渡重洋,到美国去留学,说明她像探春一样志存高远。探春说过,自己但凡是一个男人,就要到世上干一番事业,正是要实现"自我"的心声。也正因为如此,探春才有勇气用婚姻赌人生,她想的是,与其像迎春那样被当作抵债物轻易把自己的幸福送进未知的黑洞,还不如借"千里东风",赌一个"墙里开花墙外香"的未来。其实探春之所以冒险一赌,是因为她感觉到了大家族所潜伏的更大的险,"敏探春"不仅敏锐地体察出来,而且从"抄检大观园"之事,她就振聋发聩地指出了自杀自灭的征兆。她愤怒地说:"别忙,抄你们的日子有呢!"可见探春颇有政治家的见识。金冉冉何尝没有这种敏锐,你却将她不怀好意地引诱到刘凤云家当保姆,你倒是个领会领导意图的高手,肖鸿林、贾朝轩都希望你这个驻京办主任能成为组织部门和纪委部门领导肚子里的蛔虫,你知道自己成不了蛔虫,便想在周永年、刘凤云家安插个内线。幸亏这两口子是正人君子,金冉冉也将计就计,通过两个人的善心,一路将书读到了美国,如今爱上了一位美国小伙子,自然要比探春用婚姻赌人生不知道幸福多少倍,你自称冉冉的兄长,本应当为她祝福,为她高兴,竟然生出酸溜溜的滋味,说明你小子下水里还藏着不轨。还是从杜志忠老婆自杀事件中吸取点教训吧,这倒真应了探春的预言:"别忙,抄你们的日子有呢!"不知道杜志忠是否看过《红楼梦》,反正他做梦也不曾想过,"因嫌纱帽小,致使枷锁扛"的结局。又有多少官场人能体味出"甚荒唐,到头来都是为他人做嫁衣裳"的深意呢?据说,杜志忠得知老婆自杀后,当庭翻供,拒不承认对自己的所有指控,这又是何苦,大丈夫敢作敢当,连累老婆孩子算什么男子汉?其实官场上的事只能用八个字来表示:身不由己,欲罢不能。人都是一不留神陷入命运的旋涡里的,旋涡里洗澡,只能越陷越深,直到酿成大祸。之所以说是一不留神,是因为官本位就像是一条色狼,只要是有点姿色的女子都不会放过,但凡良家女子,严防死守是没有用的,老猫枕着咸鱼,怎么防?杜志忠一到交通厅就成了老猫枕着的咸鱼,掉进猫嘴里只是迟早的事。老猫是什么?就是政企不分,绝对垄断的权力,在这种文化下当一把手,即使是神坐在厅长的位置上,也会被腐蚀了,何况杜志忠是个有血有肉有欲望的人呢!张爱玲打过一个很精彩的比方,她说在命运的旋涡里不能自拔的人,就像闯了祸的小孩,茫然无助,只能任凭命运的推搡,却根本不知将去向何方。你是读过《红楼梦》的,大多读过《红楼梦》的人都是以读者或旁观者的心态欣赏这部经典的,可是书中的人物哪个不是活生生的存在?只要稍微留心和自己比较一下,就当惊心动魄于何其相似!能通,你不觉得你就生活在大观园里吗?不管你觉不觉得是其中什么角色,有一点你应该记住了:"江间波浪兼天涌,须要铁索缆孤舟。"什么是铁索?就是人生的底线。在驻京办当差,哪天不是在旋涡里洗澡,千万别将人生的底线当作鸡蛋上的裂缝。还是凤姐儿说得好:"苍蝇不抢无缝儿的鸡蛋。"法律可不像平儿行权,"得放手时须放手",要知道法网恢恢,疏而不漏!

144

　　说句实话,你的生活看似自由,却无时不在枷锁中,你像一个大蜘蛛一样,拼命穿梭在京城大员与东州首脑之间,牵线搭桥,犹如被两头牵扯的木偶,你就被锁在你牵的这些线织就的网中,永远都跳不出来。你说昨天晚上接到梁宇的电话,你不觉得这电话就像一条木偶线,让你努努力将永盛牌香烟推为国宴用烟,这好像不是一市之长应该做的事。亏你还有一份警觉,大概与你受你姐夫邱兴本求你将"蝎神酒"推为国宴用酒的牵连有关吧,当初吴东明就极力主张将"蝎神酒"推为国宴用酒,其结果是引发了一场清江省史无前例的乱集资案,你姐夫也锒铛入狱。如今前车掠过的烟尘未散,梁宇又步吴东明的后尘,搞什么国宴用烟,还真应了"当局者迷"这句话。你别说,读你的日记,还真有点尤三姐说的:"咱们'清水下杂面,你吃我看'"的感觉。你是希望读日记的人,"提着影戏人马上场儿,好歹别戳破这层纸儿",但是你却道破了和尚的腌臜,这倒让人想起一件往事。记得黑老大陈富忠曾经给贾朝轩家里请了一尊明代藏传鎏金铜佛像,说是在雪域高原开过光的,贾朝轩如获至宝,每天在家里焚香膜拜,但是不知为什么,自从佛像请进家门后,他就犯了一个拉稀的毛病,天天肚子疼,肚子一疼就得上厕所蹲着,每次都像拉水一样,东州的医院看遍了,都找不到病因,只好到北京看,还记得是你在北京找的肠胃专家,所有的检查都做了,专家说什么病都没有。当时贾朝轩愁眉苦脸地自言自语道:"真是邪了门了,怎么供佛供出毛病来了,像是撞上鬼了!"你小子脑袋一向灵光,分析说:"老板,佛是不能随便请的,请什么佛,摆在什么方位,说道非常多,莫不是佛请错了?"你当即建议贾朝轩随你去法源寺找智善大师请教请教,也是贾朝轩心计太多,不想让你知道太多,便说自己找座庙亲自请教,就不劳你大驾了。结果那天贾朝轩并未进北京城的什么庙,而是请了一位俗家弟子吃饭,也是关部长手下的一位姓钱的司长,在中央党校学习时,两个人一个班,钱司长是五台山白云寺皈依佛门的俗家弟子,他一听贾朝轩供佛的情况,就建议,将藏传佛像请走,再重新请一位汉传佛像。贾朝轩不解地问:"藏传佛教与汉传佛教不都是佛教吗?"钱司长解释说:"藏传佛教是显教菩萨乘和密教金刚乘合二为一的教派,而汉传佛教是大乘显教。两者在事理二谛的见解方面存在很大差别。"贾朝轩听得似懂非懂,回东州后就将藏传佛像退给了陈富忠,陈富忠非常不解,追问退像缘由,贾朝轩说了自己的苦衷,陈富忠当即答应再为贾朝轩请一尊汉传佛像。没过半个月,就请了一尊大肚子弥勒佛鎏金铜像,而且在杭州灵隐寺开了光,贾朝轩对这尊佛像非常喜欢,每天焚香顶礼膜拜,结果没过几天,拉肚子的毛病就好了。贾朝轩很高兴,认为这尊佛像很灵验,只要每天坚持膜拜,定会保佑他仕途之路顺风顺水,一路攀升。结果佛像不仅没保佑他,还丢了脑袋。肖鸿林就更荒唐了,为了骗发妻关兰馨出逃,竟然通过袁锡藩请了一位算命先生骗妻子说,不出国便有牢狱之灾,言称救丈夫的最好办法就是立即出国,这件事你是最清楚的,然而狡兔三窟,也没能逃过恢恢法网。你仔细想一想,那些官场上求神拜佛的人有几个有好下场的?正所谓"纵有千年铁门槛,终须一个土馒头"。其实妙玉也不是"槛外之人",佛教里讲的是慈悲为怀,"世法平等",为什么刘姥姥到了栊翠庵,遭到的待遇既不"慈悲"也不"平等"了呢?还是宝玉道出了缘由:"倒是出家人比不得我们在家的俗人,头一件心是静的。静则灵,灵则慧。"而宝玉过生日,妙玉以"槛外人"的落款给宝玉下帖子,"遥扣芳辰",恰恰说明她身在佛门,心并不

你:触目惊心的解读

静，甚至从未停止过幻想红尘，以至于最后"坐禅寂走火入邪魔"。话又说回来了，谁又不是"世人扰扰之人"？一个"槛"字，既有门槛之意，更有囚笼之意，如此说来"槛内"与"槛外"又有什么区别？常言道前车之鉴，何振东当年被"双规"时，不是也和专案组大谈佛教治国吗，还在专案组给他交代问题的纸上反复写"揭谛揭谛，波罗揭谛，波罗僧揭谛，菩提萨婆诃"，搞得专案组都不知道他在写什么，还是请佛教专家破译，才知道是"去啊，依无上妙智到彼岸"，结果便没去了，却下了地狱。如今，梁宇在电话里和你大谈佛教治国，难怪你多了个心眼，毕竟是吃一堑长一智，只可悲，并不是每个仕途之人，都能像你这么清醒。为了所谓的"富贵"，不管是真活佛还是假和尚，一律顶礼膜拜，就像那个工商所所长的老婆和税务所所长的老婆一样，不仅供养着慧海这个庙外的和尚，而且还心甘情愿为慧海当保姆，究其深层次原因，还不是得了不想舍，不仅不想舍，而且希望佛祖保佑永远得。殊不知"嗜欲深者天机浅"，还是智善大师借庄子之言道破了天机。只是董舒起了个"妙玉"的法号，听起来既滑稽又好笑。虽然此"妙玉"非彼"妙玉"，但其结果怕都是"欲洁何曾洁，云空未必空。可怜金玉质，终陷淖泥中"。之所以这么断言，深究极乐寺账号可见一斑。算你有心计，打听出东州西山上根本没有修极乐寺，怕是极乐寺背后另有真相，只是这真相见不得光，一旦见光，极乐寺怕是要变成极悲寺。眼下捐款修庙的人何止金伟民一个，表面上看，金伟民是虔诚向佛，实质是想通过讨好市长夫人而讨好市长，真是典型的商人，被吴东明及旧机制害得还不够，竟然越挫越勇，还真以为梁宇是北静王出场时用的那张伞？就不怕梁宇是第二个吴东明？你作为金伟民的同学应该提示一下，你却抱一个顺其自然的态度。其实你心里也矛盾得很，既希望金伟民的事业能有像北静王的那张伞一样护着，又担心那不是一张伞，而是一张网。你在京城认识了太多像"北静王"似的人物，只是凡是这类人物都有政治对立面，《红楼梦》里不就还有个忠顺王府吗，而且《红楼梦》毕竟是小说，现实当中还不知道有多少政治派别呢，老太妃薨，贾家去参加祭奠活动，竟然与北静王家合住一个大院子，荣府赁了东院，北静王赁了西院，太妃少妃每日宴息，见贾母等住东院，同出同入都有照应。其实荣府此时就为自己埋下了祸根,为什么?这等于公开告诉忠顺王府,荣府和北静王是一派的。凭你的政治才能和政绩早该升任东州市副市长了,为什么一直窝在驻京办?还不是因为你给肖鸿林当过秘书,要知道只要官本位垂而不死,株连思想就腐而不朽。

其实,官本位遗毒危害的不仅仅是官场,商场、情场无不受其侵染。就拿张辣辣来说,好端端的一位如花似玉的"尤二姐",怎么就变成了敢向贾珍、贾琏兄弟叫嚣,"我有本事先把你两个的牛黄狗宝掏出来,再和那泼妇拼了这条命"的"尤三姐",最后竟变成了断了线的风筝,有去无回。怪不得春燕引用贾宝玉的话说:"女孩儿未出嫁,是颗无价的宝珠;出了嫁,不知怎么变出许多毛病来,虽是颗珠子,却没有光彩宝色,是颗死的了;再老老,更变得不是珠子,竟是鱼眼睛。分明一个人,怎么变出三样来?"当然张辣辣从"水作肉骨"变成"死珠",再变成"鱼眼睛",并不像尤二姐、尤三姐是由封建婚姻和礼教害的,但却与封建礼教同宗同源的官本位遗毒有关。春燕转述贾宝玉的话,她的本意是封建社会的婚姻会使本来纯洁的女孩变质。在官本位机制掌控的权力结构中,即使"女人是水做的骨肉",也会被浊臭逼人的污泥污染了。在这一点上,张辣辣与尤二姐、尤三姐一样,都是美玉落入脏水里,宝珠由于被污染,而成了浑浊之珠。尤二姐自救不成,凄惨吞金;尤三姐自救不成,壮烈自刎;张辣辣并没有让事态发展到"糕碎桃花红满地",而是像风筝一样,"好风凭借力,送我上青云",远走高飞了。但是她并没有拍屁股就走,而是想学凤姐借剑杀人。张辣辣和尤二姐一样都有着嫁入豪门的梦想,这无异于与虎谋皮,尤二姐在与虎谋皮的过程中,被老虎吃掉了,张辣辣吸取了教训,要学尤三姐的烈,但不能像她那样蠢,既然手中握有"鸳鸯剑",何苦要自刎,干脆杀他个干干净净!张辣辣敢与你幽会,并在酒桌上道破天机,就已经证明她要下决心舍得一身剐了,她想借法律之剑,扒了王祥瑞这只老虎的皮。记得你说过,西方有一个著名的"鳄鱼法则",说的是当你的大腿被鳄鱼一口咬住的时候,你就必须毅然丢掉这条腿,以保自己的性命。很显然,尤二姐与尤三姐被鳄鱼咬住的不是大腿,而是咽喉,其实张辣辣也被咬住了咽喉,但她在鳄鱼换口之际,牺牲掉了大腿,赢得喘息之机,而且她还想利用鳄鱼咬住她大腿之

147

际，利用手中的剑刺鳄鱼一剑再逃。她根本没想能否将鳄鱼刺死，她只想刺过去，赶紧跑，张辣辣是这么说的，也是这么做的，这还真有点尤三姐以恶治恶、以毒攻毒、以流氓手段对付流氓手段的味道。她准备了一对鸳鸯剑，一柄给了你，张辣辣也是病急乱投医，竟然信任了你这个官场老油条，殊不知你已经被"痰迷了心，脂油蒙了窍"，辜负了张辣辣这份信任，竟然与张辣辣分手后，随手将她给你的包扔进了垃圾桶。不过，这倒一向是你的作为，如果你不这么做，你就不是丁能通了。你之所以没看那个包，是因为你根本不用看，就知道那个包里面包裹着的肮脏事，那个包就相当于柳湘莲嘴里的"东府"，连一对干净的狮子都找不到。正如你所言，像王祥瑞这种手眼通天的人，不知道掌握多少不可告人的秘密呢，他为什么能手眼通天？是谁允许他手眼通天？你或许正是因为担心王祥瑞手眼通天，才将张辣辣给你的包扔进垃圾箱的，还为自己找了个冠冕堂皇的理由，你做人的原则是绝不害人，既不害所谓的好人，也不害所谓的坏人。你这话说的不亏心？你分不清好坏，还分不清善恶吗？也不知道你想过没有，如果你将这个包交给刘凤云，中纪委就会在清江省掀起一场肃贪风暴。你把那个包扔进了垃圾箱，看似事不关己，高高挂起，其实你扔掉的或许是自己的良知，因为没有这个包，一大批贪官可能就要逍遥法外，你与这些人关系太密切了，是不是怕这些人一旦东窗事发，刮着碰着你？你肯定有这种担心，当然你这种担心也在情理之中。卢梭的观点是对的，"人天生来是善人，让种种制度才把人弄恶"，你天天在善与恶之间挣扎，已经见怪不怪了。或许你和博尔赫斯的观点一样，"失败使我高兴，因为我秘密地知道自己的罪，只有惩罚才能拯救我……因为失败同过去、现在和将来的事情都有千丝万缕的关系，因为指责或痛惜一件孤零零的真正的事情是对整个世界的亵渎"。这段话深刻地说明，博尔赫斯认为，有的罪恶并不是某一个或某一些人的过错，而是整个世界的过错。这不是常规的善恶观念，其实腐败分子的罪恶也不是一个或者某一些人的过错，而是整个社会的过错。幸亏张辣辣抛出来的是鸳鸯剑，你丢掉了一柄不要紧，相信她寄给赵长征的那个包一定会起作用的，当然前提是他的秘书不要像你似的，打开一看，知道这个包是炸药包，怕殃及自己，随手扔进了垃圾箱，那可就不是张辣辣的悲哀,而是社会的悲哀、政治的悲哀了。好在张辣辣判断得对,赵长征的确对打击走私工作抓得很紧,正急需这个炸弹包。量他的秘书能够掂量出这个包的分量,不像你似的,连好坏、善恶的标准都模糊了,毕竟省政府不是驻京办,那大楼顶上的国徽正应对着太阳熠熠生辉!

七

你的这段日记,可以用脂砚斋的一句批语,尤为贴切,叫作"真事欲显,假事将尽"。都说"朝里有人好做官",其实得到朝里的消息更重要。自从习涛就任驻京办副主任后,你算是有了"耳报神"了。乔军透露给习涛的信息,说明一个问题,就是"日"派在干扰"月"派的行动,很显然林白对赵长征的发难心知肚明。这很有点像《红楼梦》中邢夫人借绣春囊发难于王夫人和王熙凤一样,当然这也只是猜测,毕竟外界传言沸沸扬扬,虽然说无风不起浪,但毕竟是捕风捉影者多。不过小说家个个都是捕风捉影的高手。更何况读你的日记就相当于欣赏内画,你简直是才华出众的内画大师,不用说别的,单就赵长征、刘光大、尚杰、陆宏章召开的秘密会议,你连刘光大在会上说的狠话都知道,足见林白对这次会议更是了如指掌。乔军敢把会议的细节透露给习涛,显然是故意而为之。只是你因那五辆奔驰车始终有一种做贼心虚的心理,你是怕一旦东窗事发,搞不好成了梁宇的替罪羊,对吧?其实最应该做贼心虚的应该是何超,以何超的身份和手段,他怎么可能不知道省里成立了打私专案组,他却在你和王祥瑞面前装糊涂。你在日记中称,何超进京时到公安部开会,公安部召开会议能不安排食宿吗?怎么何超天天住在北京花园,这本身就很蹊跷,八成是早就得到打私专案组成立的消息,进京斡旋关系的吧!要不然当王祥瑞提示他多加小心时,他会问"祥瑞,你怎么看?"这种话?要知道王祥瑞进京后,可是一直陪关部长的老母亲打麻将。关部长是什么人?王祥瑞一句"专案组会不会对你下手",决不是空穴来风。何超听了怎么会不毛骨悚然,更何况刘光大扬言,"准备好了一百口棺材",何超听了王祥瑞的提示哈哈大笑,多像贾珍率家人赏月时那句厉声叱咤。当时墙根下忽然发出怪异的长叹，后来一阵风吹过，隔壁宗祠里发出槅扇开合之声，只觉得风气森森，众人都觉毛发倒竖。何超那句："兄弟，你多虑了，对我下手凭什么？"多像贾珍那句壮胆的叱咤："谁在那里？"其实王祥瑞一点都没多虑，何超脚上有几个泡，王祥瑞心知肚明。你也心知肚明，远的不说，就说那五辆奔驰车，明明是水货，但手续齐全得很。你早就怀疑或者说早就知道永盛集团旗下确实有汽车销售公司，但永盛集团什么时候销售过国内汽车厂家生产的汽车，从来销售的都是国外高档汽车，如果这些车都是水货，那么这些走私车上岸后销往何方？如何办理手续使其合法地在陆地上行驶？这似乎算不得谜团。谁都知道公安交通管理机关，是负责车辆挂牌、行驶的国家行政机关。只有公安机关有权力办理走私汽车罚没证，追缴补交税款后，才能使车辆合法化，顺利上路。说白了，只有公安机关认可，走私汽车才能上路。何超是省公安厅副厅长，而且主管打私，这不是秃子脑袋上的虱子明摆着吗？你问自己应该想象点什么，这个

150

问题问的好。贾府里有一个山脊，叫凸碧，还有一个池塘，叫凹晶。这一山一水，一高一矮，恰恰寓意着有上就有下，有明就有暗，有升就有降，有盛就有衰。如今你们三个人各怀心腹事地喝着闷酒，每个人的心里是不是都揣着一轮"水月"，你们议论的每一句话都犹如一粒粒扔进"寒塘"中的石子，激起的是"秋湍"般的涟漪。连大观园查赌还牵扯出一大群人呢，何况清江省要以雷霆万钧之势掀起打私风暴，尽管王祥瑞头上光环灿烂，是个名副其实的红顶商人，怕也只能落个"画梁春尽"的下场。当然，谁都不会心甘情愿地退出历史舞台的，正因为如此，王祥瑞才认为这场打私风暴不过是上层之间的政治斗争，是"月"派想取代"日"派，还拿出梁宇做挡箭牌，王祥瑞就是想利用各个利益集团之间的大激荡保护自己，否则他不会在这个时候进京。要知道有太多像"夏太监、周太监"那种人伸手向他借过"银子"，俗话说，吃人家的嘴软，拿人家的手短，谁还没有个短处？王祥瑞正是利用这些短处攀到"青云"之上的，如今他怎么可能眼见"青云"变"青萍"呢？接下来，他会怎么办？当然是赌，就像贾珍设赌局一样，明着搞的是赌局，实则是为了搞具有组织意味的串联，要知道他老爹贾赦早就私自结交京外官员，贾赦曾派

贾琏去平安州与平安节度使勾结；如今各地纷纷在京设立驻京办表面上是为了"跑部钱进"，实质是为了结交京城大员。地方勾结京城大员少不了你丁能通这类人，更少不了王祥瑞这类人，梁宇带王祥瑞为国部长家乡捐一座烈士陵园就是实例。其实论结交京城大员，王祥瑞比你丁能通更有实力和便利条件，像什么"夏太监、周太监"之类的人物不过是小菜，说不定王祥瑞进"北静王府"也如履平地，你信不信？

你曾经将官本位的遗毒比作河豚之毒，这个比喻很有独创性。记得是你请时任皇县县太爷张铁男吃水煮河豚，张铁男口口声声日子过得不够刺激，你就用剧毒的河豚做比喻，认为人们拼死吃河豚似乎不仅仅是为了品尝河豚肉质细腻鲜美，更多的是为了一种虚荣，因为只有有身份有地位有实力的人才能品得起河豚的美品，似乎吃河豚是一种有身份有地位的象征，这已经不是在品美味，而是在显尊贵，纯粹是虚荣心理作祟。如果品狗屎是一种身份地位的象征，你信不信世人也会趋之若鹜！结果吃了河豚之后，你领张铁男去欧洲风情寻求刺激，张铁男突感肚子有点疼，你怕他是中了河豚毒，张铁男却称自己五毒俱全，河豚那点毒根本不算毒，一边吹，一边去了洗手间，就在这时，曾经盗矿的搓澡工魏国山、魏小五和魏小七兄弟三人交给你一件东西，是张铁男等人官商勾结、草菅人命的犯罪证据，你当时毅然决然地答应魏氏三兄 151
弟。你觉不觉得那时的你比现在的你充满阳刚之气。你或许不爱听，但那时的你可以将魏氏三兄弟提供给你的证据交给石存山，现在的你却将张辣辣交给你的证据扔进了垃圾桶，你应该仔细想一想，为什么这一前一后没有几年的时间，你却判若两人？当然惩恶不是件容易的事情，或者说是件很困难的事情，难就难在善恶并没有泾渭分明的界限，而且付诸行动需要很大的勇气和运气。你之所以将张辣辣给你的证据扔进了垃圾桶，是不是时光的洗礼，勇气已经消磨殆尽？还是骨子里想保护什么？要知道朱峰打给你的电话有两层意思：一是打探何超的下落，二是从朋友的角度提醒你，千万别犯"贾府"曾经犯过的错误。你会问，贾家犯了什么错误？贾家明明知道江南甄家已经被皇帝抄家治罪，贾家不但接待了甄家的人，还接收了甄家运来的罪产加以藏匿。幸亏你没有向朱峰隐瞒何超的下落，否则你就在赵长征、刘光大那里犯了隐匿之罪,要知道在"双悬日月照乾坤"的官场格局中,你要时不时地做出鲜明的政治抉择。是站在以"义忠亲王老千岁"为首的"月"派政治力量一边,还是站在以"忠顺王"为首的"日"派政治力量一边,总不能"春梦随云散,飞花逐水流"吧。在官场上混,最较智慧的就是跟对人。还是娇婳将军林四娘一语中的,"今王既殉身国患,我意亦当殉身于下",林四娘既然跟了恒王,试想还有别的出路吗? 回答有的不在少数,然而这样的出路不过是苟且偷生罢了。大凡苟且偷生者不乏嫉贤妒能之徒,你身边不是有过钱学礼、黄梦然吗,现在那个杨善水怕也未必上善若水。那水早就变成了"酸汁子",怕是王一贴胡诌的"疗妒汤"也无济于事,你最应该小心点。还是东州市规划委主任沙纪周最令人钦佩,东州官场谁都知道,沙纪周最好吃河豚,却常常将河豚鱼的毒素比作做官的底线,他常说,"做官的底线就像这河豚鱼的毒素,碰不得,光想河豚鱼的美味,忘了河豚鱼的毒性,那是找死!"为了守住做官的底线,他面对自称连地狱里的魔鬼见了自己也得给面子的黑老大陈金发的软硬兼施,毫无惧色,以至于被陈金发挑了大筋。什么叫阳刚之气? 这就叫阳刚之气。你似乎已经不屑这种阳刚之气了,不然你也不会将张辣辣提供的证据扔进垃圾桶里。或许你忘了夏闻天常说的那句话:"污泥不铲除,荷花早晚得被污染了!"你是鄙视荷花的,因为荷花离不开人工培植,你更喜欢芦苇,因为芦苇是野生的,用不着人工呵护,你非常喜欢金伟民说过的一句话:"出污泥而不染的不光有青莲,还有芦苇。"这话说的很深刻,但是金伟民可做一株会思想的芦苇,你却不能,因为你生存在荷塘中,你只有两种选择,要么做青莲,要么做污泥,当然你还有第三种选择,就是做荷塘之水,然而,那水早已浑了,难道你想浑水摸鱼?

即使你想浑水摸鱼,也不能趟何超这摊浑水,因为何超已经不是"浑水",而是"死水"。其实,何超被"双规"你早就判断出来了,昨天晚上薪泽金告诉你,刘光大进京了,你就知道何超完了,你送何超进医院时,你就有预感,不然你不会从救护车的警笛中听出"完了,完了!"。既然你已经预感到何超"完了",为什么还要见王祥瑞呢? 你这个人最大的毛病就是太自负,总觉得自己在驻京办这个大染缸里浸染多年,早就炼得百毒不侵,连吃蛋都要吃最黑的皮蛋。然而染缸和死水是两回事,染缸里多少还有点生机,死水是断无生机的。你以为将古娟藏匿在百鹿园,何超就能躲过此劫?你太低估刘光大了,要知道为了这个案子,他准备为自己留一口棺材。再者说,若要人不知,除非己莫为,你就不怕杨善水之类的人物知道了,像马道婆一样躲在暗处打黑枪!马道婆的"招儿"就是"明不敢怎么样,暗里也就算计了"。马道婆之"道"就是用"镇魇法",《红楼梦》描写了贾宝玉和王熙凤突然发疯的情况。其实同样的情况也见过,当年肖鸿林的老婆关兰馨,为了惩罚狐狸精白丽娜,曾经把白丽娜的名字写在纸条上,然后放在一个巨大的辟邪玉石斧头下边,想让斧头剁烂她,还把写着白丽娜名字的纸条塞进一对铜狮子嘴里,让狮子把她嚼个稀巴烂。然而就像马道婆"镇魇法"终将被识破一样,关兰馨的小把戏还是被专案组发现了。其实,凤姐对马道婆早就怀疑了,她对贾母和王夫人说:"我记得咱们病后,那老妖精向赵姨娘那里来过几次,和赵姨娘讨银子,见了我,就脸上变色,两眼熏鸡似的。我当初猜了几遍,总不知什么缘故。如今说起来,却原来都是有因的。"马道婆为什么要让宝玉认她作"干娘"?还不是因为宝玉是贾府的"命根子",抓住这根"软肋",她名义上假充宝玉的保护人,实质上是为了白花花的银子。你如今要充当古娟的保护人,该不会也是为了钱吧?马道婆被一个叫潘三保的告发后,被锦衣府拿住送入刑部监,被"问出许多官员家大户太太姑娘们的隐情事来"。莫非你也想通过古娟了解些这方面的隐私?古娟这种女人是很会利用关系的,她通过何超没少结交京城大员的夫人、小姐们,也没少掌握"隐情",或许你想通过古娟了解办理单程证的来龙去脉,要知道许多京城大员的夫人、小姐、公子都持有香港单程证,每张单程证后面都奥妙无穷,你又不写小说,了解单程证背后的奥妙干什么?这些奥妙可不是什么小辫子,搞不好是虎头上的虱子。再说像何超这种好色之徒,怎么可能就养一个古娟,保不准还有赵娟、钱娟、孙娟、李娟也跟他有一腿,你藏得过来吗?贾宝玉认为,"吾未见好德如好色者也"没什么讲头,但贾代儒却认为"场中"很可能出这个题,他指的"场中"表面上是考场,实际就是官场。现如今官场时刻都是考场。贾宝玉虽然认为孔子这句话没什么讲头,但还是讲出了很深的道理:"是圣人看见人不肯好德,见了色,便好的不得了,殊不知德是性中本有的东西，人偏都不肯好他，至于那个色呢，虽也是从先天中带来，无人不好的，但是德乃天理，色是人欲，人哪里肯把天理好的像人欲似的。孔子虽是叹息的话，又是望人回转来的意思。并且见得人就有好德的，好的终是浮浅，真要像色一样的好起来，那才是真好呢。"接下来贾代儒问的话应该问问何超这种只好色不好德的官员："我有两句话问你：你既懂得圣人的话，为什么正犯着这两件病？"眼下凡是问题官员无不犯这两件病，你不也曾经在色上犯过病吗？要不是"德"这根底线拦着你，怕是也步何超的后尘了！这话不是危言耸听。你现在答应王祥瑞藏匿古娟，无异于"虎头上捉虱子"。你犯的毛病跟贾环一样，本来牛黄在药铫子里熬的好好的，贾环非要看看牛黄什么样，结果伸手拿那铫子瞧时，措手不及，"沸"的一声，铫子倒了，火已泼灭了一半。挨了凤姐一顿臭骂不说，回到家，赵姨娘不仅骂他下作，而且骂他"虎头上捉虱子"。你藏古娟这件事，无异于贾环碰药铫子，你是没事找事！你也不想一想，专案组会与你善罢甘休吗。明摆着是"虎头上捉虱子"。

154　《红楼梦》里对传统文化糟粕进行了深刻鞭挞，马道婆的"镇魇法"就是一例，她之所以能出入那么多官员大户人家，掌握他们太太小姐的隐私，说明这些人暗里没少算计。官本位文化说白了就是明里八股文章，暗里是"镇魇法"。一位叫王晓方的作家，写了本《公务员笔记》用喝尿作隐喻，对文化传统糟粕进行了深刻批判，你可以好好看看，尿本是新陈代谢的垃圾，犹如文化传统，却被一些人奉为养生至宝重新喝到肚子里，其结果只能是尿中毒。还是贾宝玉说得好："更可笑的是八股文章，拿他诓功名混饭吃也罢了，还要说'代圣贤立言'。好些的，不过拿些经书凑搭还罢了。更有一种可笑的，肚子里原没有什么，东拉西扯，弄的牛鬼蛇神，还自以为博奥。"你说必须学会能够多少有些错误地去认识真理，但不能多少有些错误地去认识垃圾，更不能有些错误地去认识罪恶。

八

　　你认为昌山市驻京办是第一个沉没的"海盗船"，此言差矣。难道你忘了朱峰的前任潘前进是现任昌山市市长吗，而现任昌山市市委书记曾经是省政府秘书长，都是赵长征的嫡系。现在似乎知道赵省长全力打击走私犯罪的意图了吧！当年肖鸿林去南非买了大批的象牙，你的后任秘书郑卫国提前回国找你，安排打通海关接这批象牙，你曾经说过，当时你找到徐江疏通了首都机场海关，才使这批象牙顺利过关。徐江作为昌山市驻京办主任为什么与海关的关系这么硬？连你这个"大蜘蛛"都自叹弗如，难道你就没看出什么端倪？这几年清江省有两种地方烟，名声大噪，一种是东州的永盛牌香烟，另一种是昌山的雄鸡牌香烟，而且两种香烟大有比翼齐飞之势，你也曾经在酒桌上说过，昌山市这几年对走私睁一只眼闭一只眼，用潘前进的话讲，只要对地方发展有利，不管黑猫白猫抓住耗子就是好猫。如今昌山市驻京办在省里打私风暴鹊起之际低调撤出北京城，显然不是为了出风头，而是一种主动的配合，不给别人留口实，这样赵省长就可以毫无顾忌地放手打击走私，不至于因为昌山市的不检点而掣肘。如此说来，昌山市驻京办不是徐江干黄的，而是干得"太好了"，好得有点太过了，妙玉讲，太过恐不能持久，正因为如此，昌山市政府才决定撤走驻京办，不得不避一避锋芒。你可能以为写小说的都是神经质，随你怎么想。所谓"坐禅寂走火入邪魔"，写的是妙玉打坐，怎奈神不守舍，中了邪魔。其实每个人的心中都怀揣着一个"邪魔"。谁又能真正静下来呢？你们这些驻京办主任哪个不是被女娲抛弃在大荒山无稽崖青埂峰下的石头下凡，谁没见过昌明隆盛之邦、诗礼簪缨之族、花柳繁华之地、温柔富贵之乡？如果把官本位比作一个巨人的话，你们就是挂在巨人脖子上的玉坠，个个都阅尽官场的悲欢离合。但是在强大的腐朽势力面前，你们又都是妙玉一般的弱者，只能屈从枯骨"终陷淖泥中"。

至于酒席散后，薪泽金钻进你的车里透露了何超案情进展情况，提到何超的老婆为了开饭店，从王祥瑞手里拿了三百万现金，他儿子在澳洲开公司，王祥瑞提供了五十万美元，你其实并不惊讶。你曾经说过，何超在庭审时曾经矢口否认他知道这两笔钱，都是老婆和儿子背着他向王祥瑞借的，即使何超的话是真的，如果他不是主管打私的省公安厅副厅长，王祥瑞即使是活佛，也不可能借给他老婆和儿子钱，说白了都

155

你：触目惊心的解读

是为了一个"钱"字。从古到今,权势与钱势狼狈为奸,演绎了多少"受私贿老官翻案牍"的闹剧。然而时代不同了,何超在庭上翻供容易,但遇上刘光大这种抬棺材反腐的,何超就是使出浑身解数怕也是难逃此劫! 至于赵长征和薪泽金谈起杜志忠时眼睛都湿润了,怕是除了有惋惜之情,也有忏悔之意吧。要不然他怎么嘱咐薪泽金慎独呢? 还反复强调驻京办和交通厅都是火山口,也可能这种想法是杞人忧天,然而俗话说,国家兴亡匹夫有责,你能不忧? 你或许不会忧了,因为你的灵魂已经麻木,但作家的灵魂却是个疯子! 连妙玉这个"槛外人"都在思考"你从何处来"这种哲学的根本性问题,何况作为"槛外人"的作家。只是惜春说的"从何处来"像是前世就想好了,说的太冷,但仍然藏着忧,就像她对尤氏说:"我清清白白一个人,为什么教你们带累坏了我!"为了不被"带累坏了",她不但要"杜绝宁国府",而且她也同红尘决绝。最终出家为尼,与青灯黄卷相伴一生。惜春之所以做出这种选择,皆因她看清了宁国府之"乱"的根子,她的出世是她面对冷酷的现实又无法抗拒的结果,这难道不是一种忧? 你丁能通是看惯虚热闹的人,又坐在火山口上,是体会不到惜春这种冷的。但是天下没有不散的宴席,最终谁都得回到"来处"去,但是人大多是"乐不思蜀"的,怕是"回去的路都要迷住了"。你是一向将驻京办当作"来处"的,但这只是你的一厢情愿,你之所以"乐不思蜀",不是被北京城的大街小巷迷住了,而是被灯红酒绿的虚热闹迷住了。正因为有了大大小小的驻京办主任,北京城的灯才更红了,酒才更绿了。但是在作家看来不过是抹在历史之墙上一层令人作呕的釉彩而已。

你说的黄金会馆,怎么越看越像《红楼梦》里的水月庵。你对贵宾区的情况如此清楚,是不是也在里面潇洒过? 你说"省纪委曾经接到过许多举报信,一些官员在黄金会馆宿娼",这与荣宁二府门上、墙上的匿名信帖子如出一辙:"西贝草下年纪轻,水月庵里管尼僧。一个男人多少女,窝娼嫖赌是陶情。不肖子弟来办事,荣国府内好声名。"这就是一张名副其实的匿名举报信。贾芹作为贾府小和尚和小道士的总管,每月能领到不少份例,可一听说宁府分发年物,他又匆匆赶去想领一份,反被贾珍着实训饬了一顿。从贾珍口中得知,他在家庙里"为王称霸起

156

来，夜夜招聚匪类赌钱，养老婆小子"，贾芹的行为令人似曾相识，一朝有了权有了钱，谁还懂得"谨慎"二字。其实贾芹的所作所为与贾珍、贾琏之流比起来，简直是小巫见大巫了。"秦可卿淫丧天香楼"就是明证。常言道，"万恶淫为首"，贾珍不仅骄奢淫逸，而且父子沆瀣一气，"放头开局，夜赌起来"，将傻大舅邢德全、呆霸王薛蟠，一群"斗鸡走狗、问柳评花的一干游荡纨绔"聚于家中，一面"抢新快""打公番""挂骨牌""打天九"；一面"搂娈童、喝黄酒、调笑无度，四更方散"。且说那个贾琏，"只离了凤姐便要多事，独寝了两夜，便十分难熬，便暂将小厮们内有清俊的选来出火"。后来小厮们给他"推荐"说有一个多姑娘不错，"惹得贾琏如饥鼠一般"，见到多姑娘后，"早已魄飞魂散，也不用情谈款叙，便宽衣动作起来"。后来和那个鲍二家的偷鸡摸狗被凤姐撞见，更是闹得天翻地覆。贾琏"淫"的特点是从来不问娇妻爱妾、亲戚朋友乃至主子奴才，一律通"淫"。难怪贾母骂他"凤丫头和平儿还不是个美人胎子？你还不足！成日家偷鸡摸狗，脏的臭的，都拉了你屋里去。……你还亏是大家子的公子出身，活打了嘴了"。可见贾珍、贾琏都是嫖赌老手，五毒俱全，与贾芹又是叔侄关系，正应了那句老话，"上梁不正下梁歪"。关于这一点，从贾琏袒护贾芹就可见一斑。对于水月庵事件，贾琏不仅未曾"扫黄"，反而做了手脚。密谋"庇护"贾芹，向贾芹面授机宜："就是老爷打着问你，你也要一口咬定没有。"赖大乃一奴仆，无权无位，虽目睹贾芹深夜"招惹女尼喝酒划拳"，却不敢形于色、表于言，相反"含糊装笑"，睁只眼闭只眼。最后，对贾芹的处理仅仅是"说他一顿"，其实连说也没说，就偷关而过，并扬言查出举报者"重重的收拾"。水月庵事件打了哑炮，负有领导责任的贾政，虽然口头上信誓旦旦，要一查到底，可行动上官僚作风作怪，耳目失聪，被贾琏牵着鼻子走。现实当中，为什么有那么多举报信查无实据，不了了之，一方面是官僚主义作风作怪，另一方面就像贾琏与贾芹一样"猫鼠同眠""唇亡而齿寒"，岂敢撕破脸皮，惹火烧身？你还记得吧，袁锡藩任东州市副市长时，在北都大酒店嫖宿，被人举报，被警察堵在了床上，副市长兼市公安局局长邓大海得知后向肖鸿林做了汇报，结果肖鸿林以维护班子团结、家丑不可外扬为由，大事化小小事化了，不了了之。袁锡藩有了肖鸿林的庇护，干脆将

你：触目惊心的解读

睡过的女孩包养起来,好像就叫陈红。据说是在洗浴中心认识的,当时的洗浴中心是陈富忠开的,陈红在那家洗浴中心当"鸡头",不知道石存山进京找的那个黄金会馆的"妈咪"是不是就是这个陈红。只知道后来陈红当了二奶后,在袁锡藩的运作下,陈红竟然开起了大酒店,还当上了市人大代表和市餐饮协会副主席。后来东州市官场局以上官员都知道袁锡藩有个表妹,是个呼风唤雨的能人。为了牢牢抓住袁锡藩这棵大树,陈红发挥自己曾经做"鸡头"的本事,不断让袁锡藩换口味,甚至为袁锡藩提供好几个俄罗斯女孩,后来"肖贾大案"东窗事发后,袁锡藩也在劫难逃,锒铛入狱,经专案组调查,那几个"俄罗斯女孩"竟然都是假的,不过是少数民族女孩,陈红也破产失踪。这些年,凡是腐败掉的官员,没有一个能脱掉一个"淫"字,就拿东州来说,肖鸿林拜倒在白丽娜的石榴裙下,贾朝轩拜倒在苏红袖的石榴裙下,袁锡藩拜倒在陈红的石榴裙下,何振东拜倒在王端端、王庄庄等人的石榴裙下,吴东明拜倒在辛翠莲的石榴裙下,就连你也曾拜倒在罗小梅的石榴裙下,险些断送了仕途前程。对比《红楼梦》有太多的相似之处,怪不得毛泽东多次强调,领导干部要读一读《红楼梦》,而且认为,不读五遍,就没有发言权。1961年12月20日,他在中央政治局常委和各大区第一书记会议上讲:"《红楼梦》不仅要当作小说看,而且要当作历史书看。他写的是很细致的,很精细的社会历史。"我们常常讲"以史为鉴",《红楼梦》的确是一面历史的镜子,在改革开放的今天,每个领导干部都有必要好好读一读这部"顶好的政治小说"。否则怎么可能识别现实当中的苍蝇与老虎?你不就没有想到,去黄金会馆享受的官员里竟然还有国部长、郑部长、关部长吗?苍蝇要消灭,难道这些老虎就该放虎归深山吗?

你还记得吗?当年贾朝轩在中央党校学习时,一直谋求挤走肖鸿林,好取而代之。也不知道通过什么关系认识了一位部队老首长的秘书,叫吴若有,是个踮脚,三十多岁,秃顶,小眼睛,黑胖黑胖的,有一次你在贾朝轩的宿舍碰上了,贾朝轩向你介绍说吴若有是部队老首长的秘书,你当时就说出了老首长的秘书的名字,质疑道:"没听说有叫吴若有的秘书。"你对贾朝轩说:"老首长的几个秘书和司机跟我是好朋友,上个星期还在一起吃饭呢。"吴若有当时脸就红了,窘迫地说:"对不起,贾市长，我其实是老首长保健医的小舅子，不过你放心，我姐夫确实和你想见的那位首长是大学同学，通过我姐夫一定能让你见到那位首长。"也是贾朝轩想当一把手心太切了，因为尽管吴若有当着你的面没说出那位首长的名字，但是一旦说出来，你就明白，贾朝轩真要是得到那位首长的赏识，取代肖鸿林指日可待。你也知道贾朝轩惦记肖鸿林的位子不是一天两天了，两个人自从搭班子以来，一直斗法，谁不想有自己的政治意志，谁不想实现自己的政治抱负，谁不想领略权力巅峰的无限风光。正因为如此，贾朝轩认识了吴若有就仿佛抓住了向上爬的一根绳子，哪儿肯放手？即使你说和部队老首长的几个秘书和司机都是好朋友，贾朝轩也充耳不闻。因为第一，老首长的几个秘书与贾朝轩想巴结的那位首长没关系，第二即使有关系，贾朝轩与你隔着一层，因为你毕竟给肖鸿林当过秘书。吴若有的身份被你揭穿后，为了显示自己确实是老首长保健医的小舅子，连打了几个电话，故意指名道姓地显摆自己的交际网，通话的人还真都是有头有脸的，不是这个首长的公子哥，就是那个将军的秘书，也不知道通话对方的真假。吴若有本来是来请贾朝轩听音乐会的，开了一辆奔驰车，身份暴露后，为了显示自己确实不白给，打电话弄来一台甲O牌照的奥迪车开道，本来你不想凑热闹，但是贾朝轩非要让你陪着去，盛情难却，你只好全程陪同，吴若有弄来的那辆甲O牌照的车一路闪着警灯、打着警笛，耀武扬威地上了三环路。知道的是东州市常务副市长在驻京办主任陪同下去听音乐会，不知道的还以为后面跟着的两辆奔驰里坐的是外宾呢。后来贾朝轩一直也没见到他日思夜想的那位首长，倒是通过吴若有的姐夫结识了那位首长的大学同学，原来吴若有的姐夫不是与首长是大学同学，而是给首长的大学同学看过病成了好朋友，据吴若有的姐夫说，首长的大学同学去首长家如履平地，取代肖鸿林的事包在他身上。结果你也知道了，直到"肖贾大案"爆发，贾朝轩也没有见到那位首长。这段往事与你见的那位老将军的干儿子何等相似？其实那个骗子亮出与老将军的合影、少将工作证和一把精致的军用手枪时，就等于不打自招了。这与贾宝玉弄丢了挂在脖子上的那块宝贝，有人冒领大同小异。荣府"贴了标贴儿，上头写着玉的大小、式样颜色"，有人听说捡了送去，就给一万两银子,于是就"有人到荣府门上,口称送玉来的"。家人喜得不得了,报与贾琏,贾琏忙去秉知王夫人,又秉知贾母,贾母一个劲儿地叫贾琏快把人请进书房里坐,以至于惊动了合家上下,等玉送到贾母手中,贾母竟叫不准真假,又给王夫人看了一会子,也认不出来,便叫凤姐来看,凤姐看了道:"像倒像,只是颜色不大对,不如叫宝兄弟自己一看,就知道了。"结果宝玉接到手里,连瞧都不瞧,便往地下一摔,道:"你们又来哄我了。"竟是个假的,还是王夫人道破真相:"这不用说了。他那块玉原来胎里带来的一宗古怪东西,自然他有道理,想来这个必是人家见了帖儿,照样儿做的。"大家此时恍然大悟。贾琏听了非常气愤,骂道:"人家这样子,他还敢来鬼混!"贾母当即喝住道:"琏儿,拿了去给他,叫他去罢。那也是穷极了的人,没法儿了,所以见我们家有这样事,他就想赚几个钱,也是有的,如今白白的花了钱弄了这个东西,又叫咱们认出来了。依着我倒别难为他,把这块玉还给他,说不是我们的,赏给他几两银子,外头的人知道了,才肯有信儿就送来呢。"你听听,贾母的话像不

160

像你劝梁宇的话。你之所以那么劝梁宇并非为了梁宇两口子,而是你见得太多了,不想惹麻烦,正应了那句老话:多一事不如少一事。你听听梁宇的原话:"能通,打110,赶紧抓这个诈骗犯。妈的,骗到老子头上来了!"这和贾琏的话:"好大胆,我把你这个混账东西!这是什么地方,你敢来捣鬼!"几乎就像一个人说的。当然梁宇毕竟不是贾琏,贾琏并未听贾母的话,不仅逼着人家连连磕头,还险些把人捆到衙门去。吓得那人抱头鼠窜。梁宇让你打110,也是气晕了头,好在你头脑很清醒,提示他:"这种人早晚要翻船。"这话对梁宇来说若醍醐灌顶,因为"假少将"只是他这艘船遇上的一个浪头,他小舅子慧海才是真正的暗礁,如果慧海这个暗礁过不去,他这艘船再大,也会成为泰坦尼克的。梁宇深知其中的厉害,才说出"我和你嫂子都不会忘了你的好"这种话,当然此时你并未意识到问题的严重性,因为你还不知道慧海就是董舒的弟弟董军,是个假和尚。当你得知慧海是个假和尚,而且被专案组带走后,你是不是想到了那块"假宝玉"上的三个字"除邪祟"和子虚乌有的"极乐寺"如出一辙?没想到"贾宝玉弄出'假宝玉'来"。假和尚变成了小舅子。你怎么能不目瞪口呆呢?

九

　　很显然，肖鸿林是个经营圈子的高手。此人既善于跟"上"，也善于御"下"，其御"下"的手段无非是用利益用政治理想笼络，让下属觉得跟着他有奔头，有前途。御下最忌讳的是贪婪和刻薄寡恩：好处和利益都归功于自己，过失和责任推诿给下属，而且对下属严苛，少有笼络和示恩。肖鸿林很会这一套，凡是跟他干的人，他不仅让人家跟着自己干有前途，而且下属有小毛病时，他还"护短"，之所以如此，是因为他懂得下属是自己的羽翼，羽翼不丰满，鸟还怎么飞？肖鸿林虽然在跟"上"和御"下"方面都是高手，但他犯了一个致命的错误，他认为一些历史上很有些政治抱负的政治家之所以功败垂成，其中一个重要原因就是过于清廉，既严于律己，也严于律人。其结果是"水至清则无鱼，人至察则无徒"，搞得自己成了孤家寡人，即使有很好的声望，由于没有人愿意追随也只是无根的浮萍，经不住风吹。正是基于这个理念，在肖鸿林身边聚集了一群浑水摸鱼的人，看来周纪就是其中之一。不过聚集在肖鸿林身边要想浑水摸鱼的人大多在"肖贾大案"中落网，从你的日记中可以看出，周纪是漏网之鱼。这很容易让人想到李十儿与贾政，李十儿原是贾政手下家丁的一个门头。一开始，他并不显露个人野心。京察之年，贾政由工部掌印外放江西粮道，跟随的家人们自然想大捞一笔，但这次他似乎决心做个清官。到任伊始，他一面盘查州县粮米仓库，一面下发折收粮米勒索乡邻的禁令。但这在州县官员看来，纯属作秀，于是纷纷送礼。贾政一律不收。这却苦了那些想在任上发财的下属。结果掌门的李十儿串通，让衙役怠工，先让贾政样样不如意。之后，李十儿认为，博取贾政信任的时机到了，在与贾政的对话中，他先以本省节度使做生日为名，说明做官不可不巴结，要他"识时达务""上和下睦"，贾政却态度鲜明地说："胡说，我就不识时务吗？若是上和下睦，叫我与他们猫鼠同眠吗？"李十儿干脆把问题挑明，让贾政顾着自己，弄钱防后，以免后悔。贾政这才感到面临严峻考验："据你一说，是叫我做贪官吗？"李十儿花言巧语道："民也要顾，官也要顾。若是依着大人的法子，不准下面

你：触目惊心的解读

的官弄点外快,谁还肯跟大人卖力气呢?"终于使贾政睁一只眼闭一只眼,李十儿趁机沟通内外,哄着贾政办事。结果腐败之风盛行,李十儿大捞一把,贾老爷却被治了个"失察属员,重征粮米,苛虐百姓"之罪,官降三级,免职回京。应该说,从古到今,官员身边就不乏李十儿之流,好在贾政失察属员,但自己不贪,肖鸿林不仅纵容属员,自己更贪。其实肖鸿林刚上任东州市长时,也是下决心做一名好官的,他在自己的《忏悔录》中曾经表白过:"我从小就想做好人,不想做坏人。做市长也一样,我上任之初立志做一个好市长,如果有可能我就做一个最好的市长。什么是最好的市长? 就是他能使人民最喜欢他。我一直朝这个方向努力,最大的心愿就是想使东州人民骄傲起来。然而我却不知不觉地成了一个贪官。这里面的教训太深刻了,应该说我是被强大的客观环境逼到腐败的路上的。每到出国、住院、过生日、逢年过节,自会有大批红包送上来。正如曹雪芹笔下的李十儿对贾政所言:'老爷极圣明的人,没看见旧年犯事的几位老爷吗? 这几位爷与老爷极好,老爷常说是个做清官的,如今名在那里! 现有几位亲戚,老爷向来说他们不好的,如今升的升,迁的迁,只在要做的好就是了。老爷要知道,民也要顾,官也要顾。'既然'民也要顾,官也要顾'大批送上来的红包不收就把人得罪了,收下还是不收下,这绝不简单是个廉洁不廉洁的问题了,很复杂,莫不如顺着收下,显得很自然,很合群儿,还显得与下属打成一片,皆大欢喜,落得个平易近人的好名声。这就是客观环境,既然送红包已经蔚然成风,谁还敢闹不收红包的风波。正是由于无法抗拒强大的客观环境,便被它逼着一步步走到今天的地步。"听听肖鸿林的忏悔,再看看周纪家地板上铺的虎皮,是不是很像贾政与李十儿之间的闹剧。其实你给肖鸿林当秘书期间是不是也没有少像李十儿一样对肖鸿林晓之以理,动之以情地劝他,"民也要顾,官也要顾"呀? 不然怎么会煞费苦心地为他笼络像周纪这种酷似李十儿一样的人加盟圈子? 只是躲过初一躲不过十五,你是一朝被蛇咬,十年怕井绳。周纪为什么不怕蛇咬? 因为他本性属蛇。你说周纪每次进京都给你打电话,唯独这次没有告诉你,去首都机场接他的是王祥瑞,这必然与清江省的打私风暴有关。只是你与王祥瑞、周纪关系太密切,真让人担心你也走火入魔。你和王祥瑞一起进廊桥接周纪就不怕人多眼杂？要知道从东州飞北京的航班上，你不认识但认识你的人可不少，和周纪一起走出机舱的几个人，看见你与周纪握手，贼眉鼠眼地没少看你。非常时期，你知道飞机上有没有专案组的？也许对驻京办主任来说，进京的都是客，你在染缸里浸染惯了，虮子多了不怕咬，但是如果周纪真是王祥瑞的保护伞，王祥瑞果然是走私集团头目，那么这两个人就不是虮子，而是狮子。你说在王祥瑞脑海里，算计已经成了习惯，人活在世谁不算计？你就没算一算，在首都机场公然接周纪的风险？就不怕别人误认为你与他们"猫鼠同眠"吗？

其实，你还是有所忌讳的，不然你不会让习涛秘密关注专案组的动向。想必王祥瑞在公安系统不仅仅有一个何超做保护伞，潜伏在暗处的大有人在。而且不光在公安系统，省纪委、海关、公检法各个系统，王祥瑞都有内线，应该说王祥瑞的关系网无孔不入，如果专案组不铲除这些内奸，只能是草未打、蛇已惊。当然，尽管这次行动失败，王祥瑞也已成了惊弓之鸟，晕头转向，这次行动不光查抄了永盛集团，与永盛集团合作的几家有进出口权的国企公司同样被查抄了，办案人员并非一无所获，专案组通过这次行动一定控制了包括永盛集团、几家有进出口权的国企公司以及外代、外运、商检、港监等单位的大量人员，这些人虽然看起来职务不高，多半是做具体工作的办事人员，恰恰就是这些人，由于工作的特殊性质，正是走私犯罪活动中某一个环节的知情者，甚至是经办人。专案组一定清楚，在一些证据被销毁的情况下，涉案人员是突破整个案件的关键所在。难道你没听说专案组从东州海关以及相关部门抽调大批人员对被控制对象进行看管。你信不信，在专案组的强大威慑下，这些人中的一些意志薄弱者很快就会被突破，只要证据确凿，怕是王祥瑞躲到天边，也插翅难飞。这不能不让人想起那句老话：多行不义必自毙。这情景是不是很像"锦衣军查抄宁国府"，庸碌的贾政在江西粮道任上干的一塌糊涂，撤职竟在家中摆酒请亲朋为庆。男宾招待在荣国府老屋荣禧堂，女宾则在贾母院内设席。酒到半酣，风云突变。原来锦衣府堂官赵全领着几个司官、番役前来荣国府抄家，由西平郡王宣读圣旨。宁国府那边另外派人同时进行。这次查抄缘于贾赦、贾珍等人一惯骄纵跋扈，李御史参奏贾赦勾结外官，恃强凌弱，勒索古玩，逼死人命；又参奏贾珍引诱世家弟子赌博，强占民女为妾。朝廷准奏，将贾赦、贾珍的世职革去，并派西平王、北静王、赵堂官会同查抄宁荣二府。查抄结果，宁国府充公，贾赦、贾珍监禁待罪。凤姐历年盘剥所得的几万银子，也一朝俱尽。她还担心另外几桩伤天害理的罪行会跟着败露，竟吓得昏死过去。贾政、贾琏本来也脱不了干系，只因两个王爷徇情庇护，皇帝又想到贾府是"功臣后裔"，加上贾贵妃逝世未久，觉得如果对贾府打击得过重，对皇家也不大体面，于是以"皇恩浩荡"为掩护，仅将贾赦、贾珍发往远地效力赎罪，已革去的世职，也依旧赏给贾政承袭。别看王祥瑞是"红顶商人"，在北京城也结交了不少"西平王""北静王"之类的人物，关键时刻，这些人物也能出面庇护，不然王祥瑞不会躲在北京城像看电视一样欣赏着专案组的一举一动。王祥瑞也确实有几分胆量，并没有大祸临头而六神无主，惶惶不可终日，而且有板有眼地与专案组周旋，狐狸尾巴夹得紧紧的，一直未露任何痕迹，难怪

没用几年时间就将永盛集团做得风起云涌，确实有几分道行。专案组这次行动失败，更加说明一个问题：海关、商检、港监、外代、外运等口岸各部门一定存在严重的护私、放私，甚至共同走私问题；东州市乃至清江省的一些领导干部，可能对永盛集团的走私犯罪活动知情不报，甚至腐化堕落、推波助澜，以至于打私风暴掀起后，一些人确立攻守同盟，为王祥瑞通风报信，充当内线。正是由于这些人躲在暗处兴风作浪，才使得专案组屡屡失手。然而正如锦衣军前来抄家，贾府一时哭喊连天，大祸降临，席不终而散，贾府从此破败不堪一样，既然专案组对永盛集团大兵压境，就不存在"鹿死谁手犹未可知"的问题，永盛集团覆灭只是个时间问题。你好好想一想当年"双规"肖鸿林的情景，是不是还历历在目。肖鸿林在北京的关系网你最清楚了，以他的实力都不能化险为夷，以至于最后找易经大师骗结发妻子出逃，这与贾赦在大观园符水驱妖孽有什么区别。贾朝轩又何尝不是如此，自从被"双规"后，一直不向专案组缴械投降，不仅启动了关系网的最上端，而且他老婆为了救夫，竟然到庙里为贾朝轩祈福，一次捐给庙里一百多万，其后果怎么样，还不是枉费心机。如今再也不是"皇恩浩荡"的年代了，发配海疆的贾珍还

可以"沐皇恩"免了罪,仍袭了宁国公三等世职。宪政时代,尽管有官本位在作祟,恐怕将黑的漂成白的断无可能。但是毕竟民主仍然走在人治与法治之间搭起的独木桥上,因此将黑的弄成灰的也是有可能的,就像将白的弄成灰的一样。正如甄老先生所言:"什么'真'?什么'假'?要知道'真'既是'假','假'既是'真'。"你说驻京办是官场上的"世外桃源"倒很有几分讽刺,一向被人诟病的"蛀京办"竟然是官场上的"世外桃源",这可真是惊世之语。你说腐败是"富"与"贵"通奸的私生子,你所说的"世外桃源"怕也是"黑"与"白"通奸的怪胎吧?

有一次与你谈起《红楼梦》,你谈到鲁迅先生的话:"《红楼梦》,单是命意,就因读者的眼光而有种种:经济学家看见《易》,道学家看见淫,才子看见缠绵,革命家看见排满,流言家看见宫闱秘事。"你说你看见的与他们不同,你说你从《红楼梦》中看见四个场,也就是情场、职场、官场、商场。你认为风花雪月是情场、人生际遇是职场、权势熏灸是官场、功名利禄是商场。其他三场都好解释,独功名利禄是商场令人费解。后经你解释才令人豁然开朗,你说人生若为功名利禄而奋斗的话,那么就要学会经营脸皮、心肠这些特殊商品,就要学会买卖、经营自尊与人格。谁能把握住商机,谁就能成为人生经营的胜利者。改革开放以来,在所有关于中国企业的成长描述中,都绕不开"原罪",有学者称:"我们的历史太长、权谋太深、兵法太多、黑箱太大、内幕太厚、口舌太贪、眼光太杂、预计太险,因此,对一切都'构思过度'。"这恰恰是造成"原罪"的背景。永盛集团无疑是在这种背景中妄图凭冒险闯关成就霸业的企业。你质问周永年,为什么像王祥瑞这种企业家头上,有那么多"红顶子"?这说明你虽然浸淫在大染缸里,并未丧失政治敏感性,更未丧失政治勇气,着实难能可贵。其实那些喜欢为企业家聘发"红顶子"的领导,大多是些像贾母一样"溺爱不明"的官,其实贾母心知肚明,正如她所言:"若说外头好看,里头空虚,是我早知道的了。"这说明贾母为了"外头好看"可以容忍"里头空虚",这何尝不是一些短视的领导干部的想法,"我去后,哪管你洪水滔天"!为别人发"红顶子",是为了给自己的政绩添彩,无非是为了自己的仕途台阶垫砖头,在这样的政绩观指导下,不仅出现对闯关企业的"监管真空",而且也必然成就官商勾结的腐败恶果。应该说企业"原罪"恰恰是"监管真空"所纵容出来的产物。之所以像永盛集团这种企业前仆后继，说白了还是儒教的本质——官本位理念在作祟。其实纵览《红楼梦》全书，贾政的为官形象极具典型意义，这样的人物在现实当中仍不乏其人，这种官员表面上很注重名声，但实际上却寸步也离不开"李十儿"这样的下属，以至于最后像贾政一样抱怨："外套的名声，连大本儿都保不住了，还搁的住你们在外头支架子说大话，诓人骗人？到闹出事来，往主子身上一推就完了！"现如今恰恰相反，一些冒险闯关的企业备受"监管真空"的纵容，没出事前，大家都睁一只眼闭一只眼，一旦事发，一些当政者往往不愿意正面回应。你应该记得，周永年刚到东州就任市委副书记时，曾经在花博会期间主持了一次全国性的企业家论坛，讨论的主要话题就是企业原罪的问题，当时周永年向在座的几百位企业家问了一个语惊四座的问题："各位企业家，既然大家一致认为企业'原罪'是变革时代的必然现象，这就是说大家都有过'原罪'行为了？那么我作个现场调查，没有向官员行过贿的企业家请举手？"当时肖鸿林也参加了论坛，值得讽刺的是正是在这次论坛之后，肖鸿林被"双规"的。周永年的突然发问，令在场的企业家面面相觑，好半天才有五六个人举起了手，而且举手的姿势很不自信，像做贼心虚似的。这说明什么？这说明大家默认：企业的原罪不仅仅是企业家个人的宿命。企业家"罪与罚"的一幕幕，正是中国市场经济制度确立和法治社会逐步进化的一个深刻注解。企业家热衷于和权力沆瀣一气，对一个成熟的商业社会来说是不可想象的。如果创富只能通过与政府官员的关系赚钱，或者通过不法交易赚钱，那么企业和企业家的前途只能是崩溃与毁灭。毫无疑问，以上两条途径，王祥瑞全部采纳，不然永盛集团不会迅速崛起。中国未来经济能否持续增长，很大程度上取决于企业家是不是由寻租活动转向创造价值的活动。然而从追求权力暴力到创造价值，对于只想赚钱的企业家来说并不容易。王祥瑞并不懂什么价值创造，他只是个财富的攫取者，因此，王祥瑞并不是企业家，他只能是走私犯。问题是要想获得巨大的资源就必须与权力结盟——这几乎是所有落马企业家曾经梦寐以求的成功捷径。对他们来说，企业的成功很大程度上要依靠权势的庇护，银行贷款、土地征用、能源供应、项目争取、企业上市，无一不与权力息息相关，而如何有效地经营一家企业所需要的企业家精神却被他们弃若敝屣。这恰恰是权力至上的官本位思想在作祟。官本位的最大罪恶是严重阻碍了商业精神的正常发育。其实不存在企业家的原罪，也不存在时代的原罪，归根到底都是"官本位"的原罪。官本位之恶不除，永盛集团必然大行其道。

✝

　　从"假烟案"变成了"走私案"这件事来看，你是处处想当"局外人"，却处处变成了"局内人"。看到这一段着实让人心头怦怦直跳。如果把驻京办比作贾府，你就无形中充当了贾母的角色。看似"不敢行凶霸道"，"看似虽不能为善，亦不敢作恶"，其实是无心为恶尽是恶，不算坏人实坏人！不要将责任都推给梁宇，你在日记中多次提到早就听说永盛集团是靠走私起家，但你身为驻京办主任，对永盛牌香烟照常进货，甚至在预感到五辆奔驰车必是水货的情况下，仗着有梁宇发话，还是购买了赃车。说句实话，你是不是从骨子里早就盼着鸟枪换炮了？驻京办既有奥迪，又有桑塔纳，你却偏偏自己把持一辆奔驰350，购进五辆奔驰600后，你赶紧扔掉奔驰350，换了一辆奔驰600。贾母临死前留给凤姐一句话，倒很适合送给你："凤丫头呢？……你是太聪明了，将来修修福罢。"最令人感到悲哀的是当贾府被强盗抢劫时，还有一位"义奴"包勇站出来赤心护主。而有些人常年为走私犯销赃，却没有一位有正义感的人哪怕写一封匿名信。应该说王祥瑞走私，与抢劫贾府的强盗没有什么区别，你作为驻京办主任却充当了周瑞家的干儿子何三的角色，着实令人痛心。你或许没意识到，或许对这种指控不以为然。那么你看看包勇是怎么做的。包勇是经历了甄贾两府两家的兴衰反复的。贾府中的事是演给人看的，甄府中的事才是真正发生的。正所谓"假作真时真亦假，无为有时有还无"。包勇是因江南甄家没落，门户凋寒，家人四散，甄老爷将他推荐给贾府的。等到贾家没落时，凤姐抱病不能理家，贾琏亏空见多，眼见气势衰败，树倒猢狲散，各奴才都报假告病，独一个包勇真心办事与众不同。但无奈何初来后到的，什么事也插不上手。众人又因他不敢欺瞒主子，对众人不忿不和，又都想把他撵了去。恰好有一次，包勇喝过酒后，因为贾雨村忘恩负义又巧遇贾雨村就给他骂了，贾府奴才都是趋炎附势之徒，借机给他配药，贾政此时正怕风波，听得家人回禀，一时生气，叫包勇来数骂了几句，便派去看园，不许他在外行走。包勇自被派来看园，正值贾母归西后事，不曾派他差事，他也不理会，总是自做自吃，闷来睡一觉，醒时便在园内耍刀弄棍，也算落得清闲。然而当强盗夜到贾府抢劫，正在所有上夜男女都手足无措之时，只听园里腰门大声一响，一个梢长大汉手执木棍打进门来，大声喊道："不要跑了他们一个！你们都跟我来。"你道是谁，正是甄家荐来的包勇。只见他向地下一扑，耸身上房追赶贼人，用力一棍便将一人打死，后又以一人之力把四五个贼人一并打跑，其间曾大喊："这些蟊贼！敢来和我斗斗！"你听听，何其英武！然而面对王祥瑞这种强盗，你们是怎么做的？称兄道弟，沆瀣一气，看似同流不合污，其实没少干"何三"式的勾当。你说杨善水捅了个大马蜂窝，但不过缘起于他私自拿了两条"假烟"，这不是"何三"式的勾当是什么？杨善水突然被省纪委带走，你竟然惴惴不安地胡思乱想了三天，你都想了些什么？为什么不写在日记里？你知道你的日记给人的感觉是什么吗？你别不爱听，就是乌烟瘴气。难道驻京办不是个乌烟瘴气的所在吗？你竟然将这种乌烟瘴气当作"世外桃源"，足见你已经将现实当成了太虚幻境。尽管你在日记中没敢太多地暴露自己的心理，不过是写了一些事实而已，但是还是可以透过字里行间透视你的心灵。应该说，你的日记就是一部现实版的《红楼梦》，只是不知道什么时候你才能从梦中醒来。或许你一直都是醒着的，只是你没把这种醒写进日记中，但是作家也是侦察家、寻踪家、破案家，还是心理分析家。你担心刘光大要拿驻京办开刀是有道理的，但是刘光大若是真有火眼金睛，就更应该拿市烟草专卖局的宋局长开刀，这种人对永盛集团走私香烟了如指掌，为了明哲保身，就是不作为，瞪着眼睛看强盗打劫，与"何三"何异？这种人或许表面上不贪，在经济上并无腐败行为，但是他灵魂腐烂了，但肉体还很光鲜，这恰恰是这种人很难识别的原因。毫无疑义，这次打私风暴，宋局长会安然无恙，只要官本位的幽灵像大观园里的"妖孽"一样除不净，像宋局长这种官场道士不仅会安然无恙,而且关键时刻还会被邀请出来设坛作法。其实官场上不乏宋局长这种只"做官"不"做人"的官员,"做人"也是做"官人"。别以为宋局长是"官人",你不是,你不仅是"官人"而且是"商人",你比宋局长更多了一层奸商心理,这就是利害算计。你质问宋局长,大规模走私香烟可是个巨大的"系统工程",走私犯有这么大能量吗?宋局长毫不避讳地告诉你,东州不仅有这么大能量的走私犯,而且玩得天衣无缝。你嘘吁之余,不也是无动于衷吗?你的麻木恰恰印证了你的算计,因为在利害之间,做官的人永远懂得趋利避害。当你听到杨善水说出"汽车"两个字时,你心里先咯噔了一下,这就是算计的本能反应。同样,专案组问杨善水,从永盛集团购车是谁经手的?杨善水一推六二五就推给了你,这也是算计的本能反应。一次性买了五辆奔驰600,尽管有梁宇指示,驻京办班子也得开会研究,集体决定吧,难道杨善水真的一点责任没有?你说推过揽功是官场中人的本性,这恰恰是一种算计。有人说做人一辈子,做官一阵子,纯属无稽之谈,踏上仕途之路的人,出来都是以做一辈子官为奋斗目标的,你见过几个只做一阵子官,就离开官场的,只要有官本位体制作祟,做官都是做一辈子。谁都知道做官的好处,有谁做了官情愿做一阵子的?改革恰恰是要改做官一辈子为做官一阵子,然而谈何容易呀!眼下恰恰应了威廉·詹姆士那句话,"相信真理"与"避免错误"悬置未决,正因为如此,什么都可能发生。

其实该发生的正在发生,只是你可能尚未意识到,周纪进京一直未露面,突然现身要请客,而且由王祥瑞买单,就说明就要发生什么了。你分析的对,他们是一条绳上的两个蚂蚱,但是他们不甘于做蚂蚱,他们最擅长做蜘蛛,在一根绳上他们是两个蚂蚱,但是在一张网上,他们就是两个蜘蛛,看来这两个人此次进京大有收获,不然王祥瑞不能如此口无遮拦。竟然自曝走私秘籍,只是他言及的海关监管,不知周纪听了有何感想,这不免让人想到邢大舅在贾家外书房借酒讲给贾蔷的那个笑话:"村庄上有一座玄帝庙,旁边有个土地祠。那玄帝老爷常叫土地来说闲话儿。一回玄帝庙里被了盗,便叫土地去查访。土地禀道:'这地方没有贼的,必是神将不小心,被外贼偷了东西去。'玄帝道:'胡说!

你是土地,失了盗,不问你问谁去呢?你倒不去拿贼,反说我的神将不小心吗?'土地禀道:'虽说是不小心,到底是庙里的风水不好。'玄帝道:'你倒会看风水吗?'土地道:'待小神看看。'那土地向各处瞧了一会儿,便来回禀道:'老爷坐的身子背后,两扇红门,就不谨慎,小神坐的背后,是砌的墙,自然东西丢不了。以后老爷的背后也改了墙就好了。'玄帝老爷听来有理便叫神将派人打墙。众神将叹口气道:'如今香火一炷也没有,哪里有砖灰人工来打墙呢?'玄帝老爷没法,叫神将作法,却都没有主意。那玄帝老爷脚下的龟将军站起来道:'你们不中用,我有主意:你们将红门拆下来,到了夜里,拿我的肚子堵住这门口,难道当不得一堵墙吗?'众神将都说道:'好,又不花钱,又便当结实。'于是龟将军便当这个差使,竟安静了。岂知过了几天,那庙里又丢了东西。众神将叫了土地来,说道:'你说砌了墙就不丢东西了,怎么如今有了墙还要丢?'那土地道:'这墙砌的不结实。'众神将道:'你瞧瞧。'土地一看,果然是一堵好墙,怎么还有失事?把手摸了摸道:'我打量是真墙,哪里知道是个假墙!'"海关明明是铜墙铁壁,但是到了周纪等人手里,却变成了"假墙",难怪王祥瑞等人大行其道。既然铜墙铁壁变成了龟将军的肚子,那么龟将军的肚子也就成了无底洞,庙里不丢东西才怪呢!你看看周纪脑满肠肥的样子,和龟将军有什么两样?王祥瑞为什么得意忘形,还不是各种门啊墙啊关啊都变成了龟将军的肚子,不过你头脑还算清醒,专案组的静恰恰酝酿着更大的动。相信无论是王祥瑞还是周纪,迟早要现原形,想一想赵姨娘现原形时那个凄惨的样子,"自己拿手撕开衣服,露出胸膛,好像有人剥她的样子",最后蓬头赤脚死在炕上。据说贪官临死前都有一番类似赵姨娘的表演,周纪和王祥瑞尚不会想到这一点,因为他们永远相信自己织的关系网,毕竟大家同在网上,一荣俱荣、一损俱损。不过,你在首都机场送徐江,不会不得到几句箴言,要知道徐江也算是赵长征的前任秘书现任昌山市市长潘前进的嫡系,专案组的行动,想必徐江了如指掌,若你从徐江口里一句实话没得到,那说明离专案组找你也不远了。你回来的路上,突然接到百鹿园谢老板的电话,说是古娟被专案组带走了,就不是一个好兆头。当然,即使专案组找你也没什么大不了的,因为仅就你日记反映出来的情况看,专案组找你,也就是核实情况,只要不是问你冰箱的事,你把彩电说出来了,问你彩电的事,你又把洗衣机的事说出来了,专案组就不会太为难你,你还会优哉游哉地回你的大染缸,过你"世外桃源"的日子。就怕你的嘴把不住门,当年袁锡藩就是这么被"双规"的,本来专案组找他核实情况,结果他越说越多,最后专案组说,行了,你已经供出一百多万了,不能再回去了!就这样,袁锡藩就被留下了。当然你不会成为袁锡藩,谁不知道你小子鬼的跟韦小宝似的,再说你最与众不同的地方是有自己的底线。不过,驻京办主任作为小说的主人公就不能这么清白了,你想想在这个世界上能出污泥而不染的有几人?如果写一个高大全式的驻京办主任,谁信呢?因此,进入小说的驻京办主任只能成为贾雨村式的人物。贾雨村一直妄想"天上一轮才奉出,人间万姓仰头看",却落得个带着锁子,解到三法司衙门里去审问的下场。正如赖林两家的老大、老三所言:"这位雨村老爷,人也能干,也会钻营,官也不小,只是贪财。被人家参了个'婪索属员'的几款。如今的万岁爷是最圣明最仁慈的,独听了一个'贪'字,或因糟蹋了百姓,或因恃势欺良,是极生气的,所以旨意便叫拿问。"这样形容你可能不服气,所以才同意你给写个序言,哪个读者不想听一听"一位驻京办主任的自白"。这是后话,单说周纪何尝不是贾雨村式的人物。你其实早看出了这一点,不然你不会想出用测字的方式劝他和王祥瑞别回东州,还是你说的对权能陶醉者大多作茧自缚,何况躲过初一躲不过十五。如果说"假作真时真亦假",那么黑作白时白亦黑。每个人的心目中都有一个真世界,但不得不面对一个假世界;每个人的心目中都有一个白现实,但不得不面对一个黑现实。大观园是虚构的太虚幻境,但你的日记里没有半点虚构。如果说你心里留有一个大观园可供憧憬的话,那么你所处的驻京办却是宁国府里的会芳园。只可惜大观园的现实基址来源于宁国府的会芳园和贾赦住的荣府旧园,连大观园里最干净的东西——水,也是从会芳园里流出来的。只是园中之水流于怡红院之后,仍从墙下出去,这正应和了葬花时林黛玉对贾宝玉所说的:"你看见的水干净,只一流出去,有人家的地方脏的臭的混倒,仍旧把花糟践了。"花是什么?就是美好的心灵世界,也就是你藏在内心深处的那个大观园。这真应了描写妙玉的两句诗:"欲洁何曾洁,云空未必空。"这两句诗表面上是描写妙玉的归宿,实际上是这个大观园的归宿,也就是心灵的归宿。看了《红楼梦》,再读你的日记,还真悟出一个理儿:最干净的其实也是在肮脏里面出来的,最干净的最后仍旧要回到最肮脏的地方去。正是看清了这一点,你才迟迟不愿意离开驻京办,驻京办是块丑石,丑到了极点也就美到了极点;驻京办又是块美石,美到了极点也就丑到了极点。大观园中的人物都爱干净,但是越是有洁癖的人往往也就越招来肮脏,你深知这一点,干脆来个污淖陷渠沟,偏偏喜欢脏,可能正因为如此,或许你是最干净的,亦未可知! 这大概是你偏偏爱交周纪、王祥瑞这种人为友的原因吧。

　　不得不承认,王祥瑞的确是个人物,他的出逃着实令人震撼! 不过,逃了也好,真要是抓住了,还不知道有多少人要倒霉呢! 其实逃与不逃,结果都是"为官的,家业凋零;富贵的,金银散尽;有恩的,死里逃生;无情的,分明报应。欠命的,命已还;欠泪的,泪已尽。冤冤相报实非轻,分离聚合皆前定。欲知命短问前生,老来富贵真侥幸。看破的,遁入空门;痴迷的,枉送了性命。好似食尽鸟投林,落了片白茫茫大地真干净"! 你可能会问,王祥瑞逃了,多少人的事都将不了了之,怎么可能全部彻底地来他个"白茫茫"? 到头来还不是"兰桂齐芳"? 每个人的内心深处总要藏着个大观园,"岂不知温柔富贵乡中有一宝玉乎"? 总要给人一点点光明,至于王祥瑞出逃前给你打了个电话,你也用不着惴惴不安,更谈不上什么"变节罪",你既然自称是《驻京办哲学》的创始人,就应该懂得"推脱"是一种智慧,而哲学是最讲究智慧的。

【长篇小说】

《驻京办主任》

顾怀远　著

序 文

　　我建议大家读这部长篇小说时先放松一下,然后抛掉一切想法,排除一切干扰,比如关掉电视,屋子里最好只有你自己,找个舒适的姿势,喜欢坐着的就坐着,喜欢躺着的就躺着,但一定要集中注意力。我之所以这么建议,是因为无论是谁一旦读起这部小说都会心惊肉跳、触目惊心、精神会高度紧张,越读越有放不下的感觉。即使读完了也不忍掩卷,头脑会不停地思考。思考之后,都会得出一个结论:获益匪浅。

　　别以为我在王婆卖瓜自卖自夸,我是在向你们推荐我最好的朋友,也是著名作家顾怀远最新创作的长篇小说《驻京办主任》。我之所以这么隆重地将这部长篇小说推荐给大家,是因为顾怀远是以我的日记作为素材创作的这部现实主义力作。

　　我叫丁能通,在驻京办主任这个岗位上工作快十年了。大家都听说过震惊中外的"肖贾大案"吧,对,我曾经给原东州市市长肖鸿林当过秘书,后由市长秘书的岗位转任驻京办主任,大家对我的情况可能不太了解,但对顾怀远的大名早已耳熟能详。大家之所以对他这么熟悉,并不是因为他曾经是原东州市常务副市长贾朝轩的秘书,而是因为他的作品得到了广泛的关注。特别是他的长篇力作《庙堂》出版以后,更是引起了强烈的反响。应该说怀远能奋斗到今天这种程度,相当不容易,可以说是个涅槃重生的过程。像怀远这种常在河边走而不湿鞋的人,堪称出污泥而不染的典范,他却不屑于荷花,认为荷花的艳丽大多得益于人工的培植,他更欣赏芦苇,想做一株会思想的芦苇,在大自然中自由自在地生长。然而谈何容易。但是怀远是个说到做到的人。

　　记得"肖贾大案"刚刚结束时,一位专案组的处长曾经跟我说过,顾怀远在协助调查期间给专案组全体成员留下了深刻印象，一开始专案组考虑到他是贾朝轩的贴身秘书，对腐败内幕一定了解很深，又比较年轻，便将他列为"肖贾大案"的突破口，但是随着案子越办越深入，逐渐发现顾怀远决不是上梁不正下梁歪的人，于是将"双规"改为"协助调查"。在协助调查期间，顾怀远不卑不亢，抱定不想害任何人的原则，任何口供都有理有节，以至于案子快结束时，专案组组长亲自给他点了一支烟，还送给他两个字的评价，这两个字就是"战士"。

如果说当市长秘书时的顾怀远是被动地抵制腐败的话，那么成为著名作家的他这些年一直用笔对腐败进行深刻的思考。当然他的作品也并不是受到所有人的理解，一些人处于种种不健康的心理对作品对号入座，曾一度给他带来许多烦恼。特别是当他曾经给贾朝轩当过秘书的窗户纸被媒体捅破之后，他几乎陷入被媒体包围的困境之中。之所以称为困境，是因为贪官秘书能华丽转身为腐败作家，这本身就有极具新闻价值。"肖贾大案"以来，顾怀远一向秉持人死为大，绝不伤害任何人的原则，然而尽管顾怀远一再回避贾朝轩的话题，并且即使自己身陷媒体的包围之中，也从未谈过"贾朝轩"三个字一次，但是在铺天盖地的专访中，到处穿插着他谈"贾朝轩"的段子，搞得他苦不堪言。

应该说，"贾朝轩"三个字是埋在顾怀远心灵深处的最痛，他却不得不承受别人在他心灵的伤口上撒盐的痛苦。读者了解他只能透过他的作品和媒体对他的报道，由于曾经共同工作的经历，我认识的却是一个全面的有血有肉的并且才华横溢的顾怀远。当年贾朝轩在中央党校青干班学习，怀远就住在东州市驻京办为贾朝轩做作业，青干班一共一百六十八位正厅级干部，来自四面八方，怀远为贾朝轩做的全部作业的成绩都是全班第一，其才华可见一斑。

应该说顾怀远是靠自己的实力悄然走红的，他靠的是实打实、硬碰硬的勤奋，而不是炒作，更没有借助于影视。是读者发现了他，是顾怀远作品独特的艺术魅力成全了他。但是并不是所有人都能看到顾怀远的创造与勤奋，更不是所有人都能理解他勇于创新的创作精神。

有一次，《名人周刊》的记者找到我，希望通过我能联系上顾怀远，对他进行专访。这位记者姓石，名山，我知道《名人周刊》是个颇具影响力的大刊物,这么有影响力的刊物要专访怀远,我从心里为他高兴,便亲自带石山去东州见怀远。

专访期间,我一直在场,怀远一开口就问:"小石,你是采访作家,还是采访秘书?"石山笑嘻嘻地说:"当然是采访作家,要是采访秘书,我干吗要跑到东州来,在北京直接采访丁主任好了,他曾经是肖鸿林的贴身秘书。"顾怀远谑而不虐地说:"如今无论是报纸,还是杂志,都是企业,企业要生存下去,难免要找噱头,为的是扩大发行量。不瞒你说,我最近一直被媒体当做贪官秘书报道,我再不加点小心,连'秘书'两个字怕是都要拿掉了。"石山一本正经地说:"顾老师,《名人周刊》是以诚信为本的大刊物,我这次奉领导的指示来采访你,完全是被一个作家的作品所感动而来的。"顾怀远这才如释重负地谈起了文学。

我对文学知之不多,听怀远侃侃而谈了一下午,我才明白原来小说并不是讲故事,而是怎么讲故事的艺术。顾怀远一再强调他的小说不是创作,而是创造。他说,长篇小说那种传统的大记叙文式的创作方法已经被用滥了,那种靠大故事的传统小说其创作方法在很大程度上是一种对以往长篇小说不高明的抄袭。顾怀远介绍了他全部作品的创造,他强调我不仅不模仿和重复别人,也不模仿和重复自己。说句心里话,顾怀远的创作理念让我耳目一新。

晚上,我请怀远和石山吃饭。席间,石山向顾怀远诉苦说:"顾老师,我现在三十二岁了,一没房子,二没车,对象搞了五六年了,就是没钱结婚。我们《名人周刊》北京记者站的站长,不仅在四环以内买了近两百平方米的公寓,还开了一辆华晨宝马,去年结婚办得既风光又体面,顾老师,您是经过风雨的人,你给我出出主意,我怎么才能把我们站长挤走,取而代之呢?"顾怀远一听为难地看了我一眼,我知道他已经离开官场多年了,回答这种问题驻京办主任最有发言权,于是我接过话茬大侃了一番,听得石山一副顿开茅塞的表情,感激得连连敬我们酒。

没想到,我的这番话却给顾怀远带来了大麻烦,一个星期后,新一期《名人周刊》上市了,我买了一本一看,石山当时用人格承诺的标题《一个让恶势力心惊肉跳的作家》改成了《顾怀远:我给贪官当秘书》。而且我在酒桌上胡侃的一番话竟然变成了顾怀远的观点,我当时脑袋就大了，立即拨通了石山的手机质疑道："石山，看来我是高看你了，原来你们的刊物不是《名人周刊》，而是《狗仔周刊》！你就不怕怀远告你们诽谤?"石山嬉皮笑脸地说："丁主任，我们领导说了，就怕你们不告，越告杂志的销量越高。"我气愤地说了两个字："无赖!"然后愤然挂断手机。

我怀着歉疚之心拨通了怀远的手机向他道歉，怀远却淡淡一笑说："能通，这种亏我不是吃了一次两次了，已经习惯了，你也别太往心里去，只能吃一堑，长一智了。"顾怀远口气中透露出的那种无奈，一点也没有当年专案组称赞他为"战士"的气魄。

这件事一直让我心里很愧疚，总想找个机会替怀远澄清事实，但总苦于没有机会，刚好怀远要创作《驻京办主任》这部长篇小说，专程到北京来见我，我之所以将我任驻京办主任期间的日记借给他当素材，就是想用实际行动弥补当初由于我的疏忽，给他带来的诸多烦恼。

能有机会将功补过，我心里很安慰。有人可能担心，你把自己的日记借给顾怀远做素材，日后《驻京办主任》出版了，你就不担心有人对号入座? 总之，说心里话，我太了解怀远了，尽管这部小说一定会写成《一位驻京办主任的自白》，但是我坚信你们别想在小说里面找到任何我的影子，不过，你们读后一定会认为，这不是作家顾怀远创作的，而是出自一位真正驻京办主任之手。

我之所以这么肯定，是因为顾怀远本来就非常了解驻京办，再加上我提供的日记和他出众的才华，这部小说一定会很精彩，我相信你们读后肯定会有道破天机的快感。不过，别指望顾怀远创作出一位高大全式的驻京办主任，即使生活当中有，他也不会这么写的，因为他非常清楚驻京办是个什么样的政治平台，在这样的政治平台上，怎么可能涌现出像东州市委副书记李为民式的人物呢? 即使有，人们也不会相信，因此我断定他会以驻京办为一面镜子，而且是一面破碎的镜子，然后他会用笔将每一块碎片拼贴起来，形成一面新的充满裂缝的镜子，形成一种特殊的视觉效果。这种视觉效果必然是震撼的，因为它不再是一面镜子，而是一个万花筒。对，顾怀远一定会以驻京办为平台，展示给读者一部万花筒式的长篇小说。这不等于说，驻京办就是个万花筒，只能说驻京办只有在顾怀远的笔下才是个万花筒。

　　顾怀远是一位剥面具的专家,他的每一部作品都会让那些佩戴面具的人羞愧不已,《驻京办主任》或者说《一位驻京办主任的自白》这部异乎寻常的回忆录,不仅会剥下掩饰人性丑陋的面具,更会剥下掩饰旧机制丑陋的面具,剥下掩饰道德丑陋的面具。什么是话语权？其实就是权力。毫无疑问,《驻京办主任》是一部政治小说,讲述的是权力斗争的游戏,但是作为一部艺术作品,他像剥洋葱一样一层一层地将伪善的面具剥下来,其深刻的意义必将远远地超越文学。

　　　　　　　　　清江省东州市驻京办主任
　　　　　　　　　丁能通
　　　　　　　　　二〇〇九年九月二十二日于北京花园

第一部

一

　　驻京办是我心灵上的"大观园""世外桃源",同时也是我灵魂上的"会芳园""宁国府"。我喜欢驻京办主任这个岗位,因为在官场上只有这个岗位可以公开地像一条蛇一样在黑与白之间穿来穿去。

　　不错,我喜欢灰色,因为灰色有一种朦胧美,这是一种暧昧的感觉,这种感觉很刺激,越刺激越上瘾。因此,在驻京办主任的位置上,我一干就是十年,直到我遇上杨妮儿,这个勾人魂魄的小婊子。

　　请原谅,专案组领导,每个人都有愤怒的时候,我的的确确是被桃色陷阱陷害的,我是冤枉的,正因为如此,随着时间的推移,这间"双规"我的房间,越来越给我一种陷阱般的感觉,我现在脑子很乱,自从我被关在这间标准间内,我不仅心乱如麻,就连脑子也乱极了,始终像有一只保龄球在脑袋里面滚来滚去,滚得我始终厘不清思路,每次我拿起笔都不知道应该向组织坦白,还是申诉。下面我就讲一讲被"逼良为娼"的经过吧。

二

　　还是五年前,市长梁宇宙在中央党校学习,大圣集团董事长齐天进京看望梁市长,晚上在红会所请客,请我坐陪。我开车赶到红会所,走过光怪陆离的宴会厅,黯然间暗下来的光线,与镶在金色镜框中跳动的

179

第一部

五彩斑斓的色块相呼应,不免让人对于重重帷幔之后的空间充满好奇与遐想。各色的水晶灯、巨幅尺寸的路易十六时期风格的油画,给人一种不确定的诱惑。我当时就有感觉,红餐厅的主色调是红,但红得太暧昧,好像在这里用餐就是为了寻找暧昧而来。

说句心里话,我喜欢暧昧,这大概是驻京办主任的共同感觉,因为暧昧使人兴奋。穿过层层神秘的帷幔,是一个个帐篷式的包间,帐篷上的画布是用欧洲古典主义和新古典主义名画作为素材绘成的,让人不得不联想到每个包间里大概都正在发生着暧昧的故事。

我在迎宾小姐的引领下,走进齐天定的包间,果然发现除了梁市长和齐天外,还有两个十分暧昧的女人,齐天温文尔雅地给我介绍。坐在梁市长身边的是一位居士,法名妙玉,真名叫那顶顶,而且肤如凝脂,虽然看年龄已经有三十五六岁,但像熟透的樱桃,让人垂涎欲滴。坐在齐天身边的是一位妙龄女郎,长着一双蒙蒙眬眬的大眼睛,艳丽的嘴唇,不仅性感,而且很艺术。这个女孩不敢说家喻户晓,但喜欢音乐的人都知道她,不用齐天介绍,我也知道,她是著名歌星张晶晶,也是齐天的情妇,真不知齐胖子是怎么弄到手的。

看样子那顶顶与梁市长熟得很,或者说关系很暧昧,这倒是我没有想到的。因为梁市长上任以来,投其所好者,包括我在内,一直在研究他的好恶,一致认为,梁市长是个柳下惠式的人物,不近女色,但是对这个妙玉却一反常态,大有偶尔露峥嵘的味道。我心里很清楚,这不是露什么峥嵘,而是露马脚。通常这种情况都证明,领导和你不见外了,这是一种信任。

专案组领导,你们不知道,取得这种信任我花了多少工夫! 由于梁市长给人的感觉太正直、太廉洁、太严肃,想投其所好都找不到机会。多亏他到中央党校学习几个月,我不仅谨小慎微地为他服务,而且在服务过程中发现,梁市长并非无所好,只是他的爱好与众不同,那就是他喜欢拜佛。一到周末,他就让我开车陪他去北京城内的寺庙拜佛。这几个月我几乎陪他拜遍了北京城内所有的庙宇。

那天在法华寺,梁市长一个头磕下去就起不来了,趴在地上让我扶他,原来是腰突犯了。我搀着他进到奔驰车内,一直拉到中央党校附近一个不起眼的中医门诊,梁市长呲牙咧嘴地问我,这地方能治腰突吗?我告诉他,我的腰突就是在这儿治好的,祖传的五步治疗法:按摩、梅花针、拔罐、敷药、针灸,等经络疏通开了,最后用祖传手法复位。门诊的老中医六十多岁,颇有点仙风道骨。让我没想到的是给梁市长拔罐拔出来的血竟然是黑色的,里面还杂有棉絮状丝丝落落的东西。我问老中医,怎么拔出来的血是黑色?老中医慈眉善目地说,拔出来的都是毒,不是血。以后我天天晚上陪梁市长到这个中医门诊治疗,几乎天天拔出来的血都是黑色的。大约过了半个月时间,梁市长的腰突被复位了,但血始终没有拔出红的来。梁市长的腰突确实好了,在最后一次治疗时,梁市长问老中医,今后保护腰要注意些什么?老中医微微叹了口气,意味深长地说:"苦海无边,回头是岸啊!"凡是像老中医这种身怀绝技的人,都是疯疯癫癫的,梁市长根本不在意。高高兴兴地离开中医门诊,然后拍着我的肩膀说:"则成,这段时间我在北京学习,一直观察你的政治素质,应该说你天生就是干驻京办主任的料啊!不过在驻京办创收这一块上还要胆子再大一些,我有个不成熟的想法,过两天大圣集团董事长齐天来看我,到时候在一起吃个饭,我把我的想法和你们商量商量。"

　　大圣集团是梁市长上任后才崛起的民营企业,干服装厂掘得第一桶金,梁市长上任后,大圣集团很快转向多元化发展,不仅房地产干得风风火火,更令人刮目的是香烟转口贸易和进口汽车生意,火爆得跟天天抢银行似的。

　　应该说,东州市有头有脸的老板大多跟我称兄道弟的,但我最喜欢的还是齐胖子,别看这家伙长得像个秤砣似的,但是办事利落,出手大方。正因为如此,我在北京城的关系,没少给他介绍,几乎是介绍一位,他拿下一位,到后来,我的朋友几乎都成了他的朋友。

　　眼前这个妙玉本行是服装设计师,让我产生很多联想,说实话,干驻京办主任都得学会投其所好,俗话说,英雄难过美人关,因此投其所好者大多会用美人探路,为了得到梁市长的赏识,我没少用美人计,但都无济于事。齐胖子是开服装厂起家,莫非这个顶顶是齐胖子引见给梁市长的?要真是如此,看那顶顶与梁市长的暧昧关系也不是一天两天了,这说明齐胖子很早就对梁市长实施了美人计,而且相当成功。想不到齐胖子投其所好的本领比我这个干了十年驻京办主任的还大,这不由得引起了我的好奇心。莫非齐胖子就是通过这个那顶顶得到梁市长赏识的?席间,还是梁市长道出了端倪。

原来梁市长上任不久,由于工作压力大,累病了,住进了清江省人民医院。齐胖子得知后第一时间赶到医院探望。可是梁市长的老婆董梅就是不让进去见,认为齐胖子长相粗俗,档次太低,第二天齐胖子领着那顶顶继续来探望,董梅刚开个门缝,一看又是齐胖子,就立即把门关上了。没办法,齐胖子和那顶顶在走廊里蹲了一宿,梁市长病房的门也没再开。第二天早晨,那顶顶说,我去试试吧,就去敲门。董梅一开门,见是一位长得像妙玉似的美少妇站在门前,特别喜欢,就欣然将那顶顶请进了病房。那顶顶自我介绍,自己是齐天的表妹,就这样,齐天也被请进了病房。

接下来的故事不用说,大家也能想象到,大圣集团得到了梁市长的大力支持,没几年的工夫就崛起为清江省一流的大型民企集团。只是不知道这个那顶顶是齐胖子的真表妹还是假表妹,要知道齐胖子可是连张晶晶都能搞到手的玩女人的高手。更不知道那顶顶是怎么变成妙玉的,柳下惠式的梁市长怎么见到妙玉,就像见到菩萨似的,莫非他们之间真有佛缘?

我虽然不信佛,但由于工作需要,北京几大古刹的住持,都是我的朋友,我心想,倒要看看这个妙玉有什么道行,便借着酒劲问:"顶顶,佛缘是不是情缘?"

那顶顶莞尔一笑说:"佛缘是情不情,情缘是情情。"

那顶顶的回答让我不得不刮目,便开玩笑地说:"梁市长,你住院期间,谁都知道你的病房门被嫂子把得像铜墙铁壁,想不到顶顶一露面,就攻克了,今后驻京办'跑部钱进'遇上难进的门,还得求您发句话,让顶顶出面,保证马到成功!"

梁市长哈哈大笑道:"则成,算你有眼力,没有顶顶攻关,哪儿有大圣集团的今天。齐天,你说是不是啊?"

那顶顶听罢,娇嗔道:"表哥,话不能这么说,我和《红楼梦》的妙玉一样,就是个信佛的小女子,无非是'欲洁何曾洁,云空未必空',我之所以还能办点事,还不是因为人人都有六根未净之魔。是不是呀,宇宙!"

这时,张晶晶一旁酸溜溜地插嘴说:"顶顶姐,还算你有自知之明,《红楼梦》里的妙玉入了空门,但六根未净,身在佛门,心恋红尘,到头来,还不是肮脏风尘违心愿。在强大的腐败势力面前,连大男人都趋炎附势,小女人就更无法改变现实了,只能是'屈从枯骨''终陷淖泥中'。因此,从来就没有什么'槛外人'与'槛内人'之分,大家都是深水中的鱼罢了。当然,鱼和鱼也不同,像齐天这样的在河里是黑鱼,在海里就是大鲨鱼。你说呢,齐哥!"

我其实深知张晶晶说这番话的心情,我虽然还不知道齐胖子是怎么把张晶晶骗到手的,但是从张晶晶的语气中可以听出来,跟上齐胖子要么后悔了,要么压根儿就是被迫的。要知道,像齐胖子这种人只要是认准的事,冒多大风险都要达到目的。外界一直谣传大圣集团是靠走私香烟和汽车迅速起家的,以我在驻京办主任岗位上多年的经验,我宁愿相信这是真的。

齐天笑嘻嘻地说:"我是生意人,只有一个想法,就是赚钱。"

梁市长用欣赏的语气说:"我就喜欢齐天做人做事务实的风格,这个世界最讲究适者生存,让我说,谁有本事浑水摸鱼,谁就是强者。则成,今天这顿酒是特意为驻京办与大圣集团合作牵线搭桥的,还记得我治腰突时跟你说,我对驻京办创收方面有想法,当时还不成熟,还是齐天提醒我,我才恍然大悟的,驻京办不仅仅是东州市委、市政府在北京的桥头堡,更应该是东州国企和民企在北京的桥头堡,要想充分发挥驻京办在北京的桥头堡作用,首要任务是夯实经济基础,有了充足的经济实力,咱们'跑部钱进'底气才足啊。"

我若有所思地问:"梁市长,东州驻京办下属企业除了北京花园以外,还有一个房地产公司,一个有其名无其实的外贸公司,不知道大圣集团相中了驻京办哪一块,采取什么样的合作方式?"

梁市长淡淡一笑说:"当然是与驻京办的外贸公司合作了,大圣集团的生意虽然做得如火如荼,但毕竟没有进出口权,驻京办的外贸公司有进出口权,刚好可以互补啊。我到东州后,齐天一直做转口贸易,但大多是与东州的外贸公司合作,要不是齐天提醒我,我还真不知道驻京办的下属企业中,竟然有一个外贸公司,这么好的资源要好好利用,为东州经济腾飞服务啊。当然具体怎么合作,你和齐天找时间好好谈谈,我希望尽快看到你们的合作成果。"

三

梁市长如此重视驻京办与大圣集团的合作,我立即召开驻京办领导班子会议,重新调整了分工,本来企业经营这一块一直由副主任杨厚德主管,这次班子会,我以梁市长对驻京办企业经营这一块不满意为名,武断地划归自己主管,今后杨厚德只负责主管截访维稳。这当然引起了杨厚德的不满,会后他摔门而去。

杨厚德在驻京办的资历比我还老,却因为人耿直,办事不善变通而迟迟没有解决正局级,主管驻京办企业经营以来,虽然工作勤勤恳恳,但业绩却不见起色。说句心里话,我一直认为,像杨厚德这种有棱有角的人,不适合干驻京办副主任,综合评价他的能力,倒是很适合做信访局局长,这也是我为什么力主他主管驻京办"截访维稳"工作的主要原因。

果然,杨厚德背着我发的牢骚话,很快传到了我的耳朵里。那天傍晚快下班时,落日的余晖很暧昧地透过窗户射进我的办公室,主任助理兼接待处处长白丽莎风摆荷塘地走进来,一屁股坐在我的对面。

不瞒大家说,白丽莎是很多男人垂涎欲滴的猎物,要不是遵循"兔子不吃窝边草"的古训,我早就对她下手了。别看白丽莎是个离过婚的女人,却有一张性感十足的脸蛋:长长的睫毛、大大的眼睛,标致的鼻子,鲜亮的嘴唇,再配一头褐色的长发,简直就像视觉复制出的一张明星照。这样的女人,即使患阳痿的男人也会想入非非。

专案组领导,我之所以将我对白丽莎的真实感觉写出来,是想说明我一向是对女人非常谨慎的,掉进杨妮儿的桃色陷阱纯属是个意外。关于这一点,白丽莎与我之间的谈话就是证明。因为她是个耐不住寂寞的女人,又长得如花似玉的,要是没有一定程度的定力,早就进入她的温柔乡了。不信，你们先听一听她怎么说。

"头儿，"白丽莎目光蒙眬地问，"你把嫂子和女儿都送到了澳大利亚，一晃儿也有一年没见面了吧，你一年都不近女色，想当和尚啊？也不知嫂子是怎么想的，对你竟敢大撒把，就不怕你被野狐狸勾走了？"

我不以为然地开玩笑道："丽莎，什么样的野狐狸有你的魅力大，连你我都能扛住，还有什么样的野狐狸我扛不住？"

白丽莎娇嗔地说："讨厌！干吗拿我说事？人家是可怜你，哪有猫不吃腥的，还真没见过你这样的男人。"

你们听听，连驻京办的"狐狸精"都承认，没有不吃腥的猫，但我是个例外。这还不说明问题吗？我承认我犯了错误，但我毕竟不是特殊材料制成的，我是人，是人就没有不喜欢美的。到现在我也承认，杨妮儿不是狐狸精，她不是天使，也是花神。

接下来，白丽莎用诡谲的语气说："头儿，这次领导班子重新分工，最不满意的就是杨厚德，你知道他背后说你什么吗？"

我警觉地看了一眼白丽莎问："说我什么了？"

白丽莎压低声音，把一对白馒头般的乳房递过来说："与大圣集团合作，就等于让驻京办上了海盗船，丁则成这是要当泰坦尼克号的船长啊！你听听，他不光把矛头指向了你，更指向了梁市长，他这个驻京办副主任是不是不想干了？"

杨厚德这种人就是这样，一辈子不识时务，这话我要是向梁市长一汇报，管保他吃不了兜着走。但是我毕竟是驻京办的一把手，维护班子团结是我的第一要务。更何况杨厚德也不是省油的灯，他虽然为人耿直，但并非不懂政治，更何况他在北京经营的时间比我都长，真要是较起劲来，只能是两败俱伤。因此，我一直琢磨安抚杨厚德的办法，只是杨厚德是个油盐不进的人，常常把我的好心当驴肝肺，所以我还真是一时拿他没办法。

其实不让杨厚德再主管企业经营，完全是对他的一种保护，齐天是什么人？杨厚德想必早有耳闻，驻京办的外贸公司自成立以来，也没做过什么正经生意，不过是个空壳公司，如日中天的大圣集团非要与驻京办下属的一个空壳公司合作，不过是看中了外贸公司的进出口权，搞不好就是利用驻京办外贸公司的名义,以转口贸易的形式搞走私。如果这个判断是准确的,详情一旦被杨厚德知道,他不仅不会配合,而且能把大圣集团举报到海关总署走私犯罪侦查局。我当然不能让这种情况发生,因为梁市长也不允许这种情况发生,哪怕有蛛丝马迹,以我多年的从政经验,不仅杨厚德死定了,连我也自身难保。因此我毅然决然地将驻京办企业经营这一块划归自己主管。白丽莎之所以向我通风报信,是因为她有今天,都是我一手提拔的,我是她的靠山,她是我最信得过的部下。正因为如此,白丽莎成了我的耳报神。每天她都会把驻京办发生的新闻,第一时间告诉我。我当然在驻京办内部培植了不止她一个耳报神,总之,驻京办每个人的一举一动,我都了如指掌。在驻京办唯一敢跟我叫板的就是杨厚德,好在跟他的人都知道捞不到油水,因此支持他的人并不多。尽管如此,我也不愿意把关系搞僵,更不希望驻京办内部真正形成两派,搞窝里斗。但是白丽莎不仅是个"狐狸精",还是个唯恐天下不乱的女人,里挑外撅地说了半天,其实就是一句话,杨厚德是驻京办的祸害,应该尽量想办法整走。为了维护班子团结,我及时制止了白丽莎的想法,但是白丽莎毕竟是个见过世面的女人,我不得不佩服她的政治敏感性。

四

　　当初要是真听了白丽莎的建议,八成我也就不会被"双规"在这里,写这篇纷乱揪心的自白,更不能掉进杨妮儿的桃色陷阱里不能自拔。打了一辈子鹰,到头来竟然让鹰鹐了眼。我不是想为自己狡辩,驻京办本来就是为领导服务的机构。

　　我们工作的宗旨就是急领导之所急,想领导之所想。梁市长指示,希望驻京办创收工作再上一个新台阶,希望与大圣集团合作圆满成功,我作为驻京办主任就应该不折不扣地执行。专案组一位领导指责我的行为是平庸之恶,我虽然没有当面反驳,但心里并不服气,我就不明白,保证政令畅通有什么错?我承认我是个平庸者,但谁又是智者呢?我们就生活在平庸的世界里,如果执行政令是平庸之恶,那么哪一次"跑部钱进"不是平庸之恶？

还记得是前年，东州市十几个大项目压在官部长手里，迟迟得不到批复，市委书记夏世东和市长梁宇宙急得团团转，多次进京"跑部钱进"，但毫无成效。官部长油盐不进，满嘴官话。有一次，夏书记亲自进京在北京花园请官部长吃饭，山南海北的大菜几乎都上了，官部长仍然不动声色，之前我早就了解到，官部长之所以对东州项目迟迟不批，主要原因是昌山市也报了，别看东州市是清江省省会市，但与昌山市的产业结构几乎雷同，而且两市的经济实力相当，再加上昌山市是官部长的故乡，尽管这些项目落户东州似乎更合适一些，但迫于昌山市"跑部钱进"的攻势，官部长迟迟下不了决心。

夏书记做过胆囊摘除手术，不能喝酒，但为了东州经济早日腾飞，他极尽恭维之能事，不停地敬酒。官部长似乎有备而来，特意带了自己的秘书和两位司长，按理说，驻京办主任个个都是海量，我在驻京办主任中有"酒仙"的雅号，在北京干了十年驻京办主任，喝酒尚未遇到过对手，但是今天着实遇上了，官部长的秘书还差一些，那两个司长喝酒就跟喝水似的，夏书记强撑着也喝不了半斤酒，只好由我以一抵三了，好在我每打两圈，就去洗手间抠一次，没败下阵来。但是酒喝到半夜，官部长也没吐口。

夏书记敬了最后一杯酒，官部长秘书的手机响了，他接听手机后，脸色大变，悄声在官部长耳边耳语了几句，官部长差点晕过去，幸亏秘书机灵，一把扶住了他，官部长稍稍定了定神，焦急地让秘书订机票，指示立即启程去昌山。

我预感到官部长遇上了大麻烦，凭我多年当驻京办主任的经验，此时根本没有回东州的航班了，因为昌山与东州共用一个机场。我便冒昧地说了实情。官部长不信，继续让秘书订机票。

秘书打了几个电话后，失望地说："官部长，的确如丁主任说的，已经没有航班了，今晚根本不可能赶回昌山。"

官部长既焦急又悲痛地说："这如何是好，这如何是好！"

夏书记同情地说："官部长，家乡出什么事了，把你急成这个样子？"

官部长不避讳地说："不瞒夏书记，我父亲突发心脏病，正在医院抢救,家里来电话说,情况非常危险,让我连夜赶回去,回去晚了怕是见不到老爷子了。"

我事先就了解过官部长的履历,他从小就失去了母亲,家里一个弟弟、一个妹妹,都是父亲含辛茹苦养大的,为了不让他们哥仨受欺负,父亲一辈子没有再婚,是靠干木匠活供官部长上大学的,官部长出息后,一直想将父亲接到北京住,但是父亲习惯了家乡山里的生活,就是不肯,其实是不愿意拖累儿子干事业,官部长与父亲情深似海,因此听到父亲病危,又不能及时赶到,方寸大乱。

此时,我不失时机地说:"官部长,虽然航班没有了,但是首都机场王副总和调度中心指挥长都是我的好朋友,我求求他们想想办法怎么样?"

官部长一筹莫展地问:"他们能有什么办法?"

我看了一眼夏书记,信心十足地说:"求他们安排一架小客机,专程送你回东州。"

官部长眼睛一亮,将信将疑地问:"能做到吗?"

夏书记不失时机地说:"官部长,千万别小看了丁主任的能量,驻京办主任个个都是手眼通天啊!"

官部长皱眉道:"那得多少费用?"

夏书记连忙说:"官部长,费用你就别管了,救老爷子要紧!"

此时我已经与首都机场调度指挥中心通完电话,了解到刚好有一架国航的小客机正在降落,指挥长让我疏通一下王副总,只要王副总同意就可以,我不失时机地请夏书记与王副总通了电话,王副总说没问题,而且费用打八折。

具体情况向官部长汇报后,官部长激动得握住夏书记的手说:"老夏,项目的事,我从昌山回京后立即办!"说完火速赶往首都机场。

我亲自陪同官部长去的机场,并将一切安排妥后,看着小客机起飞后才往回返。回来的路上,我情不自禁地想起法国诗人夏尔·波德莱尔的几句话:"愤怒的天使从天上猛扑如鹫,一把抓住了不信神者的头发,摇晃着他说:你会知道规矩的!我说的!我是你的保护神,懂吗?"不懂规矩连天使都要愤怒的,什么是规矩?就是学会平庸。平庸不是恶,平庸是一种德行。在官场上,谁不喜欢有德者,古人讲,德者才之帅也,才者德之资也。什么是才?就是急领导之所急,想领导之所想。

五

不瞒大家,德才兼备是我从政的追求,我自以为做到了,不然不会得到那么多领导的赏识。就拿梁市长来说吧,每次到驻京办都说比住在自己家里方便。梁市长是个讲究人,他在中央党校学习期间,基本上是我亲自为他服务,不瞒诸位,我从国外给梁市长买了两套价值三十万元的服装,包括西装、衬衫、领带、腰带、内衣、内裤、袜子、皮鞋,还有日本进口的避孕套。我将这两套服装装在一个紫檀箱子内,放在我天天开的奔驰车后备箱内,以备不时之需。自从我知道那顶顶不仅仅是女菩萨,更是梁市长的心上人之后,我还在后备箱内准备了卫生巾。只可惜,我准备的两套价值三十万元的服装一次也没派上用场,倒是有一次我开车接梁市长与那顶顶去参加一个宴会,半路上那顶顶"大姨妈"突然来了,急得非要下车去买卫生巾,可是附近根本没有商店,我便不声不响地把车停在马路边,从后备箱取出卫生巾,当我将护舒宝卫生巾递给那顶顶时,她脸红得就像刚让帅哥入了了港似的。梁市长当即夸我,如果东州的干部都像则成一样心细,哪儿还会有什么工作失误! 189

我之所以善于理解领导意图,其实道理很简单,领导也是人,也有七情六欲,也是拉屎贼臭、吃饭贼香,我的经验是,表面上把领导当作神供着,千万别蹬鼻子上脸,心里把他们当成人,而且是欲望之人,只要千方百计满足领导的欲望,没有不满意的。

当然工作上更要一丝不苟,特别是领导亲自交办的工作。比如梁市长要求驻京办的外贸公司为大圣集团所用,我们在最短时间内就成立了圣京外贸公司。其实齐胖子之所以看中与驻京办合作,不过是想利用外贸公司的招牌,具体业务不会让驻京办插手的,对此我心知肚明。驻京办外贸公司的作用不过是盖章罢了。不过我也不得不佩服齐胖子的能量,疏通海关、外代、理货、码头、保税仓库、运输车队等多个单位,以及这些单位重要岗位的人员,这么大的"系统工程",要想玩得天衣无缝,非黑白两道都走得通不可。

随着合作的逐步深入,我对齐胖子的胆量也刮目相看起来。有一天他请我喝酒,借着酒劲,他直言不讳地告诉我,大圣集团发财的秘密是假转口真走私。

我及时制止道:"齐天,你是不是喝多了?"

齐胖子坦然一笑说:"狗屁,这点酒算什么?既然我们两家合作了,我当然要让你心里有个数。你知道我是怎么和香港英美烟草公司联系上的吗?这事还多亏了东州市烟草专卖局局长周中原。那还是梁市长上任东州市市长刚刚一年,他从昌山市烟草专卖局副局长调任东州市烟草专卖局不久。你知道,这事儿是梁市长一手操办的。不瞒你说,我是通过梁市长认识周中原的。那年还是在梁市长的支持下,周中原同意将香港英美烟草公司对东州市烟草公司的供货计划转让给大圣集团,并且他陪我去香港找香港英美烟草公司的代理商签订了一个总合同,由香港大圣公司直接付款给英美公司中国部。从那时起,我就开始了香烟的转口贸易。"

周中原能当上东州市烟草专卖局局长是一个传奇。他本来是昌山市烟草专卖局副局长,一直想调到东州市烟草专卖局去发展。但东州市是副省级省会市,昌山市是地级市,差着级别呢,应该是特别不好办的事。但是周中原当时在昌山市烟草专卖局的处境非常艰难,党政一把手都排挤他,他上面又没有太硬的靠山,想换个环境的想法不是一天两天了。也是很偶然的机会,通过一个朋友认识了梁市长的老婆董梅,周中原就像抓住了一根救命稻草,不知道用了什么阴谋诡计,竟然通过夫人路线成功当上了东州市烟草专卖局副局长,又赶上局长退休,没多久就当上了局长,从过去的副处级一跃而为副厅级,时间只用了几个月!以至于东州官场传出许多谣言。想不到齐胖子与周中原称兄道弟,也是通过梁市长牵的线,搭的桥。大家想一想,我对齐胖子能不刮目相看吗?

既然齐胖子道破了天机,我还真想弄清楚来龙去脉,越是隐秘的信息,驻京办主任就越感兴趣,这是职业本能。于是我用质疑的口气问:"齐天,海关可不是摆设,你怎么能保证每次都过关呢?难道海关的工作人员和你有亲戚,不抽查你?"

齐胖子得意地说:"哪儿能不抽查呢,抽出率是百分之十。如果我进一百五十个货柜,就抽查十五个。一百五十个货柜卸到货场,我把一百五十个货柜的清单送去报关,海关人员指定哪几个货柜要检查。不过,我一般都是在下午四点钟左右去报关,海关就要下班了,来不及当天检查。我在香港成立的船务公司,做两套货柜封条,我在海关下班后,将海关指定的那些货柜的封条剪开,把里面的香烟取出来,换上其他的东西掉包,通常都是化学品等低关税货物,再用另一条封条把货柜封好。就这样神不知鬼不觉地过关了。"

我根本不相信齐胖子所称的神不知鬼不觉,俗话说,若要人不知,除非己莫为,神不知鬼不觉之所以如此肆无忌惮,无非是在海关培植了不少像梁宇宙这样的保护伞……

六

自从大圣集团通过梁市长牵线搭桥与驻京办合作以后,齐胖子对北京的关系倍加重视,如今是红道黄道、白道黑道,是条条大路通罗马,连我这个驻京办主任都自叹不如。

有一次一位首长要视察东州,省里向上报了二十多个视察项目,结果只批了三个,第一个是飞机发动机项目,第二个是劳模物业公司,第三个是清江大学软件城。夏书记和梁市长都非常着急,希望首长多看几个项目。梁市长亲自找我商量,能不能通过关系做做工作,再增加两个项目。这事我实在没把握,就推荐说:"梁市长,齐天跟首长的警卫处得不错,要不让齐天试一试。"梁市长就找了齐天,不承想,首长视察东州时还真增加了两个项目,一个是东汽集团,另一个就是位于东州开发区的民营企业——大圣集团。你们说,这个齐天神不神?

更让人瞠目结舌的是齐天在一次截访维稳中大显身手,竟通过这次义举结识了京城大员中炙手可热的国部长。事情的经过是这样的:梁市长上任东州市市长后,提出东州必须按照国际大都市的标准进行城市规划和建设,增加城市的吸引力,为此要借鉴巴黎、纽约、柏林等城市的建设经验，就是使城市沿中轴线形成有规律、走廊式发展，也就是建设中央都市大街，简称"银街"。按照梁市长的思路，要建"银街"工程，就必须将这个东州城从北到南齐齐打通，以正面宽达一百米、全长十七公里的干道为核心，规划出三十七平方公里的区域，建设一个集金融贸易、管理信息、商务办公、文化教育、娱乐休闲等功能为一体的，具有东州独特风格的建筑群。由此引发了一场史无前例的浩大的动迁拆迁运动。由于补偿不合理，一批批进京上访大军接踵而至。京城有关部委不堪其扰，也愁坏了主管截访维稳工作的副主任杨厚德。

位于东州市政府附近的药王庙小区大多是二十世纪七十年代的老楼房，居住的也大多是下岗双职工，由于房子面积小，补偿又不合理，补偿款拿到手根本不够买房子的，有一百多户钉子户有组织有预谋地进京上访，扬言不解决问题就是集体自焚也不回东州，这可愁坏了国部长。

有一天，齐胖子进京在我办公室正商量建一个汽车销售中心的事，国部长亲自打电话给我，大发雷霆地说："丁则成，三天之内，如果你们东州的上访群众再不撤，我就下令让全体机关干部到北京花园办公。乱弹琴，你们那个杨厚德还是不是党员干部，还讲不讲原则，让他来疏导上访群众，他竟然成了上访群众的组织者，竟然代表上访群众给我递了一纸诉状，老百姓的房子是你们东州市委、市政府拆的，拆了人家的房子，还不给群众补偿到位，造成大批群众进京上访，夏世东、梁宇宙就不怕丢了乌纱帽？中央三令五申要以民为本，你们东州充耳不闻，靠牺牲老百姓的利益搞发展，这不是发展，这简直就是掘坟呢！"说完将电话猛地一摔，震得我的耳朵嗡嗡直响。

我懵懵懂懂地呆愣了一会儿，长叹了一声。齐天问我怎么了？我简单说明了情况。齐天大言不惭地说："我当是什么事呢，不就是一百多上访户吗？就把大名鼎鼎的国部长难成这样，咱不能让梁市长栽面子，今儿我就让国部长看看咱们东州市企业家的风采！这事包在我身上了。"说完抬屁股就走了。

两个小时后，我在北京花园大堂遇上了迎面走过来的杨厚德，连忙问他："厚德，你怎么回来了？上访群众劝退了吗？"

杨厚德黑着脸说："不用劝了,齐胖子承诺市政府补偿不到位的款,他给补齐,并当场给每人发了一万块钱,现在上访群众都去火车站了。"

　　我惊异地问:"齐胖子人呢?"

　　杨厚德讥讽道:"这么大的壮举,能不惊动国部长吗?被国部长请进办公室了。当了这么多年的驻京办副主任,'跑部钱进'的花招见多了,齐胖子这一招还真是独创。则成,看着吧,齐胖子很快就会跟国部长称兄道弟。"说完冷哼一声钻进了电梯。

　　都说有钱能使鬼推磨,齐胖子今天还真把我给震了,我连忙拨通齐胖子的手机,竟然不在服务区,心想,已经接近傍晚了,齐胖子该不会把国部长请进京城会馆了吧。

　　毗邻天安门广场、王府井商业街的京城会馆是齐天精心打造的一家富人俱乐部,虽然是富人俱乐部,但吸引的会员大多都是"红顶商人"或官员,门槛颇高。齐天打造这家私人会所,目的就是巴结京城官员,并在这里与他们增进友谊。为了最大范围地巴结京城官员,他力劝东州市驻京办入股,我不愿意凡事都受齐天摆布,就一直不同意,齐天只好又搬出梁市长,没办法,领导发话了,我也只好照办,入了百分之三十的股份。别看京城会馆表面上不起眼,但里面的设施却是超豪华的。单说大堂,就跟故宫里的"金銮殿"没什么两样,一进大堂第一感觉就是浓厚的官本位古蕴。会馆的主色调都是金黄色的,大有皇家风范。里面的设施都是一流的,活动项目有室内高尔夫、网球场、壁球场、保龄球场、台球室、游泳池、西式餐厅、日式餐厅、中餐厅及酒吧。当然最令人销魂的还是贵宾洗浴中心。这里的服务都是百里挑一的绝代佳丽,每个人都有令人流连忘返的按摩绝活。更绝的是这里的会员除了有背景的"红顶商人"和官员外,还有一种备受青睐的会员,这就是女演员、女歌手、女艺人,而且门槛很低,只有年龄上的限制,不能超过三十五岁。为此,京城会馆的美容设施和服务是京城最好的。

　　远的不说,那顶顶每次进京都要到京城会馆领略一番。当然梁市长就更喜欢这里了,每次进京都要到这里放松放松。其实知道京城会馆的东州官员并不多,只限于正局级以上与齐胖子关系密切的领导。除了梁市长以外,还有两个每次进京必到这里消遣一番的常客,这就是

193

东州市烟草专卖局局长周中原和东州海关关长铁长城。

说句实话，齐胖子还是通过我才巴结上铁关长的。那还是梁市长刚到东州上任不久，铁长城进京开全国海关关长会议。齐天为了巴结铁长城像尾巴一样跟进了北京，住进了北京花园，但那时铁长城尚不知齐天是何许人也。齐天进京后声称只要我帮他拿下铁长城，他就送驻京办一辆奔驰600，当时驻京办只有一辆奔驰320，而且已经不知修了多少遍了，我做梦都想为驻京办更换几辆好车，因此二话没说就答应了齐胖子。

我告诉齐胖子，铁长城有两大爱好，一是酷爱书法，二是酷爱史书。建议他一旦与铁关长搭上关系，只要常找书画界名人与他交流，他就会喜欢你。齐胖子问我拿什么做见面礼，我建议他买一套颇具收藏价值的《毛泽东评二十四史》，晚上在一起吃饭时送给铁长城就行了。

齐胖子底气不足地问："一套书能值几个钱，那能拿得出手吗？"

我千叮咛万嘱咐地说："千万别和铁长城谈钱，这个人一向以两袖清风自居。"

齐胖子打怵地说："我本来不相信，这世上有什么一身正气，两袖清风的官员，不过据说铁长城还真是个油盐不进的人，我怕把事情搞夹生了，这才进京找你想办法，你是'跑部钱进'的专家，更是为领导服务的专家，丁哥，务必帮我跟铁关长搭上关系。"

我不屑地笑道："一身正气的官，未必就两袖清风，两袖清风的官，也未必就一身正气。我坚信凡是喜欢权的人，没有不喜欢女人和钱的。只是铁长城更谨慎些罢了，而且比别人多了一个附庸风雅的爱好，或许是用来遮人耳目的也未可知。你还是听我的，晚上在一起吃饭时，就送一套书。"

就这样，晚上在北京花园宴请铁长城时，齐天送了一套《毛泽东评二十四史》，铁长城爱不释手，一下子就喜欢上了齐胖子。后来铁长城的父亲在西州市病逝，动身到西州之前，铁长城接到素来关系很好的一位港商的电话，约他一起吃晚饭。铁长城就将父亲病逝的消息说了，其实铁长城做事一向低调，之所以告诉这位港商，就因为两个人是好朋友，结果港商快快地挂断了电话，既没有表示安慰，也没有提出帮忙。

194

我当然是第一时间得知这个消息的，是海关总署走私犯罪侦查局的一位朋友告诉我的，我立即通知了齐胖子，让他火速赶往西州，并替我也备一份心意。结果齐胖子亲赴西州，帮助铁长城处理丧事，令铁长城心存感激。与那位所谓的港商好朋友比一比，简直是天上地下相去太远。从此以后，铁长城对齐胖子另眼相看，两个人成了无话不谈的铁哥儿们。

我之所以同意驻京办的外贸公司与大圣集团合作，是因为深知齐胖子与铁长城的关系，再加上梁市长的支持，对于齐胖子来说，东州海关就成了不设防的海关。东州海关上上下下都知道铁长城与齐胖子的交情非同寻常，甚至连海关人员调整这样的大事，铁长城都要事先和齐胖子通通气，商定人员调整方案，把齐胖子能控制的关员放到重要岗位上。因此，在东州海关，齐胖子有"地下组织部长"的美誉。

应该说，齐胖子身上有天然的"跑部钱进"的素质，如果他来当驻京办主任，怕是强过我十倍。我时常想，如果所有的基层领导都能像齐胖子那样勇于直面上访群众的疾苦，是不是驻京办就不用再做"截访维稳"工作了。"截访维稳"只是权宜之计，最终结果只能是人心向背。截住了上访的人，却截不住上访群众进京的心，当老百姓决定为维护自己的合法权益而进京上访时，说明人家已经难得不行了，施耐庵的小说《水浒》讲的是逼上梁山的故事，地方政府一旦演绎成"土地爷"，服务实体变成了利益实体，其结果只能是将老百姓逼进北京。遥遥上访路，何其艰辛，京城炙手可热的国部长连上访群众的面都不敢见，躲在办公室打电话拿驻京办主任撒气。在面对上访群众时，上下都不作为，倒霉的不仅仅是上访群众，驻京办主任也像屎壳郎滚的粪球，被支来支去。官僚们哪里知道，民生之重重于泰山！这是长期做"截访维稳"工作的驻京办主任的切身感受，然而令人不解的是，同样是官僚主义在作怪，"跑部钱进"备受诟病，"截访维稳"却备受肯定。究其原因，似乎是"截访维稳"披了一张民生的外衣。

我说这些，既不是为了表白自己，更不是发牢骚，我只是想告诉你们，专案组领导，在满世界看不见透明的灵魂的情况下，我的灵魂尚未变成黑色障碍物，因为我认为半透明是灵魂的最佳状态。正因为我自

195

认为自己的灵魂是半透明的,不像某些人的灵魂是黑色的,黑的好像是从黑夜中挖下一块似的,我才有勇气将心里话都告诉你们。你们一直以为是我引诱了杨妮儿,这不是事实,事实是她勾引了我。这么说,我都有点难于启齿,但这的确是事实。坦率地说,我并不像亨伯特是个疯子,一个"生殖器官里有点烈性毒汁的泡沫,敏感的脊椎里老是闪耀着一股特别好色的火焰"的家伙,我只是一个有着十足定力的为领导安排过小姐的驻京办主任,什么漂亮的女人我没见过,连女明星我都不屑一顾,何况普通的漂亮女人!我深知自己的身份,我是领导的服务员,只要领导舒服满意,就是对我最大的鞭策。

然而,杨妮儿不是女人,她是仙女下凡,她下凡的目的,不是像贝雅特丽齐引导但丁去天堂,恰恰相反,她就是要通过与我销魂夺魂,引我去地狱。她看似透明的,其实是假透明,我从来就没有看透过她,幸亏我是半透明的,不然她不会义无反顾地与我发生关系,千万不要把我们这种关系看成是贪官与情妇之间的私通苟合,完全不是,正如亨伯特所言:"我的最最模糊、引起遗精的美梦也比最富有阳刚之气的天才作家或最有才华的阳痿作家所设想出的私通苟合之事要灿烂夺目一千倍。"即使我此时被"双规"了,仍然认为,我们的关系是圣洁的。最起码要比梁宇宙与那顶顶之间的关系圣洁,更比齐胖子与张晶晶之间的关系不知圣洁多少倍。我再次重申一次,我与杨妮儿虽然有恩怨,但绝不是贪官与情妇之间的关系,更不是大款与二奶之间的关系。在对待女人问题上,我其实一直是个守法的胆小鬼,我不想对不起远在澳洲的老婆孩子,以至于我的雄性荷尔蒙膨胀时,尽管看见白丽莎那充满诱惑的屁股,燃起过无数次烈火般的淫欲,但我自己想办法把火泄掉,也不能触碰底线,然而,一个正常的男人可以忍受漂亮女人的诱惑,却无论如何也忍受不了漂亮天使的诱惑,因此,你们可以认为我掉进了桃色陷阱,但我坚持认为,这是一次真正的发自内心的对美的追求。你们可能认为我顽固,这不是顽固,我只是想把我得出的一些结论襟怀坦白地告诉你们。我只是想把真话说出来,并不想按你们认为的那种真话或者希望我说的那种话违背真相,我的真话就是如果你们当中的任何一个人像我一样遭到天使的勾引,其结果不一定比我好多少,我只是掉进了桃色陷阱，你们或许会掉进深渊。这不是我狂妄，而是因为我天天在驻京办这个大染缸浸淫了多年，抵抗力自然比你们强得多，这就像一个人打了疫苗就有了抗体一样，别看你们天天"双规"贪官，贪官看多了也会令人麻木的，何况"双规"贪官只是你们的工作，就和我"跑部钱进"一样，都是工作，因此，你们不一定有我身上免疫力强。要知道，我是在看不见的战线工作，你们是在看得见的战线工作，你们只是站在了铁扇公主的面前，而我像孙猴子一样钻到了铁扇公主的肚子里，不谦虚地说我和你们看见的世界是不一样的，我生活在一个被各种幽灵包围着的世界，你们周围只有人，这就是我和你们之间在环境上的根本区别。你们为我设身处地地想一想，一个人的周围满是幽灵，突然出现一个天使，谁能受得了？这样说，并不是想为我自己开脱罪责，我承认我犯了罪，但是我是迫不得已的。我当然希望你们能同情我，尽管我通过你们的表情看不出你们有任何同情的思想活动，我不敢奢望你们为我枉法，但是我希望你们看了这份自白后，能够在法律许可的范围内为我说话。我渴望自由，从来没有像今天这样渴望自由。不瞒你们说，自从被"双规"以后，我每天被关在这个房间里，呆的时间最长的就是窗前。你们大概从未站在窗前认真观察过自由自在的行人，在"双规"之前，我也从未这么观察过，尽管我的办公室是落地窗，站在窗前可以俯看街道上的车水 197 马龙，可以俯看远处绿油油的草坪，一块街心花园精美的就像盆景，但我从未仔细观察过，就更谈不上欣赏了。然而，当一个人失去自由时，他站在窗前的感觉就截然不同了，你看窗外，天空多么蓝啊，燕子自由自在地飞翔，高悬的云朵让我非常想念远在澳洲的前妻和女儿，多么美好的天伦之乐啊，这一切却被我亲手毁掉了。我暂时不想回忆和前妻离婚那段日子，现在想起来，实在太痛苦了，人生真是自作自受。

前几天专案组领导问我，梁宇宙和那顶顶到底是什么关系，我一直保持沉默。我之所以不愿意回答，是因为我一直坚守"害人之心不可有，防人之心不可无"的信条。不过，我实在害怕你们将我与杨妮儿之间的关系，和梁宇宙与那顶顶之间的关系相混淆，因此才决定将他们之间的故事写出来。

七

自从第一次在红会所见到那顶顶之后,我已经完全取得了梁市长对我的信任。当时,梁市长在中央党校学习就要结束了,有一天晚上宴请完官部长,我开车送他回中央党校。

梁市长坐在车上一边抽烟,一边若有所思地问:"则成,你对佛教怎么看?"

我不知道梁市长问这句话是什么意思,便含糊其辞地说:"佛家讲普度众生,因此凡是能普度众生的人都是佛。"

梁市长听了我的话颇为赞许地说:"则成,按你的意思,掌握权力的人是最有能力普度众生,不妨设想一下,如果大家都以佛教为信仰,是不是以民为本就指日可待了?因此,我们应该大力提倡'以佛治国'。现在社会上好人越来越少了,老百姓都要信佛就好了,佛教比较文明,教人如何行善积德、不做坏事,信佛的人多了,社会也就安定了。"

听梁市长这话,我深知是受"妙玉"的影响,便开玩笑地说:"梁市长,既然你真信佛,何不也效仿顶顶,做个佛门俗家弟子?正好我与北京龙泉寺的政言大师是好朋友,干脆让他收你为俗家弟子怎么样?"

我这本来是玩笑之语,万万没有想到,梁市长却当真了,他一本正经地说:"我正有这个意思,只是不知道这政言大师肯不肯?你当个事儿,帮我办一下。"

没想到一句玩笑话,给自己惹这么大麻烦。我就坡下驴想推脱,便嬉皮笑脸地说:"梁市长,妙玉也是俗家弟子,不知道皈依了哪座庙,不妨问问她,在她皈依的寺庙找个师父,你们不就成了师兄妹了吗?"

梁市长似乎看透了我的心思,笑着说:"顶顶是在尼姑庵里拜的师,我一个大男人怎么能到尼姑庵里去拜师呢?你小子别想推脱,就拜龙泉寺的政言大师,这件事办成了奖,办不成罚,你看着办吧。"

还是那句老话,一个优秀的驻京办主任,领导怎么说,就要怎么做。梁市长在离校前一天,我和他的秘书高严一起陪他去了门头沟。龙泉寺距阜成门四十多公里。我开着齐胖子送给驻京办的奔驰600从长安街西行，至门头沟区双峪环岛左转，直行五公里至石门营环岛，上了108国道。

路上高严笑嘻嘻地问："梁市长，我以为出家当和尚才举行仪式呢，没想到做俗家弟子也要举行仪式，这'三皈'的仪式是不是很隆重呀！"

梁市长一本正经地说："这两者怎么能相提并论，当然是皈依的仪式更郑重、也更隆重了。'三皈'仪式对于一个佛教徒来说，是打内心表现出来的一种效忠的宣誓、一种恳切的承诺、一种渴望的祈求、一种生命的新生、一种虔诚的皈依，这在佛教看得极其重要。否则的话，纵然信佛拜佛，也不是合格的正科生，而是没有注册的旁听生，这对于信仰心理的坚定与否，具有很大的作用。则成，你与北京许多寺庙里的和尚、住持都是朋友，你说说，我说得对不对？"

我明明知道梁市长的观点是不对的，但我哪儿敢说不对呀，只是附和道："想不到梁市长对佛教如此虔诚，确实应该举行个隆重的仪式，等这回领了龙泉寺的皈依证，梁市长，你就真成了名正言顺的正规的佛门俗家弟子了。《水浒传》中孙二娘对武松说：'观得这本度牒做护身符，年甲貌相，又和叔叔相等，却不是前缘前世？阿叔便应了他的名字前路去，谁敢来盘问？'度牒就是僧人的'身份证'，上面注明了僧人的名字、年龄、相貌等，僧人有'身份证'，俗家弟子当然也有，就是'皈依证'。梁市长您是有身份的人，做市长有组织部门和人大的任命书，做俗家弟子，当然也要有佛家颁发的皈依证了。"

说句心里话，我向梁市长讲这番话时，心里想的却是《红楼梦》中受到贾宝玉、薛宝钗一致推崇的一首曲子："漫搵英雄泪，相离处士家，谢慈悲，剃度在莲台下，没缘法，转眼分离乍，赤条条来去无牵挂，哪里讨烟蓑雨笠卷单行，一任俺芒鞋破钵随缘化。"此时此刻，我的心情就像这首曲子描写的一样复杂，我实在无法想象，万一有一天梁市长在我牵线搭桥下遁入"空门"，被市委书记夏世东知道了，我这个驻京办主任怕是也干到头了。但眼下无法劝梁市长回头了，只好顺势而为了。其实我的想法很简单，不管一个人信共产主义也好，还是信儒释道也好，有信仰总比没信仰强。

龙泉寺坐北朝南，背倚宝珠峰，周围有九座高大的山峰呈马蹄状环护,这九座山峰从东边数起依次为回龙峰、虎距峰、捧日峰、紫翠峰、璎珞峰、架月峰、象王峰和莲花峰,九座山峰宛如九条巨龙,拱卫着中间的宝珠峰,规模宏大的龙泉寺古刹就建在宝珠峰南麓。

我们下车后,政言师父的一个小徒弟从牌楼一直接我们进山门,政言师父正站在客堂前迎候。几杯清茶和闲谈之后,我和高严陪梁市长随政言大师走进大雄宝殿,这里早有十几个和尚侍立,在政言师父的指导下,梁市长先向佛祖跪拜三遍,然后政言师父为梁市长灌顶,意思是消业障、长智慧,又在他头上洒了"圣水",梁市长向政言师父和众僧人行礼三遍后,合掌发誓道:"大德,梁宇宙始从今时乃至命终,归皈佛、归皈法、归皈僧,大德证知。"将愿文重复三遍后,政言师父慈眉善目地说了一个字"好"。紧接着传戒和尚向梁市长讲解了五戒,也就是戒杀生、戒偷盗、戒邪淫、戒妄语、戒饮酒,然后一一问梁市长,"是否能随学随作随持",梁市长并未说"能持",而是说"弟子明白"。让我一下子想起《水浒传》中,鲁智深在被询问是否能严守戒律时,回答"洒家记得",引起众僧哄笑的情景,不禁也险些笑出声了。想不到梁市长也有像鲁智深似的狡猾,记得是记得,明白归明白,但能否照做就是另一回事了。仪式结束后,政言师父正式收梁市长为弟子,还起了一个很滑稽的法号,叫"色空"。嘱咐"色空"从此以后,要多做善事。

一个星期后,"色空"做了第一件善事,就是让齐胖子替他向龙泉寺主持政言师傅捐了一辆奔驰600,轿车前门两侧醒目地印着"东州市三宝弟子色空供养"。

我之所以把这些如实写出来,并不是想推脱责任,而是想提醒专案组领导,为什么像梁宇宙这样的人会遁入"空门"?恐怕你们又要归罪于资产阶级思想,为什么就不能想深一点,想远一点,突破思维之狱呢?当然我同样也有信仰危机的问题,我之所以没有遁入空门,做个佛门俗家弟子,是因为我确实在佛祖面前许过愿,大概许过三次,没有一次准的,或许我没有佛缘,或许应了马克思说的那句话,宗教是人们的鸦片。我还不想成为一个吸毒者,我只想做一个合格的驻京办主任。到现在我也坚持认为,作为一名党员领导干部,我或许是不合格的,但作为一名驻京办主任我无疑是最称职的。关于这一点有大量的事实可以证明。

八

中央党校培训班结束后，梁市长并没有马上离京，而是住在北京花园天天让我开车陪他找房子，六环以内新建的花园小区几乎走遍了，最后还是选中了北京花园对面的香草园，在 A 座十楼，由驻京办出钱买下一套两百多平方米的住宅。

从找房子到买房子，梁市长都没告诉我买这套房子干什么。直到房子买下后，妙玉来看房，我才猜出点端倪。果然梁市长亲自向我布置装修方案，我和驻京办房地产公司的技术人员一起听了装修方案，一位年轻的技术人员不懂事，脱口而出："这不就是佛堂吗？"我使劲瞪了这位技术人员一眼，意思是用你多嘴，他乖乖地低下了头。

等技术人员走后，梁市长拍着我的肩膀说："则成，你知道这件事我为什么委托你亲办吗？原因很简单，就是因为你办事稳妥，口风紧，这件事一定要保密，那几个技术人员的嘴要封住了。房子装修完以后，这里就是我今后进京的落脚地，平时妙玉住在这里，你多关照着点她。再就是政言师父一再嘱咐多做善事，做善事就得需要钱，我决定搞一个善缘基金会，由妙玉负责，这是账号，你认识的私企老板多，劝他们多捐点钱，多行善事，佛祖显灵，不仅会促进他们的企业兴旺发达，而且对个人、家庭都有好处。"

我毫不犹豫地说："这有什么难的，先让齐胖子带个头。"

一提到齐胖子，梁市长欣慰地说："像齐天这种有爱心、有善心的企业家，就是要大力扶持，多多益善！我之所以力主驻京办与大圣集团合作，也是想利用驻京办的优势，让大圣牌香烟占领北京市场。你再上上心，想办法找一下人民大会堂管理局中南海服务处，看能不能将大圣牌香烟打到国宴上去，一旦大圣牌香烟成为国宾馆指定的接待用烟，对大圣牌香烟将是一个极大的宣传。"

其实这件事也不是什么难办的事，只要产品质量过硬，凭我多年"跑部钱进"的经验，问题不大。但这件事打死我，我也不能办，为什么？

201

第一部

因为齐胖子亲口告诉我,大圣牌香烟就是走私的洋烟,无非是大哥大、万宝路、三五什么的,不过是在白盒烟上重新贴的标,谁敢把这种烟往国宾馆或国宴上推,这不是找死吗?别看我表面上对梁市长的话哼哼哈哈地点着头,敷衍着,不过是让他高兴而已,其实什么事能办,什么事不能办,我心里都有数。就拿这套房子来说,虽然是驻京办拿的钱,但也是以"跑部钱进"的名义向市政府打了报告,然后由梁市长亲自批示后,款才打到香草园售楼处的。尽管报告并没有到市政府,因为梁市长就住在北京花园,但是有了梁市长的签字,什么钱我都敢花。这就叫天塌了有大个子顶着,我就是领导的服务员,跑好龙套就是驻京办主任的职责。尽职尽责的事不谦虚地讲,不胜枚举。

但是,这篇自白写到现在,我也没弄明白,我写的是坦白书,还是申诉书,因此也只能点到为止,否则,你们会误认为我在表扬与自我表扬。实际上,我现在正处在平生最严重的关头,我写下的每一句话都可能决定我的命运。

然而,我被"双规"的导火索还是缘起于驻京办与大圣集团的合作。你们从字里行间大概已经读出来,大圣集团在利用驻京办的外贸公司走私。我这才说了一点皮毛你们就听明白了,杨厚德是驻京办的副主任,当然就更明白了。官场上讲的是难得糊涂,他不仅不想装糊涂,而且非弄明白不可。以前和我搭班子,没发现他的好奇心这么强,自从重新分工以后,杨厚德的好奇心突然增强了。关于这一点还是白丽莎发现的。自从周中原当上东州市烟草专卖局局长以后,每次进京都是白丽莎接待,就白丽莎的眼神,不勾人还让人想入非非呢,要是盯上谁,只能束手就擒。

周中原第一次住在北京花园,我和白丽莎请周中原吃饭,我就发现周中原看白丽莎的眼神不对劲。席间,白丽莎扭着水蛇腰去卫生间,周中原情不自禁地说:"则成,怪不得梁市长夸你是'跑部钱进'的高手,怕是没少借白助理的劲吧?"

我淡淡一笑问:"怎见得?"

周中原垂涎地说:"不用说容貌了,单从后面欣赏白丽莎的臀部,就让人激动不已,你有这样的助手,什么关攻不下来呀!"

从那儿以后，我经常从白丽莎嘴里听到周中原的消息，甚至东州市的一些大烟贩子开始进京巴结白丽莎。有一次白丽莎在我面前，既像是说走了嘴，又像是故意透露地说："头儿，齐胖子怎么得罪周中原了，一提到齐胖子，他就骂齐胖子不是个东西，还说老子撒下龙种，却收获的是跳蚤，太他妈的黑了。"我听了以后心里咯噔一下，便找机会问齐胖子："你和周中原到底是怎么回事？"齐胖子毫不避讳地说："周中原是帮过我不少忙，但这家伙太贪了，简直就是个无底洞，给多少都嫌少。现在有梁市长支持，有铁关长关照，他在我面前狗屁不是了。"我听了这话，心想，齐胖子真要是与周中原闹掰了，怕不是个好兆头，毕竟周中原是管烟的，如果以打击走私烟的名义找大圣集团的麻烦，也够齐胖子喝一壶的。我把我的顾虑对齐胖子说了，齐胖子哈哈大笑，根本没把周中原放在眼里，不屑地说："他也就能在背后发几句牢骚，我借他个胆，他也不敢造次，他从我手里拿走的够得上东州官员的首富了，我们是一荣俱荣、一损俱损的关系，他不会不明白这个理儿。"

或许是周中原被贪婪冲昏了头脑，他的确不明白这个理儿，否则他不会借着酒劲跟杨厚德胡咧咧，要不是白丽莎告诉我，我还真是万万想不到，周中原与杨厚德竟然成了酒友。每次周中原进京，杨厚德都为他接风，而且杨厚德自从与周中原打得火热以后，还经常借机去东州办事看望周中原，周中原当然也少不了为杨厚德接风洗尘。并且一段时间以来，一向对白丽莎存有偏见的杨厚德，态度来了个一百八十度大转弯，连白丽莎都感到受宠若惊，还以为周中原起的作用。

得知这些情况以后，我对杨厚德开始警觉起来。我这么一警觉不要紧，发现好几次，杨厚德开车尾随我。这家伙想干什么？我还真有些不知所措。起初我并没往深处想，与杨厚德共事多年，自认为没有什么对不起他的，总不至于阴谋陷害我吧。后来发现他多次尾随我，大多是我和齐胖子在一起，或者是铁长城进京，和铁长城在一起的时候。这就不得不让我往深处想了。

后来我借了一辆其他驻京办的车，开始尾随杨厚德，我是想弄明白杨厚德葫芦里到底卖的什么药。令我大吃一惊的是，有一次在赛特商城，竟然看见张晶晶风摆荷塘地走出商城，一头钻进了杨厚德的车里。

我几乎不敢相信自己的眼睛,简直是匪夷所思,这怎么可能呢? 一连串的问号使我赶紧踩油门尾随,糟糕的是北京的交通堵起来没完没了,只差一个红灯没赶上,杨厚德的车就无影无踪了。张晶晶是齐胖子的情妇,怎么和杨厚德搞在一起了? 他们是怎么认识的? 齐胖子知不知道这个情况? 不可能,齐胖子不可能知道,如果知道了,一定不会放过杨厚德的,那么我能轻易放过他吗?

有一次夏书记进京拜会一位清江籍的老领导,忙了一天后,回北京花园请驻京办处以上干部吃饭。杨厚德坐在我身边,我借机意味深长地敬了他一杯酒,然后用双关语说:"厚德,有一次我在赛特商城看见一个漂亮女孩子上了你的车,该不会有什么情况了吧,千万不要晚节不保啊!"

杨厚德顿时有些窘迫地解释道:"那是我女儿,到赛特买东西,搭我的车。"

我不依不饶地说:"你女儿不是正念大学呢吗? 我记得好像是前年上的大学,论年龄也就二十岁左右吧,我看见的那个上你车的女孩子可有二十七八岁了。你老兄不会拿女儿当挡箭牌吧?"

杨厚德心虚地说:"则成,你老婆孩子不在身边,是不是想女人想疯了? 来,我敬你一杯!"话题就这么岔过去了。

其实我就是想敲打敲打他,若要人不知,除非己莫为,别以为别人都是二百五。杨厚德的确有个女儿,在北京大学读书,是杨厚德的掌上明珠,只是从未来过驻京办,驻京办的人谁也没见过。想不到我这么一诈,杨厚德竟然搬出女儿做挡箭牌,还真让他把话题躲过去了。但是我坚信敲打他几句,他一定会往心里去的。只是不知道会起什么作用。我只是想提示杨厚德,千万不要玩火!

九

但是有人天生喜欢玩火。没过多久,市纪委书记林铁衡找我谈话,让我解释一下驻京办与大圣集团之间的关系,我只好把圣京公司成立的前因后果以及来龙去脉说了一遍,并且着重强调了一切都是按梁市长的指示办的,目的是提升驻京办的经济实力,扩大民营企业的影响力。

等我解释清楚以后,林铁衡忧心忡忡地说:"则成同志,你知道我为什么要亲自找你谈话吗?"

我摇了摇头。

林铁衡蹙眉说:"最近上来几封揭露驻京办与大圣集团联手走私的匿名信,说的有鼻子有眼的,而且都涉及你,我不得不把你请来说清楚。真要是驻京办涉嫌走私,那可不是件小事情,不过经你这么一解释,我也就放心了,回头再与梁市长沟通一下。"

这件事着实吓了我一大跳,也给我敲了警钟,尽管我没看见匿名信写了些什么,但我影影绰绰地预感到,最有可能写这几封匿名信的人就是杨厚德。如果真是杨厚德写的,还真是件麻烦事,因为这是个不达目的不罢休的人。市纪委书记找过我,我估计他很快就会知道,见我什么事也没有,也不见市纪委对圣京公司进行调查,杨厚德一定会铤而走险,向省纪委、甚至中纪委继续举报,真要是如此,驻京办怕是再无宁日了。弄不好要刮到一大批人,说不定还会牵连到梁市长,到那时东州官场就会掀起一场大地震。这可如何是好?为了避免事态发展到不可收拾的地步,只能未雨绸缪了。因此,从市纪委一出来,我就迫不及待地去了市政府。

刚好梁市长刚刚开完市长办公会,正从会议室往办公室走,一眼就看见了我,可能是看出我有些心神不宁,便开玩笑地说:"则成,看你慌慌张张的样子,怎么像是刚刚解除'双规'似的?"

我连忙凑上去小声说:"梁市长,让你说着了,市纪委的林书记刚刚找我谈过话,我来就是向您汇报的。"

梁市长听了我的话,脚步略微停顿了一下,然后下意识地看了一眼说:"到我办公室吧。"

到梁市长办公室后,我把林书记找我谈话的经过复述了一遍,梁市长听后沉思片刻说:"这几封匿名信只能是驻京办内部的人写的,矛头不一定只是揭露驻京办与大圣集团联手走私,我分析这几封信只是投石问路,目的是探一探市委、纪委的态度,如果没有动静,说不定还有更大的动作,此人用心极其险恶,应该说是冲我来的,你能肯定是杨厚德干的吗?"

我摇摇头说:"只是猜测。"便把杨厚德曾经开车跟踪我,并且与张晶晶、周中原等人打得火热的事说了一遍。

梁市长沉默良久说:"很显然,他想通过张晶晶和周中原搜集证据,这件事只能以其人之道还治其人之身了。"

我懵懂地问:"梁市长的意思是……"

话还未出口,梁市长果断地说:"则成,这事你来办,杨厚德在驻京办主管了这么多年的企业,不可能没有蛛丝马迹,你好好搜集一下,给他奏上几条,也写几封匿名信,给市委常委们每人一份,这种人必须让他尝尝被人告的滋味。"

我顾虑重重地说:"梁市长,我对杨厚德太了解了,这个人工作上虽然能力平平,但是两只手却干净得很,找他的蛛丝马迹难啊!"

梁市长冷哼道:"欲加之罪何患无辞啊,你只管写你的匿名信,剩下的事我让其他人去办。我拿到信后立即去找林铁衡,我会逼着他立案调查的。"

走出梁市长办公室,我心里有一种不可告人的感觉,我做人是有底线的,这就是害人之心不可有,防人之心不可无。但是如果按梁市长的指示办,算不算害人呢?这的确是个值得深思的问题。现在摆在我面前最严峻的问题是我不害人家,人家来害我了!或者说我只是个垫背的,杨厚德的目标或许真是梁市长?我反复问自己,当别人要害你的时候,你怎么办?我情不自禁地回答,决不能让害人者阴谋得逞!怎么才能不让害人者阴谋得逞呢?阻止他!怎么阻止他?以其人之道还治其人之身!怎么想,都是梁市长的计谋占了上风。想到这儿,我似乎打消了顾虑,心想,正当防卫,无可厚非。

常言道,先下手为强,后下手遭殃。然而,还未等我行动,我又从省驻京办主任薪树仁那儿得到一个消息,鉴于清江省走私活动日益猖獗,省里召开了打私办主任工作会议,薪树仁刚刚向赵省长汇报工作回来,他告诉我,省长赵长江对打私工作非常重视,在会上作了重要讲话,一再强调,要坚决查处一批大案要案。

我怎么听都觉得赵省长的讲话是有所指的,该不会就是冲大圣集团来的吧?我越这么想心里越犯嘀咕,刚好齐胖子进京办事,晚上请我到东三环顺峰海鲜酒店喝酒,我心想,是该和齐胖子通通气的时候了,便如约前往。想不到铁长城也在。

我便直言不讳地问:"长城,你对这次省里打私办主任工作会议怎么看?在我印象里,这种会好像主管副省长讲讲话也就罢了,这次赵省长亲自到会讲话,好像有点反常啊!"

铁长城轻描淡写地说:"没什么反常的,不过是例行公事,这种会每年都开,赵省长之所以出席并讲话,是因为国务院刚刚召开了常务会议,决定树几个打私成绩突出的先进省份,清江省在打私工作方面一直在全国名列前茅,当然要争这个荣誉了。"

齐胖子恭维地说:"海关是打私的主力,省里想在打私方面出成绩,还不得靠铁大哥。"

我忧心忡忡地说:"齐天,俗话说,大意失荆州,这次赵省长讲话,口口声声要查几个大案要案,像是有所指,咱们的香烟转口贸易量太大,是不是先收敛收敛,避避风头?"

齐胖子不以为然地说:"放心吧,铁大哥早就在开发区大圣货场设立了监管点。"

东州开发区设在甘露县,那里有天然良港,不仅大圣集团总部位于开发区,而且大圣货场也位于开发区港口附近。监管点可以直接对进口货物查验、放行。我明白齐胖子的意思,货场有了监管点,说明货物可以畅通无阻,因为监管点的关员一定是自己人。有了这个监管点就等于一个普通人穿上了海关制服,而这种事只有铁长城亲自办才能办成。

或许是铁长城看出了我的心思,他淡淡一笑说:"则成,齐天能够有今天,是这家伙自己干出来的,我的作用是很有限的,我只解决他实在办不了的,只有我才能办到的事。"

我不无讥讽地说:"是啊,自从圣京汽车销售中心成立以后,这家伙送出去不下十辆奔驰了,齐天,你这些车送给了谁,有人可都给你记着呢。"

207

齐胖子撇着嘴说:"你是指杨厚德吧,丁哥,他自己还一屁股屎擦不净呢。"

我不解地问:"怎见得?"

齐胖子诡谲地说:"他在建商贸大厦时收了建筑商一百万,还不够他喝一壶的?"

我本能地说:"这不可能,杨厚德干不出这种事来。"

铁长城插嘴说:"则成,你不觉得这种人留在身边是个祸害吗?他干不出来也得让他干出来。"

齐胖子得意地说:"丁哥,你尽管按梁市长的指示办,实话告诉你,我已经把建筑商拿下了。"

我不用再追问建筑商是怎么被拿下的了,以我多年"跑部钱进"的经验,齐天的办法超不出我的想象。现在看来,万事俱备,只等我最后一击了。此时此刻,杨厚德的脸浮现在我的脑海中,我仿佛看见的不是一张脸,而是一轮落日。我再看看铁长城与齐胖子的脸,像两块微笑的顽石。我惆怅地点上一支烟,深深地吸着,心里充满了难以言表的模糊的但也可能是快乐的绝望。

席散后,铁长城提出一起去京城会馆享受享受,我心里没着没落的,便婉言称有事,铁长城也深知我一天忙得像个大蜘蛛,便和我握了握手,一头钻进齐胖子的奔驰车走了。

我漫无目的地在三环路上开着车,仿佛所有的灯光都是窥视我的眼睛,我一点安全感也没有,感觉奔驰车内像一座狭窄的囚室,压迫得我几乎喘不上气来。

专案组领导,我之所以将这种心情写出来,是想让你们看清我的本质,我当了十几年驻京办主任,只会为领导服务,不会害人,也从未害过人。都是环境逼得我走投无路,我身边的客观环境要多强大有多强大,相比之下,我小小的主观世界根本无力与之抗衡。一个人的生命一旦沉醉在客观环境的一切诱惑之中,很快就会变得晕头转向,本来被人们踩着的地面发生了倾斜、坍塌、落下,人们却以为是飞升,这是最危险的。我当时就处在这种危险之中,却浑然不知。

十

　　我回到北京花园的房间以后，打开电脑毅然决然地敲了一份告杨厚德的匿名信，写这封信的过程让我很激动，有一种文笔飞扬的快感，我发现恶不仅仅让人紧张，也能让人兴奋和愉悦。但是这封信我并没有马上寄出去，我想找机会和杨厚德谈一谈，只希望他悬崖勒马。当然我的潜意识早就告诉我，谈也是白谈，而且还会打草惊蛇，但是我还是心存一丝幻想。因为老杨有一个幸福美满的家，何苦要不自量力，搞得自己身败名裂不说，搞不好还要家破人亡。

　　我这个人平生最不喜欢悲剧，但悲剧偏偏就发生了，命运这次并没有和我开玩笑，而是向我做了一个带有威胁性的鬼脸。也许我太乐观了，那根本不是鬼脸，而是命运的本来面目。

　　刚好杨厚德出了一趟差，到南方开了一个国家信访局主办的全国信访工作经验交流会。回来后，我借着给他接风洗尘的由头请他喝酒。席间，杨厚德和我发生了共事以来的第一次冲突。

　　酒过三巡之后，我直截了当地说："厚德，我在驻京办干了快十年主任了，没害过任何人，也从未被人害过，但是最近却有人左一封右一封地往市纪委写匿名信告我，你帮我分析分析，谁最有可能干这种见不得人的事？"

　　杨厚德坦然一笑说："则成，我倒觉得你应该想一想，人家为什么写匿名信告你，告你些什么？帮你分析分析也行，不过，你得先告诉我，匿名信上都告了你些什么？"

　　杨厚德的语气有几分自鸣得意，这分明是在诱供。我没那么容易上他的当，我已经做好了充分的思想准备，今天就是想通过酒让他充分暴露自己的嘴脸，我是想救他，他已经站在悬崖边上了，踹他一脚就会摔向深渊，拉他一把，就会脱离危险，他可倒好，还以为自己是旁观者呢。也好，既然杨厚德那么想知道信上的内容，那么我只好给他复述一遍，希望能唤醒他的良知。

　　没想到杨厚德听完我的复述以后，自斟自饮了一杯酒，然后异常平

209

静地说:"则成,难道匿名信上说的不是事实吗?你知道张晶晶是怎么被齐胖子弄到手的吗?有一年在大圣集团赞助的东州春节联欢晚会上,张晶晶接到邀请,出场费高达两百万,她毫不犹豫地接受了邀请,演出结束后,赞助商宴请演员,在宴会上,齐胖子频频向张晶晶敬酒,两个人谈得很投机,齐胖子殷勤地献媚,极尽恭维之能事,非要亲自开车送张晶晶回酒店,盛情难却,张晶晶就答应了,结果她一上齐胖子的车,就感觉头晕脑胀,很快就失去了知觉,当她醒来后已经是第二天上午十点多了,发现自己赤身裸体地和一个胖乎乎的男人睡在一个被窝里。张晶晶全明白了,但她万万没有想到,见不得人的一切全被齐胖子录了下来,只得委曲求全地跟了齐胖子,齐胖子倒是对她百般呵护。久而久之,张晶晶发现大圣集团根本不是什么民营企业,而是名副其实的走私集团。自从被齐胖子掌控以后,张晶晶染上了毒瘾,只好退出娱乐圈,结束了演艺生涯,成了名副其实的二奶,但是她不甘心,一切都被齐胖子毁了,她恨透了齐胖子,一心想找机会报仇,便暗中搜集大圣集团走私的证据,实话告诉你,大圣集团不光走私香烟和汽车,更多的是走私成品油。齐胖子每月从东州开发区口岸走私成品油数量少说也有二十万吨,采取的方式有两种,一种方式是外轮到港后直接由锚地驳入等待的内陆油轮,外轮一走,一了百了。所有资料概不输入电脑,没有记录,可以说是明目张胆地闯关。另一种方式是以省石油公司东州分公司的名义,在开发区仓储公司租用六万立方米油罐,油一人罐就变成内留油了。则成,一两个走私犯并不可怕,可怕的是隐藏于政府和重要部门为虎作伥的蛀虫!你不觉得驻京办与大圣集团的合作无形中就充当了这样的角色吗!"

杨厚德一席话,说得我心惊肉跳,鼻子尖都渗出了细汗,这个杨厚德想干什么?这不是找死吗?你找死别拉我当垫背,此时此刻,我看着杨厚德黑乎乎的脸,怎么看怎么像定时炸弹,随时都可能爆炸,共事这么多年,我还真没发现,驻京办主任里能出活包公,人家包公有皇帝撑腰,谁给你杨厚德撑腰?别忘了你是"蛀京办"副主任!

想到这儿,我义愤地讥讽道:"杨厚德,我们俩一起共事、搭班子十年了,我还真是才发现,你还会背后捅刀子,你就不怕枉费心机,引火烧身吗?"

杨厚德突然哈哈笑道:"丁则成,你高抬我了,哪个庙里的和尚,面对支撑庙堂的柱子被白蚁侵蚀会无动于衷?为了能彻底清除这些白蚁,别说背后捅刀子,就是当面拼刺刀,我也在所不惜!我倒是想用《小兵张嘎》里面的一句话劝劝你,别看你今天蹦得欢,小心日后拉清单。"

我气得猛一拍桌子说:"杨厚德,别把自己打扮得一身正气,两袖清风,实话告诉你,即使把我整倒了,驻京办一把手的位置也轮不上你。别以为自己是无辜的和尚,别人都是庙堂上的白蚁,告诉你,你所说的白蚁,个个都是老虎,武松只有小说里有,西门庆和武大郎不仅小说里有,现实当中到处都是,想想自己的老婆孩子,何苦呢?"

杨厚德猛地站起身,拍着胸脯说:"丁则成,我杨厚德又不是吓大的,也不想当什么武松,我就是我,我只想凭自己的良知活着,既然窗户纸捅破了,咱们也用不着藏着掖着的,不错,匿名信是我写的,既然问题没得到解决,我会实名举报,市里得不到解决,我就反映到省里,省里得不到解决,我会反映到中纪委。"说完,杨厚德干尽杯中酒后,扬长而去。

我呆呆地坐着,大有天旋地转之感,仿佛自己不是坐在酒店的包房里,而是坐在地狱里的阎罗殿上。我勉强站起身,屏住呼吸,发现墙角有一只蜘蛛正在向刚刚粘在网上的一只苍蝇爬去,耳畔顿时响起一个声音:我不想成为那只苍蝇!我不想成为那只苍蝇!情急之下,我气急败坏地喊服务员,一位漂亮的女服务员惴惴不安地走过来问:"先生,您需要什么?"我没好气地说:"你们酒店是怎么开的,又是苍蝇又是蜘蛛的?还不拿苍蝇拍来,把那只蜘蛛拍死!"女服务员不仅没动,还笑着说:"先生,干吗那么讨厌蜘蛛,我妈说,看见蜘蛛准有好事,那是一只报喜蛛,先生,你要有好事了!"女服务员这么一说,我的气消了一半,只好摆摆手说:"算了,埋单!"

十一

走出酒店,我迫不及待地开车回到北京花园宿舍,打开电脑,调出那封未发出的匿名信,此时此刻,我已经下定决心将这封匿名信寄出去,因为我知道,杨厚德是说到做到的人,他扬言要实名举报就一定能这么做,想不让他的阴谋得逞,就必须尽快将这封匿名信寄出去,赶到他再次举报前,让梁市长及时采取行动!

我将齐胖子提供的关于杨厚德在建商贸大厦时向建筑商索贿的情节加进去,一连打印了十几份,装进事先准备好的信封里,信封上的地址人名邮编都是打在纸上,然后粘上去的,我定了定神,急匆匆走出宿舍。

此时已经是月上中天,我独自开车,没有将十几封信一股脑地扔进一个邮筒里,而是投进了四五个邮筒。回北京花园的路上,怎么都觉得后面有车尾随我,我看了看时间,快半夜十二点了,我觉得应该把今天的事向梁市长汇报一下,但又怕打扰他休息,不过我知道,身为一市之长,此时梁市长也未必休息,为了稳妥起见,我给高严打了手机,问他是否跟梁市长在一起,他说在一起,我说有重要事情要向梁市长汇报,高严让我稍等,不一会儿,我就听到了梁市长的声音。

我在手机里着重讲了杨厚德所掌握的情况,并有实名向省里甚至中纪委举报的企图,梁市长听罢没好气地骂了一句:"我看他是活腻了!"然后嘱咐我从现在开始密切观察杨厚德的一举一动,市里对杨厚德很快就会采取行动!最后又对我的行为给予了充分的肯定,夸我是一个讲原则、讲政治的驻京办主任。

挂断手机,我有一种如释重负的感觉,身体内涌动着一种刚刚得到自由的快感,这种快感是甘甜的,仿佛一切都变得比现实更美好。快感模糊了我真实的处境,以至于我无法准确地了解自己的命运。

直到我坐下来写这篇自白,我才忽然想明白,正是从这个夜晚开始,我的命运就与杨妮儿紧密联系在一起了。杨妮儿是我的温柔之乡、欲望之魂,更是我的罪恶,我的陷阱!要是没有这个夜晚,我的生命中根本不会有杨妮儿,但是现在还不是谈我和杨妮儿之间的故事的时候,因为故事是从杨厚德被市纪委"双规"后才开始的。

梁市长不愧是玩政治的高手,没出一个星期,杨厚德就被市纪委成立的专案组带走了,还是我亲自送专案组去的首都机场,后来我听高严告诉我,在机舱里,杨厚德被两名办案人员夹坐在中间,并没有什么异常表现，而且一句话也未说，睡了一路。

倒是在首都机场分手时，杨厚德面容冷峻地看了我一眼，那目光冷得像剑一样，扎得我的心猛地一紧，然后一连几天我晚上睡觉都梦见杨厚德那张冷峻的脸，那张脸像一面镜子，照得我无地自容。

杨厚德被"双规"后，我才发现，他在驻京办的威信还挺高，许多人私下里议论纷纷，为他叫屈，我只好给驻京办处以上干部开了一次警示教育会，详细通报了杨厚德在商贸大厦开发过程中，利用职权索贿受贿的情况，苦口婆心地告诫他们，人的欲望离不开物质，这好似唯心主义的必然昭示。但是人的欲望可以凭理性去控制，这才是人和动物的根本区别。表面上是劝他们警钟长鸣，实际上是警告他们，谁要是敢为杨厚德鸣冤叫屈，小心自己的前程！

这次会议很有效果，那些私下里嚼舌头的人少多了，特别是处以上干部，再也没发现谁私下里为杨厚德叫不平。官场上最讲识时务者为俊杰，这些人鞍前马后跟我多年，当然最明白这一点。

正所谓人走茶凉，杨厚德被"双规"了三个月的时候，在驻京办，似乎就没有谁再提他了，还出现了一个崭新的现象，就是几个实力强的处级干部，为争杨厚德空出来的位置开始明争暗斗起来。当然最有希望的是白丽莎，但备受诟病的也是白丽莎。一段时间以来，一些认为白丽莎挡了自己仕途之路的人，没少往市纪委、市委组织部给她写匿名信，搞得白丽莎几乎成了驻京办的众矢之的。更有甚者，有人竟然将她与周中原幽会的照片寄给了夏书记和梁市长，这还是梁市长的秘书高严告诉我的。我没有想到驻京办还有这么工于心计的人，分析来分析去都觉得只有信息处处长习海涛最有可能性，当然也不能排除联络处处长邓英。有这样一些下属，我这个做一把手的能不如坐针毡吗？

其实我的骨子里是希望白丽莎上，白丽莎接待工作是一把好手，这些年，一边给我当助理，一边兼接待处处长，迎来送往，许多重大接待工作都办得滴水不漏，的确是我的左膀右臂，但是搞"截访维稳"显然不是强项。另一位副主任常玉春主管信息与联络工作多年，不可能上来一位新副主任后，重新分工，将"截访维稳"工作分给他，必然造成新的矛盾。我时常想，如果班子不重新分工，杨厚德仍然按部就班地主管驻京办经营创收,他是不是就不会如此铤而走险?险些引发东州官场一场大地震。但转念一想,后果或许更严重,因为他会掌握第一手证据,到时候东州官场还要发生比大地震还要严重的事件,发生大海啸也未可知。

总而言之,我不允许驻京办再出现一个杨厚德。因此,白丽莎、习海涛、邓英都不是我理想的副手,思来想去,还是不显山不露水的办公室主任宋礼最合我心思。宋礼办事稳重、冷静,是杨厚德东窗事发后唯一没露声色的处级干部,也是唯一没表现出要争副主任的处级干部。正因为如此,也没有人打他的主意,不像白丽莎、习海涛、邓英匿名信满天飞,陈芝麻烂谷子都被人抖落了出来。这倒让我掌握了不少他们的小辫子。

正当我想找机会回东州向梁市长汇报一下我的想法,希望尽快为驻京办重新安排一位副主任,因为"截访维稳"工作在驻京办的分量越来越重,必须有一位副主任专职负责。市委组织部干部四处刘处长带两名下属突然到驻京办来考核习海涛,这让我有些措手不及。无奈只好将刘处长请到京城会馆搞了个一条龙服务,刘处长才透露,是夏书记的意思,我一听便倒吸了一口冷气。因为驻京办根本不归市委主管,真正的主管领导应该是常务副市长,夏书记亲自安排市委组织部考核习海涛,也只是走个程序而已,这等于习海涛任驻京办副主任板上钉钉了,习海涛与夏书记是什么关系?我怎么从来也不知道!

刘处长告诉我,夏书记和习海涛没什么关系,只是觉得习海涛搞的《首都信息》很有决策参考价值,便留心观察习海涛,几次进京还私下里找习海涛谈过话,发现他对驻京办工作有很多建设性想法,夏书记认为,这个年轻人有思想、有见识、有胆量、有能力、有责任心,工作上很有成效,是个难得的人才。这次杨厚德被"双规"后,夏书记一直觉得很蹊跷,杨厚德任驻京办副主任以来,从未发现过不良记录,怎么突然冒出那么多匿名信检举他行贿受贿?这次夏书记亲点习海涛任驻京办副主任大有深意!

我问刘处长,有什么深意?刘处长诡谲地一笑反问我,习海涛是部队转业到驻京办的,他以前在部队是干什么的?我心里咯噔一下,脱口

214

而出:"侦察连连长!"此时此刻,我似乎全明白了,莫非夏书记想利用习海涛的特长,搞清杨厚德一案的真相?多亏我多了个心眼,掏了几句刘处长的心里话,不然后果不堪设想。

送走刘处长等人,我赶紧把市委组织部考核习海涛的情况用手机向梁市长做了汇报。梁市长听后,良久才说了一句:"这个夏世东手伸的也太长了。"然后嘱咐我从今以后对习海涛要多加小心,便愤愤地挂断了电话。

十二

就在习海涛突然被市委组织部考核的事闹得沸沸扬扬之际,我女儿有半个月的假期,在我老婆的陪同下,从悉尼直飞北京来看我。我们全家有一年没在一起团聚了,在首都机场,女儿抱着我喊了声:"爸爸!"便哽咽起来,老婆也是眼泪汪汪地看着我,我把老婆和女儿深深拥在怀里,心里充满了无比的幸福感。

一年的留学生活,女儿瘦了,也白了,但成熟了,长大了,看着女儿不断地进步,我很欣慰。老婆夸起女儿更是眉飞色舞,说女儿主动到美甲店打工,比端盘子划算得多,每个月的房租都是女儿打工挣出来的。我深情地说:"老婆,你辛苦了!"老婆脉脉含情地望着我甜美地笑了。

然而就在我安排老婆孩子刚刚住下,我们一家三口正在商量晚上吃什么之际,我的手机突然响了,是白丽莎打来的,我以为是她想过来看我老婆孩子,便热情地说:"丽莎,刚接到,你上来吧。"

没承想白丽莎火急火燎地说:"头儿,杨厚德的老婆柳玉琴上去了,非要找你谈谈,我怎么拦也没拦住!"

我心里顿时一紧,心想,来的可真是时候,看来是来者不善善者不来呀!还未等我向老婆解释,就有人按门铃,我只好定了定神,很从容地开开门。

说实话,我见过柳玉琴很多次,给我的印象是不爱说话,比较内向,以前在东州市工会工作,退休后一直不太适应,杨厚德"双规"前曾经跟我说过,他老婆退休后有些抑郁的倾向,我当时还打哈哈说:"是不是你老兄在外面有了新欢,冷落了老大嫂。"杨厚德开玩笑地讥讽道:"你小子别把自己的爱好强加于人,好好的老婆打发到澳洲去,不是为了新欢为了什么?"说完哈哈大笑,气得我一时不知道怎么反驳。但是柳玉琴有抑郁症,我一直记得很清楚。

果然,柳玉琴一进屋,眼睛就直勾勾地看着我老婆孩子,像个精神病患者一样半天没说话。我老婆认识柳玉琴,赶紧拉着她的手请她进屋坐,柳玉琴一动不动地说:"丁则成,你凭什么陷害我老公!"

我老婆听得懵懂似的,纳闷地问:"老杨到底是怎么回事?"

我只好小声解释说:"老杨因为索贿受贿,最近被市纪委'双规'了。"

柳玉琴恶狠狠地说:"你这是贼喊捉贼,丁则成,昨天夜里老杨给我托梦了,只有你能救他,他受没受贿你最清楚,你说怎么办吧?"

我老婆给柳玉琴沏了杯茶同情地说:"嫂子,你别急,先喝口水,则成不会袖手旁观的。"

想不到柳玉琴突然歇斯底里地喊道:"他是没袖手旁观,他吃人不吐骨头!丁则成,我告诉你,我们家厚德要是有个三长两短,我就死给你看,到时候我变成鬼也不会放过你!"

吓得我女儿躲在我老婆身后一个劲地打哆嗦。幸亏白丽莎、习海涛和邓英及时赶到,连拖带劝地将柳玉琴拽走了。

我女儿当时质问我:"爸爸,你对杨伯伯做了什么?柳阿姨怎么会对你这样?"

我老婆也不依不饶地问:"则成,柳玉琴口口声声说你陷害了她老公,你说实话,这到底是怎么回事?"

我只好苦口婆心地解释了一番,我老婆听得将信将疑,追问道:"既然杨厚德索贿受贿,既有人证又有物证,干吗说你栽赃陷害呀!"

我没好气地说:"杨厚德早就跟我说过,他老婆有抑郁症。简直是个精神病!"

好说歹说,这场风波算平息了,但一家人团聚的喜悦却被冲得一干二净。更令我想不到的是,柳玉琴每天都来闹一场,搞得我老婆孩子忍无可忍,假期没结束,就匆匆赶回了澳洲。

我老婆孩子走后，柳玉琴像事先知道一样再也没有来过，我却一到晚上就梦见她那双直勾勾的眼睛，眼睛里的目光带着一种蛊惑，引诱我不得不说出内心的秘密。那目光像一双干枯的手，不停地撕扯我的心脏，我被彻底控制了，就像在梦中被魇住了一样。越是难以忍受，就越是有一种亲口说出自己内心秘密的冲动，不，不是秘密，而是罪行，我怎么会亲口将自己的罪行告诉柳玉琴呢？这太不可思议了，柳玉琴的眼睛预示着什么？难道是命运吗？

接下来的一切日子，我为无法摆脱睡梦中那可恶的目光而痛苦。以至于大白天我都有这样的幻觉：我站在悬崖边，凝望着深不可测的深渊，想退缩，却又有一种就此粉身碎骨的冲动。这种幻觉让我开车时好几次险些追尾，我知道我应该设法摆脱这种幻觉，便用酒精麻醉自己，除了工作上的应酬之外，我倒出空就去酒吧，一边喝酒一边揣摩人群中个体的细节，我发现喧嚣中，人们共同的特征就是孤独，或许每个人都有和我一样的冲动，却没有和我一样的幻觉。人们喜欢冷漠而喧哗的酒吧，无非是寻找慰藉。

我在观察别人，说不定别人也在观察我。我头脑中突然冒出一个灵感，与其观察眼前这些陌生人，不如干脆观察观察我的下属，看看他们业余时间都在干什么？我记得有一位诗人说过："一条阴暗孤独的路旁，只有坏天使常去常往。"在驻京办，一向将自己看作天使的，当然是白丽莎。于是，白丽莎成了我第一个跟踪的对象。

下班后，我开车尾随着白丽莎的车，白丽莎似乎要接什么人，车开得很快，大约半个小时停在一座写字楼前，我一看这座叫摩根大厦的写字楼，心里就明白了一半，因为那顶顶管理的善缘基金会就在二十层。果然，大概一刻钟的工夫，那顶顶扭着小蛮腰走出大厦旋转门，可能是服装的缘故，每次见到那顶顶身穿充满佛教神韵的服装，我都会联想到《红楼梦》中的妙玉。她独特的服装和配饰既时尚又将佛教神韵之美表现得淋漓尽致。将佛像印在衣服上已经不是创新，但是繁复的花边，彩条装饰就像西藏飘舞的幡旗，大臂上戴的臂环极具神圣的视觉冲击，不知所以然的人看了会油然而生神秘感。

那顶顶进了白丽莎的车，我的心顿时一紧，白丽莎怎么和那顶顶搭上关系了，她们是怎么认识的？由于那顶顶与梁市长关系特殊，我对此事一直守口如瓶，我自认为驻京办无人知道那顶顶这个人，想不到白丽莎不仅认识，而且看情景，两个人已经成了无话不谈的好姐妹。

白丽莎和那顶顶去了一家档次极高的美容院，梁市长的老婆每次进京都要到这家美容院做美容，由于白丽莎是接待处处长，因此每次都是她陪董梅。白丽莎背着我和那顶顶打得如此火热，让我一下子想到了杨厚德空出来的副主任的位置，尽管市委组织部已经考核了习海涛，看来白丽莎并未死心，这是想通过那顶顶与梁市长的特殊关系"曲线救国"呀！没想到白丽莎如此工于心计。

摸清了白丽莎的行踪，我利用星期六开始跟踪联络处处长邓英。结果邓英一大早就开车直奔阜成门，沿阜石路西行上了108国道，我的心顿时提了起来，这条路是去门头沟的，莫非邓英要去龙泉寺？果然，九峰渐渐显现，在一片郁绿当中，掩映着寺院红墙。这里古树参天，佛塔林立，正是坐落在宝珠峰前的龙泉寺。

邓英把车停好，沿中路，过一座三间四柱木牌坊，上了石桥，桥后正是山门，门额上书"敕建岫云禅寺"为康熙皇帝手书。我尾随邓英一直走到山门，怕被发现，没往前跟，但我已经猜出个八九分，邓英到龙泉寺一定是来拜访政言大师的。显然，邓英已经得知梁市长拜政言大师为师的信息，看来邓英此行的目的与白丽莎见那顶顶一样，这个邓英为了当上驻京办副主任，还真会暗度陈仓。

第二天是星期天，与习海涛竞争副主任位置还有一位实力更强的选手，这就是宋礼，索性我想看个明白，九点多，宋礼的车驶出小区，我赶紧尾随上去，让我吃惊的是，宋礼也将车开往阜石路，然后西行上了108国道，我心里暗笑，莫非宋礼也去龙泉寺拜会政言大师？

尽管猜出了结果，我还是耐着性子跟随到了龙泉寺。如果说邓英暗度陈仓，想利用政言大师做一做梁市长的工作，我一点都不吃惊，但是宋礼在我心目中，一直都很本分，想不到城府如此之深，大大出乎我的意料，人还真是个谜，想认清一个人的真面目怕是难于上青天。

人之所以是个谜，无不缘于多元性，每个人的心灵都是一座城堡，每一座城堡都犹如一座迷宫，也正因为如此，每个人都迷失在迷宫中，受控于心魔,心魔像幽灵一样在黑色的王位上发号施令。我又何尝不是如此呢?杨厚德虽然被"双规"了,看似他的肉体失去了自由,实际上囚禁的却是我的心灵,我有预感,杨厚德或许就是我的"滑铁卢"。但是每个人都不会甘于失败的,更何况还有梁市长这棵大树罩着。

接下来,我很想知道,习海涛会有什么行动,然而我跟踪了他几天,都未发现任何异常表现,也难怪,此时习海涛最应该做的就是以静制动。

十三

不该静的静了下来,该静的却热闹起来。龙泉寺主持政言和尚给我打来电话,让我替他订去无锡的飞机票,他要到无锡去开佛教大会。老和尚每次出差都打电话给我,表面上是求我给他订票,实际上是让我送他,别看老和尚是出家人,也讲究个体面,因为我每次送他,都要请他到首都机场贵宾室坐一坐,一切手续都办妥了,我才送人登机。这回他做了梁市长的师傅,找我买机票、送机场更是理所当然,我也正好可以借机问问,他是怎么应对邓英和宋礼的。

第二天我开车去龙泉寺接他,他非要坐自己的奔驰,也就是梁市长 219
送给他的那辆标有"东州市俗家弟子色空供养"字样的车。我也只好依他,让他的司机开我的车,我开他的车。一路上,老和尚情绪非常高涨,看来能有幸参加佛教大会是一种荣誉,佛不光有慈悲,也有自己的荣誉,这种荣誉是什么,不进入佛的世界是无法体会的。

我问老和尚:"佛教大会主要讨论什么?"

老和尚一本正经地开示道:"世间所有的衰损,其根本在于无明,要想有明必须远离贪婪,远离仇恨,遵守清规戒律。持有一颗感恩的心。"

我笑着说:"我不是佛家弟子,不过是有着凡人欲望的普通官员,如何遵守清规戒律?"

老和尚诡谲地说:"党纪国法就是众生的清规戒律。"

我听了以后哈哈大笑道:"大师,自从你收了梁市长这个俗家弟子,是不是少了许多清静啊?"

老和尚叹了口气说:"也只好闹中取静了,按理说我收色空的事是很隐蔽的,怎么给我的感觉好像东州官场上的人都知道了,一些人从东州跑到龙泉寺非要让我收为俗家弟子,我也只好一一拒绝。倒是你们驻京办两位处长找到我,并没让我收为俗家弟子,而是求我向梁市长说情,都要当驻京办的副主任。不过这两位都是有佛缘的人,也不知从哪儿打听到,我喜欢收藏舍利,两个人一个送我红色的肉舍利,一个送我黑色的发舍利,都是难得的圣物。舍利是佛和有德行的高僧勤修戒、定、慧等功德所形成的圣物。佛家将崇拜舍利视为可以去祸得福的善行。既然邓处长和宋主任与佛有缘,我也只好给色空打电话,请他多多关照了。这也是做佛事、积功德。"

我听后心里一紧,连忙问:"梁市长怎么说?"

老和尚一边捻着佛珠一边微闭双目说:"做佛事最需要的是心诚,色空是心诚之人!"

老和尚的话让我如坠五里雾中,不知道梁市长是否出手,以我多年的从政经验,梁市长是不会与夏书记正面冲突的,那样只会两败俱伤,但是怎么迂回,也不可能将习海涛拿下,换上邓英或宋礼呀,除非再增加一位副主任的职数,即便如此,邓英和宋礼也只能上一位,另一位也是有佛缘的人,怎么办?如果不解决,日后梁市长如何见政言大师?要知道,梁市长对佛是很虔诚的,不可能让政言师父白张一次口。佛道讲"悟",官道更是一个"悟"字了得,想不到佛道与官道还真有异曲同工之妙,怪不得政言和尚并不满足于北京市政协委员,一直在向全国政协委员的方向斡旋,正如佛教大会一样,我以为与会者都是空门中人,原来参加会的还有许多政府官员,高官与高僧同台论佛,不知是否合灵山大佛的本意。

十四

习海涛对我一向是不卑不亢的,近来见了我却毕恭毕敬起来。看来在市委组织部正式下文之前,这小子是想稳住我,因为自从市委组织部考核习海涛之后,本来白丽莎、邓英和宋礼是竞争对手,却突然站在了一个战壕里,在下面煽阴风点鬼火,搞得习海涛很被动,此时此刻,习海涛向我靠拢的确是明智之举。但是我对习海涛一直保持一种自卫式的警觉,市委组织部考核小组刘处长提示我的那番话,我不可能不当回事。要知道习海涛在收集信息方面是一绝,其实他收集的哪儿是什么信息,邓英告发习海涛的匿名信称,他善于刺探领导隐私,其实这些都是不实之词,但是习海涛毕竟是侦察兵出身,对信息不仅有着本能的敏感,而且捕捉能力极强。这种人进了班子,和我一条心,我将如虎添翼;如果不是一条心,很有可能是个丧门星。既然你向我靠拢,我便将计就计,敲山震虎。

这还是习海涛到驻京办以来,第一次请我喝酒,安排的是官府私家菜馆。为了显示我自己的权威,我故意晚到半个小时,故意晾一晾他。想不到这家伙极具耐性,我到时还没点菜,只是要了两瓶五粮液。正坐在餐桌前漫不经心地翻看一本小说。

我一进包房便讥讽道:"海涛,什么时候对小说感兴趣了?该不是想写侦探小说吧?"

习海涛从容一笑说:"王晓方这本《蜘蛛》,不是侦探小说胜似侦探小说。"

我颇感兴趣地问:"讲的什么?"

习海涛诡秘地说:"头儿,点完菜,咱们边喝边聊。"

221

我只好耐着性子等菜上齐了,干完第一杯五粮液,他才饶有兴趣地说:"头儿,这本书我是特意给你带来的,我已经看过了,写得实在太精彩了,你抽空看一看,我敢保证,谁看谁受益。"

我不屑地说:"现在的小说大多是作家躲在书斋里的杜撰之作,根本没有生活来源,因此既不真实,更不现实。这本《蜘蛛》会不会也是这类作品呀?"

习海涛郑重地推荐道:"头儿,王晓方的作品都是实打实、硬碰硬的力作,遇到难啃的矛盾从不绕着走,他的每一部作品我都喜欢,但最让我震撼的还是这本《蜘蛛》。因为这部长篇小说取材于一桩真实的腐败大案。在一次选美大赛上,八号小姐勾魂摄魄的眼神令常务副市长如醉如痴,于是常务副市长与八号小姐之间发生了一场荡气回肠的爱情,

第一部

就在两个人如胶似漆难舍难分之际，八号小姐突然消失了。此时刚刚因索贿受贿而被"双规"的副市长移交给了司法，接下来发生了一连串不可思议的事，常务市长不仅是黑社会犯罪团伙的保护伞，而且是副市长被"双规"的始作俑者，一桩桩一件件详实的证据像长了翅膀一样，飞向了中纪委，于是常务市长与副市长之间的天平发生了彻底的倾斜，处于绝对优势的常务市长被"双规"了，被栽赃陷害的副市长沉冤昭雪，重新走上领导岗位，而副市长走出看守所那天，开车去接他的正是他视为掌上明珠的女儿，也就是选美大赛上的八号小姐。副市长坐进女儿的车里，本田车缓缓驶向远方，来到一处墓地，两个人下了车走到一块墓碑前，这恰恰是长眠于此的副市长的妻子，当副市长遭陷害而被'双规'后，妻子不惜以死来证明丈夫的清白。头儿，这是发生在哪个城市的腐败大案，我不说，你也知道，因为太传奇了，所以影响很大。这个故事被王晓方演绎得让人欲罢不能，读了以后不仅令人扼腕叹息，而且不停地思考，真是难得的现实主义力作！"

222

说句实话，王晓方的小说我也看过一两本，并不觉得怎么的，不过这本《蜘蛛》还真没读过。让我心惊肉跳的是小说中讲的常务市长与副市长之间的纠葛，怎么这么像我和杨厚德之间发生的故事，都说腐败案有共性，这哪里是共性，简直就是巧合。世上真有这么巧的事吗？这分明是习海涛故意用这本书挤对我，我本来想借这顿酒给他个下马威，敲山震虎，没想到一上来他先给我戴了个眼罩，这哪是请我喝酒，简直就是投石问路，故意借酒试探我的反应。

我岂能上他的当，于是不动声色地问："这件腐败案的确挺轰动，只是不知道为什么小说的名字叫《蜘蛛》？莫非作家将那个勾引常务市长的女孩子比喻成了蜘蛛？"

习海涛笑嘻嘻地说："头儿，我倒以为将蜘蛛比喻为贪官更合适。我知道地球上有四万多种蜘蛛，所有的蜘蛛都有毒，只是毒性强弱不同。如果把贪官比喻成蜘蛛的话，那么腐败之毒毒害的是国家。从蜘蛛的习性看，蜘蛛善于结网，腐败首先是从结网赢利开始的，蜘蛛会化尸大法，蜘蛛猎食时，事先用毒牙麻醉对方，分泌口水溶解猎物，再慢慢吸食，一点儿不漏吃个干净。你看《蜘蛛》这部长篇小说里的常务市长谋害副市长用的方法和蜘蛛差不多。蜘蛛还有一个特点,就是怕光,哪个腐败分子不怕光?因此,单从书名看,这部小说就极具深刻性!"

习海涛说话时,目光像山猫一样盯着我,好像我是小说中的腐败分子似的,尽管他说的有道理,但是我也不能认同,一旦认同就会助长这小子的嚣张气焰。

于是我坚持说:"我还是认为小说中勾引常务市长的女孩子是蜘蛛,蜘蛛种类繁多,性质也千差万别,但大多都是'恶妻吞夫'的。母蜘蛛性成熟后,身上会发出一种特殊的气味。雄蜘蛛嗅到这种气味后,就会迅速爬到母蜘蛛结的网上'求色'。这样正中母蜘蛛布下的'桃色陷阱',母蜘蛛对上网求爱的雄蜘蛛咬上一口,雄蜘蛛也像撞网的昆虫一样,刚做完爱就成了母蜘蛛口中的美味佳肴。小说中的常务市长就是雄蜘蛛,而母蜘蛛就是市长的女儿。"

习海涛听罢思忖片刻,点了点头说:"头儿,你如果非要将小说中的女孩子比作蜘蛛的话,那么她也不是'恶妻吞夫'型的母蜘蛛,而是惩恶扬善的蜘蛛侠。我为什么迟迟不结婚?就是一直没遇上令我心仪的侠女,也难怪,这种有侠气的女孩子实在太少了。头儿,我可是驻京办处级干部中唯一的光棍,你可不能袖手旁观。"

我讥讽道:"你小子眼光太浅了,《蜘蛛》中的那个女孩子不干不净的有什么好?"

习海涛不以为然地说:"头儿,万花丛中,我独喜欢出污泥而不染的荷花。荷花就是花中之侠。"

我见这小子装清高,便嗔道:"海涛,你小子什么时候也有了蜘蛛的毛病了?"

习海涛问:"什么毛病?"

我冷着脸说:"洁癖呀!蜘蛛是最爱干净的,将吃、睡和拉的场所分得很清楚。都说你小子收集信息是一绝,我倒想听一听,你收集了多少出污泥而不染的信息?你大概忘了自己是干什么行当的了吧?驻京办是什么?蜘蛛网,还是荷塘?你小子其实就是浑水里养出的鱼,我不知道你小子玩了什么花活儿,但是如果不是白丽莎、邓英、宋礼这些人没完没了地搅和驻京办这潭浑水,你也未必就进入夏书记的视野,不光水

223

第一部

清无鱼,水清了也养不出荷花,你见过哪个清池子长出了荷花?要不是杨厚德搅浑了驻京办这池子水,怕是十年也不会倒出副主任的位置,你哪儿来的机会?走在仕途上的人没有不想往上爬的,但谁也没考虑过能不能驾驭'乌纱船',你是划小舢板的水平,非要去驾驭泰坦尼克号,不撞冰山才怪呢,我为什么呆在驻京办主任的位置上不动,以我的人脉,走动走动,当个东州市副市长不算非分吧,但是我还是认为驻京办主任这艘船更适合我,杨厚德为什么出事了,就是干了'非分'之事,一个人是个什么水平就干什么水平的事,不在那个水平上非要干那个水平的事,其结果只能是人仰马翻。没有那么大的福,千万别硬求,即使硬求来了,也不可能托得住啊!"

专案组领导,像这种话我不是对谁都说的,不可否认,我用了教训的口吻,但我毕竟是习海涛的领导,我有资格教训他,不过我的这番话中更多的含义是你习海涛是个早产儿,早产儿最容易夭折的,即使侥幸活下来,也不会健康的,前面不知道有多少灾啊难啊的等着你呢!不排除我这话有恐吓的成分,但也确实是经验之谈。应该说,在官场上,这种事屡见不鲜。你们可能不同意我的观点,那是因为你们没有处在我的位置上,如果你们处在我的位置上,能不给习海涛这种赚了便宜还卖乖的人一点教训吗?自卫是每个人的本能,即使习海涛有夏书记做后台,不还是给我当副手吗?当副手就要遵守当副手的规矩。什么规矩?当然是讲政治啦!什么叫讲政治?我理解就是下级必须服从上级,否则不乱套了吗?

十五

按理说,论资历,习海涛与白丽莎、邓英和宋礼比还浅一些,即使习海涛当上驻京办的副主任,也压不住这几个人,我万万没有想到,夏书记也了解这一点,为了给习海涛打气撑腰,任命那天,夏书记和市委组织部部长彭怀德亲自进京到驻京办宣布任命。那气势震得白丽莎、邓英和宋礼等人目瞪口呆,连副主任常玉春也对习海涛刮目相看起来。

任命宣布完后,夏书记对我说:"一会儿我和彭部长到301医院去看望中纪委的刘副书记,刘副书记心脏病突发,幸亏抢救及时,就让海涛陪我们去吧,你们该忙啥忙啥。"说完向习海涛招招手说:"海涛,我们走吧。"习海涛连忙跑在夏书记和彭部长身后进了电梯。我和常玉春面面相觑了一会儿,都情不自禁地摇了摇头。

常玉春嫉妒道:"则成,从今以后,东州市驻京办到底谁说了算,还真说不准了。你这个一把手要多加点小心了。"说完露出了一丝陀思妥耶夫斯基式的狞笑,犹如从落地窗透进来的一丝恶毒的阳光。

杨厚德的案子很快就进入了司法程序,这是万万没有想到的,一般的"双规"案子不折腾两年,很难进入司法程序,而杨厚德的案子仅"双规"了三四个月就进入了司法程序,很显然是梁市长起了作用,他是想快刀斩乱麻,免得夜长梦多。让我想不明白的是,杨厚德怎么就招认了?以他的性格绝对会宁死不屈的。一定是上了手段,究竟是什么手段,我才懒得知道呢。我听说,柳玉琴到市政府、市委都闹过,还威胁市纪委领导,她要用死来证明丈夫的清白。然而面对强大的客观环境,柳玉琴的声音太渺小,谁会相信一位在驻京办主管企业经营的副主任会是清白的。谁会同情一个已经腐败了的驻京办副主任,当然就更无人同情他那可怜的老婆了。柳玉琴只好天天来闹我,声称是我害的她丈夫,只有我能救她丈夫,影响极其恶劣,以至于我都不敢进办公室。 225

刚好赶上杨厚德第一次开庭,齐胖子、高严陪梁市长进京了,没想到刚住进驻京办的皇帝套房,梁市长就告诉我,高严扯王八蛋挂彩了,让我帮他找家医院治一治,东州的哪家医院他都不能去,到哪家医院都得传得天花乱坠的。这种事我办过很多次,都是从东州往北京带患者,和高严一样,我带的那些患者都不敢在东州看病,因为一旦身份败露,后果可想而知。不过梁市长对高严不检点如此宽容,倒颇有点佛门俗家弟子的慈悲,也是我没想到的。可见梁市长对高严是何等信任。

梁市长这次进京既不是开会,也不是"跑部钱进",而是专程参加国部长婚礼的。国部长的老伴一年前患肝癌去世了,国部长一直很孤独。半年前去东州出差,梁市长在草河口迎宾馆宴请国部长,彼此推杯换盏间,国部长偶然看见电视里东州新闻的女主持人陆小雅,喝了半杯酒停住了,目光直勾勾地盯着电视,就这么一瞬间,梁市长洞若观火,国部长在东州考察期间,梁市长特意安排陆小雅为随行记者,陆小雅一连陪了国部长两天,说实话,这两天抵得上进京"跑部钱进"两年。

送走国部长后,梁市长立即派高严去找陆小雅,想探探陆小雅对国部长有没有想法,国部长的脉,梁市长是把准了;但是陆小雅的,梁市长一点把握也没有。果不其然,高严找过陆小雅后,人家不仅对国部长没那个意思,甚至没好感。这让梁市长大为恼火,他亲自出马找陆小雅谈,希望为国部长和陆小雅做媒,成就一段美满姻缘。他耐着性子问陆小雅,能嫁给国部长是多少女孩子梦寐以求的事,你为什么不乐意?陆小雅直言不讳地说,第一,国部长的年龄可以做我爷爷了,我不想嫁老头儿;第二,国部长长得肥头大耳,简直像头猪,我想嫁个白马王子,不想嫁头猪。结果,梁市长败兴而归,只好请齐胖子出马,没想到齐胖子三下五除二就摆平了。我不知道齐胖子是怎么摆平的,但是杨厚德跟我说过齐胖子拿下张晶晶的过程,连张晶晶那样的女人都被齐胖子降服了,何况一个小小的陆小雅。就这样,国部长如愿以偿地成了新郎。

梁市长并没有带我去参加国部长和陆小雅的婚礼,也没带高严去,就因为,高严扯王八蛋下身挂彩了,直淌白脓,必须抓紧治疗。为了掩人耳目,我在一家小医院性病科找了熟人,确诊为淋病。

我陪高严打滴流时,有意无意地问他,国部长大婚,梁市长准备什么礼物?高严小心翼翼地透露,送了一辆奔驰 600。我心想,看来又是齐胖子出的血。这家伙恐怕人家不知道他是走私汽车的。动不动就送京城大员的夫人、少爷们一辆汽车。

有一次我和齐胖子喝酒,借着酒劲问:"齐天,你不可能摆平海关所有的人,难道就一点麻烦没遇上过?"

齐胖子得意扬扬地说:"有铁关长罩着,谁敢不给面子?有一回东州海关监控了六个盖有假海关放行章的集装箱。我打电话给调查局的陈局长,明确告诉他,这批货是大圣集团的,请他多多关照。陈局长在东州海关是有名的黑脸包公,他非常清楚,我在玩'偷梁换柱'。"

我插嘴问他:"什么是'偷梁换柱'?"

齐胖子诡道地说:"就是在海关跟踪这些集装箱的过程中故意将它放过,让我找个安全的地方把里面的货品换掉,然后再交给海关没收处理。这样既可以掩人耳目，又不会造成多大损失。但办这样的事干系太大，陈局长有心扣货，但又忌讳铁关长和我的关系，只好向铁关长汇报，其实就是推卸责任。出了事有你老铁担着，和我姓陈的没关系。铁局长二话没说，要求他按我说的办。结果，我手下的将集装箱里的新汽车换成了要报废的旧汽车，使十二辆汽车顺利过关。"

　　每当我想起齐胖子讲的这件事，就觉得这世界被颠覆了，在这个颠覆的世界中，一旦人们对许多恶习以为常，罪恶就不再是恶，甚至成了公理。比如三寸金莲是对女性的摧残，是一种罪恶，但古代男人们无不视这种罪恶为美。如今"跑部钱进"也是一种恶，尽管备受诟病，但是由于"利益"二字在作怪，还要专门设立一种叫驻京办的机构来助长这种恶。几千年来的社会本质，只有司马迁说得最透彻，这就是"天下熙熙皆为利来，天下攘攘皆为利往"。

　　专案组领导，我之所以偶尔还拥有嫉恶如仇的激情，是因为我是一个在迷失中寻觅清醒的人，我寻觅的清醒和莎士比亚寻觅的差不多，这就是："认识不过是一个行走的影子，一个在舞台上指手画脚的拙劣伶人，登场片刻就在无声无息中悄然退下；它是愚人所讲的故事，充满着喧嚣与骚动，却找不到任何意义。"

　　高严见我愣神，笑嘻嘻地问："丁主任，想什么呢？"

　　我若有所思地说："今天好像杨厚德开庭，是吧？"

　　高严的嘴角掠过一丝冷笑说："这就叫一切皆是宿命，明知山有虎，偏向虎山行的最终结果不过是成为老虎的一顿大餐而已，那正义最后就是一泡虎屎。"

　　我自始至终都不明白杨厚德怎么那么快就招了，心想高严一定知道，便好趣地问："杨厚德被'双规'那天，我送他登机，他看我的眼神一副宁死不屈的样子，我还以为他真能做到威武不能屈呢，原来竟是个假把式。"

　　高严撇着嘴说："狗屁威武不能屈，在威武面前你不屈行吗？其实根本用不着什么威武，当一个人在确凿的人证物证面前跳进黄河也洗不清时，唯一的选择就是自认倒霉。威武是什么？就是逼着你有负罪感，这种负罪感让你活得惶惶不可终日，为了找到安宁，获得解脱，你必

第一部

须主动寻找自己的罪,甚至哀求所谓的'威武',承认他是有罪的。任何被'双规'的人,都不得不审视自己的一生,他的过去,连最小的细节都不会放过,一旦这种自我负罪的机器开始启动,任何被告都不得不承认,只要被'双规',就一定有罪过。这也是一种识时务,要想得到宽恕,就必须先被定罪。只有定了罪,才能得到解脱,才能得到安宁,因此,在威武面前,没有不自愿接受惩罚的。杨厚德招认,完全是出于识时务。"

我听了高严的谬论,心里暗笑,杨厚德要是早识时务何至如此。都知道识时务者为俊杰,但天下俊杰毕竟是少数,大多数人都应了高严的观点,识时务者为囚徒了。这可真是太荒诞了,原以为威武是严肃的,却竟是荒诞的,这恰恰是威武的魅力,正是这种魅力蛊惑人们崇拜它,向它屈服。

晚上梁市长参加完婚礼,兴致颇为高涨,把我和齐胖子、高严叫到皇帝套房,非要打麻将,皇帝套房内有一幅非常别致的油画,挂在客厅内,画中有几个裸体女人在打麻将,在我印象里,梁市长似乎对艺术并不太感兴趣,也可能是刚参加完婚礼的缘故,他一边和大家洗牌,一边饶有兴趣地望着墙上的油画问:"则成,你一直自吹北京花园的皇帝套房比北京饭店的皇帝套房档次高,依我看高就高在艺术水准上,就拿这幅油画来说吧,政治寓意非常深刻,恐怕只有有心人才能领悟啊。今天咱们打破常规,不再摸牌选东家,咱们就说说这幅油画的政治寓意,谁说得到位谁做东,怎么样?"

高严听罢跃跃欲试地说:"麻将代表规则,画中后背纹着凤凰的女子,开了一个东风明杠,显然代表规则,她左边的女子明显有些不规则的小动作,显然代表显规则,她右边的女子少抓了一张牌,在麻将中被叫作'相公''配打',显然对游戏规则不了解,因此难免失手,等于迷失在规则中,至于她对面的女子,是唯一不裸体的,代表的是元规则。"

我不解地问:"什么是元规则?"

高严得意地说:"当然是决定规则的规则。"

齐胖子不以为然地说:"高严,你的解释太牵强,画中还有一位进城打工的农村姑娘代表什么规则?没法解释吧?让我说打麻将的四个女人代表四种类型的企业,画中后背纹着凤凰的女子,开了一个东风明杠,显然代表正在崛起的私营企业,她左边的女子明显有些不规则的小动作,显然代表小商小贩,她右边的女子少抓了一张牌,说明她还不熟悉中国的一套特殊的社会政治系统,躲在那里,信心全无,说明她代表外资企业,至于正对面的女子看那正襟危坐的架势,只能代表国有企业了。那个手握明晃晃的水果刀的打工妹,代表的是农民工和下层劳动者,他们是中国崛起的生力军,可是长久以来,却被忽视,被不公平对待,水果刀代表的就是正在他们心中滋长的仇富心理。这部分人是中国潜在的社会危机,而这种危机的根源是官本位文化造成的。"

怪不得齐胖子生意做得风生水起,确实见解独特,不过我并不赞同,因为梁市长问的是政治寓意,并未问经济寓意,为了显示我比他们二人的见识高,用一副卖弄的语气说:"你们二位只盯着画中的女人,却忽视了一个细节,你们看画中左上角最隐暗的地方挂着一幅似是而非的风景画,一条河上有一座桥,有意思的是桥的形状很像是一顶乌纱,这就足以说明这幅油画看似几个女人搓麻将,实际寓意的是官场,河里有许多石头,当然代表摸着石头过河了。让我理解,这就是一幅'跑部钱进'图。画中后背纹着凤凰的女子,开了一个东风明杠,但她的手摸着脚,说明她手脚并不干净,当然代表那些利用不透明的转移支付凭空制造出一大块利益的部门,她左边做小动作的女子代表正在'跑部钱进'的市驻京办,她右边少抓了一张牌的女子,大家仔细观察一下她的姿态就会发现,她是趁其他人不注意正在和代表部门的女孩偷换牌。这正是换牌的瞬间,所以她桌上的牌少了一张。她代表的是正在'跑部钱进'的省驻京办,而这一切恰恰被拿水果刀的小女孩看见了,小女孩的视线偷偷停留在正准备把牌偷偷塞给代表部门的女孩脸上。拿水果刀的小女孩根本不代表什么农民工,而是代表群众的眼睛、代表监督。至于正对面那位穿着衣服的女子代表的是企业驻京办,她的眼神说明她有出老千的嫌疑,在想办法钻潜规则的空子。梁市长,我说的有没有道理?"

梁市长点了一支烟若有所思地说:"你们仨说的都有道理,但是都和我想的不一样,其实四个女子代表中央政府、省政府、市政府和县政府四方的博弈,旁边拿水果刀的很像打工妹的小女孩代表的是群众利

第
一
部

益。至于画中挂在墙上的那幅画,则成的理解,我赞同。"

得到梁市长的夸奖,我心里暗自有几分得意,一般五星级酒店只有总统套,没有皇帝套,我觉得叫皇帝套更有中国味道,便别出心裁地将总统套改成皇帝套,就冲这个名,市里领导进京除夏书记外,大多都喜欢住驻京办的皇帝套。梁市长尤为喜欢。当初我主张把这幅《搓麻将的女人》挂在皇帝套的客厅内,许多人不同意,认为整体色泽灰暗阴郁,我却非常喜欢,因为有一种难以言喻的美感,并不感到压抑,我估计梁市长对这幅画琢磨得不是一次两次了,大概每次住进皇帝套都会思考这幅画,他之所以如此喜欢这幅画大概和我有同感。

我正胡思乱想着,高严胡诌道:"老板,依我看这幅画应该叫《污染》,打麻将的几个女人应该代表污染源,怪不得古人把女人比作祸水,画中的每个女人让人看了都想入非非,这本身就是一种污染,我们本来清清白白的,但看了这幅画就不清白了,每个人都成了被污染的一分子,就像喝了长江水似的,谁还能清白。"

齐胖子不解地问:"喝了长江水,怎么就不清白了?"

高严逗趣地说:"不是有那么一首诗吗,我住长江头,君住长江尾,我在江头撒泡尿,君饮长江水。"高严这么一说,大家都哈哈大笑起来。

想到高严正在呕吐的小和尚,我讥讽道:"高严,谁往江头撒尿都没事,但你不行,因为你撒的不是尿,简直就是病毒啊!"

齐胖子听了,笑得前仰后合,梁市长也一边笑一边说:"则成,这幅画上的几个女人能让我们几个大男人如此兴奋,这说明女人的力量不可小视啊! 在国部长的婚礼上我就琢磨,娶了陆小雅这个媳妇,就等于多了国部长这个女婿,要想让国部长这样的人俯首帖耳,我们就得用美人计啊,可是我们不可能再碰上像国部长娶媳妇这么好的机会了,看到画上的几个女人,我深受启发,美可以让人愉悦,谁不喜欢美呀? 前些日子政言师父给我打电话,向我推荐邓英和宋礼,说他们是有佛缘的人,只可惜夏世东手伸的太长,让习海涛占了副主任的位置,我就跟市委组织部打招呼,出于工作需要,给驻京办多配些助理,男的助理有邓英和宋礼就行了,女助理除了白丽莎外,要多配几个,但不能在驻京办内部解决,要面向全社会公开招聘,切实招几个才貌双全的女助理充实到驻京办公关工作中来,而且学历不能低于大学本科。则成,这项工作你要抓紧做。"

应该说梁市长这个英明决定既点燃了我的生命之光,更点燃了我的欲望之火,要是没有这次招聘,我根本不可能认识杨妮儿,也不可能掉进她一手策划的桃色陷阱。她那妩媚可爱的神态至今在我脑海里挥之不去,一想到嘴里可以含着她那滚烫的耳垂,和她的吊带裙下面赤裸裸的身体,我在欲望勃发下的身体就开始僵硬。杨妮儿的一颦一笑都随时浮过我的脑海,她虽然突然消失了,但是我一直梦想着有一天她像一只迷途的金丝雀一样,飞回我的怀抱,我会再一次抱住她那奶白的漂亮的充满活力的腿,一直从下面吻上去,这是怎样一种诱惑,这种诱惑具有一种销魂夺魄、阴险狡黠的魅力,正是迷失在这种魅力中,我情愿将我情欲的权杖监禁在那小狐狸的美丽港湾中。当然这只是我此时的感悟,当时杨妮儿还没有出现,我当然还体会不到那种销魂的震颤。我知道每一次震颤,都会在我生命的肌体中注入一个蛀洞,我的恶就在这蛀洞中像病毒一样生长蔓延,我病了,我被欲望蒙住了眼睛。但我看得很清楚,小狐狸杨妮儿焗着一头赤褐色的头发,性感的嘴唇相当丰满,被褪色的牛仔裤包裹起来的臀部扭动起来就像蓝色的海浪轻轻地涌动,同样柔软光滑、坦露的脊梁,更是让我目睹一次,内心就惊惧地喜悦一次。这个杨妮儿,我的杨妮儿,即使与她缠绵销魂,我也无法让我空虚的灵魂吸尽她仙性的姿色,为我所独占。为此,我恨不得让灵魂再空虚些,好有更多的空间容纳她那让人透不过气来的妩媚。然而,我的灵魂即使空虚到极限,也做不到虚怀若谷,最多是虚怀若肉体。说句掏心窝子的话,仅仅为了杨妮儿那双娇嫩纤巧或者干脆叫巧夺天工的趾甲上还残留着一点儿鲜红的趾甲油的顽皮淘气的脚,就足以让我为其牺牲一切了,何况是她那全身足以让人精神错乱的肉体!尽管我有驻京办主任般的狡猾,但是驻京办主任一旦精神错乱,他的全部聪明也只能是精神病人的聪明。杨妮儿已经成为我的彼岸了,自从我掉进她精心设计的桃色陷阱,我全部的追求都寄托给了理想的彼岸了。当然我并没有意识到理想的彼岸就是信念,谁会把女人当作信念,但是杨妮儿并不是女人,她是天使。将天使当作信念有什么错?只是每次见到这个像狐狸一样的天使,我的克劳泽的细胞就进入疯狂骚动之中,一丁点儿的压力就足以像火箭一样直入天堂。专案组领导,我之所以把我的真实感觉如此细腻地写出来,并不想奢望你们理解我,只是企求你们从人性的角度同情我,一个为爱而走火入魔的男人难道不值得同情吗?你们可能认为我不是一般的男人,我是驻京办主任,抵御诱惑的能力应该更强些,但是再强我也不是特殊材料制成的,我和你们一样都是肉体凡胎。我并不想为自己狡辩,起初我被"双规"时,感觉就像一条鱼被困在鱼缸中,你们就像是站在鱼缸外的观赏者,现在我不这么认为了,因为负罪感促使我开始寻找自己的罪过了。我当然也会把我的寻找过程写在这里,其实我一直在这么做。

现在我和梁市长、齐胖子、高严的麻将还没有打完,闲谈中高严问梁市长杨厚德能判多少年,梁市长黑着脸说:"像杨厚德这种不知天高地厚的人,就应该重判。我已经跟专案组、市检察院和市法院打招呼了,不会低于二十年。"

齐胖子笑嘻嘻地说:"丁哥,我听说杨厚德的老婆没少来闹你,闹得你连办公室都不敢进,有这回事吗?"

我苦笑着摇了摇头说:"再这么闹下去,杨厚德没下地狱,我该下地狱了。最让我恐惧的就是柳玉琴的那双眼睛,那根本就不是人眼睛,而是鬼眼睛,射向我的目光简直就是鬼火,晚上一睡着,她那双像幽灵一样的眼睛就出现在我的梦里,我拼命逃也逃不出她的目光。这几天我心脏老偷停,我去医院查了一下,大夫说我心肌缺血,妈的,都是柳玉琴那个婆娘吓的。"

梁市长接过话茬笑道:"噩梦就要结束了,案子一宣判,看她柳玉琴还闹谁去?她要是再来闹,你就给110打电话,实在不行,干脆送她去精神病院,不治一治她,她还真以为没王法了。"

听梁市长的口气,我相信他在梦中也一定梦见过柳玉琴,高严跟我说过,柳玉琴也去市政府找过梁市长,被市政府办公厅保卫处的工作人员给拦住了,但是柳玉琴是个杨三姐式的人物,为了救夫,什么事都能干得出来,她曾不止一次地扬言,不还他丈夫清白,就死给我看!柳玉琴现在是急红了眼,唯一能做的只有死路一条了,真要是从市政府大楼或市长办公室的窗户跳下去,媒体一定哗然。到时候梁市长恐怕也不好收拾。

但是我被柳玉琴吓怕了,我曾经无数次在心里盼她快点死了,跳楼也好,出车祸也罢,总之只要永远在我眼前消失,我就找一个庙给她烧高香。否则我很有可能在睡梦中被我的灵魂谋杀掉。就是现在,一想起那段日子所做的噩梦,我面对稿纸也浑身发冷,我恨不得把纸揉成团,把一切揉成团,然后全部撕掉、烧掉,不留一点痕迹。这个可怕的醉醺醺的世界,人们不再靠空气呼吸,而是靠灰尘,以至于离不开灰尘,人们对空气没有一点免疫力。我恐惧睡眠,因为梦是一种现实,我一旦沉醉其中,便没有勇气将这篇自白一气呵成。我要澄清的东西太多了,但我苦于不能充分地表达! 我的文字能力远没有我"跑部钱进"的能力强,甚至不如我"截访维稳"的能力。尽管我胸中风雷激荡,写出的文字却软弱无力。我也知道应该真正表达自己,但我的确没有能力迫使词语走投无路,就更不要说思想了! 当然我的自白也不是一无是处,最起码你们看了,可以感受到我有罪的直觉,我正是凭着这种直觉组织词汇的。正是这种有罪的直觉告诉我,柳玉琴为了救丈夫,绝不会跟我善罢甘休的。

我的直觉相当准确,就在第二天早晨我准备送梁市长去首都机场,233 刚进皇帝套,高严正在为梁市长收拾东西,梁市长一边喝着茶,一边和我与齐胖子闲聊,有人按门铃,我起身开了门,柳玉琴一把推开我闯了进来,她径直走到梁市长面前,用死人一般的眼睛直勾勾地盯着梁市长,从牙缝儿里恶狠狠地挤出一句话:"梁宇宙,还我丈夫清白!"

齐胖子连忙站起身不知所措地说:"柳玉琴,你想干什么?"

柳玉琴望了一眼开了半扇的落地窗,平静地说:"齐胖子,别以为你勾结建筑商,以我丈夫的名字存了一百万,就能抹杀我丈夫的清白,东州人谁不知道,你仗着梁宇宙这个保护伞,和丁则成沆瀣一气,干尽了伤天害理之事,梁宇宙,你身为一市之长,出差竟住一宿六千美元的皇帝套,还污蔑我丈夫不廉洁,今天我就让世人都知道,东州市市长是个什么货色!"说完,柳玉琴猛一转身向落地窗奔去。

我下意识地高喊:"高严,快拦住她!"

　　还未等高严反应过来，柳玉琴纵身跳了出去，天啊，皇帝套在北京花园的二十三层，柳玉琴一头撞出去，还不跟伽利略在比萨斜塔做自由落体试验一样，摔成意大利馅饼。

　　柳玉琴的举动无疑太令人震撼了，我们四个人都被震呆了，还是梁市长比我们冷静，他赶紧指示我拨打110报案，我拨打完110，外面已经人声鼎沸了，我壮着胆子往下看了一眼，马路上的汽车已经被人群堵得水泄不通。我心想，这回京城各大媒体又找到头条新闻了。《为夫讨清白，烈妇喋血驻京办》《东州市市长与市驻京办副主任谁更清白？》《自杀还是他杀？》，我脑海中本能地设想着明日京城各大媒体的标题，嘴上却催梁市长赶紧去机场，并给常玉春打电话，让他和白丽莎代我送梁市长去机场，梁市长心领神会地走出皇帝套，高严和齐胖子也赶紧跟了出去。

　　我定了定神，从冰箱里拿出一瓶苏打水一饮而尽，连忙给北京花园辖区内公安局我熟悉的几位领导打了电话，通报了一下情况，刚挂断手机，门铃就响了，我从容地开了门，五六个警察走了进来。其中两个不容分说将我岔到一边，其余几个人开始勘查现场。忙活完后，为首的一位身材高大的警察才问我："你报的警？"我点点头。此时习海涛领着邓英、宋礼等人进来了，一进门，习海涛就自我介绍说："警察同志，他是我们东州市驻京办主任丁则成同志。"

　　身材高大的警察一听我是驻京办一把手，语气温和了一些说："丁主任，既然是你报的警，说说情况吧。"

　　我便将杨厚德在商贸大厦建设中如何索贿受贿，被市纪委"双规"并移交司法机关，现已经开庭审理以及期间柳玉琴如何无理取闹的情况介绍了一遍，并且着重讲了杨厚德曾经亲口跟我讲过他老婆有严重抑郁症，期间还不时穿插我已经和他们局领导通话的情况，身材高大的警察见我和他们局领导很熟，便温和地说："既然是这样，请在笔录上签个字吧，不过，人命关天，丁主任还是跟我们到局里走一趟吧，这样我们也好交差。"

　　我也只好同意。工作上的事，我简单向习海涛交代几句后，便随几位警察走出皇帝套。

一走出北京花园，就听到许多刺耳的议论从人群中传来，我根本无暇细听，一头钻进警车内。专案组领导，不瞒你们说，我自认为在这次事件中，既维护了市领导的形象，也维护了驻京办形象，柳玉琴的死不过是对丈夫腐败的一种绝望，眼下人人对腐败深恶痛绝，就连警察一听摔死的是贪官的老婆，也都嗤之以鼻。因此，我走出公安局时，还莫名其妙地生出几分反腐英雄的自豪感，我就带着这种淡淡的自豪感，在驻京办会议室接见了媒体记者。由于在公安局接受询问时已经练了一遍，我应答自如，知道的是东州市驻京办主任就柳玉琴自杀案接受京城媒体采访，不知道的还以为是什么大名人与媒体见面会呢。我之所以有底气见媒体，而没有推给我的副手，就是心里很清楚，谁都不会同情腐败分子，媒体更是如此。更何况驻京办一向被诟病为"蛀京办"，这里的人似乎个个都不干净，驻京办副主任就更不用说了，怎么可能清白呢？这不是往自己脸上贴金吗？要知道成见是很难改变的，我恰恰是利用人们脑海中对驻京办根深蒂固的成见躲过了媒体这一劫。以至于第二天柳玉琴自杀的消息见报后，没有一家媒体同情她，也没有一家媒体提出质疑，一个腐败分子的老婆自杀有什么好同情的，死就死了。我暗自庆幸的同时，人心之冷漠与麻木让我汗颜，我以为这世上只有驻京办主任的心是最冷漠的，然而我错了，世态炎凉亘古如此。应该说柳玉琴死得很悲壮，很有点"我自横刀向天笑，去留肝胆两昆仑"的味道，可悲的是她并未用死证明自己的清白，在世人眼里仿佛她是用死逃避惩罚，不仅没有洗清什么，反而更黑了。

柳玉琴虽然死了，但无时无刻不活在我的心里，她那双直勾勾的眼睛流着血泪望着我，每当我闭上眼睛看见那双血泪模糊的充满仇恨的双眼，我就觉得死掉的不是柳玉琴，而是我，而是和我一样的那些冷漠与麻木的人，我们既不挣扎也不痛苦地活着，在柳玉琴眼睛里我们其实都是活死人！

接下来的日子里，我只能伪装，恐惧，痛苦地绷紧自己的全部神经，我企图用迎来送往淹没自己，然而那些虚假的热情、伪善的笑声和无耻的交易，让我心中充满恶心的恐惧。我讨厌阴天，我渴望太阳突然溢出激情四射的光芒，可是自从柳玉琴死后，我阴郁的心情再也没有晴朗起来。我听说杨厚德得知妻子自杀的消息后,悲痛欲绝,在法庭上当堂翻供,推翻了对自己的所有指控,然而,即使如此,法庭还是如期宣判,杨厚德因受贿罪、贪污罪被判有期徒刑二十年。消息传来,我并未像梁市长、齐胖子等人那么高兴,心情反而更阴郁了。

十六

常玉春对招聘女助理很感兴趣,一直催我抓紧操作,我心想,民间有娶媳妇冲喜之说,驻京办如果能招聘几个美貌如花的女助理是不是也可以带来新气象,或许我阴郁的心情就此能豁然开朗了。于是我把习海涛叫到我的办公室,具体商议招聘事宜。习海涛上任以后,还算老实,并未像我想象的那样搞小动作,甚至还有意向我靠拢,这让我着实感到欣慰。但我提防习海涛的心一直没有松懈。

我之所以找习海涛商议招聘女助理的事,是因为我心里暗藏两个玄机:一是习海涛三十好几了,还是个光棍,我琢磨一旦招聘女助理的广告在报纸上一登,东州市驻京办的门非挤破不可,如果让习海涛主持招聘,说不定会碰上有缘的,这显然是我这个做一把手对副手的关怀,习海涛不会看不出这层意思,自然心存一份感激;二是我给习海涛下的一个套儿,梁市长早就说过,招聘女助理首先容貌得过关,那么多美女前来应聘,够习海涛这个生邦子受的,如果弄出点桃色绯闻出来,就等于夏书记给自己上了眼药,不管夏书记提拔习海涛出于什么用意,只要习海涛过不了美女关,夏书记就先输一局,到时候,再设下金钱关、权力关,几关下来,怕是习海涛已经千疮百孔,不愁他不俯首帖耳,或许通过这几步棋,将习海涛搞成第二个杨厚德亦未可知,总之无毒不丈夫。

都说女人是祸水,我将招聘女助理的事全权交给习海涛,还有另一层意思,就是我不想往浑水里搅和,只要老子不乱搞女人、不贪污受贿,看你夏世东能把我怎么样?

然而螳螂捕蝉黄雀在后,我的如意算盘还是被习海涛识破了,准确地说,不是识破了,是一开始我就钻进了他和杨妮儿设计好的圈套。我以为杨妮儿是到了嘴边的蝉,我想像螳螂捕蝉一样来一个吕布戏貂蝉,却不承想习海涛就是想让杨妮儿像蝉吸引螳螂一样吸引住我,他好在后边潇洒地做黄雀。

习海涛出色地从几百名美女中通过笔试选出八个候选人,接下来是最后一关,由我亲自考核留下四个。我只负责考核她们一项能力,就是通过实际"跑部钱进"考核她们的攻关能力。最后一个接受我考察的不是别人,正是那个点燃我生命之光、欲望之火,同时也是我的天使与玫瑰的小狐狸精——杨妮儿。我事先没有一点思想准备,当习海涛领着杨妮儿走进我的办公室时,我的心像是被什么东西撞了一下子,顿时咚咚咚地加速跳了起来,浑身的血液像海浪一样涌动,我的第一印象是我在梦中的天堂见过她,正如但丁见到圣女贝雅特丽齐,"清晨时分,东方的天空完全是玫瑰色,天空其余的部分呈现一片明丽的蔚蓝色;太阳面上蒙着一层薄雾升起,光芒变得柔和,眼睛得以凝望它许久,同样,天使们手里向上散的花纷纷落到车里和车外,形成了一片彩云,彩云中一位圣女出现在我面前,戴着橄榄叶花冠,蒙着白面纱,披着绿斗篷,里面穿着烈火般的红色的长袍"。我的感觉和但丁一样,浑身没有一滴血不颤抖,阳光透过落地窗温柔地照在杨妮儿的脸上,素雅的白裙衬着她窈窕的身姿,仿佛是阳光送来的一朵白云,她笑眯眯地站在我面前落落大方地看着我,我的天呀,这不就是我潜意识里藏了很久的那个只有在梦中才敢尽情意淫的情人吗!奶白色的肩膀,柔软光滑的肌肤,高耸的酥胸托着白净脖子上一条灿烂纤细的金项链,在这个充满阳光的瞬间,这个站在阳光中充满傲气的女孩,恰恰是我魂牵梦萦的白雪公主。尽管我心底波涛汹涌,但我仍然没有忘记驻京办主任式的伪装,我和她进行着领导对下属式的简单交谈时,心灵深处呼唤的却是,杨妮儿,我的杨妮儿,我的梦中情人!专案组领导,请不要将我此时的心情归于资产阶级思想在作怪,我认为这与世界观、价值观、人生观都没有关系,谁不渴望享受美?天地良心,这就是人性的本能反应。

237

第二部

一

238

恰逢黑水河大坝即将竣工,这是北京的李老部长任东州市委书记时极力倡导,并在任清江省委书记时全力推进的清江历史上最大的水利工程,黑水河大坝最后一仓混凝土浇筑之后,夏书记立即进京为黑水河大坝纪念馆讨要墨宝,这已经是夏书记第三次进京向李老部长讨要墨宝了,前两次我陪夏书记去见李老部长都被老部长婉言谢绝了。

李老部长任东州市委书记时就酷爱书法,如今退下来了,更是整日沉浸在书法世界里,但是李老部长一向为人低调,更讨厌领导干部动不动就为政绩工程题词、题字。但是夏书记认为,李老部长犹如修都江堰的李冰,是黑水河工程的第一功臣,黑水河大坝纪念馆的墨宝必须由李老部长手书。因此夏书记决心无论如何也要讨得李老部长手书的墨宝。由于夏书记深知李老部长的清廉,并不敢带什么名贵之物,只准备了一款制作精美的黑水河大坝模型作为见面礼。

夏书记原本只想带我和习海涛去,在我和习海涛的建议下,夏书记同意杨妮儿也可以跟着去。我记得清清楚楚,当时杨妮儿出现在夏书记面前时,夏书记的眼睛为之一亮,我敢断定,当时夏书记的心底也一定涌起一片蓝色的浪花。正所谓爱美之心,人皆有之,夏书记也不例外,谁敢说夏书记此时没被蜜蜂一样的资产阶级思想蜇了一下?

有了杨妮儿,一路上夏书记情绪都不错,一个劲儿地说:"今天的天气这么好,看来是个好兆头!"其实那天是个多云的天气,夏书记说天气好是口是心非,实际上是夸杨妮儿让大家心头充满了阳光。

杨妮儿是个刚毕业不久的大学生,一团稚气中透着机巧和几分成熟,天生狐狸精的性格,一双黑色凉拖鞋衬托着一双雪白的光脚背,仿佛一对灵活的小白兔,是正常的男人都会垂涎,就更别说我们这些在染缸里混久了的非正常男人,在香风臭气中熏得太久了,难得嗅到仙女身上玉液琼浆般的香气。此时的车厢内就充满了这种香气,不仅提神,而且醒脑。杨妮儿陪夏书记坐在后排,习海涛开车,我坐在副驾驶的位置上。

听着杨妮儿仙女般的笑声,夏书记心情尤其好,他和颜悦色地问:"杨妮儿,今天咱们见的李老部长是个为人低调的倔老头,我在他面前吃过两回软钉子了,都说初生牛犊不怕虎,如果今天李老给咱们吃软钉子,你说说看,咱们该怎么办呀?"

杨妮儿胸有成竹地说:"夏书记,只要你信得着我,我包您完成任务。"

夏书记嘿嘿笑道:"口气太大了吧? 我凭什么信你?"

杨妮儿自信地说:"夏书记,一般老人都有一个共性,就是喜欢怀旧,像李老部长这种一生充满坎坷、人生阅历犹如一部大书的退下来的老领导,会经常沉浸在怀旧之中,因此,千万不要一上来就和他谈要墨宝的事,只说是来看望,然后就和他一起怀旧,谈着谈着,没准就会发现老人家在壮丽人生中有什么缺憾或者心愿,到时候咱们帮他了了缺憾或心愿,老领导一激动,没准会主动将墨宝送给咱们。"

夏书记听后频频点头道:"没看出来,杨妮儿还真是人小鬼大,那好,今天就按你的主意办,如果成功了,你们丁主任对你的考核,我亲自批准过关。"

杨妮儿倒是不知道天高地厚,顺着杆儿爬道:"夏书记,君子一言,驷马难追!"说着还伸出嫩白的小手和夏书记击了掌。

听着杨妮儿与夏书记的对话,我感觉杨妮儿身上有一种特别熟悉的东西,但究竟是什么,我一时半会儿还品味不出来,只觉得杨妮儿对驻京办工作有一种天然的熟悉。

车行到万寿路甲十五号,我给李老的秘书打了电话,报了车号,不

239

一会儿,李老的秘书开着一辆奥迪车来接我们,我们的奔驰车尾随着奥迪车,不一会儿就驶到了李老家住的四合院门前。

大家都下了车,我们三个人随秘书走进朱漆的大门。院子里有几棵大柿子树,挂满了红柿子,院中央有一个瓮似的鱼缸,几尾金鱼游弋其中,让人感到院主人的悠然与闲适。

李老的秘书将我们直接带进李老的书房,只见一位秃顶的老人正戴着老花镜看一本书帖,我端详了一下,原来是王羲之的《兰亭序》。见我们进来,李老放下手中的碑帖,摘下老花镜笑了笑说:"世东,你真是不到黄河不死心啊!"

夏书记连忙握住李老的手说:"李老,我进京之前,黑水河大坝最后一仓混凝土浇筑完毕,黑水河大坝工程凝结着您的心血,您说我能不把这个好消息告诉您吗?这次来,我特意给你带来了个小礼物,瞧,这是黑水河大坝模型,多漂亮!多壮观啊!"

李老接过模型仔细端详了一会儿感慨道:"你们知道后人的书法为什么总是超越不了王羲之吗?一句话,重复和模仿,模仿前人就永远不如前人,那么怎么才能超越呢?只能靠创造!黑水河大坝无疑是伟大的创造。创造才是一个民族进步的灵魂啊!世东,你这个好消息带的好,很长时间没有听到这么激动人心的消息了。这样吧,让我老伴亲自下厨弄几个小菜,我这有五十年的茅台,咱们庆贺一下。"说着,让秘书搬了几把椅子,放在院子里的树荫下。

大家在院子里坐定后,李老像赏花似的望了杨妮儿一眼,温和地问:"世东,小丁、小习我都熟悉,怎么没见过这位小仙女呀?"

杨妮儿落落大方地说:"李老,我是新应聘到驻京办的助理,叫杨妮儿。"

李老慈眉善目地说:"世东,聘请这么漂亮的助理,你们可真是用心良苦啊!杨妮儿,我考考你的本事怎么样?"

很显然李老对杨妮儿很有好感,但是老爷子要亲自考考杨妮儿,这是我们没有想到的,一旁坐着的习海涛也为杨妮儿捏了把汗,杨妮儿却笑嘻嘻地一抱拳:"请李老多多指教!"

李老思忖着说:"'截访维稳'是驻京办的一项特殊功能,几千年了,老百姓只相信青天大老爷，这叫信访不信法，县里出事要去市里告，市里出事要去省里告，省里如果也解决不了就会来北京告，于是上上下下对信访群众开始围追堵截，当然驻京办在这方面为首都做出了很大贡献，也付出了巨大成本，应该说，截访维稳已经成为一个错综复杂的社会现象。这几年东州市的进京上访量可是名列前茅啊，毫无疑问，信访问题与群众心理期待有差距，请问杨助理，面对上访群众进京访、重复访的问题，你有没有什么好办法呀？"

我真没想到李老会问连京城大员、封疆大吏们都头疼的问题，我心想这下杨妮儿非抓瞎不可，然而杨妮儿就像《皇帝的新装》里那个说着真话的孩子，一句话就让李老刮目相看了。

杨妮儿不假思索地说："李老，京城有那么多负责上访的部门，他们为什么不能转变一下工作方式，变上访为下访，如果负责上访的部门切实克服官僚作风，亲自下基层接访，到基层直接解决信访问题，哪儿还用驻京办'截访维稳'，各级信访部门不是信访材料的中转站，中央应该给他们尚方宝剑，这样他们才敢碰硬！"

杨妮儿一席话，让李老眼睛一亮，连忙说："不简单，不简单，这可真是后生可畏啊！世东，就杨妮儿这水平，好好锻炼锻炼，完全可以当信访局局长。杨妮儿，大学刚毕业吧，学什么专业的？"

241

杨妮儿被李老夸得脸蛋绯红，腼腆地说："李老，我是学历史的，主攻中国近代史，尤其对抗日战争那段历史感兴趣，李老，我听说，您的好几位亲人都是抗日英雄，而且都在抗战中壮烈牺牲了，能给我们讲一讲吗？"

杨妮儿话一出口，我发现夏书记目光惊异地看了一眼杨妮儿，我心里更是诧异，杨妮儿是怎么知道李老的家史的？显然来之前做了功课，这丫头可太有心计了，典型的狐狸精型美女。

李老见杨妮儿对自己的家史感兴趣，非常欣慰，他感叹道："杨妮儿，看来你这孩子是个有心人啊！我倒想问问，你是怎么知道我的几位亲人都是抗日英雄，而且都在抗战中壮烈牺牲的？"

杨妮儿得意地说："李老，现在是信息时代，你的家乡是东州市万寿县洪家楼乡北辛店村，我读过《万寿县志》，里面记载北辛店村是烈士村,光抗日英雄就有五位,其中三位是您的哥哥,我说得对吗?"

李老听罢,显得很兴奋,他颇为感慨地说:"当年我大哥一直从事地下抗日救亡活动,曾经在东州创办《晨报》,后来他弃笔从戎,参加了抗日游击队,作战机智勇敢,屡建奇功。1943 年秋,在一次战斗中,为营救被日寇包围的机关干部和群众,不幸中弹壮烈牺牲,年仅二十七岁。在我大哥的带动下,我二哥、三哥和同村的一些青年也都参加了抗日工作。1942 年,我三哥在一次对日寇的阻击战中,壮烈牺牲,年仅十八岁。我二哥参军不久就担任了八路军冀鲁豫军区连长,1940 年在山东新县战斗中牺牲,年仅二十岁。一晃儿七十年了,只可惜……"

李老说到这儿长叹了一口气,显得颇为遗憾,杨妮儿不失时机地问:"李老,只可惜什么? 是不是缺一座纪念碑?"

显然李老的心思被杨妮儿说中了,他既释然又惆怅地笑道:"杨妮儿,你可真是个鬼机灵! 修一座纪念碑要五六十万,谈何容易呀!"

夏书记大概也没想到,两次登门向李老讨要墨宝都吃了软钉子,原因就是不能对症下药打动李老,却让杨妮儿找到了症结,于是他不失时机地说:"李老,给烈士修纪念碑是大好事,就包在我身上了。"

李老当即摆摆手说:"为了让后人牢记那段历史,缅怀革命先辈在抗日战争中的牺牲和贡献,修建一座纪念碑是必要的,但绝不能靠权势搞摊派,不然也不会拖到今天。家乡的人找过我,希望利用我的影响捐资修建,我退下这么多年了,一直深居简出,哪儿还有什么影响。"

我顿时理解了李老的心思,连忙接过话茬说:"李老,这好办,企业捐款总可以吧,这事就交给我办吧,一个月之内,我保证一座朴素而庄严的抗日纪念碑立在北辛店村的村口。"

李老将信将疑地问:"驻京办属于政府派出机构,怕也是用财政的钱吧?"

习海涛插话说:"李老,驻京办光靠财政是吃不饱的,哪个驻京办都有企业,再说我们也可以利用驻京办的影响号召企业家捐款,您老就放心吧。"

李老听罢高兴地说:"世东,我这个人一向无功不受禄,既然如此,我也只好写几个字表示感谢了。"

李老说完起身走进书房，众人也都跟了进去，只见李老立于案前思忖了一会儿，洋洋洒洒地写了一首《大河曲》："滚滚黑水河沃野东州，人杰地灵满天星斗。忆往昔，滔滔洪水万众悲愁；看今朝，高峡出平湖，功在当代，利泽千秋！大展宏图正当时，众志成城立潮头。"

李老写完，我和习海涛展开，夏书记用朱熹的《观书有感》看似欣赏、实为恭维地说："这可真是'半亩方塘一鉴开，天光云影共徘徊，问渠那得清如许？为有源头活水来'呀！李老，您的字用笔肥不剩肉、瘦不露骨，气韵风神可与苏东坡媲美呀！"

李老听罢哈哈大笑，兴奋地喊道："老伴，上菜吧，今天是个好日子，我要和世东他们几个痛饮几杯。"

二

说句心里话，去李老家，杨妮儿给我的印象太深刻了，当天晚上我就用日记记了下来。从那天起，我像着了魔似的观察杨妮儿，每天都将她的一颦一笑像写散文似的记录下来。下面就是我凭借摄影般的记忆，对她最初到驻京办给我留下的深刻印象所写的日记，这些日记或许能说明我掉进杨妮儿的桃色陷阱是多么的无辜。

243

星期四。晴空万里。杨妮儿到驻京办快两个月了，自从她来之后，我死水一般的心仿佛变成了汹涌的海洋，尽管海平面是平静的。驻京办一共招聘了四名女助理，杨妮儿无疑是最出色的。其他三位女助理见到我拘谨得很，因为见到他们时我的表情一向是严肃的，从不给她们任何对我产生企图的机会。原因很简单，这三位女助理虽然很漂亮，但在我看来还没有超越人性，因此只能算漂亮女人，而杨妮儿是仙性的，有着精灵般的性感，这种性感有着难以捉摸、变幻不定、销魂夺魄甚至阴险狡黠的魅力。我断定杨妮儿天生就是天使或魔鬼。我从不凭借容貌品味女人。在驻京办主任的岗位上干久了，对女人容貌上的漂亮不漂亮早就麻木了，如果不是因为麻木，仅仅看见其他三位女助理中的任何一位，就精神错乱了。我自认为在京城驻京办主任中，是最具艺术家

驻京办主任　四

第二部

气质的,当然这与我经常为领导们收藏艺术品而处心积虑有关。应该承认,驻京办主任中有贪花好色之徒,但我不是,尽管我的生殖器官中也藏有烈性毒汁式的泡沫。我坦白,我渴望得到杨妮儿,但是我深知,杨妮儿这种仙女不是想得到就能得到的。我决定采取欲擒故纵之计,故意冷落她。这一招好像很奏效,她经常借机接触我,到我办公室汇报工作,次数多了,她不向我汇报工作,我就像少了点什么似的。今天下午她到我办公室递给我一份如何给国部长过生日的方案,我签字同意后,她莞尔一笑问我老婆孩子是不是在澳洲悉尼,我懵懂式的点了点头,不知道她为什么突然对我的家庭感兴趣。只是和老婆孩子远隔重洋,让她这么一提,竟然勾起我思念之情,便情不自禁地将我和老婆是如何相识的、如何结婚的、如何生的女儿、如何出的国,一五一十地告诉了她,她饶有兴趣地听着,我之所以讲得这么详细,无非是想多看她几眼,但我却一直不敢和她对视,她一袭白底碎花长裙,衬得腰身窈窕婉转,想入非非中,我心里竟窘得像个小男生。

244

　　星期五。今天是国部长的生日,齐胖子、高严一起陪梁市长专程进京给国部长过生日。我借机让杨妮儿陪我去首都机场接机。中途到善缘基金会接了那顶顶。这是杨妮儿第一次见那顶顶,那顶顶是服装设计师出身,穿戴从来都很超凡脱俗,今天上身穿了一件粉色吊带衫,胸前配了翡翠观音佛像,颇有民族特色的绿色裙子,花纹细致,红绿搭配在我印象中应该是有点俗的,但是在那顶顶身上感觉异常清新。这个气质特别的女人立即引起了杨妮儿的兴趣。我从后视镜下意识地偷看杨妮儿柔软娇嫩的美腿,却发现她的眼神像个小间谍。那顶顶有些日子没见到梁市长了,在杨妮儿面前毫不掩饰自己的兴奋,谈起梁市长完全不像佛门的妙玉,幸福得像个小荡妇。杨妮儿早就看透了那顶顶与梁市长的关系,一路恭维那顶顶,那顶顶口无遮拦连梁市长拜龙泉寺住持政言和尚为师,做佛门俗家弟子,法号"色空"的事都和杨妮儿说了,杨妮儿便说自己也想做佛教徒,央求那顶顶做她的老师,教她佛学知识,那顶顶笑眯眯地说我哪儿有资格收学生,你要真想做佛门俗家弟子,有机会我将五台山白云寺住持,也就是我师父介绍给你,请她收你为徒,如果你真有佛缘,就可以做我的师妹了。到首都机场时,两个人已经师姐师妹地称呼起来。小妖精的本事,再一次让我刮目相看。

星期六。晴。上午送走梁市长一行,杨妮儿钻进我的车,我的心顿时一阵激动,今天是周末,我正琢磨怎么让她陪陪我,她竟然送上门来了。刚好是中午,正好可以请她吃饭,借机加深感情,没想到她一上车竟声称要请我吃饭,我笑嘻嘻地问她,请我吃什么?她似乎早有准备,莞尔一笑说:“燕莎下面的萨拉伯尔怎么样?”我心想,还真对我的口味,便一口答应了。一看就知道这丫头没少在萨拉伯尔吃饭,对这里的菜熟悉得很,而且像是研究过我的口味,点的全是我喜欢吃的,连火锅面放芝麻这种小细节都没放过。本想借机灌醉杨妮儿,好借机占点便宜,没想到让她灌我肚子里四壶烫热的清酒,我顿时兴奋起来。我的宝贝儿,我的心上人,她不时地给我斟酒,偶尔还露出一个好似点彩画出的腋窝,一种炽热的气息立即使我激动不已,我只能一面调节我的欲望,一边装得尽量像个绅士。我问她平时喜欢看什么书,她说喜欢看政治小说。我问她都读过什么政治小说?最喜欢哪个作家的哪一部小说?她说了一串书名,如《乌托邦》《动物庄园》《一九八四》《美丽新世界》《文静的美国人》。但她说她最喜欢的是王晓方的长篇小说《蜘蛛》。245我一下子想起习海涛送我的那本书,似乎找到了与杨妮儿的共同语言,便兴奋地说:“我也看过这本小说,并没觉得有什么特别。”杨妮儿立即噘起小嘴反驳道:“难道你不觉得我们都是政治生活中的蜘蛛吗?亚里士多德在《政治学》中说,人在本性上是政治动物,我一直不明白什么是政治动物,读了王晓方的《蜘蛛》我忽然明白了,蜘蛛就是一种政治动物。你这个驻京办主任,我这个驻京办主任助理都是属蜘蛛的,我们在北京的主要任务就是织网,北京城那么多个驻京办,很多地方都被蜘蛛网罩住了。只是由于人们熟视无睹,没太注意罢了。如果到处都是蜘蛛网,恶在世间就会畅通无阻,善却不能闲庭信步。这恰恰是《蜘蛛》这部长篇小说的深刻之处。正如英国动物学家戴思蒙·莫里斯在《人这种动物》一书中所说:‘人这个动物一半是灵长类一半是食肉类,一半像猿一半像狼,一半是果实采集者一半是猎人。这种双重性格直到今天依然存在,在人类现代生活方式中不断有两股主要力量交互运作'。在《蜘蛛》这部长篇小说中,蜘蛛网无不是一个个自相矛盾的怪圈,无不是一个个恐怖的黑洞,小说通过象征、寓言、夸张、变形、荒诞等艺术手法,对那些'高高在上'的大人物的生活进行了蜘蛛式的解剖,使我们不仅发现了高尚与公正中暗藏的种种虚空和虚伪,更让我们看到人对自己的本性有惊人的无知。头儿,这么好看的小说你竟然说没什么看头,一看你就不是读书人。"望着杨妮儿娇嗔的样子,我想起英国诗人叶芝的诗:"那姑娘在眼前亭亭玉立/什么古罗马、俄罗斯/还有西班牙政治/我哪儿有心思读下去?"这就是我的心情,我享受的是和我的美人在一起的时光,管她谈什么呢!接下来她跟我谈了一个非常严肃的问题:能不能不让她做"跑部钱进"的工作,她说她在大学选修过企业管理,可不可以让她负责圣京公司的工作?无论是"跑部钱进"还是圣京公司,都是由我这个一把手主管,可是我的宝贝儿第一次向我开口,我怎么能不同意呢?便答应她说:"你是我的助理,这两项工作由我主管,你当然都要助理了,不过今后工作可以多向企业方面侧重。"杨妮儿高兴地敬了我一杯,然后又提出一个邀请,令我心花怒放。她用试探的口吻问:"明天刚好是星期天,几个大学同学约我去山里野营,要求带恋人,我又没有男朋友,一时半会儿到哪儿去找恋人,干脆,头儿,明天你陪我去,给我当一天男朋友好不好?"我心里窃喜地说:"我和你父母的年龄差不多,怎么做你男朋友?"杨妮儿温柔地说:"现在的女孩哪有喜欢小男生的,都喜欢事业有成的成熟男性,你那么帅,我同学见了非羡慕死我不可。"天哪,我听了杨妮儿的话,像中了风一样,感觉半个脸都瘫了!

星期日。早晨三辆三菱吉普车停在了北京花园门前,我吃过早餐走出旋转门,杨妮儿和三个帅气的小伙子迎过来,不用说这三个小伙子就是她的大学同学,昨天在一起吃饭时,她只是说和大学同学一起去九谷口野营,要求带恋人,我还以为是三个女同学带三个男朋友呢,原来是三个男同学带了三个女朋友,我心里顿时酸溜溜的直翻醋味,但我并未露声色,而是一番介绍寒暄后,分别上了车,杨妮儿上了我的奔驰吉普,三辆三菱吉普开道,我的奔驰吉普断后,浩浩荡荡往京顺路方向驶去。在车上，我好奇地问："杨妮儿，你这三个男同学的父母是干什么的？怎么看上去都像纨绔子弟呢？"杨妮儿目光柔媚地说："头儿，我这三个男同学的父亲都是大名鼎鼎的人物，说出来你可能都听说过。小尉的父亲是反贪局局长，小吴的父亲是纪委的主任，小贺的父亲是走私犯罪侦查局局长。"不知道为什么，我听了杨妮儿说出的三个部门，心里升起一阵莫名的紧张，好家伙，又是反贪局的，又是纪委的，还有走私犯罪侦查局的，要不是去九谷口野营，我还以为三个部门联合办案呢，但是我觉得杨妮儿似乎在吹嘘，便将信将疑地问："杨妮儿，真的假的，不会这么巧吧。三位实权派人物的儿子都成了你同学？"杨妮儿咯咯笑道："头儿，你是不是做了什么亏心事，不然紧张什么？"她说出了那三个男同学父亲的名字，我一听还真不是假的，心想，乖乖，如果杨妮儿的父亲是人民法院的，直接就可以判了。招聘女助理的事是习海涛一手操作的，我还真没问过杨妮儿的父亲是干什么的，想到这儿，便脱口而出："杨妮儿，你的父母是干什么的？"杨妮儿叹了口气说："我的父母和他们的父母没法儿比，父亲是中学老师，母亲是小学老师。"我如释重负地说："还好，不是人民法院的，否则我还真怀疑自己被专案组带走了呢。"杨妮儿咯咯笑道："头儿，你别不爱听，你要真是被专案组带走了，即便是冤枉的，也不会有人相信。何况东州市驻京办刚刚因索贿受贿判了一个副主任。对了，头儿，我到咱们驻京办时间不长，不太了解杨厚德的案子是怎么回事，下面有人议论说，杨厚德是冤枉的，这怎么可能呢？头儿，到底是怎么回事？你跟我说一说。"我知道杨厚德被判后，下面一直有人抱不平，没想到竟然传到杨妮儿耳朵里，我当然要拨乱反正了，便把杨厚德索贿受贿的过程简单作了介绍，杨妮儿听了后，半天没说话。很长时间没有这么开心了，做梦也没有想到，会这么快就拉着我的美人去野营，真够浪漫的，嗅着她迷人的体香，我可怜的身体内最隐秘、最敏感的弦不停地被拨弄着。到了怀柔沿怀丰公路行驶过雁栖湖再北行五公里就进入了九谷口风景区。这是个新开辟的风景区，人工雕琢的痕迹不多，因此颇有原汁原味、质朴无华的野趣。所谓九谷口是由九条山谷组成，分别是望城谷、银河谷、白杨谷、响泉谷、一线天、鲸石谷、桃园谷、牛蹄谷、藤萝谷等，这里集山、水、长城于一体。山，奇峰起伏，

247

交错成趣;水,泉清瀑美,千姿百态;长城,雄伟壮丽,虎踞龙蟠。我们是在藤萝谷扎营的,在北京十多年了,自认为阅尽京城古色,却是第一次来到这九谷口的藤萝谷,这里是万株藤萝盘枝错节,集奇、险、秀、幽、野于一体,让人很有些"秀色天下绝,山高人未识"的感触。想着今晚要与杨妮儿躺在帐篷中枕星月而合欢,心里油然而生一种如醉如痴之感。帐篷支好后,大家抑制不住激动的心情,拍了许多照片,这是我与杨妮儿第一次合影,心里美极了,杨妮儿在同学面前也不避讳,做了许多大胆亲昵的动作。杨妮儿指挥三个男同学以及他们的漂亮女朋友钓鱼的钓鱼,烧烤的烧烤,说句心里话,杨妮儿三个男同学的女朋友一个比一个漂亮,但是在我看来,都没有杨妮儿身上的仙性,因此都吸引不起我的兴趣。我一边钓鱼一边暗中谋划着,晚上在帐篷里怎么拿下杨妮儿。却万万没有想到,野餐时杨妮儿的三个男同学和我叫号喝酒。"早就听说驻京办主任个个都是酒神,我们谁也没见过,不过,我们三个自从学会喝酒就不知道什么是醉,怎么样,丁主任,敢不敢比试比试?"在杨妮儿面前我怎么能败在几个毛头小子手里,立即应战,结果两瓶二锅头弄到肚子里,竟然醉得不省人事。早晨醒来,头昏沉沉的,嗅了嗅旁边的枕头,还散发着杨妮儿的发香,我肠子都悔青了。这么难得的一次机会竟然因为贪杯而错过了,我的宝贝、我的美人,这对我是怎样的一种惩罚啊!我把杨妮儿枕过的枕头抱在怀里,心里想,不管怎么说,我们睡在了一个帐篷里。

星期一。很显然,习海涛对杨妮儿心存不轨,不然不会动不动就凑到杨妮儿跟前搭讪,杨妮儿似乎对习海涛颇有好感,我经常看见他们两个像特务似的幽会,好像他们之间有许多不可告人的秘密需要沟通。习海涛是个三十多岁的光棍汉,对仙女似的杨妮儿自然垂涎欲滴,但是杨妮儿是我的宝贝、我的美人,我怎么能容忍别的男人对她有非分之想!我本想通过招聘女助理,给习海涛设下桃色陷阱,一个从未碰过女人的光棍汉碰上这么多美女,一定会把持不住自己,一旦他掉进桃色陷阱,弄出桃色绯闻,我就给夏世东一个下马威。想在我身旁安插奸细,太小看我这个驻京办主任了,京城很多秘密的信息我能搞到。我在京城大员身边安插过奸细，即使夏世东是市委书记，跟一个驻京办主任玩这套也太小儿科了。然而我却不曾想本来是为习海涛设下的桃色陷阱，我自己却不小心掉下去了。毫无疑问，虽然习海涛亲自招聘了四个女助理，但他只相中了杨妮儿，这小子注定成了我的情敌。我该怎么办？想来想去，只有一个办法，想办法让这小子身败名裂，滚出东州市驻京办，否则公平竞争杨妮儿，我根本不是对手。因为我毕竟是个有家的人，习海涛却是一个人吃饱全家不饿，又是一表人才，他与杨妮儿卿卿我我名正言顺，我却只能偷偷摸摸、鬼鬼祟祟。这说明我和习海涛之间的竞争永远是不公平的。好在杨妮儿是我的助理，我有权支配她的工作，我有权找她谈话，只要我看见她和习海涛在一起，我立即就会用手机通知她要么到我办公室，要么陪我出去应酬。总之，在杨妮儿身上，我充分行使我一把手的权力！白天还好过一些，最可怜的是晚上，在梦中每当我梦见杨妮儿妩媚地看着我，我的两只手就把杨妮儿香喷喷的魅影儿紧贴在我的脸上，不如此，我只怕自己在难以忍受的诱惑下，会精神崩溃。杨妮儿，我的宝贝儿——我的生命和我的新娘。

　　星期二。昨晚喝多了，回到宿舍冲了个凉水澡，没想到下半夜开始发烧。早晨竟然起不来床了。白丽莎见我没到办公室，便给我打手机，我告诉她我发烧了，浑身瘫软。没想到白丽莎竟然和杨妮儿一起来看我，一进门两个人就想送我去医院，我说去什么医院，不过是发烧，吃点退烧药，休息一天，就好了。想不到两个人都说要照顾我。我的天哪，此时此刻，我多么希望白丽莎快点消失，然而她却又是给我倒开水吃药，又是给我投热毛巾盖在我的额头，好像她是我名副其实的女人似的。当然杨妮儿也没闲着，她像家庭主妇一样坐在我身边，关切地问我想吃点什么？她的可爱的鼻子、香喷喷的小嘴、暖烘烘的头发离我的脸只有三寸左右，我感到她的鼻孔呼出的热气痒痒得吹在我的脸上，此时此刻，我的注意力都集中在杨妮儿的脸上，就像四合院里挂在树上的大蜘蛛，待在一个挂着露珠的网中央，准备罩住一切猎物。然而这只能是个妄想，因为白丽莎酸溜溜地走过来要给我量体温。我只好摆了摆手，碍于我的身份，我不能直说让杨妮儿留下、让白丽莎该干啥干啥去，只能让她们俩都离开，我说我吃了退烧药有点困，睡一觉就好了。其实我心里想的是要是杨妮儿一直坐在我身边，我一直握着、摸着、捏着她白嫩嫩、暖烘烘的小手该有多好！可是讨厌的白丽莎不愿意放过讨好我的机会，一双颤巍巍的奶子快要垂到我的脸上了，俯下身子硬是将体温计塞进我的胳肢窝内。这哪儿是在给我量体温，简直是性骚扰。白丽莎早就想找这种机会了。我在白丽莎面前一向是正人君子柳下惠，嗅着她身上有些呛人的香气，我浪漫的心灵变得冷冰黏湿。杨妮儿似乎看出了我的心思，她提示白丽莎一起走，好让我好好休息。临走时还冲我温柔地一笑说："头儿，你好好睡吧，我和丽莎姐走了，有什么需要随时给我打电话。"我有需要，我当然需要，我就需要你像天使一样坐在我身边，伸出你的小手不停地抚摸我的脸，我的宝贝、我的美人，我甚至渴望马上地震，然后方圆几里之内只有我们俩是幸存者，你趴在我的怀里不停地呜咽，可怜得像个小白兔，我却像大灰狼一样，在废墟中对你欣赏玩味。然而，这是一个多么奢望的梦啊！

250

  专案组领导，我相信你们从以上几篇日记中一定读出许多信息，是的，我之所以把这些日记提供给你们，目的只有一个，公正客观地评价我与杨妮儿之间的关系。我们之间一开始的关系是纯洁的、美好的、浪漫的、令人羡慕的。谁能相信，一向以大蜘蛛自居的我，会成为了一个晶莹闪亮的蜘蛛网上的猎物。谁能想到，所有的浪漫都潜藏着恶毒，这竟然是一个天衣无缝的计划，这计划虽然具有独创性，却不是天使的创造，而是恶魔的诱惑。你们可能不同意我的观点，那么就用事实证明这一切吧。

三

  人生多奇怪啊！我们急于追求的恰恰是应该摆脱掉的命运。但是命运有一双勾魂的手，它牵着我们的鼻子一步步走向宿命。杨厚德被判了二十年，看似由我造成的，其实是命运。我在这里接受"双规"，看似是杨妮儿造成的，其实是命运安排好的。每个人都渴望未卜先知，如果大家都能看清自己的未来，也就没有未来了，因为谁都会想办法摆脱命运强加给我们的灾难。但是我仍然坚信脚上的泡是自己踩的，错就错在没有人愿意走窄门。现在我看清了我自己应该走的窄门，但是已经晚了，因为噩梦从九谷口的那个夜晚就开始了。

为了赶走海涛，我一直暗中盯着他，也是周末，早晨我刚洗漱完毕，正站在宿舍落地窗前深呼吸，发现习海涛和杨妮儿站在北京花园停车场，旁边还站着杨妮儿的三个男同学小尉、小吴和小贺，几个人正比比画画地谈着什么，一看停车场上并排停着三辆三菱吉普，我妒火顿生，难道他们也要去野营？我立即穿好衣服走出宿舍，我准备跟着他们，倒要看看是不是这几个人也要去九谷口。

我刚走出北京花园旋转门，就发现习海涛和杨妮儿钻进小贺开的三菱吉普，三辆吉普鱼贯驶出停车场，我赶紧上了我的奔驰车紧紧地尾随了上去。果不其然，三辆吉普还真往京顺路方向驶去。

我一边开车，一边感到内心深处隐隐作痛，很显然此时的杨妮儿正摇摆在我和习海涛之间，这个小狐狸精，真不知道她究竟想干什么，如果她善的一面显现，她就是天使，让我担心的是，如果她恶的一面显现，她一定是魔鬼。不管杨妮儿是天使还是魔鬼，我都愿意让她引诱，但绝不允许她引诱别人。其实我一直在谋划着如何引诱这个小狐狸精，可是我发现习海涛已经成了我和杨妮儿之间最大的障碍，我所有可怜的图谋都受到了他的阻挠。在藤萝谷的那个傍晚，夕阳映红了整个谷底，杨妮儿和她三个男同学的女朋友，穿着五颜六色的泳装，像美人鱼一样畅游在谷底的溪潭之中，杨妮儿的双腿鱼尾一样灵巧地摆动，两只小脚丫宛如水中盛开的莲花，她在水面上的每一次摇曳和起伏，我那受到压制、快要憋不住的兽性便激发得我全身的汗毛都竖起来。当时谷底如果只有我和杨妮儿，我一定会变成一条发情的公狗。藤萝谷是我一生中最美好的回忆，我怎么能够容忍另一个男人与我分享。

我咬牙切齿地尾随着三辆吉普车，越往前我的心越往上悬，因为我担心的事果然发生了，三辆吉普驶过雁栖湖北行，前面还有五公里就是九谷口了，我正犹豫着是否一直跟进风景区时，手机突然响了起来，我一看是齐胖子打来的，只好接听。原来是有一船货经过K省时，被K省边防局的海警部队给扣住了。我问他，海警为什么扣船？齐胖子说，海警怀疑走私。我问齐胖子,在出发港报关了吗?他说报关了。我说报关了海警凭什么扣船?齐胖子说,海警完全是无理扣船,丁哥,K省边防局我不熟,你通过K省驻京办给想想办法吧。我问齐胖子,船上是什么货?这家伙竟然说是成品油。我一直以为齐胖子只走私香烟和汽车,想不到连油也走私。没办法,我现在和齐胖子是拴在一条绳上的蚂蚱,只能同舟共济,便答应帮他想办法,只是不能亏待了K省驻京办主任。齐胖子当时答应捐一辆凌志给K省驻京办。我说这就好办了。

此时我尾随的三辆吉普早就无影无踪了,我只好将车停在马路边给K省驻京办主任老唐打电话,老唐一听需要协调K省边防局,便支支吾吾地有些搪塞,我立即告诉他事成之后,大圣集团给K省驻京办捐一辆凌志轿车,老唐态度马上缓和起来,表示一定全力以赴,他先了解一下情况,过一会儿给我回电话。我挂断了手机,只好掉头回京城。

快进京城时,老唐打来电话,说是情况已经清楚了,K省边防局不能定性那船是走私。我说如果边防局不能定走私,是不是就应该转给海关处理?老唐说,他已经请示了K省政府,已经转给海关了。我一听转给海关了,一颗悬着的心立即放了下来,因为这船在出发港已经报了关,转到海关手续是齐全的,再加上K省政府有态度,船很快就会放行的。这事等于老唐给办成了。我向老唐道了谢,立即拨通了齐胖子的手机。齐胖子听了非常高兴,同时告诉我,杨厚德的案子已经上诉了,这家伙似乎豁出去了,死活不认罪,向省人大写了不少申诉材料,在看守所还在想办法写告我们的材料,形势不容乐观。特别是市委夏书记很同情杨厚德,前几天在常委会上质疑杨厚德一案背后大有文章,很可能是别有用心的人陷害忠良。梁市长听了很不舒服,在会上有理有据地驳斥了夏书记的质疑,党政一把手在常委会上因杨厚德一案弄了个半红脸。齐胖子估计夏书记不会善罢甘休。

我不以为然地说:"他不善罢甘休也没什么了不起的,在我这儿他什么也得不到,然后郑重提示齐胖子,老弟,关键是你,你小子玩女人别玩出火星子来!"

齐胖子不解地问:"丁哥,你这是什么意思?"

我不客气地说:"按理说,玩女人是你个人的隐私,大哥不便多言,但是你养的那个张晶晶很可能是个吃里扒外的狐狸精，以前我一直瞒着，没告诉你，就觉得这似乎是老弟自己的私事，如今形势如此严峻我就不得不提醒你，杨厚德进去之前，我曾经看见张晶晶秘密约会杨厚德，杨厚德告我们的许多证据，很可能是张晶晶提供的。有一次我和杨厚德喝酒，他亲口告诉你你迷奸张晶晶的过程，老弟，自古红颜是祸水，你是干大事的人，千万别栽在女人手里。"

我说完这番话，齐胖子半天没说话，最后从牙缝里挤出几个字："我知道了！"

别看我说齐胖子一套一套的，人都是当局者迷，对于齐胖子来说，张晶晶是祸水的红颜，但对于我来说，杨妮儿是任何女人都无法与之比拟的仙女，从见到杨妮儿的第一眼起，我就打算以最强烈的力量深谋远虑地保护她的仙性。我却为我的苦心付出了沉重的代价。就拿去九谷口这件事来说，此时此刻，习海涛一定像我一样正垂涎欲滴地望着美人鱼一般的小仙女，在溪潭里游来游去，说不定晚上也睡在一个帐篷里，可以抚摸、鼻嗅、耳听、眼观熟睡的杨妮儿，习海涛下流的动作仅此而已还算罢了，如果他得寸进尺，我的上帝，我在车里情不自禁地喊了一声："抓流氓！"便一脚踩在刹车上，奔驰车突然停住，害得后面的车险些追尾，开车的是个女的，她破口大骂："你脑袋让门挤了！会不会开车！"我不好意思地摆了摆手，又缓缓地将车启动。我一边开车一边祈祷："杨妮儿，千万将那个流氓灌醉，像灌醉我一样，让他醉得像一摊狗屎，什么图谋也不能得逞。"空洞无聊的梦想，我也只能靠想象安慰我空虚的心灵了。我握方向盘的双手仿佛在捧着杨妮儿天使般的脸，我的手掌心甚至感觉到了她肌肤的那种象牙般的光润、滑溜的感觉。我的杨妮儿，那个融化在我的血液里不朽的杨妮儿。专案组领导，我向组织发誓，这些都是我的真实感受，不怕你们笑话，别的事不好说，但在杨妮儿这件事上，我敢把自己的良心彻底抖落出来。

四

其实说清了我与杨妮儿之间的关系，也就说清了我的一切问题。

别看杨妮儿的样子无时无刻不在我的脑海里颠鸾倒凤地欢快晃动,但我自认为除了习海涛以外,驻京办没有任何人看出来我与杨妮儿之间的关系。不过,我并没有瞒过齐胖子的眼睛。

有一次齐胖子进京,我请他到京城会馆潇洒,他一边泡冲浪浴一边取笑道:"丁哥,红颜是祸水可是你说的,总不能只许州官放火,不许百姓点灯吧。"

我没听明白这小子是什么意思,便不以为然地问:"齐天,你这话是什么意思呀?"

齐胖子笑嘻嘻地说:"你说张晶晶是祸水,谁能保证杨妮儿不是第二个张晶晶?"

我心想,张晶晶的确是一流美女,但怎么能与杨妮儿相比,张晶晶再美,也是个骚货,不然齐胖子这种人不可能看上,杨妮儿可是冰清玉洁的仙女,不是一般男人能识得的,我不是夸我是个非凡的男人,但我自认为是个非凡的驻京办主任。令我不太自在的是,我与杨妮儿之间的关系不想让任何人看出来,哪怕他是齐胖子。然而还是让他看出来了,没办法,齐胖子是属猫的,天生对腥味敏感。

我当即否认,辩驳道:"齐天,你小子可别往歪处想,我和杨妮儿接触是多了点,但那只是工作关系,她是我的助理,常在一起很正常。与你和张晶晶的关系完全是两码事。"

齐胖子当即"呸"了一声,讥讽道:"丁哥,在我面前,你就别装君子了,漂亮女人男人都喜欢,但千万要提防别掉进桃色陷阱里。"

我不解地问:"你这是什么意思?"

齐胖子谨慎地说:"我可听说习海涛与杨妮儿关系不一般,你别忘了,习海涛的后台是谁? 杨妮儿可是习海涛招聘来的。"

我一听就烦了,什么事都与夏世东联系,一个大学刚毕业的小丫头片子懂什么桃色陷阱? 便不耐烦地说:"你小子是不是太敏感了?"

齐胖子老谋深算地说:"丁哥,看过电影《色戒》吧? 里面那个可爱的女学生王佳芝是有原型的,名字叫郑苹如,是中统情报人员,典型的'女特务',她以名媛的身份登上过《良友画报》,长眉弯弯,鹅蛋脸,眼睛有混血特征,标准的大家闺秀,只有二十岁,姿态却很成熟。上海沦陷后,郑苹如利用其得天独厚的条件,混迹于日伪人员当中,获取情报。后来郑苹如接到命令色诱大汉奸丁默邨,并伺机刺杀他,结果行动失败,不幸被捕遇害。临刑前,郑苹如神色从容地对刽子手说:干净些,别把我弄得一塌糊涂。丁哥,据我观察,杨妮儿很有点郑苹如的气质。所以我才提醒你小心啊!"

想不到齐胖子还一套一套的,我却不以为然地驳斥道:"郑苹如和杨妮儿根本不可比,一个是经过中统特殊培训的'女特务',一个是出水芙蓉一般天然雕饰的仙女。看来你小子玩女人玩的是'性',对性感却一窍不通。"

齐胖子嘿嘿一笑说:"丁哥,这世上只有两种东西是用来玩的,一个是政治,另一个就是女人。不过玩这两样东西都离不开钱,因此我只好对钱认真了。"

我点了点头说:"你小子说得有道理,有了实力才能纵横天下,上次那船货我求 K 省驻京办主任老唐帮忙,你一出手就是一辆凌志,人家见你如此大方,非要认识认识你这位能人,要请你吃饭呢。"

齐胖子一听得意地说:"丁哥,我正有这个意思,我的油船要经常从 K 省的海面经过,少不得要麻烦老唐。客当然要由我来请,不过由你做东。"

255

我正想弄明白这小子是怎么走私成品油的,知根知底才不至于翻船,可是齐胖子在生意上一直遮遮掩掩的,连我也没全交过底,这次是实在没招儿了,才在我面前露了底,我赶紧追问道:"齐天,咱们现在可站在一条船上,你小子一直在玩香烟和汽车,怎么突然又弄起油来了?"

这话我问完后,心里一阵凄楚,因为大圣集团根本没有进出口经营权,叫什么走私?只有驻京办下属的外贸公司有进出口权,在梁市长的支持下,与大圣合作成立圣京公司后,我忽然明白了一个可怕的事实,大圣集团虽然是实际走私公司,但表面上走私的却是驻京办的外贸公司,也就是现在的圣京进出口有限公司。别看圣京公司实际上操纵在齐胖子手里,我却是这个公司的挂名董事长,如果齐胖子走私一旦东窗事发,岂不是所有罪名都落在了我的头上?想到这儿,我暗骂梁宇宙,狗日的大贪官,可把我害惨了!可转念一想,圣京公司是梁宇宙一手操作的，天塌了有大个顶着，我作为下属，只是执行政令，顶多是犯了平庸之恶，有什么了不起的。

此时齐胖子抹了一把肥脸上的汗水，贪婪地说："丁哥，我在京城光汽车就送出去多少辆了，咱们有关系网和保护伞，干吗不好好捞一把。我现在不光做香烟和汽车，植物油、石油、化工原料和通信器材我都做，谁和钱有仇啊？"

我越听心里越紧，便提醒道："这些领域太敏感了，你就不怕被盯上？"

齐胖子诡谲地说："油属于危险品，海关要求先卸后报。我等到天黑海关下班时，让我的船开到油库，把三万吨油卸下，如果海关发现我的船就报关，如果海关晚上没发现我的船就开走。即使海关发现我运的三万吨油到库，我也可以说这些油是转口到第三地的，然后再报有只空船要把这三万吨油运走，但实际上这只船上也是装满三万吨油的，这样我就有两船六万吨油下库。海关没有查船到油库是装油还是卸油，再说，要想保证每个链条环环相扣、万无一失，必须有咱自己的人，经营了这么多年，别的不敢吹，谁查也别想找到咱一点毛病，不仅如此，在东州地面上，谁想搞成品油走私，必须先向我申请'指标'，否则休想过关。在东州，只有大圣的成品油走私一路绿灯，畅通无阻。如果有谁敢冒犯我齐胖子，不到我这儿申请'指标'，就敢染指成品油，立马就有边防、海关等执法部门拦截查扣，让他们人财两空。只有先经我点头认可，三七分成，大圣集团拿到七后，这才得到'指标'，我才保他平安无事。丁哥，还是那句话，谁跟钱有仇？只要哥儿们'义'字当头，票子开道，就没有闯不过去的关。"

256

齐胖子说得踌躇满志，像是精神饱满的章鱼，可能是水汽太大，我却觉得膨胀的章鱼像一个泡影，一个天堂的泡影在我内心深处缓缓破灭。其实整个世界都是一个泡影，就连我赖以生存的驻京办总有一天也会像泡影一样破灭的。因此，命运的肉身是最实在的，与其渴望多活几个世纪，不如好好享受现实。我的现实就是杨妮儿，正如弗吉尼亚是爱伦·坡的姑娘，贝雅特丽齐是但丁的情人，而杨妮儿，是我的宝贝，我的美人。专案组领导，不瞒你们，我当时脑海里就像女人怀了孩子一样,整天想的都是杨妮儿,因此齐胖子用什么"女特务"恐吓我,简直就是对我智商的污辱。我之所以在这个坟墓般的小屋里,肯于写下这么多肺腑之言,就是想向你们厘清我与杨妮儿之间的关系。我现在脑子乱极了,我刚被"双规"时,一直不敢正视我与杨妮儿之间的关系,但是不理清我们之间的关系,什么事也说不清,我现在写了两百页了,但是心却被搅得更乱了,我一直试图找到一个方向,却发现这不过是一种理想,而我们所生活的这个纷繁的世界里没有一样东西是真正符合理想的,过去杨妮儿让我觉得世界是理想的,但是现在我却因这个理想而被"双规"在这个坟墓般的屋子里几个月了,别以为反思会使人清醒,反思等于"抉心自食",谁愿意自己吃自己的心!杨妮儿,杨妮儿,杨妮儿,杨妮儿,杨妮儿,杨妮儿,杨妮儿,杨妮儿,杨妮儿,我只想问你,为什么我们之间甜蜜湿润的感觉和颤动的火焰会演变成罪恶的深渊?太阳就跟它们掩盖的罪恶一样黑暗,天使和恶魔一样狡诈!这么形容一位仙女,我真的于心不忍,因为有太多的美好,无法让我与欺诈画等号。在我们相处的那些身心舒爽的日子里,杨妮儿曾经无数次地用她那温柔、神秘、暧昧、蒙眬,甚至勾魂夺魄的目光抚慰过我,我为仙女的邪恶气息所着魔,一个男人一旦对一个女人着了魔,周身的血液都会化作彩虹,此时此刻别说是精心设计的桃色陷阱躲不过去,就是一个小土坷垃,也会 257
让人命丧黄泉。我一直弄不明白,自从我恋上杨妮儿后,总有个魔影跟着我,我始终有一种做贼的感觉,当然我对仙女的魔力是有心理准备的,但对魔力的危险性并没有准备。再说,谁会把美视作一种危险呢?正是因为我对杨妮儿的美太珍视了,以至于一直耐着性子没敢露出自己猎人的真面目。但是自从和她去九谷口野营以后,杨妮儿时不时就给我一种暗示,其实用"暗示"这个词太暧昧,如果一个女人对一个男人一个眼神、一个微笑,不经意的一句话都透着一股子暧昧,这不是勾引是什么?

五

当然最明目张胆的勾引是杨妮儿过生日的那次,当时她在鲜花餐厅订了包房,当我得知她过生日只邀请了我一个人,习海涛根本没沾着边儿,我心里一阵窃喜,我预感到这是一次图谋不轨的良机。

我怀着鬼胎走进包房时,她竟然穿了一身那顶顶风格的服装,用鬼魅似的目光望着我笑。身上的饰品多得让人眼花缭乱,大臂上戴着臂镯,脖间的各式环状珠链充满了女神般气质,让人联想到遥远的西藏、蒙古草原、雪山、白云甚至唐卡,很有点原生态的神秘诱惑。杨妮儿身上本来就有天然的仙性,这么一打扮比一直珍藏在我心中的那个天使更妩媚了。

我的心顿时一阵躁动。为了掩饰我的邪念,我开玩笑地问:"怎么,真拜那顶顶为师姐了,该不会也和她一样入佛门了吧?"

其实从她这身打扮来看,就知道杨妮儿与妙玉之间的关系已非同一般,应该说那顶顶性格的古怪劲儿不亚于《红楼梦》里的妙玉,再加上梁市长的宠爱,是个很难相处的人,杨妮儿用这么短的时间不仅和她师姐师妹地相称,而且妙玉还为杨妮儿亲自设计了禅气十足的服装,这说明那顶顶非常喜欢杨妮儿。这不免让我心头升起一种莫名的隐忧。

杨妮儿见我进来,用火辣辣的眼神勾魂似的看着我说:"人家今天过生日,你是不是应该有点表示!"

我把手里的鲜花递给她不自然地说:"生日快乐!"

杨妮儿噘着小嘴儿说:"难道这就是你的表示?"

我俗气地说:"本想给你买条项链,但是时间来不及了,改天给你补上。"

杨妮儿像蛇一样扭着身子说:"谁稀罕啊!你真是个木头!"

说着投入我期待已久的怀抱,活脱脱像个轻贱的俏妞儿一样火辣辣地吻了我麻木已久的嘴唇,我顿时像打了强心剂一样精神舒爽起来,下面像吃了伟哥一样挺起了一个棒槌。一阵神情恍惚之后,她那纯洁无邪的嘴唇软绵绵地离开了我,我那狠毒麻木的嘴被激活之后凶狠地吻着她,心突突跳着不愿意分开。

杨妮儿推了我一把,妩媚地笑道:"傻瓜,该为我干一杯了!"

我被突如其来的幸福搞得像个憨乎乎的笨蛋,连忙倒了两杯红酒,色迷迷地说:"杨妮儿,你快让我崩溃了!"

杨妮儿端起红酒杯一饮而尽,然后把嘴凑到我的耳边,然而我的心跳声遮蔽了她炽烈的惊雷似的耳语,我用不敢相信的口吻又问了两遍:"什么?你说什么?这是真的吗?"

　　她咯咯地笑起来,捋了捋秀发,重复了一遍,我才受宠若惊地听明白,尽管她的耳语说得很露骨,但我仍然觉得是一种暗示,直白的暗示,我明白大概不用我图谋不轨,就会体会到太虚幻境,因为她耳语的原话是,"哥,喜不喜欢云雨情啊?!"这话简直不是挑逗,也不是勾引,根本就是邀请。听了这种耳语,任何男人都会想入非非,进入一种荒诞的梦境,我日思夜梦赤裸裸的交欢,就要变成现实了!这一激动,我几乎喝光了整瓶红酒。没出息的丁则成,迫不及待地想成为杨妮儿的俘虏。不,不是俘虏,我只想做她名副其实的情人!

　　专案组领导,你们读到这儿,可以认为我兽性大发,我并不认为这是兽性,这恰恰是最本真的人性。兽性和人性最根本的区别就在于美感,此时此刻,我的内心世界充满了对一切美好的向往,我相信杨妮儿也是一样,当性感变成一种彼岸、一种心灵世界的体悟、一种境界、一种爱的相吸,这不是美是什么?难道我们走进寺庙中看见供奉的欢喜佛,不认为是一种美吗?佛经上讲,"先以欲勾之,后会入佛智",也就是说,先以爱欲供奉那些残暴的神魔,使之受到感化,然后再把他们引到佛的境界中来。我不是佛教徒,对佛的境界不感兴趣,我是身心健全的男人,只对美的境界感兴趣,哪怕杨妮儿是鱼蓝观音化成的美女,为了追求美,我宁愿最后看见的是具骷髅。这恰恰是符合尼采日神精神追求美、酒神精神追求真的哲学思想。你们可能认为我在诡辩,但哪一种思想、理论、主义为了自圆其说,不在诡辩?我虽然酒喝多了,但没有一点醉的感觉,头脑异常清醒,不,这么说不太准确,应该说,我彻底陶醉了,头脑异常兴奋!我和杨妮儿不知道喝了多少个交杯酒,最后她主动要求送我回宿舍。你们听听,是她主动要求的,我自认为没有喝醉,她要送我回宿舍,意思是不是再明白不过了?

　　我虽然没有喝醉,却也感到头重脚轻,当杨妮儿拎着我的胳膊走出鲜花餐厅时,月亮像一只鬼魅的眼睛窥视着我们,微风习习,我打了两个响亮的喷嚏。

259

第二部

杨妮儿咯咯笑道:"打一个喷嚏说明有人想你,打两个喷嚏说明有人骂你,打三个喷嚏那是你感冒了。我的情哥,你干什么坏事了,竟然有人在背后骂你?"

我或许是喝高了,脱口而出:"若是有人在背后骂我,估计只能是杨厚德。"

杨妮儿立即停住脚步,眯缝着像月牙儿一样鬼魅的眼睛问:"为什么?"

我像踩棉花似的一边走向我的车一边轻蔑地说:"杨妮儿,天底下不自量力的人很多,杨厚德就是一个,这种不识时务的人只有一个结果,就是做屈死鬼。一个小小的驻京办副主任敢和梁市长斗,你说他是不是脑袋进水了。现如今弄得家破人亡,何苦呢?"

杨妮儿不依不饶地问:"丁哥,那么你对他做了些什么?他为什么要背后骂你?"

我淡淡一笑说:"我当然要和梁市长保持一致了,这就叫讲政治,你年轻,还不懂。"说完我把车钥匙扔给杨妮儿,醋味十足地接着说:"我听说习海涛帮你拿驾照了,你来开车吧,我来考核一下你的驾驶水平。"

杨妮儿到驻京办时,根本不会开车,是白丽莎告诉我,杨妮儿不仅私下里和习海涛学开车,而且习海涛还通过关系为杨妮儿拿到了驾照。杨妮儿以为她和习海涛学车没人知道,被我一点破显得有些发窘,要不是夜色的遮蔽,脸一定红得跟樱桃似的。

走到我的奔驰车旁边,我突然觉得有些不对劲,因为有三辆三菱吉普并排停在离我不远的地方,趁杨妮儿坐进车里之际,我摇摇晃晃地走到三菱吉普旁看了看,觉得像小尉、小吴和小贺的车,但又不像,因为三菱吉普都是一个模样,只是三辆并在一起,引起了我的怀疑。这时杨妮儿按了一下喇叭,我只好三步并作两步钻进了车里。

奔驰车缓缓驶离鲜花餐厅,我下意识地扒着窗户往后看,想看看那三辆吉普是不是尾随上来,但是杨妮儿突然加快车速,我什么也没看见。

京城的马路只有夜半时分是通畅的,奔驰车贪婪地吞掉黑黢黢的马路,杨妮儿一边开车一边笑嘻嘻地问:"丁哥,往后看什么呢?是不是怕有人跟踪啊？你可真是做贼心虚，我还没和你上床呢，你怕什么？"

这个鬼精灵，显然看穿了我的不轨的心思，便遮掩道："我是想观察一下有没有情敌跟踪我们，今晚是花好月圆，谁也别想打扰我们。"

杨妮儿哈哈大笑道："丁哥，你知道这个世界为什么不安宁吗？就是因为男人对女人的鬼胎太多。"

杨妮儿的话还真有些道理，我看着马路两边的路灯，就像男人们支离破碎的鬼胎，我之所以连鬼火一般的路灯都猜忌，是因为我不想让任何人占有我身边这个玲珑剔透的宝贝儿，特别是那个工于心计，一直对我心怀叵测的习副主任。

就像一块美玉突然发现了瑕疵一样，杨妮儿刚把奔驰车停在北京花园停车场，我就透过车窗看见习海涛的车停在旋转门前，看样子这小子是刚到北京花园，我心里顿时一紧，莫非习海涛一直跟着我们？不然怎么这么巧。

我胡思乱想着下了车，和杨妮儿并肩走进大堂，见习海涛正坐在大堂沙发上背对着我们打手机，我装没看见习海涛，快步走进电梯，杨妮儿斜睨了一眼习海涛的背影，不动声色地挎着我的胳膊走进电梯。

随着电梯的上升，酒劲有些上涌，我的心口很不舒服，有一种想吐的感觉，情不自禁地闭起眼睛，这一闭眼睛脑海里顿时闪现出三辆三菱吉普和习海涛坐在大堂里打手机的背景，奶奶的，让我耿耿于怀的九谷口情结顿时搅乱了我的心绪，自从那天我跟踪失败后，我就对杨妮儿和习海涛以及三个男同学去九谷口胡思乱想，晚上露营，杨妮儿和习海涛是不是睡在了一个帐篷里？如果习海涛不像我似的，烂醉如泥，他会对杨妮儿怎样？

正想着，只听"铛"的一声，电梯门开了，杨妮儿挽着我走出电梯异常温柔地问："丁哥，是不是酒喝多了，有些不舒服？"

我见杨妮儿像个发情的小母狗望着我这匹大灰狼，心头所有的疑虑顿时烟消云散了，俗话说，春宵一刻值千金，杨妮儿这回可是主动送上门来的，我岂能错过这魂牵梦萦过多少次的机会？我此时的心情就和亨伯特见到洛丽塔一样，唯一的怨恨就是无法把我的杨妮儿从里朝外翻过来，"用贪婪的嘴唇去亲她那年轻的子宫，他那未经探究的心脏，

261

第二部

她那珍珠质的肝脏,她那马尾藻似的肺和她那一对好看的肾脏"。这是杨妮儿第一次走进我的宿舍,她怀着轻率的好奇心进入了我的天地。

一走进房间,杨妮儿的眼睛顿时像间谍一样闪亮起来,她似乎对房间里的一切都感兴趣,特别是我的电脑,她随手就开了机。反正杨妮儿已经走进了狼窝,任凭她怎么狡猾,也别想逃出我的手心。

很快电脑屏幕上显示出我老婆和女儿在悉尼歌剧院前的合影,杨妮儿用情敌似的目光凝视了一会儿,然后酸溜溜地说:"丁哥,看年龄我比你女儿大不了几岁,你说要是我和你上了床,她是叫我妈好呢,还是叫我姐好呢?"

我觉得酒劲儿直冲脑门,头晕得很,想不到今晚喝的红酒后反劲,我不以为然地说:"别贫嘴,快给我沏杯茶。"

我摇摇晃晃地走到她身边,用手轻轻地抚摸着她的头发,然后轻轻地吻着她的香唇说:"宝贝儿,先和我一起进入太虚幻境好不好?"

杨妮儿做了一个比任何肉体的爱抚都令人销魂的娇媚动作,将我的左耳垂含在嘴里,甜滋滋地说:"丁哥,我只想带你下地狱,好不好?"她说话时从鼻孔中呼出的气息暖烘烘地拂进我的耳朵里,撩拨的我欲火中烧。

我一把抱起杨妮儿就往卧室里走,杨妮儿蹬着一双小脚丫,娇媚地说:"馋猫儿,别急别急,我先给你倒杯茶,你先醒醒酒。"

没办法,杨妮儿挣脱得厉害,只好把她放下,杨妮儿用食指轻轻地戳了我的脑门儿一下,然后娇嗔地说:"馋猫儿,人家还没准备好呢,等着我,我给你沏茶去。"说完勾魂地瞟了我一眼,像只小母狗似的扭着屁股走出卧室。

我望着她修长的美腿和嫩白的肩膀,心旌荡漾,想入非非。不一会儿,她端着热茶走过来,不时用性感的小嘴吹着气,其用意是想让茶快凉一些,好让我马上喝到嘴里,酒闹得我的确口干舌燥,接过茶杯,猛吹了几口气,便滋滋地喝起来,这还是我有生以来第一次感到龙井茶如此清香,香得像从仙境吹来的一股微风让我更加神魂颠倒。我迫不及待地喝干杯中茶,然后贪婪地望着杨妮儿,心里盘算着怎么剥光她的衣服。专案组领导,天地良心,就在此时,杨妮儿开始勾引我,她先是摘掉了挂在脖子上的五颜六色的项链，然后缓缓地妩媚地脱掉了那顶顶为她专门设计的容易让人联想起雪域高原的上衣，顿时露出了她那奶白色的肌肤，细嫩得让人想扑上去拼命地啜几口，特别是被乳罩裹着的那对颤巍巍欢跳着的乳房，诱人的乳沟就像婴儿娇嫩的小屁股，此时此刻，我感到天堂里已经燃起地狱之火，我像一头发情的公鹿，准备着蠢蠢欲动，接着她做了一个让我喜出望外的动作，一双小手在身后轻轻一碰，随着她鬼魅一般的眼神轻轻一瞟我，裙子就掉了下去，露出粉红绣花内裤，我的天啊，此时此刻我体会到的幸福简直无法用语言形容，紧接着杨妮儿像鬼影儿一样走过来，用一双白色的胳膊搂我的脖子，她的脸蛋散发着红晕，饱满的香唇闪闪发光地凑到我的嘴边说："丁哥，我想要！"

专案组领导，就在我想像公牛一样将杨妮儿压在身下时，头却突然一阵眩晕，我痛恨地想，怎么酒劲在这么关键的时刻又上来了？管他呢，就在我的手刚想伸进裤裆时，杨妮儿轻轻一推我，我便一头倒在床上，好像喝醉了一样倒头睡去，虽然我感觉自己睡着了，但却蒙蒙眬眬地好像还醒着，只感觉有人将我身上的衣裳剥光了，然后将我的头放在枕头上，似乎身子也摆正了，然后给我盖上被子，我潜意识里不想睡，但眼皮无论怎么努力，也睁不开，只觉得自己身边有好几个人在蛐蛐地说着悄悄话，似乎在寻找着我梦想中的每一个角落，有人好像说："找到了！找到了！"另一个人好像说："这个证据可太有力了！"还有人愤愤地说："想不到这些人这么卑鄙！"说话的声音我非常熟悉，似乎很像杨妮儿的三个男同学，也就是小尉、小吴和小贺，好像还有习海涛。不知为什么，我的耳边一有习海涛的声音，我的思绪顿时飞到了九谷口，我孤独地立于九谷口长城上，放眼四望，长城两翼齐飞于峻岭群峰之巅，虽非当年雄姿勃发，但浩气依旧，神韵依然。远处一片原始次生林，千姿百态，或如刀枪剑戟森立刺天，或如千军万马奔腾而来。朝霞中的长城金碧辉煌似一幅西方油画；夕阳下的长城朦胧迷离像一幅边关山水图；就在我蠢立于长城之上感叹岁月沧桑之际，见一对情侣手牵着手，卿卿我我地走在一条林荫小道上，男的挺拔魁梧，女的窈窕婀娜，莫非是牛郎织女七夕相会？不对，他们的身影，我太熟悉了，定睛望去，不是别

第二部

人,正是习海涛和杨妮儿。我顿时醋海翻波,怒火中烧。我想大喝他们站住,却怎么也喊不出来,急得我跳着脚,手舞足蹈之际,竟忘了自己正站在长城之上,一失足便栽了出去,只觉得下面是万丈深渊,我像一条死狗一样直摔下去,吓得我大喊:"救命!"此时,有人轻轻推了我一下,我激灵一下醒了,发现左手正压在胸口上。

一个温柔的声音问:"丁哥,做梦了?"

我揉了揉眼睛定睛一看,杨妮儿正坐在床上,上衣已经穿好了,一双光腿还半隐半露在床上,很显然我又和杨妮儿睡了一宿,但是似乎又错过了千金一刻的春宵,为了证实我自己是不是错过了,试探地问:"妮儿,这一宿我都做什么了?"

杨妮儿脸色羞红地说:"傻瓜,都做了什么你不知道?"

我懵懂地说:"真的,酒后乱性,我昨天喝高了。"

杨妮儿一骨碌从床上下了地,赤条条的一双光腿散发着微光,她麻利地穿好裙装妩媚地娇嗔道:"大坏蛋,昨晚你都坏死了,简直就是一条发了情的大公狗。"

这分明是说我该做的都做了,可是我却什么都不知道,一点游龙戏凤的快感也没体会到,只觉得自己做了一宿的噩梦。此时杨妮儿已经走进卫生间洗漱,我拉开裤头看了一眼自己的下身像蔫儿黄瓜一样的金钢钻,暗自骂道:"妈的,下次再有机会和杨妮儿上床,打死我,我也不喝一滴酒了!"

我之所以把这个过程详细地讲出来,就是想证明一点:是杨妮儿勾引了我!是杨妮儿利用她自己的生日让我掉进了桃色陷阱。然而当时我并未意识到这一点,不仅如此,还沉浸其中不能自拔。不得不承认,杨妮儿的勾引步步为营,于端庄中透着风骚,于稳重中释放着妩媚,我的生命像中了咒语似的被杨妮儿用充满魅力、切合实际的方式操纵着。我却自鸣得意地以为,终于钓到了杨妮儿这条美人鱼,是我把杨妮儿引诱到我的床上的,并沾沾自喜地想继续引诱下去。我常常将北京花园皇帝套客厅中挂着的那幅叫作《搓麻将的女人》的油画中的四个女人想象成那顶顶、张晶晶、陆小雅和杨妮儿,而且一直认为如果这四个女人在一起打麻将的话,那后背纹着凤凰的女子,开了一个东风明杠,却做着不规矩的小动作的女人就是杨妮儿。我就像她手中的一颗麻将，而画中站在旁边手握着明晃晃的水果刀的打工妹，不再是打工妹，而是变成了一个身材魁梧的男人，那个男人在我脑海中不时还将水果刀舞得上下翻飞，让我心神不宁的是，那个男人不是别人，正是习海涛。不知为什么，每次和杨妮儿在一起，我的脑海中总浮现出习海涛的影子，每一次脑海中浮现出习海涛的影子，我都有一种畏罪的感觉。

六

但更让我惶恐不安的是，我发现杨妮儿在我床上睡了一宿之后，我的日记丢了，那里面除了记了一些我对杨妮儿意淫的话，更重要的是许多领导的隐私也记在了里面，包括我陪市领导"跑部钱进"、跑官前进的一些秘密，毫不夸张地说，我的日记一旦公之于众，整个中国都得哗然，甚至会震动世界。

杨妮儿过生日的第二天晚上，我回到宿舍想将一天的感想写进日记，但是怎么也找不到那个大开本的黑皮日记，我平时都放在宿舍电脑桌的抽屉里，可是我翻遍了宿舍内的所有抽屉也没有找到那本日记，我的心一下子悬了起来，我赶紧又去办公室找，也是一无所获，我像魔怔似的找了一个星期，最后断定日记是杨妮儿和我睡了一宿以后丢的，日记丢得蹊跷，一定与杨妮儿有关，莫非是她出于对我的好奇心想了解我更多，趁我睡着，偷偷摸摸将日记找出来放进了她的挎包内？如果是那样，她看完之后，应该还给我，我的日记有太多触目惊心的内容，她偷日记会不会另有企图？我当即否定了这个判断，我不相信一个初出茅庐的女大学生会有这么深的城府，她没有这么深的城府，习海涛可有，习海涛会不会利用她呢？想到这儿，我倒吸了一口冷气。即使不是习海涛利用她，以杨妮儿和习海涛关系，看了日记后定然心惊肉跳，如果她出于恐惧给海涛看了，后果不堪设想！想到这儿，我决定立即找杨妮儿探探口风。看看我的日记是不是被她拿走了。

快下班时，我以工作的名义让杨妮儿到我办公室来一趟，杨妮儿扭着婀娜的身姿进来后，我立即关上了办公室的门并随手上了锁，杨妮儿诧异地问:"头儿,你不会这个时候要发情吧?"

杨妮儿说完咯咯笑着坐在我老板台对面的黑色扶手椅中,阳光透过落地窗照在她的浅口休闲鞋上,她漫不经心地交叉着双腿,扬起修长的脖子,妩媚地看着我,仿佛聊斋里面的狐狸精,好像杨妮儿就是为了媚惑我而生的,我一见她狐媚的目光,腿就发软,杨妮儿将娇媚、妩媚、柔媚、狐媚以及阴沉的愠怒和开朗的欢笑结合到一起,产生了一种天使与魔鬼合二为一的特殊魅力,这种魅力透着天真和欺诈,充满刺激,搅得我神经异常兴奋。但是自从日记丢了以后,我的神经不再兴奋,而是兴奋过后的疼痛,我不仅神经痛,而且心也隐隐作痛,我去医院检查,大夫说是心绞痛,好在还不太严重。

望着杨妮儿若无其事的表情,我十分认真地说:"杨妮儿,你不觉得我们之间应该好好谈一谈了?"

杨妮儿头一歪,勾魂的目光瞟了我一眼问:"谈什么?"

我一本正经地说:"我的日记丢了。"

杨妮儿哈哈笑道:"头儿,你的日记丢了跟我有什么关系?"

我黑起脸来说:"是你在我宿舍过夜后丢失的。"

杨妮儿纵声笑道:"头儿,你该不会认为是我偷了你的日记吧?"

我仍然严肃地说:"不是你,还能有谁? 杨妮儿,别跟我玩捉迷藏了,快还给我吧。"

杨妮儿粉嫩亮丽的脸蛋一下子就沉了下来,她生气地说:"丁则成,我为什么要偷你的日记? 我凭什么偷你的日记? 我还真想听一听,你凭什么说我偷你的日记?"

我觉得杨妮儿生气的脸蛋娇媚迷人,似乎比不生气的时候还好看,硬起来的心立即就软了下来,哄着说:"乖乖,我没说是你偷的,我在日记里写了一些想你的话,我怀疑你好奇拿去看的,好妹妹,现在看完了,该还我了,还我吧,好不好?!"

杨妮儿又突然换了一副乖巧的表情说:"亲爱的,看来你是认定我偷了,既然如此,我只能告诉你,不还不还就不还!"

我一下子被激怒了,那个令我魂牵梦萦的小仙女似乎变成了粗俗不堪的敲诈婆,我蓦地感到一阵十分令人难受的眩晕,好像充满仙性的天使只是一个虚构的信念,现在被一本关系重大的日记给戳穿了。但是我无法接受这样一个事实,因为那张皮肤光滑娇嫩、充满青春气息的脸蛋是多么可爱啊,然而这可爱的粉嫩点燃了我的怒火,一下子转化为粗俗的红晕。

我不客气地说:"杨妮儿,你知道不还我日记的后果吗？我只是想提醒你,感情归感情,但千万别拿我对你的感情开玩笑!"

这句话好像说到了杨妮儿的引爆点上,她出奇镇静地说:"我是拿感情开玩笑的人吗？我把一切都给了你,想不到你却认为我们的感情不过是个玩笑。有这么开玩笑的吗？"

杨妮儿说完猛地站起身从自己的挎包内掏出一个纸单拍在我的老板台上,我不知道她要玩什么把戏,好奇地拿起那个单据仔细一看,顿时傻了眼,原来是一张怀孕化验单,单据上的加号显示,杨妮儿怀孕了。

我有些不知所措地自言自语道:"这怎么可能呢？"然后转身质疑道:"杨妮儿,你从我那儿过夜到今天不到半个月,这怎么可能呢？"

此时杨妮儿的脸上已经挂了两串泪珠,那泪珠在夕阳的映射下光艳照人。她委屈地说:"你可真是贵人多忘事,在九谷口藤萝谷,你折磨了我一个晚上,该干的你都干了,你还想赖账不成!"

我的脑袋嗡的一下子就大了,要是这说,可有两个月了,我顿时慌了手脚,心想,我已经有老婆和孩子了,平白无故又冒出个孩子,我老婆知道了非闹翻天不可,我女儿也不会原谅我,然而杨妮儿也不是好惹的,一旦这事张扬出去,无论是党纪还是政纪都饶不了我。想到这儿,我牙一咬,心想,看来只有劝杨妮儿打胎一条路了,但是杨妮儿的脾气我了解,如果直截了当地劝她打胎,她非把孩子生下来不可,到时候我吃不了只能兜着走。

因此我诡谲地灵机一动,装作很男人地说:"妮儿,既然孩子已经怀上了,我也不能不负责,你有什么要求尽管说!"

杨妮儿用鄙视的眼神看着我说:"口是心非,丁则成,你以为你心里想什么我会不知道？巴不得我去医院把孩子打掉是不？告诉你,门儿都没有!如果你真有勇气负责任,那么我条件很简单,名副其实地做我孩子的爸爸!"

我一听就急了,威胁道:"杨妮儿,你这是敲诈,想让我离婚,门儿都没有!我劝你痛快去医院,赶紧把孩子打掉,咱们一切如旧,否则别怪我不客气!"

杨妮儿哈哈大笑道:"丁则成,这么快你就露原形了,我倒要看看你怎么对我不客气。"然后目光如电地盯着我从牙缝儿里挤出一句话:"这个孩子我生定了,知趣的话,赶紧离婚!"说完拎起挎包风情万种地走到门前啪地一声打开门锁,然后半开着门回头嫣然一笑说:"亲爱的,抽空给儿子取个名字,你说叫'丁跑部'怎么样?"说着将门一摔,门后传来一阵狐媚的笑声。

我就像头部挨了一记闷棍一样呆呆地站着,心情复杂极了,从见杨妮儿第一面起,像过电影似的回忆到刚刚发生的一幕,我委屈极了,为什么?我从九谷口那个夜晚到杨妮儿过生日那个夜晚,都稀里糊涂地醉了过去,说句心里话,我连杨妮儿那小白兔般的乳房都没看见完整的,怎么就他妈的让老枪走了火了呢?我百思不得其解,专案组领导,你们千万别把我身上发生的故事当成只需注意关键情节的普通神秘的故事,否则我也不会被"双规"在这间像坟墓似的小屋里。我当时经过福尔摩斯似的推理,断定杨妮儿肚子里的孩子很有可能不是我的,那是谁的?那还用问,狗日的习海涛的呗!不是他,还能有谁?

七

就在我对杨妮儿怀孕一事一筹莫展之际,周中原进京开会,请我在官府私家菜馆喝酒,往常周中原进京都是我请他喝酒,此次进京他非要请我喝酒,我觉得这家伙有话要说,就没再争执。

按理说周中原是离不开女人的主儿,往常在一起喝酒这家伙总要带个来历不明的美女凑趣,今晚却一个人枯坐在包房内,让我感觉很蹊跷。平时晚上有应酬,一般我都带杨妮儿的,可是自从她怀孕以后一反常态,我们一见面她就逼着我离婚,搞得我是苦不堪言,我绞尽脑汁想让杨妮儿打胎,但却无济于事,正好周中原是个玩女人的高手,又是老朋友,说实话,我今天是本着取经的态度来赴宴的。

一进门，老周就催服务小姐，清煮河豚快点上，服务小姐笑着说，老板别着急，清煮河豚要煮上一个小时以上才够味，周中原只好摆摆手，让服务小姐上菜，然后对我说："则成，我就得意这家菜馆的清煮河豚，原汁原味，味道又鲜又纯，地道得很啊！"

我惆怅地说："眼下原汁原味的东西越来越少了。"

周中原似乎看出来我有闹心事，便试探地问："则成，情绪不对啊！是不是看上了合口味的女人，没弄到手啊？"

我不得不佩服周中原的眼力，一眼就看出来我正在为女人闹心，便苦笑着说："老周，还是你道行深，一眼就看穿了我的心事，不过不是没上手，而是他妈的怀孕了，非要把孩子生下来不可。我怎么劝也不行，快把我愁死了。"

周中原一听嘿嘿笑道："则成，有女人为你生孩子是好事呀，你已经有了女儿，这个女人给你生个儿子，你就可以儿女双全了。"

我苦恼地说："我出了这么大乱子，你老兄还拿我开心？我今天可是向你老兄来取经的。"

周中原见我很苦恼，便叹了口气，坦诚地说："则成，看在咱们哥儿们多年的交情上，我跟你说句实话，我也遇到过这种事。还是我刚当上东州市烟草专卖局局长不久，我看上了办公室的打字员小张，几次眉来眼去之后，就被我拿下了，结果玩'潇洒'玩出了乱子，有一天她告诉我，怀孕了，我一听就急了，逼着她去做人流，小张从未见过我对她发这么大的脾气，便委屈地答应我一定去做人流。也是我太大意了，也是这女孩太有心计，她背着我还是把孩子生了下来。结果是个儿子，我见木已成舟了，没办法，只好面对现实，但是小张未婚就生了孩子，传出去，好说不好听，我当时也是怕露馅，煞费苦心想出一个办法。我在昌山市烟草专卖局当局长时有个老朋友的儿子经常找我办事，如今见我到东州当局长了，也跟着把事业发展到了东州，这小子有过一段短暂的婚史，正好适合为我承担这种事，我就跟他谈，希望他为我担一担，让他和小张办个结婚证，然后再离了。这小子的事业离不开我，便一口答应了。我利用这小子当了半年替身，房子、车子都给小张安置妥当后，他们又办了离婚证。不瞒你则成，我现在有两个家，一个明的，一个暗的，有两

269

第二部

个老婆,两个孩子,啥事都没有,老幸福了!"

　　周中原的话深深震动了我,这老周的胆子也太大了,要是用法律上的术语讲,这叫重婚罪呀!对于党员领导干部来说,这是万万使不得的,这明显是在玩火。都说玩火者必自焚,周中原玩火不仅没烧着自己,还火烧旺运,烧出了幸福。这家伙能向我如此掏心窝子讲话,看来不仅是出于坦诚,而是太幸福,急于与他人分享。

　　思忖良久,我觉得周中原的做法虽然有借鉴意义,但是风险太大,还是让杨妮儿打胎最安全,想到这儿,我装出佩服的样子敷衍道:"你别说老周,找替身这招儿虽不是万全之策,但也算得上是权宜之计,我心里清爽不少,来,为了你这份坦诚,我敬你一杯!"

　　周中原得意地干掉杯中酒,然后神神秘秘地说:"则成,告诉你一个重要信息,齐胖子包养的那个女歌星失踪了。"

　　我听罢顿时心里一惊,齐胖子心狠手辣,该不会因我告诉他张晶晶对他不忠,很可能坏事,这家伙一狠心把张晶晶做了?便脱口而问:"消息准吗?"

　　周中原不容置疑地说:"千真万确,你知道齐胖子与香港英美烟草公司搭上关系,是我给搭的桥,没有我,他凭什么做香烟的转口贸易?可是,这家伙不够义气,不仅贪婪,而且吃独食,生意上手后,一脚把我给蹬了,这种过河拆桥的人什么时候都得防着点,因此我在他身边安插了一个内线,内线告诉我,张晶晶失踪一周了,齐胖子急得跟热锅上的蚂蚁似的,正秘密撒下人马,四处寻找呢。"

　　我一听,既然齐胖子急成这样,看来张晶晶并没有被做掉,这说明是张晶晶自己躲了起来,张晶晶对齐胖子的生意了如指掌,这一失踪,可不是个好兆头,这么大的事,狗日的齐胖子也不跟我说一声。

　　不过我不能让周中原看出我的担心,因此佯装不以为然地说:"两条腿的蛤蟆没地方找,两条腿的女人遍地都是,他齐胖子身边什么时候缺过女人,齐胖子早对张晶晶腻了,别说不一定就失踪了,就是真失踪了,齐胖子还愁再找个李晶晶、王晶晶?"

　　周中原当即摇了摇头说:"则成,别看驻京办与大圣集团合作成立了圣京公司,那不过是大圣集团以圣京公司的名义为大圣集团代理香烟、汽车和成品油转口贸易找一个空壳,因此齐胖子的转口贸易是怎么运作的,我估计你这个驻京办主任并不知道。齐胖子是利用圣京公司的名义,假转口真走私,进出口的单证全是大圣集团一手制作的,别看张晶晶表面上只是个二奶,但这个女人是制作假单证的具体操作者之一,如今张晶晶突然消失了,你说齐胖子能不着急吗?"

周中原的一番话,顿时让我想起杨厚德被"双规"前,我请他喝酒,他对我说起的那番话,当时他深恶痛绝地告诉我,张晶晶是齐胖子的受害者,一直怀恨在心,企图报复齐胖子,恨不得立即置齐胖子于死地。我当时并未全信杨厚德耸听的危言,我认为他讲那番话别有用心。但是从那儿以后,我特别关注张晶晶,觉得这个女人很有城府,也多次提醒齐胖子小心这个女人,可是齐胖子却不以为然,还将我看上杨妮儿的事奚落一番,提醒我小心身边的"女特务",现如今杨妮儿怀上了我的孩子,还逼着我离婚,这些事实证明,杨妮儿十分在意我,跟"女特务"根本扯不上关系,倒是张晶晶这么一失踪,还真有点"女特务"的味道。我心想,既然张晶晶突然躲了起来,只能说明两点:一是张晶晶要甩掉齐胖子,从此与他一刀两断,再也不发生任何关系,果真如此,便是齐胖子之福;二是张晶晶已经完全掌握了齐胖子走私的证据,突然躲起来,是想采取置齐胖子于死地的行动,若是这样,张晶晶不仅仅是齐胖子包养的二奶,还是他的掘墓人。如果张晶晶是齐胖子的掘墓人,我跟齐胖子拴在一根绳上,齐胖子完蛋了,非把我捎上不可。这么一想,我顿时心神不宁起来。虽然服务小姐将清炖河豚端上来时,奇香扑鼻,我吃到嘴里却觉得索然无味。

我见周中原吃得津津有味,似乎齐胖子的事和他一点关系也没有似的,殊不知"覆巢之下,岂有完卵",便用提示的口吻说:"老周,我觉得齐胖子并不是一个太小气的人,在北京疏通关系,他动不动就送人家一辆汽车,你们兄弟之间是不是有什么误会?'本是同根生,相煎何太急'啊!其实我们都站在梁市长这艘大船上,无论谁出事,都可能影响到这艘大船的安全,因此,你和齐胖子不和,最伤心的是梁市长,手心手背都是肉,你让他怎么办?"

周中原滋溜喝了一口河豚鱼汤,然后用餐巾擦了擦嘴角,愤愤地说："则成，要不是看在梁市长的面子上，我能容他齐胖子骑在我脖子上拉屎？目前东州海关转口香烟数量如此之大，在东州周边地区，走私香烟充斥市场，泛滥成灾，已是人所共知，早就引起广泛关注，要不是我罩着他，十个齐胖子也早死了。这小子一辆奔驰车就想打发我，则成，你说说，有这么做人的吗？"

我深知以齐胖子的为人绝不会用一辆奔驰打发周中原，怕是十辆汽车也不止，是周中原太贪婪了，引起了齐胖子的反感，我听齐胖子说，周中原暗中养了一帮线人，专门在东州开发区货场踩点，找齐胖子的麻烦，货柜出货场后，基本有两条线路，一条通往昌山市，一条驶往西州市，这些线人踩完点后，一有货柜出来，就向沿途市、县执法部门举报，十拿九稳，给大圣集团和烟贩子们造成不少损失。看来周中原虽然善于钻营，但并不真正懂得政治，这种人成事不足败事有余，说不定哪天，梁市长这艘大船就得翻在周中原这种人手里。这只是我心里的想法，并未在周中原面前露出来。

但是今晚这顿酒着实喝得我心神不宁，因此席散后，我开车回北京花园的路上就拨通了高严的手机，我估计张晶晶失踪的事，齐胖子不敢向梁市长说，但这个女人太重要了，这么大的事必须让梁市长心里有数，我和高严通电话的目的，就是想让他告诉梁市长张晶晶失踪的事，相信梁市长知道后一定会找齐胖子了解情况的，只要梁市长未雨绸缪，一切就在掌握之中。再说，向市领导通风报信是我这个驻京办主任的职责，不然驻京办设信息处干什么？

月亮不时从云层背后露出脸来，仿佛要窥视这个世界的秘密。我猛然想起什么诗人的一句诗："死亡是甜蜜的，这是个秘密。"这句话一下子让我联想到杨妮儿肚子里的孩子，如果杨妮儿到医院把孩子做掉，孩子解脱了，不用到这个世界上遭受痛苦，没有痛苦，当然是一种甜蜜，然而小生命毕竟消失了。我仿佛看见做完人流的杨妮儿，脸色苍白，泪眼涟涟地看着我，鼻子红红的，潮湿的嘴巴抖动着，仿佛在控诉我这个杀死孩子的父亲，却由于巨大的悲痛而说不出话来。我知道这是一种幻觉，可是自从杨妮儿告诉我她怀孕以后，我就一直生活在这种幻觉中。

现在月亮随时可能从云层后面露出来,像一张微笑的嘴,好像在幸灾乐祸地审视着我,在我心目中,月亮是崇高的、纯洁的,然而它此时躲在云层后面,忽隐忽现地像个乱嚼舌头的长舌妇,似乎想让天上的云都知道我的秘密。好像一个囚徒讲过:"我应该在脖子后面长出第三只眼睛,就在我脆弱的脊椎之间:一只疯狂的眼,睁得很大,瞳孔不断扩大,光滑的眼球上布有粉红色的血脉。"这正是我的心声,在这个充满伪善的世界里生活,每个人后脖颈子上都应该长出第三只眼,然而长第三只眼的人少,甚至没有,可是长第三只手的人却多,我可以向窥视我的月亮保证,尽管我作为驻京办主任有满足长第三只手的领导的需求的职责,但是我是用两只手完成任务的。专案组领导,我对长有三只手的领导,心中一直充满恶心的恐惧,正因为如此,我非常厌恶第三只手,但是我的工作常常是被第三只手指挥着,我之所以落到今天这个地步,那些长有第三只手的领导应该负有主要责任,如果这算是申诉的话,我从心里希望这种申诉得到认可。

你们可能不相信我只有两只手,我也没有能力证明我只有两只手,不过我一向认为所谓腐败有两种:一种是暴力腐败,这种腐败的特点是不给钱不办事,甚至给了钱也不办事;另一种是温和腐败,也就是在为人办事的情况下收点人情费,礼尚往来几千年了,帮朋友办事,人家答谢一下,不收是对人家的不尊重,我这个人脸皮薄,人家一再坚持给,我怎么好意思推辞? 如果这也叫腐败的话,那么和前一种腐败有本质的区别,完全是两个性质的腐败,你们也许不同意我的观点,那天有位专案组领导听了我这番话,说我不老实,讲的都是些自欺欺人的鬼话,在耍"温水煮青蛙"的把戏,妄想在不知不觉中麻痹整个社会的神经,降低正义和道义的门槛。专案组领导,你们太高看我了,如果是天下无贼,这种批评我接受,现在是腐败很多,难道我在腐败分子中不是最清廉的吗? 你们可能认为这是五十步笑百步,但是五十步为什么不能笑百步?从量刑上看,五十步也有资格笑百步,最起码"一百步者"很可能掉脑袋,五十步还可以重新做人。请原谅我的思维过于发散,这种跳跃性思维是多年的驻京办主任生涯养成的,你们设身处地地想一想,作为驻京办主任,今天跑这个部,明天跑那个部,今天接待这位领导,明天接待那位领导,思维不跳跃行吗？

　　不过,自从杨妮儿怀孕以后,我的思维就再也跳不起来了,或者说只在两点上跳来跳去,这就是悉尼和北京,我想象着杨妮儿将孩子生出来后,我也像周中原一样弄两个家,一个在悉尼,一个在北京,只是得先为杨妮儿找个"假丈夫"做替身,我搜刮着脑海中适合做"假丈夫"的男人,想来想去,只有一个人杨妮儿能同意,这就是习海涛,其他的男人,无论是谁,杨妮儿都不会同意的。

　　一想到习海涛我气就不打一处来,如果杨妮儿肚子里的孩子不是我的,是狗日的习海涛的,那么我让习海涛做杨妮儿的"假丈夫",岂不是正称了两个人的心愿,这才叫弄假成真呢,不仅让习海涛娶了一位如花似玉的媳妇,而且还外带一个大胖小子,最可恨的是还要由我出钱为他养老婆孩子,天底下哪儿有这样的道理。这么一分析,我倒觉得杨妮儿肚里的孩子是我的面大一些,不然杨妮儿不会不依不饶地缠着我。

274

八

　　这些天让怀孕这件事闹得我几乎忘了丢日记的事,张晶晶失踪了,我觉得是件大事,得知后,我连忙给高严打电话,让他通告梁市长,其实我的日记丢了这件事不知道要比张晶晶失踪严重多少倍,这无异于贾宝玉丢了"通灵宝玉",由于事关重大,我不敢向梁市长透一点点口风,只能暗中不停地寻找。杨妮儿那里是没指望了,一见面,她就逼着我离婚。其实让杨妮儿打胎也没什么难的,只要跟齐胖子说一声,这家伙有的是办法,只是不到万不得已,我不能那么做,因为太伤感情了。想到贾宝玉丢了"通灵宝玉"后,又找刘铁嘴测字,又求妙玉扶乩,我何不也测一测字呢？这么一想,心头释然了不少。

　　由于怕泄露天机,我在网上找了一个颇有人气的小诸葛测字算命网,原来这测字算命就是诸葛亮发明的,据网上的自称小诸葛的大师介绍,诸葛亮每遇难题,必暗自用一种独到的算命法。心要诚,手要净,焚香向天祷告,然后,在纸上写三个字。这三个字,即是天灵与人心灵交流,也就是说,你的心事已得上天了解,而上天会对你作出指示。诸葛亮测字算命共三百八十爻,谶语句法,长短不一,寓意深远,对测字者的思路有很大的启发,特别是那些正陷于彷徨迷惘中的人,更有一种拨开云雾重见天日的豁然开朗的感觉。因此这是可以作为判断凶吉,决定进退,选择趋吉避凶的指南针。

小诸葛将自己的测字法吹得神乎其神,我正苦于不能云开日散,便请他指点迷津,他便让我写个字,想起贾宝玉丢玉后,林之孝家的找刘铁嘴测了个"赏"字,我也就往电脑里敲了个"赏"字,不一会儿小诸葛告诉我,"赏"字拆开是两个字,下面一个"见"字,上面一个"尚"字,意思是说我要想拨云见日,必须见一个和尚。我想来想去,只有龙泉寺的政言和尚,我最熟悉,政言和尚又是梁市长的师傅,莫非我见到政言师父就能知道日记的去向? 想到贾宝玉的玉和我的日记一样丢得不明不白的,后来宝玉的玉是一位和尚给送回来的,宝钗也说:"说起那和尚来的踪迹、去的影响,那玉并不是找来的。"这话让我顿开茅塞,想必我那见不得人的日记也不是找来的,那么怎么回到我的手中呢? 我迫不及待地想见到政言和尚一探究竟。

刚好是周末,去龙泉寺之前,我和政言和尚通了电话,我是想在寺庙里住两天静静心,政言和尚一再表示欢迎,热情地说:"只是寺里条件简陋,怕你不习惯啊。"

我苦闷地说:"这些日子心里烦闷,只想让自己清苦两日,还望师父指点迷津啊!"

政言师父说:"那就来吧,我还真有话对你说。"

就这样,我独自驱车去了龙泉寺。进入龙泉山的山门,要经过一座看似普通但名字却不同凡响的拱桥,此桥名为界凡桥。传说桥的南面是凡人世间,走进山门,便是神仙境界了。我驻足界凡桥上向四方望去,龙泉寺后有九峰环抱,寺前山峰如巨大屏风,俗话说:"前有照,后有靠,左右抱",描述的就是龙泉寺所处的风水。龙泉寺依山取势,殿堂逐级向上参差错落层层排列,四周有高墙环绕,气度恢弘。我忽然悟出,这龙泉寺的风水气势不就是驻京办主任追求的最高境界吗? 哪个驻京办主任不是处在"前有照,后有靠,左右抱"的氛围中? 也正因为如此,我们才能做到左右逢源、诡谲圆滑,凡事都能办得滴水不漏。佛家讲,

"一花一世界,一叶一菩提",哪个驻京办都是一个小世界,都有自己的小气候,小流域。龙泉寺是依山取势,靠的是宝珠峰,驻京办是依京取势,靠的是紫禁城,想不到这驻京办与龙泉寺也有异曲同工之妙。

我正思忖,政言师父迎了过来,一见我便双手合十道:"阿弥陀佛!则成,久违了!难得你能想起老僧啊!"

我也学着政言的样子双手合十说:"政言师父,我可是特意来叨扰的!"

一番寒暄后,我随政言去精舍。精舍前有一棵参天大树,气宇轩昂,不由得驻足仰视。政言见我被大树的气势所吸引,便笑着介绍说:"则成,这棵树叫帝王树,高达四五十米,要六七个人才能合抱,已有千岁高龄了。相传在清代,每有一代新皇帝继位登基,就从此树的根部长出一枝新干来,以后逐渐与老干合为一体。乾隆皇帝到龙泉寺上香时,御封此树为'帝王树'。六十年代初期,已经成为普通百姓的清末皇帝爱新觉罗·溥仪到龙泉寺来游玩时,曾手指着帝王树上东北侧一根细干,也就是那根未与主干相合的侧干,感叹道:'这根小树就是我,因为我不成才,所以她才长成了歪脖树。'"

政言似乎话里有话,"歪脖树"三个字让我听得心里不舒服,如果把京城比作"帝王树"的话,好像驻京办犹如那根与主干相合的侧干个个都是歪脖树。政言师父收的俗家弟子中藏龙卧虎,也不乏京城大员,或许老和尚听到什么不清净的声音了,借树讽人给我听?想到这儿,我便打定主意好好和老和尚唠一唠,说不定会大有所获。

走进精舍落座,两位小沙弥袖手低眉,进来斟茶。我一边品茶一边笑着问:"政言师父近来又收了多少俗家弟子呀?"

我知道如今的和尚很喜欢收有钱有势的俗家弟子,特别是像政言这种有身份的和尚更是喜欢靠手握重权或腰缠万贯的俗家弟子供着。我之所以对他收俗家弟子感兴趣,是因为老和尚通过这些有身份有地位的俗家弟子知道很多鲜为人知的信息。

政言慈善地笑道:"不多,收了两个有佛缘的女弟子。"

我好奇地问:"怎么看出来是有佛缘的呢?"

老和尚呷了口茶笑道:"其中一位叫杨妮儿,妮者尼也,名字里就透着佛性。"

我一听"杨妮儿"三个字,心里顿时一紧,怕老和尚看出来,故作镇静地问:"另一个叫什么?"

政言笑眯眯地说:"另一个叫张晶晶,是个很有佛缘的人。"

我听到"张晶晶"的名字,脑袋嗡的一声,想不到失踪了的张晶晶,竟然躲在北京城,还和杨妮儿一起跑到龙泉寺拜政言为师,做了俗家弟子,这可真是踏破铁鞋无觅处,我恨不得马上将这个消息告诉齐胖子,但是让我备感蹊跷的是,张晶晶怎么会和杨妮儿在一起?齐胖子一直提醒我,杨妮儿是我身边的"女特务",我却一直怀疑张晶晶是齐胖子身边的"定时炸弹",这两个人是什么时候成了好朋友的?好的竟然一起做佛门俗家弟子?这还真让我百思不得其解。

我试探地问:"政言师父,我们认识这么多年了,你也从未说过我有佛缘,这个张晶晶的佛缘是怎么看出来的?"

政言和善地说:"佛缘,是少一些强求的欲望,佛经上说,未断我爱,不如洁净。爱恨恩仇,皆是情障。当你知道迷惑时,并不可怜,当你不知道迷惑时,才是最可怜的。人之所以痛苦,在于追求错误的东西,今日的执着,可能会造成明日的后悔。如果你不给自己烦恼,别人永远也不可能给你烦恼,皆因你自己内心放不下强求的欲望。放下非分的欲望,便是佛缘。我与张晶晶交流后,感觉她是个内心很苦,看破一切,急于解脱的人,佛祖有言,地狱天宫皆为净土,无非解脱,则成,你虽然城府颇深,不过是善于掩饰心浮气躁而已,人的心思很不稳定,就很容易受到引诱,更会在光怪陆离的诱惑中迷失方向。你在电话里讲,近来心里烦闷,想让我指点迷津,我现在说的这番话,你仔细品味品味,要是有佛缘的话,就应该悟到些什么,等你悟出来了,咱们再好好谈。"

这时进来一个小沙弥,通知吃斋饭了,我还真有点饿了,便和政言去了斋堂。菜摆了满满一桌,无非是日常蔬菜而已,却是素菜荤做,什么红烧肉、糖醋鱼,香气扑鼻。我心想,连和尚们都吃着素的,心里还想着荤的,何况像我这样的俗人。由于我难得到龙泉寺吃一次素斋,几位有身份的和尚坐陪。席间,我通过政言得知,张晶晶拜师后,并未留在北京,而是去了香港,怕是永远都不会回来了。我觉得杨妮儿和张晶晶一起拜政言为师这件事,非同小可,本来这次来龙泉寺是想请政言为我扶乩,看看我的日记能不能找回来,如今得知杨妮儿和张晶晶成了师姐妹,联想到杨妮儿与那顶顶之间师姐师妹地称呼,心里一阵一阵惊愕,怕的是万一日记在杨妮儿手里,真要是被张晶晶发现了,或者张晶晶把齐胖子与梁市长之间、包括我在内干的一些事告诉杨妮儿,杨妮儿不是齐胖子所说的"女特务"还则罢了,万一是习海涛设的美人计,那后果可是不堪设想。这么一想,想在龙泉寺住两天的想法顿时打消了。此时此刻,我必须找到齐胖子,商量一下对策。

还真是说曹操曹操到,饭吃到一半时,我的手机响了,恰恰是齐胖子打来的。他告诉我刚到北京,住在昆仑饭店了,晚上一起吃饭,有事和我商量。我估计这家伙是为张晶晶的事进京的,目的是找我商量办法。我不知道我通知高严后,梁市长会不会找他。不过,从齐胖子的口气,我能听出来,有些焦虑。

尽管心里有事,但我还是装作心平气和地吃完素面,素面不仅做的
精致,而且色味俱佳。放下筷子,又喝了杯茶,我才抱歉地说:"政言师父,本来想在龙泉寺清静两天,但是驻京办主任就是个身不由己的差事,这不,电话催我回去。怪不得大师说我没佛缘呢,看来驻京办主任就是个没有佛缘的岗位啊!"

政言听罢哈哈大笑道:"无缘不是绝缘,只是当下无缘。则成,俗话说,种瓜得瓜,种豆得豆,成佛成魔,不过一念之间。正因为驻京办主任是个没有佛缘的岗位,你才要好自为之啊!"

政言师父一直送我到界凡桥,走出山门,我回望了一眼宝珠峰,又看了一眼幽静雅致、碧瓦朱栏、流泉淙淙、修竹丛生的龙泉寺,心里还真有些艳羡和尚们的生活,和尚们收俗家弟子送的东西叫供养,官员收下属送的礼金叫受贿,这就是凡界的区别。像那政言老和尚怕是收了几千个俗家弟子,大多是有头有脸的人物,这一年的供养费要是算在官员的头上,不知要死几个来回呢!世界就是这么不公平。

钻进奔驰车里,脑海里冒出几句明朝吴惟英的诗:"兰若藏山腹,门中当远峰。人闲堪僻静,僧老浑高踪。古柏栖驯鹿,寒潭隐蛰龙。更从何处去,前路野云封。"我之所以记住了这几句话,是因为政言师父写成

墨宝送给了我，就挂在我的办公室里，平时熟视无睹，今天突然想起来，联想到目前自己的处境，还真有点"更从何处去，前路野云封"的无奈。

回京城的路上，我偶然从后视镜中发现一辆三菱吉普尾随在后面，我心里一阵狐疑，莫非是杨妮儿的三个男同学……？我通过后视镜仔细观察，确实是一辆三菱吉普，而不是三辆，尽管我松了口气，但是那辆三菱吉普紧紧尾随着我，我加快车速，它也加快，我放慢车速，它也慢了下来，好像是有意跟踪我，我心想，倒要看看你想干什么，我突然向马路边一打轮，停了下来，那辆三菱吉普也突然停在了马路边，我的心一紧，通过后视镜观察它的动静，不一会儿，从车上下来一个中年男人，钻进树棵子里小便，我一踩油门，奔驰车箭一般窜了出去，我一路加速，终于甩掉了那辆讨厌的三菱吉普。

齐胖子平时进京，大多住在北京花园，这次竟神神秘秘地住进了昆仑饭店，显然是不想让驻京办的人看见。我开着车上了三环后，根本没回驻京办，而是从东三环下来，直接去了昆仑饭店。

来到齐胖子住的豪华套房门前，刚要按门铃时，我听见齐胖子正在和谁通电话，就驻足听了一会儿，我听见齐胖子毕恭毕敬地说："大哥，这个习海涛确实是个祸害，看来他是想做第二个杨厚德呀，那咱们就成全他。不过，从这件事来看，夏书记是盯上大圣集团了，大哥，盯上 279 我，实际上是冲你去的，咱们不得不防啊！好的，好的，大哥，你放心吧！"齐胖子口口声声叫的大哥，不是别人，正是梁市长，看来齐胖子这次进京是冲习海涛来的，想必梁市长对这个习海涛有了新的察觉，这么一想，我赶紧按了门铃。

齐胖子打开门，看见是我，便兴奋地说："丁哥，你来的正好，我刚跟梁市长通完话，我知道张晶晶失踪这件事是你告诉梁市长的，妈的，想不到周中原这个王八蛋竟敢在我身边安插内线，那天我跟高严通了电话后，高严就告诉了我，我立即找人将周中原的内线狠揍了一顿，然后让他滚了，丁哥，你知道张晶晶是怎么失踪的吗？你想都想不到，是他妈的习海涛帮他办的去香港的单程证，这个婊子以为逃到香港就逃出我的手心了呢，想得美！"

我没想到张晶晶失踪这件事这么复杂，习海涛是夏书记一手提拔的,难道张晶晶失踪也是夏书记指使的?这么一想,我后脖颈子直冒凉气,我点了一支烟,似乎想借烟头上的微暗之火温暖温暖自己,便深吸了一口烟说:"你以为张晶晶会在香港,香港不过是个中转站,你齐胖子手再大也捂不住天,我早就提醒你,要小心张晶晶,她是你身边的一颗定时炸弹,你就是不听。我刚从龙泉寺赶回来,政言大师说,张晶晶在去香港前,去龙泉寺拜政言为师父,做了佛门俗家弟子,我看她拜师只是个幌子,目的是想确认梁市长是不是'色空'!"

齐胖子不解地问:"即使她知道梁市长就是'色空'又能怎样?"

我轻蔑地一笑说:"你小子光知道捞钱,却不懂政治,一个共产党的高级干部,竟然求神拜佛,甚至改变信仰,这是政治蜕变,追究起来可比贪污受贿严重得多!"

齐胖子是个心狠手辣的人,杨妮儿和张晶晶一起拜政言为师的事,我一点也没敢露,更没敢透露杨妮儿怀孕的事,因为我至今还不想让杨妮儿受到一点伤害,我不能因为她为我怀了孩子,逼我离婚,就对她下黑手,应该承认,她之所以要把孩子生下来,多数原因是不想失去我。当然,我这种想法,现在看来太天真了,一个工于心计的驻京办主任竟然在一个初出茅庐的小仙女面前变成了天真的蠢蛋,能怪谁?你们可能认为我鬼迷了心窍,但我并不这么看,我认为,这就是命!

齐胖子听了我的话,迈着熊步来回踱了几圈,用手托着肥嘟嘟的下巴说:"怪不得梁市长跟我说,最近常做噩梦,看来有人把黑手伸到佛门净地了。我从未在张晶晶面前说过梁市长拜龙泉寺政言师父为师的事,张晶晶想做佛门俗家弟子拜哪个庙的和尚不行,非到龙泉寺拜政言和尚,这肯定是习海涛预谋的,目的是通过政言了解梁市长拜佛的情况。丁哥,习海涛是夏世东的一条狗,我这次进京是梁市长让我来的,他让我和你好好商量商量,尽快除掉习海涛,挖掉夏世东安插在驻京办的这只眼睛。"

我一筹莫展地说:"这小子一不好色,二不贪财,一点把柄都没有,怎么除?"

齐胖子不以为然地说:"丁哥,谁说他不好色?连我都看出来,他和杨妮儿关系不一般,他们俩天天在你眼皮子底下晃,你会看不出来?我知道,你也喜欢杨妮儿,丁哥,你就不怕这小子给你戴顶绿帽子?"说完,齐胖子哈哈大笑。

齐胖子的话深深地戳在了我的腰眼子上,我不高兴地说:"齐胖子,拿大哥开心是不?"

齐胖子见我有些恼,便笑嘻嘻地说:"丁哥,你别生气,我是想提醒你,正视现实。杨厚德也不贪不占不好色,不照样拿下了,何况习海涛已经恋上杨妮儿了,只要再找个女人从中插上一腿,挑得杨妮儿与习海涛内讧,不愁没有好戏看。"

我最讨厌齐胖子老想打杨妮儿的主意,不过如果能让杨妮儿与习海涛反目成仇,那么齐胖子的办法还真值得一试,我若有所思地问:"习海涛可不是杨厚德,难对付得很,一般女人根本靠不到身边。"

齐胖子扑哧一笑说:"你以为习海涛是高大全呢,我就听说这小子喜欢足疗,丁哥,从现在开始我盯着他,看他常去哪家足疗馆,只要拿下一两个足疗女,还愁拿不下习海涛。"

我不以为然地说:"齐天,你也太小瞧习海涛了,要是连足疗女他都能看得上,他会熬到三十多岁不结婚?施美人计也得找个能与杨妮儿抗衡的。"

齐胖子不屑地说:"丁哥,亏你也当了十年的驻京办主任,只要拿到习海涛与别的女人赤身裸体搂在一起的照片,也就达到了目的,到时候将照片发在网上,想办法让杨妮儿看到,还愁没有好戏看?"

我在这方面的确不如齐胖子鬼点子多,觉得果真能拿到这样的照片,神不知鬼不觉地发到网上,杨妮儿看了必对习海涛深恶痛绝,何愁习海涛不听我的摆布。

我迫不及待地问:"怎么才能拿到这张照片?"

齐胖子一对绿豆蝇似的小眼睛叽碌咕噜地转了几圈说:"做足疗一般都得边享受边喝茶,只要给茶里做点手脚,什么问题都解决了。这样吧,丁哥,这件事我来办,你负责在经济上做点文章。"

我皱着眉说:"齐天,我跟你说过,这小子手脚干净得很,再说,驻京办企业经营这一块由我主管,习海涛只负责'截访维稳'。"

齐胖子诡谲地说:"丁哥,别忘了杨厚德是怎么被'双规'的,如法炮制不就结了嘛,你回去开个班子会,重新调整一下分工,企业经营这一块交给习海涛不就行了。"

我当即反驳道:"让他管企业经营,圣京公司的事,他还不给你查个底儿掉?习海涛正愁找不到我们的把柄呢,这不是拱手将证据送给人家吗?"

齐胖子嘿嘿笑道:"圣京公司实际上由我掌握呢,他边儿都摸不着,再说,不等他摸清情况,怕是他已经被人赃俱获了。丁哥,夏世东现在拉着架子要整垮梁市长,俗话说,无毒不丈夫,为了能保住梁市长这艘大船,也为了你我能过太平日子,不得不如此了。最近杨厚德的案子被省高法驳回市中法重审了,形势对咱们不太有利,扳倒习海涛无疑是给夏世东一个下马威,咱们香烟走私量太大,铁长城说,已经引起了海关总署的高度关注,他嘱咐,这段时间,无论是香烟、汽车,还是两油都要停一停,特别是香烟,必须暂停,我的意思是在扳倒习海涛之前,圣京公司所有业务暂停,丁哥,你说得对,女人是祸水,张晶晶就是个例子,因此我还是得提醒你,杨妮儿很可能是习海涛用来钓你的一个诱饵,你可千万别蹈我的覆辙!"

听了齐胖子的话,我半天没言语,只是靠在沙发上,拼命地吮着手里的香烟。此时,我的耳畔似乎听到了我的宝贝儿那种新奇的短促而尖锐的欢笑声,这种笑声很诱人,让我平静的心顿时漂浮不定起来,我知道无论如何,仅就怀孕这件事,我与杨妮儿之间也要做个了结。我脑海中想着谈判时,我很男人地驾驭着杨妮儿,我认为我应该也必须能驾驭这个小精灵儿,然而无论我多么威严,我的宝贝儿都没有一丝一毫的惊恐,她那双美丽动人的大眼睛,充满了算计,迷惑得我神情恍惚,我猛地吸一口手里的烟头,已经抽得只剩下过滤嘴了,这么狠的一吸,险些烧到我的手指头。我承认,我不易察觉地陷入一种忧伤的麻木之中。

九

离开齐胖子我漫无目的地开着车,就像我生命的一面悄悄进入另一面,也就是一种兽性与美感在某一点交融在一起的感觉,或者说善与恶在一起一边推杯换盏一边争吵不休。实际上从我钻进九谷口的帐篷那天开始，我的灵魂就一直在杨妮儿赤裸的身体四周徘徊，我当然企图进入杨妮儿的肉体，但是总是不能如愿以偿，我不知道自己是像猪八戒吃人参果似的因口急而没尝到滋味，还是压根儿就没吃到"人身果"，对面的车灯直刺我的眼睛，我一阵晕眩，定了定神，总觉得杨妮儿对我来说是一个气象堂皇的美梦。

就在这时我的手机短信提示音响了，我看了一眼短信，竟是那个小妖精发的，内容是："我在后海放屁吧，喝闷酒，想你了，你在哪儿？能过来吗？"你们说她是不是个小妖精，自己怀孕了，还敢喝酒，我连忙回短信："马上到。"

我知道放屁吧在后海烟袋斜街，是个男人俱乐部，之所以叫放屁吧，是因为男人在那里可以完全放松。我喜欢放屁吧的氛围，在那里可以抽雪茄、侃大山、喝大酒，酒吧内完全可以用乌烟瘴气来形容，女孩子进去根本受不了。我自己一个人闷了，很喜欢到放屁吧放松放松，但从未领杨妮儿去过，不知道这个丫头是怎么知道放屁吧的。

我把车停好，走进放屁吧前，下意识地看了一眼门前停的车是否有三菱吉普，不知道为什么，这些天我总有一种被跟踪的感觉。

一推开放屁吧的门，浓雾般的烟气扑面而来，吆五喝六的粗口让人为之一振。只见吧台前杨妮儿正坐在高脚凳上，左手端着个冒烟的大烟斗，右手正晃着一杯洋酒有滋有味地品着，见我走进来，醉眼迷离地向我招招手。我还是第一次见到我的宝贝具有颓废美的样子，我的第一感觉就是太美了，我的心愿意和这种病态美一起腐烂。

杨妮儿见我走过来，深吸了一口烟斗，然后从鼻孔里往我脸上喷出一对獠牙似的烟雾，媚声媚气地说："亲爱的，咱们的宝宝今天晚上一点都不乖，在我肚子里使劲踹我，我想他可能是想爸爸了，我心想，可怜的宝宝，你狠心的爸爸要逼你妈妈杀了你，你要想活下去必须求你的爸爸。"说着，低头冲自己的肚子说，"乖乖，爸爸来了，有话快跟爸爸说吧。"

我哭笑不得地说："妮儿，怀孕的女人不能又喝酒又抽烟的！"

杨妮儿用一种轻浮的语调说："丁则成同志，你是我什么人呀，连抽烟喝酒都要管?"说完又猛吸了一口烟喷在我的脸上,然后妩媚地说:"丁哥,这是哈瓦那烟丝,香得很,干吗不来一袋?"

我只好要了一杯威士忌,并且接过杨妮儿手中的烟斗,重新换了烟丝,点上火一边吸一边说:"妮儿,肚子里的孩子拖不得,还是去医院做了吧?只要你答应去做人流,你提什么条件我都答应。"

杨妮儿漫不经心地说:"我让你离婚,你也答应?"

我语塞了半天说:"妮儿,离婚会影响我的政治前途,你要真爱我,就应该为我想一想。"

杨妮儿气哼哼地说:"丁则成,你是天底下最自私的混蛋王八蛋,你让我替你想一想,你为什么不多替我想一想,不替我肚子里的孩子想一想?你要是没有勇气跟你老婆谈,我跟她谈;你要是没有勇气跟组织汇报,我去跟组织汇报,总之,我肚子里的孩子不能生下来就没有爸爸,你要是个真正的男人,做了,就应该敢于负责任!"

我看着眼前这个歇斯底里的小仙女,又爱又恨又气又怜,无可奈何地说了一句:"简直不可理喻!"

杨妮儿见我不高兴了,又缓和了一下语气,像小野鸽似的低声说:"亲爱的,不瞒你说,我已经拜龙泉寺的政言师父为师,做了佛门俗家弟子,我偷偷问过政言师父,我肚子里的孩子是个什么命?政言师父让我抽了个签,他老人家看了签后,连忙向我道喜,说我肚子里的孩子是宰相命。"

我正想借机问问杨妮儿,什么时候认识张晶晶的?一起拜政言师父为师到底是谁的主意,到底想干什么?还未等我开口问,杨妮儿接着说:"后来我又为我自己的姻缘抽了一个签,政言师父看了签后眉头顿时皱了起来。"

杨妮儿抽签问姻缘,那不就是问心上人是个什么命运吗?杨妮儿的心上人是谁,当然是我了,莫非还是习海涛,便迫不及待地问:"老和尚怎么说?"

杨妮儿憋着笑说:"政言师父说,你这位有缘人啊,身份可挺特殊,好像他当的官,别人管不着,地方没法管,京城管不了。又当官,又做老板,干的是富贵集于一身的肥差。亲爱的,你听听,什么官这么特殊,我想来想去,只能是驻京办主任。"说完,她咯咯地大笑起来。她前仰后合地笑完后,接着说:"亲爱的,我们之间的姻缘是天定的,不信你等着瞧!"

不瞒你们说,儒释道我全不信,我只信自己。我对杨妮儿解签的事根本不感兴趣,只对张晶晶与杨妮儿怎么勾搭上的感兴趣,便借机问:"妮儿,今天我去了龙泉寺,政言师父说,和你一起拜师的还有张晶晶,你是什么时候和张晶晶认识的?"

杨妮儿用暧昧的眼光看着我说:"孩子他爸,我在大学读书时就认识张晶晶了,那时候我是校学生会文艺委员,多次请张晶晶到我们学校演出,后来她被一个混蛋给毁了,就像我被一个混蛋给毁了一样。现在这两个混蛋联合起来干了许多见不得光的事,张晶晶看不下去,只能求佛祖宽恕那个混蛋了,另一个混蛋连自己的孩子也不放过,我一个小女人能有什么办法,只能求佛祖保佑我们母子平安了!"

杨妮儿说话时的表情像冥河中的水中仙女,她那懒洋洋的撩人姿态,很有点茶花女的风韵,衬托得我就像是一个无地自容的老鼠。想不到在我脑海中那么复杂的情节,我甚至差一点将张晶晶与杨妮儿之间的关系想象成一场阴谋,被杨妮儿三言两语就化解了,我凝视着杨妮儿闪现着梦幻一般迷人光彩的脸庞,模仿着哈姆雷特的口气,自惭形秽地说:"女神,在你祈祷之中,不要忘记替我忏悔我的罪孽。还是进尼姑庵去吧!千万不要生下那孩子,为什么要生养一群罪人出来呢?这世上的罪人够多的了!我自己还不算是一个顶坏的人,我只是一个与顶坏的人打交道的人。正因为如此,我见过太多的罪恶,为了不让你肚子里的孩子看见这些罪恶,还是不要生下来,孩子是无辜的,不要以为美德可以拯救世界,就像美丽可以使贞洁变成淫荡一样,美德也会熏陶罪恶的本性。不要问为什么,因为黑与白早就通奸了,当然也就无所谓真与假了!"

杨妮儿憋着笑学着我的样子说:"殿下,看来有许多见不得人的事盘踞在你的灵魂里,说出来吧,不然我怕它会产生非常危险的后果!"

这个晚上杨妮儿就这么一惊一乍地蹂躏我,尽管我快被折磨得发疯了,但是不得不用战栗的讨好的微笑掩盖我内心的极度的惶恐。因

285

为她时不时就扬言要去澳洲见我老婆,还时不时用威胁的口吻声称让组织评评理,再这么拖下去,我会让杨妮儿逼疯的。

十

没办法,我只能催齐胖子赶紧实施"足疗馆计划",没想到齐胖子很快将习海涛与足疗女赤身裸体搂在一起的照片发到了我的邮箱里,我打开邮箱欣赏这些照片时竟然有十几张之多。

我之所以迫不及待地实施这一计划,就是想看一看杨妮儿的反应,如果她无动于衷,说明她心里根本没有习海涛,那么杨妮儿肚子里的孩子确实是我的,我或许效仿周中原秘密为杨妮儿安个家,如果杨妮儿一反常态,就说明她肚子里的孩子不是我的,而是姓习的,到时候用这些照片反戈一击,不仅可以让习海涛变得声名狼藉,灰溜溜滚出驻京办,而且可以彻底控制住杨妮儿,服服帖帖做我的小仙女。然而,还未等我下手,齐胖子就背着我将那些照片散布到了网上。

第二天我刚进办公室,白丽莎就神经兮兮地走进来,让我赶紧打开电脑,我打开电脑后,白丽莎迫不及待地从网上调出习海涛睡足疗女的照片让我看,我目瞪口呆地看看照片,又看看白丽莎,白丽莎幸灾乐祸地说:"头儿,姓习的平时装得跟正人君子似的,想不到竟然是个花花公子。"

我立即严肃地批评道:"丽莎,在事情没有查清楚之前,千万不要乱嚼舌头!"

刚说完,我的办公电话,我的手机此起彼伏地响了起来,都是各地驻京办主任给我打的,都说看到了网上的照片,都问我究竟是怎么回事,是不是习海涛得罪人了!我也只能敷衍说:"事情正在调查中,具体情况我也不太清楚。"

就在这时,习海涛气哼哼地闯进我的办公室,一屁股坐在沙发上,掏出烟点上火,闷咻闷咻地吸着,就像个快要爆炸的炸药包。白丽莎见这情景,知趣地躲了出去。

我泰然自若地倒了杯茶,缓步走到习海涛身边,递给他,用老大哥的口吻说:"海涛,看来事情你已经知道了,急也没用,究竟是怎么回事,你心里大概有个谱,我知道你一定有话要说,你看是向驻京办党组说,再由驻京办党组向上级组织汇报,还是由你自己直接向上级组织说清楚。"

我说过,习海涛是侦察兵出身,在驻京办,谁的腰板也没有他挺得直,今天还是我第一次看见他像得了大病似的打不起精神,我心里别提多清爽了。没想到习海涛倒驴不倒架,一开口还是那么中气十足,他猛吸几口烟黑着脸说:"头儿,这件事你怎么看?"

我以为他起码得向我吐几口苦水,没想到竟然逼我表态,我圆滑地说:"海涛,事情既然已经出了,要有勇气正视它。"

习海涛冷哼一声说:"头儿,你不觉得这是陷害杨厚德的升级版吗?"

我一听这话,气就不打一处来,尽管有人私下里为杨厚德抱打不平,但是在驻京办还没有人敢在我面前这么说话,你习海涛的风流照片都上网了,不检点自己的行为,竟然当着我的面说这是有人陷害你,还拿杨厚德说事,这分明是在暗指陷害你的人是我呀!我当即反驳道:"海涛,杨厚德是经过组织调查认定的腐败分子,他有今天是罪有应得,你凭什么说杨厚德是被陷害的?既然你自比杨厚德,就说明你在思想深处同情腐败分子,有这样的思想基础,网上出现那些风流照片也不足为奇了。海涛,我倒很想听听你是怎么被陷害的?" 287

习海涛愤愤不平地说:"陷害我的人非常了解我,最起码知道我有做足疗的嗜好,于是便买通给我做足疗的女孩,在我喝的茶水中下了迷药,趁我人事不省之时,扒光我的衣服,那个被买通的足疗小姐便脱光衣服抱着我,摆了各种被睡过的姿势,陷害者便拍下了罪恶的照片,然后发在网上,陷害者的目的很明显,企图用卑鄙下流的手段将我赶出驻京办。头儿,我不是杨厚德,这种小儿科的无耻伎俩,根本不可能得逞,尽管那个足疗小姐失踪了,但是她的照片留下了,我想警方找到她并不难,只要找到足疗小姐,一切就会大白于天下。"

习海涛不愧是侦察员出身,不仅够沉着,而且分析得条条是道,本来占尽先机的我,却显得心很虚,我底气不足地质问道:"你把话说清楚,谁是陷害者,他们凭什么要将你赶出驻京办?"

习海涛站起身轻蔑地一笑说:"头儿,俗话说,若要人不知除非己莫为,谁是陷害者早晚会大白于天下的。至于他们为什么要将我赶出驻京办,是因为他们害怕我,他们似乎察觉到我掌握着他们见不得光的罪证。我看这件事就不用开什么党组会了,我会直接向夏书记说清楚的。"说完,习海涛扬长而去,好像网上的风流照片不是他的,而是我的。

我像吃了苍蝇似的在办公室里来回踱了几圈,突然办公桌上的电话响了,我以为又是哪家驻京办主任看见网上的风流照片了呢,结果打来电话的是高严,他向我传达了梁市长的指示,借照片风波乘胜追击,赶紧向市纪委书记林铁衡汇报。放下电话,我觉得还是梁市长懂政治,驻京办发生了这么大的事,我作为驻京办的一把手,当然应该向市纪委说明情况。想不到,我向市纪委书记林书记通报情况时,他已经知道了,只想听听我的看法。

我义正词严地说:"林书记,无数事实证明,一名官员如果在生活上堕落为色鬼,玩弄女性、包养情妇,他往往会在政治上、经济上沦落为贪官,以权谋私、非法敛财。这是毋庸置疑的。习海涛生活腐化堕落这件事,我作为驻京办一把手有不可推卸的责任,我对下属监督不力,约束不够,以至于一个有前途的年轻干部犯下如此严重的错误,我心里很惭愧!"

我本以为林铁衡听了我的话一定会肯定我的认识有高度,没想到他用质疑的口吻说:"丁则成,这件事情尚未查清楚,你下的结论是不是太早了?习海涛在部队时就十分优秀,转业到驻京办后做你的下属也有五六年了吧,你应当十分了解习海涛这个人。他平时在生活作风上是个不严肃的人吗?"

我赶紧敷衍说:"并未发现这方面有什么不检点。"林铁衡严肃地说:"所以说,你作为驻京办一把手怎么能轻易否定自己的副手呢?有一点我明确告诉你,习海涛并不是带病上岗的,组织上考核他时,他的群众基础非常好,至于网上的风流照片是怎么回事,组织上会查清楚的。往网上发照片的人不仅卑鄙无耻,而且心怀叵测,你作为驻京办一把手要提高警惕呀!"说完林铁衡重重地将电话一摔,震得我的耳朵嗡嗡直叫。

这个习海涛还真有些道行,出了这么大的风流韵事,市纪委书记竟然会公开袒护他,这让我心里很不舒服。我静静地点了一支烟,坐在皮转椅上有一种莫名的失落,烟抽到一半时,我猛然想起杨妮儿,此时此刻,杨妮儿一定知道了风流照片的事,她会是什么反应?干吗不把她叫到办公室让她谈谈对照片事件的看法,想到这儿,我心里又莫名地兴奋起来。

我没给杨妮儿直接打手机,而是用短信通知她,马上到我办公室来一趟,有要事相商。不一会儿,杨妮儿就风摆荷塘地推门进来了。我就受不了她身上发出的那种独有的撩人的柔媚,我在网上看见足疗女与习海涛赤身裸体地缱绻在一起的照片时,没有任何非分的想法,但是,一看见杨妮儿那仙性的脸蛋和勾魂的媚笑,我便欲火攻心,脑海中就意淫出无数美妙仙境。杨妮儿显然知道我找她来的目的,从容地坐在我的面前。

我掩饰着抓心挠肝的意淫,不动声色地问:"网上的照片看过了吧?"

杨妮儿泰然自若地问:"什么照片?"

我心想,你装什么糊涂,便不耐烦地说:"习海涛的风流艳照已经上网了,难道你不知道?"

杨妮儿佯装吃惊地站起身,走到我的电脑前问:"什么艳照,我怎么不知道。"

我便告诉她网址,她连忙点击,然后失望地说:"亲爱的,你是不是看花眼了,哪儿有什么艳照,网页上一片空白,什么也没有啊!"

"不可能!"

我连忙走到电脑前,仔细一看,确实已经没有了,网页上一片空白,很显然,网站已经删除了网页,这怎么可能呢,我恨不得马上给齐胖子打个电话问问,但是当着杨妮儿的面,我不能打,看着杨妮儿一脸得意的表情,我断定删除艳照一定与杨妮儿有关。于是我黑着脸说:"丫头,别演戏了,习海涛的艳照门事件都惊动了市纪委林书记,这一上午,我的手机和办公电话都快给打爆了,就凭你和习海涛的关系,你会不知道?"

第二部

杨妮儿见我戳破她的表演,顿时扬起小嘴厉声说:"丁则成,亏你还是驻京办的一把手,自己的下属被人陷害,你不仅不痛苦,还一脸幸灾乐祸的表情,我甚至怀疑,网上那些艳照是不是你发到网上的。"

我不允许杨妮儿如此袒护习海涛,醋味十足地质问道:"杨妮儿,说话不要血口喷人,我为什么要发那些照片?"

杨妮儿冷笑道:"排斥异己,嫉贤妒能!"

"你……!"我被气得一时语塞。

杨妮儿阴风扬气地说:"没话说了吧,是不是被说中了要害?"

我终于看清了杨妮儿心里真正爱的不是我,而是习海涛,杨妮儿肚子里的孩子到底是谁的,我顿时狐疑起来,一激动竟然说出了心里话:"你这么喜欢习海涛,怕是肚子里的孩子也是他的吧?"

杨妮儿扬手打了我一个嘴巴,气呼呼地骂道:"丁则成,你无耻!实话告诉你,我已经把我们之间的事告诉了你老婆,正式要求她退出,这婚你离也得离,不离也得离,否则,我挺着大肚子去见市纪委林书记!"说完,杨妮儿气哼哼地摔门而去。

事情来得太突然了,我一时手足无措,我不知道,杨妮儿是怎么与我老婆谈的,更不知道她是怎么知道我老婆在悉尼的联系方式的,如果杨妮儿说的是真的,那么我必然面临一场真正的离婚风暴,因为我太了解我老婆了,我们是大学同班同学,互相牵手二十年了,典型的醋坛子,出国前她叮嘱我一句话:"千万别拈花惹草做对不起我和孩子的事,否则你别想再见到我和孩子。"

专案组领导,我向组织写了这么多掏心窝子的话,你们应该感觉到,我不是坐怀不乱的柳下惠,但也不是随随便便拈花惹草的人,我自从就任驻京办主任以来,为了"跑部钱进"也曾用过美人计,深知官场上倚红偎翠的腐败现象,那些因"贪色"而腐化的官员无不付出了沉重的代价,正因为如此,我一直远离女人的诱惑,我一再向组织申诉,我走到今天这个地步,不是被诱惑的,而是被陷害的。希望引起组织的重视。杨妮儿利用怀孕逼我老婆和我离婚就是她具体实施陷害的第一步。现在我就详尽地将这段痛苦的经历概述一遍。

十一

　　就在杨妮儿摔门而去，我有些不知所措之际，我接到那顶顶打来的电话，她要在北京花园国际会议厅搞一次善缘晚会，希望由驻京办负责通知东州的企业家或对东州投资感兴趣的企业家踊跃参加并捐款。尽管我此时心乱如麻，但是那顶顶在我心目中早就取代了市长夫人董梅的位置，因为东州企业界的老板们大多知道美丽而低调的那顶顶实际上是梁市长心中的"杨贵妃"。一些房地产老板还给那顶顶起了个"土地奶奶"的绰号，因为自从善缘基金会成立后，凡是在东州进行投资和开发房地产的老板，不给善缘基金会捐款，不给"土地奶奶"烧香磕头，就不可能拿到地皮。

　　当然我作为东州市驻京办主任，没少为那顶顶的善缘基金会做宣传。起初东州的有钱人并未瞧得起这个设在北京不起眼的写字楼里的善缘基金会，但是常言道，酒香不怕巷子深，善缘基金会挂牌不到半年，东州的有钱人忽然意识到了捐款给善缘基金会的好处，于是纷纷踊跃捐款，特别是在梁市长的倡议下，国部长的新婚夫人陆小雅出任善缘基金会副理事长之后，捐款人更是趋之若鹜。那顶顶负责联络清江省政要的夫人们，陆小雅负责联络京城大员的夫人们，渐渐地两个女人就掌握了一批热心佛教事业的夫人们，东州的有钱人、有志于投资东州的富商、港澳台到东州投资的商人唯恨不得其门而入。这些有钱人发现，捐款的好处不仅是获得投资东州的通行证，捐款超过三百万以上者可获得理事或常务理事的头衔，有了头衔就意味着能够经常和这些领导的夫人们欢聚一堂，善缘基金会成了名副其实的夫人俱乐部。

　　但是自从善缘基金会成立以来，规模不等的善缘晚会搞过多次，但是尚未在驻京办搞过活动，这次那顶顶要在北京花园国际会议厅搞善缘晚会还是头一次。别看那顶顶平时烧香拜佛、念经打坐，好像很低调，其实她每天穿梭在京城各大寺庙之间，早就与京城古刹名寺的住持、方丈结了善缘，因此那顶顶告诉我，这次在北京花园举办善缘晚会，她会邀请十几个京城古刹的住持参加，而且还希望我能邀请政言师父也参加。别看政言大师是色空的师傅，但是并不知道色空与妙玉之间的暧昧关系，也正因为政言与色空是师徒关系，妙玉主政善缘基金会以来，唯独没拜访过的京城古刹就是龙泉寺。

专案组领导，要不是我经过这么多天的反省，心里顿悟了许多道理，我不会向任何人透露这次善缘晚会的细节的。不瞒你们说，我亲自通知一百多位东州市民营企业家莅临善缘晚会，得到通知的老板们没有不感激我的，善缘晚会上最核心的节目是那顶顶、陆小雅和杨妮儿联手盛装演唱的《大悲咒》，一看三个人的服装就知道是那顶顶设计的，色彩强烈，有着很强的冲击力，古典但不寡味，韵味丰厚的浓墨重彩，演绎的都是对佛教的颂赞。

我没想到杨妮儿不仅被那顶顶邀请参加善缘晚会，而且还参加演出。更让我没想到的是杨妮儿竟然会吹笛子，那幽远的笛音配上那顶顶的扬琴和陆小雅的二胡，将《大悲咒》演唱得若醍醐灌顶，荡涤心灵，使人如置身天籁，大有返璞归真、淡雅宁静之感。再加上三个人周围围坐着从孤儿院招来的小朋友，更是充满了悲悯情怀，场面被烘托得祥和慈爱，一百多位企业家情不自禁地随着音乐和十几位高僧一起颂唱起来，仿佛人人都进入了无为虚空的涅槃世界。

原本安排齐胖子代表民营企业家致辞，由于齐胖子陪铁长城出国了，民企老板们都推举我代表他们讲话，既然是众望所归，我也只好胡乱讲了几句。其实我也并非滥竽充数，因为我毕竟是北京花园和圣京公司的董事长，我主要阐述了企业家要回馈社会，就要多捐善款，多捐善款，多做善事，才能多结善缘。接着陆小雅代表夫人们讲话，最后政言大师做了题为"佛教的精髓对企业道德与发展的恩惠"的演讲，博得企业家们的阵阵掌声。大家无不踊跃捐款，总捐款额超过了一千万元。

善缘晚会后，梁市长亲自打电话向我表示感谢，感谢我对佛教事业的大力帮助，搞得我既受宠若惊，又莫名其妙！紧接着我们就谈到了习海涛的"艳照门事件"，梁市长的意见是生活作风问题很难将习海涛置于死地，还是要在经济问题上做文章，让我和齐胖子好好商量一下，要抓紧时间。挂断电话后，我隐隐约约地感觉到自己正陷在某种命运的罗网中。

果不其然，就在善缘晚会结束的当天晚上，我突然接到我老婆从悉尼打来的电话，开口就骂我是丧尽天良的陈世美，她边哭边控诉道："我当初怎么就瞎了眼，看上你这么个乌龟王八蛋，我说怎么连哄带骗非要让我到悉尼陪女儿，原来是为了包二奶，怕我在国内碍你的眼，你让那个叫杨妮儿的小婊子把那个令人作呕的照片发给我，不就是想逼我和你离婚吗，我成全你，丁则成，像你这种畜生也只配和臭不要脸的婊子在一起，不过，你别得意，这些照片我会寄给梁宇宙，我量他这个一市之长也不敢置之不理！"

　　无论我怎么解释，我老婆都听不进去，看来杨妮儿发给她的那些照片对她产生了强烈的刺激，我苦苦哀求我老婆，看在女儿的分上，千万别和我离婚，我老婆痛斥我，说我不配提我女儿，不配做我女儿的父亲，总而言之，铁定了要和我离婚，还声称已经委托北京天平律师事务所全权代理她的离婚事宜，看在夫妻一场的份儿上，她发到我邮箱里一封信，该说的话都在信中。

　　我赶紧回宿舍打开电脑，想不到杨妮儿也发给我一个邮件，我点开一看，是这么写的："亲爱的，想来想去都觉得应该跟你老婆谈一谈，因此就背着你把我们相爱的事写了一封信发给了她，并附上了我们相爱和我已经怀孕的照片，我说过我的孩子不能生下来就没有父亲，则成，你的女儿已经长大成人，你老婆长期不在你身边，根本谈不上尽妻子的责任，只有我最适合你，我的怀抱才是你温暖的港湾。"

　　看完信后，我赶紧点开附件一，正是杨妮儿给我老婆的那封信：

　　大姐，你好！

　　　我叫杨妮儿，是则成的心上人！我们相爱很久了，我很爱则成，他也很爱我，不瞒你说，我们已经有了相爱的结晶，也就是说，我已经怀了则成的孩子，孩子不能一生下来就没有父亲，因此，我决定和你谈一谈。大姐，请不要难为则成，这是我们两个女人之间的事。大姐，别看你们结婚已经二十年了，但是我觉得你并不爱则成，也不是一个合格的妻子。你虽然是则成的妻子，但是并不理解他，根本不懂得做驻京办主任的难处,做一个女人不在身边的驻京办主任不仅难,而且苦。你可能以为则成这个驻京办主任当得挺风光,但是风光背后藏着多少良心上的不安,你大概从来没替他分担过,则成身边需要的不仅仅是女人,而是妻子,但是你根本没尽到一个做妻子的责任,我尽到了,老天爷把我安排到他的身边,就是让我来爱他、照顾他、疼他的,大姐,没有爱情的婚姻不仅是痛苦的,而且是不道德的,还是和则成离婚吧。我才是他在这个世界上最爱的女人,也是最适合他的妻子! 对了,顺便告诉你,我们的孩子已经有名字了,是我给孩子起的,叫丁驻京,从名字看,你就知道我有多么爱则成,多么理解则成,多么理解和支持他的事业! 大姐,为我们祝福吧! 祝你在澳洲一切顺利!

小妹

杨妮儿

294　　难怪我老婆跟我发那么大的火,决意要和我离婚,哪个妻子看了这封信都会毅然决然地和丈夫离婚的。我又迫不及待地点开了附件二,也就是我老婆说的那些令人作呕的照片,我点开第一张,既没有头,也没有腿,只是一个圆圆的大肚子,肚脐眼往下还有一条古铜色的妊娠纹,看肚皮鼓起来的程度,应该有六七个月了,这怎么可能呢? 杨妮儿怀孕还不到三个月,肚子根本没显呢,这不可能是杨妮儿怀孕的照片,再说,皮肤的颜色也不对,杨妮儿腹部的皮肤是白而细腻的,犹如夕阳照耀下的大漠,那蛊惑人心的肚脐眼就像大漠中的一个美丽泉眼。而照片中的皮肤颜色发黄,肚脐眼像荒地里的一个坟包。杨妮儿的小腹我太熟悉了,我在梦中不知感受了多少次她小腹的柔软、温暖和曲线,越往下方越能感觉到诱人的体温和舒适的手感。而照片中的圆肚皮不能激发我床上一点点想象空间。这显然是杨妮儿从哪儿借用来的照片,是用来专门刺激我老婆跟我离婚的,死丫头心地够毒的。

　　我接着点开了其他照片,有在九谷口拍的,但没有一张风光照,全是在帐篷里暧昧的照片;也有她过生日那天拍的,但没有一张是在饭桌上拍的,全是在我宿舍的卧室里的床上拍的。无论是九谷口帐篷里的照片，还是她过生日那天在我床上拍的照片，我向毛主席保证，我根本不知道拍过这么多照片，因为不论是在帐篷里，还是在我的床上，我都烂醉如泥，我怎么可能知道？再说，如果我是清醒的，我不可能让杨妮儿拍这么不检点的照片，我的身份根本不允许我拍这么不检点的照片。这些照片很显然不是杨妮儿拍的，因为有些角度的照片根本无法自拍，特别是在帐篷里拍的那些卿卿我我的照片，只有第三者才能拍下来，这么一想，我顿时紧张起来，在帐篷里拍的那些照片，还好解释，因为那天在藤萝谷不仅有小尉、小吴和小贺，还有他们仨的女朋友，这些人都可能充当拍照片的人。但是那天杨妮儿过生日，在我的卧室里只有我们俩，那么多床上的照片是怎么拍的？我说过有些角度的照片不可能通过自拍完成，难道在我烂醉如泥躺在床上的时候，还有别人进入了我的房间？这怎么可能呢？我早晨醒来时，明明杨妮儿躺在我身边，只有我们两个人。就像我没想到杨妮儿会吹笛子一样，难道杨妮儿在摄影方面技高一筹？我真是百思不得其解。

前几天，有两位专案组领导，找我谈话，听到我谈这一段时，他们都情不自禁地笑了，我知道，他们是在嘲笑我，其实男人越聪明，在美女面前可能变得越傻，驻京办主任个个都又精又灵的，无不是男人中顶尖聪明的，我又是驻京办主任中的佼佼者，见了美女可能会变得更傻。这是有科学根据的。我曾经在网上看过一条科技信息，荷兰心理学家做过一项科学实验，实验结果显示，与美女交谈会在短时间内令男人大脑功能减弱。这位心理学家发现，一名同事在与陌生美女交谈时，总想如何引起对方注意，结果对方问起地址时，他脑子一片空白，无法想起自己住在哪里。于是决定作一项实验，招募了四十名非同性恋男性大学生做志愿者，心理学家让志愿者以最快速度阅读并默记一串字母，接受记忆测试。接下来，志愿者与研究组美女成员交谈七分钟，然后再一次接受记忆测试。结果显示，与美女交谈后，志愿者在测试中背诵字母的速度减慢，精确度下降，而且越想引起美女注意，测试分数越低。对一组女性志愿者的测试显示，无论交谈对象是异性还是同性，女性志愿者的测试结果不受影响。因此得出结论，男性的认知能力在与美丽女性交谈后可能会降低。其原因是男人遇到美女会变成我们常说的"繁殖动物"。女性与男性交往也会寻找自己感兴趣的特质,如财富、青春和仁慈。但这些无法一眼看出,所以仅看外表不会使女性产生同样的效果。也就是说,对男性而言,看到异性的满足感在相当大程度上受到异性外表魅力的影响;对女性而言,外表魅力的影响很小,甚至没有。

既然女性可以使男人变得弱智,你们就不应该嘲笑我越来越不像驻京办主任,因为杨妮儿不是普通的魅力女性,她是仙女下凡,浑身上下散发着仙性。在我的宝贝儿面前,我的智商难免变得有些迟钝。这种迟钝其实是一种快感,坦率地说,我满脑子都是蠕动的欲念,怎么占有并奴役一个仙性美女,这是一种相当特殊的感觉,这种感觉已经调动我的全部智商蠢蠢欲动,但是我仍然不能达到我们向往的幸福状态,有时候我觉得自己对付的不是仙女,而是鬼魂,一个可爱的勾魂的令人寝食难安的小鬼魂,这可真是痛并快乐的体验,这种体验让我陷入一种痴迷状态以至于让杨妮儿牵着我的鼻子走到了我将离婚的地步。

我一脸惆怅地删掉杨妮儿发来的照片。一边删一边侥幸地想,多亏我老婆没将这些照片寄给夏书记,而是寄给了梁市长,要是寄给了夏书记,我头上的乌纱帽一准保不住了。由于杨厚德一案,夏书记正拉着架子找我毛病呢,这些照片要是到了夏书记手里,他非指示市纪委成立调查组调查我不可,真要是动真格的调查,我那些烂屁眼子事哪一件也藏不住,到时候就不是保乌纱帽的问题了,弄不好就得被"双规"。

一想到"双规"两个字,我的神经就十分紧张。我惴惴不安地打开老婆发来的信,读着读着,心都快碎了。信里从我们谈恋爱时说起,整整回顾了我们二十年婚姻走过的历程,酸甜苦辣咸,五味杂陈,该说的都说了,但是最后我老婆痛苦地说:"则成,我万万没想到,你竟然是喜新厌旧、忘恩负义的陈世美,既然你不仁,就别怪我不义,家里全部财产必须归我,你净身出户,否则你别想拿到离婚协议书,这辈子也别想再见到女儿,女儿得知你和杨妮儿的丑闻后,对你这个父亲的所作所为十分痛心,丁则成,你有什么脸面再见女儿?"

应该说,我是怀着极大的勇气读完我老婆的信的,我坐在电脑前凝固得像一尊雕像,屋子里死一样的沉寂,我感到自己痛苦扭动的心不仅遭到我老婆的弃绝,而且还受到嘲弄和羞辱。二十年的相濡以沫一夜之间化作了无情的报复，我感到浑身发冷，尽管窗外华灯闪烁，但我却冷得直恶心，我觉得自己坐在椅子上像一只高贵的畜生，正等待着命运这个刽子手屠宰。我脑海中浮现出无数次与老婆做爱的情景，一次次做爱的高峰全都化作一个个荒凉的坟包，满目萧瑟。我喃喃地冲着真空自言自语道："为什么？这是为什么？"说这话时，我发现自己的心脏像一只老鼠活蹦乱跳起来，仿佛在告诉我："傻瓜，你已经心想事成了，干吗沮丧得像个木乃伊似的！"我下意识地用舌尖舔了舔一颗早已被蛀空的牙上熟悉的小洞，心想，对呀，不是还有杨妮儿吗，我历尽千辛万苦落得妻离子散的地步，为了什么？不就是从我老婆那衰老的怀抱投向杨妮儿那青春的怀抱吗？应该承认，杨妮儿逼我老婆和我离婚这招儿够毒，但毒中有美，毒中有爱。想到这儿，我的心既感动，又惶恐，就像自己刚刚由鬼魂又变成了人一样。

十二

　　没过几天，有一位自称是律师的穿得西装革履的男人找到了我。这年头，律师跟公务员没什么两样，而且给我的感觉律师还是比较低一些的公务员，我感觉律师远没有驻京办主任受宠，你们可能不同意我的观点，认为律师不属于公务员系列，在我看来，有椅子坐的人都是公务员。谁又不是万里长城上的一块砖？正因为如此，律师的模样没什么两样，就像法官的模样没什么两样一样，因此，我对这位西装革履的律师印象并不深。因为一切我都深思熟虑了，所以我毫不犹豫地在离婚协议书上签了字。只是与律师分手时，他说了一句："丁先生，祝你好运！"这句话虽然很平常，却让我有一种如释重负的轻松，我迈着矫健的步履找到杨妮儿，我坚信，当她听到我与我老婆离婚的消息后，一定会兴奋不已，我也幻想着备受煎熬的爱的苦涩，能够得到销魂的回报，曾经的海市蜃楼真正化作沙漠绿洲，然而事与愿违，当杨妮儿看见我递给她的离婚协议书时，只冷冷地说了一句："恭喜你，丁世美先生！"

　　我听了这句不伦不类的祝贺，像是头上被浇了一盆冷水，哭笑不得地说："妮儿，我这么做，还不都是为了你！"

杨妮儿突然大笑道:"宝贝,你可太可爱了,你为了我可以离婚,那么你为了我可不可以去死呢?"

我实在受不了杨妮儿的嘲弄,从牙缝儿里挤出两个字:"可以!"

杨妮儿用一副动人的表情,将一张媚脸贴过来,厚薄均匀的香唇犹如含苞欲放的花蕾,使人心动情溢,我以为杨妮儿"唇唇"欲动,是出于感动想回报我一个香吻,没想到她却将嘴凑到我的耳朵说了一句让我终生难忘的话:"那你就去死吧!"说完将长发轻轻一甩,扭动着小蛮腰,像蛇在水上穿行一样悠然而去。我的心一下子从头凉到了脚,心想,小妖精,为了你我再也没有可失去的东西了,只剩下一条命了,难道老天爷派你到驻京办就是来索我的命的吗?微风拂面,我觉得脸有些热,我下意识地用双手搓了搓脸,有一种愤怒的感觉,我猛然睁开眼睛,试图看清命运的银幕上有没有一对幸福的身影,没有,有的只是一阵眩晕。

这时白丽莎迎面走过来关切地问:"怎么了,头儿,脸色这么不好,病了吗?"

我遮掩地说:"眼睛迷了一下。"

白丽莎凑过来伸出一双白嫩嫩的手要给我扒眼皮,我赶紧制止说:"没事了,已经好了。"

白丽莎还是借机凑过来用打小报告的语气说:"头儿,好多人私下里议论说,你离婚了,你知道这谣言是谁散布的吗?"

我一听顿时心里一紧,消息怎么这么快就传出去了,我离婚的事只告诉了杨妮儿,很显然是杨妮儿刚刚散布出去的,这个小妖精想干什么?搞得满城风雨对她有什么好处?像我这个级别的干部离婚必须向组织汇报的,我本想在杨妮儿答应嫁给我之前一直隐瞒这个消息,想不到这么快就传开了,我相信很快就会传到东州,为了不至于让自己太被动,只好向梁市长汇报了,好在梁市长不是夏书记。于是我搪塞了白丽莎几句,匆匆回到办公室。

我先跟高严通了话,问梁市长方不方便,我有事情向他汇报。没想到,高严一句话捅到了我的腰眼上:"丁哥,离婚的滋味不好受吧?"

我顿时心里一紧,苦笑着问:"老弟是怎么知道的?"

高严压低声音说:"丁哥,我也不瞒你了,嫂子也不知从哪儿打听到了我的邮箱,将你和杨妮儿在一起的照片从澳洲发给了我,还给梁市长写了一封信,信里痛斥你和杨妮儿之间的不道德行为,痛斥你是当代陈世美,着实告了你一状,要求梁市长为她主持公道。"

我一听脑门顿时渗出了细汗,赶紧问:"老弟,梁市长看到这些照片和信了吗?"

高严卖好地说:"丁哥,就凭咱们哥俩的关系,老弟能这么做吗?我给你压下了,梁市长根本没看见。丁哥,你是不是得好好谢谢老弟呀?"

我一颗悬着的心终于落了下来,如释重负地说:"老弟,你让哥怎么谢你都行,只是离婚的事纸里包不住火,还望老弟在梁市长面前多替哥哥担待几句,既然梁市长正在开常务会议,那我就不打扰了,散会后还望老弟替哥哥打一打圆场,拜托了!"

挂断电话,我长长地舒了口气。想一想杨妮儿听到我离婚后对我冷漠的态度,我觉得还是习海涛的因素在作祟,习海涛毕竟是没结过婚的处男,又年轻又帅气,而且年纪轻轻就当上了市驻京办副主任,前途不可限量,我和习海涛比,唯一的优势就是官位比他高半级,要是杨妮儿在我和习海涛之间选丈夫,当然应该首选习海涛,这么一想,我心里就紧张起来,一种危机感油然袭上心头。为了杨妮儿,我付出了离婚的代价,绝不能让习海涛得逞。我暗下决心,无论如何也要除掉习海涛。但是眼下的当务之急是我必须跟杨妮儿谈谈,首要的问题是先弄清她肚子里的孩子到底是不是我的,如果是,绝对不能让杨妮儿打掉孩子,要是男孩,我丁则成就儿女双全了。我无法停止令我着魔的航程,我知道,对仙女的痴迷狂想不亚于一门精妙的艺术。

十三

鉴于习海涛的"艳照门事件"和我的离婚事件搞得驻京办谣言满天飞,结合学习科学发展观活动,我召开了驻京办干部大会。为了振奋驻京办的精神状态,开会前,我特意理了发,焗了头并做了美容,而且开会那天我穿了一身新西装,扎了一条金黄色的新领带,特意带了一块劳力士手表,这块表还是我过生日时,齐胖子送给我的。我一走进会场,就发现与会者的目光为之一亮,然后都情不自禁地鼓起了掌。

会议由副主任常玉春主持。老常在开场白中着重强调了要成为一名合格的驻京办干部管住嘴的重要性,然后请我做重要讲话。

我神采飞扬地拿过话筒,一口气讲了两个小时,着重强调了驻京办的精神状态问题,然后故意将了习海涛一军:"既然大家对我和习副主任的隐私这么感兴趣,那么我就郑重在会上澄清一下,我和我老婆确实离婚了,大家也用不着私下里为这件事猜闷儿了,我现在和习副主任一样,一个人吃饱全家不饿了。"讲到这里,大家都被我逗笑了。我接着说,"我离婚的事是真的,但是习副主任的照片上网这件事却另有隐情,根据组织上的初步调查,完全是在习副主任不知情的情况下被人拍下来的,然后又被别有用心的人发到了网上,照片中搂着习副主任的足疗小姐是同谋,目前习副主任已经报了案,警方正在寻找这名失踪的足疗女。总之,所谓的'艳照门事件'很可能是别有用心的人对习副主任居心叵测的陷害。我坚信,随着警方的介入,这件事一定会水落石出的。为了澄清事实,制止谣言,具体经过请习副主任讲一讲。"我虽然用一副同情的口吻好像在为习海涛澄清"艳照门事件",但故意把事情说得含含糊糊的,给大家无限的联想空间,造成不解释还好一点,越解释越有此地无银三百两之嫌,讲到关键处将包袱突然甩给习海涛,搞得他既尴尬又被动。讲也不是,不讲也不是。只好硬着头皮为自己辩解,结果起到的效果是越描越黑。

召开干部大会后,我又主持召开了班子会,对几位主任以及六名助理的分工重新进行了调整,按齐胖子给我出的主意,我将驻京办企业经营工作交给了习海涛。没想到会后,杨妮儿主动要找我谈谈,我又借机将杨妮儿请到了我的宿舍。

如今我也是光棍一条了,追求爱情也是我的权利,因此和未婚女人在一起也用不着避人耳目了,我当着习海涛的面约杨妮儿到我宿舍坐一坐,当时习海涛听了使劲拧了拧鼻子,我估计是鼻子气歪了,不得不用手正过来。

就在我心里为可以堂而皇之地请杨妮儿到我宿舍暗自得意之机,这个小妖精一进屋竟然开口就骂:"你好卑鄙!"

我知道她是指我在驻京办干部大会上将了习海涛一军的事，但是我根本不搭茬，而是逗趣地说："你现在当我是你的好Baby，等你肚子里的孩子生下来，有了小Baby，千万别冷落了我这个大Baby！"

杨妮儿用厌恶的口吻说："丁则成，你好无耻！你不是做梦都想让我把孩子打掉吗，怎么又希望我把孩子生下来了？你就不怕我生的是别人的种？"

说句心里话，杨妮儿肚子里的孩子究竟是不是我的，我心里一直画回儿，但是看了杨妮儿给我老婆的信后，我坚信孩子一定是我的，于是释怀地说："是别人的种，你会给孩子起名叫'丁驻京'？其实孩子的名字你应该和我商量一下，我毕竟是孩子的父亲，如果从驻京办的核心功能方面考虑孩子的名字，叫'丁跑部'更合适。这样叫，人家就会一下子知道他爸爸是驻京办主任。"

杨妮儿听罢哈哈大笑道："按你的逻辑，如果你要是个罪大恶极的贪官，孩子是不是应该叫'丁贪官'或者叫'丁腐败'更合适？"

杨妮儿的话让我听着刺耳，便将脸一沉说："妮儿，你能不能好好跟我说话？"

杨妮儿也收起坏笑，一本正经地说："丁则成，我还真没想到，你那么喜欢我肚子里的孩子，可是我叫你失望了，前两天我又去医院做了一次尿检，你猜怎么着？"

我顿时紧张地问："怎么了？"

杨妮儿佯装痛苦地说："医生说我根本没有怀孕，亲爱的，是不是让你失望了？"

我知道杨妮儿爱开玩笑，根本不相信她说的话，用手轻轻地捏了捏她的脸蛋说："你以为我会信你吗？"

杨妮儿随手从口袋里掏出一张化验单递给我，笑眯眯地说："亲爱的，千真万确，你看看化验单就知道了！"

我接过化验单一看，确实是杨妮儿的化验单，化验结果是阴性。我的龙凤梦顿时破灭了，一种被愚弄的愤怒一下子袭上心头，我压着火气气急败坏地问："姑奶奶，这究竟是怎么回事？"

杨妮儿笑嘻嘻地说："这有什么大惊小怪的，上次化验结果搞错了呗,这年头,医生开刀可以把剪子落在病人肚子里,搞错一次化验结果又算得了什么,亲爱的,你应该高兴才是,你不是做梦都盼着我将孩子打掉吗?现在好了,你不用提心吊胆了,我也不用遭受做人流的痛苦了,岂不是两全其美。"

我哭笑不得地说:"逼你做人流,是我离婚之前的想法,现在我已经离婚了,当然希望你给我生一个儿子了!"

杨妮儿咯咯地笑起来,笑得花枝乱颤,笑过之后,她用讥讽的语气说:"亲爱的,真对不起,是不是做黄粱梦的滋味不太好受?你不是在电脑上通过小诸葛测字吗?好像测的是一个'赏'字,意思是和尚可以为你指点迷津,你还真信了,去龙泉寺见了政言大和尚,怎么,和尚算得不准?"

杨妮儿这番话让我猛然一惊,我在电脑上测字,没有任何人知道,杨妮儿是怎么知道的?而且去龙泉寺见政言师父的事,她也一清二楚,我突然想起齐胖子提醒我的话:"杨妮儿很可能是习海涛安插在你身边的'郑苹如'!"难道杨妮儿真是习海涛安插在我身边的"女特务"?我一向自认为自己在驻京办主任里是城府最深的,如果真要是让齐胖子言中了的话,那么从九谷口开始,杨妮儿就开始跟我演戏了。想到这儿,我不禁倒吸了一口凉气,情不自禁地问:"杨妮儿,你到底是什么人?"

杨妮儿嬉皮笑脸地说:"丁哥,瞧你这话说的,我是什么人难道你不知道吗?是不是因为我掌握了你上电脑的秘密,被我吓着了?傻瓜,人家不过是跟你开个玩笑,难道你没听说过肉鸡或者灰鸽子病毒吗?想知道你在电脑里干了些什么,太容易了。我通过肉鸡病毒还在你电脑里发现了一个重大秘密:原来杨厚德还真是你诬告的。要不是我看见了你电脑里储存的那封诬告信,我还真不敢相信我心中的白马王子会干这种事。亲爱的,人家都说,不做亏心事,不怕鬼叫门,你做了这么多亏心事,怪不得晚上睡觉总做噩梦呢,在九谷口宿营的那天晚上,你就说了许多梦话,原来你知道那么多领导的隐私,亲爱的,那么多领导的隐私你都是怎么得来的?该不会也像我一样,用肉鸡或者灰鸽子病毒攻击那些领导的电脑吧?肯定不会,因为你说的那些领导的隐私好恶心,不可能储存在电脑里,亲爱的,你教教我,怎么才能掌握那么多领导的隐私?"

我真被眼前这个小妖精吓着了,我突然意识到她要是想害我,我必死无疑!我定了定神,尽量平和地问:"这么说,在九谷口宿营那天晚上,你是故意让小尉、小吴和小贺灌醉我的?那天晚上,我烂醉如泥,根本没和你发生什么关系,对不对?"

杨妮儿一脸得意地说:"你想干坏事,我得给你机会,不过我过生日那天,你是有机会的,可是你太贪睡了,机会给了你,你还是错过了。"

我似乎明白了,既沮丧又气愤地说:"杨妮儿,你这么和习海涛联手害得我妻离子散,究竟是为什么?"

杨妮儿用媚眼剜了我一眼,不以为然地说:"我们俩之间的事,怎么又扯到习海涛身上去了,丁则成,从见我第一天起,你对我就没安好心眼,我不防着你这条大色狼,早就被你祸害了!你离婚是老天爷对你的报应,实话告诉你,我今天找你来,就是想告诉你,习海涛是我的未婚夫,从今以后少来缠我!别以为你和齐胖子联手用什么'艳照门事件'想害海涛我们不知道,奉劝你一句,多行不义必自毙,你想斗,我们就陪你玩,看谁能笑到最后!"

我不敢相信自己的耳朵,也不愿意相信自己的耳朵,我心目中无比圣洁的小仙女原来是个骗子,一切都是习海涛设下的圈套,这个混蛋用美人计一步一步牵着我走,其目的决不会仅仅是保护自己那么简单,眼下让我心惊肉跳的是我那本见不到光的日记,它一定是被小妖精偷走后交给习海涛了,他要真想用那本日记发难的话,怕是不知道要有多少人要倒霉,我当然更是首当其冲地第一个落马。我几乎是束手无策地看着杨妮儿扭着撩人的水蛇腰走出我的宿舍的,这个小妖精关上门后还哼起了小曲。

十四

一切都变得非常清楚了,我掉进了桃色陷阱,鬼迷心窍地中了美人计。命运相当亲切地为我安排了一场意想不到的劫难,毫无疑问,我遇上对手了,他们已经搞得我妻离子散了,下一步会对我做什么?我不敢深想，经过杨妮儿一番奚落和嘲弄后，我心中所有的柔情都化作了恼羞成怒和绝望，就连杨妮儿乌黑的睫毛在我脑海中也纠缠成一张罗网。我极为明晰地看清了我自己和我的处境，我就像一只苍蝇正嗡嗡地飞向罗网。这就是我的结局吗？不可能！那么多京城大员都不是我的对手，我说拿下他们就拿下他们，每个人都有致命的弱点，为此我从不敢将自己的正面暴露给任何人，当然杨妮儿除外，也正因为如此，我才着了习海涛的道儿，狗日的，想置我于死地，没那么容易，连老谋深算的杨厚德都不是我的对手，我就不信我会输给你这个小牛犊子。

接下去一连几天，我都苦苦思索对付习海涛的办法，想来想去都觉得还是当初对付杨厚德的办法管用，我早就听说过有一种病毒叫灰鸽子，是一种极度危险的木马程序，灰鸽子的背后已经形成了一个制造、贩卖、销售病毒的"传销"帝国，而处于这条产业链最底层的被称为"肉鸡"，被木马释放者或者黑客远程控制的电脑终端，可以是一台个人电脑，也可以是一个公司或网站，甚至是政府、军队的服务器。怪不得习海涛任驻京办信息处处长时搞到的信息总是令人瞠目结舌，我怀疑这家伙一定是用了黑客手段。要登录进入"肉鸡"，必须知道三个参数，也就是远程的电脑IP、用户名和密码，这些可以通过木马程序入侵来获得。当然，习海涛要想获得我的这些信息，根本用不着木马程序，有一个杨妮儿就够了，那个小妖精连我的心都偷去了，还有什么不能从我这里偷走的？可怕的是，对于"灰鸽子"的操作者来说，"肉鸡"几乎可以让操作者使用一切自身所拥有的资源。黑客远程控制用户的电脑后，不仅可以盗窃用户的银行账号、密码、身份信息，而且可以盗取用户QQ、MSN、网络游戏、淘宝等账号和密码；不仅可以随意盗取用户的各种隐私数据，比如，生活照片、视频录像、个人主要文件、商业机密文件等，而且如果用户计算机配备了摄像头，黑客还可以随意打开摄像头偷盗用户隐私生活，甚至生成视频。为了能见到远在澳洲的女儿，我宿舍内的电脑一直装有摄像头。毫无疑问，我生活的每一个角落都掌控在习海涛手里了，我必须马上行动，给他致命一击，否则我的后果不堪设想。

我从习海涛任信息处处长开始，一直琢磨到他任副主任。想来想去都没发现他有贪污受贿的蛛丝马迹，但是他任信息处处长时，每年用于获取信息的经费非常可观,我就不相信他会不做一点手脚,即使手脚一点没做,只要我替你做,就不愁抓不住你的把柄。想到这儿,我灵机一动,计上心来。

我先给齐胖子打了个电话,告诉他可以在习海涛任信息处处长时贪污信息经费方面做文章,还是老办法,赃款由齐胖子负责,匿名信由我负责。

齐胖子说让我放心,他一定把事儿做得滴水不漏,然后压低声音告诉我:"丁哥,董梅好像知道梁市长外面有女人了,找我盘查好几次了,我费好大劲儿才敷衍过去,我估计她很可能进京找你,因为她已经预感到梁市长外面的女人可能是那顶顶,你前些日子不是帮那顶顶搞了一场善缘晚会吗,董梅认定你一定了解内情。丁哥,董梅可不好对付,你得有个心理准备,千万别弄漏兜子了!"

此时我心里根本顾不上董梅,满脑子想的都是如何收拾习海涛,便敷衍地说:"放心吧,齐天,对付官太太,驻京办主任最拿手,我一定拿出'跑部钱进'的劲头,安抚好董梅。"

齐胖子笑着说:"丁哥,你如果有本事让董梅和那顶顶握手言和,成为姐妹,那么你不仅是梁市长的和事佬,还是月下佬,梁市长一定亏待不了你!"

"你放心吧,董梅找我就等于找到救星了,"我搪塞地说,然后话锋一转,强调道,"齐天,我估计你的电脑,甚至大圣集团的电脑都被黑客控制了,你知道黑客是谁? 就是习海涛。我劝你赶紧想办法补救,不然后果不堪设想。"

齐胖子气愤地说:"习海涛有这本事? 是不是那个叫杨妮儿的小狐狸干的。丁哥,我再次提醒你,千万别被杨妮儿那个小狐狸迷惑了,俗话说,旁观者清,我可一直为你捏着把汗呢!"

齐胖子的话句句像利剑一样扎我的心,但是我实在没有勇气告诉他实情。我错就错在没向齐胖子说实话,如果当时我说了实话,以齐胖子的手段会毫不犹豫地将习海涛和杨妮儿做掉,齐胖子做这种事根本用不着他手下人动手,总之这家伙有的是办法,果真如此,我就不会坐在这囚笼一样的房间里写这些不堪回首的文字。

专案组领导,到现在你们该相信我是被诱惑进桃色陷阱里的吧,已经到这种地步了,我知道跟你们撒谎已经毫无意义,因此我用人格发誓我说的不一定是心里话,但句句是实话。尽管你们根本不相信我的人格,就像我根本不相信"坦白从宽、抗拒从严"一样。其实走到今天这一步,跟刚刚被蜘蛛吸干的死苍蝇没什么两样。现在我的窗户外面一棵大杨树的杨树枝上挂着一张闪着光亮的蜘蛛网,网上的大蜘蛛已经用大理石花斑前肢吸干了一只漂亮的蜻蜓和三只毛茸茸的飞蛾,似乎还未吃饱,正虎视眈眈地望着我的窗户,看着被挂在蜘蛛网上的那几个被吸干的小动物,似乎预示着我的命运不会比它们好多少。但是当时我并不甘于这样的命运。

考虑到我的电脑已被杨妮儿和习海涛控制,我用左手一连写了二十几封匿名信,信中除了检举揭发习海涛利用职权贪污受贿之外,还着重揭发了他采用非法手段刺探领导隐私和国家机密的犯罪行为,并且将非法手段一一列举。考虑到习海涛有市委书记夏世东撑腰,我不仅打算给东州市市委常委每个人都寄一封,而且打算给清江省委常委每人也寄一封,还打算将东州市驻京办经常"跑部钱进"的机关单位的纪检部门分别寄一封,目的是让这些部委给东州市施压,严厉查处习海涛的不法行为。

既然杨妮儿已经和我摊牌了,她是习海涛的未婚妻,而且公然指责我和齐胖子是"艳照门事件"的罪魁祸首,就等于将我和习海涛的矛盾公开化了,眼下的局势不是你死就是我活,因此我行事必须处处谨慎小心,要知道习海涛在部队可是干过侦察连长的。正因为如此,我选择下半夜将这些匿名信寄出去。

下半夜三点钟,我悄悄走出北京花园时,月亮如少妇白花花的半个屁股悬在空中,我快速走到停车场,钻进我的奔驰车内,不知为什么,心里慌慌的,总觉得后面有人盯着我,我惴惴不安地发动着车,轻踩油门,奔驰车像会移动的棺材一样驶上街道。

别看是下半夜了,路上来往的车并不少,不时有车迎面开过来,或者飞速超过我,白亮的头灯渐渐逼近,红红的尾灯渐渐远去。

我一边开车一边盘算着事先选好的邮局地点,总觉得这是一个危险的夜晚，于是脑海里生出许多奇思异想。我先沿着东三环路绕圈，因为北三环东路中旅大厦附近有一家邮政支局，东三环北路亮马河大厦附近、发展大厦附近，都有邮政支局。没想到我的奔驰车刚上三环路，有三辆三菱吉普快速尾随上来，将我夹在了中间，我顿时紧张起来，企图加速甩掉它们，然而，在我面前的那辆车始终压着我，左右两辆车也紧贴着我的奔驰，我快它们也快，我慢它们也慢，显然是想给我点颜色看看。

这三辆三菱吉普我太熟悉了，在九谷口时，我就见过这三辆车，从九谷口宿营之后，这三辆车像幽灵一样经常出现在我的梦中，好像杨妮儿的三个男同学认识我的目的就是为了熟悉我之后，专门跟踪我似的，如果说以前我只是感觉这三辆车像鬼影一样尾随着我，我一度认为是自己做贼心虚导致脑海里出现的幻觉，那么今天晚上三辆三菱吉普公然围追堵截我，显然充分证明了曾经的幻觉就是事实。杨妮儿的三个男同学小尉、小吴和小贺从九谷口宿营之后，就一直在暗处盯着我，这么说，杨妮儿过生日那天晚上，在我的宿舍，我喝了杨妮儿给我沏的茶之后就昏睡不醒，但我的意识里似乎觉得有三四个人进了我的房间，当时我以为自己喝多了，是醉酒后的幻觉，如今看来并非幻觉，一定是小尉、小吴和小贺趁我昏睡进入了我的房间，说不定连习海涛也进去了，日记就是那天晚上被他们拿走的。对，一定是这样的，这可真是一场噩梦啊！ 307

就在我试图脱身之际，我的手机短信提示音响了，我打开手机一看，竟然是杨妮儿发的，内容是："若要人不知，除非己莫为，你以为下半夜干坏事就没人知道了，还想用匿名信害人，你就死了这份儿心吧！我的三个同学都是赛车俱乐部的，就你那两下子，干脆别现眼了！折腾一宿了，你累不累，还是回去睡觉吧，孩子他爹！"

我看了这条短信，又气又恨又沮丧，就像泄了气的皮球一样，大有一种被小妖精玩弄于股掌之上的耻辱感，觉得自己像一个无力反抗的小丑，恼羞成怒地加大油门，企图突出重围，怎奈三辆三菱吉普车太灵巧了，一看就是玩车的高手，车技娴熟得令我束手无策，最后只好取消计划，下了三环路，驶回北京花园，三辆三菱吉普车一直"护送"回到北

第二部

京花园停车场,然后像是告别似的,每辆车都响了一声喇叭,呼啸而去。我心有余悸地坐在车里,三声喇叭仿佛是阵阵哄笑,气得我下意识地往怀里摸,心想,此时若是有一把上满膛的手枪,我会迫不及待地扣动扳机。

回到宿舍,我感觉自己全身都快散架了,衣服也没脱就躺在了床上,以前每当我躺在床上,脑海里立即浮现出杨妮儿美丽的倩影,温柔的微笑,甜蜜的香吻,而此时杨妮儿像鬼魂一样在我脑海中漂荡,回想起她进驻京办以后发生的所有事情,好像杨妮儿到驻京办应聘的目的就是为了害我来的,最毒不过妇人心,人在官场,最怕自己的弱点暴露给对手,我可倒好,在驻京办主任的岗位上净给别人用美人计了,想不到着了杨妮儿这个小妖精的道儿,这可真是善使刀者死于刀下,善使剑者死于剑下。

十五

我迷迷糊糊、半梦半醒地睡到日上三竿,就听见门铃一个劲地响,白丽莎在门外使劲喊:"头儿,快开门,我有事向你汇报。"

我一骨碌爬起来,开了门,睡眼惺忪地说:"丽莎,怎么一大早就像踩了猫尾巴似的?什么事呀,一惊一乍的?"

白丽莎急三火四地说:"头儿,你开会的照片上网了,你快打开电脑看看吧!"

我丈二金刚摸不着头脑地问:"我没接受记者采访,我开会的照片怎么会上网?"

话一出口,我心里一激灵,心想,坏了,是不是有人害我,像齐胖子害习海涛一样,也将类似于"艳照门事件"之类的照片贴了网上。正惜懂间,白丽莎已经打开了我的电脑,调出了网页,我定睛一看,顿时惊呆了。

照片中端坐在主席台上讲话的人恰恰是我,这正是我在驻京办干部大会主席台上的照片,与其他照片不同的是,我戴的劳力士手表被用红圈圈成了一个特写,我放在主席台上的大圣牌香烟,也被红圈圈了起来，照片的标题是《且看抽天价烟、戴劳力士的东州市驻京办主任丁则成如何大谈廉洁自律》。下面还配有文字：这几年，公务员的薪水确实是一涨再涨，但是是否真的已经高到足以承受每条两千元的天价烟？戴十万元一块的劳力士手表？或许驻京办主任压根儿就是特殊的公务员，既是局级官员，又是红顶商人，自然可以捞个盆满钵满？无论如何我都觉得抽天价烟、戴劳力士的驻京办主任够牛的，诸位网友不信可以"人肉"搜索一下这位主任，看看他是不是史上最牛的驻京办主任？说不定这位驻京办主任在北京仅豪宅就有好几处！我敢保证，只要大家"人肉"他一下，他一定会成为一个风生水起的"网络红人"。

我看完这段文字后，鼻子都快气歪了，我在北京哪儿有什么豪宅，只不过在商贸大厦有一套两百米的公寓，商贸大厦是驻京办自己的房地产公司开发的，我买的时候当然会便宜点，但也只是打了个五折，老天爷，发帖子的人可太损了，号召网友对我进行"人肉搜索"，那还不把我翻个底朝上，这分明是想要我的命啊！平时我一再严格要求自己，在出席公共活动的时候，特别是在开会或接受记者采访时，一定要注意自己的形象，这才穿得西装革履，不瞒大家说，齐胖子送我的那块劳力士手表，我在那次干部大会上是第一次戴，大圣·帝王牌香烟的确是两千元一条，但是圣京公司是倒腾香烟的，我抽这种烟根本不花钱，说白了，309我太自信了，自认为自己在驻京办经营了十年了，下面的人早就让我收拾得规规矩矩的了，没想到，大意失荆州，小人是无处不在的。早知如此，我何苦非要在那次大会上戴名表抽天价烟，私下里怎么享受不行，非要授人以柄！想来想去，做这件事的只能是杨妮儿和习海涛，可是习海涛那天一直和我在主席台上，杨妮儿和几位助理坐在第一排，我记得那天杨妮儿就坐在我对面，正对着我，还时不时地玩弄自己的手机，四位女助理的手机都是驻京办统一配置的最好的手机，均有摄像、照相、录音和上网等功能，为的是在公关、联络感情或搜集信息、"跑部钱进"时方便工作，没想到，杨妮儿竟用到我的身上了。我越想越气，心里还紧张得不得了，因为网友的跟帖已经上千条了，每条留言都义愤填膺的，如果不赶紧想办法制止，事情非闹大不可，一旦京城各大媒体跟着一起炒作，我这个驻京办主任就算当到头儿了。尽管我对杨妮儿恨得咬牙切齿,但是解铃还须系铃人,眼下的形势还真容不得我激怒杨妮儿,只能说软话,求这个小妖精放我一马了!

此时白丽莎还在我面前添油加醋地帮我分析谁是罪魁祸首,出于嫉贤妒能,对习海涛进了不少谗言。我不动声色地顺着她打了几句圆场,又支给她两个接待任务,总算将她打发走了。白丽莎走后,我赶紧洗漱打扮了一番,早餐也没吃,就亲自去了杨妮儿的办公室。

我一进这个小妖精的办公室,就发现她正在收拾东西,办公桌上放了一个拉杆箱,办公室内所有她自己的东西,全都放进了拉杆箱内,一副胜利大逃亡的景象。

我一脸堆笑地问:"杨妮儿,好像我没给你出差任务,怎么一副要出差的样子?"

杨妮儿头也不抬地说:"丁主任大驾光临,有何贵干呀?"

我一边压着火一边低三下四地说:"妮儿,不管怎么说,我们也相爱过一场,最起码我对你是一往情深的,看在我为你离婚的份儿上,能不能放我一马?"

杨妮儿抬起头似笑非笑地看了看我,冷漠地问:"丁主任,求我放你一马,你有没有搞错?你干了什么对不起我的事了,求我放你一马!"

我皮笑肉不笑地说:"你和海涛好,我双手支持,我向你发誓,我从来就没有想害海涛的想法,海涛是我的左膀右臂,是我最得力的助手,又是你的未婚夫,为了你,我也不能害他,你说是不是?"

杨妮儿又用刀子一样的目光扫了我一眼,冷哼道:"丁则成,你到底想说什么?"

我只好央求道:"妮儿,网上的照片你赶紧删除好不好,会出人命的!"

杨妮儿突然哈哈大笑道:"丁则成,想不到你这个手眼通天的驻京办主任也有怕的时候,你害我父亲的时候没想到会有今天吧?"

我听了杨妮儿这句话,不明白地问:"你父亲?你父亲是谁?"

杨妮儿说得虽然平静,我却觉得字字都振聋发聩,她目光如剑地盯着我说:"丁则成,你听好了,我父亲就是被你诬陷入狱的东州市驻京办副主任杨厚德,我就是杨厚德和柳玉琴唯一的女儿杨妮儿,你和大私枭齐天狼狈为奸,在梁宇宙、铁长城、周中原以及国部长、官部长这些官场败类的庇护下,猖獗走私、行贿受贿、腐败透顶、害得我家破人亡,我到驻京办不为别的,就是来索你命的,我要替父母报仇雪恨!"

杨妮儿的这番话犹如五雷轰顶,顿时将我震晕了,我竭力抑制住自己慌乱的心情,半信半疑地问:"你,你真是杨厚德和柳玉琴的女儿?"

杨妮儿呸了我一声骂道:"丁则成,你不配提我父母的名字。既然窗户纸捅破了,我也让你死个明白。你输给我这个黄毛丫头肯定不服气,那么我就实话告诉你,你不是输给了我,而是输给了正义。丁则成,现在是我们之间算总账的时候了,告诉你,我和海涛手里不仅有你和齐胖子、梁宇宙之间官商勾结的犯罪证据,还有张晶晶提供的大圣集团疯狂走私的铁证,以及走私链背后隐藏着的一大批大大小小的蛀虫。丁则成,我实话告诉你,在夏书记的指示下,海涛已经秘密将你们的犯罪证据送到了中纪委、海关总署和最高人民检察院。你们这些蛀虫就等着寿终正寝吧!"

事情来的太突然了,我简直不敢相信自己的耳朵,此时此刻,我从小妖精的脸上再也品味不出一点仙女的仙性,那张美得几乎狰狞的脸越来越像魔鬼,想起那个在三环路上惊魂的晚上,我情不自禁地问:"杨妮儿,你那三个男同学的父亲真的是在中纪委、海关总署和最高人民检察院工作?" 311

杨妮儿爽朗地笑道:"蠢货,哪儿有那么巧的事,实话告诉你,他们都是夏书记派来的侦查员,既是为了保护我的安全,更是为了侦察你们的罪证。丁则成,我的任务已经完成了,不过,我得声明一点,逼你离婚完全是我的个人行为,与海涛和夏书记无关,你害得我家破人亡,我让你妻离子散,咱们算半斤对八两,不过,你老婆跟你离婚是一种解脱,像你这种早晚要下地狱的人干吗要娶妻生子?好了,丁则成,姑奶奶我没工夫跟你闲磨牙了,从今天起我正式辞职了,一会儿我和海涛就去登记,等你和梁宇宙、齐胖子下地狱时,我和海涛就举办婚礼,相信那时候我父亲也就沉冤昭雪了,相信那一天不远了。怎么了,亲爱的,怎么像晒蔫的胡萝卜似的,还不快给梁宇宙、齐胖子通风报信去,晚了可就来不及了!拜拜!"杨妮儿说完拎起拉杆箱像小母狗一样扭着屁股咯咯笑着扬长而去,走廊里传来一阵高跟鞋"咯嗒咯嗒"清脆的声响。

我像被雷击了一样,一屁股坐在杨妮儿的椅子上,胡乱地点上一支烟,狠吸几口,猛然操起办公桌上的电话,却不知是应该先打给梁市长还是先打给齐胖子。我定了定神,将刚点上的烟狠狠地摁灭在烟灰缸里,直接拨通了梁市长的手机。

十六

专案组领导,现在你们应该相信我了吧？我确实是被狐狸精诱惑进桃色陷阱的,像我这种在大染缸里锤炼过的人都抵不住小妖精的魔力,你们就更不在话下了,你们可能不服气,不是我自吹,如果你们中的某一位有幸是坐在我的位置上,不一定有我坚持得么久,我真希望你们能做一次实验,不然好像我有意为自己开脱似的,不瞒你们说,我的工作每天都在设计腐蚀领导,如果没有一定的抗腐蚀力,怎么可能干十年驻京办主任,在腐蚀领导的过程中,会不知不觉地跟着同流合污了。要不是杨妮儿那个小妖精用美人计害我,我不可能被"双规",像杨妮儿那样的小狐狸精无论媚惑谁,都会十拿九稳,谁要是能抵御住杨妮儿的魅惑,他一定不是人,而是神。在这个世界上,能对付魔的,大概只剩下神了。梁宇宙不是也没抵御住那顶顶的魅惑吗？

就在我拨梁市长手机号的时候,我的手机却突然响了,我看了一眼手机屏幕,显示的正是梁市长的手机号。平时梁市长与我通话,几乎都是通过高严,现在梁市长用自己的手机亲自给我打电话,说不定有什么重要的事情要吩咐。我赶紧接听,心想,正好借机将刚才的重要情况向梁市长汇报一下,现在的斗争已经不是我和习海涛之间的了,而是转化为梁市长与夏书记之间的斗争了,毫无疑问,夏书记占尽了先机,梁市长的处境非常被动。

梁市长一开口就给我出了一个十分棘手的难题,他一筹莫展地说:"则成,你嫂子已经登机了,你马上去首都机场把她拦住,无论如何别让她找到顶顶,这个败家老娘们儿快把我作死了,说什么我挣的钱都便宜狐狸精了,非追讨回来不可！妙玉做的是慈善事业,善缘基金跟我们家有什么关系？跟她怎么解释她都不信，非要弄个水落石出不可。不然就扬言把我和妙玉的丑事捅到中纪委去。你说她是不是疯了！则成，我为官两袖清风，这你最清楚，你务必把你嫂子拦住，你脑子灵光，一定替我好好劝劝她，千万别让她闹出什么事来！"

我听了梁市长的话，心里咯噔一下，心想，董梅说，梁市长赚的钱都藏在妙玉手里了，莫非善缘基金是梁市长家的私人账户？果真如此，就凭杨妮儿与妙玉"师姐师妹"的关系，是不是对善缘基金的内幕也一清二楚了？妙玉能邀杨妮儿参加善缘晚会的演出，说明杨妮儿取得了妙玉的绝对信任，如果是那样的话，梁市长可遇上大麻烦了！这不是打着慈善的名义骗钱吗？仅一次善缘晚会骗得的捐款就够掉脑袋的，如果将账户上的钱都加上，怕是十个脑袋也保不住了。梁市长这艘大船可千万不能触礁，否则我一点得救的希望也没有了。

想到这儿，我迫不及待地汇报了：杨妮儿是杨厚德的女儿，是习海涛的未婚妻，这两个人都是夏世东亲自安插在驻京办的，目的是秘密调查驻京办与大圣集团联手走私的事，矛头直接指向了你梁市长，现在杨妮儿通过张晶晶、妙玉已经拿到了不少证据，习海涛还用杨妮儿做诱饵，通过美人计偷走了我的日记，习海涛已经将手里的证据通过关系送到了中纪委、海关总署和最高人民检察院，不赶紧想办法，恐怕要出大事！

梁市长听罢，咬牙切齿地说："夏世东这是要斩尽杀绝呀！你不仁就别怪我不义了！则成，遇事千万要沉住气，眼下最重要的是安抚住你嫂子，千万别让她再添乱了，其他的事，我来想办法，记住：没有过不去的火焰山！"

挂断电话，我长长地叹了一口气，心里有一种莫名的悲凉！往常董梅进京，我会带着白丽莎以及接待处的三四个人非常隆重地到首都机场去接她，可是这次非同寻常，我谁也没带，自己悄无声息地开车去了机场。要是平时，我会将车开进停机坪去接董梅，但是今天我一点特殊化也没搞，目的就是防止董梅大吵大闹，造成不好的影响。董梅似乎早就判断有人接她，随着人流走出来时，探头探脑地像是在找人，我没敢直接打招呼，等她走出接机口时，我才毕恭毕敬地迎上去，满脸堆笑地说："嫂子，我是特意来接你的。"

董梅冷哼一声说："丁则成,你不是来接我,怕是来堵我的吧。你要是不想找麻烦,我劝你赶紧安排我见那顶顶。否则,别怪我让你下不来台!"

我嘿嘿一笑说："嫂子,我先安排你住下,其他事咱们慢慢商量。"

其实,董梅这次进京我不来接她,她也得主动找我,因为她心里很清楚,没有我帮她,偌大个北京城,她根本找不到那顶顶。接董梅的路上,我和那顶顶通了电话,我是想让她有个心理准备,她告诉我,梁市长什么都跟她说了,也知道眼下的形势很紧张,那顶顶说,通过陆小雅交了许多京城大员的夫人,只要这些夫人们肯帮忙,未必过不了这一关,只是关键时刻决不能节外生枝,为此,那顶顶主动要求见董梅。我一听就急了,连忙制止,那顶顶却从容地说:"则成,放心吧,大姐是个明白人,我想事情说开了,她不仅不会闹,还会把我当作她最亲的妹妹的!"我听了以后,丈二和尚摸不着头脑,既然那顶顶那么有把握,我也只好配合了。

我还是怕董梅这个醋缸万一见到妙玉醋性大发,大吵大闹起来,根本不敢安排她住北京花园,来机场的路上,我在昆仑饭店定了豪华套。董梅一路上都在骂齐胖子是个不要脸的皮条客,把她老公拉进了阴沟里。

我逗趣地哄着说:"嫂子,或许不是阴沟,是金沟呢。"

董梅警觉地猜测说:"这么说,我得到的消息是准确的,老梁的小金库还真在那个骚货手里。则成,你跟嫂子说句心里话,那个狐狸精从宇宙身上刮了多少钱?"

我搪塞而又诡谲地说:"嫂子,你不是非要见那顶顶吗? 等你见到她以后,问问她不就清楚了!"

董梅醋劲十足地说:"怎么,听你的口气,那个骚货不仅不怕我,还敢来见我?"

我狡黠地一笑说:"说不定她已经在昆仑饭店等你了。"我这么一说,董梅反倒显得有些紧张,她试探地问:"听你这意思,她知道我来,还知道我住在哪儿?"

我直言不讳地说:"嫂子,既然你来是为了见她,我当然通知她了。"

董梅听罢,好半天没言语。我从董梅扭曲的表情中似乎体味到了我老婆得知我与杨妮儿有染时痛苦不堪的心情,我很难想象,水火不相容的两个女人如何能够相互容忍共同拥有一个男人,但是为了共同的利益,这样的例子也不胜枚举。只是这在我身上没有发生,因为我的情况属于例外,我痴迷眷恋的不是女人,只是一个诱饵,我落得个妻离子散的下场,完全是鬼迷心窍而中了杨妮儿的美人计。那顶顶不是杨妮儿,她确实眷恋梁市长,或者说她心甘情愿做梁市长的女人,别看董梅一提起那顶顶醋海翻波的,真要叫起真儿来,她才不会跟梁市长离婚呢,一旦离婚,她就是个再也嫁不出去的黄脸婆,放着前呼后拥的市长夫人不做,拱手让给那顶顶,去做无人理睬的黄脸婆,董梅不会糊涂到这个地步。依我看,她这次进京,抓狐狸精只是个由头,不过是借机了解一下善缘基金是不是她家的钱罢了。贪婪的女人可以容忍丈夫在外面养小,但决不能容忍自家的钱掌握在小老婆手里。因此,董梅这次仅仅名上是为那顶顶而来,实际上是为夺财权而来。

只是董梅来得太不是时候了,眼下正是山雨欲来风满楼的时候,很显然,那顶顶是个十分敏锐的女人,她知道梁市长现在的处境很被动,这才主动要求见董梅的。董梅的眼里只有钱,而那顶顶不仅懂得理财,更懂政治,而且对梁市长一片痴情,怪不得梁市长对那顶顶如此眷恋。 315

这么一想,我还真有点嫉妒梁市长的艳福,要是杨妮儿也能像那顶顶一样,我会成为世界上最幸福的人,而眼下却成了最倒霉的人。想到目前自己的处境,我的情绪一落千丈。

既然我已经上了梁市长的贼船,我就有责任有义务保护这艘船不翻,为此,安顿好董梅后,趁那顶顶没来,我苦口婆心地做起了董梅的思想政治工作,我采取的策略很简单,将梁市长目前的处境如实告诉她,然后晓之以理、动之以情地讲解她与那顶顶同舟共济的重要性。

起初,董梅说我危言耸听,但是当我说明梁市长之所以处境被动,完全是夏世东导演的之后,董梅相信了,因为她深知,梁宇宙与夏世东之间的斗争从上任那天起就没有停止过,只是她不明白,为什么斗来斗去,自己的老公却落到下风了。

我告诉她,眼下梁市长不只是落到下风的问题,而是生死存亡的问题,夏世东已经派人将很多不利于梁市长的证据送到了中纪委,董梅一听,那种咄咄逼人的锋芒顿时收敛起来。

就在这时,门铃响了,我知道一定是那顶顶到了,便做了个手势,意思是说:"嫂子,见了那顶顶可千万要冷静。"董梅将脸转向窗户,一副不屑的表情。

我惴惴不安地开了门,那顶顶亭亭玉立地站在门前,我使了个眼神,意思是让那顶顶小心行事,没想到那顶顶根本没理我这茬,满面春风地走到董梅身边十分恭敬地说:"大姐,好长时间没见到你了,快把小妹想死了,则成说你来了,把我高兴坏了,大姐,小妹确实对不住你,你打也打得、骂也骂得,但是在打骂之前,务必听小妹说几句心里话。"

也许是我事先做的思想政治工作起了作用,董梅并没有暴跳如雷,只是不耐烦地说:"有话就说,有屁就放!"

那顶顶看了我一眼,然后用央求的语气说:"大姐,则成虽然不是外人,但是我们姐俩的私房话,我不想让他听。"

董梅先是用眼剜了那顶顶一眼,然后像是心领神会地站起身,主动进了卧室,那顶顶紧随其后并且亲手关上了门。

我见门已经关上了,便悄没声地走到门前,用力将耳朵贴在门上,只听见那顶顶说:"大姐,这是善缘基金的财务报表,你先看看,看完之后,你还有气尽管撒在小妹身上,小妹绝不埋怨一句。"

紧接着是一阵沉默,只有翻财务报表的声音,良久,只听见董梅吃惊地问:"这么多,你和那个挨千刀的为什么瞒着我?"

那顶顶娇声娇气地说:"大姐,这么多钱你敢存在你们家存折上吗?只能用善缘基金会的形式来管理,你又不能到北京来当理事长,又不能交给外人掌管,我生是宇宙的人、死是宇宙的鬼,我是管理善缘基金的最佳人选,大姐,这么多钱还不都是你和宇宙哥的,我也不过是为你们打理而已,如果你觉得不解气,我现在就远走高飞,善缘基金你来管,这两年我担惊受怕的,没有功劳,还应该有苦劳吧,"说着,那顶顶哽咽起来,"大姐,反正这种日子我也受够了,交给你我也就净心了!"说完呜呜呜呜地哭了起来。

那顶顶这招儿还真灵,良久,董梅长叹了一声说:"好了,我又没说你什么,别哭了,算我错怪你们俩了行不行?"

一场风波就这样化解了,两个人又在卧室里窃窃私语了半天,竟牵着手走了出来。刚好到了晚饭时间,那顶顶咯咯笑着说:"则成,你该忙啥忙啥去吧。"

说白了,这场风波是梁市长的家事,我怎么都是个局外人,既然风波已经平息了,我当然就成了多余的人。说一句不好听的话,我自己的祖坟还没哭呢,哪儿有心思哭乱坟岗子,巴不得快点离开呢。

走出昆仑饭店,我先给梁市长打了电话,告诉他已经平安无事了,这件事妙玉处理得非常好,董梅已经接纳了她,两个人已经姐妹相称了,梁市长听了很欣慰,他长舒了一口气说:"则成,要想摆平夏世东的陷害,只能启动北京上层的关系了,好在这些年咱们积淀了丰厚的人脉,这件事不能怕花钱,齐胖子明天就进京,到时候你和齐胖子好好商量一下。"

我心想,从古到今都是有钱能使鬼推磨,只要不差钱,我和齐胖子再拿出点"跑部钱进"的精神头儿,说不定这场劫难还真就是虚惊一场。受梁市长电话的鼓舞,我一落千丈的情绪又一点一点地爬升起来。

十七

然而,我高兴得太早了,第二天早晨,我刚起床,手机就此起彼伏地响起来,全是媒体记者打进来的,纷纷问我对网上"人肉搜索"的看法,我听到"人肉搜索"几个字脑袋嗡地一声。

近两年不少官员由于被网民"人肉搜索"而丢了乌纱帽,甚至锒铛入狱,我赶紧关掉手机,打开电脑,不上网不知道,一上网吓得我倒吸了一口凉气,心一下子悬到了嗓子眼,全身汗毛孔直冒冷汗。

随着"人肉搜索"引擎的开启,网民不仅查出我戴过劳力士,还曾戴过江诗丹顿、尊皇和帝陀等名表,而且抽的天价香烟大圣·帝王是大圣集团的走私烟。于是不少网民对大圣集团齐胖子进行了"人肉搜索",其结果更是让我心惊肉跳,不仅将齐胖子走私的老底翻个底朝天,而且矛头直指东州市市长梁宇宙是大圣集团的保护伞。

　　事情闹大了,我深知具有中国特色的"人肉搜索"的力量,怕是美国联邦调查局也要相形见绌。近三四亿网民总动员,犹如洪水猛兽,不仅侦查能力超强、破案神速,而且具有穷追不舍、挖地三尺,不达目的决不罢休的劲头。怪不得一大早,我的手机都快被打爆了,我现在等于被网民扒光了在网上展览,看着那些连我祖宗八代都不放过的极其恶毒的谩骂,我的肺都快气炸了。这一切都是杨妮儿那个小妖精干的,我真想操起电话臭骂她一顿,可是我不敢开手机,此时我房间的座机也响个不停,我头都大了,看了看时间,该去首都机场接齐胖子了。我心想,见了齐胖子再想办法吧。

　　没想到,刚走进电梯,就见大堂内几十个记者正围着主任助理邓英和宋礼嚷嚷着要见我,吓得我又赶紧钻进电梯,上到二层,然后又从安全通道走后门溜出北京花园。去首都机场的路上,我一边开车一边后怕,这要是让记者围住,就等于羊入虎口了。

　　齐胖子这次进京让我很吃惊,不仅带着老婆,还带着龙凤双胞胎儿女,两个孩子七八岁的样子,欢蹦乱跳的。我认识齐胖子好多年了,从来没见过他带老婆孩子进过京,以前张晶晶在时,大多是带着她。

　　一见面齐胖子就向我解释:"两个孩子没来过北京,非嚷嚷着要来,刚好你弟妹明天过生日,我就带她们来了。"

　　我连忙祝齐胖子的老婆生日快乐,声称明天一定给弟妹好好过生日。由于齐胖子的老婆、孩子在车上,一路上我们只是闲聊了一些琐事,根本没谈眼前的困境。齐胖子来之前,自己已定了长城饭店,我也怕被习海涛等人盯上,没敢让他住北京花园。

　　一番安顿之后,已经临近中午了,由于齐胖子带了老婆、孩子,我不得不表示表示,便问两个孩子爱吃什么?男孩说爱吃麦当劳,女孩说爱吃肯德基。我一听就被逗笑了,齐胖子的老婆说,两个孩子都爱吃韩国菜。我笑着说,正好,这里离燕莎商城很近,去吃萨拉伯尔吧。两个孩子都高兴得拍起手来。

　　就在这时,我的手机响了,我一看手机屏幕上显示的是陆小雅的号码,心里便一阵发紧,因为陆小雅自从嫁给国部长后,很少给我打电话,突然打来电话,必有十分要紧的事,我便赶紧接听。

我开口便说:"你好,小雅!"是想提示齐胖子这个电话很重要,齐胖子一听是陆小雅打来电话,顿时警觉起来,小眼睛直勾勾地看着我。

陆小雅声音很忧虑地问:"丁哥,我刚才给齐天打电话一直关机,我就给高严打电话问他在哪儿,说是进京了,你和齐天是不是在一起?"

我平静地说:"对,我刚从机场接到他,住进长城饭店了。"

陆小雅压低声音说:"那好,你和齐天到湾仔茶餐厅等我,我有重要的事情告诉你们,电话里不便说。"

陆小雅说完就挂断了电话。

我赶紧把陆小雅的话复述给齐胖子,齐胖子听罢,让老婆孩子就在长城饭店中餐厅吃饭,千万别离开饭店,然后催促我快点走。

湾仔茶餐厅在使馆区内,我们开车没多久就到了。我和齐胖子各怀心腹事地走进茶餐厅,发现陆小雅还没有到,便随便找了个僻静的位子坐下。

齐胖子忧心忡忡地问:"丁哥,你估计小雅找我们会是什么事?"

我焦虑地说:"怕是听到什么重要信息了。"

齐胖子担心地说:"该不会与咱们走私有关吧?"

我心神不宁地说:"先别急,等小雅来了就知道了。"

我话音刚落,陆小雅衣着华丽地走进来,分别和我、齐胖子打了招 319
呼后,香气怡人地坐在了我身边。我赶紧给她倒了一杯茶。

陆小雅定了定神,又呷了一口茶,压低声音说:"我老公让我务必找到你们,他说上边成立专案组了,这一两天就会去东州,主要是查大圣集团走私的事,这次行动来势汹汹,表面上是冲大圣集团去的,但实际是冲着梁市长来的。我老公建议齐天赶紧出去躲一躲,躲得越远越好,否则肯定牵连梁市长。"

齐胖子惊恐地问:"小雅,你的意思是只要我躲出去,他们就不会对梁市长怎么样?"

陆小雅未置可否地说:"不仅仅是为了梁市长,齐天,这也是很多人的意思。这次行动非同一般,据我老公说,中纪委、海关总署和最高人民检察院同时接到一份内容翔实的举报,这份举报材料反映的问题非常具体,哪一日、哪一月、哪一年,一共有多少艘什么名字的走私船,走

第二部

私船停靠在什么码头，船上装载的是什么货物，而且还有非常具体的数字，海关总署的领导看了非常震惊，立即将材料送给了中纪委和监察部，刚好中纪委、监察部领导会同最高人民检察院领导也在研究这份举报材料，几家领导开了碰头会后，决定立即向中南海汇报，中央领导听了汇报后非常重视，立即指示由中纪委、监察部、海关总署三家抽调精干人员迅速成立专案组。现在专案组随时都可能突袭东州，丁哥，你赶紧帮齐天出境，我老公说再晚就来不及了。"

陆小雅说完匆匆离去，我和齐胖子大眼瞪小眼互相看了半天，最后齐胖子执拗地说："丁哥，我不走，我一走，我那一大摊子事业怎么办？再说了，咱们交了那么多京城大员，我就不信没有一个讲义气的。"

我深知国部长与梁市长、齐胖子之间有着千丝万缕的联系，陆小雅今天冒险通风报信，表面上是为了齐天、梁宇宙和我，实际上是为了保他们自己，说实话，如果陆小雅说的是真的，我从骨子里希望齐胖子赶紧逃，逃得越远越好，这样可以救很多人，当然也包括我。尽管这是一种侥幸心理，但此时我就是这么想的。

事情来得太突然了，齐胖子似乎根本没有准备，但是他把老婆孩子都带在身边的举动，似乎又表明他已经有所准备。为了一探究竟，我沮丧地说："兄弟，你得走，保命要紧。让我看，去哪儿也不如去美国，只是走得这么急，签证是个大问题啊！"

齐胖子不紧不慢地说："签证根本不算个问题，往拉斯维加斯存一百万美元，签证立即就下来。"

我惊异地问："这怎么可能呢？"

齐胖子胸有成竹地说："这有什么不可能的？只要往拉斯维加斯任何一家银行存一百万美元，不仅签证立即下来，而且入住赌城的任何一家酒店都不用花钱。"

既然齐胖子说的这么有把握，我判定他已经拿到签证了，而且已经做好了全家逃亡的准备。但是我仍然佯装兴奋地说："兄弟，那你还等什么？赶紧去办啊！"

齐胖子哭丧着脸说："丁哥，我怕我这一走就再也回不来了。"

我相信齐胖子这句话是发自肺腑的，他即使逃出去了，也只能落得个亡命天涯的命运,这么一想,我也伤感起来。动情地抱了抱齐胖子滚圆的肩膀说:"兄弟,留得青山在不怕没柴烧,还是赶紧走吧,你不为自己想,还应该为老婆孩子想一想,你要是真有个三长两短,你让她们孤儿寡母怎么活?"

我这么一说,齐胖子的眼圈顿时红了,他重重地点了点头说:"丁哥,你不用管我了,让我一个人静静心,好好想一想。"

当我忧心忡忡地走出湾仔茶餐厅时,我万万没有想到,这竟然是我和齐胖子的生死诀别。

十八

当天晚上我打齐胖子的手机,一直关机。我不知道这家伙到底离没离开北京,心里一直七上八下的,也可能是这两天连着急带上火的,我感觉全身不舒服,回到宿舍量了一下体温,三十七度五,有点发烧,我要了一碗面条,胡乱吃了,倒头便睡,却翻过来掉过去的睡不着,脑海里像演电视剧一样,一集一集地连绵不断,每一集都少不了杨妮儿那个小妖精的表演。

此时此刻,仿佛杨妮儿就坐在我的对面,手里端着一只玻璃杯,杯子里的红葡萄酒在灯光的辉映下晶莹剔透,她一脸媚笑地望着我,然后轻呷了一口红酒,缓缓起身,扭动着让人心痒的屁股走过来,向我抛了个媚眼,突然猛地将杯中酒泼在我僵死的脸上,我顿时一激灵,刚要发作,小妖精化做一缕青烟消失了,空气中弥漫着小妖精得意的笑声。

我被这笑声惊醒,发现床头柜上的电话正响个不停,我看了看手表,已经是下半夜三点钟了,谁会这么晚给我打电话?

我昏昏沉沉地拿起电话,竟然是高严的声音:"丁哥,出事了!"

我顿时惊坐起来问:"出什么事了?"

高严压低声音说:"丁哥,中纪委专案组正在突袭大圣集团,有四五十个武警将大圣集团包围了,整个东州市重要路口都被武警封锁了,连梁市长都没有通知,他们一定是冲齐胖子来的,齐胖子和你在一起吗?"

我倒吸一口凉气,心想,这么快就动手了,幸亏齐胖子提前作了准备,我深知这个电话是梁市长让高严打的,目的就是探一探齐胖子是否脱身,把准了高严的脉,我用安抚的语气说:"应该出境了吧。"

高严将信将疑地问:"你确定?"

我犹豫了一下说:"傍晚时就打不通他的手机了,估计是已经在飞机上了!"

高严舒了一口气说:"但愿这小子脱身了,不然会有很多人跟着倒霉的。"

挂断电话,我无心再睡,便试着拨通了铁长城的手机,铁长城一看是我的手机号,知道我为什么打电话给他,开口便说:"则成,齐天已经脱身了,飞机起飞前他给我发了一个短信。"

我试探地问:"刚才专案组突袭大圣集团,你没有参加?"

铁长城情绪低落地说:"没有,他们根本没有通知我。"接着他长叹了一口气,"则成,咱们都好自为之吧。"

按程序,专案组理应通知梁市长和铁关长配合的,但是这两个重量级的人物都没有得到通知,说明专案组根本不信任这两个人,这不是个好兆头。

大约早晨六点钟,我接到周中原打来的电话,他紧张兮兮地告诉我,昨晚专案组突袭大圣集团一无所获,齐胖子跑了,现在正扩大抓捕范围,整个清江省的出境关口重兵云集,看架势要出大事!

我用侥幸的口气说:"老周,瞧把你紧张的,实话告诉你,齐胖子已经出境了,专案组是冲齐胖子去的,抓不到齐胖子能出什么大事?"

周中原琢磨了一会儿,觉得我说的有道理,便惴惴不安地挂断电话。我知道今天注定是个不寻常的日子,为了及时得到消息,我到餐厅简单吃了早餐后,直接去了办公室,一上午我都没离开办公室,除了喝茶抽烟看报纸,我什么也没干,我以为会有人向我通风报信,我迫切需要掌握专案组的一举一动,但是一上午却一个电话也没接到,平时响个不停的手机和办公电话仿佛欠费停机了一样,办公室静得让人心里发瘆,中午很快就过去了,我由于心神不宁一点食欲也没有,午饭根本没去吃。

下午两点钟,有人敲我的办公室,我控制住不安的情绪,喊了声:

"请进!"门开了,习海涛一副幸灾乐祸的表情,走了进来,一屁股坐在我的对面,不怀好意地说:"头儿,我来是想告诉你个坏消息,铁长城出事了。"

尽管我心里一阵惊恐,但还是故作镇静地问:"昨天晚上还和我通电话呢,能出什么事?"

习海涛得意地说:"今天上午被中纪委专案组'双规'了。"

我吃惊地脱口而出:"怎么可能呢?"

习海涛淡然一笑说:"怎么不可能?你以为你把齐胖子放跑了,就万事大吉了?难道你忘了,法网恢恢,疏而不漏!"

习海涛显然是来奚落我的,我强压着怒火和惊恐质问道:"习海涛,你这是什么意思?落井下石吗?"

习海涛收起笑容说:"头儿,你别激动嘛!不光是你,向齐胖子通风报信的大有人在,你们以为,只要专案组抓不到齐胖子,什么事都好办,以为没有齐胖子开口,死无对证,谁拿你们也没办法,依我看,你们是如意算盘拨错了珠子,铁长城被'双规'了,难道还不说明问题吗?头儿,你冒死放了齐胖子,步铁长城的后尘,怕也是迟早的事,这就叫多行不义必自毙,你好自为之吧!"

"你……"我被习海涛气得说不出话来,习海涛却扬扬自得地向我摆了摆手,"拜拜了,头儿!"然后扬长而去。

这个狗日的,简直是欺人太甚了!我气呼呼地在办公室来回踱了十几圈,也没能平息心中的怒火,都说困兽犹斗,我却有一种叫天天不应叫地地不灵的无奈。

一连几天,不断地有东州官员被"双规"的消息传来,我越听这些消息,心里越发毛,好在梁市长这棵大树还在,这是我心里略感安慰的唯一理由,只要梁市长这艘大船不翻,我这个驻京办主任就不会有事。

为了确认梁市长确实没事,我每天都和那顶顶通个电话,每次那顶顶都信心十足地告诉我,她求五台山的师傅给梁市长算过,梁市长不仅官运亨通,而且可以进京为官,她师傅还说,尽管东州这场风暴来势凶猛,但也不过是外强中干,水过地皮湿而已,没什么大不了的。再说,国部长、官部长他们也不会袖手旁观呀!那顶顶的话犹如精神安慰剂,每

323

次我和她通完话,都觉得心神安宁不少。那顶顶毕竟是梁市长的心上人,我坚信他们之间每天都通信息,既然那顶顶如此泰然,说明梁市长有能力摆平这场劫难。

直到昨天,我打了一天那顶顶的手机,一直响,但没人接听,我内心的惊恐陡然升腾起来,我在驻京办主任岗位上混了这么多年,深知一个人的手机一打就通,但就是没人接意味着什么,只有被专案组控制起来的人,手机才只响没人接。为了验证我的判断,我用公用电话又试了两天,还是只响没人接。

我知道那顶顶出事了,正想给高严打手机验证一下,高严却给我打来电话,他告诉我,梁市长今晚进京,让我接机,但不要让任何人知道。我问他梁市长进京干什么?他说见面时再说,便匆匆挂断了电话,听高严的语气就让人紧张,我的心顿时悬了起来。

我站在办公室的落地窗前,感觉自己像孤独的蜘蛛黏在丝网上,绝望地看着远处一座座像囚笼一样的大厦。太阳不时悄悄从云层背后探出脸来,溢出的强光像探照灯一样,像是在探寻什么,我的眼睛被刺得眯成一条线,心里被恐惧不停地撞击着,以至于恨不得像柳玉琴那样,一头撞出去,以此结束毫无意义的一切。然而,当我试着往下看时,两条腿不争气地发起抖来,内心的恐惧几乎要将我淹没掉,我下意识地后退几步,一屁股瘫在沙发上。

十九

我万万没想到,梁市长走出机舱时,竟然戴了一副墨镜,看上去很有点黑老大的气派。但是由于是晚上,看上去让人觉得很别扭。这是我有生以来第一次见到梁市长戴墨镜,很显然是不想让别人认出来,却越发显得扎眼。

一上车,梁市长亲自给国部长家里打电话,还好,国部长答应见他,于是连酒店也没去,就径直去了万寿路甲十五号。路上,我从高严嘴里证实,那顶顶被专案组带走了,或许正是这个原因,梁市长才星夜进京见国部长。

车停到大门前,通过门卫给国部长家打了电话,平时都是秘书出来接,今天情况特殊,陆小雅竟然亲自出来接我们。奔驰车停在国部长家的四合院门前,梁市长随陆小雅进了院子,车里只剩下我和高严。

高严告诉我,今天上午周中原也被"双规"了,"双规"时,他要求去卫生间方便一下,市纪委林书记怕他要花招,便和专案组一位处长亲自陪他进了卫生间,在卫生间,周中原满头大汗,脸色苍白,半天也没撒出尿来。突然,周中原冷冷地问:"林书记,带卫生纸了吗?我肚子不太舒服,恐怕得蹲一会儿。"就在林书记翻口袋找卫生纸之际,周中原猛地窜向窗口,抬脚就往外跳,幸亏专案组的那位处长手疾眼快,一把拽住周中原的一条腿,把他从窗户上拉了下来。搞得林书记虚惊一场。高严讲得轻描淡写,我却觉得历历在目。心想,想不到周中原还有畏罪自杀的勇气,要是轮到我,怕是早就两腿筛糠了。

我实在担心周中原的命运也落在我头上,便试探地问:"高严,你估计这次梁市长能不能躲过这一劫?"

高严打马虎眼地说:"丁哥,你觉得一个外科医生既要给自己进行腹外科手术切除肿瘤,又要给自己做截肢手术,还要给自己换心脏瓣膜,这可能吗?如果法律的准绳因斗争的需要或某位领导的喜怒哀乐可长可短可松可紧,那么什么事情都可能发生。"

325

高严的话让我心中充满难以言表的落寞,但也可能是快乐的绝望。我摇下车窗,和高严互相点了一支烟,我们默默地吸着烟,各怀心腹事地沉默着,已经是下半夜一点钟了,梁市长还没有出来的迹象,我模糊地望着眼前的黑暗,似乎嗅到空气中有一股腐臭的气味。

我送梁市长和高严住进昆仑饭店时,已经是下半夜三点钟了,我发现梁市长从国部长家出来,情绪并没有任何好转,似乎更沉重了,我本以为他会透露一点与国部长谈话的内容,但是似乎没有值得透露的,一路上他一言未发,我也没敢多嘴问。

安顿好梁市长,我心乱如麻地要告辞,梁市长突然叫住我说:"则成,明天上午和政言大师联系一下,如果他有空,你和高严陪我一起去一趟龙泉寺。眼下也只有求佛祖保佑了!"

梁市长最后这句话已经告诉了我一切,看来他已经无力回天,只能听天由命了。我觉得自己离开梁市长房间时,脸上的肌肉下意识地抽搐了几下,我大概是想微笑着与梁市长告辞,却没笑出来,因此脸部肌肉颤抖了几下。走出昆仑饭店时,尽管空气很清新,我却憋闷得透不过气来,我用右拳捶了捶胸口,终于通透地放了一个响屁。

第二天我去接梁市长,发现一夜之间,他憔悴了许多,我进屋时,一个人正在桌子前写着什么,我凑上去看了一眼,发现梁市长在一张纸上写满了"揭谛揭谛,波罗揭谛,波罗僧揭谛,菩提萨婆诃",我虽然不通佛法,但当了十年驻京办主任,没少与北京各大古寺名刹的方丈住持交朋友,知道梁市长写的是《心经》的话,本意是什么我不明白,但总归是祈求佛祖保佑,消灾免难的意思。

我试探地问:"梁市长,佛祖真的能普度众生吗?"

梁市长虔诚地说:"连毛泽东都说,共产党就是信仰马列主义这个'佛',毛主席为什么把马列主义比作'佛'?因为马列主义也好,共产主义也好,还不都是为了普度众生,让我说,共产主义不如改为共禅主义,因为佛教是最讲辩证法的。就拿《心经》来讲,所谓'色不异空,空不异色,色即是空,空即是色',不是辩证法是什么?"

高严接过话茬说:"毛主席说,'信佛教的人和我们共产党人合作,在为众生即为人民群众解除压迫的痛苦这一点上是共同的'。后来他还称赞赵朴初,'这个和尚懂得辩证法'。"

梁市长叹了口气说:"这说明毛主席也承认,佛教与共产主义有相通的东西。可是有人却说,党员领导干部求神拜佛是精神空虚,背离了马列主义,岂有此理。让我说,有信仰总比什么也不信好,天底下哪儿有有信仰的人反倒成了精神空虚的人,而什么都不信者精神却是充实的,哪里还有半点实事求是!好了,咱们该上路了,还是让政言法师给咱们指点指点迷津吧。"

正值晚夏时节,108国道两侧的树木显得苍翠繁茂,色彩欢快的田野和我沉重的心情形成强烈的反差,我猛然打了几个喷嚏,心想一定是杨妮儿那个小妖精在骂我,远处密林覆盖的群山雄峰拱翠,我的胸膛里却万壑堆云。不知为什么,往常驾车去龙泉寺,路上的风光很让我受用,而此时沿途的自然美景却令我生厌。尽管晴空万里,我却觉得奔驰车刚刚驶出永恒的黑暗，正在向另一个永恒的黑暗驶去，但愿龙泉寺是黑暗世界的出口，然而九龙峰之上云雾缭绕，出口与深渊之间会不会有瞬息即逝的一线光明？

以前梁市长来龙泉寺，政言大师都会非常热情地迎出山门，这次政言大师对梁市长的态度比往常冷了许多，不过是派了一个小沙弥迎出来，引领我们进了客堂，在客堂内，政言大师正襟危坐，一副严师的样子，梁市长并未介意，毕恭毕敬地为政言倒了杯茶。

政言一边呷着茶，一边说："色空，你来得太晚了。"

梁市长虔诚地问："师傅，此话怎讲？"

政言放下茶杯缓缓地说："我曾经嘱咐过你，偌大个北京城，只有龙泉寺大年初一的头一炷香最灵验，为什么？因为一千七百多年来，龙泉寺都是北京城最大的皇家寺院，当年乾隆皇帝为什么给寺院里千年的银杏树赐名为'帝王树'，就是因为龙泉寺的香火不仅灵验，连树都可预测庙堂之事。每年的大年初一，你知道有多少有头有脸的人争着到龙泉寺烧头炷香，九十九万的功德你烧不起吗？不是，说白了，色空，还是你心中无佛呀！这头炷香别说九十九万，就是九百九十九万也未必预约得上，龙泉寺是佛门净地，财大在这里未必气粗，东州大圣集团的齐董事长就很有气魄，本来给你留着的头炷香，让他抢了先机，九百九十九万的功德，现在看出灵验了吧。" 327

我不解地问："怎见得灵验了？"

政言师父双手合十地说："逢凶化吉，遇难呈祥！正是因为年初他烧了头炷香，才躲过了眼下的一场劫难啊！"

老和尚这一席话，说得梁市长、高严和我面面相觑。很显然，政言和尚已经知道了东州官场大地震的事，老和尚消息之灵通令我们刮目相看。

高严迫不及待地插嘴问："大师，如果梁市长现在补上这九十九万功德，能不能弥补？"

政言摆了摆手说："晚了，时辰已经错过了。"

梁市长一筹莫展地问："师傅，弟子这次来就是为了弥补过失的，难道真的不能补救了吗？"

政言闭目养了一会儿神,然后微睁二目思忖着说:"俗话说,平时不烧香,临时抱佛脚。讲的是古时候,在云南南部有一个小国,民众笃信佛教。有一次一个被判了死刑的罪犯在深夜挣断了锁链和木枷越狱逃跑了。第二天清晨,官府发现后,立即派兵丁差役四处追捕。那个罪犯逃了一天一夜后已经精疲力竭,眼看追兵已近,他自知逃不掉了,便一头撞进了一座寺院,这座寺院内供奉着佛祖坐像,佛像高大无比。罪犯一见佛像心里悔恨不已,便抱着佛脚号啕大哭起来,一边哭一边磕头忏悔道:'佛祖慈悲,我自知有罪,从今以后,再也不敢为非作歹了!'不一会儿,他的头就磕破了,弄得浑身上下鲜血淋漓。正在这时,差役赶到,见此情景,竟被罪犯的虔诚向佛、真心悔过的态度感动了,便派人禀告了官府,官府也不敢做主,层层禀告,一直禀告到了国王,国王笃信佛教,赦免了罪犯。以老僧之见,你们也只剩下临时抱佛脚这一条路了。"

梁市长眼睛一亮说:"师父,你的意思是说,我们现在到大雄宝殿之上,抱着佛脚忏悔就会得到佛祖的保佑?"

政言连连摇头说:"龙泉寺最灵验的是头炷香,抱佛脚只有无锡的灵山大佛最灵验了,你们口口声声让我指点迷津,去灵山大佛抱抱佛脚吧,阿弥陀佛!"

328

老和尚的话似乎给了我们一线希望,梁市长和高严都虔诚地烧了高香,借他们烧香之际,我向老和尚请教"揭谛揭谛,波罗揭谛,波罗僧揭谛,菩提萨婆诃"是什么意思?老和尚双手合十说:"这是《心经》中的四句咒语,念诵这四句咒,其效力等同于诵读《心经》。意思是'去啊,依无上妙智到彼岸'!"

听了政言的解释,我不解地问:"大师,都说'苦海无边,回头是岸',难道一块石头靠自身的重量沉到了河里,靠念经能让这块石头浮上来吗?"

政言淡淡一笑说:"都是'种瓜得瓜,种豆得豆',种瓜怎么能得豆呢?"

老和尚如此一解释,刚刚在我心中燃起的一线希望彻底破灭了。只是在梁市长和高严面前不敢显露出来。

回来的路上,梁市长的情绪异常高涨,就像临死前的人突然回光返照了一样,他兴奋地让我回去后抓紧订明天去无锡的机票,让我和高严陪他一起去灵山抱佛脚。然后他让我赶紧将车载 CD 打开,放他最爱听的《大悲咒》,我赶紧照做,很快奔驰车内回荡起法器齐鸣、唱经如仪的歌声。

二十

次日清晨,我去昆仑饭店接梁市长时,一进房间,发现高严正在用电子测压仪给梁市长测血压。我关切地问:"怎么,梁市长,不舒服吗?"

梁市长皱着眉头说:"早晨起来头重脚轻,我估计是血压上来了。高严,多少?"

高严一副吃惊的表情说:"梁市长,血压太高了,高压二百,低压一百一。"

我担心地问:"梁市长,你这么高的血压,能去无锡吗?要不咱们缓一天,先去医院调一调?"

梁市长口气坚决地说:"抱佛脚必须心诚,我没事,吃点降压药就好了,高严,收拾东西,北京的交通到处都堵,咱们得提前一点,别误了飞机。"

梁市长说这句话时,目光扭曲得令人发毛,仿佛一面充满裂缝的镜子,从里面看到的是一团荒诞离奇和不堪的东西,我无法判断这种扭曲的目光中是否有什么特殊的含义,只觉得心里发凉,就像一声颤抖的叹息,让人陷入一种绝望的麻木之中。

登机前,我的手机响了,是省驻京办主任薛树仁打来的,他告诉我一个让我心惊肉跳的消息,董梅已经被中纪委专案组"双规"了,我问他是怎么知道的?他说正在省委办事,刚刚听说的。我谢过薛树仁之后,惴惴不安地上了飞机。高严似乎看出来我情绪有点不对劲,问我谁打来的电话,考虑到梁市长的血压那么高,一旦得知董梅被"双规"的消息非出事不可,便掩饰说是白丽莎打来的电话,说的都是工作上的事。由于梁市长抱佛脚的心非常虔诚,根本没有注意到我情绪上的变化。飞机一起飞,梁市长便酣然大睡,呼噜噜的声音引得头等舱几名旅客投来

329

惊异的目光。或许梁市长昨晚没睡好,或许连日来的神经太紧张,太疲劳,抑或许他相信只要齐胖子抓不回来,一切都平安无事,更或许是他太相信政言大师的话了,以为只要抱了佛脚,佛祖就会显灵保佑,总之,梁市长好像这辈子没睡过觉似的,如果不是如雷的鼾声,谁都会相信他已经睡死过去了。

　　飞机抵达无锡机场时,刚好是中午,一走出进港大厅,就觉得热浪滚滚,想不到已经是夏末初秋,无锡仍然这么热。本来可以在机场内吃午饭,梁市长不同意,非要赶到灵山素菜馆吃素面,我和高严也只能饿着肚子依了他。我们打了一辆出租车直奔马山镇,想不到半路上梁市长非逼着出租车司机找卖乌龟的市场,出租车司机问,“没有乌龟,有甲鱼可不可以?附近有一个专门卖太湖水产的市场,里面有太湖甲鱼。”梁市长高兴地同意了。我问梁市长买甲鱼干什么?梁市长十分虔诚地说:“到了佛祖脚下,当然要放生了!”我听了以后心里有些哭笑不得,心想,甲鱼不就是俗称的王八吗?敢情我们大老远赶来就是给乌龟王八放生的?

　　到了市场附近,高严买了三只甲鱼放到后备箱里,出租车这才赶路。出城不久,迎面望见烟波浩渺的太湖,梁市长催着停车,要在这里放生,出租车司机不耐烦地说:“老板,在这里放生,大佛看不见,还是到灵山园区里去放生吧,那里面有放生池,在放生池你们把三个王八放了,佛祖看得清清楚楚的。”我们三个人都是第一次来无锡,哪里知道灵山胜境内还有放生池,梁市长一听灵山胜境内有专门放生的放生池,非常高兴,便催出租车司机加快速度。体味着梁市长急于抱佛脚的迫切心情,再想一想他尚不知道自己的老婆已经被专案组“双规”了,我的内心深处涌起阵阵悲凉。

　　灵山胜境就在眼前了,付了出租车费,我和梁市长下了出租车,感觉空气又闷又热,透不过气来,梁市长头重脚轻地晃了几晃,我赶紧扶住他,关切地问:“梁市长,没事吧?”

　　他摆了摆手说:“不碍事。”

　　高严提溜着三个缩着脑袋的甲鱼买了三张票,和我一起扶着梁市长走进正门,一面题有“湖光万顷净琉璃”的大照壁,气势恢宏,庄重大气地矗立在眼前。此时灵山之上，巍然屹立的大佛双眉半弯，慈目微闭，法相庄严，平和宁静，梁市长不胜感慨道："你们看，这里三山环抱，大佛南面是太湖，背倚灵山，左挽青龙，右牵白虎，地灵形胜，风水佳绝，真是一块难得的佛国宝地，怪不得政言大师让我们到这里来抱佛脚，这还真应了赵朴初先生那句诗：'不意鹫峰飞到此，天花烂漫散吾家'啊！"

一路上我都担心梁市长的身体，想不到他望见灵山大佛后像换了一个人似的，双目放光，情绪高涨，精气神十足，高严建议是不是先去素菜馆吃了午饭，再去抱佛脚，立即被梁市长否定了，他非要先放生，再抱佛脚，等从山上下来后再吃饭。

我和高严面面相觑地摇了摇头，只好沿菩提大道来到祥符禅寺山门前，只见这里的放生池呈对称分布，东西两边各有一个小亭，东边的叫善缘亭，西边的叫慧果亭，其实就是用石料围成的一个池子，里面的水是绿色的，毫无生机，水面上不时露出三四个小乌龟的脑袋窥视我们，我心想，这哪儿是什么放生池，简直就是一座水牢，我们买的三只甲鱼要是刚才放进碧波荡漾的太湖，那可是湖阔凭鱼跃，如今放进这个小池塘里，就等于被永远"双规"了。

梁市长看见放生池很兴奋，连忙从高严提溜的口袋里挑了一个大一些的甲鱼，直奔西边的慧果亭，我和高严只好各捧一只王八去了东边的善缘亭，我一边将甲鱼扔进池塘，一边心里叹道："这三只王八白扔在这里太可惜了，要是炖成甲鱼汤味道一定不错。"这时，我和高严扔进池塘的两只甲鱼，伸出两只小脑袋，看我们，高严找了一根树枝，一边撩水一边逗弄两只甲鱼，我发现对面的梁市长十分虔诚地捧着手里的甲鱼，念念有词地嘟囔半天，才恭恭敬敬地将甲鱼放进水里，也是梁市长太虔诚了，放生时，甲鱼猛一回头，一口咬住了梁市长的无名指，他疼得顿时哎哟起来，不停地甩手，可能甲鱼也是饿急眼了，梁市长越甩手，甲鱼咬得越不松口，只见梁市长站在亭子里疼得直转圈，甲鱼被无名指提溜在半空，甚是滑稽。

高严连忙跑过去，拽住甲鱼的下半身使劲往下扯，结果甲鱼伸着细长的脖子咬得更紧了，眼见着梁市长的手指鲜血直流，手足无措的高严情急之下，掏出口袋里的水果刀，一下子切断了甲鱼的脖子，甲鱼顿时身首异处,高严连忙将手中无头的甲鱼身子扔进池塘,慌乱中,梁市长也将甲鱼头甩进了池塘内,想不到放生成了杀生,梁市长一脸的晦气,幸亏大中午的没人看见,我们匆匆离开放生池,高严从拉杆箱内取出两帖创可贴缠在了梁市长的无名指上。梁市长一边埋怨高严不冷静,怎么能在放生池里杀生,一边面朝灵山大佛连忙忏悔,折腾了好一阵子,我们才又重新上路,直奔登云大道。

要想"平安抱佛脚",必须登上这长长的阶梯。从下往上看,只见台阶不见平台,再加上大中午的,太阳火辣辣的,连我仰望大佛都头晕目眩的,何况梁市长的血压高得吓人,再加上刚才放生甲鱼时受了惊吓,精气神低落了许多,好在他有一颗虔诚的心,仿佛登上这两百一十八级台阶,就脱离了苦海似的,尽管他虚汗淋漓,气喘吁吁,满脸涨红,仍然坚持往上爬,一边爬,一边还上气不接下气地说:"你们两个谁能告诉我,这登云大道为什么是七个平台吗?"

高严抢嘴说:"是不是'救一生灵,胜造七级浮屠'的意思。"

梁市长停住脚步一边歇气一边说:"你小子刚才在放生池不仅杀生,而且是当着佛祖的面,罪加一等,一会儿到了大佛脚下可得好好忏悔,请求佛祖宽恕!"

高严狡辩地说:"梁市长,我杀生是为了救生,佛祖不会怪罪的。"说完快步往上攀登。

梁市长摇了摇头,双手合十念了一句:"阿弥陀佛!"便又步履维艰地往上攀。我担心梁市长的身体,紧随其后。奇妙的是,无论我们是在山脚下,还是在攀登过程中,大佛的"眼神"始终双目垂视,眼神睿智,慈祥地跟随着我们,关注着我们,当我们渐渐靠近大佛时,大佛的"眼睛"仿佛在微微开阖,靠得愈近,眼睛就睁得愈开,嘴角似笑而未笑,欲言而未语,诸多嘱咐即将出口,使人顿生崇敬之心,备感亲切,引发种种遐想。仿佛耳畔梵音袅袅,经声曼妙,眼前瑞霭低垂,佛光普照。越靠近大佛愈需仰视,湛蓝的天空中祥云悠悠,让人产生佛在"动"的感觉。大佛周围信众云集,焚香顶礼。

我发现大佛的大拇脚趾的高度与人的身高差不多,梁市长登上莲花座已经累得像是虚脱了一样,可是他连口气也来不及喘,便一头扑向大佛的大拇脚趾头，将厚厚的嘴唇吻在了大佛的大拇脚趾上，只听见"哎哟"一声，烫得他捂着嘴一个劲地转圈圈。他忘了大佛是由铜板焊接而成，烈日炎炎，手摸在铜板上都烫得受不了，更何况嘴唇。然而，梁市长的嘴唇已经被烫得秃噜皮了，血糊糊的。

我和高严没敢如法炮制，只是用手摸了一遍大佛的十个脚趾头，刚摸完，高严的手机突然响了，高严接听电话，我赶紧去搀扶累得直打晃的梁市长，站到一个稍微阴凉的地方，然而信众太多，莲花座上地方有限，根本找不到坐的地方，此时梁市长脸涨得通红，眼睛像得了甲亢一样看着我，直嚷嚷头疼，一只手按着自己的太阳穴，另一只手死死地抓着我的肩膀。

就在这时，接完电话的高严神色慌张地走过来，将嘴凑在梁市长耳畔窃窃私语了几句，梁市长不听则已，听了之后口吐白沫，身子后仰，一个仰八叉摔了下去。

事情来得太突然了，我和高严吓傻了，幸亏梁市长的头先磕在高严的脚背上，高严疼得下意识地一抽脚，才又磕在了地面上，否则梁市长怕是要魂归西天了。

我手足无措地埋怨道："高严，你跟梁市长说了什么？他怎么听了你的话，一下子就昏倒了？"

高严小脸吓得煞白，支支吾吾地说："我，我刚刚得到一个消息，说是大嫂被'双规'了。"我气得用手指指着高严想说："你好糊涂啊，就不能瞒着下山后再说。"可是我又气又急，一时语塞。心想，就怕梁市长听了这个消息受不了，一路上我都瞒着，要是可以告诉梁市长，我早就告诉了，还能轮到你在大佛面前多嘴。

这时围上来的信众提醒了我，"还不快打 120 急救，他怕是中暑了！"

我赶紧掏出手机拨打 120 急救电话。大约二十几分钟后急救车才到，在众人的帮助下，费了九牛二虎之力，才将梁市长抬到救护车上。

告别众多好心人，我和高严像囚徒一样上了救护车，救护车的警笛尖锐地响起来，一路上都在重复两个字："完了，完了，完了，完了！"

路上我惴惴不安地给市委书记夏世东打了电话，汇报了梁市长出事的过程,夏书记听了以后长叹一声,嘱咐我和高严务必护理好梁市长,随时保持和他联系,他立即派人赶到无锡。

二十一

专案组领导,接下来的事情你们比我清楚,因为当天傍晚你们就派人赶到了无锡市人民医院,我和高严当场被实施"双规",跟随专案组的四位领导回东州,你们留下两位领导专门护理梁市长。

我被"双规"以后,尽管心里非常挂念梁市长的病情,但是始终没有得到他是死是活的消息。直到一个星期前,专案组两名领导找我谈话时,才向我透露,梁市长没死,但也没醒,已经住进了清江省人民医院神经内科,据两位领导透露,医生说,梁市长怕是永远要睡下去了。我听了以后,心情非常沉重,之所以如此沉重,是因为压力太大了,本来驻京办和大圣集团合作的事是梁市长一手促成的,圣京公司走私的事只有齐胖子和梁市长能说得清,我虽然名义上是董事长,但仅仅是挂个名,走私具体怎么操作的,我根本没参与,但眼下齐胖子跑了,梁市长成了植物人,我岂不是跳进黄河也洗不清了?

应该感谢我现在写的这篇自白,这篇自白让我厘清了思路,更看清了我自己和我的爱情。上一次专案组领导找我谈话时,向我透露,杨厚德的事情已经调查清楚了,他不仅恢复了自由,而且还恢复了工作,现在是东州市驻京办副主任并主持工作,我能想象得到,不久的将来,杨厚德会取代我,为驻京办主任。如此一来,杨妮儿那个小妖精的全部目的都达到了,她现在很可能正依偎在习海涛的怀里说着贴心细语。我现在被关在这坟墓一样的房间里只能靠幻想和回忆打发每一天,尽管我不能被判死刑,但我的心已经死了。即使我真的死了,杨妮儿,我知道你不可能像寡妇一样悲伤,更不可能在我的坟前站一站,献上一束鲜花,但是你也不可能将我忘掉,一辈子都不可能将我忘掉,早晚有一天你会良心发现,对自己在我身上干的那些卑鄙勾当感到恶心,我已经听到你在梦中凄惨的尖叫,噩梦才刚刚开始,从今往后,我会像鬼魂一样在你的梦中缠着你,直到有一天你进行忏悔,从这一点上说,你和我仍然是一体，别想甩了我，杨妮儿，你和我的故事并没有完。我之所以将我们的故事写下来，不仅仅是为了拯救我的灵魂，也包括你。为此，我没有掩饰任何东西。我希望我写的这份东西，不仅专案组领导能看到，更希望有一天你也能看到，我已经体会到你看见这份东西时的神情，这绝对是一面镜子，但不是你平时照的普通镜子，而是一面魔镜，绝对能够照出你这个小魔女的灵魂。

故事讲到这里，我以为这个世界上再也不会有人想着我了，然而，我错了，那天专案组领导说有人从澳洲专程来看我，我冰冷的心顿时温热起来，我老婆，不，只能惭愧地说是我的前妻，领着我女儿泪眼涟涟地站在了我的面前，在这个世界上，我最最对不起的人就是她们母女，即使我现在在她们面前长跪不起，也赎不了我对她们的过错，她们却不计前嫌，在我人生最最需要温暖的时候，义无反顾地回到了我的身边，我还能说什么……

专案组领导安排我们见了二十分钟，我老婆和我女儿哽咽着说不出话来，尽管没说什么，但是我什么都明白了。她们恋恋不舍地离开我时，我透过窗户像孩子一样，呜呜地大哭起来，我生来从未流过这么炽烈的眼泪，我感到泪水像刀片一样划过我的脸，流到我的下巴上，引起阵阵灼痛。我知道，这是忏悔的泪水，流得越多越能洗涤灵魂。终于，335我的鼻子也被堵塞了，憋得喘不上气来，然而我感觉我的灵魂却开窍了！心中充满了难以言表的模糊的希望……

关于一本题名《驻京办主任》的书

顾怀远

　　我之所以要写这篇后记,是因为接受了我妻子的建议,她认为应该在每一部作品完成后,写一篇后记,主要是阐述我的创作初衷。其实想写一部关于驻京办的长篇小说在我给贾朝轩当秘书时,就萌生了。大家知道,我从小酷爱文学,在自己的潜意识里一直有一个文学梦,尽管大学毕业后,我阴差阳错地从了政,但是心中的文学梦从未泯灭过。当年贾朝轩在中央党校青干班学习,我在北京陪读,就住在东州市驻京办,每天和丁能通、钱学礼、黄梦然、白丽娜打交道,足足有一年时间,对他们每天迎来送往、"跑部钱进"、招商引资、搜集信息、"截访维稳"等工作再熟悉不过了。

　　当年给我印象最深的是丁能通经常在我面前哭穷,求我在贾朝轩面前溜缝,希望贾朝轩给驻京办房地产开发公司批几块好地,丁能通常说,驻京办这个地方,有多少钱都不够花。我问他为什么?他摇着头说,那么多京城大员的夫人孩子都来驻京办报销,再加上省市领导的老婆孩子,财政那点钱根本不够。在驻京办,最肥的差事就是接待处处长,一天到晚不知要安排领导吃多少顿饭,如果接待处处长不检点,光靠报销饭票子就可以赚个盆满钵盈,后来黄梦然东窗事发,有相当一部分贪污款是多报饭票子。在驻京办人人都有一个关系网,主任、处长们不用说,就连车队队长由于经常为领导以及领导的老婆、孩子开车、派车,而成为心腹的也不乏其人。有一次我和能通开了一辆挂部长级车牌子的奥迪车,去中央党校接贾朝轩,奥迪车驶出中央党校大门不远,就被一名上访妇女给拦住了，费了九牛二虎之力才脱身。在车上，我跟丁能通开玩笑说："能通，你应该将每天经历的事用日记记下来，将来驻京办主任不干了，就以驻京办为题材写小说，再把小说拍成电视剧，一定会火遍大江南北。"丁能通不以为然地说："只可惜我对文学一窍不通，怀远，你不是一直都有个文学梦吗？什么时候想写小说了，我给你提供素材，不过发了财，可别忘了挖井人。"当时只是戏言，不承想戏言竟然变成了现实。

经过"肖贾大案"炼狱般的心灵洗礼，我通过文学重新找回了自己。当年和能通的戏言一直在我脑海中萦绕，越来越让我寝食难安。我的头脑中不停地构思着《驻京办主任》这部长篇小说，其实从当年与能通戏言开始，我的头脑中就没有停止过对驻京办这个特殊政治平台的思考。终于以昌山市驻京办撤离北京为契机，我的灵感被激发了，我下决心完成《驻京办主任》这部长篇小说。当然我没有忘记丁能通当年对我的承诺（尽管是戏言），要想让这部作品生动起来，丁能通是一口深井，即使他不情愿，我也不能放过他。

让我万万没有想到的是能通听了我的想法后，竟将就任驻京办主任以来的日记借给了我，整整三大本，在我看来，这三大本日记不用修改，起名为《驻京办日记》，直接给出版社出版，就会成为中国最火的一本书。丁能通的这份真诚，让我的心灵久久不能平静。我深知，只有写一部对得起自己良知的作品，才不至于辜负能通对我的希望。这也是我之所以将这部长篇小说"献给能通"的主要原因。当然，还暗含着一种更重要的原因，这就是警示、提醒和嘱咐。众所周知，驻京办是个大染缸，有一个别名叫"蛀京办"，在这样的环境中工作，要想做到出污泥而不染，谈何容易啊！从"肖贾大案"算起，东州市仅副市级以上领导就倒了三批了，这期间东州市驻京办也有两名副主任腐败掉了，这就是钱学礼和黄梦然，我不希望再有第三个，更不希望丁能通重蹈覆辙。毫无疑问，小小的驻京办好比百慕大三角，北京城有很多驻京办，如果每一个都好比百慕大三角，那么北京城就成了一艘闯入百慕大三角的船，说句心里话，在我心灵深处不情愿将驻京办比作百慕大三角，姑且比作一座座迷宫，驻京办主任都是些身陷迷宫的人，我希望我的这部长篇小说

关于一本题名《驻京办主任》的书

能成为阿里阿德涅线团上的线头,每个驻京办主任手里都牵着这个线头,像忒修斯杀死牛头人身怪物一样,成功走出迷宫。因此,我将这部长篇小说"献给能通",其实就是献给了所有驻京办主任。

但是我拿到能通给我的日记后,始终没有找到一种合适的叙述方式,直到有一天我的一位东州市监狱局的朋友请我吃饭(当然他也是我的书迷),告诉我原东州市驻京办副主任钱学礼在监狱里一直不安心改造,始终企图通过申诉为自己减刑,目前在狱中写的申诉材料可以出一本书了,我才突然顿悟,何不以一位刚刚被"双规"的驻京办主任作为叙述者,通过回忆录的形式写一份自白书。我一直在创作上有一个改造、革新小说形式的抱负,应该以《一位驻京办主任的自白》,也就是《驻京办主任》这部长篇小说为契机,大胆尝试一种新的叙述方式,为此,不惜破坏掉传统的所有模式,正所谓不破不立。好在我是学理的,不受文学固有的思维之狱的限制。

《驻京办主任》写的是腐败分子丁则成在被"双规"时对犯罪过程的回忆。为了准确把握丁则成的心理,我求监狱局的朋友帮我借阅了钱学礼在狱中的申诉材料,通过阅读,我大受启发,钱学礼的申诉材料就像一面破碎的镜子,充满了含糊性和矛盾性,他申诉的主要理由,就是竭力辩白自己之所以落到今天的地步,完全是由于丁能通的陷害,称自己是"肖贾大案"的受害者,称贪官的罪恶并不是一个或者某一些人的过错,而是整个体制的过错,整个社会的过错,凭什么整个体制和社会的过错要由个人来承受惩罚?同时他又以忏悔的口吻坦言自己的罪行,讲述事情的原委,并细细描述自己贪污受贿的心理,在罪与非罪之间拷问自己的灵魂,使读到这份申诉材料的人感到:钱学礼的罪行虽然违反了党纪国法,但却是可以理解的,又因为他处在一种逼良为娼的环境中,这种含糊性和矛盾性恰恰反映了官场生态环境的残酷性。为此我在《驻京办主任》中设计了一个美若天仙的杨妮儿,表面上她是替父报仇的侠女,通过美人计一步一步逼丁则成掉进了桃色陷阱,但更深层次的隐喻是,杨妮儿犹如现实当中的机制充满了诱惑,杨妮儿恰恰是运用机制上的缺陷诱惑丁则成掉进桃色陷阱的,丁则成实际上是一个颇有警觉性的驻京办主任,但是人性在强大的机制面前是十分弱小的,丁则成的就范不是他个人的就范,而是官场人在体制面前的集体就范,我恰恰想通过《驻京办主任》这部长篇小说揭示官场人面临的整体困境。旧的机制正如美丽的杨妮儿一样,诱惑着官场人,一个一个地掉进陷阱。尽管有对机制深刻的思考,但是我并未使小说陷入粗俗的色情和传统的道德说教之中,而是始终向灵魂付出美感,我一向认为使文学作品不朽的不是其社会重要意义,而是其艺术,也只能是艺术。正因为如此,我力图使《驻京办主任》成为一部探讨艺术和审美的小说。丁则成在自白中对犯罪心理普鲁斯特式的剖析,充满了碎片和梦幻。驻京办的现实是残酷的,但丁则成的头脑中却是迷幻的,正因为如此,小说中的人物都像章鱼一样生机勃勃。

从这个意义上讲,《驻京办主任》这部作品大大超出了自传体的范畴,而成为一个浩渺的、诗意的存在。这部小说全篇采用了典型的倒叙,但在叙述中间不时插入丁则成在"双规"中的情况。这种叙述方式完全摆脱了传统意义上的思维之狱,在表现悲剧冲突时没有渲染毁灭和悲情,而是突出了与传统悲剧不符的戏剧性效果和荒诞风格。《驻京办主任》描写的是丁则成自作自受的悲剧,却极富戏剧色彩,充满了黑色幽默的魅力。本来丁则成迷恋杨妮儿的美貌,费尽心机想把杨妮儿搞到手,杨妮儿却将计就计诱惑了丁则成,以至于丁则成向专案组领导喊冤:"在驻京办主任的岗位上,我一干就是十年,直到我遇上杨妮儿,这个勾人魂魄的小婊子。请原谅,专案组领导,每个人都有愤怒的时候,我的的确确是被桃色陷阱陷害的,我是冤枉的。"之所以这么写,就是想造成一种令人哭笑不得的艺术效果。但是在哭笑不得之后,人们不得不绕到小说的背后,去寻找更加深刻的存在,这就是我的写作意图。表面上看,这是一个陷害与反陷害的故事,实际上是对现实的滑稽模仿,目的是想告诉读者,小说的荒诞完全是由于现实生活的荒诞使然。

尾声：恍如一梦

　　王晓方一向认为，顾怀远的小说是一面镜子，凡是镜子都有点可怕，特别是在夜深人静的时候。然而王晓方有个习惯，他喜欢在睡觉前躲在床上读几页书。近来他读顾怀远的《驻京办主任》，发现他了解的顾怀远不止一个，起码有两个，甚至几个。正如他在《驻京办主任》中读到了不止一个丁则成，而是一批丁则成一样。通过读这本书，王晓方判定他脑海中的顾怀远与现实当中的顾怀远不是一个人。之所以有这种判断，是因为这本新出版的《驻京办主任》与顾怀远以前创作的其他作品截然不同，如果不是"顾怀远著"几个字赫然封面，王晓方几乎猜不到这是顾怀远的作品，不光王晓方猜不到，估计顾怀远的书迷也无人能猜得到。王晓方记得博尔赫斯曾经讲过："我想尝试写一本非常好的书，谁都猜不到会是我写的。那就是我的目标。"或许是记忆出现了偏差，恍如在梦中顾怀远也对王晓方说过，以至于让王晓方混淆了回忆与幻想之间的界限。

　　在《驻京办主任》中，丁则成的自白采用了回忆录的形式，难道回忆中就没有幻想？或许整部小说都是顾怀远幻想的结果亦未可知，但是细节太真实，以至于又让王晓方模糊了现实与虚构之间的界限。《驻京办主任》读起来明明是一部悲剧，却常常让人忍俊不禁，像是一部喜剧，看上去顾怀远像是在与读者开玩笑，但是掩卷之后，才发现玩笑原来是梦魇。这种写法是王晓方最近刚想尝试的，却被顾怀远抢了先。

　　在文学创作上，王晓方发现自己总是步顾怀远的后尘，他始终没弄明白其中的原因，但是当他读了顾怀远刚刚出版的这部《驻京办主任》后，他恍然大悟：自己太喜欢顾怀远了，以至于一直都在模仿他。他记得齐白石曾经对自己的学生说："学我者生，似我者死。"当时他的学生模仿齐白石的对虾，画到了炉火纯青的地步，外人一般不能分辨真假，为此他的学生飘飘然了。王晓方忽然意识到，自己犯了和齐白石的学生一样的毛病。正如齐白石的学生想成为齐白石一样，作为顾怀远的崇拜者，王晓方很想成为顾怀远。正因为如此，他脑海中也有一个丁则成，正当他构思过程中，顾怀远的《驻京办主任》出版了，王晓方发现他想写的丁则成恰恰是和顾怀远描述的一模一样，为什么会如此巧合？王晓方陷入痛苦的思索之中，他发现自己的脑海仿佛是一个中了魔的花园，丁则成不是个游园者，而是牛头人身怪。他太喜欢自己设计的丁则成这个人物了，但是被顾怀远占了先机，写进了《驻京办主任》中，自己怎么办？自己设计的丁则成就因为与顾怀远书中的主人公重复而放弃吗？绝不能，经过苦苦思考，他决定将自己的书名定为《驻京办》，《驻京办》与《驻京办主任》完全是两本书，根本不重复，就像《吉诃德》与《堂·吉诃德》完全是两本书一样，没有任何舆论认为《吉诃德》是《堂·吉诃德》的跟风书，当然就更不存在重复和模仿了。

其实，走进书店，只要稍加留心，就会发现《堂·吉诃德》只有一本，而《吉诃德》却是丰富多彩的。无论是出版社，还是书店，无不靠丰富多彩的《吉诃德》支撑着，如果出版社只出版《堂·吉诃德》这种书，书店只卖《堂·吉诃德》这种书，那么出版社、书店都无法生存。这么一想，王晓方甚至有些沾沾自喜。看来无论是出版社还是书店并不是靠《驻京办主任》这种书生存，读者真正喜欢的应该是《驻京办》这种书，不然为什么书店到处是《吉诃德》这类作品？

为了写好《驻京办》，王晓方反复阅读顾怀远的《驻京办主任》，为使两部书迥然不同，王晓方想放弃《一位驻京办主任的自白》这种回忆录式的写法，他想尝试在形式或心理上的变体，但是他很快放弃了这种伤脑筋的想法，他觉得既然现在的长篇小说在叙述模式上很大程度上是对以往长篇小说的抄袭，那么模仿就是一种高明的创造。何况他囿于《驻京办主任》的原文而只好放弃变体。原文太精彩了，他情不自禁地身陷其中，不能自拔。王晓方坚信克隆是最前沿的科学，他对超越顾怀远信心十足，甚至不止一次地梦到《驻京办》出版了，评论家好评如

尾声：恍如一梦

潮,他们的共同结论是《驻京办》丰富多彩的程度几乎让《驻京办主任》望尘莫及。

其实他梦想超越顾怀远的梦从来就没有醒过。为了实现自己的梦想,他顽强地用笔写,连手指都磨出了茧子。他之所以坚持用笔写,而不用电脑打,是因为他坚信像《驻京办》这种匠心独运的现实主义力作,必须要留下手稿,应该说文学界已经闹手稿荒了,作家们都热衷于在电脑前敲键盘,却忽略了手稿是任何一位有价值的作家留给后人的最珍贵的财富。王晓方窃喜,顾怀远一定没有意识到这一点。

由于坚持用笔写,他的手稿越来越多。即使废弃的草稿,他也坚持不让妻子塞进碎纸机。终于大功告成的那一天,他将厚厚的《驻京办》手稿得意地放在妻子面前,希望妻子多提宝贵意见。多年以来,妻子一直是他的第一位读者。一个星期以后,妻子读完了王晓方的手稿。王晓方兴奋地问妻子,读了《驻京办》以后感觉怎么样? 妻子未加评价,只是意味深长地说:"老公,我在一本书上看过一个故事,在日本青少年书法展上,有一位九岁的天才小书法家,四幅作品全部被收藏家高价买下收藏,但是二十年过后,一些默默无名的人脱颖而出,而这位天才小书法家却销声匿迹了,你知道为什么吗?"王晓方不知道妻子想说什么,懵懵懂懂地摇了摇头。妻子接着说:"因为这位小神童临摹王羲之的书帖成瘾,二十年下来,他把自己的书法个性磨得一点都没有了。尽管他的字与王羲之的字比较起来几乎可以达到以假乱真的程度,但是在艺术家眼里,他的作品只能算是仿制品,没有任何鉴赏价值。老公,重复和模仿无异于抄袭。"

妻子的话让王晓方沉默良久,他不明白自己为什么拥有两套思维方式,一套是自己的,另一套是顾怀远的,自己的思维方式一直被顾怀远的思维方式牵着,可能是顾怀远的书读多了,也可能自己太想超越顾怀远了,以至于无时无刻不在琢磨他,揣摩他的思维方式,就像那个日本小孩揣摩王羲之一样,久而久之,几乎忘记了自己的思维方式。

王晓方拥有了顾怀远的思维方式,却丢掉了自己的思维方式,这让他内心世界非常窘迫。人的思维方式并不是加法,拥有两个人的思维方式之后,王晓方不知道思考着的人是自己还是顾怀远,连做梦都分不清是谁在做梦,这让王晓方很惶恐。妻子提示他,解铃还需系铃人。他又想起了齐白石老先生告诫学生的话:"学我者生,似我者死!"看来自己只能效仿齐白石老先生的学生"寻门而入,破门而出"了。

"既然我对顾怀远这么熟悉,何不就用小说创造一个顾怀远。"想到这儿,王晓方有些激动。他想起博尔赫斯借他小说中的人物奎恩之口说过的话:"在文学所能提供的各种幸福感中间,最高级的是创新。由于不是人人都能得到这种幸福感,许多人只能满足于模仿。"一个人什么都可以模仿,但幸福感却无法模仿。为了不再重复和模仿,王晓方决心一定要见一见顾怀远。

刚好王晓方的《蜘蛛》由北京一家出版社出版后,反响还不错,出版社决定在北京为《蜘蛛》这部长篇小说开一个研讨会,王晓方心想,研讨会上一定会邀请许多评论家、作家,说不定就有顾怀远的朋友,到时候就能打听到顾怀远的联系方式。

王晓方是迫不及待地乘飞机赶到北京的,他入住的酒店离出版社不远,当他从出版社专门接他的面包车上下来时,发现自己即将入住的酒店挂了一条横幅:"热烈欢迎著名作家顾怀远下榻本酒店"。王晓方欣喜若狂,他万万没有想到自己会与顾怀远住一家酒店,他急三火四地走进酒店大堂,来到总台询问顾怀远住的房间号,服务小姐笑着说:"顾老师刚刚退房,去王府井书店签售了。"王晓方连忙问:"知道顾老师签售活动结束后去哪儿吗?"服务小姐微笑着摇摇头。王晓方心想,决不能和顾怀远擦肩而过,应该立即去王府井书店。想到这儿,他快步走出酒店,一头钻进了面包车……

343

后记：透过心灵极目远眺

当代西班牙著名画家米罗说："我需要一个引发点,不管它是一粒尘埃,还是一线阳光,都能给我许多生生不已的东西。"有一个引发点是所有艺术创作的前提。我说过,我不属于创作,我属于创造,因此我的引发点只能是思想的火花。我喜欢感受思想的力量美,为了获得这种美的享受,我必须透过心灵极目远眺。

小说是一种思想游戏,所谓游戏就是一种心灵历险,这恰恰是创造的巨大魅力。小说创新不仅是小说家创作心理上的一次大的探险,也是读者阅读心理上的一次大历险。优秀的小说家首先是个思想家,当然他的思想一定潜藏于作品之中,通过小说中人物的言行、心理得以表现,这种开掘与阐释的过程是阅读的价值所在。

正是由于人类透过心灵极目远眺,才发现了与现实并存的艺术世界。人类对世界与人自身的认知永远也不可能穷尽,因此艺术的创造就永无止境。创造并不是否定,或许是在否定基础上对继承的再认识。通过再认识,发现美、研究美,在捕捉美的过程中实现创新。

作为一名坚持寻找小说文体特性的作家,我一直试图突破和超越自己,《驻京办主任四》是一次新的心灵历险。

从小说艺术问世以来,小说的形式和内容就一直是一对矛盾。但仅就创新而言,相对于小说的题材和内容而言,小说的形式被赋予更加重要的意义。因为每一次形式试验,其实都是对人性、对政治、对哲学、对社会、对心灵的提问。小说的意义不在于"写"本身,而在于"如何写"。正因为如此,小说的形式往往会揭示小说的内容。

我强调小说家首先要是个思想家,并不是想在小说中解决所谓哲学问题,哲学是阐释实现了的美,而小说是发现未发现的美,两者是互相质疑或互相补充的关系。有了这种关系,我们就可以用小说的形式讲述哲学家们用哲学形而上的方法提出的问题。我无意成为哲学家,我痴迷的是如何开拓小说创新的无限可能性,创新不仅是一个民族的灵魂,更是文学的灵魂。这个灵魂的内核恰恰是思想。

改革需要解放思想,文学创作更需要解放思想,但是人们的思维定式一旦形成,很难冲破思维之狱。从这个角度说,《驻京办主任四》无疑是一次大胆的突围。创新是化腐朽为神奇,是置于死地而后生,是勇敢、果断地走进现实,走进生命本体,并以突破思维之狱的勇气和胆识将自己拥抱的现实与生命本体转化为诗意的形式。艺术直觉告诉我,《驻京办主任四》是一次文体的冒险,是一次思想的游戏,是一次语言的探析,是一次审美的体验。

一

叙事视角在小说叙事中有非常重要的作用,决定了小说的叙事结构。一般一部小说只有一个固定的叙事视角,要么是第一人称,要么是第三人称,很少有以第二人称作为叙事视角的。我在《驻京办主任四》中充分运用了叙事视角,融合了三种人称叙事的优点,使小说同时具有了第一人称的主体性,第二人称的对话性和第三人称的全知性。三种人称视角综合运用、巧妙切换,构建出一个独特的叙事结构。《驻京办主任四》直接采取了多个视角的叙事技巧,不仅打破了传统的线性结构,而且可以从多个视角上观察小说中的人物和事件,实现了文本叙事向空间逻辑的转变。这不仅让我在创作中感觉到有足够的创造自由度和灵活度,而且给予了读者阅读的挑战性和自由想象的空间。

在《驻京办主任四》中,不仅采取了多个视角叙事的技巧,而且采取了小说套小说的方法。在顾怀远创作的《驻京办主任》中,小说的隐含读者是专案组领导。因此,丁则成将自己的位置放得很低,坦陈自己的罪过,并且不时对自己调侃和嘲笑,第一人称的叙述特别适合于心里忏悔,因为人称本身就具有一种独白性。丁则成直接将读者带到了自己的内心世界,拉近了叙述者与读者的距离。总之,他、我、你三个视角实际上是人的三个侧面。三种叙事视角的融合,有利于"我"具有"他"的全知性视角,"他"具有"我"的内在主体性,同时通过"你"进行对话,使得三者互为镜像,达到自由、全面叙述的目的。

二

　　一部小说不管用何种手法成书,思想都是它的灵魂。这"不是为了把小说改造成哲学,而是为了在叙事的基础上动用所有理性的和非理性的、叙述的和沉思的、可以揭示人的存在的手段,使小说成为精神的最高综合。"在这里,米兰·昆德拉将小说显现的"思想"概括为是作家通过一些想象的人物对存在进行思考。小说是对人进行精神实验,当然这种精神实验是作家对"人的存在"的整体考察、感受的基础上所做出的专属于小说的表达方式。

　　《驻京办主任四》在思考上,关注人性和人的生存状况,尖锐地批判了官本位对人性的扭曲和异化。深刻地指出,那些最动听的政治语言,正是社会的顽症之所在。呈现了只有文学才能说出而政治不能说或说不出的人的生存真相。其实真相是非常主观的东西,真正的艺术创造着自身的真相,真相存在于创造之中,存在于主观意识之中。

　　我创作的中心是人、主体、自我、内心世界,着重表现人的内心生活和心理真实。在这里,意识是绵延的思想流,具有思想性的作家不仅是社会的观察家、历史的见证人和人性的呈现者,他必然有自己的人性观、哲学观和历史观。

　　《驻京办主任四》从四个方面呈现了思想的力量美。在"他"章中,映对的是纳博科夫的《文学讲稿》,将七位大师的七部名著的思想通过顾怀远的思考散落在字里行间,这七位大师是简·奥斯丁、狄更斯、福楼拜、斯蒂文森、普鲁斯特、卡夫卡、乔伊斯,这七部名著是《曼斯菲尔德庄园》《荒凉山庄》《包法利夫人》《化身博士》《追忆似水流年》《变形记》和《尤利西斯》。在"我"章中,映对的是罗素的《西方哲学史》,将西方从古代到近代,几十位哲学家的思想通过丁能通的思考散落在日记

346

当中,用这些思想对驻京办这个特殊的政治平台进行了深刻的思考。在"你"章中,映对的是曹雪芹、高鹗的一百二十回《红楼梦》,想不到用《红楼梦》解读驻京办,竟然有那么多场景相似,仿佛《红楼梦》不是一部古典小说,而是现代小说似的,这不仅说明经典的不朽性,其现代性更应该令我们深省。在"附"章中,是顾怀远创作的《驻京办主任》,在一部三十万字的长篇小说中,套着一部由小说主要人物创作的十五万字的长篇小说,其创作难度极具挑战性。但是我并没有采取常规的创作方法,而是采取滑稽戏仿的方法,戏仿了纳博科夫的长篇小说《洛丽塔》。戏仿是一场游戏,强调的是对现实生活的解构和颠覆。通过主人公丁则成忏悔式的长篇独白,将读者直接带入人物的内心世界,让读者直接潜入主人公内心裂开的无底深渊一探究竟,从而深刻认识到,旧体制对人性的扭曲和异化。文学理所当然是政治的对话者,是社会的对话者,更是自身的对话者。在《驻京办主任四》中,我不仅用第二人称进行对话,还通过丁则成与专案组领导的对话,完成了上述三者的对话。总之,在创作过程中,我力争使小说成为有思想的小说。

三

《驻京办主任四》是一部将触角伸向人物内心的作品,正如年轻人喜欢实地旅游,而老年人喜欢神游一样,就语言来说,我更倾向于神游,因此在这部小说中力争使意识流化为思想流,使思想流化为语言流。通过语言的流动,让读者体悟大河奔涌的畅快、小溪流淌的恬静、瀑布倾泻的力量。在语言上用词以保持叙述的张力为主,力求语气轻松,使得叙述声音和所描述的对象之间获得一种情感的距离,正如卡尔维诺在《新千年文学备忘录》中引用法国诗人瓦莱里的一句话:"就像鸟儿那样轻,而不是像羽毛。"语言的轻松化增强了幽默感和诙谐性,使得文字有时像绅士一样"文质彬彬",有时像孩子一样活泼可爱,有时像姑娘一样腼腆秀美,有时像喜剧演员一样调侃诙谐。当然语言的轻松不等于意义的轻松,在《驻京办主任四》中,我有在轻松语言中表达不轻松的意义的决心。心灵自由时,必倾心于语言,渴望于表达。正如政治言辞如果不落实到个人，只不过是一番空话一样，我力争通过语言透视心灵，达到轻松而怡静地写出官场原始神态的目的。

四

　　文学的根本目的是审美，高尚的文学品味一直是我创作追求的目标。我在《驻京办主任四》中，自始至终以审美的眼光，观照每一个场景、时间和人物，时刻不忘记给读者以美学的品味与享受。开篇以顾怀远突发奇想引领读者进入驻京办这个神秘的政治平台，怀着窥探天机的心理，领略了驻京办主任丁能通的日记，通过顾怀远对日记触目惊心的解读，读者像贾宝玉畅游太虚幻境一样获得一种照镜子的体验。为了达到实像与虚像的相互依存，实现梦与真实的混合，我采取元小说的技巧，通过顾怀远创作的《驻京办主任》，让刚刚照过镜子的读者绕到镜子背后一探究竟，从而达到对时间性质的文化内涵的透视与独特的审美体验的目的。读者透过丁则成命运的潮起潮落，体悟的是宦海俯仰沉浮的审美历程。这是小说的诗意美。我之所以钟情于创新，是因为常规的创作模式已经被写烂了，跳不出重复和模仿的框子，更无法把我的感受表达通透，必须独辟蹊径。文学创作之所以充满魅力，正在于个人的独创性和唯一性。艺术美离不开几何图形。笛卡尔的二元论则认为，世界上有两类实体：精神实体和物质实体。从美学角度看，《驻京办主任四》结晶成了一个六面体，这个六面体不是僵硬的，而是一个新的充满生机的有机体。每一个面都代表人的心灵世界，犹如镜子一样具有折射光线的魅力。它犹如一粒细胞，通过阅读使人的心灵产生类似于光合作用似的反应。这就是对美的感受。六面体内不是实的，也不是空的，而是燃烧的火焰，这是心灵炼狱之火。六面体表面的宁静与内部的燃烧，正是人类的生存形式和生存方式。六面体结构就是一个世界，每一个面都相当于一张网。在网上，读者会发现故事之多种可能性的组合。这是小说的雕塑美，同时六个章节衔接得如同音乐上的六重奏，有一种旋律美，我甚至私下里就将这部小说称为《六重奏》。作家以音乐的方式确定激情追求的是小说的音乐美。

总而言之,小说的本质是虚构,小说的魂魄是思想,小说的终极目的是审美,小说的出路是创新。一个勇于创新的作家必然站在风气、俗气、潮流的彼岸,拒绝做潮流中人,拒绝做风气中人,拒绝做功利中人,拒绝躲在思维之狱中经营自己,独创、唯有独辟蹊径,才是他艺术探索的唯一途径。